林巨正

鳳丹編

皮匠編

兩班編

林巨正傳

夕影 安碩柱 畵

一、머리말슴

자―림꺽정이의 이야기를 붓으로 쓰기시작하겟습니다 쓴다쓴다하고 질갑스럽게 쓰자만코 쓸어오든이야기를 지금부터야 쓰기시작합니다 각설명종대왕시절에 경긔도양주따 백정의아들 림꺽정이란 장사가잇서……―이야기시초를 이러케멋업시며내는것은 이왕에 유명한소설시권이나 보아두엇든 보람이아닙니다 수호지(水滸誌)사람처럼엽백단팔왕이 무친 복마전(伏魔殿)을 여러(?)시와케치는엽참 난잡한(?)왕 삼국지가리런하대세 합구필분이요 분구필합이라고 별로신통할것업는 말슴이야 이야기머리에 언저라면 언질수잇겟지요 이야기를 쓴다고 서정만내고 붙어오는동안에 이야기머리에 무슨말을 언질가 닭리말하면 꼿이야기시초를 엇더케 쓰넘가 두고두고 만히생각하얏습니다 십여세 아히적부터 어야기듯기 소설보기를 조하하든것과 삼십지년 할부이만흔틈으로 고담스러기가저고 소설비슷이 써내게되는것을 련락을 매저 생각하고 에라한번해뵈노모 인과관계를 외든마미야기머리에 언지라면 털단다가중간에 생각을돌리여 그런것이업시 문화어란것은 보는벗이 비!와 이제가 다른다고 녯사람이일신정법(?)을 하며모하노(?)는그때웃하고 거룩하든 상아탑이여디업시묵혀지고 그속에잇든 뮈쓰란귀신의 자최가 간곳업시사라젓다는것을 그럴싸하게 꿈여가지고이야기시초로써내보리라맘을먹엇습니다 그러나 이생각저생각이모다신신치아니한까닭에 생각을통히고치어 숫제 먼저이야기가생긴시대를약간설명하야 이것으로이야기의대일(?)머리말슴을삼으리라 작뎡 하얏습니다

한양개국한후에태조칠년뎡종이년태종십팔년세종삼십이년문종이년 단종삼년 세조십삼년예종일년을지나 성종대왕이 즉위하셧습니다 성종는 영명한님금이라재위이십오년간별로실덕이업스셧지만 한가지흠절이 폐비사건입니다 이폐비사건도 뎔토청종내왕의실덕은 아니겟지요 만래궁청매의흠절이라면흠절이될만합니다 폐비사건은 다른일이아니라곳왕비윤씨를폐위서인하얏다가 나종에사약까지 한사건인데그윤씨란는왕비가투긔가심하고행×도바자한야어느때는대왕의얼굴을할키어생채기낸일까지잇섯더랍니다 대왕은 그래도참으실만큼참으셧지만대왕의어머님되시는 인수대비(仁粹大妃)한씨께서윤씨를더단패씸히녀이저서대왕께말씀하야구경폐비와사약까지 나리게되어셧답니다 성종대왕뒤에 님금되연산주(燕山主)는폐비윤씨의소생인데몽중으로잇슬때부터님금노릇잘못할 싹수가 보이든지 성종대왕이 극히 사랑 하시든신하문정공손순효(文貞公孫舜孝)가룡상갓가이엄드려룡상을가르치며 이자리가 앗갑다고까지말슴을 알왼일이 잇섯답니다 이연산주가 님금노릇한 동안이 십여년인데 즉위사년인 무오년에간신류자광(柳子光)의두고(誣告)를 미더 큰옥사를니르키고 즉위십년인 갑자년에폐비사건으로 또큰옥사를 니르켜서 유명한조신(朝臣)들을만양죽이고 산사람을 죽일뿐아니라이왕죽은사람은두번죽엄을시키는데 부관참시(剖棺斬屍)라고 관을파다가 송장을끄내서 석회표풍(挫骨飄風)이라고 쌔를 마어바람에날리기 험벌 험벌놀하고 파가저택(破家瀦宅)이라고 집을 헐어 웅덩이를 만든것이열집 스무집이아니고 가장중한사람이라야 이런라 삼천리에귀양사리들보냇더랍니다 이러케 두번큰옥사로 유명한 신하들을죽이고 귀양보낼뿐아니라 각골의얼굴이 반반한계집 또는 계집아희들 서울로뽑아올려 기생명색으로궐내에드나드는것이만명이상이 되엇는데 기생의칭호를운평(運平)이라고 하고 궐내에갓가이도는운평을흥청(興淸)이라고하고 상관이 잇는흥청을 텬과흥청(天科興淸)이라고하야완랑흥청과악수(樂手)들을살리는라고 장악원(掌樂院)의 집을빼앗고 운평 흥청들을데려다살리고 몸치장식이 나라고 민간재물을 강탈하고 이것도 부족하야종실대 관의 처첩을 빼앗아서 가진난잡한짓을다 하얏답니다 연산주는 이러한 못된짓을다한까닭에님금자리에서쫏겨나고그뒤에중종대왕이등극하얏습니다 중종대왕삼십구년간에는남곤(南袞)심뎡(沈貞)가튼간신의모함으로됴광조(趙光祖)이외여러명사를죽이고 귀양보낸유명한 긔묘사화(己卯士禍)가잇섯습니다 즉위삼십구년 갑진십일월에 중종이승하하시고 인종이즉위하니 인종은착하시든 님금이시랍니다 수양뎨(隋煬帝)금해릉(金海陵)가튼님금도 그당시신하들은요순이라고 칭송하야 님금치고요순소리 아니들은님금이 업겟지요마는 이인종대왕 이야말로참말요순이라고 칭송할만한 님금이더랍니다.

인종대왕은 그재모되는 문뎡왕후(文定王后) 윤씨의동생 윤원로(尹元老)윤원형(尹元衡)이내뎐(內殿)에 자주드나드는것을에 즉위일년이못되어 의외로승하하셧는데 이때국상난지 멋칠안에 벌도가울음빗 이엇섯답니다 인종대왕뒤에 문뎡왕후소생이신 명종대왕이 즉위하셧습니다 명종초년에는 문뎡왕후가정사를발음하야 윤원로 윤원형의세력이 가티중련하다가 중대간에 세력다툼이생겨서 윤원로는아우의 윤원형와 족절(族絶)의 공격으로 사약까지밧게되고 윤원형이만이문뎡왕후 상사나든을축년까지 혼자세력을 잡엇섯습니다 이야기의 머리말슴을 한회에마치라고 인종명종때일을 조금자세히 설명하여야할것도 다못하고바로본이야기로 접어들랴고합니다

二、리교리귀양

연산주때에리장곤(李長坤)이란일홈난 사람이잇섯는데 일즉이동과하야 홍문관교리(弘文館校理) 벼슬을가지고잇섯다리교리는 문학이섬부하야 한원옥당(翰苑玉堂)의벼슬을지내나항상말니라고 활쏘기를 조하할뿐아니라 신장이 늠늠하고 여력(膂力)이절등하야 그재목이호반(虎班)에도덕당한 까닭에 그의선배나 케배로 그의문무 겸전한것을 일컷지아니하는이가 업섯다 리교리가 과거에 급데(及第)할때에는 장차국가를위하야 자긔의문무재조를다 하랴는포부를가젓섯스나 뼈ㅅ님금의 심법과행사를차차로알게되자 그포부를펴는것은 고사하고큰죄나 면하고지나면다 행이거니생각하야조심조심하고 벼슬을다니는 중에무오년을당하야큰옥사(獄事)가널어나며 점필재 김종직 (佔畢齋金宗直) 선생이부관참시를당하고 그외에그의따려 선배와케배가죄들도업시 죽은죽고 죽은귀다닐생각이 찬재가되고 꼿됴향가는것을 목도하고는 벼슬뎡을하직하고 백구를조차 갈맘이낫섯지만 상당한리유도 업시섯불리벼슬을 고만둔다고 하다가는님금이실혀내때라한다 고회가몸에미칠것가터서그는굽고접도못하얏다 그러커렴 몃해를지내는동안에 왕의심법과 행사는나날이더고약하야 리교리는 무슨화가자긔몸에나리지아니할가두려워서 하루라도밧비 떠날날이업섯다 하루는그가 뎐반(殿班)에서나와서 입엇든 관복을환관목에나되는 갈옷을 벗듯이간신이벗고 자리에안저라 할때

시중을들든 하인이『오늘아츰에 풍덕뎡한림댁에서 답조장이 뎐편으로왓습니다』하고 편지봉을 자리아페노핫다 뎡한림은 누구인고하니예문관봉교 (藝文館奉敎) 벼슬을지낸뎡희량(鄭希良) 뎡한림이니 그가무오년에 의주(義州)로귀향가서김해(金海)로 량이(量移)되엇다가의외로칠년만에석방되는데그가고향인풍덕으로돌아오며 그의어머니 초상을당하얏다 리교리는 본래친구들중에서도 뎡한림과 정분이자별하든터이라 곳친인으로 편지도부치고또조장도부쳣더니그답장이온것이다 리교리는 뎡상재에게서온편지 봉을쓰더 답조장을펴보면서한편으로생각하얏다

『이사람은꼭한번가서 뵈어야할터인데 색책하듯이조장만하고 고만둘수야잇나졈하야서회도하려니와또그외에도물어볼것이잇서이사람이음양술수(陰陽術數)로용히압일을 짐작한다니 오순형(吳順亨)의말가트면이사람의사주가 세상에유명한홍제관의점보담도 더용하다지』리교리가 편지봉을접어노코나니봄협듯이 뎡상재를 만날생각이나서 하인을불러서 나귀를어더온다 행장을차린다 홍문관에병이 낫다고 닷새수유를엇는다 그날은분주하게보내고그이튿날새벽파루친뒤에곳풍덕길을떠낫다 봄치위가남아잇서바람이쌀쌀하나오래간만에시골길을나선리교리는 답답하든가슴이 좀시원하야지는것 가타서쌀쌀한것을도리어조흔것가티생각하얏다 그이튿날승쳔쇄풍뎐에당도하야 뎡상재를 차자서 조례를마친뒤에 상재의 파리한

얼골을 대하니 리교리는감직하무슨말이 나오지아니하야 묵묵하고 주인은 상재라본로말이업서잇다금 수어를건넬뿐이엇다 그날밤자리에누은 뒤에야 리교리가 그동안조뎡이야기를며강며강말하고 국사가 한심하다고 눈물을 흘리니주인상재가『그것도막비텬운이지 그다지 상심할것이야 무엇이잇겟나』손을위로하얏다 리교리는 갑자이생각나는일이잇는듯이 눈물을거두면서

『여보게 텬운이라니말이지자네는 압일을짐작하지안나 그런에는 자네가 알기를무업알어하고술수을잘안다고 말하지 안흔연아니라 나도술수에 그런케맘에당기지아니하얏섯네만오주부는 바루자네를 이인(異人)가티말하데그려 주인상재는이말을 듯고잠간웃는 듯마는 듯웃고서

『오순형이말인가 그사람말은 준신할것이잇나』하고 말을던혓다 리교리는 한참잇다가

『여보게첨필재선생이 벼슬을 내노코시골로 가셧슬때 시골사람이 새님금은 명령하시다는데 무슨까닭으로 벼슬을 내노셧느냐고 엿주어보니까 선생의말슴이 새님금의눈을보면날가튼사은신하가 몸성히죽으면 다행이지하시더니 선생이 사후에라도 그런화를당하지 안흐셧나 일로보면 선생가튼신이도 압일을짐작하시든것이아닌가』

『그것이술수인가』

리교리는 다시말을 잇지못하고마럿다 그이튼날도 로서울로 오라고 길을떠나는데 뎡상재가 나귀머리에 상장을집고 서서

『내가어리석시라도 짐작하는것을자네에게 말아니 할수가잇겟나 을갑자년은 지난무오년버다더 혹화가잇슬듯한데 그화가 나가튼사람에게도 미칠것이요 자네도면 하기 어려우리그려치만자네는복이두터운사람이라ㅣ 그러나 혹압해약새한 경우를당하야서 자처할 생각까지날때가 잇거든 이것을 뜨더보게그려에 뜨더서는 소용업서』하고한손에 상장을쥐고 달은 한손으로조그마한 조의봉지를 쓰내서리교리에게내주더니

『이제로부터 생니사별일세아 모쪼록 보중하시게』

하고리교리를작하야한번굿중하얏다

三、리교리귀양

리교리가 풍덕갓다 온뒤몃칠이 되지아니하야 홍문관에 번을들 차례가 돌아왓다 월화문 (月華門) 밧게잇는 홍문관은 승정원(承政院)에서 멀지아니한 곳이라그날 승정원에 번을엇든젊은 동부승지(同副承旨)한분이리교리가번자는 줄알고 석반후에일부러 차저와서

『여보내가 엇그제입시(入侍)하얏슬때 뎐하(殿下)께옵서이말저말하문(下問)합시다가너리모를잘 아느냐고 로명말슴을물으십되다 그래내가 말슴을잘엿주어두엇소 그때 리승교 (李承敎)、권교리(權校理)、박수찬(朴修撰)의말슴까지젓섯는데말슴이이러하십되다 리항(李荇)이와 박은(朴誾)이는미들수업는인물이고권달수(權達手)는위인이괴악하다고 그리합시고 또말슴이 조그마한 일만잇서도 옥당에서 이러니 저러니짓거리니 성이가시다고 하십되다 이후에무슨말슴이게시거든 떱혀노코 지당합소어다고 알외어만 보구려로형가튼이에게는 그날로 당상이될아갈것이요』

리교리는 잘엿주어주어 고맙다는말한마듸 아니하고 그저비비하고그의 말만듯고 잇섯는데그녯소리에는 말이올라고 동의를표하는이 보담도 멋대로 짓거려라한귀로듯고 한귀로흘린다 는듯한어조가 잇섯다 그승지는말을다하고나서야 이것을 쌔달엇는지한참 동안냐류하게 안젓다가『나는가요』하고닐어섯다동부승지가 간뒤한식경 가량이나 지나서밤이이경(二更)쯤되엇슬때에대내로서 젊은내시 하나이 나와서곳편뎐(便殿)으로입시하랍신다고어명(御命)을전함으로 리교리는 창황히 관복을 갓초고 사초롱을든 내시를뒤딸아 들어가서편뎐계하(階下)에부복하니 왕은리교리에게 계상(階上)에 올라평신(平身)하라고명하고왕이안진뎐 영창한쪽을 열어노는데왕은 밝은초롱아래에 안쇼그 뒤에는여러 녀관의그림자가 중굿중굿서잇다

『너병이낫다더니 인제쾌히나흐냐』

물으며왕이 리교리를 내다보니리교리는『올차탐낫구나 병

청탁하고 뎡희량이 차저간것이십분되엇구나』하는생각이번개가티머리속에떠올르며 『황송하외다』대답하고그큰키를활가티굽으렷다

『너 이것좀보아라』할때에야 비로소 고개를들고 무엇을보라나하고 뎡창안을 드려다보니왕이두손으로 녀자의 저삼하나를펴서들엇고녀자저삼이원일인가하고 그저삼을살펴보니 흰비단으로지은것인데 압섭에 검웃검웃 얼룩진것이잇고 소매에도검웃검웃한뎜이잇다 리교리는왕에게외조모되는신씨가 왕의 소생모윤씨의 옷한가지를 왕께바첫다더니 이저삼이그것인가산듯생각하얏스나 말업시 잠잠이서잇더니왕이저삼을노코손가락으로 그압섭을가르치며『이것은약자국이고』또소매를가르치며『이것은피자국이다』말하고몸을부르를떨며 나물가는데 두눈에서는 독긔가철철흘르는것 가텃다 리교리는『윤씨가 사약바들때입엇섯다는 저삼이분명하군』생각하며 무슨말을 하여야좋을지몰라서 귄과가티 잠잠히서잇섯다 한참잇다가 왕이분이진뎡된뒤에묻지

『장곤아』불러노코 『원수』가잇스면 갑허야하지』

하고 두손으로 뎡창을열섭어다리며 리교리를내다보는데 그괴색이 말한마디되만 잘못하면너도꿋내원수다 말할것가티 무서웟다 리교리는 아가닷든좋은동무승지의말이 언뜻생각이나며 지당합소이다』하고말이거의입살에서 떠러질번하다가 의리두당한입에 님금의비위를마치어 당상을하고야 낫을들고 다닐수잇스랴생각하고

『입금의원수갑는법이『필부(匹夫)와달울것입니다 입금이 뎍(德)을 닥그서서 국가가태평하오면 원수갑는것쯤은 그속에잇사옵길로 소신(小臣)은 생각합니다』

말이『자당합소이다』와는엄청다르게나갓다 왕은 이말을늣고서눈섭이 쌍그랏케 올라가면서도『허허허』거짓우슴을우스며

『입금이 뎍이업스면 그입금은엇지하노』

『입금의자리는 놉흔까닭에위태하옵니다 뎍이아니면누리기가

『무에야뎍이아니면엇재』하며왕이 와락뎡창을다 치엇다 조금잇다가 지밀내시하나이 마루에서『상감마마께서나가랍신다고말하야리교리는긔운업는걸음을걸어홍문관으로물러나와기리한숨만쉬며밤을안저새이다십히하얏다

이튿날아츰에 리교리가 집에나와서아츰상을대하엿슬때자긔를거제(巨濟)로정배(征配)하되배도압송(倍道押送)하라는 왕의명령이 나린것을알고 아츰을변변히먹지도못하고 얼마 아니잇다 가금부도사(禁府都事)의재촉하는대로 총총히 귀양길을떠나문밧그로나가게되엿다

一、왕의무도

리교리가 거제도(巨濟島)로 귀양간뒤의일이다 왕은 자긔의어머니윤씨가 궁중에서 쫓겨나고마츰내 사약까지밧게된것은 엄귀인(嚴貴人) 뎡귀인이 성종(成宗)께참소한탓이라고하야 어느날 내뎐(內殿)에들어가서 두귀인을불러다가 뜰아래에 세우고 텰여의(鐵如意)를 쥐고나려가서 대번에머리를쳐서바시고 한마당에두시테가 석구려지며 이곳저곳이 피투성이라 마루우와뜰우에섯든 왕비신씨(愼氏)이하여러궁녀들은 몸서스러운 일을보고 한참동안 모다섯든곳에박힌듯이서서 혹은고개만돌리고 혹은눈만가릴뿐이엇다 왕에게조모인 인수대비(仁粹大妃)가 그때마츰병환이 침중한중에이일이 난것을알고 억지로병석에서닐어안저 왕을불러다 안치고 부왕(父王)의후궁을 그러케하는법이 어듸잇느냐고 준절히책망하니 왕은

『무어요? 법이요?』

하면서 대비의가슴을 머리로바더서 대비는일시 긔가질리엇섯다 왕은이런일을하고도 분이풀리지아니하야 뎡귀인의소생인 안양군(安陽君)과봉안군(鳳安君)을절도(絶島)로 귀양보내엇다가 뒤미처사약을 나리어죽이고 또폐비사건(廢妃事件)에참섭하얏든 사람을 모다대역죄(大逆罪)로몰아 참혹한벌을나리엇는데 이왕죽은사람들은 시톄를파내어 뼈를마으거나 목을잘으거나 혹시신을울려 강물에띄우게하고 살어잇는 사 늘은 서울시골서잡어다가 모다목을버히게하고 그들의죄를 동성팔촌(同姓八寸)에게까지 연좌(緣坐)식히엇다 이와가티 참혹한 륙시(戮屍)와 처참(處斬)이나날이 끄치지 아니하는중에 왕의죄악을 낫낫이 렬거(列擧)한언문익명서(諺文匿名書)가서울큰길거리에 무트며 이것이바로왕에게 입문되니 왕은죄인의뎌당(黨)의 소위라고 입변으로평임에밉게본 언문아는 신하들을 옥에나리어 형벌을더하며언문가튼 쉬운글이잇는것이 병이라고 일변으로 세종(世宗)대왕께설시한 언문청(諺文廳)을파하고려영녀자와궁녀나인까지라도언문을배우지못하도록금하얏다그때마츰 인수대비의 상사가나니왕은 거상년기가 싱가시어서삼년간 날수를 날자로대신하야 이십칠일만에 상긔(喪期)를마치고 자긔만이 그리할뿐아니라삼년상을 일체로 금하얏다 이때며뎐내시로세조(世祖)때부터나려오는김처선(金處善)이란늙은지사가 잇섯는데 이늙은내시는왕의처사(處事)가올치못한것을볼때마다진심으로왕을간(諫)함으로 왕이실혀하고 미워하는터이다 하로는김지사가 죽엄을무릅쓰고 간하야보랴고 작뎡하고종일틈을 엇보고잇섯스나 왕이제집들과 작란하느라고 여간하야틈이 나지아니함으로 나종에는왕이 편뎐마루에서 두젊은기생을 량엽헤세고 잇슬때편뎐뜰아래에나아가서서

『상감마마』

하고소리를 질르니 왕은깜짝놀라기생들 끼엇든팔을 빼어서알은뒤ㅅ짐을지고 김지사를 나려다보며

『늙은것이소리도크다』

『말슴 알외것이 만소이다 노(奴)가마마께 까지사됴(四朝)를섬기어오는중에 비전 사쳐을대강들어 압니다만 마마하시는일가튼것은 고금에 업슬듯합니다』

김지사는 갓붓쳐을 몰라가지고

『부모의삼년상 못닙게하는님금은어듸잇스며 죄업는 선왕의후궁을 박살하는 님금은어듸잇습니까 또……』

왕이처음에는 저늙은것이 망령이나지아니하얏나 생각하고 노려보고만 잇다가 자긔의죄악을글읽듯하랴는 것을보고 왈악나는분을 것잡지못하야 벽에걸린활을떼엇다 활시위에 살을먹이자마자 김지사를쏘앗다 그의갈비뼈가마쳣다 김지사는 잠간입살을악물엇다가

『죠뎡대신도작란하듯살륙(殺戮)하시는수단이니까저가튼천(賤)한늙은것이야』

또한살이 가슴에마쳣다 김지사는마당에 잡바저서

『죽어맛당합니다 그러치만마마가오래 님금노릇 못하게될것이한이올시다』

왕은어느틈에 활을노코 환도를쥐고 뜰로나려와서 한칼에김지사의 다리를끈코 김지사의압흔것참는 모양을드려다 보면서

『닐어나걸어라』

김지사는 왕을치어다보며

『마마는 다리업시도걸으십니까』

왕이환도로 그입을찌엇다 그래도김지사는 말안되는 소리로무어라고 짓거린다 왕은니를부드득갈며 김지사의 배를갈르고환도끗으로 창자를끄내엇다 그래도시원치못하든지 김지사의 고기를갓다가 호권(虎圈)속에잇는호랑이의 밥을만들게하고 김처선이란곳처자(處字)까지쓰지하지못하도록금하얏다

왕이이것저것금(禁)하는명을나릴때마다 번번이 인심이소동되어서 대궐안으로부터 시골들에구석에까지『세상은망한다』『나라는망한다』 한탄하는소리가끈치지안컷마는 왕은나라가 망하든지세상이 망하든지 놀고나보리라고 결심한것가티 밤낫업시게집들다리고 놀기만 일삼는데 대궐후원에서충대(瑞葱臺)를쌋코창의문밧게 수각(水閣)을 세우고또 고양따에 연희궁(衍禧宮)을지어서새로히 노리터를만들엇이 아니라성균관(成均館)가튼조흔집을 위패(位牌) 또각과명낫선비에게맛져두는것이합당치안흔일이라고위패는집어치우고선비는 내몰고호화하게 노리터를 만드럿다 게집들다리고 놀기를조화 하는왕은 딸도가생을모다쌉아올려서 서울안에 만여명기생이 복작거리게 하야노코기생들의 뒤치닥거리를 하느라고백성의재물을[illegible]시빼아스니한탄하든것이원망으로변하고 원망하든것이 악심으로 변하야 사방에서 나날이 느는것이 도적이라지리산(智異山)속에떠처이잇고변산(邊山)안에적당이잇는것은오히려도 례사려니와 서울에서 멀지아니한 장단(長湍)인천(仁川)은원고을이거의다적굴(賊窟)이되엇고 장단인천은 또고사하고도성안에도이곳저곳에적굴이 생기어서밤은 말도할것이업고 나제라도 사람이잘다니지못할 꼴녹이만핫는데 이때남소문(南小門)안에 잇든한치봉(韓致奉)이의적당은서울안에서 가장 유명하든 적당이다한치봉이는어느시골 한씨집의 서자로 집안에 홀내밧기가 실혀서서울로뛰어올라와서 몸이날새고 원력이세겟음밋고 가진짓을 다하다가마츰내 적당의 괴수가된사람이니한씨가 처음괴수가 되어가지고 남소문안에서미인계(美人計) 판을차리엇을때경상도선산사는 박선달(朴宣達)이란사람을 올가드렷다가 그가힘이장사인데다가 무예(武藝)까지질동하든가닭에 미워살어 사람을올가드리는 마난까지 빼앗긴일은잇섯스나 그후로이때까지 약십여년간 별로봉패한일이 업시서울안에서 거의 횡행하다십히하는터이다 한씨의부하인 김삭불이란사람은 리교리의 유모의아들로 어려서리교리와 가티자라다십히한 사람이니 노름에반하야노름판을 또처다니다가 한씨의부하가 되엇는데 사람이영리하고 약삭빨은까닭으로 한씨가몹씨 사랑하야 입당한지가 이년이 채못되엇건만 한씨도당중에서는 상당한지위를 가지고 잇섯다 어느날한씨와가치 이이야기저이야기 하는중에 한씨가 가무엇을이젓든것이갑작이생각난듯이

『아니이에삭불아 너의젖동생누가교리 다니다가 귀양갓다고 하지안햇느냐? 그성명이 무엇이랫지?』

『그건왜 새삼스럽게물으시요 알으커 드리면 상을 주실 터이요?』

삭불이는 하하하하 우섯다

『이자식생은 되우바라네』

삭불이는 바로정색이나 하는듯이별안간 우승을 거두면서

『당신이뚝하나 고치서야 할일이잇는데 고치지 안흐십듸다 말투는 아무래도 좀고치서야하라다 무슨잘못한일도 업는사람을왜이자식 저자식 하시요당신이령광(靈光)서오섯소 순텬(順天)서오섯소』

『압다그자식수다도하다』

『그래도 고치지안흐시오』

그려 그려나그것은 대체왜물오시요?』 삭불이는눈ㅅ귀에 우숨빗을띄우고 한씨얼굴을 드려다보니한씨는팔을느리어삭불의동을축치며

『래불것느냐? 네젖동생교리나으리가 마저죽엇나하구』

『마저죽다니요? 누가?』

『어쩌게 뉘게말을들으니까리교리아니 권교리니 무슨교리이니하는것들이 뼈가 부서지도록매를마저서거의다죽을지경이라더라』

『나와친하다는 리교리는거제로 귀양가서 지금잘잇슬것입니다 념려마시십요』

삭불이는 다시하하하 웃으며 니러섯다가 얼골에 걱정하는빗을띄우고 다시자리에안지며 한씨를 보고말이

『리교리가 지금죽지는안햇더라도죽거가십상팔구일것이요지금남금이란것이 의심이 만흔데다가 사람을죽이는데 수단이난러이니까 내청으로 리교리를좀살려봅시다 네』

『나는 죽일수는잇서도 살릴수는업다』

한씨는말하며 껄껄 우섯다 삭불이는 양미간을 찡그리며

『아니 우숩실것이아니라좀생각해주시구려 우리가좀빼돌려봅시다』

한씨는 열어노흔 창문밧그로침을 탁뱃트며

『어림업는소리다 양반놈들은곳죽어도 도적놈손에서 사실리가업다 그런생각은고만두어라』

그러케말하얏지만삭불이가진정으로청하는데끌리어서한씨는리교리를구하아보랴고작정하엿다

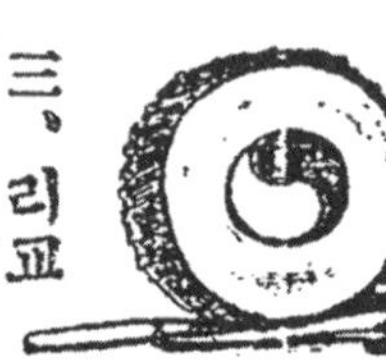

三, 리교리도망

그날삭불의가 한씨와 마주안저서리교리 살릴계획을 서로이야기하는데 한씨말이

『야리교리가화(禍)를 당할길이두가지가잇다 하나는 사약하나는장하(杖下)에물고또혹은처참(處斬)을 당할지도몰으지그러치만배소(配所)에서 죽거나서울로 압상(押上)되어와서 죽거나 두가지는 틀림업슬것이니까 이것을구할작뎡이면 역시두가지방법을차려야한다』

『그러치요 그러니까 오늘버텀이라도 정원(政院)소식을 잘탐지합시다 상감인지 령감인지어느때그소위뎐교(傳敎)란것을나릴지몰으니까 그래 탐지해가지고 사약이거든 삼현령 (三懸鈴)역마버덤빨리가는 말을타고도사(都事)압질러가서살작빼몰리고 압상이거든 오는길목에동무한십여명무덧다가 집어칩시다그려』

삭불이는 말을할때 몸과손을가만이두지아니하고『말을타고』할때는 몸을말탄것가티 까닥거리고『집어칩시다』할때는 손으로 물건을 집어채는시늉을냇다

한씨는 이것이 구경스런운듯이 또는귀여운듯이 빙그레 우스며 삭불이를 바라다보앗다 삭불이는 자긔의꾀가 한씨비위에마젓나보다 생각하야 조화하면서

『사람을보고 왜그러케우스시요? 내얼굴에 검정이가무덧나요?』그리하고또 자긔가일을료량하는법이 경선치아니한것을보이랴고

『일이적고크고 시작하기전에아모쪼록 주밀하게생각하여야하지안켓습니까? 빼몰리거나집어채거나간에 그당자가 말을듯지아니하면 엇지하나요?』

한씨는 자긔가몬저 생각한것을자랑하듯이

『그러키에내가말하지안트냐』

『사람이 죽을지경에살려준다는것을 실탈리는 만무하지요만 그래도 그러치아니하니까 일이나기전에 내가 한번거제를갓다오리다 당자가 의향이잇스면조코 그러치아니하면 거제구경간셈만잡고 고만두지요』

이리하야 삭불이는 한씨의허락을마터가지고 수일동안 준비한뒤에곳 거제길을 떠낫다

이때리교리는 거제배소에 도착한지 발서이삼삭이라 처음서울서떠날때는 개나리봇짐도 못기젓이엇는데 남방으로 나려올사록 일긔가 점점더온화하야거제에도착한즉 진달내가 만발이더니 지금은 록음이욱어지고일은매암이의 쐬르르소리가 여긔저긔서 들리게되엇다 다행히부사(府使)가 까다롭지 아니한사람이라서 리교리는 규칙으로군색도 당하지아니하고 또초하루보름의 뎜고(點考)외에는 별로간섭(干涉)도 밧지아니하야 귀

양사리로는 편하다면 편하나일천일백리 머나먼길에 서울소식이막히고 또자긔압헤오는 위험이예측하기도 어려운까닭에 쎄쎄로 궁금답답하야 긴한숨을지이는것은 면치못할일이엇다

어느날 저녁쌔 리교리는집안에들어안젓기가 갑갑하든지 바다가에나가서 거닐며 바람을쏘이더니 주인집의 아희가차저나와서 서울서 손님이왓다고한다 리교리는 서울손님이란말에 귀가번쩍뜨이어 두걸음에 한걸음으로걸어들어와서 다 진 사문을열고 아무도업는것을보고 주인을불르니 주인은 어듸가서업고 안주인이 대답하고 나오는것을보고『서울손님 어듸잇느냐』고물으니 안주인은 이웃집에장을어드러갓다 방금 돌아온터이라 손님이온것까지 몰은다고 한다 리교리는 아이의 거짓말이아닌가생각하야 락심하고 방문압봉당에 주저물러안젓더니 얼마아니잇다가 그아이가 솔랑솔랑압서고 한사람이 그뒤를딸아들어온다 리교리는 이사람을바라보고넘우반가워서 어이가 업는지 넉날흔사람가티 멍하니 안저잇다가 그사람이 압헤와서『문안드립니다』하고 재치잇게하경배(下拜)하는것을보고그제야

『산뽁아 너웬일이냐?』

삭뽁이가 미처대답하기전에 그아이가 리교리를 향하야

『이손님이 우리차저나온다고 갈밧길로가옵되다 내가 그리가서다리고 왓지라오』

꽁치사당한다 아이말이 끗난뒤에삭뽁이는『나으리의문안외리고전위하야 왓습니다』고리교리말을대답하얏다

『오래간만이다 반갑다 너줄곳서울잇섯겟지? 이번에서울서떠낫겟지?』

리교리는 말하고 삭뽁이의얼골을보니 먼길에 쎄친사람이라 피곤한빗이 만타

『이리 올라안저라』하고 뒤미처『너무엇요긔나 햇느냐?』고물엇다

삭뽁이는

『황송합니다만 다리가압허서 좀안겟습니다』하고 일변으로리교리의 안진봉당에 올라와서한구석에 쭈쿠리고 안지면서일변으로 말하얏다

『아가 장터에서요긔햇습니다 음식을먹을수가잇서야지요그래도 술맛은조와요』리교리는술맛조타는말에 우스면서

『네가 제법술맛을알도록술을먹을줄알든가』하고나서 『서울서 언제떠낫느냐』물엇다 『소인이한보름전에서울서떠낫습니다 떠날쌔 대문안은알고왓습니다 다안녕들 하십니다』고 삭뽁이의대하는안부를듯고리교리는 고개를 쯔덕이며

『저녁밥이나 먹은뒤에서울이야기좀자세히듯자』말하고천천히몸을니러방으로들어갓다

三, 리교리도망

리교리의 거처하는방은 단간이라도 간살이넉넉하야 과히좁지아니하고 뒤ㅅ들창과 압되창을합해 열어노흐면 바람이잘통하야 과히덥지아니하얏다 그날밤에 삭뽁이는 되창문밧봉당우에안저서 방안에안즌 리교리를드려다보며 봄이후 서울이야기를입담조케 느러노는데 그중에도뎌욱이 한번귀양갓든 사람이몰우잡혀 와서마저죽는 이야기를 아모쪼록 자세히하고또상감이『리교리의 위인이아무래도수상하니 다시처치하여야한다』고일대간신임사홍(任士洪)이에게말한것을 자긔가 엇지엇지하야듯게되엇다고 그럴사 하게꾸며서 짓거렷다 리교리는이야기를들으며、혹말을 채처뭇기도하고 또혹말이업시 한숨만쉬기도하다가 삭뽁이의 이야기가한참동안) 중간이쯔치자

『붙어볼말이 하도만하서뭇건이갓다만 너그동안 무슨짓하고지냇느냐? 여전히 노름이냐? 노름꾼은 친한집에 발그림자들쯧는법인가? 내가 너못본지가벌서몃해냐!』 리교리는나무래듯이말하더니 곳뒤를니어

『반갑다 천리빗게잇는사람을일부러 차저보러왓스니』하고정답게말한다 삭뽁이는『황송합니다』하고서는 다시잠시동안말이업다가『나으리께 조용이알외일말슴이잇습니다』하고주저주저하니리교리는

『조용이 할말이잇서?방으로들어오렴으나』하고 문턱에서몸을비켜길을 냇다 삭뽁이는방안으로 들어와서 리교리에게핍근(逼近)히 안써가 어려워서등잔이 걸린벽미테 안즈랴고하니리교리가 이것을보고

『이애 그쇠뿔에서기름이덧는다 옷에튀입나 이리와안저라』

하야 삭뽁이가 리교리에게갓가히와서 모들거안젓다 삭뽁이는『무슨할말이 잇느냐?』뭇는리교리의 얼굴을 고개를돌려바라보며 우선자긔 모친의이야기를쯔내어서 자긔모친이 리교리의덕을 만히보앗다는것과 자긔모친이 죽을쌔 리교리를차버리지말라고 유언한것이 머리에박혀잇다는것을 중언부언 말하니리교리는 삭뽁이가 노름빗을만히지고 갑하달라려온줄만 짐작하고

『나가든조볼려석(鮮不敢名)의인생에게 그런말하야 무엇하늬』하고 한숨을 쉬인다 삭뽁이는 그말의뒤를대어

『그쌔문에 소인이천여리길을전위하야 왓소이다』말하고나서그다음에 한치봉의 도당에든이야기와 한치봉에게 신임밧는이야기와 또한치봉을 술른이야가를리교리의눈치를보아가며 쓰다노코말하고 나중에

『나으리 의향이엇더십니까 잠간 소인들에게와서 피신하셧다가 조흔세상이 되거든나서시지요 나으리깁히생각해봅시요』

하고말은 생각하야 보라하나어조는다시생각할것도업시동의하라는것갓다 이쌔것 말업시귀를기우리고 삭뽁이의이야기를듯고잇든 리교리는『의향?의향?』하고 두서너번 입속으로 뇌고서는 한참동안 다른말이업시안젓다가 닭이쳣해치는 소리를듯고서

『이야기에팔려서 닭이우도록안젓섯구나 고만자자 래일또이야기하자』하고 목침을비고누으니 삭뽁이는 리교리의대답을듯고잣스면 조흘술로 생각하얏겟지만 재촉할길이업서 등잔불을불어쯔고 방웃목에누엇다 삭뽁이가 늣잠이들어서 이른날해가놉히도닷슬쌔 겨우 잠이쌔엇다 니러나서보니 리교리는 발서소세하고 봉당에서 주인집아희와무슨이야기를한다 삭뽁이는 머리를극적거리며봉당으로나가서『벌서 니러나셧습니까』 리교리에게 인사를한뒤 소세하고조반먹고하노라고 한참분주하얏다 아침밥쌔가지난뒤에 삭뽁이가 리교리의방에서

『만히 생각해보셧습니까? 다른의향이업스실터이지요?』하고 리교리의 대답을조르니리교리는 굿센어조로『네말이고맙다만 내가그러케할수업다』고간단하게거절한다 삭뽁이는 천만의외로 생각하야

『할수업스시다니요? 엇지한말슴입니까 한번더생각하야 보십시요』권하다가

『더생각할것업다』고리교리가잘더말하는것을듯고서、천여리길에 차저온정성을 바더달나고모친의 유언을직히게하야 달나고 또는한치봉이더할변목을 세워달나고 여러가지로 애걸하다십히말하얏건만 리교리는 종시결심을변치아니하고

『천여리길을 차저온정성은내가 고맙게생각하고 이번길왓다가는것만하야도 어멈의 유언은잘직혓고하니 너할일은 다한셈이다 네가한치봉이 대접낫이야잇건업건내가알은체할배아니나알은체한다면 대할낫이업서도조타』삭뽁이는 어이업서한참잠자코잇다가

『소인더러 참말허행하란말슴입니까』하고말하는데 리교리의고집을 딱하게녀기는 긔색이그얼굴에가득하다

『허행이라니 의향알려왓다가의향알엇스면 고만아니냐 내의향은 너의들손에서 살어나느니차라리죽겟단말이야인제잘알엇늬』리교리의 언성이놉하저서주인집식구가기웃기웃방안을들여다본다 그쌔리교리가 다시언성

욕나치어『남이보기에 수상합나오늘로곳떠나올라가거라』삭불이가 할수업시 그날그대로떠나서울로올라와서 한치봉을 보고전후사연을말하니 한씨는 자긔말이마진것을 자랑하듯이『그려키에 내가무어라고하드냐』고말하고 그뒤로는 한씨나삭불이나자긔들의버리할것이나생각하고리교리의말은입에도올린일이업섯다

리교리는 굿센맘으로 삭풀이들쏫다십히 하얏지만 삭불이가하직할때

『나으리인제는 저생에가서나또보입겟습니다』

절하고 돌아서 나가는것을보고는 그의먹엇든맘이 갑작이풀리엇든지 무어을일흔 사람가티한참동안을 한자리에안저 잇지못하얏다 주인집아이가 이모양을보고잇다가 리교리가 집히고개를숙이고 방안에서 서성거릴때 가만가만이 밖문압흐로와서

『소인문안드립니다』

하고 삭불이의하뎡배하든 흉내를냇다 리교리가 고개를들고내다보더니

『이놈 매맛는다』

빙그레우스면서 별로놋이 우짓는데 그아이는 저대로또한번더 하뎡배를 흉내내고

『나으리인제는 저생에가서나또보입겟습니다』

하고 하하하웃는다 리교리는이번에는 웃지도아니하고 우짓지도아니하고양미간을찝흐리며

혼자서 얘속말로

『저생에가서나? 저생에가서나?』

하고서 고개를세로 몃번흔들다가 홀째또가로 흔들엇다

그날은 저녁때가되어도 바람뙤가업서서 해가지자마자 모긔때가흐러젓다

리교리가 방문은다처두고 부채로모긔를 쏘차가며 봉당에서오락가락 하노라니 모긔쌀을노하주라고 쳥솔가지를 들고오든밧갓주인이 리교리를보고

『오늘은모긔가 대단합니다』

하고 봉당우에노혓든 질화로에 모긔쌀을노흐며『와다간서울손님이누구냐』『웨흥뎡하야또찻느냐』고지고지물엇다

리교리가 처음에는

『유모의아들인데 나의안부도알고 서울소식도 알려주라고온것이야』

어물어물 대답하다가 매사에자긔에게 지성스럽게하는 주인을기이기가 종시미안하든지 자긔몸에화가 박두한것과 자긔를구하야 피신시기라고 삭불이가왓든것과 자긔가 삭불이의말을듯지아니한것을대강이야기한즉 주인은홀연히눈을 크게뜨며

『그러케의리잇는사람을 왜쏘처셧소』

리교리를 사비한다 리교리가허허우스며

『피신하랴다가붓잡히면 화를더지독히 당할것이아닌가』

적당들에가서 피신하기가 실혀서 거절한것은 말하지아니하얏다

『붓잡히다니 여기서피신하랴면 사방이다바다나 어듸를봐가서붓잡히겟소 남해를 건너가면대마도(對馬島)가 지척이고 서해로돌아서 적해(赤海)백해(白海)지나가면 대국도갈수잇고동해바다로 올라가면 오샥카당에는못가겟소 큰튼한배에 몃맘량식만실으면 고단이지』

쌔닭도몰으고 분개하는 주인의말을리교리는우숩게녀기면서

『무레살든사람이 배길일어야지』

『세상이맘했기로 의리잇는사람이 그사람하나쁜이겟소 배길을으면 내가타지 닷새엿새혼자서 큰배를저어도 이팔이끗떡업소』

하고 팔뚝을거더내밀며

『그사람이의리만흔 사람이요세상에는 의리가 첫일이지요의리!』

주인이의리란말을 몃도살 몰의면서연하야 겹쳐말하얏다

『그런가』

리교리는 그말한말하야 힘업시대답하고 마침 볼에안진모긔를부채안쥔 외손으로 따리면서

『지독하다』

『흉악하지오 여긔모긔가쳔보긔라도 고청(固城)모긔와 혼인을아니한다오』

말이달리 놀기시작하야 베젼에거제현령(縣令)이 고청가서잇섯든째닭에 고청사람들이 지금까지 거제사람을 업신녀긴다는이야기를 한참하다가 니러서갓다

그때부터 사오일지난뒤의 일이다주인어 장을보러 읍내갓다가장도채보지안코 돌아와서 리교리를보고

『큰일낫소 어쩌 서울서 무슨벼슬이라든가 벼슬가진자가 읍내왓는데 당신을읍에서 멀리나가잇게사뎡셋다고 원님을 야단첫답되다 읍에서는 지금수선수선합되다 큰일낫지요?』

리교리는『도사라고하지안튼가』한마듸 뭇고는니를악몰고 말이업다가 한참만에

『어케와서 이때까지아무말이업서? 괴상한데! 어렵지만 좀가서자세히 알고오게』

주인을몰우 읍으로보내고서

『가죄(加罪)를 당할것은거의의심업는 일이다 도사 가왓다면사약이다 사약아니면 압상이렷다만일 압상이라면 그가진꼴목을엇지다 당할가 형장의고통을 당하고 죽는이숫케고기밥이되지』

리교리가 혼자말로 한참중얼거리더니 흘쳐업슴에 무슨결심한빗이보이며 빨은걸음으로 바다가를향하야나갓다

리교리가 바다물에 몸을던질결심으로 바다가에나와서 이곳저곳을 둘러보니 한곳은주인집아이가여러아이들과헤엄치며작란하고 한곳은 이웃동리의어부들이 그물을고치며 두런거린다사람을 피하랴는 리교리눈에는이곳에도사람 저곳에도 사람사람업는곳이업다

리교리는 바람을 쏘이려나온것가티텬연스럽게걸음을떼어노하서 사람이 업는절벽을차저와서다 한참동안 바위우에서서하늘을 처어다보고 바다물을나려다보다가 한번몸서리를치고 펄석주저안젓다 가다시머리를좌우로흔들며 서서히 니러섯다

리교리가 두손에 주먹을쥐고두발을 모흐고 몸을솟치라할제그뒤에서

『에헴』

기침소리가 낫다 리교리가 어린아이와가티 감작놀라며 겁결에선듯몸을 돌치어서니 웃도리를버슨 주인집아이가 한손으로괴침을들고 눈압헤 서잇섯다

리교리는 아이의 얼굴을물끄럼히 나려다보며 혀를 치어들어서 저리가라는뜻을 보이엇다 그아이는 이것을 본체만체하고

『무엇하려오시는가하고 가만가만뒤를밟어왓지라오』

『바람을 쏘이시랴거든저기나무밋으로 갑시다 여긔는뚜약볏이 막나리쏘이니』

말하고 한손으로 리교리의것옷자락을잡앗다

『노하라』

『갑시다』

『노코가자』

『그랍시다』

이리하야 리교리는 그아이에게끌리어 그늘진 나무밋까지와서 나무등걸에 등을대고비슷이안젓다 얼마동안은 얼빠진사람가티 우두머니 하늘가를바라보고잇다가 갑작이 무엇이생각나는듯이 염낭끈을 끌르고그속에서 조그만한 조희봉지를꺼내엇다

그봉지를 떼고보니 봉지속에봉지가잇고 속봉지를 떼고보니속봉지속에 또봉지가 잇는데그셋재봉지우에

『거제배소개탁』

이라고 쓰이어잇다 리교리가놀라며 혼자말로

『이사람이귀신인간』

하고 급히셋재봉지를 뜨드니그속에서 조희쪽하나이 떨어진다

그조희쪽에는
『주위상책, 북방길』
이라고 쓰이어잇다 리교리가조
그만 조희쪽을 정신노코드려다
보는데 그엽헤안저서 말업시보
고잇든아이가
『그것이 무엇입낫가글자가하
나 둘 셋 넷곱박게안되는데 왜
그러케 오래드려다 보십낫가』
물으니 리교리가 그케사조희
쪽을집으며
『나의사주팔자를적은것이야』
하고한숨을길게쉬엇다
『사주가맛습낫가?』
『맛는것도잇지』
『그것은마젓습낫간』
『압흐로지내보아야알지』
『그사주를낸 사주쟁이는누구
인낫간』
『나의친구다 그만들어라대답
하기가청가시다』
리교리는 말을 문코넘어서서
『집으로들어가자』고아이를다리
고들어오다가 울에서 돌아오는
주인이삽작문께들어서는것을보
고리교리는
『여보게』
불러서 삽작밧게 세워노코갓
가히와서
『도사라든가』
물으니 주인이 고개를가로흔
들며
『이야기가가오 들어가서합시
다』
하고 세사람이함께 집으로들
어와서 아이는 저리가라고또차
버리고 둘이리교리의 거처하는
방으로들어왔다
주인이 방웃목편에안저아랫목
에안진 리교리를 바라다보며
『세상이 망할라니까별놈에벼
슬이다잇습되다 제집을 빼앗스
려단니는 벼슬이 그게무어요
그것이왓답되다 원님도 쩔쩔
매더라는걸 한자리에 안지도못
하고 성명을들엇건만 이켯소
임부어랍되다』
리교리가 듯다가

『임사홍이라든가?』
말하니 주인이
『올치 임사홍이랍되다 당교발
사홍이 김생원의자를 생각햇드
면 잇지안흘걸』
하고 썰렁웃고 또말을니어서
『그놈이오는지떡때에는들우떠
난답되다 그러나 당신일은걱정
인걸 그놈이참말 원님더러당신
말을햇답되다 내가듯긴 단니는
장술이들맛나서자세히들어보앗
소 그놈의말이 당신이나라의큰
죄인이라고 도망못가게 잘보살
피라하고 옵내에 잡어다가두고
껴사쓰레질가는것을식히라고하
니까 원님이 베베하며분부대로
하겟다고하더랍되다그저당신이
사람이 고지식하지 서울서왓든
사람의말을들엇더면이것저것걱
정이업슬것아니요』
주인의말이 끗나며 리교리는
말하얏다
『내가 지금정신이산란하니나
종에다시 이야기하세』
『그리합시다 좀누으시요나도
잠간어듸좀갓다올테가잇소』
하고주인은닐어서나갓다
그날밤 초저녁에 주인이광솔
과불씨를가지고 리교리의 방문
압흐로와서 봉당우에 화로를을
노흐며
『여보시요 어두운방에서 혼자
무얼하시요 봉당으로 나오시
요』
더버것 죽은듯이 누어잇든리
교리가 머리를들고 되창문으로
내다보며
『이리들어오게 내가머리가압
하서 닐어나기가실혜』
목소리까지 컨가티 웅장하게
들리지아니한다 주인은
『대단히불편하신가보오』
하면서 불부튼광솔 한가지를
손에들고 방안으로들어와서 등
잔에불을켠다리고 광솔을든채로
리교리에게 갓가히와서 그얼굴
에불을비치고 드려다보니 상긔
된것이 환하게보인다
『병환이 나셧소그려』
『아니감긔기운이 좀잇는것가
레 이사람광솔을노코 거긔좀
안세 할말이잇네』
『나도할말이잇소 그러나말할
긔운이 잇겟소?』
『그럼감긔운들엇다고 말할긔
운까지업겟나』
하고 리교리가 벌떡닐어안
젓다
주인은 광솔을얹어서노코 한
참리교리의 얼굴을 바라보더니
『왜무슨까닭으로 철벽에서뛰
엄질을 하라하얏소?』
리교리는 말이업다
『예놈의거짓말은 아니겟지오
?』
리교리는 역시말이업스나 이
번에는머리를 조금끄덕끄덕하
얏다
『그것이무슨일이요 사람이한
번죽으면 두번살지 못하는것
이요 천뎡이만리가튼 당신이
왜죽는단말이요』
리교리를 시비하고 나종에고
개를 리교리에게로 기우리며
『도망하실생각이업소? 거번
에왓든 손님의말이 잠간피하
얏다가 조흔세상이되거든 나
오라고 하더라지안햇소? 그
말이올치안소? 그래생각이
업소?』
하고 은근히물엇다 리교리는
『내가그러지안하도 좀의문하
라고』
말을중간에 끈치고 두손바닥
을마조부비면서
『감옥에서가면 어듸로가나』
수단이업는것을 한탄하니 주
인은
『배는업소?』
리교리의 미처생각 못하는것
을개도하야주듯이 말하얏다

그리하야 리교리는 도망할생각이잇는것을 토실하고 배한척을어더달라고 부탁하고 주인이어되까지가던지 자긔가다려 다주겟다고장담하는것을

『그러치아니해 자네가나를다리고 도망한것이 발각되는날에는 자네집이 망할것일세설사자네는죄책을감심한다손잡더라도 자네처자가 잇지아니한가 집에잇든손 한목숨을구하랴고 사랑하는처자 두숨말을죽이는것이 무슨의리란말인가 자네가가터간다면 내가아니갈런일세 나를구하야줄생각이거든 든든한 배한척만어더주게 자네배도 조흘것일세 내가작란으로라도 부리어본것이라 다른배보담 나흘지도 몰의지』

중언부언달래다싶히 하야간신히 그리한다는 대답을 바덧다

주인은 몸이불편한 리교리가 넘우오래안저이야기하는것을미안히생각하야

『래일부터라도 내가술금술금준비하야 둘것이니 그동안몸조리나잘하시요』

하고널어설때 리교리는 준비하는것을 남의눈에 뜨이지안케하라고 신신당부하얏다

그이튼날 리교리가 마츰방안에누엇슬때리교리를불르러읍에서사령이 나왓다 주인은나온사령에게 술대졉을 잘한뒤에리교리가 일전부터 병이나서지금누엇스니 알는사람을 엇더케다려가느냐고 걱정하니 그사령이케풀로

『알는것이야 다리고갈수잇나그대로들어가서원님인가원놈인가한테 그사연을말하지원놈으로말해드 술개가 쌔첫지그려이쌔것인정을써오다가서울궐자의말한마듸에 곳붓잡어다가 꺽사의쓰레질을 식히랴고하니 말이되나』

하고 리교리알는것은 보자는말도업시 그대로 몰아갓다

사령이간뒤에 리교리는 주인을청하야

『한번 읍내로잡혀가는날이면 일은다틀리는것이요먼바다로나갈랴고 준비하고잇다가는 잡혀가기가 쉬울것이니 오늘밤에자네가나를 고청까지 건너노하주겟나? 그러면거긔서부터걸어서 어듸로든지도망할러일세』

의론을고치엇다

그날밤중에 리교리가 주인집을떠나는데 이웃사람이 혹시알가 쇠리어서주인과 단두사람이어두운속에가만히바다로나왓다

참침한밤중에 거제해변에서 배한척이 떠나갓다

도망하는 리교리와 도망식히는집주인이 그배에탄것이다 써마춤불어오는 남풍에 그배는돗을놉히달고 동방을향하야 살가티다라나니 희미한별빗아래에 갈려지는 환불결이 뒤와가티보이엇다 주인은리교리를 위하야한참배실이라도 더하야줄 작뎡으로서편에잇는 고청을버리고 동북으로 배ㅅ머리를 틀어서이튼날새벽에웅천(熊川)따에 배를다이고 리교리를 나려노핫다리교리는 뎡한림의 써주은『북밤길』세글자가 머리에 박힌까닭에북도로 도망할것은 미리부터마음속에작뎡하얏지만남다른맛헤서북도를 생각하니 아득하기가짝이 업슬뿐아니라 하로량식의춘비도 업시도망하는 몸으로몃천리길을 무사히 가게될지몰라서걱정스러운 생각이 머리속에가득하얏다 그러나 자긔의고골이남보다 류달리 튼튼한것을맛고하로이틀한데서장을자고굶으면서라도 어듸까지든지 가보겟다고 결심하고 북쪽으로올라오는데 길이몰더라도 촌에서촌으로길을잡아서 될수잇는데까지읍길을 피하얏다 리교리가촌농가에서도자고절간판도방에서도자고 서당에서도자고 틀판이나뎜불에서밤을새이기도하며논뚝에서기승밥도먹고절에서재ㅅ밥도먹고서당에서선생의대궁도먹고한써두써굼기도하면서하여간무사히강원도따를지나함경도따를잡어들엇다 리교리생각에는

『인제는북도를왓다 북방길이란것이 엇더케마지려나』하고업는안신할곳이나서기를마음으로조이면서여전히북쪽으로올라온다

이때리교리가 거제 배소에서도망한지 달포가넘엇섯다 처음리교리의 도망한것이 탄로(綻露)되엇슬때 거제현령은 집주인을잡아드려 중장(重杖)으로 신문(訊問)하얏스나 칭병(稱病)하고잇다가 모야무야에 도망하얏다는것외에는 별말이 나오지아니하얏고 거제현령의치보(馳報)가 경상감영(慶尙監營)으로올라가고 경상감사(慶尙監司)의장계(狀啓)가 서울로 올라와서왕이듯고 왕은화도나고 깁도나서 일변으로거제 현령은파직(罷職)후에로죄(拏罪)하고경상감사는추고(推考)하라고명하고일변으로 엄중히 긔찰(譏察)하야 긔어코테포(逮捕)하되테포하는자에게는 중상(重賞)이잇스리라고 팔도에령을 나리엇다리장끈이 북도로 도망한 형적(形跡)이잇다고 하야 북도의수령방백(守令方伯)은이소식을듯고중상에 탐을내어 포교(捕校)와장교(將校)를길에늘어노흔중에리교리는『북방길』을미드면서북도로올라오든것이다

리교리가 함경도따를 밟은뒤에도요행히 안변(安邊)덕원(德源)문천(文川) 고원(高原)따고을을 무사히지나서 영흥따에들어섯다 한달남아지 가초가초고생한사람으로 오죽할 폭양이나리쏘이는 한낫에 논둘렁을실을걸어가기가 쉬운일이 아니라리교리는 어느동리 어구에선뎡자나무미테 마츰사람이 업는것을보고

『이뎡자나무 그늘에서낫잠이나한잠자자』

혼자서말을하며 누어서막 잠이들랴말랴할때 사람의 말소리가귀에 들리엇다

『이동리에도 수상한사람이온일이업다니 이케는어듸로갈가』

『글쇄고만읍으로들어가세』

그말이수상한데 놀라서 리교리는 잠이다라낫다 리교리가눈을반쯤뜨고보니 긔찰다니는 장교두사람이 뎡자나무에서 몃간아니되는 밧모퉁이로 몰아나온다 넘어나서 도망하랴다가는도리어수상하게보일것이라반눈을몰우감고자는체하고누어잇섯다

『여보게 저긔누은것이 이동리사람은아닌모양인데』

『자네눈에는 낫선사람은다리장끈이로보이는것일세패랭이쓰고베옷닙은것이 교리단니든량반은아닐세』

목소리가 차차갓갑게 들리더니두사람이압헤와서선모양이다

『변복은할란법이잇나』

『그는그러치』

리교리는 인제잡히는 것이다생각하야 가슴이 두근거리는데

『여보게 이발좀보게』

하고 한사람이 자긔의발을가르치고

『아이구 긔막히게크다』

하고다른한사람이발큰데놀라서입을버린모양이다

『이것이 소도적놈의발일세량반치고 이따위 큰발가진것을본일이잇나』

『량반의발갓지는아니해도 그래도 누가아나』

『아닐세 이런발을가지고과거를하고 교리를하며? 업는일일세낫바머기도 식검어코 우락부락하지안흔가 소도적인지는 몰라도 리장끈이는 아닐세』

두사람의 수작하는 말한마듸한마듸사이에 리교리의 살은한접한접식말라드는것가탓다

그장교들이 자는체하는 리교리압헤서 한참동안 저의들의마음대로 짓거리다가 필경은발큰것이 량반아닌표적이라고 의론이일치하야

『그만가세』

『아무리나하세』

가기로작뎡하고

『그자식 낫잠잘잔다』

『그자식 콤백이에 똥어나 발라줄간』

욕설(辱說)을남가고서 다른데로가버렷다

리교리가 한번 이곡경을치른

뒤에는 숲이라고 별러노키가어
려워서 산길로들어섯다
나무판의 자욱길을조차서 산을
라고 꿀을떱어나가다가 나중에
길을잃코서 헤매는중에 해가저
물엇다
　리교리는 할일업시 무인지경
인산꼴에서 그날밤을 지내는데
배곱흔것도 견듸기가 어렵웁거
니와 들짐생의우는소리에 간을
조리느라고 잠한숨을 널우지못
하얏다
　이튼날 리교리가 인가를차저
나오랴고 골을빨아나려오노라 멀
지아니한곳에 한동리가나섯다
그가 동리를차저가면 자연요긔
할수잇스려니 생각하고 주린배
를움켜쥐고 차첨차첨 나려오는
때 붉은상모달린 벙거지가그동
리로가는것이 언뜻그의 눈에또
어엿다
『사령이다』
『부질업다 다른동리를 차저
가자』
　리교리는 그동리를 엽해두고
그대로지나서 다른곳을 향하얏
다 그러나남은긔운이 갈직이업
시예빠젓는지 칠팔십로만가려
지처지처걸어갓다 그는다른 동
리를 차자라고 사방을둘러보나
그동리가 외딴동리라 다시는동
리가업다 그는긔운이 시진하야
귀는울고 눈에는 보이는것이업
섯다 한두걸음 떠걸어나가라고
하다가 그대로길에업드렷다
　리교리가 정신이 좀아나며눈을
또고 주위를살펴보라고 애를썻
다 그러나 엄식하는볏가려서보
이는물건이 보다뚜뚜지 아니하
얏다 멀지안이한곳에 흐르는
물소리가 나는것을듯고 그편으
로 긔어갓다 얼마아니가서물은
하고 손에집히는것이잇섯다『밥
이다』그가 먹으라고 자세자세
드려다보니 똥이다 보리밥이채
다삭지아니한 똥이다 그는먹심
하고 시내가로긔어와서 물을움
켜마시엇다
　리교리는 정신이 새롯하야지
며『걸송장이 되는것이다』념려
도생기고『북방길이 몃쪽으로 맛
는것이아닌가』의심도나섯다 물
을마신까닭에 목은타지아니하
나 오장이달리기는 일반이라그
는맛가밥으로 속든것을 다시한
번가보랴고 간신히 널어서서비
척거리며걸어갓다 가서보니 또
은똥이나 보리쌀알이 만히그대
로잇다 그는이것이것을 생각할
것도업시 손으로 움킈어가지고
물우시내가로나와서 보리쌀 알
을물에일어골라서 입에 너허목
으로넘기엇다 그뒤에야 눈에보
이는물건이 뚝뚝하야질뿐이 아
니라마음에 눈길이라도걸을것갓
햇다 그때나다리가 컨근가려무
거워서 시내가에잇는 풀밧에누
어서 넘어졋슬때 가죽이빗져진
니마와코에비를나렴님을눅둘져
뉘쳣다
　리교리는 얼마동안누어잇다
가 컨행으로나무를하나얻어 맛
나서 찬밥 한술을 어더먹고
다시길을것기시작하야무사히몽
흥강(醴興江)을건너서어느동가
봉당에서 하로밤을편히자고 이
튼날정평(定平)을지나 함흥(咸
興)따에 들어섯다 함흥감영이 갓
가운까닭에 더욱조심이 되어서
멀리멀리둘러 보며가는중에저건
너편에서장교들이 떼를지어나오
는것을보고 소로(小路)에서 소
로로도망하야 어느시내가에 오
기까지다름질을쉬지아니하얏다
숨은턱에 닷고 목은말럿다 개버
드나무알에서처녀하나이빨래를
하는데 그엽헤박아지가 노힌것
을보고렴치를돌아볼사이가업시
물을한박아지떠달라고청하얏다
　그처녀는 혐덕거리는 나그내
를한번흘긋돌아 보더니박아지예
물을떠서한손에들고한손으로며
리우에늘어진버들가지에서닙사
귀를따서물박아지에띄운뒤에외
면하며박아지든팔을내어밀엇다
　리교리가 처음에는 버들닙띄
운것을괴상히생각하엿으나가도업시
덤석바다서버들닙을불어가며물
을다마시고 박아지를 돌우줄때
처녀의얼굴을 잠간보니 달덩이
가튼얼골이복성스럽기도하거니
와태도가으젓하야재상가(宰相
家)의딸이나다름이업다
　리교리는 언덕우에 다리를뻣
고안저서
『왜물박아지에 버들닙을띄워
줍가』
　처녀의 의사(意思)를 추측하야
생각하며 처녀의젓태도를 바라
보고잇섯다

(四) 리교리안신

　그처녀는 부모시처상에 청
베치마를 입엇는데 처삼느낙아
서군데군데미어젓고 치마는 숭
새가굵어서 얼맹이집 가트니구
차한집처자인것이 분명하고 또
빨내하는손을 보더래도 살이희
거는희나 절이꼽지못하고 마듸
가굵으니 험한일을하는 표적이
들어난다
『저런처자에게 장가를들고시
끌구석에무처어지냇더면이편죽
을고생도아니할것이지』
　리교리는 팔자한탄 하다가자
긔외한숨소리에 처녀가 혹돌아
볼가생각하야 방망이소리가 끈
칠때에는 한숨을땅이 써지도록
크게쉬엇다 그처녀는 방망이질
을ᄯᅳ치면은 부비고 쥐어쫘고또
다시방망이질을시작하고한숨쉬
는사람이 갓가히잇는 것은아는
것갓지도아니하얏다
　리교리가 처녀에게 말을부치
고십흐나 혹무안을볼지 몰라서
할가말가 주저하다가 방망이가
쉬는틈에처녀에게로고개를내밀
며
『날좀보와』
하고반말을 부치니 그처녀가
돌아본다 시원한눈속에는 총명
이가득하고 련번스럽은 얼굴에
는웃는모양도업고 성내는 긔색
도업다
『버들닙은 무어야』
　리교리는 할말이업는것 보담
도그버들닙이 종시왈고 십헛는
것이다 처녀는웃는듯 마는듯한
게웃고 말이업시 다시방망이를
삽는다 리교리가 처녀의대답을
듯지못하고 또지싯지싯 말을부
치다가는 전모가될뿐이라고 생
각하야입을담을고 안젓든 자리
에들어누어서 잇가허둥지둥쏫
저오든모양과 지금방망이 소리
들들으며 누어잇는모양을 합께
머리속에 그려어보고 지금가티
다리가압흐고 몸이무겁어서 는
곳잡힌다하야도 도망하지 못할
것이라고생각하얏다
　어느틈에 해는너웃너웃 지게
되고 빨내도탓이낫다 처녀는
빨냇가지를 자백이에 주어담
고밥담엇든 박아지를 그우에
노코나서 머리우에 뚜아리를넌
고 자백이를 들어이랴는데종일
빨내질에 팔에 알이배엇든지자
백이를드는모양이 남보기에도
거북하다 처녀의 거동을보고잇
든 리교리가 언덕에서쏘차나려
와서 자백이드는것을 부축하야
머리우에 언저주니 처녀는또웃
는듯마는듯웃고 말이업시 돌아
서간다 시내에서 활한바탕이착
실히되는 곳에 외ㅅ단집이잇다
멀죽이처녀의뒤를딸아온리교리
는 그집삽작박게와서
『주인좀보입시다』
주인을차즈니 나어사오십 되
어보이는 사나희가 안으로서나
오며
『무슨일로찻소』
하고리교리의 아래우를 훌터
본다
　리교리가
『집업는 과객으로하루밤자자
고왓소』
온뜻을말하니 그사나희가 곳
대답을아니하고 안을 향하야
『과객이와서 하루밤재워달라
는데엇지할가』 물어서거세인녀
인의목소리로
『어듸 재울데잇소』하는 것을
듯고그제야
『잘데업소 딴데로 가오』하
고 솟는다

「한두밤자고갑시다」
『잘데업나니까그래』
『좀자고갑시다』
『앗다잔소리말고 가오』
『사람의집에서 사람이못잔단 말이오』
『사람의집이면 다당신의집이오』
삽작박게서『자자』『못잔다』 시비판이 벌어젓슬때 안으로서 얼골이 둥굴고 팝처한심술스럽은녀인하나와 빨내하든 어멈분처녀가 내다보고서 그처녀가곰은목소리로
『어머니』불러 가지고그녀인에게『두어라 무어라』말을 하더니 그녀인이
『여보 저렇케렴치업시모리악쓰는이는 처음보겟수려 말하기 귀찬커든 아무데서나 하루밤재워보내오』
사나희에게말하니그사나희는
『그럴러면진작재워보내자지』
허듬둑둑차고나서리교리를보며
『과객질을 유년해보앗수렴을어온』
볼메인소리를하얏다

(四)리교리의안신

그집주인은 아랫방이 불안하는방이라 덥지가안타고 과객을 안도하야 리교리가 그아랫방에 들어와서보니 어구석 저구석에 버들입거리가 느러노혓다 다맨든 모모리 통고리도잇고날개를 다며지아니한 키바랑도잇다 리교리는선듯
『백정의집이구나』
집작하고 자긔가 삼한갑족(三韓甲族) 의량반으로백정의집에 와서자는것을 창피하게 녁이거나 또는옥당문관(玉堂文官)의 신분으로 백정의집에와서 자게된것을 한심하게 생각하는니보담도
『그처자가 백정의딸이라니개천에서 룡나는격이다』
처녀의 본색이미천(微賤)한 것을의외일로생각하며
『그처자의 그번듯녀이본색을 가릇치는 군호이엇구나』
처녀의의사를자긔마음대로추측하고 그총명을 긔특하게생각하얏다
그날밤에 리교리가 자는지만지하게 한잠을자고나니 굴치가 때는듯압흐고 몸이 오그라들도록 오한이나서 큰키를한춤만하거둥치고 머리를 부둥키고누엇다가 외긔(外氣)가 실흔까닭에 억지로 닐어나서 초저녁에덥다고열어노핫든 창문을 간신히다치고 그리하고 다시누은뒤에는 한긔(寒氣)가몹다 신열이낫다하는통에 어되가 압흔지도몰으고 정신업시알으며반밤을지내엇다
이튿날 식전이다 그집식구들이모다닐어낫슬때 아랫방의 창문이다치고 과객의 긔척이업는 것을 괴상히 생각하야안녀인이 그사나희더러
『여보 과객좀깨우 과객질 하는신세에 늦잠은다무어야』그 사살을 뭇내자마자 집뒤에잇는 가죽나무에서 여러 가마귀들이 야단스럽게우는것을듯고아래앗웃니를딱딱마치며징글세번배르나 그사나희도 녀인의말을어서참을뒤퉤배앗고 아랫방 창문밧그로와서
『여보』
소리를 질으며 문을왈칵열고보더니바로녀인잇는편으로고개를 돌리고
『큰일낫소. 과객죽엇소』
소리를친다 녀인은
『죽다니』처녀는
『죽다니요』하고 모다창문밧그로와서『참말죽엇나』하고 드려다들보니 과객은 그큰엄장에 네활개를벌리고 가삼을 풀어제치고 눈을감고누엇는데 죽은사람갓기도하나 잇다금『응응』하는 알른소리가들린다 녀인이사나희더러 불러보라고하야
『여보 여보』
여러번 불러보앗스나 대답은 업고 『응응』소리만 들릴뿐이다
과객이 죽은것이아니라 알른 것인줄은 알엇스나 큰일은일반이라 내외간공론이 시작되엇다
『저걸 엇더케하오』
『길에내다 버립시다』
『누가드나?』
『당신이들지누가들어 내가부축해주리다』
참날로 내다버릴 거조를차리랴고하니 엽헤잇든처녀는
『인정에차마엇더케 그러케해요』
그부모의 하는말을 딱하게녁인다 그녀인이 딸에게손으로삿대질을하면서
『요년아 네가어케 공연히참상해보이느니 무어니해서 재운 까닭에 큰일을내노코 또무슨 소리냐』
화를내니 사나희가
『그에야 무슨죄가잇소』
녀인의심사를 거슬르지 안흘 만치 딸을두둔하고
『화는고만내고 우리얼른자반송장이나 처치합시다』
한해의비위를 마치랴고 한다
녀인은 그가말여성들라는데 비위가틀리어 화를더내며
『여보당신은말도마오 죽지도 아흔것을 왜죽엇다고 소리질럿서 나는놀라서 가슴이덜컥 나려안젓섯소』
사나희에게로 놀라붓는것을 사나희가
『앗다 잘못햇소』
피하니까 다시딸에게로 화를 돌리어
『너는집에서 구진일이나도조켓늬』
야단한다 처녀는부드럽게『어머니』불러가지고
『그럴것이 무어잇서요 아랫말작은아버지더러 좀와보라고 하시지요 약멋첩쓰서 나흘병가트면 고처주는것도 적덕아니에요?』
녀인은『적덕』이란딸의말을 놔이면서도 나종에 사나희더러
『엇더케하겟소』
물으니 그사나희가 딸의말이 근리하다하야 내외간에 공론을 다시하고 의약(醫藥)묘라 잘아는 그아우를불러다 보인뒤에 병이할수업다거든 그때내다 버리기로하얏다
『아랫말 네가갓다 오너라』
그딸을보내면서도 녀인은
『요년 팔자에업는송장만치게 돼봐라』
딸을올르고 그사나희는
『내괴 식전부터 가마귀가야단이야』
하고 또침을퇴퇴배앗헛다

(四) 리교리의안신

처녀가간뒤한식경(食頃)이지낫다 그내외가 번갈아가며
『그만하면올터인데』
『그만하면올터인데』
하고기다리든차에처녀가혼자 몰아왓다 처녀의압아 미처떨어지기도전에그녀인이
『너엇재혼자왓늬』
혼자온것을나부태는듯이물으니
『작은아버지가 집에아니계십되다그래서고원(高原)댁옵바를 가보고 좀차저서뫼시고 오라고 햇지요 나는어머니 아버지가기다리실까봐먼저왓세요』
처녀는창하랴갓든삼촌파가리 오지못한것을 발명하야 대답하얏다
아래人방병자(病者)는알른소리조차업서지고시각(時刻)이위태할것가튼데의원아우는좀처럼 오지아니하야 주인사나희가 여러번삽작박글 내다부왓다 그가 나종번에내다 보다 가들어오며
『저긔들이하고가티오는군』
선셩을노흐니 그녀인은 안방 문압헤 노힌들마루에안젓다 가닐어서며
『돌이란놈은 왜오나?저의집에나무나해주지안코』
하고혀를찻다 조금잇다가 주

인의아우와돌이라는셋가마리총각과압서거니뒤서거니들어오더니주인의아우는 바로 사나희에게로와서인사하며

『엇던손이와서알른다지요』

뭇고총각은쳐녀들보고

『너의작은아버지들 뫼서왓스니인제상급이잇서야지염낭이나하나지어다고』

조롱한다녀인은먼저자리를알은체하지안는데심술이나서돌이들불러세우고

『몃칠만에 들보면서인사한마되가업단말이냐아지미대접은알놀히한다 그리하고 실업슨소리도분수가잇지 낡이야걱정이 잇거나말거나 실업슨소리만 하면데일이란말이냐 너도나이 이십이니지각좀차려라』

닥짓는데 사동생까지도 섀삽어녀희나 돌이가

『고모님 잘못되엿소이다차후에는치각을차리겟소이다』 사과하고주인의아우도뒤그렴우스며

『아주머니날새안녕하십니까』

인사한까닭에 녀인의삼술은 죽시풀리엇다 주인의아우가 아랫방에와서 병자의모양을 살펴보고그다음에또 맥을집허 보더니하마터면 큰일이날번 하얏다고하며약낭으로 갖으고 우황청심환(牛黃淸心丸)한개를내어 동변이업스면 온수라도조타고 온수에개어서병자의입을어기고흘려너헛다

아랫방문밧다 켜누고나와서식구들이 아츰밥먹으라고할제녀인이

『아츰잡수』

시동생에게밥을권하니주인의아우는

『먹고와습니다 어서들잡수세요』하고

『봉단아』쳐녀를불러서

『나 물이나한그릇떠다다오』

하야 물그릇을 박바더들자아랫방에서

『에구에구 물좀주십시요』

하는 병자의갈라진 목소리가 들리니까 주인의아우가 그물을 먹지안코 그대로가지고 널어선다 봉단이가

『작은아버지잡수세요 다시떠다주지요』

무심히 말하는것을 그삼촌이 물그럼히보며

『네가 갓다먹이라느냐』

하고 물그릇을 내주라는체하니 봉단이는

『아니에요 작은아버지도』

하고 얼굴을붉힌다

주인의아우가 그물그릇을 가지고가더니 병자를 먹이고와서

『물그릇을 빼서가다십히바다가지고 한숨에다키어버리든걸』

여럿에게 옷두루달으라고 말하고 특별히 형수(兄嫂)에게며하야 말을부친다

『아주머니 앓른손의얼굴을잘보셋소?』

『잘보고말고요』

『얼골이 사내답지요? 련뎡(天庭) 이번듯하고 코도조코입도조코 눈이또써조하 앗가물바더먹을때 눈을뜨는데 앓른사람이라 열시긔가업슬뿐이지 눈만보아도 초초한놈이 아닌표가납되다 그러치안허요? 그골격(骨格)도사내답지요?』

『상파머기가 과객질할사람갓지는안답되다만 그래도 과객질이나하고 돌아단니니』

『일시 과객질이야 무슨상관이잇겟지요』

수숙(嫂叔)간에왕래하는말을 듯고잇든 그형이 일시파객질이란말을타내서

『아니다 파객질은유년해본사람이더라 일시가다무어냐』

말하니까 지각차리느라고 이떠것잡잡코잇든 돌이가 참비들을어

『나보기엔 파객질보담도한량(閑良)질해먹는사람갓든데요』

저의고모부의말이 당치안흔듯이말한다 주인의아우는 형의말이나돌이의말이나 모다접어노코 족하딸더러

『너보기엔 엇더터냐?』

뭇다가 그얼골을붉히는것을 보고 무슨의미가잇는듯이 『허허허』우스니 봉단이부모와돌이는 아무의미도업시 모다그우슴에 쓸리오우섯다 봉단이의얼골은 더붉어젓다

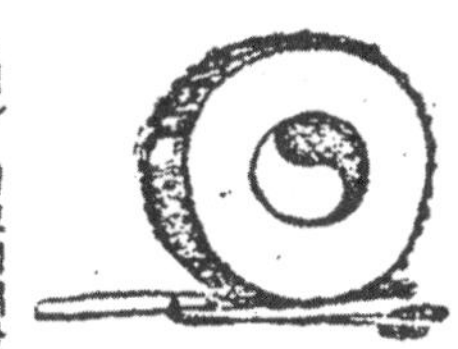

(四) 리교리의안신

인사불성(人事不省)하고알튼리교리가 청심환한개에 긔운이좀하고가미삼금탕(加味三禁湯)몃첩에 대세가돌리어서 그날로드나드는사람을 알어볼만이 아니라 사람을보면 머리를흔적거리며『미안하다』『감사하다』말하게되엇다

몃칠동안 리교리가 병을조리(調理)하는중에 주인집의 일을 자연히 만히알게되엇스니 주인의성명이 양주삼(楊周三)인것과 봉단이가 주인의무남독녀(無男獨女)로 지금나이가십팔세(十八歲)인것도알엇고주인의아우 주팔(周八)이가 의약(醫藥) 샹이아니라문식(文識)이잇는까닭에근처량민(良民)들이 배정학자(白丁學者)라고 별명지어 불른다는것과 주인의처질(妻姪)돌이가성(姓)이림(林)가요돌이의아버지가 고원가서 장가든까닭에 걸지쉬리 고원댁이라고택호(宅號)로불른다는것도알엇다

리교리가 자긔는 서울사는김대건(金大乾)이란사람으로어느대가(大家)에서 하인노릇 하다가 애매히 죄명을쓰고쫓겨나서 화ㅅ김에 팔도강산을 구경단닌다고 거짓말로 본색을감춘까닭에 그사람들은 모다리교리를김서방이라고불럿다

리교리인김서방이 긴 이야기를할마큼 병이나흐니까 김서방의서울이야기를 듯느라고 아랫방에는 사람이 뷔지아니하얏다 주팔이는 김서방과년상약(年相若) 할뿐이아니라 유식한 것이 마음에마저이마장이나되는아랫말서 하루두서너번식 보려오고 돌이는 김서방의언어거동(言語擧動)이점잔하서비위에맛지아니하나 못듯든이야기를 듯는데 팔리어서 매일저녁으로 놀러왓다

김서방은 이집을떠나서 갈데도업거니와 여러사람들과 정분(情分)이생기고 더욱이 봉단이가잇는까닭에이집을떠나갈마음도업섯다 봉단의의 어머니가혹불시에축객령(逐客令)이나노치아니할가 속으로 겁이나서그녀인이간혹 서울일을들으면 정성것내답하고 또자미스럽은 이야기와 우술만한말로 환심(歡心)을사라고 애쓴결과 가라는령이나리기는고사하고 조밥은 먹을것이잇스니 몸이 소복되도록안심하고잇스라는 특별한혜택(惠澤)을닙게되엇다

어느날초저녁에 그집 식구들과주팔이와 돌이가 마당에멍석을깔고안저서 이이야기 저이야기서로 이야기하는데 이야기ㅅ거리가번번치아니하야이야기판이심심하야지니까봉단이어머니가

『김서방웁 불러내서우수운소리나좀지거리라고합시다』

말하고곳

『김서방』

불른니주인이

『낫저레나와 오래안젓서도편찬흐가』

김서방의병이 채 다낫지아나한것을념려하야말하는것을

『무얼 젊은사내자식이그것즘엇더라구』

말머구를하며일변

『이리좀나오』

소리를질럿다 김서방이

『네』

하고 나오는데 어지럽은까닭오로걸음이 벗슬벗슬하얏다

김서방 나오는것을보고 봉단이는어느틈에 슬그머니 몸을닐어 뒤나무에올라가서 동찬ㅅ불을켜노코 하다든고리짝을 짓기시작하얏다

김서방이 나와안저서 각금들마루편을바라보며 몽단이어머니의하라는대로 또서울 이야기를 시작하얏다가 근래서울은 딸도에서 기생들이올라와서 계집편디가되고 서방잇는계집들도 렴치가업서저서 두번세번 시집을 간다고 이야기하니 령을차어들고듯는몰이가

『제기서울이나갈가부다 장가좀들어보게』

말하야 그말에 여러사람들은 모다우섯다 주팔이는 우스면서

『여보김서방 당신안해는다시 시집못가게 단단히두고왓소』

물어서 그뭇는말에 여러사람은 또다시우섯다

김서방은 자긔가삼년전 스물여섯까지 몰이가리 떡거머리로 잇다가 간신히장가를 들엇는데 안해의얼골이 반주구례한탓으로 꼿상던(上典) 량반에게빼앗기고 지금은안해가업다고 이야기하니 다른사람은 들을만하고 잇고 몰이는남의일일망정 분하야한다

『여보제집을빼앗기고도 가만히잇섯단말이요』

『그럼량반을 엇더케하나』

『량반의배ㅅ데기엔 칼이안들어가오 량반놈엇더케 하나라니 당신의키가앗갑소』

김서방은 안나오는웃음을 억지로우섯다

그럭저럭 이야기판이 식엇다 무엇을 생각하는모양이든 주팔이는 넘우오래밧곗테나와 안저서몸에 리롭지못하다고 김서방을권하야 방으로드려보낸뒤 김서방이 안해가업다나 사위로어드면 엇더켓느냐고 형수와형에게말을비치즉 형은대답이업시 그형수의 얼골을바라보고 형수는발업시 고개를외칠뿐인데 몰이가

『무의를갓다가또빼앗기라고』

분긔(忿氣)가 남은어됴로 말을한다 그리하니까 주팔이는

『너는 잠자코잇거라』

몰이를 제지하고 형수의긔색을보며

『이담날다시 이야기합시다』

뒤를두고 말을끄치엇다

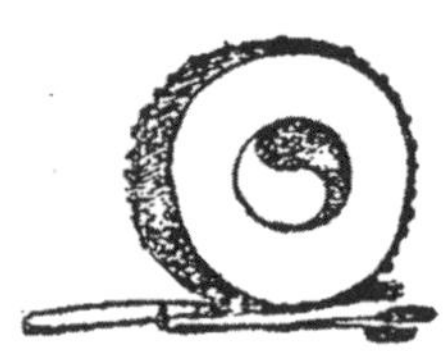

(五) 리교리의안신

몃칠뒤에 주팔이가 조용히형과 형수를대하야 사위ㅅ감으로 김서방보담더나흔 사람을 골를수 업술것이니 불계하고 혼인하라고권하얏다 주삽의안해는 사람이거세기는하나 지각이 만흔시동생의말을 남편의 말보담도더 중하게녀이는터이라그권을바더

『아재말대로 그년의혼인을뎡합시다』

말하게까지 되엇는데 주삽이는 그아우의권이요 그안해의말이지만 선뜻허락하기를 주저하얏다

『나이가나 넘우틀려스물아홉하고설여덜하고』

『여보 다릴사위는나이좀지긋한것이좃소』

『형님 사내나이만흐면 나종에 가리늙게되지요』

그안해와 그아우의말이 리유(理由)는각각다르더라도 사나이의 나이만흔것을 조라기는일반이라 주삽이가 나이틀리는것을 탈삼다가 말이몰리니까

『그래도 막중대사를그러케경솔히뎡할수가잇나 좀더 생각해보지 그리고우선 김서방의의향이엇던지도알어야지』

저편에서장가들마음이잇는가 업는가알어보고서말하자고한다

『의향이 무슨의향이야 감지덕지할터이지』

『가죽신에 집신날이소용잇나 김서방도 우리네와는 달은사람이라 그의향을알수업지』

『저는삼정승판서의 자식인가무슨말대죽을의향이야 실타거든 고만두지』

『그러자니 창피하지』

『우리가창피한가 제가고약하지 다죽은것을 우리가살려주지 안헛는가베』

내외간에 쓸데업는말이 왓다갓다하는것을 주팔이가 못다못하야서

『그것을랑 내게맛기시요 내가창피치안케 물어볼것이니』

하고 말을가로막고

『지금이라도 물어보렷가』

하고 형과형수의얼골을 번갈라치어다보니 주삽이는

『아무케나 하렴으나』

고개를쏘덕이고주삽의안해는

『그자식이 두말만하거든 다리뭉동저 내쏘칩시다』

꾹설움일으켯다

주팔이가 아렛방으로 나려가서 김서방을보고 이말저말수어(數語)하다가

『만일우리형님이 몽단이를당신주다면 당신이 엇지할터이요』

물으니 김서방은 아열을버라고서 한참대답이업더니

『엇지하다니요』

뒤삽어뭇는데 그뭇는것이 뭇고싶허 뭇는것이아니라 아무말도업시 안젓기가 게면적어서엄적(掩跡)으로 뭇는것가텃다 주팔이는 우스면서

『몽단이가 실지안치만 뒤ㅅ생각업시 선뜻장가든다기가 어려울것 아니요?』

남의속을 뚤코드려본듯이 말하니 김서방은한번 고개를숙엿다가 다시치어들며

『나로는두말할것이업소 날가튼사람을 실흔지[illegible]시요』

말하는데 얼골에 부는 졍신하는빛이 보이엇다 주팔이는

『잘알엇소 잇다라도 또오리다』

하고 몸을닐어서나갓다 리교리인김서방은 주팔의말이 아니라도 뒤ㅅ날생각이 업지아헛지

만 목전안신하는데데일상책(第一上策)이라고생각하야 두팔이 엽다고까지 단언(斷言)하게된것이나 그러나쉽사리 단언하도록겁심하게된것은봉단에게마음이살리엇든 까닭이다 주팔이가 형을보고

『검서방은 두팔이 열답되다』

하니그형수가내달아말하얏다

『그러치당초에 두팔이잇슬께요』

이리하야 검서방과 봉단의혼사가결뎡되고 주팔이가 날을바더 칠월칠석날로 혼인날人자까지작뎡되엇다 주삼의내외는 말할것도업고 주팔이와놀이도혼인준비하느라고 여러날동안 분주히지내다가 혼인전날밤에 몰이가 들마루에안젓는 봉단의엽헤와서 갓가히안지며

『봉단아 너는래일이면 어룬이구나 어룬되엇다고 오래비대접을 조금이라도 낫부게하면 네머신으로 검서방을장켜노흘테다』

너털우슴웃고서

『이애 그러나저러나 검서방이안해가업다더니 그것이 멀정한거짓말이래 네가 첩노릇할일이딱하다』

봉단이는 검서방과 혼인을뎡하게된것이마음에실치는아니하야도검서방이 안해가잇지 아니한가외심은 업지아니하든 터이라지금몰이의말이 자긔를 조롱하는실업는 소리인졸은 알지마는그의심은 속으로더하야 젓다

(四) 리교리의안신

그날밤에 봉단이가자다가 갑작이병이낫다 닭은거의 셀때가되엇는데 봉단이는 머리를동이고누어서 [illegible]소리를 끄치지아니하나 [illegible]

『이걸을 어찌하면조흔가』

[illegible]버니고 주삼이는 [illegible] 윗원에병이갑돈아이가 하필혼인 전날밤에 병이나다니 래일대사는다지냇다 할수업시날人자를 물리는수밧게업다』

씁업맛을다시고 또주팔이는

『신열(身熱)이 좀잇서도대단치아니하고 맥(脈)은 아무러치도아니한데 괴상스럽다』

의심을마지 아니하얏다 부모와삼촌이 모다봉단의 좌우에둘러안저. 그얼굴을 드려다보면서

『무엇이데햇느냐속이압흐냐』

『감긔가들엇느냐 머리만압흐냐』

여러가지로물어보아도봉단이는대답이 [illegible]섯다 나중에주삼안해가

『뜬것이들린것이요 그러키에 이러케 갑작이 병이나지』

말하자봉단이가 별안간 정신人긔가좀나는듯이 그어머니를 치어다보며 꿈을꾸고 병을어덧스니뜬것이 분명하다는 뜻을말하얏다

『무슨꿈이냐』

『꿈이야기좀해라』

다투어말하는 그아버지와 삼촌은본톄만톄하고 봉단이는

『어머니』

불러가지고

『앗가꿈에요』

하고꿈이야기를 시작하얏다 늙은할망구하나가 날이시퍼런 칼을쥐고 이방으로 들어오더니

『이년너를죽이려 천리人길을쪼차왓다』

대번에호령압되다무서운마음을참고

『무슨죄인지 죄나알고죽어지이다』

빌며말하니까

『내딸이잇는데 네사위를쌔앗서가는년은 죽여맛당하다』

또호령압되다 붓그럽은 마음을참고

『저의부모가안해업단 말을듯고뎡한일이랍니다』

발명하니까

『거짓말을듯고지듯다니 죽일년이다』

너전히호령압되다그케는마음에좀분한생각이나서

『거짓말을햇는지 고지를들엇든지간에 내게야무슨 아른것이잇습니까』

발을흘패이 하얏더니

『요년무슨악한이냐죽어봐라』

소리를지르니 · 칼을들고 [illegible]되니

『잠이[illegible] [illegible]이나고머리가압흐기 시작했서요 자금도미리가신정 업시압허요』

병난사연을 말하야 꿈이야기를마치엇다

『가위가눌렷든것이구나』

『의심을하면 울타리에널린치마가혓가비의 웃자락으로 보이는법이야 네가의심을 가졋든것이지』

주삼의 형데가봉단에게 말하고잇는틈에 주삼의안해는 몸을닐어방밧그로 나갓다 한참 동안이나지나도 다시들어오지 아니하니까주팔이는 그형수가 검서방의방에가서해거(駭擧)를부리고잇지아니한가 의심하야

『아주머니가 어듸를 갓슬가 나가보고오리다』

하고방에서 나오다가 마츰그형수가무엇을 두손에들고 삽작박그로나기는 것을보고 부젓갈을 들고가는줄을 집작하면서 그뒤를쪼차갓다 주삼의안해는 길가에잇는어둠컴컴한 쫄밧머리에 가서몽향하고서더니

『물우에김첨지
물아래김낭청
동두칠과가티 가소
걸게먹고빨리가소
가지안코지톄하면
엄나무말뚝부쇠두멍에
세상구경못하리니
여룰[illegible]어서가소
쒜 쒜』

하면서박아지에담은물은조죽을내쒸언고 또왼발을 굴으면서식칼을세번 내던지고 그라한고놉아서들어온다

『여보아주머니』

주팔이가 불르니

『아구깜짝놀라겟구려』

하고웃둑섯다

『김낭청이고 김첨지고고만두고나를딸아 김서방한테나 가봅시다그려나 아주머니는 말을긋기만하시요』

그리하야 수숙이가티 아랫방으로와서 자는김서방을 깨워가지고주팔이가 봉단의병난 이야기와봉단의꿈 이야기를 대강대강말하고서

『의심이잇섯든 까닭에꿈도꾸고명도난것이니그의심을풀어주어야할터인데……』

하고수단[잇]는것을 긔정한숙 김서방은 자긔의안해를 상년에게빼앗긴것은 조금도 긔싱할것이업는사실이라고 증언부언 하고만일이것이 거짓말이면 발설디옥(拔舌地獄)에떨어저죽어도한가둘아니한다고 맹세를 치며말하얏다 주팔이는

『우리야 어듸의심 하오마는나이어린 계집애라그럿소그려』

하고홀누나와 웃방으로 오는길에 그황수에게말하얏다

『지금(只今)말을 한마듸빼자말고봉단이에게 들려주시지요』

(四) 리교리의안신

주팔이가 황수와가티 방으로들어와서 봉단을보고

『앗가와 좀엇더냐』

물으나 봉단이는 말이업고주삽이가

『알는소리를 아니하니그만한것갓다』

하고 대신대답하얏다 주팔이는형수를돌아보며

『죽쑤어버린효험이 당장에낫습니다그려 그러치만 김서방의 맹세만은 못하리다김서방의말을 좀자세히 들려주시지요』

봉단의 어머니가 김서방이맹세치며하든말을 다소간 보태어옴기엇다 봉단이는 스르르눈을감고 혼곤히잠이든것가티 누엇더니 혼인날인칠석날 아츰해가놉히도닷슬때 씨슨듯 부신듯닐어낫다

『대사를 바든날에지내게되니 불행중다행이다』

『네년의덕에 잠못자고눈이압허죽겟다』

깃버하는 부모를 대할때는봉단의얼굴에 미안히녁이는 긔색이만혓스나

『김서방의맹세가 당약(當藥)이다』

조롱하는 삼촌을볼때에는 봉단이가 붓그려움을 참지못하야얼굴을붉히엇다

해가 미처한낫때 못되어서초례령(醮禮廳)의준비도다되엇고신랑신부의 치장도다되엇다 준비이니 치장이니하여야 별것이업섯다 주삽의내외가 주팔의주장을 조차서 여간것은모다제폐하얏다 마당에 차일(遮日)치고멍석깔고 멍석우에 새돗펴고돗자리우에 주팔의글씨로 도지단복지원(道之端、福之源)이라서부치고 정한사발에정화수(井華水)를가득히떠서 깨끗한 소반에올려노흔것이 초례령의 준비이엇스며 망건(網巾)을쓰고 초립(草笠)을 쓰고 청베도포에붉은술 띄를눌러띄인것과 큰달이작은날이를 꼭지꼭지 한데묵겨서 큰머리명색을 틀어언고한삼(汗衫) 달린겹조고리에긴초마를 느린것이 신랑신부의차장이엇다 또대사를 지내는주삽의집이 외딴집뿐아니라 가근방에사는 주삽의 겨지가만치못하든까닭에 대사의 구경스군도몃사람이못되엇다 말하자면 구메혼인이나별로다름이업섯든것이다

초례절차도 주팔이가 간단하게뎡하야 그날로 초례령인마당에서 교배(交拜)를마치고 신방인 건넌방에서 방합례(房合卺)를지내고 그날밤으로신방을차리게되엇다 해가지고 저녁밥이끗난뒤에 신방에는 황초한쌍을켜서노코 떡、고기를어 노흔상한상을 차려노코 나이지긋한녀인하나가 신부를다리고 들어와서 닐어섯든신랑과 마조대하야안치어노코 문을닷고 나아갓다 리교리인김서방은 면분이란뎡한것이잇는게다『북방길』이이면분을 가르친것이고나 속으로생각하며 어엽분신부의 얼골을바라보고 안젓다가 신부에게로갓가히가서 정술이들놓으는 큰머리를 떼나려주고 빙그레우스면서 신부의발을벗어낸다 면발질하든 마당발이라 버선이모양업다 신랑이발을잡고 버선을벗기라고하니 신부는 치마밋으로 이옴렷다 옴으리면 벗어내고벗어내면옴으리고 신랑은가도(家道)를이발에서 세우랴는듯이집짓벗어내고 신부는 편심(偏心)을이발로 드러내랴는듯이 구지옴으린다 밧져헤서 이모양을엿보든 신방직히는사람들이 우숨

을참지못하야 깔깔소리를내나니 김서방은 한번소리를 내어웃고 발을노코 널어서서 물집개로초人물들을 집어놋고 부스럭부스럭신무의옷을 벗기엇다

이튿날 돌이가 일지중점은사람을 두서넛다리고와서 자리보기한다고한참동안 야단법석을 버리엇다 김서방의 족장(足掌)을따려 색씨훔친죄를 물어보겟다고 돌이가얼정거리다가

『신랑다는것이 총각놈에게당치안혼일이다』

고모에게 아단도 만낫스려니와 김서방가티 큰사람에게손걸기가 어렵나서

『족장만은 용서하자』

고만두고 김서방과 봉단이를 동을떠어 묶거노코 가진조롱을 다하얏다 돌이의벗석바람에 주삼의집의숨맛병 떡맛그릇 도야지고기맛치시가 업서첫다

혼인지내고 오는손님을 치른뒤에는 주삽이가 김서방을다리고가근방에사는 일지된차저보러단니엇다 그리하야 김서방은 주팔의집에가서 쇠가죽덮의는것도구경하고 돌이의 집에가서 돌이의 형은아버지에게 버들벗기는법도 이야기듯게되엇다 돌이의어머니는 꿀칠하는 버케이나 돌이의아버지는 속신면은허은이가 괴운이조하서 젊은사람만못시아니 한든것이다 그괴운조혼관은이기 김서방을보고

『이미란님이집에 충누리잇첫스면나도나단년넘이엇겟는데벗꺼하나만 남겨두고 죄다뛰엇수가잇서아지 뭐잇거든 뛰미와서 재미잇는 서울이야기나 좀들려주소나도 시골이야기를 들려줄것이니』

돌이아버지는 고담이 업수라고 가티갓든 주삽이가 김서방에게 말하얏다

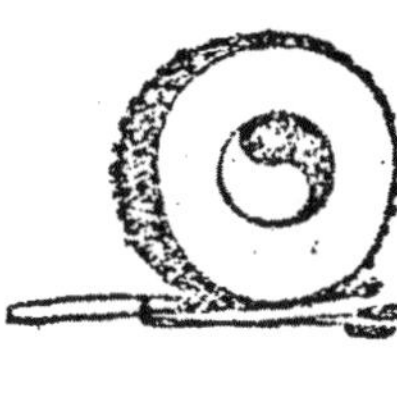

(四) 리교리의안신

멋칠이지나지아니하야서봉단이가남보는데서는김서방과서로 말을하지아니하아도 단둘이 잇서서는 정답게 속살거리고더욱이 벼개우에서 이야기할때는재미가 참새가티 쏘다젓다 어느날 저녁에 김서방이 주팔이게놀러갓다가 밤이 든뒤에 돌아오니그의젊은안해가 마당에 맷방석을 깔고혼자 안저서 동고리를 만들며 기다리고잇다가 삽작문을열어주면서

『이제오세요』

인사하고 뒤를붙아 들어오며

『내가 하든일을조곰만더하면은끗을마치겟스니 몬저 방에들어가줍으세요』

하는것을김서방이

『좀잇다 가티들어가지』

하고머리에동여스든수건을풀으고면빗실을하며 안해가 일거리삽는 엽헤와서 갓가히무러안젓다

『혼자안젓기무섭지안허?』

『무섭긴 무에무서워요』

『독갑이』

『나는 독갑이를본적이업는데요』

『그러면 호랑이』

『호랑이도 말만들엇세요』

이러케 입으로 말대답을하면서도손은 여전히 재발르게놀리어동고리테가 한테 두테둘어가니 김서방이 이것을드려다보고잇다가 뭇는말이

『하로밤에 동고리를서너개맨들수잇소?』

『서너개를 엇더케만들어요내가남의 두목일을한다고 남들는 칭찬하지만 긴긴밤에 한개반이나맨들까요』

『장인장모는 초저녁부터 쉬고자는것이일이신가』

『공신들려정을다하시요』

봉단이는 잠간남편에게 눈을 흘기엇다

밤이이슥하야질수록바람은더욱선선하고 달빗은더욱밝다김서방이 안해의얼골을 드려다보며

『혼자삽하나납고칩지안소?』

하고등을 만저보는체하다가 살작끼집으니 봉단이는 가만히

『아야』

하고

『두번만치우냐고 물으시다가는사람의등에 살점을 남기지안흐시겟소』

골이난모양으로김서방을뒤에 두고돌아안저서 김서방이

『잘못햇소돌우이리돌아 안지우』

청하야도 돌은체만체하고 부지런히 일만한다 김서방이 무안치어다보며

『달이야참밝다 별이하나둘셋……』

별스수를세이다 가종시심심든지고만두고조고만버들갓트린을 봉단의몸에다일놋 말못하게 쥐고서

『애구이것보게』

갑작이부엇을보고놀라는체하야봉단이가돌아보다가몸이버들에절리엇다 봉단이가 김서방의 버들쥐인손을뿌리쳐치우면서

『점잔치도못하시우』

나무래니김서방은

『어멈년사람압헤서는 점잔은이의머리가자라독가리를 어가는버이야잘한체하고웃는다 그때 마춤안방에서기침소리가나는것을듯고 봉단이는

『어머니가깨시면잔소리를』 하실지몰으니소리내서웃지마시요

나즉이말하얏다 김서방이 우승을그치고 한참말이업사 안젓다가안해의일이끗나는것을보고

『인제방으로들어가지 가만히 잇서내가다치우지』

하며널어서서버들재의허트러진것을묵거서봉당우에세우고안해더러널어나라고한뒤맷방석을 말어서처마밋해들며노코다맨든 동그리를들고 섯는안해를 뒤로 가서번적안고알에방으로향하는데안저가는 봉단이는

『이게 무슨짓이세요』

하며달알에그림자를뭇그럽어 하고안고가는김서방는

『치우자면이러케다치워야지』

하며다시웃음을시작하얏다방에들어와서 자리보고누은 뒤에 봉단이가

『남우웁업시구지마세요 남의 눈에띄인가봐서마음이조마조마해요』

속은속은말로하니김서방이

『비말승대로하오리다』

하고외손가락으로살그머니안해의허리를 치어들엇다

『이런짓을마시란말이에요』

『비 말승대로하오리다』

하고다시그손가락으로안해의 겨드랑을간질렷다

『당신이하우불이 (下愚不移)시요그려』

『상지불이(上智不移)는 엇던가문자는쓰는품이백정학자의교훈이만하시요그려』

『학자면 학자이지백정학자란건다무언지 미친놈이지』

『여보 과하오그러면버들학자라고할가?』

『지각좀채리세요』

『어룬더러지각을 차리라니버릇 업서못쓰겟군 버들학자 초치안허? 처음 맛날때가르처준것이니』

『누가 가르처요?』

『왜버들닙으로군호해섯지?』

『군호는따부어요 뚝도하시요 그때당신모양이 보기에 하도 황낭하기에 급히 자시지말라고 일부러 버들닙을띄웟지요 군호는 무슨군호』

이러케 내외가자미잇게 속삭거리다가 닭울때가 되어서간신히 잠들이들엇다

五、게으름뱅이

이튿날 봉단이는술은깨나 일반으로일즉부터 귀똥 하얏시만 김서방은늣잠을자고아츰밥때에야닐어낫다 장모가 눈ㅅ살을찌프리며

「우리가 화초사위로두고볼처지가못되니까인제는일을좀해뵈야지 해가한나절까지 자바저잡이나자서야쓰나」

하고잔소리ㅅ마되나조이하더니그날부터 일을식히기시작 하얏다 처음몃칠동안은내외가버들일하는엽헤서 잔심부름을 식히며고리를트는법 키를젓는법 이법저법을가르치고우선키바탕을걸어보라고낫기는데처음솜씨에시초와갓은 어렵니고 장인이젓다둔 것을 내주엇다 버들납울훌고죽을 켜디에 래어나지아니한김서방이 딸자에업는 버들납을훌게되니 일이잘될 까닭이입다 회창회창하게 가는채를꼴라서썹다가 분질으고 씨로떡이는채를 놀로노흔노끈에 올키계하야분질러서키는한뼘도젓지못하고 버들채누즘으로 분질럿다 장인이 이것을보고

「이사람고만두소 꿈든채가앗가웨」

하고일ㅅ거리를빼앗서가니김서방은무안한것을감추랴는듯이

「손이구더서 질되지안허요」

발명하얏다 말ㅅ성만흔 장모가 듯지안햇스면몰으되 듯고서는 가만히잇슬일이아니라

「손이아니라 두룸발인가 밤망이로 처넘여서 몹솜가리면 몰지 구든게걱정이야」

김서방을 망신주고

「앗다 처음이라 그려치」

사위두편하는 주삽이를

「처음을보면 씃도알지 사위봉양하라면은 늙게신세가고될관이야 잔소리말고 정신이나차려요」

두딸못하게 욱박엇다

이로부터 김서방이 장모에게 박대밧기 시작하야 나날히자심한구박을 당하게되엿다

김서방이 잠시라도 편히안첫스면 그장모는업든심정이 거절로나는듯이 무슨일이든지 불러식히고식힌일이마음에맛지아니하면 욕설을례사로 내노핫다주삽이도 구경은안해의편이라 김서방을 구박할때는 장모가선봉대장(先鋒大將)격이요장인이후친중군(後陣中軍)격이엇다 주팔이가중종와서보고 유세객(遊說客)의구변(口辯)으로 형수와형을달래지만 그힘이 오래가지못함으로 항상봉단이가 김서방을차고도느라고 애를썻다 그리하자니 딸아복기는것이 봉단의신세라 남몰으게 눈물흘릴때가만컨따는 그래도남편과 둘이서로대하면은 우승도웃고 실업슨작란도 자어내고하야 지성으로그의마음을위로하얏다 김서방은젊은안해의정성이 야위고 딸목이가늘어 지는것을 가엽게생각하야장모의마음을사 보랴고도하얏스나 살이쩌엇든지 사이가종시조하지지 아니하야 나종에는나는나머로 할러이니 너는너대로라는 배ㅅ심을가지지 아니하지못하얏나 그러나 그장모가십악하다고만 말하자못할덤도업지안하 잇섯스니 김서방이일치고힘두려하는일은하나도업섯다 배우지못한일을억지로하노라니설흘듣기도하겟지만모든일을마옴에하저안케녁이는것이남의눈에보이엇다우선버들일만하야도밤저녁에 봉단이가 손을붓잡고가르치다십히하얏스니 어지간하면 몃칠안지나서 잘은못하더라도 시늉만은내렷만은 달포가지나도록 봉단의입과 손을빌게되고 나누룰해오라면 종일산에잇다가 다저녁때나려오되 큰키게실머진나무가 까치집만 박게아니되어 봉단이까지 어이업게하고 쏘걸음을처내라면 맛빨어박게업는 고이최삽에 더러운칠을하야 봉단의수고를 씨치고야말게되니 다릴사위로 노코브면주삽의안해가 아니라도 장모로될사람이업지아니할것이다

김서방이릴 일ㅅ손이 느쎈이아니라 게으름을부리어서 조만한잔소리가아니면 당초에 일을잡지아니하는까닭에 주삽의 안해가게으름방이라고별명을지어서김서방을볼때에

「게으름뱅이게잇나」

하면김서방도

「네」

대답하게되엿다 처음에는 주삽의내외에는 이별명을 쓰는사람이별로업든것이 차차로 가근방에더러저서 나종에는 게으름뱅이사위가 조명이나서 주팔이까지도김서방보고롱담하라면

「게으름뱅이사위」

불르게되엿다 이별명을 입에올리지아니하는 사람은 오즉봉단이하나쁜이엇다 어느날 밤에봉단이가 김서방과마조 안저서수수엿가로마음을위로하는데「장도장도못먹는상이무어냐강도강도못건너는강이무어냐」서로걸고풀고하다가김서방이

『뱅이뱅 이못쓰는뱅이가부던가』라고봉단이에게쏘라고하니 봉단이는 잠간량미간을 찌프리다가얼는다시펴며

『못쓰기는 누가못쓴대요? 게을른데는게울러도 게울르시 안흔데도잇겟지요그러치안하요? 그러치요?』

하고소명한눈속에웃음을먹음엇다

(五)게으름뱅이

김서방내외가 자라고 누어서 것잠도채들지아니하얏슬때 홰人불빗이 창에비치며 삽작박게서 인人기척이낫다 김서방이

『화적(火賊)인가』

의심하며 널어나랴고하니 그안해가

『가만히누어게세요』

남편을말리고

『우리집에무슨화적이들겟소』

하고 자긔부터 편안하게누어잇다 조금잇더니 삽작문을열어제치는소리가나고 뒤미처 안방문압헤서 들어선사람의 말소리가낫다 봉단이는 그제야비로소넘어나서 버서노핫든 치마를차저닙은뒤에 창문을 바시시반쯤열고 내다보더니

『고원댁옵바요?』

소리를 놉혀물으며 박저로로 나가고 김서방은

「몰이가 엇재밤중에왓노」

의심하며 그대로 누어잇섯다 몰이의 목소리가들리고 또장모와 장인의말소리가 들리고얼마잇다가 여러사람의 신발소리가나고 또삽작문닷는 소리가나더니 안해가방으로 들어오며

「주무세요?」

뭇는다 이때것 자는것가티누엇든김서방이

『아니』

하고 널어안지며

『몰이가 엇재왓던간』

물으니 봉단이는 동잔몰웃다

『고원댁 아주머니가 지금곳운명(限命)하실것갓대요 그래서 어머니를 뫼시러왓세요 아버지하고 내외분이다 가셋세요』

하고 대답하얏다

그날밤은 젊은내외 두사람이 마조안저서마음노코옷고이야기하다가 밤을밝히다십히하고 이튼날 김서방이코가 빗둘도록늣잠을자고나보니 해는발서 아츰때가 기울엇고 봉단이는 집안을쌔긋하게치워노코 안저잇다 김서방은 넘우늣게잔것이 렴치업서 머리를긁으며

『오늘이야말로 벌명을들어쌋군』

혼자말하듯하니 봉단이가 세수물을 떠다주며

『얼른세수하시고 점심좀삽수시지요 나는배가곱하요』

하고 상글상글우섯다

몰이가 상제되는덕에 김서방을 단지몃칠동안이라도 장인장모의 잔소리를듯지안코 맘편히 지내엇다

주삼의내외가 상가(喪家)에서 몰아오든날저녁때 주삼의안해가 량식이 ᄯᅥ러진것을보고

『년놈이 들어안저서 밥반해쳐먹엇늬 량식이 엇재이러케업서젓늬』

야단치는것을 봉단이가

『한끼에두끼밥먹지 안헛서요』

조금 불쾌히 대답하얏더니그어머니가 한놈이낫다고 뛰면서

『이년 서방맛을되우안다 그게으름방이가 량식 도적놈이야 감추라면감추어지니』

욕설을내노라가봉단의눈에서눈물이쏘다지는것을보고

『쪽쪽울기는왜』

하고혀를차면서도딸을불상히생각하얏든지 욕설은 그치고

『여보 원수의량식이떨어지게되엇구려래일장날키人죽이나와야겟소죽을채우자면키가몃개나무죽이요?』

주삼을 보고물엇다

『맨든것이반죽박게업서』

하는남편의대답을듯고딸을돌아보며

『우리가 돌을마롤터이니 돌은비가맛고남어지하나하나울낭은게으름방이더러 밤새로 걸어노라고해라못해노면래일아츰밥은다먹을계니알어하래라』

구별하는데 봉단이가 상을찌프리며

「나는 오늘밤머리가압흐일것 하겟서요 만일 엮지못하다시면하나나맛지요』

앙탈하다십히하야주삼의내외가세개를낫고젊은내외가각각한나씩을맛게되엇다

밀人거리를각각쏜하가지고방으로들어간뒤에김서방은봉단의면한는장모의말을늣고

「나는 래일아츰밥을안먹을작뎡하지밤을쪼박새우더라도다젓기는틀렷스니까」

하고채들끌라놋는안해의시중을들어주다가

『골머리가압흐다더니엇덧소』

하고머리를집허보랴고하니봉단이가 살그머니 집흐려오는손을막으면서

『관계찬어요개人수를 주리라고압흐다고햇서요』

하고잠간방그레우섯다

『되병이일수구려』

『언제누가되병압듸까』

『우리혼인전날밤에는그제 두손병이요?농칭스럽게묻이야기까지엿며가지고보기에는그러치안흐면서도 하는짓은 여……』

『여……무어요』

『호』

『잘하시요잘해 당신그리다간지각나자망녕나겟소』

젊은내외의속살거리는말은밤이이욱도록쏘치지아니하얏다 이튼날식전에주삼의안해가알에박에서나온키두개를안두번뒤치고제치고하더니

『서방대신해주라고 여호가큰년압흐다고어미를속여』

딸에게귀먹은욕을해부치엇다

五、게으름뱅이

김서방이 아츰밥을먹은뒤에 그장모가 볶이더니 장인과가티 가서장을보아 오라고하야 김서방은키한죽과 고리몃쌍을 지개에질머지고 주삼의뒤를 딸아가게되엇다 향몽은머커라 장이크다 각촌에서 모혀드는 장人군들이 걸이메어가는데 그중에는 숫집이며 장작짐을져고가는 드메人사람도잇고 색기검방으로 곡식말이나부명을걸머지고가는촌농군도잇고 소를네대人바리 혼자서몰고가는 소장사도잇다

『감사행차냐 길중간을잡고오게 키人집저리비켜란』

소장사의볼멘소리에김서방은놀라서길을 피하다가 등에잘못지아니하는 지개가세딱하며 길엽흐로오든농군의 머리가 키人불에스치엇다

『이자식정신차려』

농군의호령을듯고 김서방은 미안한뜻을 말한다는것이

『다칫서?』

무심히 반말을하얏더니 그농군이대번에 얼굴을붉히며

「이놈의색기 뭐정놈이 반말은……버릇을배워라』

하고셩켜워어 김서방의 빰을갈겻다 김서방이 난생처음으로당하는일이라 긔도막히거니와 슯그머니 분이나서 그농군을떠다박질으니

「뻐정놈이사람친다」

농군이외치며

『뻐정놈이사람치다니』

『뻐정놈이무어엇재?』

하면서드뎨 장ㅅ군이며 촌장ㅅ군들이 김서방의 엽흐로모혀들엇다 삽시간에 반바탕가량이나 압섯든 주삽이가 이때마츰길가 맛고랑에서똥을 누다가 맛도채씻지못하고괴침을 움켜쥐고 쫏차와서

『이사람무슨짓인가』

일변김서방을 나누래며

『놀라서그랫소이다』

『난데ㅅ사람을 사위로어더더니위인이 대룡구처 걱정이올시다』

『용서하야주십시요』

농군에게도 절을하고 여러사람들에게도 절을하고 무번사번 정신업시 절을하얏다 주삽의 덕븐으로봇매질이나지안코여러사람이헤지는데

『뻐정의사위놈이 량민(良民)에게손을대다니 부엉하기도 짝이업지 도머레세상이망햇서』

소장사 가짓거리니까그농군은 더러운 손자국을 털어업새라는 가듸옷을털며 짓거리는 소장사들쳐다 보고나서

『제기 간밤에꿈자리가사납드니마수거리로 창피보앗네』

혼자중얼거리엇다

그때부터는 주삽이가 각금각금뒤를돌보아 김서방이 조금만떨어지면

『빨리오게』

붓더가지고 압뒤에무러 가는데 김서방의고개는 숨곳 아래로 숙어젓다 옵어구에 들어서자주삽이가길을비켜옷독섯다뒤에오든김서방이 말아서멈추고 고개를들어보니 갓을쓰고 소매달린옷을닙고 집행이를집흔 한오십되채수염ㅅ자리 하나가 아이하나를뒤에떨리고 천천한 걸음오로이편을향하야 걸어온다 김서방은길엽헤비켜서고주삽이는맛거름압흐로나가다가채수염자리가갓가히온뒤 허리를 굽으리고 공손히

『집강(執綱)나으리 주삽이문안드립니다』

하니수염자리가굽으린주삽의동을나려다 보며대답은

『오오』

분이다 그수염이 그대로지나가랴고몃걸음나가다 가무슨생각이나는듯이돌아서며

『이애그동안 댁의따님이큰진을와서제시다가 수이가실 터이다 그런데댁안에서몃을담을그릇이업다고하시든이삼일안에동고리몃벌을댁 으로가저오너라』

『네』에대답하고 주삽에게분부한다주삽이가

『저고 가지고오는것이잇섯는데 물건을보시겟습니까』 말하야

『이되 이리가저오너라』

수염의분부가떨어진뒤

『여보게집을이리가지고오게』

김서방을갓가히 오라고불럿다 김서방이지개를버러어놋는것을보고

『문안엿줍게. 향교ㅅ말도집강(都執綱)나으리시며』

날러주며 꼿알변으로 수염에게

『사위올시다』

엿줍는다 김서방이 말넘시혀리를굽으리는데 고개는 치어들리엇다

그고개가 수염의비위에 맛지아니하든지

『오오』

한마듸뿐이엿시

『그놈나ㅅ살이나먹엇구나』

하며수염을씨다듬고주삽이가지개에서 나려놋는 동고리를아이더러집어오라하야 바다든고 보더니

『이것은 장치구나 굵어못쓰겟다 마침으로해오너라』

말은주삽에게하고물건은아이에게놀우준다 그리하고 주삽이를바라보며

『네아우놈지금도공부하느냐.』

뭇고서 미처대답도 못지안코

『뻐정놈이공부하야무엇하노』

또수염을씨다듬으며

『허허 허허』

흉스럽게웃고 돌아서서 다시 천천한걸음을내노앗다

五、게으름뱅이

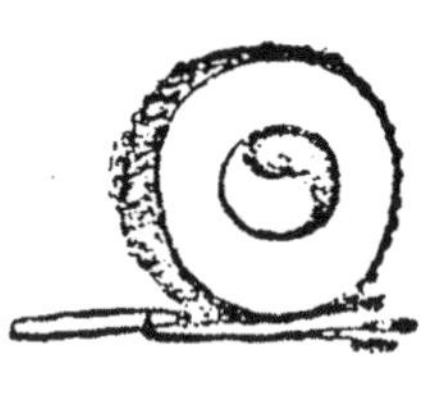

주삽이가 초상에 행대(行帶)잘하기로유명한감엿장교(監營將校) 하나를 맛나서 고라ㅅ벌과 키ㅅ개를 공히빼앗기고 파장머리에 남아지물건으로 콩과서속 몃말을 밧고아서 김서방을지며가지고 어둠컴컴한때 집으로돌아왓다 서덕상을 치운뒤에주삽이가 안해와마조안저서 김서방의봉변하든일을이야기하고

『내가 조금만늣게갓서도뭇매질이낫지』

괴처쥐고 또차간공로(功勞)를 자랑하니 그안해는 사위가봉변하야가엽다고는 말할 생각도아니하고

『울가리가싱해서 걱정이든가 경을치든마든가만히내버려두지안코』

시비를 말렷다고 도리여남편을나무렛다 주삽이는 너털부슴을우스면서

『너편네란 종시소견이부족해 사람이 경을치면 물건이성할가』

무번무번절한것이 사위 보댜도물건을 중히넉인 까닭이라고 말하얏다

일긔가 치워젓다 사람마다겹옷을닙고 오륙십만된 사람이면 도롱만 가욱차렵을닙을때다 김서방은 아즉도 홋것을닙고쉬건커녕으로 변변합고지내는데 남의이목(耳目)도 좀보아야 하지 안느냐고 주딸이가 졍수에게간곡(懇曲)히말하야 새 무명으로 겹옷을 짓게되엇다 그러나그옷을짓는동안에 장모의 입에서나오는

『키는 정치게도크다』

『안팟 쉬이 떠자나드니 옷도 쥐놈이다』

이따위말에 김서방의귀는 따갑기도하고 가렵기도 하얏다

김서방이 새옷을 어더닙든날이다 전날부터 압흐다고머리를 몽이고단니는주삽이가김서방을불러서

『도집강이 아랫벌사람편에동고리재촉을하고 오늘안으로 가저오라드라네 내가 갓스면조켓스나 몸살이나서 못가겟스니 자네좀갓다 오소 향교ㅅ말 가서 도집강댁이 어듸냐고 물으면어린아이라도 잘알것일세 고리를 밧고서 쌀말을주거든 황송합니다하고 바다가지고오소 그리고 내가압허누엇단말도잇지마소』

날르는데 엽헤잇든 장모는

『새옷닙스로 남이주는쌀이나 잘가지고와야해』

쌀을내버리고오기나할것가리 미리사살하고 못단이는 김서방의뒤를다아 삽작문밧게까지 나오면서

『공안녕히구세요 쳐재말씨를조심하세요 꼭또 봉변하시리다』

김서방의 언어행동이 공손치 못한것을 걱정하야 다정한말소리로신신히당부하얏다

김서방이 도집강의집을 차저왓다 문ㅅ간에들어서서 사람을 차지랴고 이리저리 둘러보자니

『누구가왓나부다좀나다봐라』

큰방에서 도집강의 목소리가 나고 아랫방에서

『네』

대답소리가나며 하인인지 머슴인지 세차보이는사나희하나가 아랫방에서뛰어나왓다 그사나희가 김서방의 아래우를훌터보더니

『어듸서왓서?』
반말을하건만은 김서방은 존대하야 쌀맛는법이 업스리라생각하고
『양주삼이게서 몽고리를가저왓습니다』
대답하얏다 그사나희가 큰방압헤나아가서 이뜻을말하자 큰방창문이열리고 도집강이내다보며
『인제가저왓단말이냐 주삼이놈 어듸잇느냐』
말에 대중ㅅ긔가잇다 김서방이 뜰압흐로나가서
『주삼이는 알어누어서대신왓습니다』
하고 허리를굽으리니 도집강이 한번큰기침하고
『몽고리 몃벌이냐』
『세벌이올시다』
『이리가저오너라』
하야 그사나희가 두손으로드리는 몽고리를바더가지고 옷작과밋작을 한두번식 들엇다노앗다하더니
『일썻마집으로 해바치란것이 이모양이란말이냐』
말에 호령ㅅ긔가잇다
『이나마그대로 두고가래라』
하고 참문을갑작이 몰우다치엇다 김서방은 두고가라고하지만 쌀주기를바라고 주저주저하고섯다가
『왜 아니가고섯서?』
뭇는사나희의 엽흐로 갓가히가서
『쌀은아니 주십니까』
말하얏더니 참문이 화닥닥열리며
『그놈누엇이라느냐? 쌀? 이따위로물건을 해바치고 쌀을달라?』
하고 몽고리들을집어서 마당으로 동댕이치며
『이놈무엄한놈가트니 쌀을달라?』
개짓듯 짓는데 김서방은 안해의 곱은손을하라는말을 생각하고 속을석어어서 붉어진얼굴빗을 보이지아니하랴고 고개를숙이며 공손히
『잘못햇습니다』
사과하얏더니 도집강이
『이놈그래도 무슨잔소리야』
호령하고 아무개들을불러라 멍석을말어드려라 매를해오너라 채수염을흔들며 야단치기 시작하얏다

五、게으름뱅이

리교리인김서방이 도집강의 강호령을맛고 멍석마리 매를맛게되엇다 매를맛는것도 류만부동(類萬不同)이다 멍석마리에 볼기를맛는것은 회차리로 종아리맛는것과는 틀린달르고 형문으로정강이를맛고 난장으로 발뭇을맛는것과도 서로갓지 아니하야어려서부터 늙어죽기까지 량반으로당할 까닭이업는 일이다 당할까닭이업는일을꼼작업시당하게된김서방 이긔가막히어업쌔진 사람가티 서잇자니『그놈을거긔 [illegible]지못한단말이냐』도집강의 호령이나리며 그수사람들이 달려들어서 상투를잡고끌어다가 뜰압헤 물리엇다 김서방이 분한것도 참고붓그러운것도참고 또가소러운 것도참고찬찬한어도로발명하야보앗다
『몽고리를갓다드리라고해서가지고왓고 쌀을주시거든 바더오라고해서싸시지안느냐고하인에게물어본것이 무슨죄입니까 며데량반은……』
발명이미처뭇이나지못하야도집강의입에서
『그놈의주둥이를 쥐어질르지못하느냐』
고호령이떨어지며 세차보이든사나희가 주먹으로 김서방의볼을쥐어질럿다 김서방은 압흔것보담도 창피에창피를 더당하지아니하랴고 입을담으럿다
『그놈을올려매라』
도집강의 호령한마듸에 거행하는군들이 김서방을 끌어다가 말어노흔멍석우에 집어엎질르고새무명바지를무릅께까지까문기엇다
『되우처라』
『그게무슨매질이냐박어처라』
련하야신칙하는매가 하나、둘열개에그치엇는데 김서방은 엄살한마듸도 아니하고 꿈게맛고닐어낫다
도집강은『죽을뻐라 잘못햇습니다 살려줍시사』 비는소리를 못들어서 량반의 세력이 깍긴것가지 생각하얏든지
『그놈은 저기동에붓들어매노코주삼이놈을 가서 잡어오너라 알어누엇거든떠메어라도잡아오너라』
수하사람에게 분부하야 보내더니 보리밥두어숫 지을동안이나지난뒤에 주삼이가 죽을상을하고삽히어 들어왓다 도집강의 볼호령소리가 주삼의 애걸하는소리를 나려눌르니 주삼이는김서방이 맛든멍석우에 너부죽이업드리게되엇는데 주삼이가 발

버둥이실을지니싸
『잔득동여매라』
라는호령이나리고주삼의딸다
리가 색기로 동여매지니싸
『매를쳐라』
호령이나리엇다매가느진몸기
살에 떨어질때마다 주삼의입에
서『애구、애구』소리가 입에벅차
게쏘다저서『되우쳐라』는호령답
시매열개를낫고 나중에장독(杖
毒)예방으로 집신밟이 매人자
리를 밟아부빌때에 주삼이는
고동을 익이지못하는듯이 압머
리를 멍석에부비엇다
『너의의사위는 관가로보내서
더속일것이나 삼분유서한다 동
고리는 가지고가거라』
도집강이 호령人긔가남은 목
소리로 넉드니 쭈쭈리고안진주
삼이가
『황송하온말슴이오나 해바친
물건을 몰우가지고가옵느니 이
자리에서 매를날개 더마저지이
다』
애걸하다십히하야 동고리는
찻고 쌀은구경도못하고 김서
방과함께 도집강의우서를 바덧
다
주삼이는 다리를절고 김서방
은고개를숙이고 도집강의 집에
서나오니 주삼의안해가 남편의
뒤를 쏘차와서 문박게서잇다가
뒤에나오는 김서방을 붓삽고
『이자식 이길로다른데로가거
라 내딸이사위업겟니 관비(官
婢)박지 관비박어변려마라 너
가튼사위두엇다간 우리가 비명
(非命)에다저죽겟다 텬하에망
할자식 우리딸어오지말고 어서
다른데로 간』

장모의 욕설에는 귀가닉은김
서방이지만 당하기가 어려웟다
그러나 할길업시 그내외의뒤를
딸하가노라니 얼마아니가서 주
삼의안해가돌처서며
『이자식다른데로가라니까 왜
딸어와 오면집에발드려노케 할
줄아늬 어서다른데가서 빌어처
먹어 그래도안갈테냐』
하며 김서방을 떠다민다 김
서방이 주삼이가 혹사무슨말을
할가하고 주삼의얼골을 바라다
보나주삼이는입을세지아니한다
『갈데가잇서야지요 그리하고
가더라도 봉단이하고가려 가야
지요』
김서방이 말을하자 주삼의안
해의손이 번개가티 김서방의귀
미를잘라오며
『무어엇재고엇재 봉단이하고
가려가? 봉단이는 내딸이야경
칠자식 망할사식 쇠업데기를쓰
고몸이심을릴놈의자식』
가진욕설이다나와왓다

六、케으름뱅이

김서방이 주삼의안해에게 잔
상히곤욕(困辱)을 당하고는 뒤
를딸하옴을긔가 업서젓다 한참
동안우두머니 섯다가 길염를밧
에주저안서 하늘을처다보며 긴
한숨을쉬기도하고 멀리가는 주
삼의내외를 바라보며 쓴입맛을
다시기도하얏다 그러나 김서방
은열번고처 내쏘긴다하야도 갈
데는 주삼의집뿐이라 무슨멀생
각이잇섯스랴 봉단이를 가서보
고전후사정이야기해야겟다 또주
딸이를맛나보고 신세조처를 의
논해야겟다 이리생각하고 몸을
널어서 주삼의내외를 멀직이딸
하왓다
주삼의집에서 활두서너 바랑
이착실히되는곳 까지 주딸이가
나오다가 형과형수를 맛나게되
엇다 주딸이는마춤 형의집에를
왓다가 혼자놀기만하고 잇는봉
단에게 대강사정을 듯고당교人
말을당하야 오든것이다
『형님오시는구려』
반갑게형에게로쏘차오니 형은
한두번고개를 끄덕이고 형수는
내답으며
『사람이 까닭업시경을처도분
수가잇지안수 매열개에 혁창한
개업습되다 밖가테서 매질소리
를듯고잇자니 사람이 치가떨려
어되견되겟습되까 도집강 인지
부집강인지 그놈은변석이 무슨
원수요 물건은그저먹고 사람은
초속어음을시키니 도대테 사위하
나망한놈을 어덧다가 죽을봉변
다하오그려』
남은날힘들이업도록혼자갈게
떠들엇다 주딸이가 업는틈을간
신히 어더가지고
『김서방은어되잇습니싸』
『쏘처버렷소』
『쫏다 니요?』
『그럼 그자식을그냥둬요』
『그렵수야잇습니싸』
말몃마듸를주고밧고한이후에그
형수의 긴사설이 또다시시작하
얏다
『그렵수라니요? 그자식때문
에고생도만히햇고 참기도 만히
햇소 이런변이 업더라도인제는
더참지못하겟소 아재맛 하는게
아니지만 사내답게 생겻느니사
위人재목으론 더골을수 업느니
하든그자식이 허울좋은인 한울할
인종이야 누가알엇소 그런망할
게으름뱅이가 텬하에 또어되잇
겟소 일을처줄듯시안는데도 첫
재제으름뱅이된 집에두고 먹이
고넘히지못하겟소 그중에 그자
식이 봉단이하고 가려간다지요
사람이 긔人구멍이 마혀죽겟지
그래、귀人사머기를한번호처주
엇더니 아무말도 못압되다우리
가오다가 돌아보니가 길가에주
저안겻습되다 만일에 그자식이
또차와서집에발을드리며 노흥면다
리쎄다귀를 응지 작덩이요』
이따것듯고만잇든주삼이가
『고만집으로가세나 가서이야
기하지』
안해의말을 가로막고 압서서
몃결음나갈즈음에 입맛만 다시
고섯든 주딸이가
『여보형님 먼저가시지요나는
잇다가 오리다』
뒤에떨어지며
『아주머니 다시생각을잘해보
시지요』 그려고차차이야기하십
시다』
형수에게말하니 형수는
『다시생각힐일이 다따로잇지
요』
머리를뒤흔들며 형의뒤를딸
아갓다
주딸이는 김서방의 일이굼굼하
야 차저가보랴고 뒤에떨어진것
이다나오든길로 얼마며 나오지
아니하야 풀긔업시 걸어오는김
서방을맛낫다김서방에게전후곡
절을자세히듯고나서
『꽁으로 몽고리를때앗스랴는
자에게쌀말을하얏스니 그런쏭
파가아니날리잇지 대테 량반
이란것이 행세가 량반이라야
지 날도적(盜賊)놈이 량반은
무슨량반일고 그러나 도집강
가튼것은 부족패치(不足掛齒)
야 날도적의소굴(巢窟)은 서울
이지그려
주딸이가 김서방의 소조(所
遭)를가엽게녁이는끗헤 량반론
난(論難)이나오든것이언만 서울
량반인 리교리에게는 이역시소
조라 리교리인김서방이 주딸의
말을듯고 얼골이 붉어지며 간
신히
『그러치요』
대답하고
『그런데 내일은 엇지하야 조
흘까요』
자긔의압일을 의론하니 주딸
이가 입맛을다시며
『그러지안허도 지금형수의말보
고 말을하얏지만 형수의 청미
(性味)가첫미라 얼른말을들을
것갓지아니하니 몃칠동안 내게
와서지내보소 엇더케하든지 말
청되시되겟지』
말하야김서방을다리고오다가
『봉단이를보랴다간 형수손에
큰코다치기쉬울세니 형님집으
로볼생각말고 바로 우리게로나
려가소 나는잠간단녀갈것이니』
말하야 김서방은 자긔집으로
보내고 혼자형의집에와서 집안

이덤우조용한것을 괴상히 생각하면서 삽작문안을들어섯다

六、축 출

주팔이가 웃방문을열고 봉국형은누어잇고 형수는 방을훔친다

『인제 오시우』

인사하는형수에게

『네』

대답하고

『봉단이는 어듸잇슴니까』

물으니형수는머리를흔들며

『나몰르지요 그년이이방을훔쳐다가말고 새촘하고 나가더니 다시는들어오지아니하니까어되가서눈물을짜내는지도몰르지요

『아주머니가 김서방의말을하선게구려』

『방을훔치면서 그는왜아니오나요갓기에 또쳐버렸다고 말했더니면낭스런게겁해도독내던지고나갑되다』

주팔이는 형수와 말하든것을 쓰치고 봉단이를 차지라고집안을돌려 보다가 아랫방문을 와서 열엇다

봉단이는 머리를싸고 누어서 무는소리가 나도 엄작엄삭이니하여다가

『이애봉단아』

불르는 주팔의목소리를 듯고야 져 누넓어 안는데얼골에는눈물흔적이잇고 어진머리는 흘어저나려왓다 주팔이가 방으로들어오랴고하니까 봉단이는 두손으로 머리를 거더언지며아랫목자리를 주팔에게 비켜주고삼촌이 무슨말을하랴나 기다리는것가터 주팔의 얼골을처어다 보앗다 주팔이가 김서방에게들은진후사실을이야기하고

『김서방은 좌도업시 도집강에게매를맛고 죄도업시 비어머니께내쐿젓다 그사람의일도 딱하고가엽지만 머데 너는엇지할셰음이냐?』

족하딸의 의견을 물으니봉단이는 눈물이 맷거니듯거니하며

『지금그가 어듸잇슴니까?박가레왓습니까?』

김서방의 잇는데를알라고 뭇는다 주팔이는 그때마츰박가테서 형수의귀쳐이 나는것을듯고

『그사람도사람이지 여긔오려고하겟느냐? 정히 갈데가업스면서울로라도 올우가겟지』

봉단이뭇는말에 동이다을뜻말듯한 대답을하고서 한번기침을하더니 압창문을열고 가래를배앗다가 마당에서 무슨치임개질을하는데하고잇는형수를보고

『아주머니』

불러서

『이리오시지요』

방으로 들어오라고 권하얏다

『언제들어가고말고』 할새가잇서요 저녁을해야지』

『밥서서녁할때가 되엇나요나도 집에좀 가봐야겟군』

하며 주팔이는넘어서서 형수에게들리지 아니할마큼 나직이

『아주머님동안 내게와서잇스라고햇다 말것 네게되고 안되기가 데일첫재 네게달렷서』

말으들 한지게맷고 봉단이를 나려다 보앗다 봉단이는 외손을 벌려서 엄시가락과 장가락으로 관자노리께를 눌으니 자연히 손바닥으로 얼골이 가리어진다 그리하고나서

『저를 잇나보기전엔 어듸로든지가지말라고 해주세요』

삼촌에게 부탁하니

『그것은 내게부탁도할것이업다 그사람역시 너를보기전엔 어듸로갈생각이 업는모양이더라』

주팔이는 말이 굿난뒤에멀숙이잇는 형수에게도 들릴마큼

『사람은 몸청한것이데일이야 몸조심해라』

봉단에게 날르며 밧박그로나갓다

그날저녁에 봉단이는 밥짓는데도 내다보지아니하고 밥먹는데도내다보지아니하고아랫방에 누어잇섯다저녁이쯧나고어둠컴컴한뒤에그어머니가방으로들어와서

『이애 자니?』

하며 봉단의몸을 흔들다 가자지안는표가나니까

『어듸가 압흐냐?』

하고 머리를집허 보면서

『어지간만하거든 날어안저서 나하고 이야기좀하자』

말하니 봉단이는 대답이업시 날어안젓다 봉단어머니가 등잔불을 켜노코안저서 딸을[illegible]다

『게으름방이를 내쏘친것이부모도 라야속하냐? 그자식의지저구니로말하면 백번 내쏘차도 맛당하고 내쏘친것이 조금과하다고하더래도 이왕 그러케된것을 다시물려들일수가 어듸잇늬?쏘다업질는물은 다시담지못한단다 너가리소견이 넉넉한애가그게야 벌서 잘알고잇슬헤지 게으름방이생각마라 너의 삼촌은 뭣더러도다시 생각해보라고하더라만 다시생각할것이 무어냐?텬하에사내가게으름방이하나쁜이란말이냐?게으름방이는 질통의니까 깨쳐도 앗갑지안타 뭇동의 사위를 어더주마나 이도왈맛고 난밧사람이 아닌서방이 조치안켓느냐? 서방과손ㅅ그릇은 손써먹일 탓이란다 정만드리고보면·첫서방이나 둘재서방이나 매일반인법이다』

봉단이가 잘늣지도 아니하는말을듯이업시 짓거리는판에 웃방에누엇든 주삼이가 어느틈에날어나서

『무슨이야기들이야』

하며창문을 열고들어섯다

六、축 출

주삼이가「아이구」하고거북살스럽게안더니 안해와딸의 얼골을 번갈러 바라보다가 딸을보고

『너의어머니 하는일이종시생각이부족해 게으름뱅이는 내쏘쳐도조치마는 너더러 말이나한번할것인데』 에고잠간안해를돌아보며

『화ㅅ김에 미처생각을못한것이지만』

뒤를두고말을하다 어

『말도업시한것이 너는야속할터이지 그러치만 이왕그러케된일이니 네가마음을고쳐먹라』

첩잔케말하는줄이 미리말만 하얏더면 봉단이가저녁밥을 안먹을까닭이업슬것가터생각하는모양이다 봉단이 눈말을듯는지마는지고개를숙이고 안젓슬 따름이오주삼의안해는봉단에게향하야

『부모자식사이에 간격이잇슬터이잇늬 야속하거든 야속하다고말을해라 너도어미 애비가하두딱히못지내고 쫏논것 고생바지만하게되면마음에원통할터이지』 하고삽간남편을돌아보며

『서방과무쇠솟은 새것이어얀만시만너만한신랑이면서방업시

흐겟느냐? 또감영관비로들어가도게으름뱅이다될사위보담은나흘에다 눈조리가처진 갑사나맛나게되면 남부럽지안케 호광을할것이요 례방비장의 눈에들면웅식을논하며울게니너도조코우리도조치………』

봉단이가 듯다듯다듯기가 실혀서눈쌀을찌프리며

『머리가압허서누어야겟서요』

하고안젓든 자리에쓸어저 낫을벽에다대이고 누으니 뒤에안진주삼의내외는 서로얼골을 바라보고잇다 가주삼의안해가괘심한일을 억지로참는듯이 『응』 하고남편과함께널어서나갓다

가을긴긴밤이지나가고이튼날아츰때가되엇다 주삼의 내외는아츰밥을먹는데 봉단이는 그림자도보이지아니 하얏다 어제아렛방에 누은채로오늘도닐어나나오지아니한것이다주삼이는딸의꿈는것을 걱정하야

『조죽이라도쑤어서 그애를먹게하지』

말하얏스나 그안해는 자애만흘어머니가 도리혀 범범한사나이가터

『멋쉬나 굶나가만히 내버려두고보지 제가조하굶는것을 누가성가시게 먹어라 먹어라한단말이요』

하고자긔먹을 밥만먹고 잇다

아츰때가 훨신지난뒤에 봉단이는그부모가 방에들어안진 틈을타서 슬그머니 집에서빠저나와아랫말로나려왓다 여러번들굶은까닭이든지 또는넘우속을 상한까닭이든지 머리가 내둘리고결음이 잘걸리지아니하야 평일가트면한두번 왓다갓다 할만한동만에 간신히주팔의집에 들당도하게 되엇다이때 김서방은주팔이와가티 쓸두에노힌 들마루에안저서이런이야기저런이야기하는중에 삽작문에들어서는 핼쓱한봉단의얼골을보고 벌떡 닐어섯다 닐어서기는하얏스나 바한눈이 서서잇고 주팔이는쓸밥에로쫏차나려가서

『너오너냐?』

하며빗실거리는봉단이를붓들고올라왓다

『여긔좀안지려무나』

툇마루에안치랴고하니봉단이는고개를흔들어실타하고숙모의밤으로 들어갓다 주팔의안해는 나이가주팔이보담칠년우일뿐이아니라 하나설리지못하는 여러번아이나이에 사람이곱하서 봉단의어머니보담도 더 늙어보이고거긔다가 병객(病客)이라조만한일이아니면 움저거리지 아니하고 방에들어안젓는 사람이다칠녀의멋쩌좋은 이야기를 듯고

『그래서야 몸이부지하느냐』

고나무래면서 박가트로 나와 한참움울거리어서되이지안흔조죽한그릇을쑤어가지고들어왓다

봉단이는 죽을먹은뒤에

『자근어머니나를좀숨겨 해주세요』

하야얼마동안누어잇다가주팔이가김서방과가티방으로들어오매봉단이가 닐어안는데 안저잇는봉단의눈에도 눈물이 어리고서잇는김서방의눈에도눈물이얼이엇다

『하로밤이 십년갓더냐? 봉단이너는녀자라면약한심장에눈물흘리기쉽지마는

김서방 자네는늠름한 대장부가눈물을흘리다니남보기참피치아니한가』

주팔이가소리를놉혀우스며손으로김서방의억개를치니김서방은게면쩍은것을감추랴고억지로우스면서

『누가눈물을흘렷습넨가 소리고만두어』

하며안칠가말가주저하는때주팔이가그안해를눈짓하야밖그로내보내고봉단이를나려보며

『만일아주머니가아시고 또차오신다면나도난처하거니와너의일에 리롭지못할것이니 조금만쉬어가지고올라가게하여라』

말하고다시김서방을건너보며

『십년적회(十大積懷)를잠시라도풀어보지』

하고우스면서자리를시박그로나아갓다

六、축 출

김서방이 봉단의 엽흘로와서덤우갓가이 부터안즈랴고하니 봉단이는 말이업시 몸을움츠이어조금사이를 비키엇다 김서방이면괴스런듯한 봉단의 얼골을들여다보다가

『하루밤ㅅ새 환형(換形)이 되엇구려 이리좀누우』

하며 자긔의 무릅압에를가르치니 봉단이는 잠간머리를숙을어 실타는뜻을보히고 입을열어나직한 목소리로

『장독(杖毒)이나업스세요』

틀으며 양미간을 꼽게줄음삽는다 김서방은 장독이업다는뜻으로 고개를쓰덕이고나서

『여보 내가말씨를조심아니해서 그런봉변을 한것이아니요 동고리만밧고 답은말이 업시가라기에 그대로오라다가 남의주는쌀도가지고 오지못햇다고 장모에게 구박바들것이 생각나서 쌀말을하얏엇소 말을하나마도 쌀을주지 안는다고더짓이 하인에게물어보앗는데 그것이 죄목이될줄이야누가알어겟소』

분분이 발명하며 봉단을돌아보니 봉단이는 손으로허물을고이고 옷니로 압에잇살을자긋이물고잇는데 눈물방울이 옷깃에떨어진다 김서방이 얼마동안말이업시안젓다가

『내가 당하는것은나의팔자니까 할일이업지마는 이래저래어린안해의 맘을상하게하니 사내체ㅅ것으로 염의가 업서』

혼자말하듯이 말을하며 봉단의허리고인손을 만지라고하니 봉단이는 살그머니손을 옆호로치우면서 김서방을 돌아보고

『어되로갈 생각은마세요』

당부하는데 말보담도 그눈이더 은근히 당부한다 이때바깥게서 큰기침소리가나더니 주팔이가 문을열고 들여다보며

『해가 점심때가기울엇다집에 가봐라 그리고 줄는것이장사가 아니니 밥을먹도록해라』

말하니 봉단이는『녜』대답하고손떳이 김서방을 돌아보며

『가겟세요』

하고니러섯다

김서방이 봉단의 뒤를딸하나섯다 봉단이가『고만들어가세요』말하면『들어가지』대답하면서도 차첨차첨 딸아왓다 아때말서 거의중간이나 넘어왓슬때 봉단의 어머니가 멀리서 휘저거리며 나려오는것이 봉단의눈에 띄이엇다 봉단이가『저긔오는이가 어머니아니라고』하며손가락으로 가르치니 김서방이

『그러쿠면 잠간어되로비켯다가 지나가신뒤에 갑시다그려』

하야 내외두사람이 사이ㅅ길로빠저서 시내ㅅ가로나왓다

버들닙은 이미떨어젓고 시내ㅅ돌은 보기에도차도록 맑엇첫다 가을녀편내의집안일이 밧븐까닭인지 빨래ㅅ군하나가 눈에 보이지아니한다 내외가 맘노코 억개를겻고 시내ㅅ가로 올라오다가 처음대면(對面)하든 빨래터에와서 김서방이 봉단의손목을쥐며

『여긔가 우리에게 연분이 깁흔곳이라 잠간이라도 안젓다갑시다그려』

말한즉 봉단이도 실타고아니하야 언덕우풀밧의 양지바른곳을골라서 두사람이 나란이안젓다 첫재로김서방의 눈이가는곳은 봉단이가녀사귀물따든 버들가지다 가지는전과가티 늘어젓스나 성하든닙사귀는 지금다떨어지고 다만누른닙사하나가 매달려서 가는바람에도 지금곳떨어질것가티 한들한들한다 김서방은 손으로그닙사귀를 가르치고 봉단을 돌아보며

『전날 그닙사는 당신의근본을 드러낸것이아닙지라도 오늘날 저닙사는 나의신세를그려낸것이다 당신은부모가잇고 친척이잇고 또나중에』하고말을끈첫다가 다시니어서

『당신에게는 나하나잇고업는것이 대사가아니지만 나는그러치아니하야 당신에게서 떨어지면다시무를곳이업는사람이요』

신세를한탄하니 봉단이가 청낸눈초리로 김서방을 흘겨보며

『당신이말이요무어요 당신이 그런말을진정으로한다면 나는 당신을 잘못미덧소』

하고 입살을샐룩잇다가 다시 김서방의 얼굴을치어다보며

『당신이 나를못미드시는게지? 사람맘의맘을 몰라주어도분수가잇습넨다』

하고 두손으로 낫을가리고울음을내노핫다 김서방이 처음에는 엇지할줄몰라서 어리둥절하다가 나중에는 울지말라고 봉단의억개도 흔들고 봉단의얼굴을 치어들고 옷소매로눈물도씻겨주엇다

『내가말을잘못햇서 울지말고 내이야기나 좀들어주어』

하야봉단의울음을그쳐노코김서방은 자긔의근본과 신세와모든것을이야기하는데자긔가김서방이아니요 리교리인것은 물론말하고 자긔가당한안해가 잇는것도때지안코말하얏다 김서방의 이야기가끗난뒤에 봉단이는

『조혼세상이되면다시 나가실수잇겟지요?』

물어서

『암 그러치』

하는김서방의대답을듯더니한참동안말이업시안젓다가 김서방에게향하야 실음업시 뭇는다

『대데냥반도업고 백정도업는세상은업나요?』

六、축 출

얼마동안 김서방이 말이업시안젓다가 두다리를 뻣고두팔을 벌리고 기지개를 켜더니한팔을 봉단의 무릅에깜고 비슷이누엇다봉단이가 손으로 김서방의머리를글거주며 눈으로 면하롱을 바라보고 잇다가 팔이감긴무릅을가만히 흔들면서

『여보세요좀 닐어나안지세요 인제는 내이야기를들어주세요』

정이뚝는듯한 목소리로 말하니 김서방은

『무슨이야기?』

하며벌떡 닐어안젓다 봉단이는 무릅을도사리고 얼굴 빗을고치고나서

『당신이록록(碌碌)한사나이가아닌것은 미리부터 짐작한바이지마는 삼한갑족의량반인것만은생각지 못한일입니다 그런줄을 미리알엇더면 뒤ㅅ일을한번더 생각하얏슬것 인데 그리못한것이 당신에게 속은셈입니다 당신은 잠시액회(厄晦)를면하시라고 만리전뎡을 생각지안흐실리가 업스섯겟 지요? 조혼세상이되는날에는백정의사위가 우사써리요 망신써리지요? 그때나를 엇지하실생각 이세요?』

봉단이가 한마듸뭇고 김서방의눈치를엿보고 두마듸 뭇고김서방의얼굴을 살핀다 김서방은 얼굴에우슴을띄우고

『나는무슨 자미잇는이야기나 들려준다구』

하고힘업시팔을들어봉단의억개에집히걸치며

『남편에게조혼세상이면 안해에게도조흔것이고 안해에게 조치못한세상이면 남편에게도 조치못할리이지』

하며걸친팔의 손가락 등으로 봉단의뺨을 간질으듯 문질으니 봉단이는 가만히 그팔을 잡어억개에서나려노흐며

『서울량반에게 조혼세상이시골백정의딸에게 조흘는지 누가 알어요? 도리혀조치못할는지도 몰으지요』

하고긴한숨을지인다 김서방이정색하며

『여보』

불러노코 잠간동안 말이업다가맘에서울어나오는듯한말로

『장래의조혼세상이 올는지말는지 지금으로모르는일이거니와설혹온다 손잡더라도 그때자긔하늘이나려다보시오』

버리를고나혼자 누릴생각은업소

하며손을우흐로치어들어하늘을 가르치니 봉단이는 김서방의얼굴을이윽히바라보고잇다가

『나는하늘보담도 당신을밋습니다』

말하는데 새촘하든얼굴에 우슴

어떠롤맛다 김서방이다시정색하며앗가와가티

『여보』

홀러노코 한동안 말이업스니 봉단이는 김서방이무슨 말을하라나의심스럽게 생각하며 그입이떨어지기만 기다리고 잇는데 김서방이한번 점잔케 기침하고 나서입을떨어말한다

『장모가 당신을나치는못하얏슬것이고 토(吐)하야 노흔모양이야그랴한즉 장모는토기로다』

하고 껄껄우스니 봉단이는 말을기다리든 보람이 업서젓다

『실업스시기도 하시요』

『내가달은 사람에게실업는소리하는걸을 언제들어보앗나?』

『내게 실업스신건데모손실아닌가요?』

『어린안해에게 실업슨소리좀해도 괜찬흔법이야』

김서방은 너털우슴을웃고 봉단이는 상글상글 우섯다

내외가 해가는줄도 몰으고웃고짓거릴때 안진뒤에서 사람의발자국소리가낫다 두사람이 놀라서 일시에뒤를 돌아보니주팔이가온다 봉단이가 날어서며김서방도 딸아서날어섯다

『이것이 무슨짓들이야』

주팔이가말하며내외압헤와서

『한참차젓다 에 이사람』

하고 김서방을보고 웃더니봉단이를바라보며

『너의 어머니가너를차저오셧기에 와서단녀갓다고 말햇더니 집에도 오지안헛고 길에서도만나지 못하얏다고하시고 돌이의집에까지 가셧섯다 나는거긔아니갓슬것을 짐작하지마는 아는데허기가 어려워서 아무말슴을 아니햇섯다 거긔가서 허행하시고오시는길에 다시내게 들리서서 한걱정을 하시지에내가너를차저보낼것이니 념려마시라고 말슴하야 어머니를 집으로가시게하고 이리저리 차저나선길이다 얼른집으로 가거라넘우느젓다 그리하고 나로서너에게어머니를속이라고 말하기는 어렵다만 김서방 만난단말은어머니께하지마라 어머니가 더역정이나내시면은 너만더 괴로울것이다 머리가 압허서 잠간내가에와서 바람쐬엿다하렴으나어서가거라 래일아츰에 내가 올라가마』

주팔이가 봉단이를 쏘처보내다싶히몰려보낸뒤에김서방의억개를치고

『치쿨노흣작작하고단니소』

우스면서 김서방과함께 압에말로나려왓다

六、축 출

그날저녁때가 지난뒤다 김서방이실음업시 안젓는것을 주팔이가딱하게녀가어서

『쓸데업시 걱정하고안젓느니날과가티 마을가세』하야김서방을끌고나서라고하니김서방은

『누집에를가?』하고갈생각이적은모양을보이엇다

『돌이아버지의 고담이라도들으러가지』

『내가여긔와서 잇는것을돌이비집에서알면 장모도알게될걸』

『속이라한들 길내야속일수가잇나? 그러고래일아츰에는내가정념파경수를 가서보고 말하랴는작뎡인즉 지금돌이집에서 안데야밤중에 고자질하러 갈사람은업슬께니념려마소』

김서방은마츰내주팔에게끌리어돌이집에놀러왓다

돌이는 일지의집으로 놀러가고돌이아버지가 혼자방에 누엇다가두사람을 보고반색하며

『안저라 저라안저라 홀아비집은우가 긴긴밤에심심하야 죽겟는데잘들왓다 반갑다 고맙다』한바탕흠절을감고나서김서방을보고

『앗가누의가 잠간왓섯는데무어쫏느니 쫏첫느니 하기에말이되느냐고조만히타닐러 보냇지만원악길들지아니한생마(生馬)가되서코ㅅ등이여간 세어야지』하고주팔이를돌아보며

『자네말은 어렵게녀기는터이니까자네가말좀하게』하고다시 김서방을바라보며

『코ㅅ배이세간으론 뒤는싹싹한사람이지커사람이말이나하면무어일업시되지그려』

하고허허우슴을내노핫다

얼마뒤에 주팔이가 이야기나한자두하라고 돌이에게 청한즉

『이야기를하라 무슨이야기를하나? 우리조상이야기나김서방에게들려줄가? 주팔이 자네는귀에젓도록들은이야기라재미가업슬걸』

하고돌이는또허허우섯다 주팔이도우스면서

『나 아니들은이야기가무어잇겟소아무이야기나하시요보물이나또한번구경합시다그려』

하니돌이는

『자네가이야기에때기나 치지말게』

하고이야기를시작하얏다

『우리는 본래강원도통천(通川) 사람으로우리증조할아버지때에 북도경성(鏡城)으로이사가서 가건박이리커리 옴겨단니며 몃대를살어오다가 우리아버지가함흥으로 이사를왓서 함흥옴때나는 나이열살안아엇고 봉단어머니는나키천이나때 한오십년가량이나 되엇지 그까지해ㅅ수는 떠질것이업고 경성으로 이사간할아버지의 아버지되는 고조할아버지때이야기가 정작이야기야 우리고조할아버지는 타지게잘낫든것이야 말잘타고 활잘쏘고 한끼에 머되밥을먹지안흐면 출출하다고 햇다니까그운도장사든것이야 이할아버지가 통천서살때 최장군(崔將軍)이란이하고 이웃해서살엇는데 젊엇슬때부터 정분이여타자별하게지냇든것이야최장군이 유명한 장군이되어서정상도합포(合浦)로 벼슬을가게된때 그부인이 태중이라 딸어가지못하고 집에잇섯는데 부인은 그뒤에사내아기를나코 곳산후더침으로 작고를햇섯서 최장군이 이소식을듯고 그아기를 길러달라고우리할아버지에게 부탁하니까 평일정분에 실탈길이업서서 그때돌이갓지난 우리증조할아버지의 청을승낙하며여가며 친자식이나 달음업시길러냇는데 이아들이 그아버지보담도 더유명한 최장군이된사람이야 이아들최장군은 어려서부터 힘이장사고 활을잘쏘고해서 우리할아버지와가티산양을단니는데 또기노루 할것업시 닥치면 노치지안터라지 그중에놀라운일은 열두서너살되엇슬때 하루혼자 활을메고나가더니 얼마뒤에 돌아와서 무슨검은줄이잇는 누런집생하나를 잡어노핫다고해서 여러사람이 무엇을 잡어노핫나하고 달어가서보니 큰송아지만한 호랑이한마리를 한살에쏘아 넘겻더라지 그래서여러사람이 모다놀랫더래 그게누구든지 놀랄일이아니야? 최장군이 아이때에쓰든 활이지금도 우리의집에잇지 우리집의보물이야』하고 돌이는 날어서서 실경우에 언친궤하나를들어나려서 뚝경을 고이열고조이로싼활을뫼시듯이들어내서 싼조이를펴고 김서방을 보이면서『이것이 우리집의보물이야』 말하얏다 이때것『그래세요그래세요』하며 이야기만듯고잇든 김서방이 『그최장군이 최윤덕(崔潤德) 최정승이구려』 말한즉 돌이가 최장군의 이름을엇지다아느냐고놀라며서울사람이란달으다고 칭찬하고서

『그래 우리할아버지가 [illegible]천리하고 그아버지 최장군에게로다려다주엇섯는데 훗날 아들 최장군은 대군을거느리고 압록강을 건너가서 대공을세운일까

지잇섯다데 이최자군이 병마절도사로 경성와서잇슬때 우리증조할아버지가 경성으로 이사를갓든것이야』

이때 밥문이열리며 물이가들여다보고

『손님도오고 조상님도나오셧군』

하더니 방으로들어와서

『조상님은와서더곳 손님하고 엿이나잡수시요』

하며 어더가지고온 엿봉지를풀어노핫다 이리하야 물은이의이야기는중간이 끈치엇다

六、축 출

이튼날어슴때 주팔이가 형의집에와서보니 웃방 아랫방할것업시 방문은모다 다치엇고집안이괴괴하야 사람이 업는것갓다 웃방문을 열어보니 형님고형수가 꼬대기가를 천의쪽을덥고 누엇다가 문여는소리에 놀라닐어나며

『아재요?잘왓소 어쩌밤새도록 작새우고 하도 끈하기에눈을 좀부치고저 아재에게 가랴고 햇더니 마침 잘왓소 이리좀 어와 이야기좀들으시요』

하고 천의를치운다 주팔이가 따게서서

『형님은 어데가셧소?』

물으니 그형수는

『아니굴세들어와 이야기를들으시라니까 그리오』

방으로 들어오라고 재촉하야 주팔이가 자리에안짜마자 그형수가 이야기를시작한다

『어제봉단이가 내ㅅ가에잇는것을 불러보내섯다지? 집에와서 저녁밥먹기까지는 련반스럽게 별말업든아이가 저녁을먹고난뒤에 저의아버지와 나를보고 김가를좀우 불러달라기에 내가좀나무랫더니 두말아니하고 닐어서 아랫방으로 갑되다 그려 그런데닐어설때부터 눈치는달렷서 그년의눈치가 수상하다고 우리내외가 말까지하얏섯지 닐어서 나간뒤에 불과얼마동안 안되어서 형님이 아랫방에서 무슨소리가 나는듯하다고 가본다고나가더니 아랫방문을 열자마자 큰일낫다고 소리를질음되다 깜쩔에맨발로 뛰어가보니 그년이목을맷습되다 실겅에목을 맷습되다 곳불러 노핫지만 밤새업글이 새파라케질렷지요 주물르고 문질르고해서 간신히 괴운을돌렷는데 그년이정신을 차린뒤 누러는 울고불고하며 죽게내버려두라고 몸부림을치며 야단이지요 그리고 나종에는 미친년날뛰듯하는구려 수건이고 노끈이고 죽겁질이고누엇이고 눈에 보이는대로 집어다가는 목에대고 몽이라고하니 가만내버려둘수가 잇서야지 형님하고 나하고 그년을붓들고 안저서 밤을새웟소 형님은지금도 그년을직히고 안젓지요 대테이일을엇지면 조탄말이요? 딸자식이라고 하나잇는것이 저모양이니 그야말로 죽으라고 내버려 둘수도업고 긔가막히오그려』

하고 외눈에눈물이 도는것가렷다 주팔이는봉단이가 쇠를알것이로구나 자긔가 잇어달토록 말하여야 형수의고집이 풀릴지말지 생각하고왓섯는데 지금형수가봉단의쇠에쌔젓스니남은고집을풀기가쉬우리라생각하며

『큰일날번햇습니다 그려 그래도 미리구하섯스니 천만다행입니다 사람이열에뜨이면 미친것갓고말고요 봉단이가 소명한아이라 조만한일에야 미친것가리날뛰도록 되겟습니까 저맘에는 꼭배친것이잇서 그런것이니까 그것을 풀어주어야지요』

말하고 격정하는빗을 보이니 그형수는 아즉도김서방을 불러드릴생각이업는것가터서

『그년의맘에 매친것이라면잘난서방이겟지 모든것이 김가망한놈의 탓인것을 생각하면사람이분통이터저죽겟구려』

얼굴내며 고개를외로친다 사위가 장인장모의맘에들고 안드는것은 둘재나셋재일이고 첫재가 딸의내외상득하나 아니하냐 볼것인데 사위가맘에 들지안는다고 상득한내외의사이를 억지로쎄랴는것은 옳치안흔 생각일것이라고 주팔이는 완곡(婉曲)하게말을하야 그형수가 주팔의말에귀를기우리게되엿다 주팔이는 그형수의입에서 김서방을 불러오자는말이 나오도록하라고

『아주머니가 잘생각해서처단(處斷)하서야합니다』

하고 대답을기다리다가 형수가입낫만다시고잇는것을보고아랫방에를 가보고오겟다고 닐어서나가랴고하니 형수는『여이』소리한마디를내고서

『그애아버지를 오시래서 의론을 작당합시다』

하야 주팔이가 방문을열고아랫방을향하야

『형님 형님』

불러서 주삼이가 웃방으로올라오는데 머리는헝수룩하고 눈알은붉엇섯다 주삼이가

『너 왓고나!』

아우가온것을든든히녁이며

『이야기들엇겟지?』어더케하면조켓나?』

아우의소견을뭇는다 주삼의안해가 수숙간의의론한말을 대강남편에게들려주고

『게을른밥이 그자식을다시불러드려야될것갓소』

말하며 불쾌한 심정을외케하라는듯이 방문을열고 침을배트니주삼이는 딸아서침을뱃고

『나도그러케 생각햇더니잘들생각햇군 사위내쫏다가 딸죽이겟서』

김서방을 불러드릴 의론이작사리작뎡되엇다 주팔이가 어쩨놈녁때 김서방이자긔 집에와더라고말하고 어쩨밤에 물이집에저러간것과 지금자긔집에 잇는것을발하니주삼이는 그아우를 보고

『차저단니지 안켓스니잘되엇다지금네가 가서다리고오너라』

말하야 주팔이가김서방을 다려오게되엇다

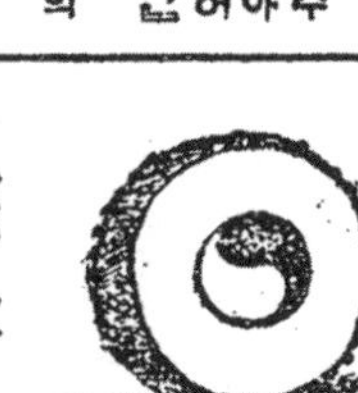

七、반 정

김서방이 다시처가로 들어온뒤에 집안에잇서서 게으름뱅이란별명을놋고 박게 나가서 배정사위란손가락질을밧는것은 권이나달음이업섯다

그해겨울에 독한 몸림감긔로 사람이 만히 상하얏다 주삼의집의중늙은내외젊은내외네식구는 다행히 무사하얏스나 주팔의집에서는 주팔의안해가죽고 물이집에서는 물이의 아버지가죽엇다

주팔이는상처(喪妻)한뒤에안해가 루(累)중에 큰두라고재취할생각이업서서 그의 오막살이살림을 거더치우고 형의집에긔식(寄食)하게되엇고 또 물이는상처된뒤에당시금법(禁法)으로 삼년상을 남지못하얏스나 전가트면 접상처의몸이라 성취가급할것이아니라고 주팔이가 말을닐럿슬뿐이 아니라 당자가입분색씨를 만나기전에는 총각으로늙어도 조타고 장가들지아니하야 떡거머리총각이 혼자살림하기어려워서 고모의 집에긔식하게되엇는데 물이의집이 밤이만치까닭으로 주삼이가 긔번과는집을 뷔여두고 물이와집으로이사하얏다

세집이 합솔한뒤에 김서방은

낭모의구박외에 간간히 돌이의 독명을 밧지마는 봉단의위로와 주삼의 두둔을함에밧게되어 모든것이 합솔친만 못하지는아니하얏다 그러나 그의신세는들면 박대(薄待)요나면천대(賤待)라 그가 배人섬을부리며 하루를보내고 구역(驅逆)을 참으며이를울보내는동안에 지리한 세월이 지나가서 김서방이 주삼의집에 다림사위노릇한지이 케삼년이되엇다

기럭이 남으로 날러나고국화쏫이 피이라하는 구월초생이다 어느날저녁때 돌이가 읍에갓다 돌아와서 방에도 들어오지아니하고마당에서채

『다들이라나와 이야기좀들으시요』

소리를 질르니 저녁밥을먹고 방에들 들어안젓든 주삼의내외와 김서방이 무슨일이낫나하고 아래웃방에서 각각 방문을열고 내다보앗다 이때주팔이는 명흥따에 불일보러가서 집에업고봉단이는 밤다듬이하랴고 일지의집으로 홍독개를빌러가서 집에업섯다 주삼의안해는 돌이가소리질른데 화증을내어

『갑작이미첫늬 무슨소리를그러케질으늬 사람이 초쑤을 하겟구나』

돌이는나무래나 돌이가 무정지책을 듯는데 속이상한듯이입을씨죽하고

『내가 무슨소리를질럿서요아주머니는 공연히 남을나무래는구려 미치기는 읍내사람들이모두미첫습되다』

나무람을밧고 발명하는 동안에 이야기하랴든 흥심이석긴듯이

『읍이벅석한소문을 이야기할랫더니 고만두시오』

하고 자긔의방으로 가랴고할때주삼이가『이애야』불러서

『무슨소문이냐』

물엇다 돌이는 조금불쾌한긔운이잇는말로

『무슨소문이무어요 읍내는지금야단법석입되다』

하고 주삼의 방으로 갓가히와서

『새상감이 낫다고 옥문을열어재치고 죄인들을내노코 야단인데 옥에가치지안햇든 사람들도 경사가낫다고 들뛰어서 부중안이와글와글압되다』

주삼이가 미처무어라고 말하기전에 김서방이 자긔방에서뛰어나와서 돌이에게 말하는데

『무어새상감? 이야기좀자세히』

뒤를채지못하도록 말이급하니 돌이는 어가어천천히

『그래요 새로상감이낫대요』

하고 우스며 김서방의모양을바라보앗다 돌이가어기대는 바람에 김서방도 찬찬한말로

『새상감이나다니 국상이나고 새님금이섯단말이지?』

물으니 돌이는 고개를가로흔들고

『국상은 무슨국상 국상이나면련하상을 불게 광한상감은내쏫기고 새로상감이낫대』

『새상감이거나 현상감이거나 우리게야 무슨상관이 잇서?맘한상감이내쏫긴건 해로울것이 업지만 경사가낫다고 뛰일것까지야업지그려』

『읍사람들하는말이 하도우숩더라니 김서방 래일이라도들어가 구경좀하라구』

혼자서내리짓거리고김서방은 한참동안 얼써진 사람가티아무말이업시 서잇다가미친사람가티 훌케설설우스며돌우자긔방을향하야 청금청금 걸어갓다돌이는 김서방의뒤에손가락질하며

『뛰는사람들보담도 한술더뜨네』

하고 주삼의안해에게 합하야

『아주머니 내밥어되잇소』

물어

『너의 밥웃묵에상을차려노앗다』

는대답을듯고서야 이도자긔방으로들어갓다

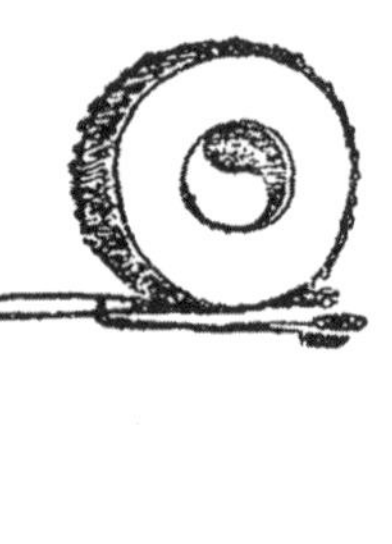

七、반정

그날 아랫말에서 읍에갓다온 사람이돌이뿐이아니엇다그사람들의입에서 님금갈리엇다는 소문이퍼지기 시작하야

『세상이번햇단다』

『련하죄인을 모다백방햇답되다』

와가튼말이 잠간동안에 동네를돌앗다 봉단이가 어드러갓든 홍독개는 엇지못하고

『잠간이라도 안젓다가야지』

하는 그집여편내에게 붓잡히엇다가 뜻박게소문을 어더듯고 급히집으로 돌아와서 그어머니를보고

『그집에서 쏘답되다』

홍독개 못어더온것을 말하고 꿋뒤를니어서

『읍바왓세요?』

돌이온것을들으니그어머니가

『왓다』

대답하고

『홍독개가업스니 오늘밤다듬이는 다햇구나』

일이밀리는것을 걱정하는데 봉단이는 듯고온소문이 진뎌한가알랴는 맘이급하야

『무슨소문들엇다고 이야기합되까?』

뭇고 그어머니 가다답도하기전에

『읍바더러물어볼가?』

말하니 그어머니는 봉단의얼굴을보라보며

『물어보긴무얼 물어보아읍내서는야단이라더란』

신통히 녁이지안는 나무람파대사롭게 생각지안는 대답을함께씨어하얏다

봉단이가 자긔방에를 들어오니 김서방이번듯이 누어서 불그럼히바라보며 몸을조금도 움즉아지아니한다 봉단이가 서서김서방을나려다 보며

『사람이들어오는데 엇재면져러케 못본체 하고 누어 게시요?』

청을내는듯이 나무래나 김서방은말이업시 손으로 자긔누은엽흘가르치어 안지라는 뜻을보일뿐이다봉단이가 김서방에게 갓가이와서 쏘고리고안지면서

『어듸가압흐시요?』

물으니 김서방은고개를 흔들며 봉단의손을 더듬쥐고 넘어안는다압흠으로 기울어지는 봉단의몸이김서방의 품으로들어 가나김서방은 그대로쓸어 안흐랴는듯이한눈을 봉단의뒤로 돌리다가 고만두고 봉단을널으켜 안친다 봉단이가 김서방의 눈치를보며

『서울소문을들으섯소?』

물은즉 김서방은 고개를쏘덕이고나서

『여보』

하고입을열어

『서울을가야할터인데 엇지할가생각이요』

말을하니 봉단이는

『래일이라도 나하고가티떠나십시다』

하고방긋이웃는다 김서방이손을맛부비고안젓다가

『내가 읍에들어가서진뎌한소문을 알어보고 감사를볼바게』

하고량미간을 흉상스럽게 찌프리고 머리를흔드니 봉단이가 얼굴빗을고치며걱정스럽은듯이

『감사를보아도조켓세요? 감사를보실수 잇겟세요?』

련겁허뭇고 김서방의 얼굴을들며다보니 그의얼굴빗이 붉으레하야술취한사람과갓다

『감사를보는수박게업서 내가래일식전일즉이 읍에들갈테야』

『아츰도아니잡숫고』

『아츰은먹든지마든지』

『감사를본다면 엇더케하고가실테요?』

『엇더케라니?』

『의관을아니해도조흔가요?』

『아참말!의관을엇지하나?』

『그러기에보세요 아츰일즉이못가세요』

『아츰엽저이가든못하든 의민을엇지하면조하? 내가쓰고왓든망건이잇지?』

『잇슴쳡이요』

하고봉단이가 손그릇속 에서 망건을차저내니 압 뒤 당 편자 홀엇나시 곰팽이가안고 좀이집어서거의손을 대기가어렵게 되엇다 망건은그나마 손질하야쓰기로하고 또도포는혼인때 납든것을쓰기로하더라도정작의관중에중요한 갓이업다 김서방이한거정을하다가봉단이가

『내가몸이옵바를 졸라서하나어더보리다』

말하야 저우안심이되엇다

봉단이 가김 서방을 맞아서그날밤을 뜬눈으로 새우고이튼날식전에 몸이를보고 정답게『옵바옵바』하며갓하나를어더달라고졸르니 몸이가 처음에는

『갓은 무엇하랴나?』

『김서방이감사를보러가?』

『감사를보러다가 붙기나마질라구?』

하며 듯지아니하다가 나중에졸리다못하야서

『누이의청으로하나어더보지』

하고 어드러나갓다 주삼의내외가이것을알고 주삼이는

『감사를보다니 세상이변하얏다니와 감사가 김가의개똥가티굴러단니는아는게로군?』

빈정거리고 주삼의 안해는

『붉깃삶이 가려운게다집알한다』

욕설하나 몸이다 말리지는아니하얏다 몸이가 양이싸개지고모자가씌무러진갓하나를어더왓다 김서방이 노란당솝도그혀망건을어울만저쓰고또노란갓은

으로그헌갓을솔다쓰고무기어줄을두청이가되힝베도포를납고되는퇴지아니하고 초군집신을 신고옵에동가랴고나섯는데이때해는발서아츰사이때가기울엇섯다

七、반정

김서방이 한후음에 들어와서 소문이 덕실한것을안뒤에 다시 생각하기를 보기어려운 감사를 보랴느니 힘이덜들 원을보리라 하고 홍살문안을 들어섯는데이때해는발서 뎜심때가 지낫섯다 한참동안 삼문간에서 어릐대다가 사령하나를보고

『원님을보러왓스니 서울손님이왓다고 통긔하야주게』

해라는못하고 하게말을 부칫더니 그사령은한번흘깃 김서방의몰을보고

『서울손님는 다무어야』

하며김서방을 한편으로 떠다박질렀다 김서방이두말 못하고 물러서서 삼문안을멀리 바라보고잇다가 늙은아전하나가 문안으로부터나오는것을보고압흘막아서서

『여보나는 서울사람인데원님을좀보여야겟스니통긔해주실수잇겟소?』

김서방이앗가하게로낭패를본뒤라한오늘맛놋이한고조흔대답이나오기를 기다렷다 그아전이한참물그럼이 김서방을 보더니

『이사람 커리비키소』

하고손을 저어서 길을틔우라고하나 김서방이 그대로서서쉽작도아니하니까 삽문바게 잇든군노한사람을 손짓하야 불러서

『이량반의말을좀들어봐라』

하야 김서방을 군노에게떠맛기고 엽헤잇는길령으로 들어갓다 김서방이 다시그군노를보고자긔가 원님을 보러왓다는뜻을말하고 또자긔는 서울손님이로라고말하니 그군노가

『무 어서울손님? 너울손님은 엇더쿠! 손님솝님이란는가?』

하며 바른손을 김서방의코미테내밀더니 곳다시 날어들며서 손바닥에침을 배터가지고 눈의불이나도록 김서방의빰을 첫다 김서방이 백정의 사위된뒤삼년간에못당할곤욕을다당하얏곤욕에는 집이나다싶히되엇건만 이번에 마진빰은 살청이떨리도록 분하얏다 여지맛손질을 하랴다가속으로

『참어라 조금만더참어라』

생각을 몰리어서 분을억제하고 그군노를피하야 홍살문박그로나오며 원볼방책을 생각하얏다

김서방이『하놉련, 따디』소리가나는 어느집을 차저들어가서 주인에게 인사를청한즉 주안은 숙식하고가랴는 파객인줄로 알고 대번에

『내집에는 잘데가업소』

하고상을찌프리더니

『잘데업는데재워줍소사 말하저안홀터이니 고만두시고글시안은조희쪽하나만주시요』

하는 김서방의말을듯고서 상을펴며

『어되 조희쪽이잇슬라구』

하고 노믄을끄라고 바여노흔것가튼 좁은쪽조희를 차저주엇다

김서방이 그쪽조희를 바더들고 먹씩은붓을 빌리라하야 전교리장곤(前校理李長坤)이보이려와서 박게서기다린다는뜻을 써가지고 그집에서나와서 다시홍살문안을 들어섯는데 이때해는 거의숭석때가다되엇다 김서방이 삼문압흔집가에서서 문안에들락날락하는 사령군노의 얼굴을 모조리살펴보다가 그중에서 말이순하야보이는 사령에게보

갓가히 가서
『내가 책방과 서로아는터인데 긴할일이잇서왓스니 이것을 좀
드려주겟소』
하고 조희쪽을내보이니 그사
령이 선듯 바더들기는하얏스나
들어갈맘은나지안는것가터보이
더니마츰안으로서나오는아이를
보고
『이애 방자야 이량반이 책
방과아는터수란다 이조희쪽을
갓다 책방좀주렴으나』
방자가 볼일이잇서 박게나가
는길이라고 다시들어가지 아니
하랴다가 사령이옥이는 바람에
조희쪽을 바더가지고 돌아서랴
고할때 김서방이
『이애 책방이그것을보고 무
슨말을하나 좀들어다다오』
부탁하니 방자가
『거긔서 기대리구려』
축망스럽게대답하고들어갓다
김서방은 삼문밧한구석에 쪼쿠
리고안저서 방자나오기만 기다
리고잇는데 얼마뒤에 나오는
방자는 기다리는 김서방을찻
지도아니하고 그대로가버리랴
고큰길로나선다 김서방이날어서
쪼차가서
『책방이 무어라시듸?』
물으니방자는청이가신듯이
『지금 책방서방님이안컨세불
려서동헌에가계시기에뵈인보
고 두며달라고 주고왓스니까
좀더기다려보시구려』
하고다시말붓흘사이가업시재
인걸음으로 가바렷다 김서방이
할일업시 안젓든구석에다시 와
쪼쿠리고안저서이제나소식이잇
슬가 저제나소식이잇슬까 눈이
빠지도록기다리나 소식은 나오
지안코 해는벌서점으럿다
방자가귀찬하서 통인을주지 아
니하얏나? 통인이 낫고책방에게
뎐하자아니하얏나? 책방이보고
원을보아지 아니하얏나? 또는
원이보고도 귀찬하서 본체하지
안는것인가? 김서방이이리생각
도하고저리생각도하는중에삼문
안에서『사령불르랍신다』는소
리가들리며 문간에잇든 사령들
이『네이』긴대답하며게우목가러
고개를내밀고 병아리가티 종종
걸음을처서 문안으로 들어갓는
데이때영검이다되엿섯다

七、반정

등속이휘황한 항롱동헌에 관원
두사람이 느런이가티 안젓다한
사람은 원인줄알려니와 한사람
은누구인가 뭇지안하도 알것이
다그 사람이달은사람이 아니라
곳낫때에 거지꼴로 삼문박게서
어리대든 김서방이다 원이권교
리리장끈이 박게서 기다린다고
쓰인조희 쪽을보고 일변의관을
정돈하녀 일변리교리 나으리를
인도하라고 수통인을 내보냇섯
다수통인이 나갓다 들어와서
『리교리나으리가 아니계십듸
다말하니까원이괴상히생각하야
사령을불러서 조희쪽의 출처를
뭇고리교리 나으리가 어듸게신
가알어 드리라고 분부하얏섯다
사령이나와서 조쿠리고 안젓든
김서방을 보고
『리교리나으리가어듸계시언』
뻣뻣하게뭇다가 내가 리교리로
라고나서는 김서방을 보고사령
은엇지 놀랫든지 한참동안말구
멍이 막히도록 긔가질렷다 나종
에잠간만 기다리시라고 공손히
말하고 들어가더니 통인이문ㅅ
간으로나오고책방이문안에서인
도하야드리고원이뜰아래서마저
올려서 김서방이든 리교리가동
헌에안게 되엇섯다 리교리가원
과수인사하고 됴뎡소식을 대강
물은연후에 그동안의소경력대을
대강이야기하니원도놀래고책
방도놀래고통인도놀래고이야기
듯든사람으로 놀래지아니 하는
사람이업섯다원이우선의관을
밧굴일이 급하다고 자긔의 넙을
의복과자긔의 여벌관망을 내어
다가리교리를 주엇섯다 리교
리가다시 세수하고관망을 밧
구어쓰고의복을 갈어닙고 나
니 신수조흔관원이라 엽헤잇든
사람들은 앗가보든폐포파립(敝
袍破笠) 속에저런한인물이감추
어잇섯든가 자긔의눈을 의심하
지아니할이업섯다 리교리가
처음도망하든때 밧서삭탈 관작
(削奪官職)을당하얏슬것은미리
짐작하고 잇섯지만 원에게사실
을들어알고는 자긔가 교리칭호
를가지는것이 외람한일 이라고
말하야원은 리급데라고 불르고
통인등속은 리급데나리 라고불
르게되엇다 리급데가 지금원과
가티안저서 담화하는 중이다원
이자긔의듯은 대로반정 이후서
울소식을 자세히이야기 하는데
『주상뎐하(主上殿下)께압서
는진성대군(晋城大君)으로잠뎌
에게실때부터 성덕이 들어나신
터이지만 우선폐주연산군(廢主
燕山君)을처치하압신것만 보더
라도 요순의자품이 백왕(百王)
에탁월하압신것을 알것습 되다
정국공신(靖國功臣)들중에그중
에도더욱이 폐주에게 총애를밧
다가 반정당일에 반면으로돌라
부튼공신들이 폐주에게사약(賜
藥)하자고주장햇더라는데우에
서말슴이의(義)로는군신이요정
(情)으로는형데라 그리할수 업
다고하압서서 교동(喬桐)에 안
치(安置)하게되엇답되다서울안
에그만튼 기생들을놀어는 공신
에게논하주시고 남어지는 모다
고향으로 나려쫏치 섯답되다선
청(先聖)위패를 다시성균관
봉안하시고 또언문(諺文) 금
법과 삼년상(三年喪) 금법가
튼 부당한 금법을 모다폐지
하셧답되다 무오년과 갑자년
에화를 당한사람들은 대개다신
원(伸寃)이되엇다는데문형도지
금부사히 생존한것을 우에서아
시게되면 특별한 은뎐(恩典)이
게실것이요』
리급데가 원의이야기를 듯고
만잇다가 말끗을 다서알든친구
의일을뭇기시작한다
『뎡희량(鄭希良), 뎡한림이 살
앗나요? 죽엇나요?』
물으니 원은
『뎡한림일이야괴상하지요』
하고
『죽기는 풍덕서강에빠저죽엇
다는데 시테를 못차진까닭인지
죽지안코 살아잇다는 소문이낭
자하지요
죽지안핫스면 로형가티 나올
른지몰으지』
하고 허허웃는다 리급데는속
으로 생각하기를
『뎡희량이 죽지안햇슬터이지
친구에게 피신할것을 가르처준
사람이 자긔가 얼뜨게죽엇슬리
업지』
하고 자긔가거처 바다에서자
살하랴든 광경과 북방길 (北方
吉)이란뎡한림의 적어준것을밋
고북도로 도망할때도중에서 고
생하든 경상이 꿈가티생각이나
서말이업시 안젓다
『무얼그러케생각하시요?』
하는원의말에 비로소 생각을끈
치고 저옥이우스면서
『아니요』
하고
『권달수(權達手) 권교리는 엇
지되엇나요?』
물으니
『응 권교리? 죽엇지요참혹히
마저죽엇지요 박수찬가튼 앗가
운젊은 친구도 참혹히마저죽엇
스니까』
하고원은박어(朴閭)어와서로
친하야서 풍월까지가티 지어본
일이잇다고말을한다
(그러면리항(李荇)이도 아시
겟구려』
『리용교말슴이요좌상만면(座
上顏面)은잇지요』
『그사람은엇지되엇나?』
『리용교는운수조흔 사람이에
지금살앗지요처용에충주(忠州)

로 귀양갓다가 박수찬옥사에련루로 잡혀올라가서 죽을번하고살앗지요 그뒤에 관노(官奴)로박혀 함안(咸安)가서잇다가 또다시잡혀올라가서 로형이 가셧든거처로귀양을 가셧저요 근일소식은못들엇지만 그동안 밟서풀렷겟지요 그사람의팔자가 긔구(崎嶇)하다면긔구하지만구경말하자면 운수조혼사람이지요」

잠간수작이동안에끈처엇다가넘급데가 갑작이생각나는듯이

「그유명한김처선(金處善)이 증직(贈職)이되엿답되까?」

물으니원은

「아아 내시김처사말슴이지?증직되엿단말못들엇소」

대답한다이와가티두사람의뭇고대답하는이야기는 끈쳣다 니엇다 뭇이엽시 나가고 밤늣들어퇴동(退堂)에가지낫다

七、반정

그날밤리급데의 사처는 객실의밧오로뎡 하얏섯다 리급데 가원에게잘 자라고 인사하고닐어설때원이 내아(內衙)에들어가랴고가티닐어서며

「오늘곤하시지안켓소?」

으니리급데는 머리를 흔들며

「곤하다니요 곤할까닭이잇서야지요 그러치만 령감이념부오래안저 게시게되면 미안하야서닐어섯니다」

하고이야기를 더하면 조흘듯한의사를 보이엇다 그리한즉원이

「내가조금잇다 사처방으로가리다」

하고등불을 켜들고잇는 통인과책방을식혀서 리급데를 사처로안도하게하얏다

원이리급데의 사처에 와서좌뎡(坐定)한후에내아에서주안상이나왓다 두사람은 상을압헤노코안고상머리에는 그날밤 리급데에게 수령(守廳)들가생이 안젓다리급데가 오래간만에 기생의부어주는 술을마시며 백정의집에서사위노릇 하는동안에 바든박대와천대를 자세히 이야기하고나종에

「내가고리백정의 식구가되어서가진천대를밧고자내는동안에천대밧는사람의억울한것을잘알엇소이다 이러케 말하면어떼가잇슬시 몰으나천대하는 사람이사람으로는 천대밧는 사람보담나흔법이 업습되다 백정에도초초치아니한 인물이잇나 원이갯소령감도이것만은알아두사요천인도사람입니다 도연명(陶淵明)이 종을사서아들에게보내며이것도사람의 아들이니 잘대접하라고 햇다더니 천인도사람의아들이니까 우리가 잘대접할것입니다」

하고엽헤잇는 기생을 몰아보며술을치라하니 원이술치는 기생을보고

「너는사람의아들이 아니지만사람의딸이니까 오늘밤에 리급데나으리께 잘대접을하여버려라」

하고한바탕웃고나서

「여보백정에인물이 잇다니그인물을부엿하오?」

하고리급데를 몰아보니 리급데는건아한술긔운에

「굴것이업스면 도처실이라도하지요 백정의집에 긔걸한인물이난다면 대적노릇을 할박게수업슬것이요 내가억울한 욕을당할때에 참말백정으로 태어낫다고하고 억울한것을 참자고하면부수는짓을하게될가생각해본일이여러번잇섯소이다」

리급데의말이 여긔미쳣슬때 영창무밧게서괴양이가「양옹양옹」소리를하니 기생이닐어서 영창문을열치고

「이과 이과」

하고쫏는다 리급데가다사말을니어

「괴가 쥐를잡지요그러치만큰쥐가괴를잡는데도잇답되다사람도쥐에게몰리는 일이잇지 안소?(이과)한마되면괴가무서워피한는사람을 쥐가낫니 쥐라고우숩게만볼것이아니네 그다」

원이리급데말을웃는것을보고리급데는

「우스실말이아닙니다」

하니원은 자작이우슴을거두며

「아니요 나는말을웃은것이아니요 괴말이니까 장순손(張順孫)의일이생각이나서웃엇소」

「장순손이라니 과거(科擧)한 청주(淸州)사람말슴이요?그사람의얼골이도야지와는근사하지만괴와야 갓기나한가요」

원은「아니요」하고일전에서울친구에게편지로알엇다 고장순손의이야기를시작하얏다

「연산군이 총애하든청주기생이잇섯는데 종묘제향의준며(胙餘)로궐내에드러온 도야지머리를그기생이보고우섯더라는구려

연산군이그옷는테의산울내어가지고옷는까닭을내라고죵시목울매니까그기생의남이커긔골사람장순의얼골이 도아지 머리와손가러서장도아지라는별명이잇는데 지금도아지머리를보고 우연히생각이나서 우섯다고 햇더나 연산이 장가가너의 애무([illegible])로고나하고 화를내서 장순손을잡어올라라고도사를보냇셧다오 장순손이가 그집에서 잡혀올라오다가함창공갈봇을지날때에괴한마리가집음길로 건너가는 것을보고 압상하는도사더러 내가과거보러가는길에 괴가길을 건느더니 등과하게되엇는데 지금괴가저길로건너 가고또저길이마즉실려가는 길이니 저리가자고해서질음길로조령(鳥嶺)까지왓슬때 반정이되어서 죽지안케되엇다오 그런데잡아오지말고 목을베여올리라는명을바더가지고뒤미처도사가또나려갓섯는데그도사는 큰길을또차 상주(尙州)로들어가서 서로맛나지 안케되엇다나, 구경괴의덕을본 것이야나요?』이야기를끗마티고

『장순손이가반정된뒤에 죽을명삽명실주엇다고 사비하는 사람이잇답되다 그러치만 일이 좀아라도 추게되지아헛소?』

창순손의이야기끗테운수이야기가나오고 운수이야기끗테 술수인이야기가나왓다 이야기가 이와가티변하야나가는중에밤이집허쳣다 원이 술상을치우게하고 리급데에게고만취침 하라고 말을하고 동헌으로 돌아갓다

七、반정

이튼날이다 원의대접이 륭숭한까닭에 리급데는 자리에서날어나며 부터먹는빗이다 사처방에서 자리조반으로 양국을먹고느진조반으로 깨죽을먹엇고 동헌에가서 열두접시 쌍조치의가진반상으로 아츰밥을먹고 국수장국 떡 실과들을느노흔 다담상(茶啖床)으로 점심을 먹엇다 점심이 끗난뒤에 리급데 가원을보고 관아(官衙)에서 오래묵는것은공사의 방해라 나가겟노라말하니 원의말이 오늘보장(報狀)을감영으로 올려보냇슨즉 감사가곳서울로 장계(狀啓)할것이나 조명(朝命)이 나려오기까지는한동안 기다려야할것인데 아중(衙中)에서 묵는것이 비편하면 읍중에사처를 뎡하야주마고하고 듯는우와들밧게에셧는 아전들을 나다보며

『리급데 나으리의 사처를뎡하야 들일터인데 깨끗한집이잇겟느냐?』

물엇다 아전들이『뉘집이조흡?』하며 서로돌아볼때 호방(戶房)이 압흐로나와업드리며

『소인의집이 루추하오나사처로쓰신다면 치우겟삽니다』

하니 이호방은 못깁서방이원에게 통긔하야달라고청할때에이사람커리비키소』하고 거절하든 아전이야

『네집에서 지공(支供)을 잘하겟느냐?』

원이물으니

『지성것하옵시요』

하고 밥서부터 지성스러운모양을 보이엇다 이때리급데가원을향하야

『여보 령감, 사처는좀생각하야보십시다 그런잇는데로 옴우나가서 멋칠지내는것이 조흘것갓소이다』

말하니 원이우스면서

『백정의사위 김서방은 백정의집에가잇서도 조치만 한승균수의손님 리급데는 백정의집에가지못할것이요』

리급데가 원의말을 듯고여시우스며

『김서방이리급데요 리급데가 김서방이니까 가지안하도 조코가도조치요』

농승의답으로대답하고나서

『아무데든지 맛나야할사람을이니까 내가나가는것이 여러가지로편할것갓소이다』

답하얏다 나중에 원이생각대로하라고하야주삽의집에나가기로작뎡되엇다 호방은 자원하는사처를리급데가 실타하는것이 어처음부터 눈젓으로알고틈을타서리급데압헤나가눈이누던까닭으로 죽을죄를지엇다고 사과하니 리급데는 사과까지할것이업는일이라고웃고용서하얏다 얼마뒤에 리급데가 관교군을라고관하인을다리고고생으로들어갓든삽문을 호강으로나왔다 주삽의집에서는 김서방이 올에들어간뒤에 종일기다려도 나오지아니하니까 저녁밥을 먹으며여러사람이모혀 안저서 공론이눈분하얏다 주삽이는

『감사를본다고바두간게로군』

하고주삽의안해는

『옵에서원님을보라고 떰비다가주리경을치는지몰으지』

하고놀이는

『사람이정치기구을맛지라오』

하고모다봉단의얼골을쳐다보니 봉단이는뎐면스럽게안젓는데조금도근심하는빗이보이지아니하얏다 봉단이가남에게 근심하는모양을보이지아니하얏스나그날밤에혼자서 고시랑고시랑 하아밤을새우고이튼날식전에놀이를

되어서김서방의소식을알어달라고하니 돌이는어듸가서 알어보나김서방을 알사람이잇나 하고 나가지 아니하랴다가 봉단의부드러운목소리에 거절할힘을 일허서『갓나 오지』하고읍으로들어갓다

백정양가의사위김서방이전날리교리요오늘날리급뎨로지금원님의우머를잇는다는소문이이때읍중에 자자하얏다 돌이가읍에서이소문을듯고뛰여나오다십히하야밝을집에들며 노키가급하게『누의어듸잇나? 큰일낫네김서방이 김서방이아니라데』하고 소리를실렀다 주삼의안해는 돌이를보고

『이애그게무슨소리냐 김서방이아니라니 그게무슨 소리냐』

봉단이는 방에잇다가또차나와서 김서방이 아니라는것은 캐어뭇지안코

『그가지금어듸잇습듸까?』

잇는데만 알고자한다 돌이가읍내에자자한 소문을 이야기하니 주삼의내외는 놀라서말이나고봉단이는그리놀라는빗도업시

『그러면 그가지금 읍에잇겟구려』

말하고 돌이의얼굴을 치어다본다 주삼의집식구들이 일이손에붓지 아니하야 모히어안저서김서방 이야기로 관을짜든때동내가 삿그러워지며

『에라 비켜라』

소리가 련하야들리며 관하인들이 압뒤에옹위한 교군한채가주삼의집으로 들어왓다

七, 반정

『와료』

소리가나고 교군이 마당중간에노히며 교군안에서 리급뎨가 나왓다 리급뎨가 마당에서서우선 주삼의내외를 향하야고개를 끄덕끄덕하고 다음에 관하인들을돌아보며『수고하얏다 빨리들들어가거라』말을 닐르는데 그동안에 주삼의안해는 안방에들어가서 일변방을치우며 새자리를내서깔고 주삼이는 엇지할줄몰라서 손을맛부비며 공연히이리왓다 저리갓다하고 돌이는수선틈에어듸로가버리고 봉단이는머리ㅅ방에 들어안저 나오지아니하얏다 리급뎨가 관하인을돌려보내고 잠간동안 마당에서서 청거리란주안방에잇는주삼의안해가 그남편을내다보며

『여보 무엇하오? 이리들어오시라지 못하오?』

인도아니한다고 나무래니 주삼이가 리급뎨압헤 갓가히와서

『안방으로 들어가시지요』

하고 여전히 손을맛부빈다 리급뎨가

『아니 내방이조치』

하고안방으로 들어가랴고 아니하니까 주삼의 안해가방에서 뛰어나와서

『천만의말이지 이리들어갑시다』

하고리급뎨를붓들어들엿다 리급뎨가 아랫목새자리 우에안고주삼의안해가압치마를휩싸고 안즈라고할때 밧박게잇는 주삼이가 손을처서 그안해를오라고 하야

『이사람아 존전(尊前)에서 그러케 안는법이아니야 그리하고 자긔말을할때는 쇠인네라고 하소』

가만히 니르는데 주삼의안해는 화를버럭내며

『그가 우리의사위나리가아니오압헤가서 안지못할것이 무어잇수 또쇠인네란 다무어요』

큰목소리로 주삼의말을 뒤바드니 주삼이가

『이사람아 떠들지말어들으시비』

안해를 꾸짓는다 주삼의가만히 닐르는말도 주삼의 안해의떠드는말과가티 리급뎨귀에 들리엇다 리급뎨가 혼자서빙그레우스면서

『이리들 들어와서안자우』

소랄하게말하니 주삼의 안해가남편의 얼굴에서 여질을 하며

『저것 사위나리말슴좀들어보오 안지못하기는왜안지못해』하고

『들어갑시다』

하고남편을 끌엇다 주삼의안해는압흘휘ㅅ차고 동그만히 안고 주삼은 안기가 종시황송하야두팔로방바닥을집고엉거주춤안젓다 이러케세사람이한방에안기는 하얏스나별로말붙이업서서자리가싱거웟다 주삼의안해가

『봉단이는 어듸갓누』

혼자말하듯이말하고거북살스럽게 안진주삼을 바라보는데주삼은 말이업고 리급뎨가

『좀 불러주우』

말하야 주삼의 안해가넘어서나가니 주삼이도 그뒤를딸아넘어갓다 머리ㅅ방에 들어안젓든봉단이를 그부모가

『왜 잔뜩들어안저서나오지안늬』

『나리가 불르신다』

불러내서 안방으로 들어보냇다 봉단이가 방에들어와서고개를들지안코 입으로 옷소매를자긋이물고 그린듯이 서잇스니 리급뎨가 눈짓으로 갓가히 오라하다못하야

『이리와』

하고입을 벌리엇다 봉단이가가만가만히 발을떼어노하 압헤목갓가히와서모들떠거안지랴할때 리급뎨가 몸을압흐로 숙으리고 긴팔을느리어봉단의손을잡으며

『새색씨인가』

하고자긔엽흐로끌어안치엇다 사실로 봉단이는 첫날밤보담도 더 붓그러운듯이 고개를잘들지 아니한다 리급뎨가 입을봉단의귀에다이고가만히

『백정의딸로 량반의안해가되랴고 습의(習儀)하는모양이지』

하고우스니 봉단이는 미웁지안케눈을흡기며 고개를치어 들엇다 봉단이가 리급뎨의모양을보니 양에윤이나는 칠색(漆色)조흔갓에 궁초갓끈을매여 쓰고취월명주창의우에 회색의 술띄를 느직이 늘어띄엇다 노른갓끈으로씨부러진갓을쓰고줄을두섯이베도포에띄도띄지아니하얏든김서방과는 딴사람가티 보이엇다 리급뎨가 봉단을돌아보며

『웃옷을좀벗고 안저야지』

하고 닐어섯니 봉단이도닐어서서 살려주는띄를밧고 창의를벗기어서 홰ㅅ대에 걸처노코또버서주는갓을바더 홰ㅅ대모에 걸어노핫다 리급뎨가 량건바람으로 봉단이와가티 안저서원을보는다고애쓴것과 원이 우대하든것을 자세히 이야기하고나종에명주저고리와 세목바지를 가르처며

『이것이다 원의옷이라내게는조금적어』

하니 봉단이는 저고리를만저보며

『웃옷감만은좀못해도 상업영흥주구먼이요』

하고 또바지를만저보며

『열두새야요』

한다 이때 주삼의안해가저녁밥을짓노라고 부산히 몰아단니는소리가들리니

『나가서 어머니시중을들어야겟서요』

하고봉단이가닐어서랴는것을리급뎨가손을잡아 말리고 문을열고박글내다보니

『여보장모혼자밧부지안소?』

말하니주삼의안해가

『아니요』

대답하고

『봉단아 너는거기서사위나리뫼시고안젓거라』

말하는데 목소리가 전ㅅ날가티 거세지아니하다

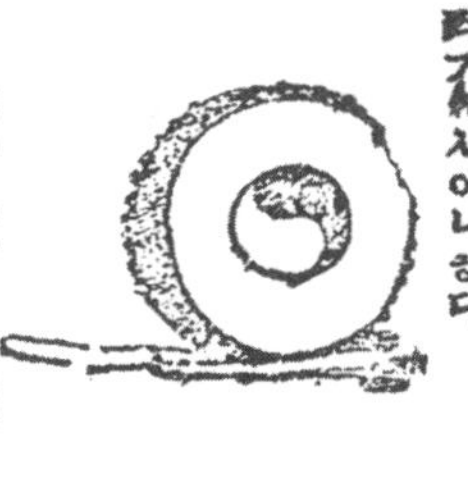

七, 반정

리급뎨의 저녁상이 들어왓다 전ㅅ날 김서방의 상과는대단이달르다 우선 소반에다가외상으

로자려노흔것이 달으고 하얀닙쌀밥이 달르고 무나물배차것저리의 한두가지반찬이라도 먹게하야노흔것이 달르다 주삼의안해가 상머리에안저서 술을드는리큽데를 바라보며

『원님에게서는 잘삽수섯슬터인데 찬이부어잇서야지』

하고나서 리큽데의 밥먹는시중을 곳싸지 들어주니리큽데가 량것먹고술놋지우며

『대컴이 덥우파해서손복(損福)할것갓수면 원의대컴이아무리 륭숭해도 오늘저녁가터밥을 달게먹기는 귀음이어』

말하야 주삼의안해가 압이벌어지게하얏다 이써박게서 비빔몰든주삼이가 수저놋는 소리를 듯고 참문을 조그마치열고들여다보며

『저녁은얼마나잡수섯습니싸』

이사로물으니 리큽데는

『오늘저녁참잘먹엇서』

대답하고 얼마동안잇다가

『여보 주딸이가어느날몹온댓서』 물은즉주삼이가말할사이업시그안해가

『오늘아왓스니싸 래일은올겝이요』

대답하얏다

그날밤부터는 리큽데 내외가 옷방을쓰고주삼의내외가머리ㅅ발을쓰게되엇다 리큽데가 밖문을다치고 봉단이와마조 안저서 서울갈일을 이야기하는데 봉단이가

『가시는날은 나하고가려가게하시겟지요?』

하고리큽데의얼굴을치어다보며뱅그레우스니 리큽데는 고개를끄덕이며

『그러케못될것이야』

하고조금동안을잇더어

『내가묘명을맛고올라 가자면내외동행은못하게될것이야내가서울가서 집안살림을 정돈해노코긔별하거든 삽촌과가티 오게하지』

하고또다시 조금동안을잇더어

『내가주딸이와의론해두고 갈것이니걱정말어』

하고서도만대답을하얏다

봉단이가 리큽데의 첫마듸대답에우승은 거두고 다음두마듸가 섯나도록새촘하고안젓더니

『나는생각이두가지에요 서울을갈가? 말가? 두가지에요그런데 두가지가 다어려워서삽촌과도 의론하려니와 데일첫재의 향을엿주어보고 엇더케든지 작뎡할랍니다 대데 내가서울가면 당신권뎡에박해되지안켓세요? 내가 아두것도 몰으는시골녀자지만 저의호강만 생각하고남편을우사시기고 망신시기려 서울가겟다고는 하지안켓세요 그러라고 부모미테서 그대로지내기도어렵지요 엇더케 햇스면조흘는지 생각이 올지갈지해요』

하고 고개를 숙인다리큽데가고개를 꼬덕이는듯 마는듯꼬덕이고

『그태서울을 못가게된다면엇더케할터인가? 어려우니 무어니하야도 부모미테잇게 될터이지』

봉단이가 숙이엿든 고개를잠간들고리큽데의얼굴을치어다보며

『죽든지 숭이되든지해야지부모미테서그대로못잇세요내가죽는대도당신이박정하다고는원망안리엽고요, 숭이된다면다시백정의집에태어나지가로록후세발원이나 해보지요』

하고 두눈에눈물이엇인다 리큽데는 빙그레우스면서

『죽어렵지만 내가맹세한일도잇고하니싸 다려가지 그러치만서도 백정의딸을 정실(正室)로뎡한다면 입가친척이시비할뿐아니라 하인들이라도 아씨라고 불르기를 실혀할것이니싸 첩으로다려가지 첩이라도 숭되는이보답은 나흘것아니야』

하고 봉단의얼굴을 드려다보니 얼이엇든눈물이 방울로매처고 방울로눈물이 줄로흘른다 리큽데가봉단을 압흐로살어단니어서손으로눈물을씨서주며

『소명한사람도 속을써가잇군지금말은 실업슨말이야 내가발서부터 맘에작뎡해둔 일이잇서 내가우사도아니하고 망신도아니하고 내외잘살게될수잇슬터이니렴려말고기다리오내가권뎡을내버릴망정정다운안해는 저바리자 아니할것이야』

위로하야 얼마뒤에 봉단은다시웃게되엇다

이틀날식전에 봉단이도 전날밤에잠못잔싸닭으로 좀늣게 닐어낫지만 리큽데는 해가놉히뜬뒤에야간신히 긔침하얏다주삼의내외가 옷방문박글 지나간날째신발소리도 내지아니 하는데주삼의안해가 주삼을보고 나직한목소리로

『게으름뱅이는게으름뱅이야』

하고우스니 주삼이도 쉬쉬하며우섯다 리큽데가 소세한뒤에편하인들이 찬수를 가지고나왓는데쇠내장 품거리며 도야지의압준이며 이러한고기찬수가 잇슬뿐이아니라 김치와 젓부싸지다잇섯다 원의사람이 찬찬한것보담도원의부인이

『존백정의집에 김치나젓부가잇겟소』

하고내보낸것이다 리큽데가 원의권잡앗고원에게보내는답권갈을닐른중에 뎡하갓든 주딸이가돌아와서 삽촌박게서 집안의광경을 드려다 보고 잇섯다

七、반 정

반하인들이 리큽데에게, 절을너납니다』 고고(叩) 하고삽작박글 나서며 저의들서리 짓거린다

『리큽데뒤에섯든것이 주삼의딸이지잘생겻데』

『리큽데가상투를싸지 싸진모양이야』

『진작알앗더면 왜다가관비나박어줄껄』

『관비로박엇더라도 네나내게차례가오늬 계집이라면 느침을흘리는 수노놈에게 조흔일이지』

주딸이는 겸연히 비켜섯다가관하인들이 지나간뒤에 집안으로

들어왓다 주팔이가 봉과봉수를 보고날사이 별명고업느냐고 인사하니봉은

『별명고잇지그려 김서방이리급데 나리가되엇서』

하며싱글벙글 하고봉수는

『사위나리가어케도 아재말압되다 어서가보오』

하고손으로 웃방을 가르친다

주팔이가 봉수를보며

『아주머니사위나리가 젼人날 바든박며를 속에치부 해두자나아혓습듸까?』

하고우스니 봉수가 목소리를낫추어서

『내가 아재더러말이지 처음에는혹시 오굼이라도 박히자 안흘가조금 걱정스럽더니 지금내가 넘우 위해 주니까 피해서손봇하겟다지 봉단이하고 내외사이가 졍치제조호니까모두가뎡히 는게야』

하고목을움츠리고웃고난뒤말을니어

『여보아재 판가에서찬수를내보냇지 쇠고기 도야지고기김치첫무까지 내보냇서 정작데일긴한쌀은아니 내보내고 우리도자긔네와가티 남쌀밥만 먹고지내는딸자인줄아는게야』

하고쩍쩍혀를찬다주팔이가

『쌀이업거든밧구어오지요』

말하니 그봉수는

『아재도 밧구어올사이나잇든가요? 어제웃말 간난이집 에가서쌀한말을 사어왓서요 그젼가트면 안주느니 못주겟느니 말청부리고고기술제라도 속히 갑흐라고설번스무번 당부하고 줄사람어사위나리 대접한대人더니 두말업시내줍되다 그려』

하고이야기하는데이때웃방에 잇는리급데가 주팔이가 온것을 알고와서보기를기다리느니보담 나가보는것이편치 겟다고생각하고술그먼이방문을열고나서서

『여보주팔이』

불르니주팔이가봉수의이야거를듯다가말고리급데잇는곳 으로오는데 리급데가 마조나가서 주팔이가 인사할사이도업시 주팔의손을잡으며

『기다렷네 어서방으로들어가세』

하고 손을잡은채 웃방문압까지가려와서 방문을열어주며 먼저들어가라고하니 주팔이가 몸을때고 리급데를 돌아보며

『귀천(貴賤)이달르니 상하(上下)를 차립시다』

하고 웃는데리급데는

『이방은잠시라도내방이요』

하고서 주팔의말투를 본바뎌

『주객(主客)이 달르니 선후(先後)를차립시다』

하고웃는다

리급데와 주팔이가 방에들어와안진뒤에 리급데가 자긔의젼후래력을대강이야기하고반상의신분이들어낫다하더라도정분이야 어듸갈것이 아닌즉될수잇는대로 젼人날과가티 지내자고부탁하니 얼굴에 우승빗을가득이 띄우고 이야기를듯고 안젓든주팔이가 그부탁을 바들때는고개를외치며

『젼이라고 량반이신것을집작 못한것이 아니지만 남의눈에괴상히 뵈이도록 미리짐작하는체 할까닭이업슴으로그렁저렁지냇습니다만 지금도 발서젼날과갈틉니다 그런데압흐로는 갈사록더할것이니까 정분은정분대로 속에나두고지내지요』 하고정색(正色)한다 리급데는『주팔이가튼 돌이 젼인으로써다니 빌리말하면 국가의불행이야』 혼자말로한탄하다가 주팔을 바라보고

『내가서울가서 긔별하거든질녀들다리고오게 그리하야 서울서가티 지내보세』

자네봉님내외는내가가만히생각해봄즉 서울와서 산다고해야 별수업슬것이요 두집사이에 서로비편만할듯하니 시골서 그대로 살게하지두서너식구가 먹고 지낼것은 내가담당할세 그러고 내가아는수령(守令)이올때마다 부탁이나 해두게되면 이때것보담은 낫게지내겟지』

하고말을끈치엇다가다시니어

『어련할것이아니나 내가떠난뒤의일은 자네만밋네』

말하니 주팔이도고개를 공손히숙여이어그부탁을밧는다는뜻을보이엇다 그때주삼의 안해가 리급데의 아츰상을가지고 들어왓나 리급데가외상을밧고안저

『밥안그릇만 여긔더갓다 노치 주팔이와가티먹지무어』

하니 주삼의안해가 주팔이를 돌아보며

『아재그리시지』

하는데 주팔이는

『아니요 보닙치고가티먹자요,

하고리급데를향하야

『만히잡수십시요』

하고날어서방바그로나갓다

七、반정

돌이는 게을름뱅이 김서방이 리급데나리로 변한때에 공연히심정이 사나웟다 엇그제까지 여보게보하든사람에게 갑작이나리마님이니 나리아씨이니 말하기가 맘에창피하얏다 저의고모가 비루먹은개가티 구박하든김서방을 칙사가티 대접하는것도 맘에우수웟다 리급데가오든때는 수쳔한틈에 술그머니나갓섯고 저녁밥은 들어와먹엇스나 먹고난뒤또술그머니 가갓다가 밤늦게들어왓다 그리하야이때것 리급데와 대면(對面)하지 아니하얏다 주팔이가 아츰밥을 먹은뒤에 돌이를보고

『나리매부가 며칠잘하되?』
하고 우스며물으니 몽이는
『며칠이고주발이고 누가보기
나햇슴되까』
하고 아페입살을내밀엇다 엽
헤잇든주삼이가
『그러면 네가생원아니불러이,
냐 친남매가려 지내는봉단이
가 섭섭다고 아니하겟느냐』
하고 몃마듸나무래니 몽이는
봉단이가 섭섭하야는것은 맘에
조치아나하야
『가보지요』
말하고 주팔을당하야
『가보고 무어라고말뭐가』
못는것을 주팔이가 우스면서
『밧바게가서 소인몽이문안을
압니다말하렴오난』
대답하나 몽이는고개를 야단
스럽게흔들며
『나는실소아니가볼라오』
하고아니맘고 비위 상하는듯
아입맛을다 시엇다주팔이가몽이
의하는양을보고웃다가
『여보게 로총각러정말고아무
러케나생각나는대로말하게나리
매부가사람이소탈해서역정은아
니낼게일세』
실업슨어됴(語調)로말하고나
중에
『이애나하고가려가보자』
말하야주팔이가몽이를다리고
옷방으로 올라왓다 쳐음에는몽
이가주케주케하며말을잘아니하
얏지만
『어서방으로들어오너라』
『너커리안커라』
『더장가들러서올테냐?』
『몽이가주 스러고기생이 혹딸
어첫슬듣지몽으지』

이와가리리금대가정답게우슴
의말가지 부치는바람에몽이는말
문이열리어서
『기생은왜? 내가장가들러서
올갈게입는색씨하나중매해주시
요』
하고너털우슴까지웃게되엇다
리금대가주팔이와이야기로나
즐보내고 봉단이와 우슴으로밤
을보내는동안에 두가지 새사실
을알게되엇다 한가지는주팔이가
술수를집작하는것이니주팔이와
가려안저서밤밤하다가
『내가강과등당반뒤로는 묘목
(朝服)납고나설생각보담도농의
납고숨을생각이 만하진 까닭에
이번에서울가서는형편을보아묘
뎡에나서지 아니할생각일세』
말하되주팔이는 빙그레 우스
면서
『생각만을로 되지안치요환수
(宦數)가려지는것을억지로막지
못하리다 압흐로 한참동안은한
로(宦路)가험하다하더라도별풍
파업시나가게되시리다』
무슨집작이잇는것가려말하고
『자네가 몽앙을수까지집작하
나?』
다두쳐볼어야
『집작은무슨집작이에요』
하고 우슴던이엇다 그러나평일
에 지망지망히 말하지안는주팔
이라 집작하는것이업시 그러케
말할리업슬것을 알엇고 또한가
지는 봉단이가 태긔(胎氣)잇는
것이니 봉단이와가티 누어서이
이야기저이야기하다가봉단이가
『요사이는 각금각금헛구역이
나서못견되겟세요』
하는말이고동이되야

『무어치햇냐』
『몸의겟세요』
문답이잇슨뒤에 입을 귀에다갓
가히다이고가만히
『구실하오?』
물으니 봉단이는 쳐음에못알어
듯고
『구실이라니요?』
하다가
『경도말이야』
해석을듯고는 한참 아무말이업
떠니
『서너달채업세요』
하고 컵컵한속에서도 엄불이보
일가봇그리는듯이 살작 몰아누
엇다 평일에봉단이가 말이적고
몸을 잘간직하는까닭에 아즉그
어머니까지도 눈치채지 못한것
을알엇다
리금대가 주삼의 집에나온시
번서 삼사일이되엇다 그몽안에
리금대에게는 사위나리라는별
명이생겻다 쳐음에 주삼의안해
가 사위나리라고 말하기사작하
것이 주팔이와 놈이까지도사위
나리리고 말하게되고 나중에는
동네사람들까지도 사위나리 사
위나리 하게되엇다 게으름밧이
사위라는별명이 곳 사위나리로
번한것이다

七、반 정

사위나리가 서로떠나게 될날
도갓갑고하니 집안식구가 한자
리에모히어 조석을가려 먹자고
주장하야 웃방이조석먹는 싹이
되엇는데 구미멉흔봉단이가 험
한밥먹는것을 사위나리가 떡하
게녀이어서 자긔의남삽밥을 주
고심흐나 여러사람보는곳에 유
난스러워서 주삼의안해를 보고
『혼자서조흔밥을먹자니 첫재
염치가업서 이밥좀 논하줍자시
지』
하고 우만혀다가말은 밥그릇
을내어주니 주삼의안해가
『고만두고더잡수시요』
하고권하다가 사위나리가 정
히고만먹겟다고하니까
『며나먹어라』
하고 봉단을내주엇다 사위나
리맘에는 봉단이가
『네』
하고 바더먹엇스면 조켓는데
봉단이 는남의맘도몰르고
『아버지잡수세요』
하고 주삼을주고 주삼은
『나는조밥이조하당신자시시요』
하고안해를주고주삼의안해는
『아재자시요』
하고주팔을주고 또 주팔은
『나도 조밥이조하 너먹어라』
하고몽이를주엇다 남살밥 담
은밥그릇이 한차례식구압헤 조
리돌 듯아 몽이에게 간뒤에 몽
이가
『다싫라면내나먹지』
하고처치하게되니사위나리의
소료와는 틀리엇다 사위나리가
밥을어더다 가랴도 다가려 남밥

발을지어먹어야 하겟다고 발론
(發論)하고 원에게 편지를썻다
그편지사연에는 찬으로 고기는
잇스되 밥(飯)에 백옥(白玉)이
귀하니 한(恨)이라고 하얏다 그
편지는 몽이가 가지고가게되엇
다 원이 리금대의편지를바며보
고 리방(吏房)호불러 쌀을보내
게하라고지휘(指揮)하라다 가리
금대가 도집강에게 몽고리 ㅁ스
로쌀을날라다가 매를 마첫다는
어야기가 생각이나서 리방을내
다보고
『향교말에 도집강이란자가잇
다지 그자가전되느냐?』
물으니 리방은 원님이 이여것
아니하든 흉두집을 사작하라는
가생각하며
『무자로사옵나다』
대답하얏다
『그러면 그자를지금잡아들어오
라고불러라』
하고 원이 리방에게날르더니얼
마뒤에 도집강이 관가로들어왓
다 도집강이원에게 절하고꿀어
안진뒤에 원이 며번에정색(正
色)하고
『향곡(鄕曲)에서 무단(武斷)
하는괴습은 인민의 분모되나
로서알고 그대로 둘수업는일
어야』
호령스러잇게말하니 도집강은부
슨죄분인지몰으고
『민(民)이 득죄하온일이업사
온데……』
하고 벌벌떨며 발명도채다하지
못하야서 원이 눈을부릅뜨며
『무슨 잔소린고양주삼의몽고
리를빼앗슨일이업는가?』
호령하얏다 도집강이 주삼의사

위가 찬人날라교리이란 소문을 듯고 알어보니 주삼의사위는외사위로 자긔에게 매마진사람이 뎍실히 리교리라 리교리를가서 보고 사과를 하야볼가?사과하러갓다가 봉변하지 아니할가? 망상거리고 지내든차이라 지금 원의호령이 리교리의 청으로대신 분푸리하야 주라는 거조(擧措)인줄로알고얼굴빗이채수염빗가티하얘지며

『민이무지하오나 주삼의사위가리교리이신줄 알엇더면 언감생심(焉敢生心)이옵지요만 그때백정의 사위로 언어행동이완만(頑慢)하옵기에몰으고 작죄하엿사오니성주(城主)덕택을 닙어지이다』

채수염이 마두청에 서리도록고개를숙이고 손바닥을 맛다이어 치어들고 비니 원이 속으로우숨면서

『몽고리몃벌을때 안젓든고?』

호령人과남은 목소리로 물은즉

『제별나가하옵니다』

대답이 거의 우는소리와갓다 원이 도집강에게 고개를 돌리하고 평란간 말소리로 지나간일이기에 과히 추구(追究)하지아니하나 속죄는하여야 할것이니 몽고리한벌에쌀한섬식쌀석섬를주삼에게로실려 보내되 보내는 것을내가보아야 할터이니 지금나가 곳실려서 관가로드려보내라 닐르고또이후에는 반명(班名)이라고행패 하지말라고 닐러서보냇다 도집강이 황문가나 조이마질줄 알엇다가쌀석섬에타첩(妥帖)된것이다리허 다행하야집에나오며 곳소세바리에 쌀을실렷다몰이가 원의답장을 갓고쌀바리를덩거하야 가지고나왓다 사위나리가 원의답을뜨더보니 그사연에 이쌀은내가 보내는것이아니요 형의매쏨을 도집강에게서추징(追徵)한것이라고하얏섯다사위나리는

『원이실엽슨사람이로군 도집강은내가에자지원(睚眦之怨)을갓는사람으로 알엇스렷다』

하고편지를 주팔에게 보인뒤에 서로바라보고 우섯다 주삼의안해는이것을알고 몃번이나 시원하다 고소하다 외치고또남실밥을지어서 식구가몰아안저 먹을예에이밥은 별달리 맛나다고떠들엇다

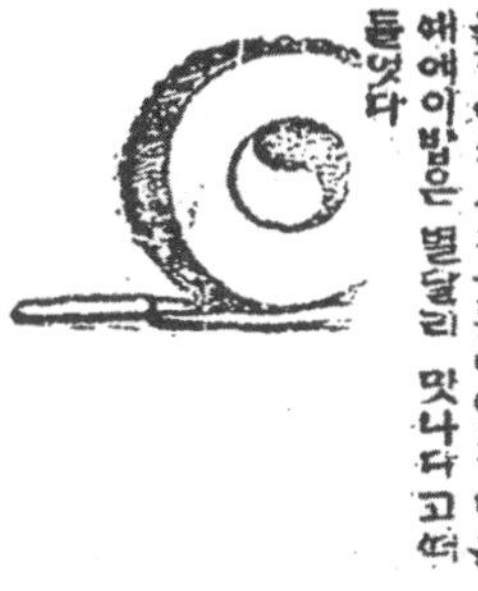

八、상경

몃칠뒤에 사위나리가 속이거북하다고 아츰밥을 설친일이잇섯다 주삼의안해는 사위나리가 시장하겟다고 부즈런히 일은저녁을지엇다 식구들이 옷밤에모히여밥을먹을때에 흠처삽작박게 떠들석하는 소리가나며 여러관하인하옹긋줄긋 마당에 들어섯다내다보고 알은체하는 리급뎨에게여러사람이 함께 문안을들안뒤에고중의 한사람이 압흐로나서서허리를굽으리고

『조명(朝命)이 나리셧스니지급급히 읍으로들어 오십사고하이들을보내임니다고』

원의권갈을 권하얏다 사위나리가몃술뜨지 아니한 밥상을그대로치우게하고 총총히 서울길을떠나게되엇다

『진지나 더좀잡숫고떠나사지요』

주팔이가 자긔뿐아니라 집안식구들의머리人겨으로말한즉사위나리는

『속이떠치드안코 또속이덜날해서먹을수가업서』

대답하고

『권에도 말해두엇지만뒤人일은밋네』

일변말하며 일변 옷옷을닙으나 주팔이도 풀어노핫든수건으로다시 머리를 동이며

-『나도 읍에까지가서떠나시는것이나보입지요』

하고 닐어섯다 주삼이는아우와가티 읍에까지 가기로하고주삼의 안해도간다고 하는것을주팔이가

『아주머니는고만두시지요』

말리어서 중지하게 되엇다사위나리가 주삼의 안해를보고작별인사하고 몰이를보고 작별인사하는동안에도 눈은자조 봉단에게로가더니 나중에 방에서나가랴고힐때 봉단의엽헤 잠간발을멈추고

『몸을조심하오 곳맛나게될것아니 넘우섭섭해하지마오』

단것이 당부하고 나와서마당에노힌가마속에들어안졋다이때해는 서산을넘어갓고 어둠빗은사방에서 모히어들엇다 봉단이가 그의어머니와가티 삽작문밧게나서서 가는가마뒤를 바라보다가 저녁안개와 연긔속에가마가보이지 안케되니

『어머니가마도보이지안네』

하고 머리를그어머니의 팔에의지하얏다 주삼의안해가

『이애 고만들어가자바람이선선하구나』

말하야 봉단을다리고 옷방으로들어왓다 몰이는 혼자안저서먹든밥을 마저먹다가

『혼자서라도 먹어치우라고몬저먹습니다 아주머니는 누의하고 가티잡수시우』

하고 고모에게말한뒤에

『누의는첫리별이라섭섭할걸』

하고 봉단의얼굴을 처어다보나 봉단은 치워노흔사위나리밥상을 바라보는데 눈에눈물이얼이엇다

『저런 우네』

몰이의 조롱에 봉단이가

『밥이나먹우』

대답하는데 전에업시 말소리가날카로웟다 나중에 주삼의안해는 밥을먹고 봉단은그어머니의권에못익여 먹는체하다가 말엇다

이튿날아츰때가 지난뒤에 주삼의형뎨가 읍에서 몰아왓다 주삼이가 방에들어와 안지며

『괴구가장하더라』

맛도못도업시말하니 그안해가

『무슨괴구요?』

뭇다가

『무슨괴구라니 사위나리행차가떠나는괴구말이지』

축명스럽게 말하는것을 듯고도 골을내지안코

『이야기를좀자세히하시구려』

청하얏다 주삼이는

『원님이나오고 북바관속이쏘다저나오고말머리에 사람이 둘어엉기어서 우리형뎨는 작별인지만지하게 간신히작별하얏서』

말하고는 달은이야기가 업스니주삼의안해가 갑갑하야 주팔을돌아보고

『아재가좀처음부터 이야기하사요』

말하야주팔이가 이야기를 시작한다

『사위나리 구명도생하얏다는 소식이 묘뎡에알게되어 홍문관교리 지제교겸예문관응교(弘文館敎理 知製敎 兼藝文館 應敎)라는벼슬을 특별히 제수하고 역마를주어올라오게하라고묘명이나리엇답니다 그래서 오늘식전에역마를타고떠낫서요이야기는 고만이지요 무슨달은 이야기가 잇나요 아차참우수운 이야기하나들은것이 잇서요 사위나리발이엇떠케엄청나게큰지원님이한흥바닥을떨어서 그중큰신을 구해노흔것이 발에마치어서 힘수〃지보선의人솔을째고야 신엇답니다 그런데 한웅 으로 도망올때 장교에게 잡힐번한일이잇섯는데 그때 발큰 것이 량반아니라고 장교가 노코간일까지잇섯답되다 지금 읍에서는 리교리이야기가나면 발크다는 이야기도 말하서나는데 말에말이 보래어서별로허풍치지안는사람이 리교리의 발은 한자몃치라고 말한답되다 발이 한자몃치면병신이지 허허허』

주삼의안해는 고사하고 경황이업서하든봉단이까지도입가에우

살해되엿엇다

리교리가 상소하던 (承政院)의 험한길이라 갑면에서 갑사뭇맛나 하루밤을 지낸외에는 별로지체업시 역(驛)마다 역마를갈어타고 한양을 떠난지십여일만에 무사히서울에 도착하얏다 리교리가 홍화문(弘化門)안에들어와서 우선거처할곳을 경人날관주인(館主人)의집으로덩하고 친족(親族)과친구에게 고별하야 남의관복과 부릴하인과 말을 빌어온뒤 예궐(詣闕)하야 숙배(肅拜)하고 류순(柳洵) 김수동(金壽童)이하 시임재상(時任宰相)과 박원종(朴元宗) 성희안(成希顔)이하 정국공신(靖國功臣)들에게문후(問候)하고 그외에친척고구를 심방(尋訪)하얏다 이리하야 리교리가 분주히 몃날을지내는동안에 재생(再生)한사람으로 대접도 잘바덧거니와 백정의 사위노릇하든이야기를 실토를 되풀이아니하지못하얏다 이멧칠동안에 리교리는 이사람저사람에게서 반정당시의 자세한이야기를 어더듯게되엿다 첫재반정할때는 성희안에게서 시작이되엿는데 성희안이가 리조참판(吏曹參判)으로 연산주의총애를밧다가 일조에락직(落職)된뒤에이원를나어서 박원종과 련락을배서가지고거사(擧事)하게되엇다는것과 구월초하루人날정밤중에 외병([illegible]氏)들이 훈련원(訓鍊院)에서 모히는데 이소문을 늴맛이라도 들은사람이 나나혼것업시 훈련원으로, 몰려들어서 갓이메엿다 죵이엇다는것과 또 조이튼날 식전에 창덕궁(昌德宮)압 파자교(把子橋)근처에 외병이진친[illegible]하얏슬써 박원종이 부채질하고 지휘하는것이 마장가티보이엇다는것과이야기를들엇고 군사들이잡어[illegible]를 옹위하러갓슬써 그써 진성대군(晉城大君)이든지곱던하께서무슨 몇번이나 목을매고자결(自決)하랴고하셧는데 그써 대군부인인신씨(愼氏)께서말머리가 집안으로향하면 무슨 변이난것이지만 말머리가 밖그로향하면 보호하러온것이니 조금 참으시라고말렷다는 이야기와 공신들이 신씨의아버지되는신수근(愼守勤)이 누죄가잇다고죽이고죄인의딸을 왕비(王妃)로 두는것이 불가하다고하야 고정을 못니커하시는 던하를 욱이어서왕비를폐하게 되엇는데 대던에서는 지금도 항상중던을 생각하신다는이야기를 들엇고 또연산주가 궁에서 쫏겨나올써 얼굴을들지못하고 눈물이 홍포(紅袍)자락을 적시더라는 이야기와연산주부인이 궁문밧글 나올써비단신이 발에맛지아니하야 초집오래기로 신발을홍이엇더라는 이야기와정파(井坡)무당의집에나가서자는데 권人날세자(世子)이나 대군이나하든 아기들중에 어린아이가 나가오날저녁에는뭐고기반찬을 왜아니주느냐고 를어서 연산주부인이 눈물을흘리드라는이야기도들엇고시임영의정(領議政)류순이는반정당일에진중에불려와서엇지할줄을 를으고박원종을보며령감이룡상에안지라오?성희안을보며령감이룡상에안지라오?하얏다는우슴거리 이야기도어더들엇고 시임우의 정갑수몽이는 공신들이 반정할일을 알리고 나오라고한즉 처음에는북음내어빌며 베혀가라고하고 진중에 나온뒤에도 대테를 잡삽더라는 칭찬하는이야기도 어더들엇다 리교리는이와가튼이야기를 들을때에 이래저래 개연(慨然)한맘을 금치못하야 벼슬을바리고 어느시골로 나려가서 농단과가려 일생을안온하게 지내라는생각이 북헌듯이나게되엿다 그리하야 사직상소한장을써가지고 대궐상소의대지(大旨)는 아래와가탓다

「신(臣)이비록 권고에드문인연(因緣)으로 남사와 다시텬일(天日)을 우러러보게 되엿사오나 국법(國法)을 범한죄는 도망할수가업삽고 [illegible]된지근뒤로는 모든세념(世念)이 사라저서 은퇴(隱退)하올 생각을스스로 억제할수 업사오니 던하께압서는텬디하해(天地河海)와가튼도량으로 신의 벼슬을 갈어주시기를 바라오며 또신이북도로 도망하와구명도생 하압노라고 천인(賤人)의딸과 혼례(婚禮)를가추엇삽는데 지금다려 오자한즉 신가튼 복사한것도 조신의하나이라던하의됴뎡에못그럽는세치올가두렵삽고버리자한즉 고(苦)를가티하고락(樂)을가티아니 하옴이 인정에어렵사옵뿐아니라 신이 어리석사와 서로 버리지안키를 맹약(盟約)까지한일이잇사오니 텬디부모(天地父母)는구긍하온사정을나려 살피사 신이룸련가서천인의 아해와가티 일생에 성대(聖代)를구가(謳歌)하게하압소서 신은황공함을 무릅쓰고 말삼함을 외압나이다」

八、상경

리교리가 사직(辭職) 상소를 올리든 이튼날엇다, 사직은 허락지아니한다는뜻으로 간단한 비답(批答)이나리엇다 리교리가 멧칠뒤에 다시상소를 올리리라 맘을먹고잇는중에 홍문관 하인이나와서 번(番)을 들어달라고 말하얏다 리교리가

「나는사직하랴는 사람이라번을들지못하겟슨즉 량반에게 나 가서보아라」

하고 거절한즉 그하인은

「당은량반이라니요 한바탕줄을바칠줄처고 나으리께 로왓습니다 나으리가 못드신다면오늘또매人복이러지는겝니다」

하고 눈人살을 찝흐렷다 리교리가

「그러면 네가오늘 내아들이 관욕을 만히하얏겟구나」

하고, 우스니 그하인은조금도 황송하야하는모양도업시

「황송합니다만 나으리아시다십히 번들라고해서 아니드는량반은 모다 내아들이지요」

하고 역시우섯다

「자금번드신 나으리가누구냐?」

「장교리 나으리입니다 나으리 아시겟지요? 장돼지라고 돼지가티생긴량반이에요 그량반도 화는나겟지요 처음번에 쏘흔래人동안장번입니다 소인들이 아무리 여러댁을쪼차단니어야 돼지가 좀더들게 내버려두라고하고 번을갈어주시지 안습니다그려 소인들만죽어나지요 그돼지가튼 량반이 해앗아되어요 소인들이 날마다 그량반의화풀이를밧느라고 참말죽을디경입니다 내아들이란 욕마되로야생이나됩니까 또오늘 저녁에도 번을갈어주시는 나으리가 업고보니 소인의 매는쌔논당상입니다 여보십시요 나으리 사직을하시더라고 그전에오래계시든 홍문관에한번쯤은 들어와서보시고 사직하시지요」

리교리는 하인의말에 맘이솜곳하야저서

「그래라 오늘저녁한번 번을들어주마」

허락하게되엇다 리교리는 장교리를맛나서 피이야기나하고 한번우스라고하얏더니, 장교리는 장번(長番)으혜 번을갈어줄사람이들어온것만다행하게생각하며 총총히 수인사하고나서

「처음에 멋물으고 선듯번을

물지 알고는 며간맘어니가지고 들가어렵겟습되다 이번에 아흐래人동안 사람이 갑갑해서죽을 번하얏소이다』

하고 도야지가는 얼굴을치어들고 한번씽긋웃고서 총총히 나가버렷다 그날밤에 리교리가홍문관에번든것을 우에서 알게되엇다 리교리는 편뎐(便殿)에불려들어가서 북도에서 고생하든일을 일장이야기하야 알외고나종에 상소의대지(大旨)를 되풀이하야 사직할뜻을 알외니왕이

『너의일은 전고에듯지못한드문일이라 내가그뒤를 아름답게하야주리라』

말승하고 한참잇다가

『너는 의가조흔안해를 천인의딸이라고 버리지마라』

말승하얏다

리교리가 편뎐에서 물러나온뒤에 승이나리어서 리교리는남금의은혜를 감격하게생각하며 혼자서취하얏다

그이튼날이다 우에서 특지(特旨)를나리엇다 리교리의 직품(職品)을도두어서 동부승지(同副承旨)를제수하고 그안해양씨에게 숙부인(淑夫人) 직첩을나리라는 특지이다 리교리가 이러한은명(恩命)을바든뒤에는 망극한성은(聖恩)을저바리고구지됴뎡에서 물러가랴하든 신자(臣子)의도리가아니라고생각하야 사직할마음을그치고 출사(出仕)하게되엇는데 숙배(肅拜)하려들어온리승지를왕이 인견(引見)하고

『너의안해는 인제천인이아니요 됴뎡의명부(命婦)이다』

말승하며 면상에우승빗을 나타나이더니 나종에 우승빗을거두며 한숨을지이고

『너는나보담낫다』

하고 말승하얏다 달은때가트면 사헌부(司憲府)와사간원(司諫院)의간관(諫官)들이 리승지의벼슬이 까닭업시 갑작이올랏다고다투고또더구나 백정의딸숙부인은 번이라고 떠들엇스련만 일반됴뎡에서 리승지에게동정(同情)하든때라 량사(兩司)간관들이 별로달은말이업섯슬뿐이아니라 백관중에서는 미사(美事)로칭송하는사람이도리혀만핫섯다 그리하야 리승지가교리로 백정의 사위노릇하얏다는이야기는 발서팔도에 자자하고 백정의딸이 지금숙부인이 되엇다는소문은 서울안에가득하게되엇다

八、상경

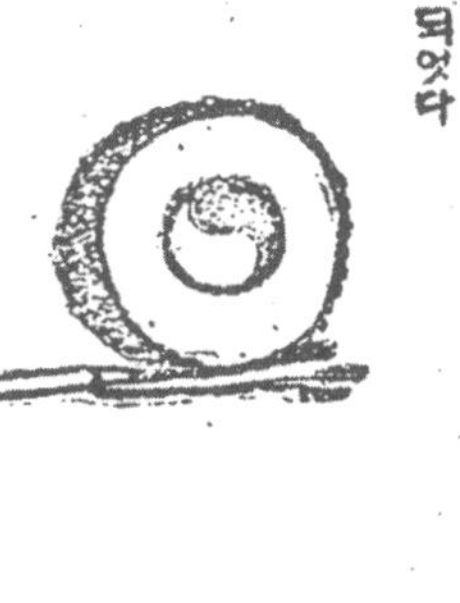

리승지의집과 종과세간은 거쳐서도망한뒤에 적몰(籍沒)을당하얏섯다 그때적몰한것을 됴뎡에서 물러내어주고 또중화롭게사는선배(先輩)와 제배들이 이것저것을보내주고 갓다주고 하야서 리승지는 북부안국방대안동(北部安國坊大安洞)에새로와가(瓦家)한채를 작만하야 이사하고 살림살이를 벌어지게차리엇다 리승지가 거처하는큰사랑에 대병풍소병풍이 둘러치이고 방웃목에일은매화분까지 노힌뿐이아니라 안으로 들어가서 아즉주인도업는세간살이가 미비한것이업시가추엇다 부엌에 큰솟 작은솟이 늘비하게 걸리고 장독ㅅ간에 대독,중들이, 항아리가보기조케노히고 대령에 두지와 찬ㅅ장이 쌍으로노혓는데 두지우에 퉁충항아리까지 쌍을지어노히고 안방에는 문채조흔 괴목장과 장식큼직한 반다지가 것자리잡어노혓는데 장우와반다지우에는 피죽상자,목상자가 주섬주섬언처잇고 이불상우에는 어부자리가 보에싸혀잇고재판우에는 요강,타구,화로뿐이아니라 놋촛대,유긔등경까지도노혀잇다 그리하고 집에잇는사람들이 수가적지아니하야 큰집어커보이지아니한다안에는의복을마튼 침모중에 관복을짓는관듸침모가따로잇고 살림의권을쥐인차집의아래 원반비다치 것반비다치와 원동자치 것동자치가가추어잇고 그외에 상직군아이종다듬이군 솜피는 할미까지잇서서 안방외의 여러방에주인업는방이업고사랑에는세간령직이수령직이와큰상노작은상노가두수령방에난호아잇고차차로드나드는문객(門客)들이작은사랑에모혀잇서서 사랑에 쓰지안는방이업다 행랑에내외가 진종들과 행랑사람이잇고 하인텽에 교군을메고 말을모는 구종(騶從)들과 교군두나말두필 딸하단니는별배(別陪)들이잇는중에 안에드나들며 안심부름하는안법감이 따로잇는것은말할것도업다 사랑은 이러케만치마는한달삼십일에 번을들다 볼일 못보는동부승지령감외에원주인이하나도업스니 사랑은 세간령직이의살림이요 안은차집의 살림이라리승지가 틈이잇는대로 세밀하게총찰하나 안살림은 자연히사랑살림만큼 규모가 짜이지아니한다 그리하야 안주인을마자올일이 급하얏다 리승지가함흥으로하인을보내는데 주팔 에게편지를 누치는외에함흥군수에게편지하야 전人날에자긔가 힘닙은것을치사하고내행이올때힘을빌려달라고칭하얏다

리교리가 함흥을떠난뒤에 두달이갓가웟다 봉단어는 서울소식을 기다리며 하루이틀보내는데배는조금불러지고 얼굴은 몹시야위엇다하로는원이주삼을관가로 불러드리어서

『리교리나으리가 그동안동부승지로 승직(陞職)이되어 리승지령감이 되시고 너의딸이숙부인이되엇다』

닐러주고

『숙부인이란것어 나라에서주시는귀한칭호라 시골백정의 딸은고사하고서울량반의집딸도제마다 못하는것이다 너의가듣고리백정의집에서 숙부인이 나다니천고에 업는일이다

너의딸은 인제됴뎡에서 부인을봉하야주신사람이 너의동네사람아니 너의들내외까지 라도아무개야하고 일홈을 불러서는못슬것이니 그리알고위하여라』

가르처 내보냇다 주삼이가

『숙부인마님 숙부인마님』

중얼거리며 미친사람가티 뛰어나와서 집에 들어서며

『경사가낫다 집안에경사가낫다 큰경사가낫다』

소리를 질르고 춤을추며마당을 도으니 주삼의안해도

『무슨경사요』

주팔이도

『무슨경사요』

뭇고 봉단이까지도

『무슨경사입니까』

뭇는데 돌이만이 저의고모부가 한발은 집신신고 한발은맨발로 겅청거리고 돌아단니는것을 우두머니보고 잇섯다 주삼이가간신히 진뎡하고 봉단의숙부인된 긔별을들려주니 주삼의 안해가 봉당우에서 마당으로 껑충뛰어나려와서

『내딸이 숙부인이야』

소리를 질르더니 두팔개를벌리고덩실덩실춤을추며

『얼사조타 내딸이숙부인이다 숙부인이 내딸이다 얼시구조타』

하고 내어놋는소리가 그대로노래人가락이다 진뎡하엿든 주삼이가

『내딸이숙부인이야 내딸이숙부인이다』

하며 그안해의뒤에서서 다시엇개를 웃슥거리엇다 춤이끗난뒤에주삼이가 원의 가르처주든말을옴기고

『인제는 봉단이라고일홈을불르지맙시다』

하고 안해를 몰아보니 그안해는 별안간화를벌컥내며

『숙부인이거나 무슨부인이거나 내밋구멍으로 나온것을넘옴도못쏠놈가 쏠는거나 말거나내말이지 누가 이래라저래라한단이요』

하고 여러사람의 얼굴을 면고(眄顧)하듯이 돌아보니 주삼은 무류하야 말이업고 주팔은빙그레웃고잇고 숙부인 당자는고개를숙이고잇고 이쌔것 아무말이업든돌이는

『아주머니말이 옳소 옳하』

하고떠담하얏다

八、상 경

그날부터 몃칠동안 주삼의집에는 치하(致賀)하려 오는사람이 문이메어젓다 주삼의집지는 말할것이업고 평일에 왕래가업든 량민까지도만히왓고 한번온사람은 말할것이업고 두서너번온사람까지도 적지아니하얏다 그중에녀편네들이 만히와서 옷밤에는 늙은녀편네 젊은녀편네가 사오인 칠팔인작 함께몰려안질쌔가 흔하얏다 말하자면한동안 주삼의집웃방이 동내녀편네의 도회령(都會廳)과가티 되엇든것이다 녀편네가모히면 종작업는 잔소리가만타

『여보 따님을뱃배무슨치성(致誠)을드렷소?』

『이집따님가튼딸은 열아들로 바꾸지아니 할딸이니까 무슨치성이든지 드리섯겟지』

『따님동안 북두칠성님께 정화수를 올리섯소?』

『따님동안 산천과도를올리섯소?』

『기린산(麒麟山)산령님이 령금하시답되다그려』

『산신령님이 부처님만한가요 천불산수천사(千佛山中天寺) 부처님은 참말덩금 하시답되다』

『덩그렁그렁쳐서 놀라가는화천아노구메진상내딸아들들어보지못햇소? 기린산가고 천불산가는이 꼿섬(花島) 사당집에 노구메진상이첫재지요』

이러케 치성이야기가 한바탕벌어지기도하고

『여보 따님을뱃배 무슨태몽을어덧소?』

『주삼댁따님가튼 딸을낫는데는태몽도 정녕조흿겟지』

『달을삼켜보면 귀한딸을낫는답되다』

『뱀은아들이고 구렁이는딸이랍되다그려』

『가락지도딸이래요』

『가락지뿐인가요 구멍잇는것은 모두가딸이지요』

『웃동내간난이어머니는 간난이를뱃배꿈에 쌍동밤을 따먹엇더라오 쌍동밤가지고야숙부인딸을낫수잇소』

『그래도간난네는 간난이가나며집이늘기 시작햇답되다』

『룡호人(龍湖)댁비는 룡꿈을꾸고 아들을나서 귀히된다고 떠들더니 그아들동몽(童蒙)이가칠일쟁이가 되어서 부모의걱정만 시깁되다』

이러케 태몽이야기가 한판을싸기도하얏다 수선스러운 녀편네는머리人방에 가만히 들어안젓는봉단을 쏘처가서 얼굴을드려다보며

『마님을바치더니 얼굴이전보담환하구려 사내로나서 령감을밧치드면 좀조흘번햇나』

하고정이 뚝뚝덧는듯이 봉단의손목을 잡으며

『서울은언제가오? 한양천리 한번가면 다시보기 어려우니 여긔잇는 동안이나 자주자주 맛납시다』

하고수다를 떨엇다 이러케수선한몃칠동안 봉단이는 성가시고 귀찮하서 얼른서울로 가고십흔생각뿐이더니 그뒤에는 부모를떠날생각과 서울가서 지낼생각이슬픔과걱정으로변하야서또리혀하루라도 고향에더 잇게되기를바라섯다 이러하야 별로서울길을 기다리지도 안는중에서올하인이 도착하얏다 주팔이가리승지의 편지를보고 서울사정이급한모양이니 하두밧비 떠나야한다고 재촉한뿐이 아니라원이리승지의 청으로 치행범절을차려보내며 꼿떠나라고 말하야봉단이는 할수업시 총총히 고향을떠나게 되엿는데 떠는날은동지人달 초생이라 흰눈은들에덥히고눈우에 찬바람은 칼날가티매서웟다 주삼이가

『이치운때혼자도 아닌사람이 엇지가겟느냐』

걱정하니 주삼의안해는

『집거나덥거나 갈사람은어서 가야지』

하고주삼이가

『보교안바람에발이 실여서견어가는것만도못할걸』

걱정하니주삼의안해는

『솜두둑이도 보선을신겨보내면고만이지』

한다이러케주삼은걱정만하고 단니는데 주삼의안해가 치행하는일을이것저것모다 보살피고 봉단이가 눈물을흘리며 하직할때까지도 어서보교를 타라고씨씩하게굴다가 봉단이가 보교안에들어안고 동네녀편네가 둘러선중에 교군군이 보교를메고십

작문파그로나갈때는딸하나옴생각도아니하고 봉당에 주저안저 한바탕울음을 내노핫다 주삼이와몸이는오리가랑 이나딸하 와서주삽는

『잘가거라래년봄줌한번가마』

하고돌이는

『이담에가거든의머나맙게』

하고봉단과작별한뒤에각각배행하는주팔파도 작별하고 돌아갓다 주팔이는머리를 수건으로 동인우에 패랭이를 제처쓰고몽치고리바람에 집신감발하고 서울서나려온 하인과함께 걸어서 보교뒤를[illegible]핫다

八、상경

봉단의일행이 서울에 도착한뒤 달포동안 리승지집아따 하인들사이에는 봉단의 큰봉흉추는 뒷공론이 끈치지 아니하얏다 처음에는 단순히 주인령감을쇠리어서 것흐로대접하나 것대접대신에 뒷공론이 말아니로심하얏다

『정승이에 감ㅅ죽을부친셈이라니 편생시골백정의딸이야』

『남은못되랍시니라니 보병것이나마 쳐도가되엇서야지』

『그삽존명색을보지 시골백정놈주제에 족하딸자세하고 점잔해는딸이라니 눈이시어못보겟서』

『백정의딸년더러 마님이라고 불으자니 작년에먹은 옥베송편이되살어올라올디경이야도망이라도해야지 이집에서못살어』

달포지난뒤에는뒷공론이 조금 변하얏다

『감ㅅ죽을떼고 머리를쪽쇠니까 입부장스럽든데 그러치만아무래도 시골백정의 딸이라태가 나지아니해』

『동이짧은 회장저고리닙은 것이 대단히 거북살스러워보이든군 긴치마를 느리니까마당발이가려저서 흉하나가 덥히겟지』

『말수가적은것이 잔소리는심하지아니할 모양이 차차지내보면 알겟지만 백정의딸로는사람이제법이야』

달포가 갓가워진뒤에는 뒤ㅅ공론이 처음과 아주딴판으로변하얏다

『입누고 맘씨조코 시골사투리외에는 흉잡할점은마님이 야어되가 백정의딸갓기나해』

『그삽존도 여간유식하지아니한모양이야 함흥서는 백정학자라고유명하더라지』

뒤ㅅ공론을듯고 지내는 동안에 봉단이는 남들으게에도만히 태우고 속도만히 상하얏다 주팔이는 리승지가 따로박하나늘치워순까닭에 주는옷닙고 주는밥먹고 가만히방에들어안저서 심심하면 책자나떠들어 보고지냇뿐이니까 별로컨되기 어려운일이엇지만 봉단이는 그러치 못할것이 편생은아무리 총명하야도 병신구실을 아니하지못할 처디다 침모 차집이하여러사람에게들려지내며 서투른것을 익히고몰으는것을 배우노라니 견되기어려운일만히당할것이덩한일이다 리승지가 번나와서내외단둘이 마조대하야 안게되는 밤저녁이외에는 일시라도 맘을 노코지내지못하얏다 그러나에를태우고 속을상하는대신에 문견이나날히늘어갓다 원악이 소명한재질이라 남이하는일을 한두번눈여겨보면못할것이 업기도하얏지만 관되침보가 나이지긋하야아는것이만코 더욱이 사람이조흔까닭에 바누질도 배우고 언문도배우고 서울풍속도배우고 또랑반의집의 봉제사접빈객(奉祭祀接賓客)하는범절까지도만히 배웟고 차집은 청미잇는사람인까닭에 비위를 마처가며 음식맨드는법을 아모쪼록 끌고로배웟다 그리하야 한달이채못되어서 바누질이나 또는음식만드는것이나 거의맘에흡할것이 업시되엇다 번상을차릴때

『저명란접시에 옹파를잣드려 놋는것이조치안소?』

차집보고말하고 옷을집어

『이저고리깃은 모를좀더동굴리는것이 보기조치안켓소?』

침모보고말을하야도 침모나 차집이 고개를 외치지아니할만큼 되엇다 부리는사람에게대한 말은 아희종이외에는 젓동자처게까지라도『해라』를 쓰지안코『하오』를쓰든것을 리승지가그리말라고말하야 아랫두리에도는 하인에게 간혹『해라』도 쓰지마는 대개는 말꼿이업는 반말을쓰고 솜피는할미가튼 늙은이와 관되침모나 차집가튼 대접할사람에게는 맙듯이『하오』를쓰든것이다 하루는리승지가 감긔기운이 잇서공고(公故)에갈하고 집에 누엇는데 아무리하야도 사랑은 부산하야 성가시다고안방 모ㅅ밧에 이부자리를펴고 누어서부인이안밧에나가잇슬사이가 업시 마님ㅅ주라고 불러들이엇다심부름하는아희종들이나가고 내외만잇슬때에 누은 리승지가 안진부인의배를가르치며

『밥을 하루몃기나먹기에배가 저러케불은고』

하고웃다가그치고서손가락을 꼽아보며

『날곱달로는 배가불으지아니한셈이요 레사밥줌만히 먹은사람의배만바게 아니되오그려』

하고 치마미트로 배를만저보라고하니부인은몸을피하며

『리승지령감이 안해대접을김서방가리하서서야되겟습니까』

하고눈으로 웃는데 리승지는 가만히

『리승지도 봉단이생각은노치 못한다든데』

하고 소리내어웃섯다 그날내외가조용히 이야기하는중에 부인이엇달금유이멀지아니하얏다고설쇠일 준비를걱정 하다가리승지가

『우리살림으로 설쇠기가처음이니 무엇이든지하고십흔 대로 하시요』

하는말에

『뒤에 딴말씀은못하십니다』

하고뒤를다저두엇다 몃칠지난 뒤에리승지 부인이차집을다리고 집안사람들에게세찬줄것을의론하는데 모든것을 과하도록후하게당하야주인령감에게발하니영감이 처음에는 넘우과하다고말하다가『딴말씀아니하신다 더니』 한마듸에 웃고부인의 말을조차다그뒤보는하인들사이에백정의 딸주는 뒤ㅅ 공론이 잣치엇다

八、상경

설이지나가고 경칩치위까지 지나가고 새봄이돌아왓다 그동안 주팔이는 리승지의명주옷까지어더닙고닙쌀밥으로배를 불리고지냇스나 아무할일도업시나몰아단니다가 하인들에게라도 망신을당하면 자긔의족하딸은고사하고 주인령감의안면까지도 깍걸것이라 갑갑한것을잠어가며 가만히방구석에 들어안젓섯다 족하딸의얼굴을 보기는 한날에한번이 어려웟고주인령감과한방에안저보기는열흘에한번이 드물엇다 말벗이되어주는 사람이별로업섯든 까닭으로 종일말을는것어 마되수를헤아릴만큼 적엇섯다 주팔이는자긔가 겨울벌레의신세와방사(彷似)하다고 생각하야겨울벌레들 두고귀글까지지은일이잇섯다

주몽이가 남창을 열어노코는 녹운뒤남산의 무드러운자래(姿態)를 바라보고안젓다 가종남산새봉이라는글녀로귀글을지으라고하 엿다 그러나 울적한심사가 글구멍을 막앗든지 글이헌귀도 잘되지아니하야 뜰알에로 나려와서이리저리건닐엇다얼마뒤에는뜰미테쪼구리고 안저서 락수바지의모래를 두손가락으로 집엇다 노핫다하얏다 그리하는중에 뫼물뫼물몰아단니는 개미들이눈에뜨이엇다 머人돌 미테잇는개미굴을차저와서드나드는개미들드려다보느라고다시쪼구리고다시쪼구리고 안젓는데 개미들은 혹혼자따로 떨어저서압발로수염을다듬는놈도잇고혹오다가다시 서로맛나서 수염으로인사하는놈도잇고 그외에 양긔(陽氣)를바더서괴로움나라는듯이따뜻한해빗을 쪼이며 이리저리몰아단니는놈이만핫다주몽이가 종남산새봉도 이저버리고잠착히개미들을보다 보고잇슬때그날번을나와집에잇든리승지가안에서주몽의방으로나오는일각문을 나서서 또구리고몰아안진주몽을보고

『대人돌에머 고머죄될일이 잇는가?』

하고걸걸우스니주몽이는놀라닐어나서 몰아서며 별로의미도업시

『아니올시다』

하고대답하얏다 리승지는그때담이우수워서 또다시 걸걸거리고 주몽이는 운에딸리어서입을벌리고 우섯다 리승지가창문압퇴人마루에 걸어안진뒤에 주몽이가그압헤서서

『그러지안허도 령감을뵈입고 좀엿줄말슴이 잇섯는데 오늘마침한가하신가 보오이다 그려』

말하니 리승지는 섯는주몽의얼굴을치어다보며

『무슨말인가?』

하고 물엇다 아리하야주몽이와 리승지사이의 문답이 한참동안 걸게계속하얏다

『가단히말슴하면 령감께잠간 하직을엿주라는것이옵시다』

『하직이라니? 왜? 무슨불만(不滿)이잇나?』

『아니올시다 등더웁게 닙고배불르게먹고지내나 무슨 불만이잇겟습니까만 원래산야(山野)에서자란것이라서울이갑갑할때가 만습니다』

『서울이갑갑해? 차차잇서나면갑갑증이 업서지지』

『다시서울은 오더라도시골가서놀아단니다 오겟습니다』

『아니야 시골갈생각말고서울잇서 내가 내외간에 의론한일도잇지만 자네가 일생을홀아비로 지낼까닭이잇나 그러니까처가마련네하나를구해서 서울살림을 차려살작뎡이야』

『그리할수 업습니다』

『그리할수 업슬것이 무엇인가? 남의정을막지말게』

『령감께정이들지 아니하얏더면서울을올까닭도 업고천한종적으로 거북한것을 무릅쓰고 서울서한겨울을 날까닭도 업습니다 그러치만 저우삶이를 마침뎐데와가티 섭섭거럽 생각이나서잠간하직을엿주라는 것이니다뵈입고십흔정이간칩하면또다시오겟습니다』

『허허고집아니할것을 고집하네그려 그래가면 합동으로가려나?』

주몽이는 다리가압흐든지 퇴人마루 한쪽에올라 안진뒤에 다시입을열엇다

『고향에가랴는것이 아니올시다 평생에명산대천을 구경하라는 소원을가지고 이십안에 명천칠보산(明川七寶山)과회녕두만강(會寧豆滿江)을구경하고 이십이삼세때에 회양금강산(淮陽金剛山)을구경한외에는 달은유명한 산천을구경하지못 하얏습니다 인제차차 좀소원을 풀어볼가합니다』

『산천구경이소원이거든 우선 북한(北漢)가서 삼각산(三角山)이나구경하게』

하고 리승지가웃는데 주몽이는 웃지도안코

『삼각산(三角山)은 구경할고희가 압흐로만히 잇슬듯하니까 먼데잇는산천부터 구경하랍니다 우선남으로 나려가서 지리산(智異山) 한나산(漢拏山)을구경하거나 또는서으로가서 묘향산(妙香山)을 구경하거나하랍니다』

하고 결심한것을 말하얏다리승지가 주몽의결심을 돌리기어려운것을 본뒤에

『그러면지금녕변부사가 나의친한사람이라 편지를해 줄것이니 묘향산이나구경하고 곳올라오도록하게』

허락하얏다 몃칠뒤에 주몽이는 왕반두달동안을 작뎡하고묘향산구경을 떠나갓다

주몽이 떠난뒤에 얼마되지 아니하야 리승지집의 객식구가다시하나생기엇다 그객식구는 리승지의유모의 아들이다 그전에 거제배소에까지 전위하야 차저갓든삭불이다 어느날저녁때 리승지가사랑방에 혼자누엇는데 젊은수령직이가밧으로들어와서

『엇던젊은자 하나가밧게와서 령감마님을보입겟다 고합니다』

말하얏다 리승지는누은채로

『어디서왓는지 물어보지아녓단냐? 젊은자가 누구란말이냐?』

령직이가나부래니령직이는

『어듸서왓느냐고 물어야그것은내답하지안코 삭불이라고 엿주면령감마님께서아신다 고하더랍니다』

말하자마자리승지가

『부어삭불이!』

하고 벌덕닐어안지며

『어데잇느냐?』

하고급히물엇다

『하인청에잇습니다』

『어서들려라』

령직이는삭불이가누구인데주이령감이 저러케 반색하나 속오로괴상히생각하며수렴밧으로나온뒤에 서넉덩커서 하인옷을입은디리승지가압미닫이한쪽을열어노코안젓는데 삭불이가 들어와서뜰알에에서 문안을드리니 리승지가 내다보며말하얏다

『너어되가서잇섯느냐? 너를한번맛나고십허서그동안더러일어도보앗다만 어되갓슬수가잇드냐』

『소인은그동안평상도문평(文平)따에가서잇섯습니다』

『문평은엇재서?』

『령감마님노일오시지만 소인의몸뚜한치몸이 가는전에죽엇습니다 그뒤로는 서울서생화가잘되지 아니하든까닭에 문평까지 흘러갓섯습니다』

리승지는 삭불의말을듯고『생화』 생화무서너번되고서

『문평가서는무엇하얏느냐?』

하고물으니 쉽게생하든 삭불이는 나人살먹어도 별보던파달으이되서서 물금삽시가만이두지 아니하고 합신거리면서

『그저그러저러 지냇습니다』

하고대답하얏다

『그러저러이라니? 그러저러 그생화란말이지?』

하고 리승지가 맘에맛당치못한듯이 『오냥하고 입을닷으니 삭불이는 무슨人길을 마조잡고

『령감마님께 괴망하올것이잇소리까』

하고 허리를굽신하얏다 리승지는다소 화가나든어됴로

『그런생화를두고 엇재또서울을왓느냐?』

하고 삭불의얼굴을 노려보니 삭불이가 또허리를굽신하며

『작년에새로온원님이 넘우까다러온까닭에 생화가시원치안흔와요 그래서 다시서울로왓습니다』

하고머리를 쌕댁하야 갓을떼도뚤하게쓰고 다시한번 허리를굽신하얏다 그날밤에 리승지가조무히삭불이를 불러세우고 나누래기도찻고 라날리기도 한뒤에

아는자의집에 잇스라고 말하야 삭불이가리승지 집의객식구노릇을 하게되엇다 주팔이가 돌아온뒤논 두달미한이되엇다 그러나주팔이는 오지하얏다 한달두달 지나가서주팔이다 서울을 떠난뒤 반년이넘엇다 그래도 주팔이는 오지 아니하얏다 고동안에 주삼의내외가 서울올라와서 얼마동인 묵엇는데 주삼이는 주팔을만나보고 가겟다고며칠 오라고 하얏스나 주산의아해가 거북살스럽고 도심스러운것을 참지못하야 남편더러 가자고 재촉하야 될수나려갓고 리교리들 배소에서 도망시켜주든거처집주인이 서울와라 와서 리승지의 호대를밧다가 오래는 묵을수업다고 놀아갓고 또리승지부인이 사월초생에 아들을나하서그아이가 지금백일이 지낫다리승지가 처음두달이 지낫슬때는주팔이가 구경에 팔리어 늣는것이라고 그더지걱정을 아니하얏스나 두달이석달되고 석달이넉달이되어 차차오래 되어갈수록차차 걱정이더되어서 내외가안지면

『길에서화적에게 죽엇나? 산에서범에게 죽엇나?』

걱정이한이 업섯다 리승지가 녕변부사에게로 알어보라 당초에 편지를 가지고온사람이 업섯다는긔별이왓다 리승지는 자긔도 걱정 되려니와 그 삼촌이 어되서 죽은 것이 라고 눈물을 흘리는 부인을 위로하기 위하야 사람을보내어 차저보기로 작뎡하고 또보낼 사람은삭불이로 작뎡하얏다 리승지가주팔의 용모와거동을세세히일러준뒤에 삭불이는 묘향산으로 떠나보내엇다

주팔이는 이월스달에 서울을 떠난뒤에 급할것이업는길이만큼 중로에서 달소수를넘어허비하고 삼월망간에 묘향산을들어서게되엇섯다 묘향산은희천(熙川)녕변(寧邊)녕원(寧遠) 덕천(德川)네고을사이에 사백여리(四百餘里)동안을 웅거하고서리어잇는 경산이라 상봉(上峰)인 비로봉(毘盧峰)외에 석가봉(釋迦峰) 관음봉(觀音峰)원만봉(圓滿峰) 향로봉(香爐峰) 법왕봉(法王峰)이며미륵(彌勒) 칠성(七星) 디장(地藏) 십왕(十王)가섭(迦葉)아난(阿難)이란 일홈가진 봉이 첩첩히 싸히어 이곳저곳에 소사잇고팔만구암자(八萬九庵子)라는말이나고 내산(內山)에 삼백륙십사(三百六十寺)가잇섯다는긔록이 잇도록 절과암자가 만흔곳이라 서도대찰(西道大刹)로일국에일홈이놉흔 보현사(普賢寺) 큰절외에도 도솔(兜率)의유적(遺蹟)이만키로 유명한안심사(安心寺)와 쪽꼭의경치기조키로일홈난 상원암(上院庵)가튼것은 말할것도 업고 골작마다 봉오리마다 토굴(土窟)이나암자가 업는곳이업는데 금강굴(金剛窟)이다 불영대(佛影臺)다 또는내원암(內院庵)이다 하는중이 잇는곳도만치마는 상중하도솔암(上中下兜率庵)이잇다 또상중하비로암(上中下毘盧庵)이잇다 고하는 중이업서 퇴락한곳도만코낙슨암자 무슨암자가 잇섯다고하는뷔인터만남은곳도적지아니하얏다 주팔이가 만세루(萬歲樓)에올라안저 텬주암(天柱岩)이 놉히소슨탁긔봉(卓旗峰)을바라보기도하고단군대(檀君臺)를올라가서 조선시조(朝鮮始祖) 단군님이나섯다는 단군굴(檀君窟)을 들여다보기도하얏다 주팔이가 큰절에서 어더먹고적은암자에와서 자긔도 하고이암자에서어더먹고저암자에가서자기도하야이리저리왕래하는중에나잔 따의봄싹과푸른산의진달래들 신긔하게보지안코낫에는천동새와 밤에우는 솟적새들때시듬게듯도록 앙산안에서 여름날을 지내엇다 주팔이가 일간떠나서 서울로 돌아가려고 맘을먹고잇는때에삼성대(三聖臺)에서멀지 아니한곳에잇는조그마한암자에서 이상한사람하나를 맛나보앗다 그날주팔이가 비로봉에올라갓다가 나려오는길에수미대(須彌臺) 백운대(白雲臺)를거치어 삼성대(三聖臺)에 와서 다리를 쉬고안젓다가 우연히 이암자가 외잇는곳으로와서 암자밧게 서서 퇴락한것을보고

『여긔도중이업는모양이로군』

하고 혼자탄식하며 암자를어가 보지도 아니하고 그대로길을차저서 나려가랴고하는데 암자안에서 사람의말소리가 나는것을 들엇다

『아이구 사람이잇네』

하고 들처서서안으로 들어간즉 것은퇴락한 암자지만 안은정결하다 마당에는 비질을깨끗이하얏고 마루에는 걸네질을깨끗이하얏다 벽에말리라고 뜰에널어노흔송엽(松葉)외에는퇴침하나가업서보이엇다 열어노흔 창문으로 방을드려다보니 두사람이 모조매하야 안젓는데 한사람은 책상다리로 안젓고 또한사람은 꿀어안젓다 책상다리한사람은 머리는깍것스나수염은날젓고 장삼(長衫)한눈수좌가넘는것가튼두덕이옷을입엇는데 나이가사십가량되어보이고 꿀어안진사람은 머리도깍지안코옷도빈빈하거나 엇는데 나이가 삼십이 못되어보이엇다 주팔이는 드려다보아도 방안에잇는 두사람은 내다보지아니하는까닭에 주팔이가 사람이 온것을 알리라고 기침소리를내엇다 그러나 젊은사람은 흘깃내다 보고 말이업시 책상다리한사람의 얼골을치어다보고 책상다리한 사람은여전히 눈을감은채로고안저서 귀다보시나니 한번보도 아니하얏다 주팔이가 널은송엽을 피하야 뜰에올라서며

『구경단니다가잠간 다리를쉬러들어왓습니다』

말을통하니 책상다리한 사람이 그케야내다보며

『그마루에안저쉬어가시요』대답하고나서젊은사람에게향하야

『나가잇다오너라』

닐르고 젊은사람업체 펴노핫든 책을접어치우니 그젊은 사람이 닐어서 마루로나왓다 주팔이그 사람이나오는 것을보고 다리를 꼬구리고 안지니 그사람이펀히

안지라고 권하얏다 주딸이는어려워하는 빗을보이며
『저는천인이올시다 이러케안젓기도 황송하오이다』
말하고 다리를더욱 또구리니그젊은사람이 우스며
『관계업소편히안지오 왓가천생님께서 오늘산사(山寺)에점잔은천인이차저오리라말슴하시더니지금신사뻬나되엇습걸』
하고허둘치어다보라고고개를기우리는데 바안에 안젓든선생님이란사람이
『군(君)아 잉을가벼게들려서는못쓰는법이야』
하고젊은사람을 나무래서그사람도말이업고 주딸이도 말이업시 한참동안 안저섯다
주딸이가변우오래안젓기가미안하야날어서며그젊은사람을보고
『가겟삽니다』
하고들에나리와서 방안을 드려다보며
『다리물잡수어가지고갑니다』
하고인사하나선생님이란사람은말업시고개만숙이고 넘어이엿다

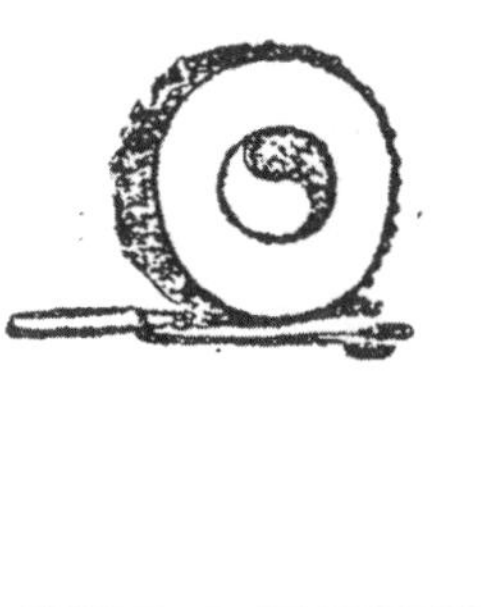

八、상경

주딸이는 산길로나려오며 생각하얏다
『그사람이 무엇일가? 도승(道僧)일가? 이인(異人)일가? 내가갈것을 미리서알고잇섯다지! 도긔(道氣)가잇는 외모(外貌)만보더라도 분명히이상한 사람이야! 내나그사람미테가서 데자(弟子)노릇이나 해보겟다 데자되겟다고공하면 선선히 들어줄가? 지성감텬(至誠感天)이라니 어듸정성을드려보지』
주딸이는 중잇는어느 암자에 와서 그날밤을지내고 이튼날첫새벽에 날어나서 채잘보이지도 아니하는산길을 더듬더듬하며 올라갓다 그암자의문은 열리어잇섯스나 암자안은괴괴하야 인스긔척이업섯다 암자안에 들어와서본즉 방문은다처잇다 아즉긔침을 아니한것이거니 주딸이는생각하며 가만가만히 비를차저서 비질을들려가며 마당을깨긋이쓸어노코 또걸레를 빨어가지고 달그락소리도 나지아니하도록 조심하며 마루를정하게닥거노핫다 날은환히밝어서 해도들때가 되엇는데 방문은아즉도열리자아니하얏다 주딸이는마루구석에 또구리고안저서 방안에서 긔침하기를기다리다가 문압길이나 쓸어노흐리라 생각하고 뜰아래로 나려오는데그때
『손님이와서 집안을치워노첫군』
말소리가들리며 젊은사람이 문밧그로서들어왓나 주딸이는 깜작놀라며 마조나가서
『어듸를이러케 일즉이갓다 오십니까?』
뭄으니 젊은사람은
『선생님이 행긔(行氣)하러가시는데 뫼시고갓섯소』
대답하고는
『새벽에 행긔하러가서요』
웃고 또
『선생님은 용한데가섯습니까?』
뭇어야 젊은사람은 말만히하기를 피하랴는듯이 고개를끄덕이어 그러라는뜻을보이고 뒤를돌아보아 뒤에온다는뜻을 보일뿐이엇다 엄마아니잇다가 선생님이란사람이 들어왓다 주딸이가집안치워 노흔것을 짐작하련만도 말한마듸가업고 공손히인사하야도 역시말한마듸가업섯다 젊은사람이 방문을열어노코 선생이란사람이 방안에 들어안진뒤에 주딸이가 뜰아래에서서
『여쭐말슴이잇습니다』
하고 허리를굽히고
『말슴여쭙기가외람하오나 데자로두시고 가르처 주시기를 소원입니다』
하고 공손히절하얏다 그대답이떨어지기를 기다리엇스나 대답이업다 주딸이는다시 공손히절하고 넘어나서
『하인으로두시고 부리어주시기라도하시면원(願)이업겟습니다』
말하니
『하인쓸데업소』
간단한대답으로 거절한다 주딸이는서잇섯다
『녯사람은선생의집 문압헤서 석자눈이 쌓히도록 서잇섯다하니나도 그만한정성을 보이리라』
주딸이는 속으로생각하며 두손시절을맛삽고 단정하게 서잇섯다다리에 피가나리도록 서잇섯다 다리가떨리엇다 그래도그대로서잇섯다 다리가 남의것가티되엇다 그래도그대로 서잇섯다 나중에는 주딸이가쓸어지지 아니하랴고 애를쓰나 다리가말을듯지아니하야 썩은나무가티 쓸어젓다 방안에서는 내다보는지아니보는지 말한마듸가 업고선생과데자가 수작하는 나직나직한말소리가 잇다금 들릴뿐이엇다주딸이가 면영에주저 안진뒤에젊은사람이 밧에나와서 가엽게녁이는 눈치로 주딸을바라보면서선생님이 올라 오라 신다고말하얏다 주딸이는 인제허락이나는가부다 생각하며 기어올라가다십히하야 마루우로 올라갓다 젊은사람이 쌀가루 한봉지와 맑은물한그릇을 주어서 먹엇스나기다리는 선생의허락은 나지아니하얏다 그날은 마츰내선생의허락하는 말을듯지못하고 중에게와서 자고이튼날또 첫새벽에올러가서 마당쓸고 마루치고 선생이 행긔하고 들어온뒤에뜰아래에 서잇섯다 그러나 그날도 역시전날과가티 선생의 허락하는말을 듯지못하얏다 사흘되든날첫새벽에주딸이가
『정성이부족한 탓이다 오늘은 그암자에서 밤을새우드래도 정성을드리리라』
생각하고 올라오니 그날은선생이행긔하러 나가지아니하고 암자에잇다가 들어오는 주딸을보고
『너의정성이 무던하다이방으로들어오너라』
말하얏다 이것이주딸이의 기다리든허락이다 이리하야 주딸이는머리깍고 수염잇는 그이상한사람에게데자노릇을하게되엇다

八、상경

십여일지나는 동안에 주딸이는여러가지일을 알엇다 선생의성명(姓名)은 긔천년(奇千年)이라 날것고 나이는긔축생(己丑生)으로 금년삼십구세라는것을알엇고 선생이 어느도(道)사람인것은 말한일이업서서 그젊은사람까지도 알지못하나 그쓰는말이경사(京辭)인것으로보아서경긔(京畿)사람인것을짐작하얏고 선생이처음에수월당(水月堂)호칭중의 상좌로출가한까닭에 수월당 스님이라고불르는것이 그로징의말인것을 알엇고

그젊은 사람은강원도(江原道)태생으로 성명이 김룬(金崙)이라선생이『룬아、룬아』불르는것을 알엇다 안것이이뿐이아니다 이외에도 또만히잇다 수월당스님이 쌀、쌀가루、지、필、묵을 대어주되 달라는대로 쓰는대로 군소리업시대는것을알엇고선생이 주장으로 쌀가루、솔닙가루를가지고 생식(生食)하는데 간간히밥을지어서 화식(火食)도하고 또삼사일식 절곡(絶穀)하고물만마시기도하는것을알엇고 선생이 행긔차려 삽작박게 나가는때가 해진뒤가 아니면첫새벽인것은 산에올라단니는 사람을 맛나보기실혀하는까닭인것을알엇고 또김룬이는 남의서자(庶子)로 천대밧기가실흔까닭에삼년전에 집에서 뛰어나와서산천구경을단니다가 작년에 묘향산구경왓든길에 선생을 맛나게되엇는데 지금십팔세의 소년인것을 알엇다 주팔이가 처음한달동안선생의 심부름을하고 김룬의 심부름까지하느라고 별로공부한것이 업시지나고 그다음달부터 선생의저술(著術)하는 삼원명경(三元明鏡)이란책을어더보기시작하얏다 이책은 사람의상중하삼원(上中下三元)명수(命數)를 추구(推究)한것이니 말하자면 사주책의전서(全書)라고할것이다 선생의 저술하야노흔 삼원명경의 권수(卷數)가 발서 오십여권이나 아즉완성(完成)되지못한것인데 선생의말로보면 나종에백여권이 넘을것이엇다 선생이 김룬을가르치는것도 이책이엇다 주팔이는음양술수에대하야 책권을조히 보앗고 또자긔대로 다소짐작이 잇는터이라 삼원명경이 어렵지아니하얏다 간간히 의심나는곳이잇서 선생에게 물어보기도 하얏스나 대개는 익숙한책을 보듯이나려보앗다 그리하야 참께가쏟을시로쳐은 삼원명경 오십여권을한달안에 다보고나서 본것을가지고 선생과가티 이야기하게되엇다 선생이그재분을 칭찬할뿐이아니라 일년동안에 십팔구권박게보지못한김룬이는놀라지아니하지못하얏다 어느날 선생이김룬에게 대하야

『주팔이가 나에게오기는너보담뒤졋스나 첫재 사람이너보담낫고 둘재나이가 너보담만코셋재재조가 너보담압서니 너는주팔이를 형으로대접하여라』

말한까닭에 김룬이는 주팔이를형이라고 불르게되엇다 주팔이는책을 만히본사람이라 선생과가티안저서이야기하는데삼교구류(三敎九流)에말이막히지아니함으로 말하든 선생이자연히 말을수다히하게 되엇다 선생이 주팔이를보며

『주팔아 너는나를유익하게하는사람이아니다 너온뒤로 내가말이 만하졋다』

말하고우슨일까지잇섯다 선생이 주팔을 사랑하는까닭에자긔의아는 천문디리와 음양술수를 앗기지안코 가르처 주어서불과 사오삭안에 주팔의 재조가거의 선생을짜르게되엇다 느진봄에온 주팔이가 녀름을 다지내고가을을맛게되엇다 팔월추석날 밤이다 선생제자 세사람이 밝은달이 비취는 마루에나 안저서 역리(易理)를 이야기하는데 건너편산에서여우가울엇다 한번울고마는것이아니라괴상하게여러차례울엇다 이편을향하야 우는것가텃다 캥캥하는소리에 김룬이는 상을찡그리며 왼손을 펴서들고 엄지손끗으로 네손가락의 마듸를집허보더니 주팔을보며

『여보형님 저여우가오늘밤안으로 죽겟구려』

주팔이가 이말을듯고 한참잇다가

『이시각에죽겟는데』

대답하고 선생을 보며

『선생님괴상합니다 점사(占詞)를내자면 불인불시(不刃不矢)에 토혈즉사(吐血卽死)라고하겟슨즉 칼을마저 죽는것도아니요 화살을마저 죽는것도안인데 무슨까닭으로 피를토하고 곳죽게 되겟습니까? 까닭을잘몰으겟습니다』

선생이

『무슨까닭?』

하고 몃마듸주문을 입안으로 중얼중얼외우며 여우가우는편을향하야 손을내밀고 손가락으로 딱딱소리를내더니 이때것캥캥하고 울는여우가 외마듸보캥하고 욱소치엇다 세사람은역리이야기를 제속하다가 밤이느진뒤에 방으로들어갓다 이튿날식전에 김룬이와주팔이가 건너ㅅ산에가서본즉 크기가 중개만한 불여우가 입으로피를토하고 죽어졋다 압섯든김룬이가 주팔을 돌아보며

『형님이여우가 분명히선생님주문에 죽은것이 아니겟소? 그재조만 가지면 천하에무서울것이업지안소? 우리가서 선생님께 가르처줍시사고 졸라봅시다』

말하는데 주팔이는 간단하게대답하얏다

『아우님고만두지』

八、상경

주팔이떠난뒤에 얼마되지 아니하야 리승지집의 재식구가다시하나생기엇다 그재식구는리승지의유모의 아들이다 그전에 거제배소에까지 전위하야 차저갓든삭불이다 어느날저녁때 리승지가사랑밥에 혼자누엇는데 젊은수령직이가방으로들어와서

『엇던젊은자 하나가박게와서 령감마님을보입겟다고한답니다』

말하얏다 리승지는누은채로

『어듸서왓는지 물어보지안햇단말이냐? 젊은지가 누구란말이냐?』

령직이를나무래니령직이는

『어듸서왓느냐고 물어야그것은대답하지안코 삭불이라고 엿주면령감마님께서아신다고하더랍니다』

말하자마자리승지가

『무어삭불이』

하고 벌떡닐어안지며

『어듸잇느냐?』

하고급히물엇다

『하인텽에잇답니다』

『어서불러라』

령직이는삭불이가누구인데주인령감이 저러케 반색하나속으로괴상히생각하며수령방으로나온뒤에 삭불을처서 하인을불럿다 리승지가압미다지안쪽을열어노코안젓는데 삭불이가 들어와서 뜰아래에서 문안을드리니리승지가 내다보며말하얏다

『너어듸가서잇섯느냐? 너를한번맛나고십허서그동안떠러알어도보앗다만 어듸갈수가 잇드냐』

『소인은그동안경상도문경(聞慶)따에가서잇섯습니다』

『문경은엇재서?』

『령감마님 노알으시지만 소인의동부한치동이가년전에죽엇습니다 그뒤로는 서울서생화가잘되지 아니하는까닭에 문경까지 불려갓섯습니다』

리승지는 삭불의말을듯고『생화、생화두서너번뇌고서

『문경가서는무엇하얏느냐?』

하고물으니 솔당솔당하든 삭불이는 나ㅅ살을먹어도 별도진피달움이업서서 몸을잠시가만이두지 아니하고 깝신거리면서

『그저그럭저럭 지냇습니다』

하고대답하얏다

『그럭저럭이라니? 그럭저럭 그생화란말이지?』

하고 리승지가 맘에맛당치못한듯이 『으흥』하고 입을닷으니 삭불이는 두손ㅅ길을 마조잡고

『령감마님께 과망하올길이잇소리까』

하고 허리를굽신하얏다 리승지는다소 화가나는어됴로

『그런생화를두고 엇재도서울

을왓느냐?』

하고 삭불의얼골을 노려보니 삭불이가 또허리를굽신하며

『작년에새로온원님이 범우가 다려운까닭에 생화가시원치 안흐와요 그래서 다시서울로 왓습니다』

하고머리를 쇄댁하야 갓을빼도록하게쓰고 다시한번 허리를굽신하얏다 그날밤에 리승지가조용히삭불이를 불러세우고 나누래기도쳐고 타닐르기도 한다 에아죽자고집에 잇스라고 말하야 삭불이가리승시 집의 객식구노릇을 하게되엇다 주팔이가 몰아온나든 두달과한이되엇다 그러나주팔이는 오지하얏다 한달두달 지나가서주팔이다 서울을 떠난뒤 반년이넘엇다그래도 주팔이는오지 아니하얏다그동안에 주삽의내외가 서울올라와서 얼마동긴 묵엇는데 주삽이는 주팔을만나보고 가겟다고더묵으랴고 하얏스나 주삽의안해가 거북살스럽고 효심스러우것을 참지못하야 남편더러 가자고 재촉하야 몰누나려갓고 리교리를 배소에서 도망시켜주든거제집주인이 서울올라 와서 리승지의 후대를받다가 오래는 묵을수업다고 돌아갓고 또리승지부인이 사월초생에 아들을나하서그아이가 지금백일이 지낫다리승시가 처음두달이 지낫슬때는주팔이가 구경에 팔리어늦는것이라고 그대지걱정을 아니하얏스나 두달이석달되고 석달이넉달이되어 차차오래 되어갈수록차차 걱정이더되어서 내외가안지면

『길에서화적에게 죽엇나? 산에서범에게 죽엇나?』

걱정이한이 업섯다 리승지가녕변부사에게로 알어보낙 당초에 편지를 가지고온사람이 업섯다는긔별이왓다 리승지는 자긔도 걱정 되려니와 그 삼촌이 어되서 죽은 것이 라고 눈물을 흘리는 부인을 위로하기 위하야 사람을보내어 차저보기로 작뎡하고 또보낼 사람은삭불이로 작뎡하얏다 리승지가주팔의 용모와거동을세세히일러준뒤에 삭불이를 묘향산으로 떠나보내엇다

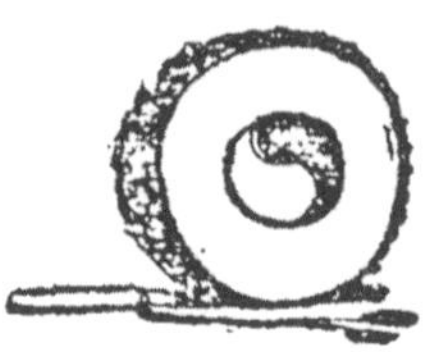

八、상 경

김륜이와 주팔이가 건너ㅅ산에서놀아오니 선생은 삼원명경(三元明鏡)을 또 새로한권쓰기 시작하랴고 책을매고잇섯다 김륜이가 선생의압흐로 나아가서 새삼스럽게 절을하고 물어안젓다 선생은고개를들고서 김륜의 얼골을 바라보다가 한번허들자고 다시고개를숙이엇다 김륜이는주문(呪文)배우고십흔생각을 참지못하야

『선생님제가 선생님을뫼시고 지내는동안에 배운것이 만습니다 제가 지금음양술수에농란하다고야 말할수 잇습니까만조박(糟粕)은짐작하게는되엇습니다 그러치만 선생님께서 주문에까지 놀라운재조를 가지신것은 오늘이야 비로소 알게되엇습니다 이제는 그것을배우고 십흡니다 선생님께서 처음지두어 두신본의(本意)로보아가르처주사기를바랍니다』

하고 다시닐어나서 절을하니선생이 매든책과 책구멍뚤는송곳을노코 김륜의얼골을 바라보며

『륜아 너의지금배우는술수를 멋해만 더익히면 일생에의식(衣食)을걱정하지아니할것이다 부질업시 주문가르칠것을배울생각마라』

라닐르는데 김륜이는 또다시닐어나서 절을하고

『선생님 당인술법(術法)은 다고만두시고 그것만 가르처주시기를간절히 바랍니다』

하고졸르니 선생이『허허』하며 한번천정을 치어다보고 다시김륜의얼골을바라다보며

『내가 너의말을 밧어게 지도(指導)하지못하고 괴이한술법만가르친다면 나의죄가적지안흔것이다 너는 아죽나에게잇서서 말을 바로삽도록공부하여라 정심(正心)공부가 주문공부보담 너의몸에리롭을것이다』

준절하게말하얏다 김륜이가속에는앙앙(怏怏)한맘이 업지아니하나 선생의말을 거역할수가업서서

『선생님의 가르치시는대로하겟습니다』

하고 주문배올생각을 억제하얏다 그러나 종시그생각이속에남아잇서서 그날저녁에 주팔이와 가치암자박게나섯다가

『여보형님』

불러가지고

『그술법은 선생님이대단히앗기시는 모양이야 그러나그까지것못배운다고죽을가』

하고 선생에게대한 불만한의사를보이엇다 주팔이는 아무말도 아니하얏지만 속으로는 선생의 가르치지 아니하는것이 올타고생각하얏다 심디(心地)가 요양미뎡(搖揚未定)한 사람이 그런술법을 배우는것은 세상에해될뿐이 아니라 그 사람당자에게도 리롭지 못하다고생각하얏다 그날부터 이삼일 뒤의 일이다 선생이붓이 모지라저서쓸수업다고 붓을 어드러김륜을수원당에 보내고 주팔이와 둘이암자에잇섯는데선생이

『주팔아』

불르더니

『너는나에게 오래잇지못할사람이다 수히리별하게 될터인데 너가튼사람을 노치고는 나의아는것을 던수(傳授)할곳이업슬것이다』

하고자리미테서 휴지책 가튼 책을두권을 쓰내서 손에들고

『나의아는재조로 지금너몸을것은이책두권에다들엇다 륜이가 배우기를 원하는 술법도이책속에적혀잇다 네가이책두권을 가지고공부하되 륜이를알리지 말고가지고세상에나간뒤에도어느누구에게든지 보이지마라 네가 익숙한뒤에는 불에너허 업시처여라 던수(傳授)할 재목이못되는사람에게던수하지못할것이매 더개너에게까지가고쓰치게될것이다 보다 가몰은것은 륜이업는틈에목아물어라』

하고 주팔을내어주니 주팔은 공손히 절을하고 바덧다책대목이한권은 부주비던(符呪秘傳)이요또한권은 망단긔결([illegible])이다 주팔이 가두권책을큰보배와가티 품에품고 다시닐어나서절하고 안진뒤에 선생이

『리승지가너차지러보내는 사람이발서 서울을떠낫다 그러나 그사람이 중로에서 병으로지체가되어 달포뒤에나 이산에들어오게된것이다 그때는 네가이산을떠나야 할것이다』

말하는데 주팔이가

『저는 일평생이라도선생님을 뫼시고지내기가원이올시다 오는사람은 그대로 돌러보내겟습니다』

말한즉선생은 고개를 외치며

『아니다 네가나가야한다만일 아니나가고리승지의편지가녕변절도사(節度使)에게오게되는날이면 너는붓들려나가고 나도말하소조를치르게될것이니너는나가야한다』

하고한참잇다가

『내가 조용한때너에게말할것이잇다 내가 리천만이가 아니고 령희랑(嶺希良)이다 내별호는허암(虛庵)이다 내가세상에서는죽은사람이다 이것은 너만알어라 입밧게내지마라』

말하는때어묘가엄숙하얏다

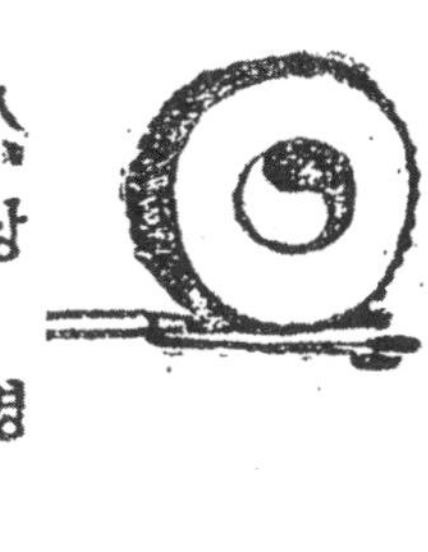

八、상경

그뒤로부터 주팔이는 틈만잇스면암자바그로 나가서 숩사이나 바위아래에 혼자안저서 부주비전(符呪秘傳) 파망단긔결(破妄斷奇訣)을 공부하고김륜이입는사이를엿보아서선생에게몰으는것을물엇다 거의한달이 되는동안에주팔이는 두권책에잇는 것을책업시 외이지는 못하나마책보고는다 알개되엿다 나종에는주팔이가 넘우자주 암자밧게나가는것을김륜이가 수상하게 생각하야

『형님어듸를 혼자서그러케나가시요』

못기까지하얏스나 주팔이가

『가을바람난뒤로는 공연히울적한때가 만하서 암자안에들어안젓고 십지안허』

말하야 김륜이도

『그러면형님은 산중에오래잇지못할 사람이요』

하고우서버리엿다 어느날 식전에선생이 주팔을 불러안치고

『주팔아너는 오늘가거라속칠삭가러지내든 정에섭섭한 맘이업지아니하나 갈사람 인바에하루이틀 더잇서 무엇하느냐떠나가거라』

말한뒤에 한참잇다가 다시

『오늘오시(午時)에만세루(萬歲樓)에 가서잇스면자연맛날사람이잇슬것이다』

말하얏다 그리하야 그날오시전에주팔이가 그암자를 떠나게되엿다주팔이가 눈물을 먹음고선생에게 하직하니선생은

『오냐잘가거라 연분이잇스면다시맛나게 될것이다 사오년후에는 륜이를내보내고 나도향산을 떠날터이다 나는머리를다시길르고 거사(居士)노릇하며 산천구경을 단닐터이다』

말하고 마루끗까지 나와서주팔을어서가라고 재촉하며니 주팔이가떨어지지 아니하는 발을떼지로멧발자욱 떼논뒤에 갑작이니즌말이생각나는듯이

『주팔아』

불러서 주팔이가 돌처서는것을보고

『아니다잘가거라』

말하는데 섭섭하야 하는빗이얼굴에나타낫다주팔이는다시한번하직하고눈물을씻치며암자밧글나왓다 주팔이는 딸하나오는김륜의손을잡고

『아우님 딸하나오지말고들어가오 선생님이혼자계시니 어서들어가오 아우님선생님을 잘뫼시고지내시오』

하고김륜과 작별한뒤에 한걸음두걸음걸어서산을나려왓다

삭불이가 팔월초생에 서울을떠난뒤에개성(開城)와서멧칠동안류련(留連)하얏고또평양(平壤)와서련광뎡(練光亭)과부벽루(浮碧樓)로돌아단니며노든중에밥갓도록 술먹으는 할이든지우연히병이나서 한보름 동안이나신음신음알엇섯다 이리 하야구월보름이 지난뒤에야 묘향산에들어왓다 삭불이가 보현사큰절에와서 여러중들을 보고주팔외용모를대며

『이런사람이온일잇소? 혹시본사람이잇나요?』

물어야한사람도 보앗다고 대답하는사람이 업섯다 삭불이는주팔이가 범에게라도 물려죽지안엇는가생각하야중들을보고

『그러면 올봄이후에혹시이산에서호환(虎患)을당한사람이업는가요?』

물으니 중은고개를 설레설레흔들고

『호환업수이다 호환은고사하고달리라도 오사하는 사람이업소이다 금강산가튼명산에도 간혹가다 켜명에죽지못하는 사람이생기지만 이산만은 자초로그런일이업소이다』

하고향산이 령산인것을 자랑하얏다 삭불이는 주팔의종적을차지라고 헛애들쓸 까닭이업마고생각하얏다 서울가서 리숭지보고는

『묘향산을 구석구석다 뒤지다십히하얏건만주팔의그림자도못보앗습니다』

말하면고만이라고 생각 하얏다이삼일동안 삭불이는 큰절에서묵으면서 중하나를 압세우고이곳저곳 구경을 단니엇다삭불이가향산들어온지 나흘되든 날이다구경곳을지도하든중이어듸가고업서서 삭불이는 구경을나서지못하얏다 삭불이가 덥심먹고 심심하야 만세루에를 올라오니 몬저와서 안진사람이잇다 삭불이가 한참동안 그사람의 아래우를 훌터보다 가갓가히와서

『인사청합시다』

하고말을부치니 그사람은 커욱이우스며

『네』

하고대답 할뿐이다 삭불이가재차

『누대이시요?』

하고 성명을 물으니 그사람은합타지안하하는모양으로

『누대이랄것도업지요 나의성은류가(柳)요』

하고말하기를 피하라는듯이개를 박그로돌려천주암(天柱菴)을 바라본다 인사하라든삭불이가 조금뉴류하야

『그자식 못배워먹은자식이다 남이인사하자는데조모양이란말이』

속으로 생각하며

『여보 이분』

하고말을 고처부치는데 말투가시비가락을차리랴는모양이다 삭불이는 넙어선채 안지도안코 안젓는사람을 나려다보며

『인사하다말고 외면하는것은어듸서 배워먹은버릇이야』

하고 주먹을쥐는데 그사람은바로안저서 삭불의 얼굴을쳐어다보며

『배운버릇이아니올시다』

하고 빙그레웃는다 그말대답은공손하나 웃는모양이 사람을갓지안케 녁이는것갓다 삭불이는그웃는데 열이낫다

『못배웟서? 좀배워야지』

하고 쥐엇든 주먹으로그사람을치랴고하얏다 그사람이 어느름에 손을내밀어서 삭불의팔목을쥐며

『이것이 무슨짓이요』

하고 여전히 빙그레우스니삭불이는 열이밧삭,올랏다 그사람에게 쥐인팔을 채처빼랴고하니그사람은 팔목을 노흐며또구리고안는다 삭불이가 얼골에피ㅅ대를 세우고

『에이자식』

하며 또구리고안진 사람을나동그라지라고 발ㅅ길로 질럿더니그사람이 동그라지기는 고사하고 슬쩍몸을 가로비킨까닭에발ㅅ길이 헛나갓다 삭불이가헛발ㅅ질질을하고 몸이 잠간회ㅅ둑거리는동안에그사람이삭불의드듸고섯든다리를잡아단니엇다삭불이는 궁둥방아를 찌엇다다시닐어나랴고하는삭불이를그사람이 잡아안치며

『여보 인사가넘우파하얏스니인제고만두고 안저서 이야기나합시다』

하고 정답게말하나 삭불이는말도아니하고 닐어나랴고만 한다 닐어나랴면 잡어안치고잡아안치면 닐어나랴고하야 두사람

이실행이하는동안에삭불이는얼굴의 파人며가 삭기시작하며얼마동안 잡어안치는 사람의얼굴을드려다보다가 그제야 앗가말대답으로『인사가 넘우과하것다앗다 그래고만두자』
하고싹싹하게우섯다
『류서방이던지? 여보 류서방어되사오?』
『고향이 함흥이오』
『함흥? 여긔는 무엇하러 왓소?』
『구경왓소!』
『구경? 언제왓소?』
『삼월에왓소』
삭불이가 번번히 그사람의말을 한마듸식뇌고 말끗을달어 뭇더니
『삼십?』
하고 뇌고서는 낫이간지럽게 그사람의 얼굴을 들여다보고잇다 그사람이 비글비글우스며
『왜 그러케 남의얼골을 들여다보시요?』
물으니 삭불이가
『내가 대화상을좀볼일이잇소 댁이정말류가(柳哥)인가 아닌가?』
말하고서 역시비글비글 웃는다
『그래 화상을보니 류가갓소?』
『류가갓지안소 양가갓소』
『화상보는법이 용하구려』
삭불이는 이말을듯더니 벗석대어들어 그사람의 손목을잡으며
『댁이 양주팔이아니요?』
물으닉 그사람은 고개를끄덕이며
『그럿소』
대답한다 삭불이가 차지러온 사람을차젓다 삭불이는 맘에깃부엇다 주팔이를 차진일보담리승지내외에게 생색날일이 맘에깃부엇다 삭불이가
『잘맛낫소 잘되엇소 나는리승지의 청동생김서방이란 사람이요 댁을차지려 여긔까지천위하야왓소 어제까지사흘동안 중하나를압세우고 이암자저암자로 댁을차저단니엇소 암자도경치게만흡듸 오늘은 절라재비중놈을 노치고 차저나서지못햇더니 못나선것이 잘되엇구려처음에 이목구비를보든지 안진키대중으로 보든지 서울서듯고온말과맛는데 그래도 몰라서사실로 기연가미연가햇서요 청만와대지아니하얏더면 쓸데업는 시비도아니날걸 아무러튼지 잘되엿소 어잘맛낫소』
하고 한바랑수선스럽게 말한뒤에 두사람사이에 몃마듸수작이잇섯다
『내데그동안엇더케지냇소?』
『이암자 저암자로단니며 어더먹고지냇지요』
『무얼하고 지냇단말이요?』
『날마다 산에올라단니는것이 일이엇소』
『그러면 별로한일도업시 리승지내외분심려만시켯구려지금리승지 내외분은 심려하느라고밤잠을못잘디경이요』
『미안하게되엇소』
『서울가면 리승지에게편잔개나조이바드리다 나도 이번길에 죽을고생하얏소 평양서 병이나서하마트면객사할번하얏소』
『불안하오』
나중에삭불이가
『우리래일좀떠납시다』
말하니주팔은
『나는 오늘산밧게를나갈작뎡이요 당신은합산구경이나 더하시고뒤에오시구려』
말한다 삭불이는 볼색차진생색거리를노칠가보아
『구경이다무어요 떠나라면가티떠납시다』
말하야 그날해가거의신시(申時)때나된뒤에 삭불이가주팔이와작반(作伴)하야합산을떠나나오게되엇다

八、상경

주팔이와 삭불이가 먼길에변면고업시 서울에도착하얏다 리승지내외가 주팔을보고 반가워하야 귀한어긴것도나무래고 소식은흔것도 원망하고 주삽의내외가와서 기다리다 간것도이야기하고 찾아돌나흔것도 자랑하고 또당산구경이야기도 여러차례물어보앗다 그리하고 특별한반찬을 해먹인다 새옷을지어닙힌다 여러가지정다운대접이 이로다말할수 업슬만하얏다 삭불이는 리승지에게 칭찬을바덧슬뿐이아니라 부인의몸바더 나온재집하인에게 부인의치사를바더서 생색이바라든 이상으로나게되엇다 주팔이는 천人날거처하든방에 삭불이와가티 잇게되엇는데 그전혼자잇든때와 달러서 성가신일도 업지안치마는밤벗이잇는때문에 심심치아니하고 또그동안리승지의벼슬이 성균관대사성(成均館大司成)으로 옴기어서 전가티번울지 아니함으로 밤저녁손님이 업는때는 각금주팔밧에 나려오기도하고 주팔을 큰사랑으로 불러올리기도하얏다

어느날 리승지가 낫에집에잇게되엇는데 기어마니게된 어린아희를 권외로차서안고 주팔의밧에를나왓다 주팔이는 아랫목을피하야 웃목한구석에안고 삭불이는 마두로나와안젓다 리승지가 안엇든어린아희를 방바닥에나려노흐며
『이놈이 한두칸은 용하히기어다니네』
하고 아희를주팔에게로 향하야넘치어노흐니 주팔이가 손을내밀며
『아가이리온 이리온』
하고불럿다 어린아희가 주팔의얼굴을바라보다가 기어올아서
『압바』
하고 리승지에게 매어달리니 리승지가 우스면서
『오낫이설어 그러치만사내자식이 낫을가려서야쓰나』
하며 두손으로 아희를붓들고 주팔을 바라보며
『얼마전까지도 엄마 맘마밧게몰으든것이 인제는제법압바압바하네』
하고 귀엽게녀기는눈으로 아이를드려다 보다가 다시주팔을바라보고
『천수히외탁이야 눈매든지코人날이든지 입큰것이나 친탁이랄가?』
말하니 빙그레우스며 보고잇든주팔이가
『잘생겻서요』
하고 아희를칭찬하얏다 리승지가 어린아희를붓들고 가옹가옹하다가 주팔을보며
『자네도얼른장가를들어서 이런자미를 보아야할터인데』
하고 창문밧글 내다보며
『삭불아』
불러서 삭불이가
『네』
하고 영창문밧게와서섯다 리승지가
『주팔이재취가급하니 상당한곳을 너도좀알려보아라』
말하니 삭불이는
『글세올시다』
하며 고개를숙이고 무엇을생각하는 모양이다 주팔이가
『급지안습니다 아직고만두시지요』
말하는것을 리승지가
『급지안타니 자네나이가사십이래일 몰에야 그러고자네를잡어안치라면 살림을 차리게하는것이 데일 상책이라고우리내외가 공론햇네 자네는편소리말게』
하고삭불을내다보며
『네생각에 몰어볼만한데가잇겟느냐?』
물으니 삭불이는 또
『글세올시다』
하고 한참잇다가
『한치봉의첩노릇하든 계집이

잇는데 사람도 얌전하고나이
도 지긋합니다 올에설흔네살
인가 그럿습니다 차봉이죽은
뒤에 친정어미에게 가서잇다
가 얼마전에 그어미가죽엇습
니다 올캐되는 계집사람이사
나워서 지금 하두를가려지내
기가 면망할지경이라나요 그
래서 몸만 의탁할곳이잇스면
어듸든지 조흐니 한곳지시하
라고 소인에게 부탁한일까지
잇습니다 그계집이 엇더케습
니까」

하고 리승지의 얼골을드려다 보
앗다리승자가

『한치봉의첩?』

하고 상을찡그리다가

『대관절 사람이엇더냐? 네가
잘아느냐?』

말하는때 주팔이가리승지를보고

『남의 첩노릇하든계집이고생
살이를 잘하겟습니까 그계집
만은 틀어볼것도업시 고만두
시는것이 조켓습니다』

리승지가 무슨말을하라고 하는
때 어린아희가 상을찡그리며상
을거더엇다

『어른놈이행실글하는것이로군
하고 아희를꼬더기에 도로차안
고넘어서며

『그것은잇다다시이야기하세』

하고안으로들어갓다

八、상 ○ 경

그날저녁에 리승지가 손님도
업고한가하야 다시주팔의밤에
를나려왓다 삭불이는 밧그로나
가라는것을 리승지가 거긔안지
라고말하야 주팔의엽헤 또구리
고안젓다 리승지가 주팔을보며

『어린놈이 풀은똥을눈다니간
긔(肝氣)겟지? 무엇을먹일
가?』

하고 어린아이먹일약을 의론
하니 주팔이는

『대단치는 안치요?』

뭇고나서

『포룡환(抱龍丸)한개씀 먹여
두시지요』

말하는데 주팔의말이 긋나자
삭불이가 아는체하고나서서

『아기네간긔에는 떨어진배人
꼽을살러 먹이는것이 데일이
랍니다』

말하니 리승지는 대답이업시
웃기만한다 삭불이는 자긔의말
을 그우슴속에 무더버리지아니
하랴고

『상약이 방문약보담나흔수가
만습니다 우선무사마귀 가튼
것도 방문약으로야 셀수가잇
습니까만 마른쑥에 락수물을
바더서 문질르면 곳잘떨어진
답니다』

하고 상약의효험을 주장한다
리승지는 듯기실흔 눈치를보이
면서

『그래 그래』

하고 삭불의말을 대답하고서
잠잠코안젓는 주팔을보면서

『자네묘향산간동안에 약예문
에도 자네생각만히햇네 우선
어린놈 날때만하더라도 초산
이라 그때든지 아이가커서그
때든지 산모가밤낫으로 사흘
동안을두고 신고하는데 그때
도자네생각을 만히햇네 자네
만잇섯더면 의원땔 까닭도업
지』

하고잠간동안말을끈치엇다가

『이사람 묘향산구경가든길은
다시할생의도말게 참그때내
가편지해준것은 왜던하지도
아녓든가?』

하고 나무래듯이물으니 주팔
이는 거욱이우스면서

『편지를해주시기에 가지고는
갓습니다만 넝변절도사 영문
에발들여노키가 무서워서 고
만두엇습니다 그편지는』

말어채긋나지도 아니하야 리
승지가

『그편지는엇재? 찌젓거나불
에태웟거나햇겟지 에이사람
자네소식은 끈치고 궁굼해서
내가녕변 다알어보기까지 햇
섯네 이사람다시는 구경못갈
줄알게 삽삭산을간대도 혼자
는안보낼테야』

하고 허허우스니 주팔이는

『그러면 원평생나수(拿囚)를
당한셈이 되겟습니다그려』

하고 역시허허우섯다 리승지
가 우슴을끈치고

『여보게 잇가도말하다두엇지
만 자네장가들일세 가만히생
각해보니 정당하게 재취장가
를들라면 여러가지 비편한일
이만하서 얼른상당한데를 구
하기가 어려우니 현계집이라
도하나 어더가지고 살림을시
작해보게나 사람이맘에 들지
안커든 버리고달은것을 어더
도조흘것아닌가 그래자네생
각이엇던가』

하고 주팔의얼골을 바라보니
주팔이는

『헌계집이고 새계집이고간에
긔힐것도 업거니와 데구나급
힐것이 업습니다』

하고 재취고첩이고 모두가긴
치아니한 의사를보인다 리승지
는 고개를흔들며

『안되네 안되네』

하고 곳니어서

『재취장가를들겟느냐 우선첩
이라도 엇겟느냐 두가지중에
한가지를 뎡해말하게』

하고 「응」소리로 주팔의대답
을재촉하니 주팔이는 데사로떠
이지아니하는 모양을 보이면서

『이것이나저것이나 매양일반
입니다 살림살이를하고 업드
려잇기가 실탈뿐입니다 계집
을엇는다면 버리기가 쉬운첩이
나올는지도몰읍니다 이러튼귀
라는 「감세서해주시면 허주
시는데로가지요 나수된죄인
의신세로만 생각하면 고만아
니겟습니까』

하고우섯다 리승지는 주팔의
의향을 잘알지마는 주팔이를서
울에붓들어 두랴고말을 먹은터
이라

『그만하면자네말은 떠들은것
이업네』

하고말을잘르고 주팔이와 삭불
이에게 잘늙자라고 말하고널어
서안으로 들어갓다 리승지는그
날밤에 내외공론하고 이튼날삭
불이더러 한치봉의 첩노릇하든
계집을불러 오라하야 리승지 내
외가가림 선을보고 아죽가서잇
스라고 들려보내고나서 리승지
는

『그것이기생퇴물것군』

말하고부인은

『눈이단정치아니해요』

말하야리승지 내외맘에는 그다
지들지아니하나 삭불이가사람
이신통하다 일을잘한다 부지런
허다알뜰하다』 가진칭찬을다하
다싶히하야 리승지는 그계집을
주팔이 어더주기로 작뎡한뒤에
주팔을보고

『사람이삭불의 말과가터신통
해브이지는 아니하나 우선그
데로다리고지내보게나』

말하니주팔이는

『령감께서 사람을갓다공연한
생고생을식히 시랍니다그려』

하고별로달은말이 업섯다

八、상 경

리승지는 자긔집에서 갓가운
어느실골목안에 조그만한 초가
집을사서 주팔의살림을 차려주
엇다 주팔이가 남의데어주는시
랑으로 놀고먹는것이 맘에미안
하야 고리일을시작하얏더니 그
골목에 전에업든고리장이가 남
의눈에두드러지게드러낫다 불
과얼마동안에 골목안에사는 사
람은 고사하고 골목밧게사는사
람들까지도 고리장이 고리장이
하게되고 고리장이가 산다고골
목일홈을고리장골이라고들드는
사람까지 생기게되엇다 상업는
아이들은 예를지어가지고

『고리백정
시골백정

며보름뒤

웃노는백정』

하고 노래를 불르며주팔의집문박그로 졸아단니엇다 주팔의첩이 창피한것을 참지못하야 그꼴목을떠나자고 주장한즉 주팔이는 어듸를가나 일반이라고잘놋지아니하는데 그럭이 리숭지의부인을보고말하고 리숭지의 부인이 리숭지를보고말하야 리숭지는 성균관(成均館)동편 반수(泮水)건너로 주팔의 집을이사식히엇다 이리하야 고리장이는 반년남짓이 살고떠낫건만 꿀묵일흠은 고리장꿀로 남아잇게되엿다 주팔이가 리숭지에게루를만히 쎠치지아니하랴고 고리 일을시작하엿스나 서울에서는 버들을구하기가 극난하야 역시리숭지의 힘을빌게되는 짜닭으로 내켜재속합 생각이적든차에 고리장이가 말성이되어 이사짜지하게되니 고리일이 떠욱자미업서 고만두기로하고 새집으로올마온뒤에 새로갓바치일을 시작하엿나주팔이가동촌한구석에떨어저살게된뒤에는집에들어안저신을맨들거나성균관뒤산으로소풍하러 단니거나하고 북촌리숭지집에 발이뜨게된짜닭에 리숭지가 미복(微服)으로 차저오거나 그런치아니하면 일부러사람을보내서 불러가게되엇다 삭불이는 자조차저단니는데 주팔이가업슬때에는 주팔의첩과시덕거리다가 저녁준비가되면주팔이와 겸상으로 밥짜지먹고가는때가 흔하얏다

함흥에잇는 돌이는 삼년상을벗이풀린뒤에 새삼스럽게 거상을납기시작하야 주팔이가 살림을시작하든해 겨울에 삼상을마치고 봄이되거든 서울간다고한두번말하지 아니하더니 개춘하며곳간다고 주저하는것을 주삼의아해가 얼리나며 따뜻하거든떠나라고 붓들엇다 삼섭이보름이지난뒤에 돌이가 인제는간다고말하고 길떠날행장을 차리는데 그고모를보고

『아주머니 이번내가서울가서누의던에 장가나들면 함흥은고만하직이요』

말하는것을며헤잇든주삼이가

『네가서울가서 어름어름하다가는 누의얼골도보지못합다

말하니

『못보면고만이지요』

하고 돌이는중을냇다

『보지도못하면 장가를드려달랄수가 잇서야지』

『아자씨도딱하오 그래누의의힘이아니면 장가못들줄 아시오』

하고 돌이는큰소리를 하얏다

돌이가고모의내외에게하직하고길을 떠난지십여일만에 서울안에들어왓다 길을 옷길는짜닭으로 발병이나서 걸음을잘못걸엇다돌이가 동소문안에서부터 며안동을물어오자니 뭇기도 여러차례를엇거니와 처음오는 길에멀기가 몃십리나되는것 가탓다 돌이는 주팔이가 동촌에서사는것을알엇더면 갓가운것만 취하더라도 며안동을차저 오지아니하얏슬터인데주팔이가며안동잇는줄로알고 온터이다 돌이가마슴내며안동을 차저왓다 리숭지집소슬대문압헤서서 대문 안을들여다보니 뜰기가 마당질할만한행랑마당에 말도매이엇고 보교도노히엇다 돌이는 들어서기가섭섭한것을 억지로 참고서 문간을들어서니 문간엽헤잇는 하인청에서벙거지쓴 사람하나이나서며

『너 어듸서왓늬?』

물엇다 돌이가

『나 함흥서왓소리숭지 보자면이리들어가오?』

하고안중문을향하야들어가랴고하니그사람이

『건방진녀석일세 어듸로들어간다말이야?』

하고 그말씨가좃치못한 바람에돌이가몰치 어서며새삼스럽게

『리숭지를보자면 어듸로가야좃소 리숭지좀보게 해주시요』

말하얏다

『지금 손님이만히기시어뵈입지못한다』

『손님이잇스면 잠간만이라나오라고말해주시우』

『이자식이누구하고 말을해보자나? 누구더러나오래?이자식』

『왜 이자식저자식하오 그저는 말못하오?』

『무엇이엇재?이자식』

언왕설래하는때에그사람이

『압다 이자식』

하며 무식한손으로 돌이외귀ㅅ사며기를내갈기엇다

八, 상 경

돌이는 분하얏다 사촌매부의집에와서이런일을당하는것이맘에분하얏다 분ㅅ김에 나는생각으론리숭지의 멱살을들고 한번회두럿스면 속이시원할것가텃다 돌이는그하인보담 리숭지가 미워서

『케미』

하고침을 배텃더니 그하인이자기에게욕하는줄로만 알고

『망할사식누구더러욕이야』

하며손을피하는 돌이에게로 달려드는데 갓슨사람하나가 하인청에서나와서

『이사람고만두게』

하고그하인을 말리고 돌이에게향하야

『함흥서왓다지요?』

하고물엇다 돌이가

『함흥서왓기에 함흥서왓다지요』

하고온공스럽지 못하게 대답하니그사람은

『말이대단히 불명스럽구나』

하고웃고서

『날딸아이리오너라』

하고돌이를 다리고 수텽방으로들어와서 함흥서온 총각이 댁감마님을뵈라한다고말하얏다

젊은수텽 텽직이가

『이사람아 지금손님이계신줄알면서 그러나 하인텽에라도드려안처두지』

하고 다리고온사람을 나무래는데 나이지긋한텽직이가 그젊은텽직이를보고

『하인텽에 드려안처도조흘지잠간엿주어 보고나오게나』

말하야 그젊은텽직이가 상을찡그리며 큰사랑으로 들어갓다

돌이가 리숭지가 사랑에손님이잇서 들어오라기가 어려우면자기가또차저 나오기라도하려니 생각하고 기다리는데 젊은텽직이가나오더니

『김서방잇는방에 다려다안처두라시네』

말하야 다리고들어온 사람이

『총각 이리오게』

하고 하게로말하며 돌이를삭불이잇는방으로 다려다주엇다 돌이는 분하얏다 리숭지가잠간이라도나와서 갈왓느냐 말한마듸를아니하고 하인시켜서 이리갓다안처라 저리갓다안처라 하는것이 앗가하인에게 뺨마진적보담 더분하얏다 속하가소사나오는분을 억지로참고 아랫닙을며

삭불이가

『총각』

하고말을부치며 이댁영감을잘아느냐? 무엇과 어더케되느냐? 여러가지 말을물으니 돌이가간단간단히 말을대답하다가

『여보시요 양주팔이란이가지금어듸잇나요?』

하고물엇다

『내가 지금주팔이게 붓터갈터일세 가티갈라나』

말하야 삭불이가 돌이를 다리고주팔의집에를 오게되엇다 주팔이가돌이를보고 반겨하야 함흥떠난날을뭇고봉의안부를뭇고또여러가지 이야기를 뭇는데돌이는대강 대강이야기하고 나서오늘리숭지집에서 분한 일당한것을말하며

『이런놈이어듸잇소』

하고주팔에게하소연하니 주팔이는

『리승지가 너울쓸알고미리하인더러쌈을 따리라고 불르기야안햇겟지』

하고리승지를 두둔하는것 가러말하얏다 돌이가 새삼스럽게 징을내며

『손집 하는것은하인의잘못이라고합시다 그래번곳에서일부러차저온사람을 잠간 내다도보지못한단말이요 내다 보고잡왓느나 말한마듸몰으면 땅반이떨어지우?』

『점잔혼손하고 이야기하다가 넘어서 나오기쉬운가? 비가 몰라서왼말이지 리승지가 그런사람이 아니다』

『김서방왜 부런두둔하기에골이빠엿구려 당신이 무어라고 하든지 내가 그놈의집에다시 발을들여노흐면 개자식 쇠자식말자식이요』

『넘우과하다』

『과하기는 무엇이과하단말이요 누의보고십흔 생각까지 쩐라만리달아낫소』

하고 돌이가 주팔의말을뒤떠가며 떠들엇다 엽헤안젓든삭불이가

『종각이 꿈볼만도하지』

하고 돌이의비위를 마치며

『그놈거놈 할것이야업지』

하니돌이는

『량반놈들을 놈이라고아니하면 누구를놈이라겟소?』

하고 눈방울을 굴리엇다

八、상 경

그뒤에돌이는 주팔의집에서류숙하면서 서울구경을 단니는데 삭불이가맘이 외키면 가러단니며 몰으는것을 닐러주엇다 그리하야 돌이는멧칠 돌아단니는동안에 종각(鍾閣)속에 달린인경도 드려다 보앗고 경복궁대궐압헤잇는 해래도구경 하얏고 또 중부경행방(中部慶幸坊)에잇는 원각사(圓覺寺)와 서부황화방(西部皇華坊)에잇는 흥천사(興天寺)도돌아 보앗다 흥천사에서는 태조대왕이 수라를진또시러고 저녁종을일즉이 첫섯다는 이야기도들엇고 해래는과천관악산의불人긔운을진압한다는 이야기도들엇고 또종각창살을 빼지안코 겹세지안코 외로한번 바로한번 두번만세면 학질(瘧疾)이떨어진다는말과 인경속에 어린아희피가 들어서 어미불르느라고 인경소리가 어밀렌、어밀렌한다는 말도들엇다 돌이가 이와가티 서울안을 돌아단니면서도 리승지집에는 가지아니하얏다 리승지가오라고불너도 가지아니하고 리승지부인이 맛나자고칭하야도 가지아니하얏다 어느날 저녁에는 리승지가상노아희하나만 다리고 주팔의집에 돌차저왓는데 상노아희가 령감마님오신다고 선통한즉 이때것 방에안저 너털대든돌이가 뒤人문으로나가 버리엇다 주팔이가 나가지말고 거긔잇스라고 말하는데도 듯지아니하고 나가버리엇다 리승지가 주팔을보고

『돌이 어듸갓나? 그놈나를 아니와 보는법이잇나 자네가 좀꾸짓게그려』

하고말하는데주팔이가

『닐르기도햇습니다 그런데오든길로댁에가서하인에게업시녁임을당한 까닭으로 골이난 모양입니다』

하고빙그레우스니리승지는

『그랫다네 나종에알어본즉새로들어온 구종놈이 손찌검까지햇다데그놈도몰오고한짓이니까큰죄될것이야업지만마누라의청으로일젼에내보냇네』

하고허허우섯다 돌이는 뒤人문밧게서방안의수작하는말을들엇다 구종인지별배인지 자긔에게손질한 사람이 손질한죄로내쏫기엇다는것은 맘에실치 아니하얏다 자긔를 푸대접한 리승지가푸대접한죄로 됴뎡에서 내쏫기기까지하얏스면 두말 할것업시속이시원 할것가텃다 지금도 리승지가자긔말 하는데도 그놈그구종말하는데도그놈하는것이 자긔를 구종과가티 녁이는까닭이라고생각하얏다 리승지가 돌아간뒤에 돌이가 주팔을보고말한즉주팔이는

『네가몰라그러는것이 다 어듸이다음두고보자』

말하는데돌이가

『당신이 몰라그럿소이다음볼것은무어요 그는그고 나는나지』 말하니주팔이는

『너의입으로 고마운사람이라고말할때가……』

하고우슴으로말끗을흐리엇다 몃날뒤의일이다 주팔이가 소풍하러나간사이에 삭불이가 돌이와가티 이야기하다가주팔의첩이 얌전하고 다정하다고 칭찬하는데 돌이가 저보기에도 그러라고동의하고나서

『리승지가어더주엇겟지요?』

하고물으니 삭불이가

『내가어더준셈이다』

하고 자긔가 중매한것을일장이야기하야돌이가이야기끗헤

『여보김서방 나도장가좀들어보게 입분색씨하나 중매해주시우』

하고 우스며청하얏다 삭불이가

『자네 장가는쳐지 그래입분색씨라야만 하겟나 입분색씨? 가만잇거라 어듸생각해보세』

하고 혼자를 생각하는모양이더니

『올치되엇다조흔데가잇다』

하고 무릅을치고나서 자긔가전에동부장사하든 사람이 잇는데 성은피가(皮哥)고일홈은선이고 별명은 작대기다 사람이꼿꼿하고 남의말을 잘놋지아니하고게다가 키가커서 작대기라는별명이생겻다 그사람이 무남독녀의 외딸이잇는데 일홈이애기다 자긔가 열일곱살되기까지 보앗는데 얼굴이입부기라니 보는사람이쌓다집어삼키고 십도록 입부엇다 그피작대기가 양주본바닥 백뎡인데 서울와서 살다가장사에미천을 대든주인이 죽어서장사를못하게된까닭에고향으로돌우나려갓다 자긔가못낫나지가오래되니까애기가시집갈나이넘엇슬것이다 그동안 시집만안가고잇스면 자긔의중매로 꼭될것이다 삭불이가 길게이야기하고나종에

『내가틈이나거든 한번양주를갓다옴세』

하고돌이를보고우스니돌이는

『내눈으로 색씨를보아야만땅을노흐러이나까 나하고 가티가십시다 래일떠나실라우』

하고 말하자 주팔이가들어왓다 돌이가 혼처이야기를하라고 한즉 주팔이는

『로총각이장가들수가 터지는게지』

하고 압질러말하고 돌이가

『박게서 들으셧구려』

한즉 주팔이는

『그래』

하고 허허허우섯다

八、상 경

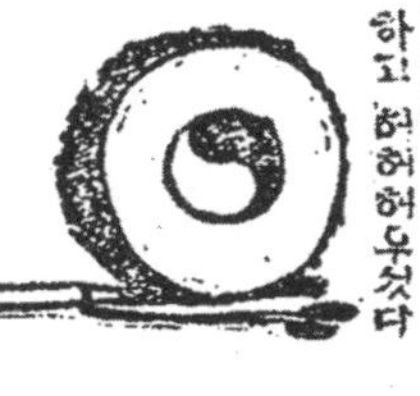

그뒤로 돌이는 삭불이만보면

『색씨선좀보러갑시다』

『어느날양주 가실라우?』

졸르기도하고 다지기도하는

때 삭불이는
『왓다 돌이나지안네그려』
『일간가도록해보세』
핑게도하고 밀우기도하야 그럭저럭 십여일이지낫다 이말이 엇더케 리숭지귀에들어가서 어느날 리숭지가삭불이를불러세우고
『네가 돌이장가드려준다고가러 선보러가자고 햇다든구나? 가자고햇거든 얼른갈것이지 무슨일이잇서서 돌이업는「잇느니하고 래일모레 밀우기난한단말이냐? 양주가머지도 아니한곳이니 속히한번 갓다오너라』
하고 준절히날려서 삭불이는 다시핑게도못하고 밀우지도 못하게되엇다 삭불이는 그날로돌이에게와서 래일은정말 떠나자고말하야두고 이튿날식전에 주팔의집에서 일은아츰을 어더먹고 돌이를다리고양주길을떠낫다
양주읍내는서울서오십여리길이라삭불이와돌이가놀양으로길을걸어 다락원삼십리와서 뎜심참을다이고 해가놉다케잇슬때양주읍을들어왓다 피선이의집을찻는데 포주두군데에 선이의포주가큰것이라 두번도 뭇지안코 차저오게되엇다 삭불이가문스간에들어서서
『작머기집애잇나?』
하고 소리를첫다 허여멀거케생긴얼골에 새까만수염이 돗보이는사나이가 열리어잇는 되창문으로 내다보더니
『나는누구시라고』
하며 집신을미처다 뀌이자 못하고 뛰어나왓다 이사람이피선이다 선이가삭불이를보고
『이거 웬일이요?·무슨볼일이잇서 와겟소?』
하고 뭇는품이 삭불이가전위하야차저온줄로알지아니하는모양이라 삭불이가 선이의뭇는대로
『무어 조그만볼일이야이왓은길이기에 좀차저보랴고 들렷선』
하고 우스니선이는 큰키를굽으숨하고삭불의얼골을들여다보며
『오륙년동안에 대단히로창해젓소그려』
하고 뒤미처 말을니어서
『반갑소 좀들어안저서이야기합시다』
하더니 고개를안으로 돌리고
『이애아가 안밧좀정하게치워라서울손님오셧다』
하고 다시돌이저삭불을 할할뼈에삭불이가
『동행하나가잇는데 가터들어가도조켓지?』
하고 물으니 선이 늦선듯
『조코말고』
하고 문밧게섯는돌이를 가르치며
「저긔섯는총각이요?」
하고뭇고야 삭불이가 고개로덕이는것을보고서는돌이를향하야
『총각 이리들어오』
하며손을첫다
이리하야 주인손세사람이 안으로 들어오는데 애기가안방을치워노코 마루로나오며 엇던손이들어오나하고 바라보다가 총각하나가 뒤발어들어오는 것을보고 고개를 숙이고얼른건넌방으로 들어갓다 아무리얼는이라하야도 돌이의 불통안이야업것스랴 돌이는 들어오면서눈을노하 살피든차이라 애기의얼골을보앗고 애기의 엽태를보앗고 또애기의뒤태를 보앗다 잠간동안에 만히 보앗다 얼골바탕이 조금갸름한듯한데 니마ㅅ전은 반듯하고 눈은 속이배어보이나눈ㅅ가곰고 코는 파고안친것가튼데 코ㅅ날이옷독하고 입은작으마하고도 납으죽하고 턱은바치엇다 살ㅅ적은 그린것갓고 머리는 삼ㅅ단갓다 압흐로 보나 엽흐로 보나 또는 뒤로보나 모다두말할것이 업시 어엽부다 돌이는첫눈에마음이가득하얏다 봉단이와가티 복성스럽지 는아니하나 입부기로만은 나으면엇지못할것이 업다고 생각하얏다아죽 머리를느린것이 돌이맘에든든하얏다 세사람이 방에들어와안진뒤에 선이와 삭불이가서로 지금지내는 형편을이야기하다가 삭불이가
『애기어머니 어듸갓나?』
물으니선이는
『장날팔다남은 고기를가지고나간모양이요 얼마아니 잇시면오겟지요 김서방말을 나보담도더 자주하는사람이라 여간반가워하지 안을것이요』
하고말한뒤에
『전에우리가 한집안식구가티지냇스니까……』
하고서울서 지내든일을 이야기하랴는데 삭불이는 자긔네전날행적을 돌이에게 들리지아니하랴고거북살 스럽게안진 돌이를바라보며
『좀편히 안게그려』
말하야선이의 이야기를 가로막으니선이도
『웬편히 안지그려우』
하고돌이를 보고말하얏다

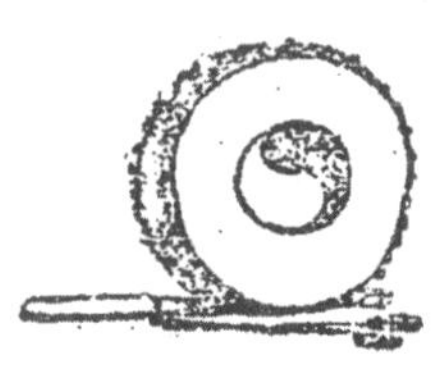

九、두집안

선이는 돌이가편히 안는것을보고 다시삭불을향하야
『요지막도 한선달님생각이각금납되다』
하고 한치봉의말을ㅅ내니 삭불이가
『그러켓지 그러치만 죽는사람은죽고 사는사람은살고 늙는사람은늙고 자라는사람은자라는것이 이세상이니까』
하고 될늣말늣한말을 늘어노하서 또선이의말을 가로막고
『애기야말로 몰라보게자랏서올에 몃닛살인가?』
하고 말을올리니
『열여덜살이요 아차이젓소와서보이랄』
하고 건넌방을향하야
『아가 아가』
불르다가 돌이를한번 흘겻보고 조금거북한눈치를 보이엇다
삭불이가 작란의말도
『여보게립도령 남의집색씨를아저보기가 면난(面赧)하거든밧그로 나가시게』
하고 하하소리를내서 우스니 선이는 정말로듯고
『별소리를다 하오관계업서 나가기는 어듸를나가?』
하면서도 말이니에 돌리엇다 나오는것가티 거칫거리며 나오는것을보면 맘에는 신통히덕이는것갓지 아핫나 돌이는 김서방이작란의말을 하거나말거나 주인이신통이 녁이거나말거나 색씨를갓가히 보게되는것만 다행하게녀이어 아무소리를 아니하고 안저잇섯다 애기가그아버지에게 불니어건너 오는데 안방외쪽문밧게와서 주저주저하니선이가되창으로기웃이내다보며
『어서들어와서 이어른께뵈어라』
하고 재촉하야 애기가외쪽문을열고 방으로들어와서 삭불이를향하야 절하는데 그절이서울절과달러서 두팔은 무릅밧그로벌어지고 궁둥이는들리고 머리는거의 자리에다을것가텃다 삭불이가우스며 절하고나서 섯는애기를 치어다보고
『퍽컷다 너나를알겟니?』
하고물으니 애기가나즉이
『네』
하고 대답하얏다 선이가
『열두서너살까지 뵈온어른을설마몰을라구』
하고삭불이를보고말하고나서
『고만 건너가거라』
하고 애기를보며말하얏다 그

동안에애기가 속눈질과 겻눈질로 안저잇는총각의 인물을보니 심삼구 저보이나 뭡상은아니엇다 그총각의눈이자긔의몸을떠나지 아니하는것가터서괴난하게생각하얏다사실로볼이눈닯치불고한고애기의아래우를삿삿이보앗다 애기는갓가히서보아도멀리서볼때나달음업시 어엽부엇다싸다롭게홈을잡어말하자면키가넘우커서맨두리가 업고귀가 쪽바귀고 눈에독살이 들어보이고 목소리가새될것가텃다 치마미테 나온발이모양업시 크나 붕단이의발보담은더 클것이업섯다 볼이는 만족하엿다 눈치잘채는 삭불이는애기가 볼이맘에 드는것을발서짐작하하고 잇는터인데 볼이는이제혼인 말을해달라고 말하고십허서 삭불이에게 여러번눈짓을하다못하야

『여보김서방아니가실라우?』

하고말하니 선이가

『가시자니? 김서방이내게와서밥한씨 안자시고 갈려수가 아니어』

하고가로마러 대답하는데 삭불이는웃고잇섯다 삭불이가 선이와이런이야기 저런이야기 하다가애기의 혼사를뎡한곳이 잇느냐고물은즉선이는자긔의형편으로는 다릅사위를 어더야할터인데가큰방뻐정의집에사위로다려올만한 아이가업서서 지금팡구(厖求)하는중이라고말하얏다삭불이가이말을듯고

『내가혼처한곳을지시할가』

하고『實好한 총각하나가잇다 그총각이 외모도준수하고 심디도 굿건하다 나이는올에 스물다섯이다』말하고혼인뎡할 생각이잇느냐고뭇는데 아무말아니 하고 안젓는볼이는 낫이간질 간질하얏다선이는 그사람이 어듸사람이냐고물는다 삭불이는

『이왕말이낫스니 내가말하지』

하고그사람은다른사람이아니라 함흥으로도망갓든유명한리승지의외사촌처남되는사람인데지금 서울와서 잇다 고말하니 선이는

『그러면함흥 양주삼네될지요구려』

말하고삭불이가

『잘아는군』

말하니

『양주삼의딸 붕단이가숙부인 바친소문이야 누가몰으 겟소 더구나 백정의집에서야』

말한다삭불이가 선이에게 혼인뎡혐의향이 잇느냐고 뭇는데볼이는간지러운 낫이따금따금 삭어울 디경이 엇다 볼이는 그대로 안저배길 길이업서 뒤좀 보고 오겟나고 닐어섯다 삭불이는 볼이가 헛뒤보러 가는술싸지짐작하면서

『앗가이리나려올써보앗지 김가에 한데 뒤ㅅ간이 잇지인타? 그리로가게』

말하니 선이는

『우리집에는 진덕이만 사는齋보아우? 그럼께 멀리갈것이무어요』

하고 삭불의말을 나무래서말하는데 볼이는 건정으로 「네」대답하고박그로나갓다

九、두집안

볼이가나간뒤에 삭불이가 선어의의향을 다두처물으니 처음에는선이가 신랑감을 한번보고야 말하겟다고 잘러말하지 아니하얏다삭불이가 고개를젓치고 련정을치어다 보며짧은 희파람을 불다가 홀제혼자말하듯이

『신랑감을한번 보아야한다것다막중대사에 그렇레지』

하고고개를 다시바로 세우고선아의얼굴을바라보며

『신랑감을 밝서보아도울로암엇더니 인제볼려이만말이야』

하고고개를 까댁거렷다 선이는 그말이무슨 말인지 몰라서

『엇던신랑감을 누가보아두어요?』

하고삭불이의 얼굴을 드려다보는데이써것 시침을떼고 잇든삭불이는『피』하고 우승을 러치며 한참동안 하하소리를 것잡지못하얏다 선이는또그웃는 까닭을 알지못하야 어리둥절 하다가삭불의우승이 어지간이 뭇나갈께

『여보웃는까닭이나좀압시다』

말하니삭불이는우승반말반으로

『알리다 싫어야 앗가그사람 가리온사람 그사람이 바로신랑감이야』

하고또하하 우섯다 선이가

『무어요?』

하고눈을 크게뜨니 삭불이가우승을그치고

『놀라지말고 내이야길들어』

하고한번 큰기침을하고 나서이야기를 시작하는데 첫머리에리승지를 처들엇다 리승지가외사촌처남을 장가들려 하라고 색씨를 구하는중에 자긔에게문의를하기에 자긔가애기 말을하얏고리승지의 말이너친한 사람이면나친한 사람이나 달음이업는터에 너친한사람의 쏠이라니 두말할것업시 조타고 꼿떵호하도록주선하라고 하는데 자긔가 볼입때문으로 좃느젓고 신랑감 총각피가려 오기는 선보고선보이고하는 폐를덜려고 자긔가주장하얏고 자긔로보면 량편이다 친한까닭에 중매노릇을 하게되엿다고 거짓말에 참말석근이야기를자긔가 중매된다는 것으로 마치엇다 그리하고 다시선어의 의향을물으니 선이는 한참생각하다가나중에는

『그총각가튼면 쫏소이다 애기 어머니 오거든다시 이야기합시다』

하고빈허락을 하게되엇다

그동안에 해가거의 저녁께가다 되엇다 선아가삭불이를 보며

『시장하시겟소』

하고박글내다보며

『엇재이러케 아니오나?이애 너의어머니오기기다리다가는 손님불리겟나 어서나와서 밥지어라』

하고그말이 듣오따고 크게말하니애기는

『네』

대답하고 건넌방에서 박그로나왓다 애기가 물을이어드리고 솟옥가시고 쌀을안치고 밥솟에불을집힌뒤에 애기어머니가 물아왓다 문ㅅ간에서 들어오는길에 부억에잇는 애기를보고

『밥을안쳣니? 너의아버지밧에게시냐? 누구왓니?』

하고뭇는데 애기가 부억에서나와서고기할지를 밧고소근 소근 몃마듸 말을한즉애거 어머니가 반색하며

『무어김선배가오셧서?』

하고안방문압흐로 와서엇줘 [illegible]에들어서기전부터

『애그머니』

를차저가며 삭불이와 인사하고

『왜이러케 느젓나우』

뭇는남편을보고

『조금조금 하다가느젓서』

발명하고

『저녁을얼는지어야겟군』

하고 바로박그로 나가라고하얏다선이가

『거긔잠간안게나』

하고나가라는 안해를 주저안친뒤에김서방이 기애혼인 까닭으로권위하야 왓다고 말하고신랑감의나이와 고향과 맛친촌관계를말하고 선흥감총각이 박게나갓슨즉 들어오거든 보라고말하니 애기어머니는 자긔의남편을보며

『지금문박게 낫선총각이서성거리더니 그게그총각이군 잘간보아도 사내답게생겻든데』

하고다시삭불을보며

『애기혼인까닭에 일부러양주걸음까지 하셧스니 고맙기짝이업소 전에정답게 지내든김

천배가 아무래도 달은사람과
달르구려』
하고수월수월하게말하엿다 삭
불이가손벽을치고우스며
『인제는두말할것업군』
말하는데 천이는밥업시 고개
를쇼덕이고 애기어머니는
이야기들해서덩하시지요리승
지의부인만은 못해도 리승지
의처남의댁도조쿠먼이요』
하고곳뒤니어서
『나는몰라요 나는나가서저녁
이나할내요』
하고 닐어서나가더니 자긔의
이고갓든고기항지에서남은고기
를쇄내서 뱅장어캄보 절이고옛
고하야 저녁반찬을 작만하얏다
밧에안젓든삭불이는천이를보고
『종각년석을불너드려야겟군』
말하야 천이가무덕하게 나가서
몰이를다리고 들어왓다 삭불이
가몰이를보며
『자네뒤뭇펑장히오래보네』
하고바로온저천이를보며
『웅뮹난 사위ㅅ감이지런하임
등신뒤보는것만가지고도』
하고하하우스니몰이도머리를
극적극적하며우섯다
그날밤에 몰이와삭불이가 천
이의집안방에서 자게되엇는데
천이내외가 몰이를 유심히보는
싸닭에 몰이가얼마동안은 게면
적어서 말이적엇스나 천이의안
해가
『종각 이러갓가히오구려』
『종각 이야기좀하구려』
하고 련해『종각、종각』하며다
정하게 구는싸닭에 몰이가마츰
내조심성이 풀리어서 너털우숨
웃치며 빈숭조케 이약거리게싸
지되엿다 삭불이가 간간히십업
는밥을던지어 여러사람을 웃기
엇는데 몰이를가르치며
『저함흥떡게머리가 인제양주
대최(楊州大態)이될터이야요
지왕모(瑞祥王母)가큰색씨를
흉치라는 것을보지』
하고서 『하하』하기도하고
『저떡게머리가 맘속에큰리정
이잇는 모양이야 유황상데하
고 밧못하는거정』
하고서 『하하』하기도하고 천
이의안해가 몰이더러 종각、종
해는것을보고
『종각은다무어야 고만사위라
고하지 그래도사위라기는 좀
일는가? 그러면 밋사위라고
하지 기웅리가잇는데 밋사
위번이잇나』
하고서 『하하』하기도하야 그
하하하 매마다 몰이는지 천이내
외는지달아서 『허허』『허허』하
지아니치못하엿다 나중에 천이의
안해가
『고만몰하십쇼고만좀으시지』
하고 긴긴밤으로건너가고 삭
불이와 천이와몰이가 차례로누
엇더 몰이는누은뒤에 바로코를
골기시작하얏고 삭불이와 천이
는 천날이야기도하고 지금이야
기도하는중에 데사를 지냄이야
기까지도 연추적당하고 닭울를
에 잠들이들엇다 반눗게잠는까
닭으로 삭불이가 이튼날해가한
나절이 지낸뒤에닐어낫다 일즉
닐어난몰이가 삭불이를보고
『접서방도 서울사람이라게으
름뱅이로 한참나잘만하구려』
하고우스니 삭불이가
『압만하여사람은 모두가부지
런하지 서울사람은 게으름뱅
이사위로 조명이낫다니싸 인
제양주사람은 부지런뱅이 사
위로유명할걸 앗다 이사람아
자네코싸닭에 나는잠못자서
그려고 무슨렵체에 남더러게
으름뱅이라나?』
하고우섯다 천이의안해가 밥
이구더 떡이되엇다고말하며 밥
상을갓다 노핫다 삭불이와몰이
가 늦게야아츰밥을먹고도 다시한
동안 무친거리다가 천이내외를
작별하고떠나서 해가 저
에 서울로돌아왓다
몰이의 혼인날이 사월스무날로
작정되엇다 혼인날(婚姻日)은스무날이
가바로(納幣日)는리승지부
저만하얏다 삭불이는 신부
외집일을 거들라고 며칠전긔하
야양주로 나려가고 주팔이는위
유가되어호인 전ㅅ날신랑과 가
티떠나 나려갓다 귀ㅅ머리풀는
은애기의태가 색시되괴 달리마
티따운것은 다시말할것도 업고
상투를 쏘진몰이의 모양도떡게
머리째와 달라서으졋하게 보이
엇다신랑신부를구경왓든사람이
『신부가참말잡부군』
『신랑도그만하면훌륭하지』
하고구석구석 모혀서 칭찬들하
엿다괴변한 신랑신부의 첫날밤
이야기는 자세히말할것이 업스
나그날밤 신바람히든 사람이나
좃싸지두고 우슴거리로 이야기
하게된것이 한가지잇다 그것은
신랑이 신부옷벗기든 사단이다
몰이가첫날밤에 옷벗긴다는 말
만들엇자 엇더케 벗기는지를몰
랏든싸닭에 애기의옷을 속속드
리벌가벗기라고 들어서 속적삼
의단추고가 싸개저고 속속것의
고름이 떨어졋다애기가 손으로
말막아서 잘벗기지 못하게하니
싸몰이가 무식스럽게 애기의팔
목을꽉쥐엇다 애기가무섭ㅅ겹에
『아야』
하면서팔을 뿌리친다는것이 몰
이의면상을 후려치게 되어서몰
이도무망ㅅ결에
『아이구』
하고몰메인소리로
『팔목좀쥐엇다고 사람의얼골
을치는법이어듸잇서?』
하고물러안졋다 애기가 밥상이
나서입속말로
『무식스럽게』
하고중얼거리니 몰이는골이나서
『누가무식스러운지몰오겟네』
하고두덜거렷다 그리하야 신랑
신부가 한참동안 그싸닭보듯닭
이소보듯하고 안소가 나종에몰
이가
『첫날저녁부터 쌈질은자미가
업는데내가지지』
하고단추를 쓰지못한 속적삼과
고름을 매지못한 속속것은닙은
채로애기를 쓱하더니 자리에누
이엇다 신방을 엿히든 사람들이
이것을 엿엇다 그중에
『벌이야첫날밤 새씨가신랑과
말다툼을하다니』
말하는녀편네도잇섯고 또
『애기가제법 무어라고쏘왓거
든너망신로 하지』
말하는녀편네도잇섯다 첫날밤에
신랑신부가말다툼하얏다는것이
나종싸지우슴거리가된것이다주
팔이는 싱례한그이튼날 곳서울
로 올라가고삭불이는 뒤떠러
저서잔치남어지술에 취하야신
랑신부를 못살게굴다가 이삼일
이지난뒤에서울로올라갓다

九、두집안

몰이가 장가온뒤 쳐음얼마동
안은 하는일이업섯다 장모와가
티안저 이야기하는이외에는 애
기뒤를쏘처 단니엇다 애기가우
물에물길으러가면 부러가서 들
에박질을 하야주고 애기가부억
에서 밥을안치면 딸어들어가서
불을집혀주엇다 이러하야 애기
가몰이를보고
『넘우쏘처단니지마시요 남이
붓그럽소』
하고 말만일싸지잇섯다 어느
장안날식전이다 천이가 소를삽
의뎌 포주ㅅ간으로 나가기전에
몰이를불러서
『너도이제는 일을좀배워라사
나이자식이 밤낫계집의 궁둥
이만 쏘처단니면 쓰겟느냐』
하고 닐른싸닭에 몰이는천이
의뒤를 딸아나가서 소잡는것을
구경하얏다 그날잡은것은 큰암
소이엇다 쳐음에 천이집의십부
름군이 그암소를끌고 포주ㅅ간
으로 들어오는데 그암소가외양
ㅅ간으로 끌려오는줄로 아는것
가티 순순히딸어오다가 포주ㅅ
간갓가히와서 포주ㅅ간에 배며
잇는 피비린내를맛고야 죽는줄
을짐작하얏는지 들어오지 아니
하랴고 머리를흔들고 뒤ㅅ걸음

질음치라고하얏다『메、메』하는소리가 사람가트면 『살려주시요 살려주시요』하고말하는것가텻다 힘으로말하면 심부름군놈이나 스물이 덤비어도 쓸어드리게 될지말지한암소가 꼼비를멋번채친다고 웅숭거리고 쓸려들어왓다 집생이라 죽는것을잘볼으나 안죽 그러치도 아니하얏다 『메、메』하는소리와 웅숭거리는모양은 고사하고 그큰눈에한입시겁을내는것이 보이엇다 보기들탈어서는 그눈이사람을 원망하는것가티도 보이고 신세를슯허하는것가티도 보이고 또미련하게『잡어잡수』하는눈치도업지아니하얏다 아부리암소라도 힘이잇는대로 날뛰다고하면 포주人간에서 죽게되지 아니할것인데 힘을써볼생각도못하고 죽기를기다리는것이 집생이다 심부름군이 꼼비를십고잇는데 선이가왈칵한 독긔를들더 메엇다가 독기머리로 벼락가티 나려첫다 눈섭잇는 사람이면 량미간이라고말할곳을 똑바로나려첫다 단한번에 암소가『웅』하며 넘어젓다 눈을점먹거리고 몸을떨덕거리는것이 아죽다죽지는 아니한것이다 어느틈에 꼼비를노흔심부름군이 선이의독긔를 바더들고 독긔질을외하듯이 비로빗두루여러번나리처서소가영영숨써못하게되엇다 눔이는죄도 업시참혹히 죽는소를 불상히녁이는이보담 힘도못써보고 허무하게죽는소를 죽어맛당하다고 생각하얏다 선이가칼을 잡고나서서멱을질리 선지를셉고 배人가죽을타케치어 노코가죽을 벗기는데가죽에뒤人 고기한덩이 지붓아니하고 선듯선늣 놀리는칼이실룩거리는 살점을 발아들어가 웃배人마듸에 다치지 아니하얏다 몰이는 독긔질을 심부름군보담낫게하기는 용이하지만 칼질을장인가티 능란하게 하기는어렵겟다고생각하얏다 몰이는소한바리를 다잡도록 서서보다가소머리、족 갈비、양지머리、등심대장능속을 심부름군과 함께날리옴기고 선이손씻은물에 손을씻으려고하니 선이가

『이애한그릇물에 손을씻으면싸홈난단다 너는안에 들어가씨서라』

하고말하야 몰이는 피무든손을들고안으로 들어왓다 선이의안해가그손을보고

『일햇네 그려 장인이조하하겟네』

말하고나서

『이애아가 네남편손씻게물써다주어라』

말하야 애기가옹박이에 물을써가지고와서 몰이압헤 노흐려고할때이새것 두손을거북살 스럽게내밀고 섯든몰이가 손바닥을벌리어애기의 얼굴을만저 주려고하니애기가

『애그머니』

하고소리를 질르며 뒤미처

『미첫나? 무슨짓이야』

하고퉁명스럽게 말하얏다 몰이가허허웃고 안저서 옹박이물에손을너흐며

『쇠피무든손이 눈에익엇슬터인데그래도보기가끔직스러운가?』

하고섯는 애기를처다 보니애기가

『끔직스럽지안태도 얼굴에칠하는것이 조흘게무어야 내가좀칠해주리까』

하고상긋웃는데몰이는

『아니나는쇠피무치기가 처음이야일은 맛햇서 이에다대면고리일은 정하지 그려고 고리일은사나녀편네 어른아이 할것업시다가티 하는것이 조커든빙부님더러 고리일 하자고해볼가?』

하고의론성잇시 말하얏다 애기의 어머니가 이말을듯고애기가대답하기전에

『이사람아 그런말은할생각도말게 자네고향에서는 그러치안타데만 여긔서는 고리일을세우지안네 고리일한다면 대접이떨어질디경일세』

말하니몰이는

『백정이면 대접이웃가는세상에올라가고 떨어지고 할대접이무어 잇서요! 고리백정이나개백정이나 백정은 맛찬가지지요』

하고두덜거리엇다

九、두집안

몰이가 일을배우기시작 한뒤한달이못되어서 선이의집에 의외의큰일이생기엇다 륙월초하루人날입이다 아츰에 선이가볼일이잇서서 가튼포주하는 사람의집에들갓섯다 그때그사람은 상제요 그포주人간은 잭사넘어큰거리에잇섯다 선이가 볼일을보고곳날어서라고하다가 주인 상제에게 붓들리어 삭망(朔望)지낸음식을 어더먹게되엇다 선이

가 잘먹지도 못하는술을여러잔 바더먹고 집으로돌아오는데 앗가갈쌔까지 평탄(平坦)하든 길이갑작이울퉁불퉁하야져서걸음을 바로것지못하얏다 이쌔양주목사(楊州牧使)가 객사 (客舍)에서향배(向拜)하고나오다 가압길에걸음을것고가는술취한사람이잇는것을 바라보고 남여 (籃輿)에올라안지며

『아츰부터 큰길에비틀걸음을치며단니는놈이잇단말이냐? 네져놈붓잡어가지고들어가자

하고분부하야 전배사령 (前陪使令)하나가 분부를시행하랴고 비틀걸음치는사람에게로 쪼차왓다 선이가 뒤에서나는

『게잇거라』

하는소리에 발을딴딴히 드듸고서서 뒤를돌아볼때 사령이달려와서

『이놈아 무슨술을아츰부터쳐먹엇늬?』

하고 억개에손을대니 선이는술김이라

『내게생긴술 내가먹은데무슨상관이요?』

하고 『코』방귀를뀌엇다

『이놈아무어엇재? 무슨상관?주릿대맛을놈가트니』

하고 선이의 쌤을보기조케내갈기니 선이는 빗슬빗슬하다 가간신히비슥듬이서서

『누게다함부루손질이야? 제미』

말이입에서 떨어지자마자 사령의발길이 선이의 압정갱이에다 닥치며 선이는 압흐로꾹그라젓다 참바든미투리신은발에 선이는 차이고밟히고하야 『에구 사람죽인다』 는소리가입에서쓴치지아니하얏다 좌우에는 구경하는사람이 옹긋옹긋 섯섯스나사령이백정을치는데나서서말릴사람은하나가업섯다 또달은사령하나가또차와서두사령이선이를잡어닐으켜량쪽팔ㅅ죽지를갈라잡아들고달리어갓다 선이의집에서소문을듯고 선이의안해와 돌이가숨이턱에닷도록 달음박질하야와서보니 발서관가로 들어간뒤라 돌이가관가로 쪼차들어가랴고하니 선이의안해가

『자네는집에가서잇게 내가알어보고감세』

하고 돌이의가랴는것을 말리엇다

『왜그러세요?』

『자네가든 곰살굿지못한사람이갓다가는 말도못부쳐보고 귀퉁백이나 쥐어빼히네 아무말도말고 집에가서잇게』

돌이는 장모의말을 유리하게 생각하야 몬저집으로 돌아왓다 선이의안해는 친한아젼에게가서알어본즉 식젼술먹고 길에서 주정한까닭이라 좀잇다 매ㅅ개나맛고 나가게되리라고 하야 집으로 돌아와서 딸과사위에게 이야기하고 남편이나오기를 기달리엇다 해가다져녁쌔가되어도 선이는나오지아니하얏다 선이의안해가 남편이 이쌔나나올가 져쌔나나올가 기다리다못하야 리방(吏房)의집을 또처가서 엇지된일을 알어보앗다 선이의안해가 리방집에서 돌아왓슬때 애기가 내달어서

『아버지엇더케되엇답되까?』

하고물으며 어머니의 얼굴을치어다보니 그어머니는 대답이업시고개만 가로흔들고 눈에눈물이고이엇다 마루에잇는 돌이가마당에섯는 모녀에게로 뛰어나려와서 어서마루로 올라가자고말하야 애기모녀와 돌이가마루에올라안진 뒤에애기 어머니가애기를 향하야듯고온 일을이야기하는데

『너의아버지가 오늘곤장을삼십개인지 사십개인지 맛고옥에가치엇단다』

하고 비슬비슬하다가 다시말을니어서

『안젼에서 처음에는식젼주정한죄로 매ㅅ개나 때려내보내랴고하셧는데 너의 아버지를잡아간 사령놈 그망한놈아무슨원수가 첫는지너의 아버지가 욕설을햇다고 안젼에고자질을 해서안젼말슴이 관포주백정놈으로 관하인을 릉욕하다니 그대로 둘수업다고 옥에가두라고 하섯단다 리방말을들으면 지금안젼이 인정업는이라 잣칫하면 귀양가기가쉽겟다고하니 이일을 엇더케하면조흐냐』

하고눈물을 떨어트리니 애기는 소리를내서울고 돌이는 입맛을 다시엇다 애기어머니가 눈물을 씻스며 돌이를 향하야

『여보게 자네가서울가서리승지의 편지한장을 마터부치게 그려면 혹시노힐수가 잇슬것일세』

하고 돌이의대답을 기다리는데돌이는

『리승지요?』

하고 머리를 극적거리다가 주팔이나 삭불이를보고 말하면 리승지의 편지한장쯤은 어드리라생각하고

『그래보지요』

하고 이왕서울을 갈바에는오늘밤으로간다 고돌이는총총히저녁밥을먹은뒤에밤길을떠나갓다

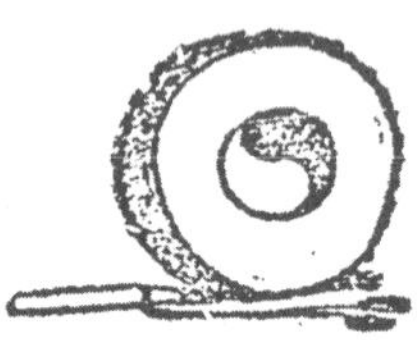

九、두집안

이튼날새벽에 돌이가 서울를어오는길도 주팔의집을 차저왓다 돌이가 주팔을보고밧갈을결어온 급한사연을말하고 리승지편지를 어더달라고 청하니주팔이가

『자네가 리승지를몰으는터이면 내라도 말하겟네만자네도친한터에 내가 중간에들어말한다는것이우습지아니한가? 그러고 자네가 리승지가되어생각해보게 자네 친한사람이자네를 와보지는 아니하고달은사람을 중간에너코 무슨청을한다면 자네가 그청을들어주겟나? 두말말고 자네가리승지를가보게』

하고 사리를따서 말함으로돌이는다시입을 버리지못하얏스나속으로생각하기를

『서울온뒤로 한번도맛나지아니한리승지를 갑작이 차저보고청하기가 맘에 창피하고또무슨 토심을 밧게될지도몰르니까검서방이나가서보고말하겟다』

하고 주팔이를 보며

『그러면 나는대안동으로가겟소』

하고 바로넘어서랴고하니 주팔이가

『아츰원네 내게서아츰먹고그러고 가게』

하고 돌이를 붓들엇다아츰밥을먹은뒤에도 주팔이가

『이쌔쯤 아츰느라고수선할터이니 좀잇다가게』

『지금쯤은 손님들쌔니 더잇다가게』

하고 몃번가랴고 넘어서는돌이를붓들엇다 돌이가 안젓다가조급증이나서

『인제는가보겟소』

하고 넘어서는것을 주팔이가

『앗다이사람 지금가야맛날수가업서 조급하더라도 조그만더참어』

하고 또붓드니 돌이는

『김서방은맛나겟지요』

하고 더안젓지 아니하랴다가

『김서방는 요새녕직이노릇하느라고 주인보담 더밧부다네지금가야 맛나지못하네』

하는주팔의말에 다시붓들려안젓다 해가거의 웰은뎜심때나된뒤에 주팔이가

『지금쯤가보게』

말하야 돌이는대안동을 오게되엇다 소슬대문압헤서 주제주제하다가 문안에들어서서 구종하나가 잡이ㅅ간 압헤서잇는것을보고 그구종에게로갓가히가서

『삭불이김서방을 맛날수잇소?』

하고물으니 그구종이

『집서방이앗가어듸나갑듸다
하고 대답하는데 그말씨가[illegible]
이의뭇는말씨보담 떠꼼은꼼
하얏다 돌이는엇더케하면 조
지몰랏다 조꼼반일즉와더면
물이를 맛날것을 공연히주팔이
에게붓들려서 낭패보앗다고 생
각하얏다 삭불이를기달일가 리
숭지를 맛나볼가 엇지할가망상
거리다가
『주인령감은 계시우?』
하고물엇다 그구종이
『계시지오』
하고
『어듸서오셧소?』
뭇는데돌이가
『양주서왓소』
대답하얏더니그구종이
『양주요?』
하고 무엇을생각하는것가티 고
개를 기우리고 잇다가
『네』
하고 고개를 숙덕이고나서
『잠간만가만히계시오』
하고어듸로 가는데 바로보이는
큰중문아래 모로부터잇는 일각
중문으로 들어갓다돌이는녁거긔
가사랑이구나』 하고생각하얏다
얼마잇다가 그구종이 아이하나
와가티나오더니 돌이를보고
『이상노를따라가시요』
하고친절하게 말하얏다 돌이가
상노의뒤를 딸아들어가는데 상
노가나오든 중문으로 들어가지
아니하고 그건넌편에 잇는일각
문으로 들어와서 따로떠러저잇
는 집한채를안고 돌아서어느방
문압헤를와서
『방에잠간들어안지세요』
하고밧문을 열어주고갓다 돌이
는상노의말대로 사람업는 방에
들어안젓다 얼마뒤에 큰기침소
리가나며 리승지가 어느편에서
나오는지도 몰으게나와서 마루
우에올라섯다 돌이가 닐어섯다
가리승시가 들어와 안기전에절
한번하고 리승지가안지란 말하
기전에다시안젓다 리승지가 자
긔집에왓다가 욕본것이 가엽나
말하고자긔가 여러차례 맛나자
는데한번도 오지아니한것이 괘
심하다고말한뒤에
『안해가입부다지? 입분색시
입분색씨하더니 소원성취 햇
구나 너의장모는 너의고모
가티 거실거실하지 안흐냐?』
하고 허허웃고나서
『홀제 무슨맘이나서이러케차
저왓니? 무슨일이잇섯니?』
하고뭇는데 그말보담도 돌이
를보는눈이 더정다워 보이엇
다 돌이는 주게주게하다가칭
할일이잇서와다고말하고선이
의소조를이야기하얏다

九、두집안

리승지가돌이의칭하는말을들
은뒤에
『편지해주기는 어렵지안흐냅
이나 내가양주목사와 친분이
엄스니까 내편지가 효력이잇
슬지몰으겟다』
하고한동안고개를기우리고안
젓더니
『엇더케든지 할수잇겟지걱정
마라 내가출입했다 올것이니
그동안 여긔잇거라』
하고닐어서나가고돌이는혼자
안젓섯다 얼마뒤에 계집아이하
나가나와서 갸웃이방을 드려다
보고가고 또얼마뒤에 늙은할머
니하나가 방앞흘지나서 돌아가
더니 일각문을다 더거는 소리가
나고 그할머니가 몰우들어가는
길에 싸묘이방을드려다 보고가
고 또다시한참동안 이지난뒤에
그할머니가 두번째나오 떠니돌
이를바라보고 마님이 나오신다
고선통하고 그뒤에 리승지부인
이나오는데 뒤에는 계집아이가
딸핫섯다 돌이가방안에 닐어서
서마당에걸어 오는부인을 바라
보니 톱치장은 고사하고 몸을놀
리는것까지도 처음보는 량반의
부인이나 그얼굴만은 가티자라
든몽난이가 틀님업섯다 돌이는
그얼굴이 반가웟다 리승지부인
은퇴人마루에걸터안지며
『여보 옵바』
하고뒤人말을닛지못하는데돌
이는섯든자리에 다시안지며
『오래간만이요 그러치만얼굴
은몰라보지안켓소』
하고부인의얼굴을다시물쇠럼
이바라보앗다 부인이 한동안말
이업다가
『옵바가장가를잘들엇다지?』
하고입을떨기시작하야애기의
말을뭇고 또선이내외의 인품을
물엇다 돌이가그뭇는말을 대강
대강내답하고
『이번에비부 넘의일때문에』
하고서울오게된사유를이야기
하라한즉부인이
『앗가령감께다들엇세요』
하고이야기를가로막고
『이번일이 끗난뒤에내외분이
한번가티 오시구려』
하고돌이를바라보앗다돌이가
『와도조치만 그러케올수가잇
소 그러고이번일이 무사하게
만되면 내가한번 고향에물단
녀올려이요』
하고말한즉부인이
『고향에도갓다 오셔야지요요
사이 집에서는 엇더케지내시
는지? 퍽 고적들 하실터이지
딸자식이란 소용업서요』
하고손으로 눈물을씻고이는데 그
손이분人절가렷다손의살이통통
하야 전人날몽당이든손마
듸가무쳐 보이지아니 하얏다얼
마잇다가부인이
『할멈』
하고가동명해 서잇는 할머니
를불르더니무어라고두서너마듸
속살거리엇다 그할머니가 안으
로들어갓다가 다시나오며 그뒤
에계집하인이 장국상을 들고딸
하나왓다 돌이는 국수장국을먹
고 부인은 그먹는것을 보고안젓
는데또다른계집하인하나가우는
아이를안고나와서
『애기가배가곱흔가봐요』
하고그아이를 부인에게 주니
부인은
『젓먹은자가얼마나되어서』
하고아이를 바다서 젓을물리
엇다돌이가 젓먹는 아이의얼굴
을내다보며
『잘생겻소』
하고칭찬하니 부인도 아이를
드려다보며
『이까지人놈이 잘생기긴무얼
잘생겨?』
하고 웃고서 돌이를보며 『인
케돌지난지 두어달 박게안되
는것이 엇더케 천악한지몰라
요』
하고 다시아이의 얼굴을들여
다 보는데 귀여워하는빗이 눈에
가득하야보이엇다 돌이는 부러
운맘이 업지아니하얏다
저녁때가 다된뒤에 리승지가
집으로 돌아와서 돌이를보고
『긴한청편지 한장을마련다양
주목사와 정약행데한 사람의
편지다 이편지만 갓다드리면
무사히될것이다』
하고 편지한장을 내주엇다
돌이가 편지를바더가지고 곳떠
나겟다고말하니 리승지가
『해가다젓는데 어듸를간단말
이냐래일가거라』
하고 말리다가 돌이가밤길을
걸어가겟다고고집하는것을보고
『너의맘대로해라 밤길을걸어
갈려이면 내가 삭불이와가티
가도록해주마 삭불이가 가면
양주목사에게 편지 드리기도
편할것이다』
하고 곳삭불이를 불러다가오
늘밤에 돌이와가티 양주들가라
닐럿다 삭불이는 밤길을것는것
이맘에달지 안치마는 주인령감
의말을거역하기 어려워서
『네』하고 대답하얏다 돌이가
하고떠나서 동소문박그로 나가
는길에 잠간주팔에게 들리엇다
주팔이가

『일이잘되엇나?』
하고 묻는때 돌이가달은말이
업시
『리승지가 고마운 사람입듸다』
하고대답하니 주팔이는
『그거보게』
하고허허우섯다
돌이와 삭불이가 이튼날새벽 예양주를 도착하얏다 선이의안해와애기는돌이의이야기를듯고 여간깃부어하지아니하엿다 그편지만들어가면 선이가 곳나오려니생각하고 삭불이에게 삭전냅죽이 편지를가지고 들어가달라고 신신당부하얏다 삭불이는아죽은일른니 눈을 부치고닐어난다고 방에들어가서 목침을비고 눕더니 곳잠이들엇다 곤하게자는양이 한밤중만 며기는것가탓다선이의안해가
『이 사람은 안된이 괴참하섯슬 란인데』
하고 삭불이를 불러깨우고도얼마뒤에는
『지금쯤은 석권조사가시작될 터인데』
하고 삭불이를 흔들어깨윗다 삭불이는 불끈뎌가홍、홍니 떠담하며 몰우자고 흔들면 『왜이래 왜이래』말하며몰우자고닐어나지아니하얏다
애기모녀는 박게서 조바심하는데삭불이는 방에서 코를골엇다 나중에 선이의안해가 돌이를보고
『김선배가 닐어나지아니하니 엇지하면조흔가? 자네가편지를가지고가보지』
하고말하니 돌이가
『잠간가만이게시우』
하고 방으로들어와서 귀ㅅ자곳자로 삭불이를 잡어닐으켯다 삭불이가 닐어안저 눈을부비면서
『아이구곤해』
하고 다시 몃번하품을하고나서
『그 쳣나?』
하고 몰으니 돌이가
『갓고말고 여보해좀보오』
하고 방문을열어노핫다 선이의안해가 삭불이를 드려다보며
『일면당부한보람도업시 무슨 개잠이요?』
하고 나무래듯이말하는데 삭불이는 무안한양하는 빗도업시
『어제밤에 잠을못 잣스니까 횟잠이지 개잠인가?』
하고 대답하며우섯다 삭불이가세수하고 옷을고쳐닙고 혼자 다시한동안지체하고 그제야편지를가지고 관가로들어갓다 선이의집에서는 삭불이나올때 선이가가티나오려니하고 기다리엇는데 얼마뒤에 삭불이 가혼자나와서 목사가편지보고 그대로 나가라고말하고 그러면뎜심때나 나올가하고 기다리엇더니 아무소식이업시 뎜심때가지나고 쇤다저녁은나 오겟지하고 기다리는중에 저녁때가 다되엇다 선이의안해가
『나오지도안는것을 헛기다리고잇다가 저녁굶기겟다』
하고 심부름군에게 저녁밥을 들려가지고 옥에를가니 옥사장이가 나와서
『선이는 오늘저녁굶긴다. 안된분부다』
하고 말을물어볼 사이도업시 어서가라고쏘차서 그대로돌아왓다
『밥을바더주지안는것이 무슨 까닭인가?』
그까닭을알어 내라고 이사람이이말하고저사람이저말하다가
『아마곳내보내랴는것이다』
하고공론이일치하야 선이의집에서는 선이나오기를 또도시기다리기시작하얏다 해는 발서어둠컴컴하얏섯는데 여전히 아무소식이업섯다 관가에서 폐문하는삼현육각(三絃六角)소리가풍편에들리엇다 선이의 안해가기다리다지쳐서애기를보고
『인제 오늘은고만이다저녁이나 먹어치우자』
말하야애기모녀는마루에서밥을먹고 저녁을먼저먹은 삭불이와돌이는 마당에멍석을 깔고안저서칭편지이야기를하얏다
『리승지가 자긔편지로는효력이업겟다고 어듸가서 일부러 마련다주더니 그편지역시 효력나지안는모양이요그려』
『글세 칭편지잘못부치면볼기한개더맛는수도업지아니하니』
『밥길걸어서 서울왕래한보람으로매한개 더마진다면 참인데요』
『한은무슨할 보람이뒤쪽으로 놀린이지』
『여보뒤쪽보람이란』
문ㅅ간에서
『다들집에잇나?』
하는귀에익은 목소리가 들니며큰키를 굽으숭하고 들어오는 사람이잇다 선이다 이야기하든 돌이와삭불이는 벌떡닐어 서고 밥먹든애기 모녀는 진둥한둥뛰어나려왓다 애기모녀가 눈물을 이리걸거리씻고하고 삭불이가 밥걸고은중치사를맛낸뒤에선이가멍석우에안지면서
『안전말이 죄는귀양보내맛당하나처음이라십분용서하니나가라고하고 서울에 반면잇는 것을맛고 분수밧게짓을 하면 두번은 용서안는다고 하기에 몰이가 리승지편지를 마련온 줄짐작햇서』
하고말하나 돌이가
『저긔 개색기게라도두둘저맛기만하는것이경칩분수란말이』
하고허허웃다

九、두집안

선이가 가치엇다 노혀 나온뒤 이삼일동안 선이의집에는 어지간한경사(慶事)가난것과가텃나 음식도흔하고 오는사람도 적지 아니하얏다 선이의 세력이조타는소문이나서 전에 오지안튼사람들까지 차저왓섯다 삭불이는 대접잘하는맛에 또 붓트는맛에 월입시 묵엇는데 애기모녀에게 넙우실업게구는것이 몰이 눈에 거칠어서
『여보 리승지궁금하겟소고만 올라가보시우』
하고 쏫다십히말하야 사흘만에 올라갓다
삼여일이 지난뒤에 돌이가선이내외를보고 고향에 단녀올말을내니 선이의 안해는
『부모님도아니게신데 단녀올 것무엇잇서』
하고 가는것을 긴치안케말하나 선이가
『산소에라도 한번단녀와야지 이담날 살림에얽매게되면 가기가쉬운가 맘내킨김에 갓다오너라』
하고 가는것을 허락하얏다 선이의안해가 남편의말을 좃차서 사위를 떠나보내기로 작뎡하고 행장으로 괴나리보ㅅ짐을 멘들어주는데 엽이거배는 갈어입으라고 빨아다린 고의적삼을두어벌개켜너코 발감개를 [illegible]에 신으라고 몰바든보선과 새보선늘서거서 서너켜레 집어너코또 길에가다 시장할때 먹으라고흰무리떡덩이를 피딱지에 싸서너코 보ㅅ집을동인뒤에 우에매어달은 표자박한개는 목마를때물떠먹으라는것이엇다 몰이가 떠나든날밤에 애기가 돌이와마조안저서 긴사설도 찰단작별을 하는중에
『아무조록하루라도 속히 오시오』
『아무리속히온대도 한달은걸릴걸』
『한달식이나? 한보름동안에 단녀오시구려』
『오고가고하는데만도 이십일이걸려 이사람아』

『그러면한달안에는꼭오시오』

『그리하지』

『한달에 하두만넘어도다시안볼테야』

『안보면 엇잿테가?』

『내쫏지』

『내쫏는다? 제기 아니꼬어다릴사위노릇못하것군』

이와가튼 갓지 안흔말도 말이길어저서 한동안 애기는포로로울부리고몰이는이죽거리게되엿다

『나죽는걸보고십소?』

『엇더케죽어?』

『죽으라면엇더케든지 못죽을가? 우물에라도빠저죽지』

『우물버릴라구』

『그러면비상도못먹을가?』

『누가 갓다주나말이지』

『우물 버리는것을 무서워 서못죽을가 풍덩빠지면고만이지』

『풍덩빠지게두나? 내가 이러케꼭붓잡지』

하고 몰이가 붓잡는시늉을한다 고애기의 허리를끌어안엇다 시답지안흔 닭싸홈가튼 내외의말다툼이뚝끗이낫다 애기가 다시

『한달안에는꼭오시지요?』

하고과양을다지니몰이는

『오고말고꼭오지』

하고 대답을다시하고 말하엿다

『오실째 하후소산이나만히가지고오사요』

『하후소산이 무엇잇서야지어물(魚物)이나가지고올가』

『무엇이든지』

『그래』

『나 첫다 반보아』

하고 애기가 맙지안케눈을흘기니 몰이는

『또내쫏나오?』

하고너털우슴을우섯다

이튼날식전에 몰이가 괴나리보ㅅ짐을지고길을떠낫다 주팔이와리승지부인에게가단단이 나하고갈라고 서울을올리엇더니 주팔이는

『동행조흔김에 나도고향에가단녀오겟다』

하고갑작이길떠날차림을차리고리승지부인은 몰이와 주팔이가고향에간다는말을듯고자긔의가지못하는것을슯허하야눈물방울이나 조이지이엇다 리승지가그부인의맘을위로하기겸하야주삼의내외의 사철의복차를 보내는데한짐을만들어서짐군하나를딸하가게하얏다 몰이와 주팔이가짐군하나와 셋동행으로 길을떠나서 십여일만에 고향에들어달하니주삼의내외의반가워하는것은 말할것도업고 동네사람들까지도 정답게 마저주엇다 서울짐군을 이삼일묵여서 떠나보낸뒤에 몰이가 로독과몸살로누어 알케되엿다 평소에 병업든사람이앏으면 몹시앏는법이라 몰이는죽도록앏엇다 주팔의약효험으로십여일만에간신히머리를들고닐어낫는데병으로지친뒤에 학실이들려서 또여러칠을 앏게되엿다 몰이가 학실도앏는동에애기에게다짐두다십히한 한달기한이지나갓다

주팔이가시골나려간동안에주팔의집에는 주팔의처이혼자 집을

九, 두집안

직히고잇섯다 삭불이가 놀러오는외에는 별로오는 사람도업섯다 주팔의처이 나이삼십이넘엇스나 맘은새파라케 젊은까닭에혼자지내기가 고적하얏다 삭불이가 주팔이잇슬때보담 더자주오게되고 낫에올뿐이 아니라밤에도 오게되엇다 밤이늣도록더위가물러가지 아니할때 두사람이 사발정이를먹으러 올라가다가 이웃집는사람들눈에 띄이어서 뒤손가락질을 바든일도잇섯다 어느날식전부터 날이흐리더니해질몹에비가오기시작하야조곰식나리는비줄기가노ㅅ날드린것가치다 주팔의처는해먹기가귀찬하서찬밥술로 저녁을때우고 박갓문을일즉이다더걸고방안에들어안젓나 삭불이가 나져왓다갈제밤에다시오마고말햇지만무서운달구비를맛고올것갓지아니하얏다 초저녁이지나서 박갓은감감한데 다붓듯이 쏘다지는비소리와 반수(泮水)도랑의 물소리가 련다[illegible]것가텃나 주팔의처는 맘에 송구하얏다 동네가만히갓고 이웃이 천리가러서 사람의소리는 고사하고 개짐생소리도 들리지아니하얏다 주팔의처은 혼자잇기가 무서웟다 방구석에잇는 등잔거리를 머리맛으로 옴겨노코 등잔접시에기름을붓고 방심지를 켜노핫다 곳퍼붓든비가 다음곤비로 쉬는것가튼 그만할때 문을두들기는소리가 들리엇다 주팔의처은 이웃집문ㅅ간에서 나는줄 알고

『이런밤에 어듸나갓다오는사람이다잇는가베』

하고 혼자짓거리엇는데 두들기는소리가갓가히들리어서

『김서방이와서 집의문을두들기나?』

하고 다치엇든 방문을열고귀를기우렷다 문밧게서 문이부서지라고박차는지 문소리가 요란하게낫다 주팔의 처는삭불이가온줄짐작하고 맘에 반가웟다 한손에 광솔불을켜들고 다른손에치마를치어들고 문ㅅ간으로 나와서

『김서방이요?』

하고물으니 박게잇는 사람이『네』하고 대답하는모양인데 목소리가 분명히 들리지아니하얏다 주팔의처이 들엇던치마를벽에의지하야 세우고나서 빗장을 빼고문을열자 박게잇든사람이 황낭하게 문안으로들어왓다 주팔의처이 들어오는사람과 마조치지 아니하랴고 얼른몸을피하는데 그사람의팔이 공교히광솔든팔을홋치며 광솔이 떨어젓다 주팔의처이

『에그머니』

하고 다시집으랴고 하얏스나 마당에서 넘처들어온물이 넝바닥에 고이어잇서 피시시소리한번에 광솔불이써지엇다

『이것을어써케하나? 아이갑갑해라 좀찬찬히 들어오지요 이량반아』

하고 주팔의처은 더듬더듬하야 문빗장을질르는데 그사람은 아무소리업시 서잇섯다 주팔의처이 손매중으로 전부를차저 들고

『아올라갑시다』

하고그사람압흘로가서

『가만히잇소 내가압서게마당에물고인데가잇세요』

하고압서서 발대중으로 살살걸어오는데 그사람은 철벅철벅 발자옥을 떼노터니 경중경중뛰어서마루 압해ㅅ돌에 올라섯다

『보선ㅅ골는잘되엇겟소』

하고주팔의 처이쏠아오는 동안에그사람은 발서갓모와유삼(油衫)을벗서마루에누코마루끗헤걸터안저 진보선을 벳고잇섯다 주팔의처이 퇴ㅅ돌우에 올라서서진ㅅ신을벗우며

『날비를맛고와서 입이구덧수려어서 방으로들어갑시다』

하고문지마루로 올라왓다 주팔의처이 그사람의뒤에서서 방안에잇는등잔불빗에 낫은고의적삼을보니나제닙엇든것이아니라

『어듸가서우장을어더닙엇소』

하고 말하면서도 김서방이아니고딴사람인가 의심을내서 잠결에얼른방으로 들어왓다 그사람이뒤미처 방으로뛰어 들어오는데 몸에서풍기는 바람이등잔에닷치엇는지 불이써지며 방안이 다온이되엇다 모진째의 밤동

피가튼사나이의 손이참새 색기가티떠는데편내의몸을쌍키며
『나도집서방은집서방이다』
하고범이차반감을노코으르렁거리듯하얏다 한동안 번개가번쩍거리고 우뢰가우르릉 거리더니한밤중이지난뒤에번개와우뢰가그치며 비도그럭저럭 그쳣엇다 도랑에물나려가는 소리는맘새도록요란하얏다 이튼날 새벽에주팔의집에서 사나이 하나가나가는데 그사나이는 삭불이와가티되모가 해사하지 아니하고검으누틈틈한얼굴에목자가우락부락하얏다 주팔의첩도 그사나이가판근처에 사는 집서방、[illegible] 아는외에떠아는것이업섯다

九、두집안

선이의 집에서는 몰이가온다는때오지 아니하야 한걱정을삼앗섯다 선이의내외는 말이나하며 걱정하지만 애기는말도못하고 속으로걱정하느라고 얼굴짜지야위엇다 선이의안해가 저녁거미(蜘蛛)나리는 것을보고
『래일은 올다는게다』
또식전까치짓는것을듯고
『오늘은 오는게다』
말하면 애기는종일 맘을조이며기다리엇다 나중에애기가 그어머니를보고
『아무래도 무슨일이난것이에요 서울은홍소식을 알튼지몰오니 아버지가한번 갓다오시면조켓세요』
말하야 선이가서울와서 주팔의첩을 차저보고 또삭불이를만나보앗다 그리하야 집군편의소식으로 부사히간것을알고 또주팔이가지 오지아니한것으로 아죽것고향에들 잇는것을 집작한뒤에 선이의내외는 몰이나주팔이나 두사람중의한사람이 고향에서 병이난거이라고 추측하얏는데 애기만은 몰이가병이난것이라고 생각하얏다 몰이가동행한사람의 병까닭으로 자긔에게다집하다십히 한긔한을 어길리가업고여기다고하야도하로잇틀이지십여일식오래될리가업스리라는것을리유삼아정녕몰이가병이낫다고 생각한것이다 어느날식전에 애기가 그어머니를보고
『그가 죽은게요』
하고 밋도끗도업시 말하니
『그건 무슨소리냐』
하고 그어머니가 애기를나무랫다
『어제밤꿈에 죽은것을보앗세요』
『네가너무걱정하니까 그런꿈이뵈이는게다』
『꿈이마지면 엇더케하나』
『맛기는무얼마저』
하고 애기모녀가 꿈이야기를하는중에 밖게나갓든 선이가들어오며
『기다리는사람이왓다』
하고소리를 치서모녀가 일시에문人간을바라보니얼골이해쓱한몰이가 그뒤를 딸아들어섯다선이의안해가 또차나려가서
『웬일인가? 어데서자고이러케일즉 돌어오나? 어서올라기세』
하고몰이를 붓들어 올리다십히하야선이의 내외는몰이와 가치마루에올라안고 애기는 그어머니뒤에서서 몰이를바라 보앗다 몰이가고향에간두결모중병이나서알은것을 이야기하고 떠날때에고모부가 딸끔추석을 지내고가라고 붓드는데 자긔가간다고고집을세울 쉬이아니라 고모가병구원에몸人서리를내서하루밧비가라고말하야 쉽게떠나게 되엇다는것을 이야기하며 두손을내저어 가라고말하든 고모의흉내를내어서 여러사람을 웃기엇다이야기가대강 끗난뒤에 몰이가선이를보고
『집을엇재아니드려오나요?』
말하자 심부름군이 집을갓다가마루끗헤 노핫다그집이 갈때의나리보人집과달러서어지간한동집군에집만하야다선이의안해는
『무슨집이이러케만혼가?』
하고집을안으로 설어다니고 몰이는그집을풀으며
『소산을가지고 오라는분부가잇섯세요』
하고애기를 치어다보며 우스니선이의 내외도우스며 애기를졸아보앗다 애기는 치마끈을입에물고고개를 숙이엇다 몰이가집을풀으고 오미자(五味子) 봉지와지치(紫草)색리와광어(廣魚)또각홍어(洪魚)또각과홍입(紅蛤) 뫼치를내어노핫다선이의안해가봉지를 펴서보고 뫼치를들어보고하다가 집속에 남아잇는길음인궤를가르치며
『그것은무엇인가?』
하고몰으니몰이가
『이것이요? 이것은 우리조상님이에요』
하고우섯다
『조상님이라니 신주(神主)말인가?』
『아니요신주가다무어요』
하고몰이가궤뚜경을열더니함하나를꺼내노코 함의래력을 이야기하얏다 선이는
『그래이함이 최장군이아이적에쓰든함이란말이냐』
하고함을만저보고선이의안해는
『이다음아들나커든주지』
하고함을들고 애기를 몰아보앗다 어름동속은 선이의 안해가마루천반에 집어언고 함궤는애기가자긔방에 갓다두엇다 그날방에몰이가애기를보고
『한달긔한에 못대어와서자몹기는마질작뎡을햇서』
하고우스니애기는
『병환이 다나시가나햇소? 얼골이지금도몹시햇숙 하시구려하고몰이의몸을걱정하고몰이가
『나는알키나해서 햇숙하다지만알치도안흔사람이얼골이왜조모양이야』
하고애기의야윈얼굴을가르치니애기는
『말을마사요 그동안걱정으로맘썩인것이십년살것은감수하얏슬것이요인케고향에다가섯소나하고가려가기전에는못갈것이니』
하고우섯다

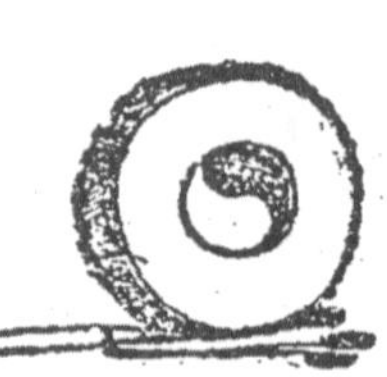

九、두집안

몰이와 주팔이가 고향에단녀온뒤에 애기와 주팔의첩이각각태긔가잇서 이듬해사월달에 주팔의첩이 먼저해산하야 아들을나핫다 몰이가이소식을 들은뒤에 밤에내외안젓슬때 애기의배를가르치며
『저속에들어안진것도 아들일러이지』
하고 욕심을말하니 애기가
『그걸누가알아요』
하고 대답한뒤에
『말들이 아들배는걸구동배라는박아지배라 배가압산만 불으다는데 배불은것도 아들갓고사내아이는왼손편에서놀고게집아이는 밥은손편에논다는데 노는것도사내아이갓지만 나하노키전에야 알수가잇서요』
하고 의심을말하얏다 몰이가이말을듯더니
『내가 판에들어논법이잇는데그법이』
하고머리를극적거리다가
『올치 알엇서래일한번써보야야』
하고우스며 애기가 그법이무슨법이냐고몰어야 래일 가르처주마고만말하고 그법은 이야기

하지아니하얏다 이튼날 아침에 애기가 장독간으로 장뜨러가는데돌이가뒤에서
『이것좀보아』
하고갑작이 붓든니 애기가홀깃뒤를돌아보앗다 돌이가
『아들이야아들』
하고허허웃는데부억에잇든선이의안해가마당으로나오며
『무엇이아들이란말인가?』
하고물으니돌이는또허허우스며
『배속아이의 남녀를아는법인데아이배인녀자를뒤에서무심ㅅ결에불러서밟은손편으로돌아보면아들이래요』
하고지금 애기가 밟은손편으로 돌아보앗다고 말하얏다 방에잇든선이가 되창문으로 내다보며
『어애잘못알엇다남좌녀우(男左女右) 라니왼손편으로돌아보아야아들이지』
하고말참례를들어서 돌이가
『그러면내가잘못알엇나』
하고머리를 극적거리며 박그로 나갓다 돌이가범울안다고 모든데하다가 코를짜치고 나가는말이우수어서 애기는 웃느라고잡몸을엿질를번하얏다
오월은애기가 만삭이라 선이네집에서 초생부터 해산준비를하노핫다 쌀은 말로되어두고 미역은줌으로 구하야두고 첫국밥담을새사발 새둑백이와 아이싸걸새옹백이까지 따로어더 두고다이나키를 기다리엇다 보름이지난뒤에어느날 애기의모녀가
『어머니무엇이 보이엇는데그것이무엇인가요』
『이술이다 희드냐붉드냐』
하고군호와가튼문답을하더니 그이튼날쏙두새벽부터애기가배를알키시작하야온종일을신고하얏다 선이가불수산(佛手散) 첩이나지어왓지만 애기가초산으로순산으로그날저녁때에아이를나핫다 선이의안해가 아이를바더서구정물을씻겨누아고후산을꼿시켜야한다고 애기를 바로안친뒤에무릅으로 아래배를 적이더니 후산까지 탈이업시잘하얏다 선이의안해가 외할미가삽할미노릇까지한다고말하고태줄을들고 아이배꼽에서한뼘즘 되는곳을 서너번훑터나린뒤에 실로압뒤를동이고 수수ㅅ대 겁질로 동인중간을 잘랏다 갓난아이가
『오은』
하고울엇다 문밧게섯든선이가
『무어야?』
하고물으니선이의안해가
『어미달멋서』
하고 대답하는데 선이의엽헤잇든돌이가 이말을듯고 정이딸어지는듯이 입맛을다시니 선이가가장 미립이잇는듯이
『아니다아주인물은다 아들을딸이라고속여야 수명장수한다고 속이는버릇이 잇스니까 두고보아야한다』
하고말하야 돌이가 맘이너누룩할제 선이의안해가 방에서나오며
『속이고아니속이고 할것도업서 순산한것만다행이지 어미달머 입부긴해』
하고 말하얏다 돌이는태심하는중에 늘그머니 팔이나서
『이왕이니 남처럼아들이나낫치』
하고 들먹거리엇다 그리하야 아이의삼이 나가기전에 돌이는 남의아들이나 보려간다고 주팔의집에를 올라왓다

九, 두집안

이때주팔의집 어둔아이는 나흔지삼칠일이 지낫섯다 아이가원래크기도 하거니와 울악불악하게생긴살ㅅ결검은얼골이 백일지난것과 달음이업섯다 돌이가 주팔이를보고
『아이가크구려 그런데부모와는 딴판이니누구를 달멋슬가?』
하고아이와 달믄사람이 업는것을말하니 주팔이는
『그걸내들아나 사람의자식이니사람을 달멋겟지』
하고허허웃고서 돌이에게
『그래자네딸은 자네달멋든가?』
하고물으니
『나는보지도 아니햇소말들으니제어미 달멋답되다 그까지딸자식 누구를담거나 상관이잇소』
하고돌이가 딸이라고 하찬케 말하는데 주팔이가
『딸자식은 자식이아닌가?그러고딸나면아들도나치』
하고위로ㅅ도 가티말하얏다 돌이와주팔이가 들이안저 이야기하는중에 삭불이가 들어오며
『이거오래간만에 만나는사람이왓네그려』
하고돌이를향하야 고개를 까댁거리고주팔의 비켜주는 자리에 안젓다삭불이가 애기의 딸나흔 말을듯더니
『한집에는 아들나코한집에는 딸낫스니 장내사돈하기 좃켓네』
하고하하웃고나서돌이를보고

『자네 언제갈라나? 갈여나 하고가려가세 내가국밥을 어더먹으려갈런일세』

하고말하니돌이가

『그까짓국밥 먹으려멀리갈랴고하는구려 내가이번에는 서울서솟불다갈려이요』

하고속히가지 아니할것을 말하얏다

六월에리승지가 직품(職品)이 올라서벼슬이 례조참판(禮曹參判) 이되고그부인은따라서정부인(貞夫人)을 바치게되얏다 대데六조(六曹) 여섯마을의큰일은 판서(判書)들이 결처(決處)하고 마을안쪽은일은 참의(參議)들이알음하야 참판은따로마튼일이 업는데에 례조(禮曹)는六조중에 쾌한무사 (淸閒無事)하기로 일꿈난마을이라 례조참판이란 벼슬은이낫잡자기에 조흠만한벼슬이엇다 리참판이 이쎄것벼슬다니든중에 가장몸이 한가하얏다 리참판이 어느날부인과꿍론하고 주팔이와 돌이를불가려다저 떡밥을 가리먹기로하고 안방못받의 마루를치우고주팔이와 돌이를불러드리고 사랑에오는달은 손은병이잇다 꽁게하고 보지아니하얏다 리참판의부인까지 그마루로나와서 네사람이각기 자리를삽고 안진뒤에리참판이 먼저입을열어

『할홍서떠난뒤에 이러케한자리에 안저보기가 처음이지』

하고 부인을돌아보니 부인은

『서울온뒤가 어케가더도 밤쌋사던이에요』

하고 주팔이를바라보앗다 주팔이가 돌이를가르치며 리참판을향하야

『이사람이 생나고 꿈이나서서울로뛰어 와답니다 장인장모가 사람이조하서 갓지안흔버릇을잡바더주는 모양이에요』

하고 허허우스니 리참판이

『너는게을름방이사위라고 지천구를 밧지안는게로구나』

하고 빙그레우섯다 이떠것한 무슨풍색우고 안젓든돌이가 책상머리로 고처안지며

『내가령감말자갓소 그런소리들듯게』

하고 그말요레

『우리가작년에 고향에갓슬에도 게을름뱅이사위가 지금벼슬이 정승이냐무어냐 뭇고 봅……』

하고말하다가 뚝그치고 다시말을돌리려

『누의일홈을부르며 지금은부슨마님이냐고 뭇는사람이 더러잇습되다』

하고 자긔말에 립증(立證)하라는드시 주팔이를 돌아보앗다 이때 아이종하나가 아장아장것는어린아이의손목을쯸고와서부인한테보고

『어기가 령감마님께가겟다고 떼를써서다리고왓습니다』

말하는데 부인이 미처대답하기 전에리참판이

『오 이리오너라』

하고 두손을 벌리엇다 리참판이 아들을안어주며

『이애놈은 할홍태생이라일홈을한영(咸盈)이라고지엿다』

하고 아이를드려다보며

『할홍아너는 할홍사람이야』

하고 어르듯말하는데 아이가

『아니야 서울사람이야』

하고 골무렵하듯 말하니

『할홍사람의자식이 할홍사람을언짠케아는모양이야』

하고 리참판은 허허우섯다

얼마아니잇다가 적은 잔치와가튼저녁이 벌어저서 배불리먹은뒤에 주팔이와 돌이가가더날어서는데 돌이는 일간나려갈터인데 다시 오지못한다고 리참판내외에게작별을말하얏다

──(第一回終)──

一、교유

동소문(東小門)은 원일홈이 홍화문(弘化門)인데 동관대궐동편에 홍화문이잇서서 일홈이석기는 까닭으로 중종대왕당년에 동소문일홈을 혜화문이라고고치엇다 홍화문이 혜화문으로변한뒤 륙칠년이지난때다 혜화문밧턱미레 초가집 몃집이잇고 그중에 갓바치의집한집이 잇섯다 그갓바치가 성명이무엇인지 이웃에는 아는사람이하나도 업섯다 그까닭에 그사람이듯지아니할때 갓바치라고말할뿐이아니라 그사람을보고 말할때까지도 갓바치라고 불르고 량민들이갓바치라고불를뿐이아니라 관사람들까지도 갓바치라고 말하얏다 갓바치가곳그사람의 성명인것과가텃다 그갓바치가 사람은 투미하지아니하나 신솜씨는 투미하야 마침는고사하고 막치도 변변히 짓지못함으로 그지은신을 신는사람중에 진중치못한사람은

『이신은 옥견(玉堅)이가 발로맨든것이야』

하고 실없시말하는일까지 잇섯다(전에 리옥견이라고신잘짓기로 유명하든사람이잇서서 당시서울사람들은 무엇이든지 잘하는것을보면 옥견이의 신솜씨갓다고말하얏섯다)그 갓바치가 갓바치의 버리로는 내외와아들단 세식구살림이나마 부지할수가업지마는 흥인문(興仁門) 박게사는 리판서집에서 시량범절을 돌보아주는까닭에 이웃사람이 부러워 할마큼 의식걱정이업시 살앗섯다 리판서댁하인이란사람들이 한달에도 몃번식올뿐이아니라 한꼭 나가는 량반가티 보이는 사람들이종종 차저오는까닭으로이웃에는갓바치를우러러보는사람까지업지아니하얏다 갓바치에게 오는손님중에나이사십가량될락말락한첨잔하보이는 손님이하나 잇섯다 그손님이 흔히는 초저녁에 왓다가밤든뒤에가는데 혹간밤에 왓다가 이튼날식전에가는 일도잇섯다 갓바치의집이웃사람이 그 손님의다리고다니는 아이를 붓들고

『오신량반이누구시냐?』

하고물으면 그아이는

『령감이시요』

하고대답하고

『누대령감이시냐?』

하고채치어물으면

『우리대령감이시지요』

하고모호하게대답할뿐이고그외에는더자세히말하시아니하얏다 이웃사람는 고사하고갓바치의외의갓바치집식구까지도그손님이누구인것을 잘알지 못하얏더알지못하얏기에망정이지알고노면놀라지아니하지못할만한희한한손님이엇스니그손님의성은됴씨(趙氏)요일홈은광조(光祖)요 자(字)는 효직(孝直)이요호(號)는정암(靜庵)이니 그때 벼슬이사헌부대사헌 (司憲府大司憲)이엇다 선비들은우리의선생이라고 존숭하고시정 사람들은우리의상뎐이라고공경하든사람이니무주구천동(茂朱九泉洞)에사는나무군까지라도서울됴재상(趙宰相)이가특하다 고말할마큼그의명망이팔도에가득하얏다 됴재상이갓바치를차저오기시작하기는 부데학(副提學)으로 잇슬때일이니 됴데학이어느날 성균관에왓다가 돌아갈때에 대사성(大司成)과가티 관어구까지 걸어나오다가 키큰재상하나가 미복을입고 압길로 지나가는것을보고됴데학이손을들어가르치며

『저게가는것이 희강(希剛)이아니라고』

하고 대사성을돌아보니 대사청이

『글세요키큰것은 리판(吏判)갓소』

하고 고개를기우렷다 됴데학이다리고왓든 상노아이를 보내서 딸하가서보라고 하얏드니그아이가 돌아와서 과연홍인문밧리판서가 혜화문안 어느초가집

으로들어가더라고 말하얏다 시임(時任) 리조판서리장곤(李長坤)이조가집에잇는사람 차저가는것을 됴뎨학은 괴상히생각하며 관어구에세워두엇든 말을타고집으로 돌아왓섯다 몃칠뒤에 됴뎨학이 리판서를만나서

「일전편복으로 혜화문안에행차하신일이잇지 안슴니까? 누구를차저 가섯슴니까?」

하고물은즉 리판서는 적히얼골을붉히며

「아니야 그무어누구랄것도업서 나의선생이야」

하고 우물우물대답하다가 됴뎨학이

「문식이잇는 사람입니까?」

하고뭇는말끗고는리판서가

「문식이야놀랍지 그사람이미쳔할뿐이지」

하고 우물거리지 아니하얏다 됴뎨학은 혹숨은인재가 아닌가 생각하야친히차저볼생각이나섯다 얼마뒤에 조뎨학이 일부러틈을만드러가지고 미복으로 차저와서보니 사람은 비록갓바치일망정 우선언어거동이사대부(士大夫)와달름이업고경사자집(經史子集)을 외어가며말하는것이 드를게보는 큰선비라 됴뎨학은 첫번부터 수작에 자미를부치어 해가 지는것을 이젓섯다 그리하야날이쉴때 처음에말하지 아니하얏든자긔의본색을말하고나서 그사람의성명을물으니그사람은

「갓바치가 무슨성명이잇소릿가」

하고 성명을 대답하지아니하얏다

一、교유

됴뎨학이 갓바치와 상종하는 동안에 그갓바치가 학문이 섬부(贍富)할뿐이아니라 식견(識見)이 투텰하야서 압일을요랑하는법이 범상치아니 한것을알고 학문을 토론(討論)하는때보담 일을문의(問議)하는때가 만헛섯다 됴뎨학이 부뎨학되든해에 벼슬이 또다시올라서 대사헌(大司憲)이되엇는데 대사헌은풍긔(風紀)를 바로잡는 직책이잇는 벼슬이라 례사관원과달러서 함부루나다나지 못할처디이나 그러나됴대헌은 밤저녁에 미복으로나서는때가 업시아니하얏스니 이때는갓바치를 차저오는것이엇다 한삼년 상종하는동안에 서로정분이 깁허저서 갓바치가 됴대헌을대하야 맘에잇는말을 기이지안코말하게되엇다 전무후무한 현량과(賢良科)가 잇슨뒤 어느날밤에 됴대헌이 갓바치를 차저왓는데 현량과로 이야기가 시작되어 이야기가한동안 길엇섯다

「이번현량과를 자네엇더케생각하나?」

「이번과거의 방목(榜目)에 잇스니까 소인들이 모함(謀陷)할때 죄줄사람의 당적(黨籍)을꾸미기가 힘드지 아니할걸로 생각합니다」

「그게다무슨소린가 국가성사(盛事)를 그러케말하는법이어듸잇나」

「입에서나오는대로 말슴하다가 말슴을잘못 하얏습니다 그러나 희한한성사(盛事)가 패사(敗事)의 장본이될가 령감을위하야 두려워하는맘이 업지못합니다」

「엷은어름을 밟는것가티하라는것이 자네말일두고 닐음일세」

「지금령감께서 대사헌되신지가해수로 불과삼년인데 그동안 세상풍긔(風紀)가 일변하얏습니다 달은것은 고만두고라도 청쵹(請囑)이 업서지고 뇌물(賂物)이 끈허젓스니 그것이 여간 변한것이 안닙니다 그러치만 뇌물이나바다먹고 청쵹질이나하든 사람들이 그심장이야 갑작이변하야 겟습니까 그사람들이 활을들고 령감을 관뎍삼아 노리고잇습니다 이것은령감도 알으시겟지요?」

「그러키도하겟지」

「말슴하는길에 한마듸말슴을 엿줄것이 잇습니다 령감의재조가 일세를경륜(經綸)하실만하나 임금을 만난뒤에라야그재조를 다하실수 잇습니다 그러한데 지금상감께서 는 령감의 명망은 알으시겟지만 령감의 재조는 아시지못할것입니다 통히 말하자면 령감의 사람을 알어주시지 못할것입니다 만일에소인들이사이를타서롱간(弄奸) 하게된다면령감이화를면 하실수 잇습니까? 한번권류(權流)에서물러나는것이 엇덧습니까? 결단하실용맹이 잇습니까?」

「용맹은잇고업고간에 남의신자(臣子)된도리가오죽충성을다할뿐이지 달은말이 웨잇겟나」

「령감이 그러실줄알엇습니다」

하고갓바치는 입을다물고 달은말이업섯다

달포가지난뒤다 됴대헌이 성균관대사성(大司成)김식(金湜)이를보려 왓다가 가는길에갓바치에게들러서

「내가월전에 자네말을들은뒤에로천(老泉)하고의론하고양근,미원(楊根、迷源)이란데다가밧때기를 작만하고 나누주를심기게햇네 차차한번 용맹을내볼작뎡일세」

「로천이 누구신가요?」

「김사성(金司成)의자야」

「네현량과(賢良科)의장원(壯元)으로뽑히신량반이로구먼이요」

하고갓바치가머리를흔드는것을보고됴대헌이

「왜머리를흔드나?」

하고물으니 갓바치가 이윽히말이업시안젓다가

「령감이혼자하신다고 하야도 될것갓지 아니할일인데 더구나김사성 령감과 공론해가지고하신다니 양근밧은 헛사섯습니다」

하고말하는데 얼골에걱정 하는빗이보이엇다 됴대헌이 이말을 듯고한두번 한숨을 쉬더니

「십여일전에 내가여러친구들과로천에게 모이어 안젓자니까최수성(崔壽城)어란사람이 박게서 들어오며 인사도번번이아니하고 로천더러 술한그릇을달라고하야 한숨에 들어마시고 나서하는말이 썩은배를타고물에 빠질번하야 가슴이울렁울렁하더니 술을 먹으니까진뎡이 되는군 한마듸하하고인사도 아니하고 나가버리는데 그때좌중에 안젓든사람들이괴상히 만생각 하는것을내가 그사람의 말을풀어서 썩은배를 탓다는것이 우리를두고비유 하는것이라고 말햇더니데일첫재 로천이 그러타고말하고 여러친구들이 간뒤에나를보고 양근이 폭다나속히썩은배에서 나리자고 까지말하는걸」

하고 말하니 갓바치는

「최수성이라니 열아홉살때부터 산천구경잘 돌아다니는량반말이지요? 나보기에는 령감네뿐아니라 그량반은 그량반대로 자긔의 썩은배를타는 모양입듸다」

하고[illegible]

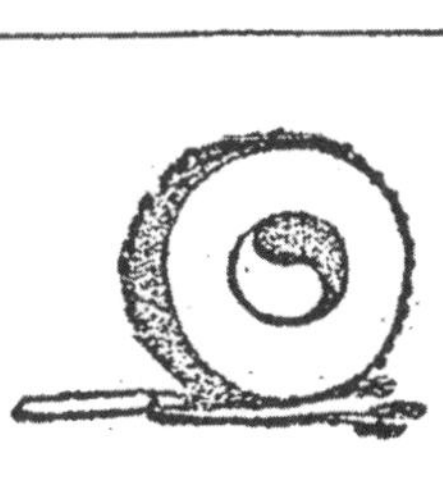

一、교유

됴대헌이 갓바치 차저다니는것을김사성이 알고하루는 됴대헌을향하야

「갓바치가아무리 숨은인재라

고하더라도 령감이차저 다니는것은 조치못한일이요 됴뎡재상으로 미천(微賤)한사람파교유(交遊)하는것도조흔일이아니고 또더사헌으로 미복을입고 출입하는것도조흔일이아닌즉 령감만번 다시생각하시요』

하고갓바치를 차저다니지 말라고권(勸)하얏다 그러나됴더현은 그의권하는 말을듯지 아니할뿐이아니라

『령감이그사람을 보지못한까닭에그런 말을하는것이니 나하고한번가티갑시다』

하고 뒤집어권하야 김사셩도 한번갓바치를 차저와서 보게되엇다 김사셩은 갓바치의위인이 심상치아니한것을 친히보아 알엇스나 종시남의 이목(耳目)을 꺼리어서 한번외에는 더오지 아니하얏다 김사셩이아들 형뎨를두엇는데 둘재아들 덕순(德純)이는색새가튼 형님파달러서 나이 열닐곱살바게아니된 젊은사람이 긔운이장사이엇다 셩질(性質)도 형뎨가 딴판으로달러서 그형님이 책상머리에안저글읽을때 덕순이는 박게나와서돌을들거나 뛰엄뛰엇다 덕순의 취유모(乳母)의아들 박련중(朴連中)이가 역시긔운이 절등함으로 덕순이는 련중이를다리고 지내는때가 흔히잇섯다

어느날 김사셩이 출입한동안에덕순이와 련중이가 큰사랑뒤껏에와서 뛰엄뛰기 내기를시작하얏는데 련중이가 덕순이보담 몸이더날낸까닭으로둘이 나란히서서뛰면 련중이는 한두발식더멀엇다 덕순이가 련중이에게저는것이 분하야

『이애 맨손으로뛰는것은신통치아니하다 우리다듬이 돌을갓다가 들고서뛰어보자』

하고 안에들어가서 묵직한다듬이돌을들고나왓다 그리하야둘이번갈어가며 다듬이돌을 들고뛰엄질을하는데 련중이가 긔운이좀못미치는까닭으로뛰는금이 덕순이와 비등하얏다 련중이가

『여보 서방님누리휴히로뛰기해봅시다』

하고 뒤마당담을가르치며

『우리힘자라는 대로몃번이든지저담을뛰어넘어봅시다』

하고도전(挑戰)하니덕순이는

『그리하자 우리둘이함께뛰어갓다뛰어들어왓다하는데하나는박게서안으로뛰고하나는안에서박그로뛰어보자』

하고방법을뎡하얏다

『너박그로나가거라』

『언제몰라가고 잇단말슴이요 내가첫번한번뛰는것은접어드리리다』

하고련중이가먼저몸을솟치어담을뛰어넘어갓다 그뒤에 덕순이가뛰어넘어가며 련중이가 뛰어넘어오고 또련중이가 뛰어넘어가며 덕순이가뛰어넘어 왓나두서너번재미나게 뛰어넘어 다니다가둘이일시에뛰게되엇는데 안파에서뛰는자리가공교하게맛질러서담우에 두사람이 마조닥드리며안에서 뛰든 련중이는안으로떨어지고 박게서뛰든 덕순이는박그로 떨어졋다 담박게는 다행이풀밧이라 덕순이별로 다치지아니하야 닐어나서 몸을떨고다시담을뛰어넘어오니련중이가뒤로잣바지는바람에뒤통수가 돌섹리에다처어서피가흘럿다덕순이가 손으로 상처를부비는련중이를보고

『만히 다치지나안햇느냐? 맨나종에 내가한번 혼자뛰엇스니까 셈친것이업다 이담날다시뛰자』

하고 사랑으로 들어갓다 김사셩이 집에돌아와서 덕순이와련중이가 뛰엄질하다가 련중이가 다치엇다 는말을 듯고 덕순이를 불러서

『사람의자식이 나이열칠팔세나된것이 밤낫상업는 작란으로날을보낸단말이냐』

하고준절히꾸지진뒤에

『혜화문안에 갓바치일하는사람이잇는데 그사람이심상한 사람이아닌모양이니 너라차저 가보아라』

하고닐럿다그리하야김덕순이가 갓바치를차저오게 되엇는데 처음맛나든때 갓바치가 고리삭은늙은이야기이나하얏더면덕순이도그아버지김사셩과가티한번외에더오지아니하얏슬것이지만갓바치가 덕순이의 조하하는술수이야기를한까닭에 덕순이가 첫번오든길로갓바치에게반하게되어그조하하든뛰엄질도별로아니하고자주갓바치에게놀러오고박련중이도 덕순이를짤하 다니는때가만핫다

一、교유

김덕순의 안해리씨는 나이열아홉살인데 인물이얌전하고 범절이무던하야 김사셩내외가 사랑할뿐아니라 덕순이와 내외간금슬이여간조치아니하얏다덕순이의안해방을 밝히는것이 김사셩집하인들사이에는조명이나섯다 그아버지가 취침할때쯤 되면덕순이는 그형님파가티 큰사랑에올라가서한동안뫼시고섯다가그아버지의입에서

『가서들자거라』

하고말이떨어지면형뎨가함께 물러나와서 그어머니를 보이려가티안으로 들어왓섯다 그어머니방에서 혹무슨 이야기가나서곳닐어서지 못하게되면 덕순이는조을린 모양을 보이느라고 거짓하품을 하는때도 업지아니하얏다 이런때는대개그어머니가

『조을린데 고만나가서들자거라』

하고말하야 형뎨가티 나오다가 덕순이가 그형을보고

『형님먼저나가시요』

하고안해의방인 뒤아랫방 으로 들어가서 밤을지내고 첫새벽에 형뎨쓰는사랑으로나가는것이거의버릇이 되다십히하야서 그형은덧문을지처 만두고자는때가 고리까지 걸고자는때보담 만햇섯다 덕순이가 갓바치에게놀러다니게된뒤에 어느날밤 뒤아랫방에서 내외안저 잔사설이야기를하다가 갓바치의 이야기가낫섯다

『아버님이 어련히생각하시고 차저가 보시라고까지 말슴하섯슬라구요만 갓바치를 차저다니는것이 창피하지안하요』

『나는고만두고 됴참판장(丈)가튼점잔흔 어른이 다차저다니실라구』

『됴참판어른말슴을 들으시고 아버님이 당신더러 가보시라고말슴하신게요구려』

『아니아버지도한번가섯더래』

『그사람이 무슨별재주나가젓습되까?』

『별재주는가젓는지 몰으지만 아는것은만하 뎜(占)을 볼으나 사주를볼으나 의술(醫術)을몰으나 몰으는것이 업습듸다』

『그러면술객(術客)인가 보오구려』

『아니야 술객이다무어야점잔흔사람이야』

『당신이 말을무어라고하시요?』

『말이라니?』

『갓바치더러 무어라고하서요?』

『선생이라고하지』

『그러고보면 당신이갓바치의 문인(門人)이요구려』

『그러니 엇재? 신잘짓든옥견(玉堅)이는종반리가야당신의일가야 갓바치의일가를 안해로다리고사는사람이갓바치의문인되는것이 창피합까?』

『창피하거든창피하다 고나 하시지왜남을고를어갈나고그려시요』

『갓바치의일가는 오히려창피할것도업지 당신네 먼조상은 고리백정이야 아이구 다치는데가잇군쉬쉬』

『쉬쉬할걸와말을하시랍되까』

『고리백정의 자손이요갓바치의일가로 량반의집에 시집와서 호강한다』

『나는 무식한녀자이니까우리

조상이고리백정인지도몰라세요이댁친당에가거든아버지에게물어보지요 당신말슴만 듯고야 미둘수가 잇서요』

『오、남을무죄(誣罪)으로 몰리려합나구』

『우리떠려 고리백정의자손이라고말햇기로 무슨죄 될것이야 무어잇서요?』

『나라임금에게、와 치나서격정이지』

『그러키에보시요금지옥엽(金枝玉葉)의 자손을노코막우말할것인가』

『금지나 옥엽이나 제집의일홍것구려』

『쉬쉬말고말조심하시지요』

『한말도지지아니하는구려 당신이 칠거지악 (七去之惡)이 두가지잇는것을당신이아시요、말만흔것이 한가지야』

『또한가지는?』

『아들업는것』

젊은내외의 잔사설이한이 업섯다 자리에 누은뒤에야말이끈처엿섯다

一、교유

덕순의 안해리씨의 친뎡에서유명한 장님에게 덕순이내외의사주를본것이 잇섯는데 내외가때면해로하지마는 자손이 부족하야 아들이업스리라는말이 잇섯다 덕순이가 리씨에게엇는사주적은것을본뒤에

『첩을두어야겟다』

『아들을못나면 출처(黜妻)하는수밧게업다』

하고 리씨의굴욕질를 얼마한두번이 여닐어엇다 그날밤에 리씨가 벼개우에서

『여보세요 줌으세요?』

하고 덕순의몸을건드리니 이써것가만히 소리업시 누어잇든 덕순이가 갑작이코를드르렁드르렁골앗다 리씨가 덕순의몸을흔들며

『아이구 끔하게도줌으시네다 새엇서요고만닐어나가서지요』

하고소리를죽이어가며우섯다 자는체하든덕순이가

『닭도울기전에 날이새어가짓말이일수로구려』

하고머리를리씨에게로갓가이옴기어 숨고운이 리씨의얼굴에씌치니리씨가정업슨소리로

『가짓말이다무어요 엇더케그려케낫잡어 말하시요 내가당신더러가짓말로몰고은다고말이나해보아、당신은화롱산가치내실것아닌가』

하고덕순을흘기고돌아누엇다

『제서가정을내신다면 이곳이말슴을못참햇소』

하는덕순의말에

『낫잡어말하고 게다가비정거리기까지하시는구려』

하고다시 덕순을당하야 돌아누엇다덕순이가 자는체하듯이 리씨는성내는체 한것이라 홀것도업고홀것도업섯다

『여보세요갓바치가 사주를잘안다 첫지요? 장님사주에 잇는말이 맛나아니맛나 한번물어보시구려』

『아들이업다는 말을물어보란말이지요? 나이새파라케 젊은사람이 아들말을 뭇기가좀창피해』

『갓바치선생은 창피치안해야물말은 창피하시면 아들어니말슴하실것업시 장님의사주를 가지고가서 이사주가잘본것이냐 물으면 작면말어잇슬것아니애요』

『되엇소그러케합시다 나는그생각은못하고 사주를한번 보아달라고 말을허고잇섯지』

『그것도조치요』

『그러치만 장님사주를보이고못는이만못해 게서의것과 내것을래일다 나를주시오』

『래일은고만두고 지금곳달라서도 불켜노코 차저드릴터이에요』

이날밤 내외간 수작한것과가티 어른날덕순이는 장님의사주두장을가지고 갓바치를 차저와다 처음에이말저말하다가 덕순이는 말을사주편으로 갓가이끌라고 덕이야기부터 시작하얏나

『홍제관(洪濟館)이면은 참말용하든 모양이지요 홍제관이살든골목을 홍제관골이라고불르게된것만 보더라도 당시에유명하든것을 짐작할수 잇지요만 홍윤성(洪允成)이를보고 그가뒤에 귀히될것을미리알엇이아니라 그아들이 후윤성이 손에죄를당하게될것까지 미리알고서 아들을살려달라고 당부하얏다 고하니 그가막할일이 아니요 지금도이홍제관이와가튼명쟁이가잇슬가요?』

『명쟁이는 웨못소?무어던처보고십흔일이잇소?』

『아니 요사이명쟁이니사주쟁이니자칭하고다니는것들은모두가거짓말쟁이가흔되다그래서지금세상에도홍세관이가튼사람이잇나하고말슴을뭇엇소』

『홍제판이는고사하고관로(管輅) 곽박(郭璞)리순풍 (李淳風) 가튼사람도업스란법은업지요』

『명도명이지만 사주는질보는사람이잇슬가요』

『잇겟지요』

『사주를잘보아 신다지요? 이사주가잘본것인가못본것인가좀보아주시오』

하고덕순이가 장님의 사주두장을내노흐니 갓바치가그것을바더서한번식훑어보고절어서무릅압헤노흐며

『내외가백년해로하면 아들납슬리 업지요 되지도못한 사주쟁이의사주가중작이잇겟소얼마야나잇스면 용한사주쟁이 하나가서울올러이니그사주쟁이에게사주를 한번보시요』

하고빙그레웃고서

『나도사주볼줄을 짐작하지만어떼까지 사주한장을 본적이업소더데사주란것이 꼭꼭 다맛는다면보는사람어불자미가업슬것이요』『얼마나?혹시 들맛고사는사람들이 명정이업서 질것이아니겟소』

하고허허우섯다덕순이가

『그용한사주쟁이가언제 서울올가요? 오거든쪽 알으켜주시요』

하고부탁하니 갓바치가다시비그레우스며

『내가알으키어들이지 아니차야도자연보시게되리다』

하고사당스럽게녀기는눈으로덕순의얼굴을바라보앗다

一、교유

갓바치가 김덕순이와가티 이야기하는중에 행길로난 방문바게서

『주인잇소?』

하고 곳방문을열고 들어서는사람이잇섯다 덕순이가 들어서는사람의얼굴을 한번치어다 보더니 얼른몸을닐어 그사람압흐로나아와서 공손히 절을하고

『어른신네께서 엇지행차를하섯숩낫가?』

하고 물은즉 그사람이

『자네는 엇재왓나?』

하고 수염을씨다듬으며 허허우섯다 덕순을따라 닐어섯든갓바치가

『커리안즈십시요』

하고 아랫목자리를 가르치며말하야 그사람이안진뒤에 갓바차가 그사람을향하야 엉거주춤

하게안저서 두팔로 방바닥을집고 고개를숙이고서

『제가 이집에사는 갓바치올시다』

하고 다시고개를드니 그사람이 한동안아무말이업시 갓바치의얼굴만 바라보다가 다시한번 허허웃고나서

『나는 최원뎡(崔猿亭)이란사람이요 원뎡이래서는 모를까? 최수성(崔壽峸)이라면혹들엇겟지』

하고

『압니다 함자를어뫼신지오랩니다』

말하는 갓바치를 여전히바라보며 고개를끄덕이엇다 최원뎡이 서잇는김덕순이를 흘깃치어다보더니

『자네도 거긔안게』

하고 말하는데 덕순이가

『시생(侍生)은 온지가오래라 먼저물너가겟습니다』

하고 말하다가

『거긔안게 좀잇다 나하고가티가세』

하는 최원뎡의말을 거역하지못하야 한엽헤물어안젓다 최원뎡이 또다시갓바치를 바라보며

『효직(孝直)이가 가끔온다지?』하고 덕순이를가르치며

『저사람의 어른신비 로천(老泉)에게서 말을들엇서』

하고말하야 갓바치의 대답을기다리지안는다 는뜻을보이고곳말을니어서

『효직이를 엇더한사람으로보앗소?』

하고 뭇으니 갓바치는

『뭇으시는뜻을 잘알지못하겟습니다』

하고선듯대답하지아니하얏다 최원뎡이 이윽히 잠잠코안젓더니

『내가초면(初面)이라도 핫고서말을못는터이야』

하고

『내가 효직이의사람됨을몰라뭇는것이아니라 그사람이 학문의힘이좀부족하지아니한가의심하는까닭에뭇는말이요』

하고 갓바치의 대답을기다리다가갓바치가

『무엇으로학문의힘을 말하오리까?』

하고 도리켜물으닉

『글세 나도의심뿐이야 그러나 지금례판(禮判)으로 잇는 남곤(南袞)이라든지 작년에형판(刑判)을 지낸심정(沈貞)이라든지 이와가튼자들과 동조(同朝)하야벼슬다니는것을 보든지일을조하하는점은간관(諫官)들의납뛰는것을 눌르지못할뿐이 아니라 도리여한핵(彈劾)을 당할번한것을 보든지 효직이의학문의힘이 부족해서 그러치아니한가하는 의심이생기오그려』

하고말을끗치자갓바치가적이얼골을 붉히며

『묘대헌뎡감은 산으로치면태산이고별로치면북두(北斗)올시다 때를못맛나신량반이라일의성패(成敗)는 물으겟습니다만 그물은는가리천추(千秋)에빗날줄로생각합니다 말하지만 묘대헌영감의학문의힘은조금도부족하시지아니하지만임금사랑은넘우과합니다 그러나이것을험절(欠節)이라고는말할수업겟습지요』

하고최원뎡의의심이부당한것을말하니최원뎡이

『묘대헌에게반햇군실상은 나도반한사람이야』

하고한바탕크게우섯다

『효직이가아무래도 화패(禍敗)는면치못하지』

하고최원뎡이묘대헌의장래를걱정하다가 가만히안젓는 덕순이를바라보며

『너는너의아버지덕에 썩은배를타고나서게되엇다너힘이장사라든구나? 위태할때 배에서뛰어내리겟니? 어 위태한 일이야!』

하고얼개를웅웅거리는데갓바치가

『남들이 큰 소매옷을 넙고다니는 데 딸이 간신 이들어가는옷을넙는것도썩은배를타는것입니다』

하고말하니 최원뎡이 좋은소매옷을들어보이며

『이것이 위태하단말이지? 그래도 내소매가 이세상보담은 넓기도하고 평안도하지』

하고 널어서서 가려가자고뭇든덕순이를비라보고

『나는먼저가네』

하고 밤문밧그로나가는데 그의허허웃는소리가멀리가도록방안에들리엇다

二、술먹

소격서(昭格署) 골에잇는소격서는삼청성신(三淸星辰)을제사하는곳이니 국초시적부터 말업시나려 오든것인데 지난해에와서혁파(革罷)하게되엇섯다 처음에서사헌부(司憲府)와사간원(司諫院)과홍문관(弘文館)과예문관(藝文館)에서소격서가튼좌도(左道)의일은업시하는것이올타고임금에게 혁파하기를 칭하얏스나 임금이좃지 아니하야여러달을두고 다투다가 나중에묘대학이임금께면대(面對)하야말슴으로알외고 이튼날또 여러동료(同僚)들과가티합문(閤門)밧게업드려서 청하는데 해가지고밤이들고 닭울때가되기 까지물러가지아니하야 임금이 하일업시대신(大臣)들에게수의(收議)하야 혁파한다고 허락하게되엇다말하자면 임금이 좃고십지아니한것을 부대끼다못하야 좃게된모양이다 묘대학이하 여러문신이 임금의허락을맛고 물러나간뒤에 임금이내면에 들어가니 년세가 열여덟밧게아니된 왕비윤씨가 그때까지 침소에드지안코 속불아래단정히 안저잇다가 널어나 마저드리엇다

『복합한문신들이 인제물러나 갓습니까? 소격서일을 엇지하셧습니까?』

하고 중뎐(中殿)이 여주어보니 상감은

『귀찬하 견댈수가잇서야지 대신에게 수의한다고말해서 내보냇소 그러치만 대신들도혁파하자는축이야』

말씀하고 상을찡그리엇다 중뎐이 무릅을옴기사리고 안저서

『대데가물을일입니다 소격서가좌도(左道)라고말한답니다 만렬성조(列聖朝)에서어련이알오시고그대로두섯겟습니까 떠구나 장헌대왕세종(莊憲大王世宗)가흠신동방요순(東方堯舜)이시절에도혁파합서지아니하고강정대왕(康靖大王 成宗)가티유학(儒學)을숭상합시든때에도 좌도란말이 업든것을 지금와서 좌도라고혁파하잔다니 묘광조 김식등일배(一隊)가 유학(儒學)으로 전무후무한사람들이 겟습니까? 대데가 물을일입니다 그러고 신자된도리에 닭울때까지임금을칩수못하시게하는것이올흔일이겟습니까? 성현(聖賢)을 본밧는사람으로는그럴법이업슬것갓습니다』

하고길게 말합하얏는데 상감은중뎐말슴이낫낫치올흔줄로생각하얏다 그러나 대신에게 수의한결과로구경혁파하지아니치못하게되엿섯다 소격서가 혁파된뒤에관원은 업서지고 나라에서지내든제사는업서젓스나궐내에서나오는치성과 여염에서 들어오는치성은끈치지아니하야태일뎐(太一殿)과 삼청뎐(三淸殿)에 삼색실과와누구메가떠나는날이드물엇다 태일뎐(太一殿)은 칠셩을위하야 노흔곳이요 삼청뎐은옥황상데(玉皇上帝)와태상로군(太上老君)과보화텬존(普化天尊)을위하야노흔곳이요이밧게잇는여러제단(祭壇)은사해룡왕(四海龍王)과명부십왕(冥府十王)과제텬신장(諸天神將)과수부제신(水府諸神)을위하야노흔곳이니 여러목상(木像)외에수백개나되는 위패(位牌)가 잇서서소격서에잇는 중도아니고 속한도아닌것들의밥그릇이되엇섯다이때소격서안에 시골서온 술

쌔이하나가잇섯는데 뎜잘치고 사주잘보기로 유명하얏다 뎜치고사주보려오는 사람이 나날이 만하져서 얼마뒤에는 사람이줄을대서 소져서안으로 드나들게 되니 소져서의 번잡한것이혁파전에 져사날보담더하얏다 그술쌔은 강원도(江原道) 사람으로 성명이 김륜(金倫)이라고 하는데 나히삼십가량되엇섯다 소져서에 치성나왓든 내인(內人)이 소문을 궐내에떠치어서곤뎐(坤殿)에서 이것을알고일부러내인하나를 내보내어 사주를보이엇는데 곤뎐의 사주를내인의사주라고 속이게하얏다 김륜이가신유십이월이일묘시』라는년월일시를보고 한동안 생각하더니 무릅을치고안져서 사주풀이를 적엇는데 그첫귀에는덕배지존(德配至尊)예만셩지모 (萬姓之母)라고하얏고그아래귀중안귀에는 종사지경(螽斯之慶)은일왕사주(一王四主)라고 하얏스니 첫귀는신분이왕비인것을 말한것이요그아래에잇는귀는자녀가왕한분과공주네분이라는것을말한것이다 곤뎐이사주를보아드린뒤에 궁인들은너나할것업시김륜의사주한장을 어더라고 애들쓰는까닭에김륜의 사주가 여러백장이 궐내로들어오게 되엇다 그중에 희빈홍씨(熙嬪洪氏)의사주에는 부녀합심에(父女合心)화급됴뎡(禍及朝廷)이란귀가잇스니부녀가합심하면 화가됴뎡에 밋친다는뜻이요경빈박씨(敬嬪朴氏)의 사주에는서혜서혜(鼠兮鼠兮)며 자모수해(子母受害)라는귀가잇스니취여쥐여 모자가 해를바드리라는뜻이라 희빈과경빈은 사주를감추고남을보이지아니하고

『사주가 지나간일이나맛지압일이야맛나』

하고 김륜의사주를 밋지아니하얏다

二、술객

어떠조신(朝臣)중에승문원판사(承文院判事)벼슬지낸신경광(申景光)이란사람이잇섯는데 이사람은 이왕사람이나 당시사람이나 유명한사람의 생년월일을지성스럽게 적어 모흐는괴벽이잇서서 묵은책력안장에 잔글시로 적은것이 두서너권이되엇섯다 서울안에 유명한사주쟁이가나타나면 신판사는 친히가서 보거나 또는 집에다려다 보거나하야 사주쟁이로서울에 서유명한자치고는 거의만나보지 아니한자가 업건마는 자긔나자긔자집의 사주를보인일은 이때까지 한번도 업섯다 그것은사주를넘우파히 밋는대신에 사주쟁이를 좀처럼 밋지아니하는까닭 이엇다 사주쟁이를 처음으로만나면 신판사는 책력안장에 적힌생년월일한둘을 뽑아서주고 사주를 보이오서 사주풀이가 그생년월일임자의일생과 조그만 틀리면 무명필을주고 오거나 장국그릇을 먹여보낼뿐이고 자긔나자긔자집의사주는 보일생각도 아니하얏다 신판사가 김륜의일홈을 듯고 어느날 져녁때소져서안을 차져와서인사를마치고사주이야기를하다가 사주 하나를보아달라고 말하고 뎡필재(鄭弼齋)김종직의 년월일시를 적어주엇더니김륜이가 바다 가지고 이윽히 들여다보다가우스면서

『살업스신일입니다 밤서두번죽엄당한이의 사주를 왜보라고하십니까?』

말하야신판사는놀나기는하얏스나 이자가 뎡필재선생의사주를권에본적이잇는것이아닌가속으로의심하며

『용하오내가 그머의재주를보라고녯날량반의사주를적어주엇소알어내는것이 용하오』

하고칭찬한뒤에월권에나혼자긔집개색기의 일시(日時)를 적어주며

『어린것의사주하나를 보아주시오』

하고말한즉김륜이가

『재주껏보오리다』

말하고바다보더니

『이것이 대어린아기의사주오니까?』

하고들어서 신판사는 그러타고하기도어렵고 그러치 안타고하기도 어려워서 우물주물대답하얏다김륜이가

『이사주가괴상합니다 사주로만보면 세살되는해에 박살을당하고사지를쐿길모양이니대아기로야이런일이잇슬까닭이잇습니까?아모래도륙축(六畜)의색기를가지고 저를속이시는것 갓습니다』

말하야신판사는참으로놀나고 김륜의재조에반하게되엇다그뒤로는 신판사가 틈틈이김륜을차저올뿐이아니라 김륜을 각금집으로청하야큰손님과가티륭숭히 대접하얏다 어느날 신판사가김륜을집에다려다안치고자긔의사주와 자집의 사주를보인뒤에당신유명한 됴신들의사주를 보이엇는데 김륜의말로보면 그때유명한사람치고 말로(末路)가 조혼사람이 드믈엇다 좌의정 신용개(左議政申用漑) 는수한(壽限)이 박두하얏다하고 우의정안당(右議政安瑭)은뒤에참화를 면치못하리라하고 령의정 뎡광필(領議政鄭光弼)만은일시 액이업지아니하나 후분이 조타고하얏다 정승들이 이러할뿐아니라 유명한중에도 유명한대사헌됴광조(大司憲趙光祖)이외에 형조판서김정(刑曹判書金淨)과 대사성김식(大司成金湜)과부제학김구(副提學金絿)와우승지윤자임(右承旨尹自任)과좌부승지 박세희(左副承旨朴世熹)와동부승지박훈(同副承旨朴薰)과예문관봉교긔준(藝文館奉敎奇遵)등 일대명류(名流)가 모다 비명에 죽지아니하면 귀양을 면치못하리라고하고 됴신들의 사주를가지고뒤우어보면 불구에 됴뎡에큰변이생기리라고까지단언하얏다 신판사는 김륜의말을밋고 외심치아니하얏다 잔치 음식접리잘차린뎜심으로 김륜을 대가한뒤에 신판사가 자긔의적어노흔책력안장을 김륜이와가티 훌터보며 조흔사주를 평론하는중에김륜이가 언사들보고 놀나며

『이것이누사주오닛가?』

하고물으니 신판사가

『머리에쓴것을보면 누구것인지알지』

하고드려다보고서

『뎡허암(鄭虛菴)의사주로군』

하고말하얏다김륜이가

『뎡허암이누구오니까?』

하고재차물으니

『뎡희량(鄭希良)이야』

하고대답하얏다 김륜이가 고개를기우리고

『이것이우리선생님의 사주올시다 우리선생님리천년(李千年)이라는이의사주올시다』

하고 한참잇다가다시

『우리선생님의 원성명은저도이제것 몰랏섯습니다』

하고말한까닭에 신관사는 뎡한림이 조강(祖江)에서 빠져죽자아니한것이 적실한 사실인것을알게되엇다

二、술객

처음에 뎡허암이 물에빠져죽엇다는소문이 세상에 던파(傳

搖)되엿슬때 그생사들의심하는사람은 한둘이아니엇섯다 그러나 오순정(吳順亭) 오주부만은당대이인(異人)인뎡허암이그러케죽을리만무하다고 당초에의심할생각까지 먹지아니하얏섯다 그뒤삼년만에 반정(反正)이되어 세상이변하매 오주부는뎡허암이다시 나오리라고 생각하고 은근히기다리엇스나 종내아무소식이업슴으로

『허암이살어잇고 나오지아니할까닭이업는데 아니나오는것을보면 혹시죽은것이아닌가』

하고 오주부도 혹시들의심하게되엿스나 그래도 오주부는십의팔구나그럴리가업스리라고생각하얏다 오주부가 그런케생각하기는 전에들은 뎡허암의말을밋는까닭이엇다 뎡허암이 한림(翰林)을 단닐때 하루오주부가차저간즉 가기전에 궁한선비한사람이 몬저와서잇섯고 간뒤에옥당문관(玉堂文官)몃사람이쎄를지어왓섯는데 옥당들이 널어서나간뒤에 뎡한림이 그궁한선비를 향하야

『여보게 리지(理之)지금왓다간사람들이 보기에무러운가?』

하고 물어서 그선비가

『무럽다 뿐이겟나 지금나의궁한품이 록미(祿米)말을 먹는사람이면 모다치어다보이는데 옥당귀인이야 더말할것이 무엇잇겟나』

하고 대답한즉 뎡한림이 림그래두스면서

『무러울것이업서 자네는궁사십(窮四十)달사십(達四十)에수한(壽限)이 그안에잇는사람이니』

하고 말하는것을 오주부가엽헤서듯고잇다가 그선비를 보고

『궁사십달사십이면 궁팔십달팔십이라는태공망(太公望)의말반이구려당세(當世) 소강절(邵康節)의말슴이틀릴리업겟지요』

우슴의말로말하고그뒤에우연히뎡한림에게

『로형자신은엇더켓소?』

하고물엇더니뎡한림이

『나말이요 욕스런운수(運)만은남만못지아니할러이지요』

하고말한일이잇섯다궁사십달사십이라든 그선비는됴광조의 숙부되는됴원긔(趙元紀)인데그뒤에 과연 사십에 등과하야 가진청환(淸宦)을다지내고발서직품이아경(亞卿)에널으렀다수만은남만못지안흘러이라든뎡허암이발서 죽어업슬것이다 그리하야오주부는뎡허암이십의팔구는죽지아니하얏스리라고생각한것이엇다

어느날 오주부가 신판사를심방하얏더니 신판사가

『여보오주부 뎡허암이살어서묘향산에 잇섯다오 리천년이라고변성명하고잇섯다오』

하고말하야 오주부가 반색하며소식의출처를 무른즉신판사가사주쟁이 김윤에게 들은것과김윤이가허암의 데자로 사주잘본다는것을말하얏다 오주부가 원래혹시들의심할뿐이엇지마는죽엇다는소문이난뒤십오륙년만에살어잇다는 소식을 처음으로들으니김윤의말을친히들어보고도십고또김윤의말하리천년이가진뎡한 허암인가 더알어보고도십허서김윤을 한번맛나게하야 달라고신판사에게말하얏더니

『어려울것이업소 지금이라도곳맛나보게해주리다』

하고신판사가 하인을 보내어김윤을오라고 청하얏다 김윤이가온뒤에 오주부가 그선생의신장(身長)과용모(容貌)를물어보고거동(擧動)과음성(音聲)가지물어보니 대개는 허암에틀림이업섯다 오주부가 김윤에게

『선생이 지금어듸잇소?묘향산에그저잇소?』

하고물으니김윤이가

『저나올때까지는향산에 게셧스나곳떠나신다고하셧는데그동안륙칠년이지낫스니까지금은어듸가서 계신지몰읍니다』

대답하고 그뒤에는 선생의술수이야기를 시작하야 주문으로며호죽이든 본이야기를 힐쉰이아니라대의운명을 뎜(占)친 들은이야기까지 하얏다 대이야기는김윤의말이 이러하얏다

『선생님이전에 전라도 (全羅道) 땅에가신일이잇섯는데어느날친구의집 사랑에 안저잇섯자니까 사랑압헤잇는 대수풀에긴대세가지가 흔들흔들 하더랍니다 달은대는 가만히잇는데 세가지만이 흔들거리는것을주인이 괴상히 생각하야선생님께 무슨까닭이 겟느냐고뭇더랍니다 선생님이 오늘오시에 그대를찍어 가는사람이잇스리라고 말슴하섯 는데과연오시때쯤 되어서 그고을원님이 쓸데가잇스니 대서너가지만 달라고 하인을 보냇더라지요 그래서주인이 대숩에가서맘대로 찍어가라고 하고내다본즉 그하인의 골라서는것이 꼭그흔들거리든 대세가지더랍니다』

이야기를듯든 오주부가 김윤을보고말 햇나

『그것은허암이 전라도에갓슬때일이요 나도듯은 이야기요그대의선생이 허암인것은 의심할여디가업소』

二、술객

뎡허암이살어서 술객김윤의선생노릇을 하얏다 는말이 한사람두사람의 입을건너서 홍인문밧 리판서귀에들어왓다 리판서는 그때명조판서로 판의금부사(判義禁府事)를겸하야 공사가다단한까닭에 몃칠을두고별러서 간신이틈을 만들어가지고김윤을불러다노코 그선생의일을이말저말 물어보앗다 리판서가말을물어 보는중에 장순손(張順孫)장판서가오고 또뒤미처남곤(南袞)남판서가왓다 다섯인남판서가 웃간에잇는 젊은손을보고 누구냐고물어서 유명한사주생이 김윤인것을알고

『잘만낫네 내사주하나보아주게』

하고말하니 장판서도 운에딸려서

『이왕이니 내사주도보아주소』

하고말하얏다 김윤이가 두사람의 생년월일시를적어들고 잠간생각하고서

『두분대감이다 일품대신이십니다』

하고말하니 남판서가

『듯기조하라고 하는말이아닌가?』

하고 조하서우스며

『그래 와석종신(臥席終身)들이나 하겟나?』

하고뭇고서 김윤이가 다시잠간사주를 드려다보고

『와석종신하시다 뿐이겟습니까』

하고 말하는것을듯더니

『일품대신으로 와석종신하면고만이지 더볼것이업네』

하고 장판서를돌아보고 장판서는 김윤을바라보며

『주인대감의사주는 엇더하든고?』

하고뭇는데 김윤이가 대답하기전에 리판서가

『나는아즉 보지아니하얏소』

하고말하니 장판서와 남판서가함께 어서보라고권하야 리판서가 자긔의생월생시를 불러준즉 김윤이가

『주인대감의사주는 신판사대에서 본일이잇습니다 시(時)가좋조치못합니다대신은못되십니다』

하고 다시말을니어

『평생을노코 통히말슴하면초분은 산란(散亂)하고 중분은형통(亨通)하고 후분은안온(安穩)합니다』

하고말하니 남관서가 자긔는
발서 며신이된듯이
『며신귀찬치 안온한것이며일
이자』
하고우섯다 이날남관서와 장
관서의 사주본이야기를 닯은날
최원녕이 어듸서듯고 김며사씌
에게와서 옴기는데
『홍문관대뎨학(弘文館大提
學)며문관대뎨학(藝文館大提
學) 지성균관사(知成均館事)
례조판서(禮曹判書)원자보양
관(元子輔養官) 남관이와 도
야지며가리 장순손이가 희강
(稀罕)이에게서 유명한사주
쟁이에게 사주를보니까 둘이
다장래에 정승을 하겟다 더라
네』
남관의말만은 축문(祝文)닑듯이 직
함(職銜)을 주어섬기고 빨하더
니다시아희의 입내를 듯이
끝야가』하고말을시작하 야
『만일정승을 한다면쇠은배는
하틀업서 파선이될모양이야』
하고뒤것소리가다도록입맛을
다시다가
『기생서방 장도야지로말하면
고양어금대로 속에파리 장승
꺼지한다니 요절할일이지』
하고한바탕 너털우슴을 우섯
다 그때김덕순이가 그부친을뫼
시고잇다가 최원녕의 말을듯고
그형님의사랑으로나려와서원녕
의시용을하가며 웃다가 웃다가
『암만을의 어뚱로아는 사주쟁
이가어되잇단말이냐』
하는그형님의말에 유명한 사
주쟁이가오리리던 깃밧치의 말
이용재생각이나서

『그사주쟁이가 갓바치말하든
사람인가』
하고속으로 생각하얏다 그날
밤에덕순이가그안해리씨를보고
「요새서울안에 용한사주쟁이
하나가낫답되다」
하고말하얏더니리씨는장님의
무자사주 쌔닭으로 항상속에써
림하야하는터이라며번에
『그사주쟁가어듸잇대요?』
하고물엇다
『어듸잇는것은나도몰라』
『이대에는 오는사람도별로업
고가는사람도 별로업고 하니
까꾹두문동에 사는 셈이야요
그러니까 세상소식을 알수가
잇서야지요 런중이를 래일
우리집에보내서좀알어보아달
라야겟서요』
『며데이댁은 뉘댁이고우리집
은뉘집이야?』
『어댁은 이댁이고우리집은우
리집이지요 무얼울것아무어잇서
요』
『시집오기전의말이지 시집온
뒤에는우리집이따로업서친당
을우리집이라면 내가 듯기섭
섭해 그『우리』한말속에나는빠
지니내가섭섭지안하?가만이
생각해보지』
『잘못햇사오니 용서합소서이
후에는『우리』란말을명심하야
쓰겟삽내다』
『조런』
『낫삽어말삼마시요 남이들을
가집낫되다』
『그래그래 그사주쟁이잇는데
나얼른말어가지고아들이나엇
든나홉가불어보자구』
덕순이내외간에수작이이러케
실업슨것은흔히잇는일이엇다

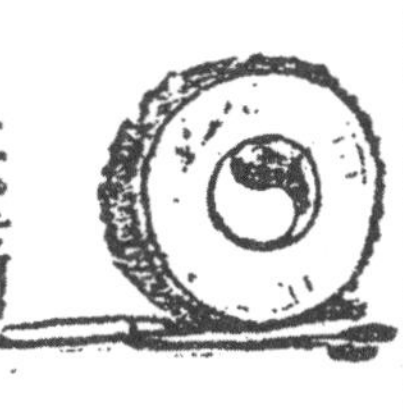

二、술객

『봄날이따뜻하니 복숭아쏫이
아릿답도다 돗은볼이 고요한
나 증경이서로불르도다 도장
안에는침실을 그리어주니 보는
이우승저워하도다 모진바람
닐어나며 밝는날이 바다에잠
기도다 촉불이희미한데 붉은
괴人발 두삼될고 서리찬긴긴
밤에 외기러이울고가도다』
이것이 덕순내외의 팔자라한
다 리씨의 친당에서 리씨의칭으
로 유명한사주쟁이 김륜에게서
바더온것이다 리씨가 이적은것
을드려다보며 생각하얏다 첫개
귀는 그저그러하나 아랫새귀가
조치못하니선길후흉(先吉後凶)
하단말가? 모진바람 잠가는말
도 시원치못하거니와 서리찬밤
외기러이가 대단히맘에 쯧치못
하얏다 촉불은괴人발은부순
소리인지 알지못하나 역사조흔
말은아닌것으로 생각하얏다는
의심을풀려다가 근심을사게되
엇다 낫에는그럭저럭 낫고지내
고 밤에자긔방에 돌어안젓슬때
리씨는 곰곰생각하얏다 외기러
이 울고간다는말이 자긔가죽는
것이아니면 남편이 엇더켓나는
말이아닐가? 자긔가혼자 이세
상에 남어잇게되는것은 맘일것
도업고 남편을두고 자긔가죽는

것도맘에어둡엇다생각이이에미
치며리씨는유용남는눈물이옷깃
을적시엇다리씨의유모가자리를
깔어노흐랴고요나를솔드달으다
가울것리씨를치어다보고놀라며
『여보아씨왜우시요?』
하고리씨의안호로갓가히오니
리씨가
『아니야』
하고얼른눈물을씻엇다얼마잇
다가리씨가
『어멈』
하고유모를불럿더서
『어멈이 마음이부덤사람인게
야아범업시엇더케혼자살어잇소』
하고어두운밤에혼두쎄가동팔
을내니그유모는 무어라고 대답
하여야조흘지몰라하다가
『그런데렴장이를다려 왓지
요』
하고 리씨의얼골을드려다 보
앗다리씨는 실심한모양을 하고
안저서
『양자는말고 친아들이잇기로
정든남편을니질수가잇겟소?나
는그러면 혼자못살것가터』
하고또눈에 눈물이 어리니 그
유모가
『자위스럽게 왜그런말삼을하
오혀수만흔말에』
하고다시무슨말을하랴하는데
리씨가
『아니야 그러한말이야』
하고외지우승을우섯다 그유모
가
『아범말는말삼도마시요 그술
부며가참죽엇지 만일 살아잇스
면 어멈은 지금 만큼 편하지
개지내지못하지요』
하고말을는치엇다가

『그러치만이요 아씨어외란건
말러요각금불상한생각이나겟
요』
하고싫음업시우섯다 방문밧게
서신발소리가나는것을듯고
「아이구서방님이 들어오시는
군」
하고유모가닐어서나가자덕순
이가들어왓다 덕순이가리씨의
얼굴을보더니
「무슨걱정어생겻소?」
하고물으니리씨는편난스럽게
「아니요」
하고대답하얏다
「거짓말마오 얼골에수심이어
엇는데」
하는덕순의말에리씨는암나마
말손으로씨다듬으며얼골빗을고
치라고애를썻다덕순이가한동안
말이업시안젓다가
「사나이대장부가 설마안해의
걱정을못풀어줄가걱정이잇거
든속이지말고말을해」
하고소매를거드치고힘을이올
근볼근한팔뚝을내보이니리씨가
『팔뚝으로 걱정을풀어주실러
이에요?』
하고방긋우섯다
『팔뚝으로풀만한 걱정이면팔
뚝으로풀어주지』
『아닌게아니라 사주팔자가눈
이잇서서그팔뚝을보면 부서
워서빠가라도회것이에요』
『오—사주를 보아온게로군그
사주에도아들이업다고그랫서
?어듸 나좀봅시다』
하고 덕순이는 소매를나리고
손을리씨에게로 내미니 리씨는
상을찡기는듯 마는듯하고 아무
말이업시 여섯귀적은것을 덕순

의손우에노햇다 덕순이가 펴서
들고 입으로『봄날이』하더니눈
옹발서『의기럽이』에까지갓는지
집어내던지며
『그게다무슨소리야부작갓군』
하고
『그래서 걱정을하고안졋섯소
?그런걱정하다가 지레 죽으
리다 살다살다 사는날까지살
고마는것이지 쓸데업시 걱정
마오』
하고 리씨의얼굴을 바라보니
리씨는눈물이글성글성한눈을덕
순에게보이지 아니하랴고 고개
를엽흐로돌리고
『한날한시에 나지는못햇지만
한날한시에……』
하고 말끗을 흐리는데덕순이
가뒤를대서
『죽엇스면 소원이업겟다말이
요』
하고 말끝을단치고 잠잠히안젓
다가실음업시말하얏다
『내가몬저죽으면 게서다시시
집안갈것은 뎡한일이라 말것
이업고 게서몬저죽더라도 내
가다시 장가들지 아니할터이
야 그러면 한날한시에죽으나
달음이업지』

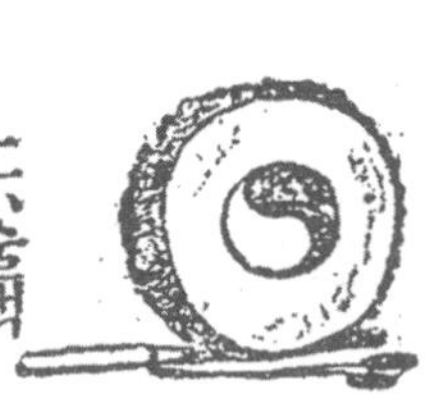

二、술객

닷칠뒤의일이다 덕순이가 갓바
치에게 불려왓더니 갓바치가어
되가고업섯다 한동안 문밧게서
서성거리다가 청관안압길로 나
려오자니 갓바치가 박석고개를
넘어오는데 그뒤에낫 몰으는젊
은사람이쫏아섯다 덕순이는 길
에서서 기다리다가 갓바치가갓
가히와서 발을멈추은뒤에
『어듸를갓나오』
하고물으니 갓바치가 어듸를갓
다온나고는 대답하지 아니하고
『내게를가섯다가 나려오시는
길인가요?』
하고뭇더니 덕순이가 고개를끄
덕이는것을보고서
『내게로놀우 가십시다유명한
사람하나를 보시게하야 드릴
터이니』
하고뒤에 쫏아오든 젊은사람을
돌아보앗다 갓바치가 두사람과
가티집으로 돌아와서 밤에들어
안진뒤에 몬저덕순을보고
『저사람은강원도 사는김서방
이데 나하고 형제가티 친한사
람이요』
하고다음에 그사람을향하야
『이량반은지금 대사성령감의
둘재자데일세』
하고말하야 덕순이는 그사람과
말을사귀게되엇다
『서울온지얼마나되시오?』
『두어달되엇서요』
『무엇을하시요』
수작이사원하게 나가지 아니하
는데갓바치가 우스면서 덕순을
향하야
『저사람이유명한 사주쟁이에
요사주하나 보아달라시자요』
하고말하니 그사람이 갓바치를
보고
『남에게밝지말고 형님이보아
드리구려』
하고우섯다덕순이가말끗을밧아
『나는사주를새로 보는이보담
이왕본 사주하나를 물어볼것
이잇소』
하고자긔 안해가보아온 사주풀
이를외이니그사람이
『그것이내가푼것갓습니다』
하고말하고덕순이가
『속풀에쓰은긔人발이 무슨소
라요?』
하고물으나 그사람이 무어라고
대답하랴고 하는데 갓바치가
『부작갓군』
하고 허허우서서 그사람의 말
문이 막히엿다덕순이가 다시뭇
기전에 갓바치가 그사람과이야
기를하기 시작하얏다
『삼원명경(三元明鏡) 윤선생
님이주섯다고 햇지지금 어듸
다두엇나?』
『얼마는시골집에두고 얼마는
가지고 왓는데신관사가 보고
지칭으로 빌리라고 해서할수
업시빌렷서요』
『선생님이주시자 아니하는것
을훔쳐가지고 오지나 아니하
얏나?』
『형님도! 배여권 책을훔치란
들누슨수로 훔치오? 공연히
남을도적놈 만들랴고 그런말
을하는구려』
『나는한권도 아니주시고자네
만주신것이샘이나서그러허허
허』
『여보형님 선생님도잠말런새
하신냥반인것이주문외이는재
주는조금도 안가르쳐 주십듸
다형님이나오신뒤오륙년이나
더뫼시고 지냇는데 그동안에
라번가르쳐 줍시사고 햇건만
그건배워무엇하느냐고영영안
가르쳐주십되다 그것못배운것
은참말분해요』
『그런재주는 배워두는것이한
편으로생각하면조흘것이업서
자네가못배왓스니까분하나무
어나하지 만일배왓더면 큰걱
정거리가되엇슬것일새 조금만
미운사람이잇서도곳주문을외
여서며호죽이듯 하고 싶흘가
이나 그것될일인가생각해보게
재주가지고안쓰기가여간어려
운일이아니야 덩치고 사주를
풀아는것도 지금나에게는 걱
정거리일세』
『그러치만 사람의말이 어떠그
럿소』

『지내가입신(壬申)년에 집으로가섯다 고햇자?』

『그랫세요 그때서울을지낫섯는데 형님이 서울재신(在)만 알엇더면차저뵈입고갓섯지만나는형님이함흥가서재신줄로만 알엇섯구려 그래집에 가잇는동안몃번 함흥으로차저 가려고까지햇섯사요』

『말만먹은것도정분일세』

『선생님이 긔해년가을에강서구룡산(江西九龍山)으로오라고하섯는데 그때형님 가티가실라오?』

『나도갈라고맘을먹고잇네』

『형님나올때도 선생님이말슴하십되까?』

『아니 그자랍엇자』

『그저왈다니? 선생님날승도못낫고엇더케 아첫단말이요』

『지금 자네말만들어도알지못해?』

『말을먹고잇섯다니말이지요』

『덥을안다면 그것쯤이야몰은단말인가?』

『덥으로요? 그것이덥으로알게될가요?』

『앗다 그것은 이다음이야기한세우리만짓거려서미안해』

하고갓바치가덕순을돌아보앗다 덕순이는 엽해서그수작 하는말을늣고 갓바치가 유명한술객김륜이와 동문수학한것을 알게되엇다

三、사회

해가다저녁때가된뒤에덕순이가집으로돌아온즉그어머니가

『너어듸갓섯니? 앗가너의처가에서사람이와서너의장인이갑작이병환이나섯다고긔별하는데온사람이흥을갑스러워서곳시각머변중이라는것가티말하야 네댁이그말을듯고초절해하기에너의아버지께말슴을엿줍고네댁을보냇다 그런데갓다온하인의말을들은즉병환이대단치도 안흔가부더라 어제나케도야지고기라나무슨고기라나자신것이눌려서어케밤부터좀편치못하시다가오늘나케일시고통이 심하서서 집안에서황황하지냇나는데네댁이갓슬때는그저그만하시다고하드란다』

하고며느리근친보낸것을말하니덕순이는자긔가집에업는동안안해의간것이불만하야

『데중낫다고다려가고 곰뿔을렷다고 다려가고 말을다려가다가몰일 못보게내요 데중쯤으로편치못한데 긔별은 무슨긔별이에요』

하고상을 찌푸리엇다 이튼날덕순이는 하루동안그린 안해를보기겸장인 문병하라고 처가에를가게되엇다 덕순의장인은 승선부정(崇善副正)이니종친(宗親)중에현명한 사람이라 가튼종친에도청심으로 나라일을 걱정하는파성군(巴城君)과자별한친분이잇섯다 덕순이간때에 마츰파성군이 문병왓다는 까닭에덕순이는바로안으로 들어갓섯다 덕순의안해 리씨는속으로 십년그리든남편을 맛난것가티 반가윗스나것트로 시침을떼고서 말이업시잠간 웃는것으로 알은체하고덕순이도역시 ᄯ덕이는듯 마는듯고개를 ᄭ덕일뿐이엇다 덕순이가한동안안방에안젓섯는데섯다 안젓다하야도별로안맛을떠나지아니하는 리씨가 그어머니의심부름으로 다락에 올라가는길에 덕순의엽흘 지나가며나즉이

『저녁때가겟세요 할이야기가만하요』

하고 한번덕순을 돌아보니덕순이는 딴짓이

『무슨이야기? 병환구원한이야기?』

하고 소리업시 우섯다

파성군이 갓다고 한뒤에덕순이가장인사랑으로 나가니 누비천의물덥고누어잇는 그 장인이반갑게

『너 왓느냐』

하고 덕순이가 갓가히압흐로나가서

『좀어더심니가?』

하고 병환물음은즉 그장인이

『오늘은그만하다』

하고 덕순이더러 널으켜달라고하야 천의로 압흘눌르고뒤에의지하야안진뒤에

『거긔안저라 내가이야기할것이잇다』

하고 덕순이가 ᄭ구리고안는것을보고 조용히이야기 하기시작하얏다

『너의아버시친구 몃분들이청심으로 나라일을 바로잡으랴는것은 누가 몰으겟느냐만소인들의원망이나날이심해서여러가시간계(奸計)가잇는모양이니뒤가걱정이다 지금 화천군심뎡(花川君沈貞)이와남양군 홍경주(南陽君洪景舟)가례조판서남곤(禮曹判書南袞)집에서거의하루걸이로모히다십히 한단다남곤이가 간특한기작이업는데다가 쇠주머니라는심뎡이가합햇스니 무슨간계가안 나오겟느냐 심뎡이는경빈 박씨(敬嬪朴氏)에게소식을 통하야 홍경주는그ᄯᆞᆯ희빈(熙嬪)에게말을들여보내서 가진참소를 다하게한는데

데일뎌대헌을 몹시 몰아말하는모양이란다 일전에 우에서 내뎐에 듭섯슬때 곤뎐도계시고 희빈과경빈도 뫼시엇섯는데 희빈이뎌광조가 길거리에 나서면늙은것이나 젊은것이나 모다우리상뎐 우리상뎐하고 칠들을한답니다 말슴하고 경빈이뒤를 니어서지금뎌뎡에는 뎌광조의 당이아

니면간신으로 몰려서 쫏겨
나지안흘수 업답지요 말슴
하고그 뒤에 경빈과희빈이
번갈라가면서 됴광조가 이심
수삼을 잘보다는둥 됴광조
가 당파를 잘세운다는둥가진
말슴을다 하니까우에서눈기실
혀하시는 빗을보이시며 아부
리하기로 됴광조가 역적이야
되랴 무중하다십히 말슴하서
서 희빈과 경빈은맘뭇당을게
되엇고 그뻬끈뎐에서 그러케
만하실말슴도 아닙니다 됴광
조야 그런맘이 업겟지요만됴
광조에게 붓쏫는것들이 추대
(推戴)를한다면됴광조인들엇
더케 하겟습니까강헌대왕(康
獻大王)께옵서도 개국공신들
까닭에 맘에업스신 왕위(王
位)를 바드셧다지안습니까말
슴하시니까 대뎐에서도 아부
대답이 업스시더란다 이것이
사실인지는 자세히 몰으나됴
대현이나 너의 아버지나좌부
간조심들하여야 될것이니 너
의아버지께가서 조용히 말슴
을엿주어라지금파청군도한러
정을하다갓다』

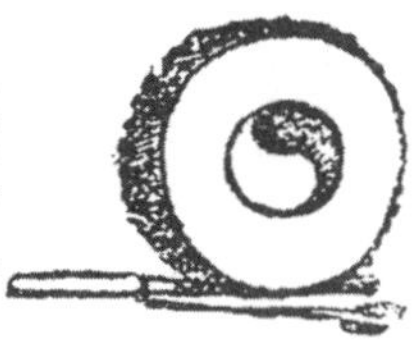

三, 사화

송선무정은 얼굴에 피로(疲勞)
한괴색이 보이며말을 닷치엇다

가다시 몽강몽강하는말이
『심뎡(沈貞)이로 말하면리관
(吏判)으로론박(論駁)을당해
서떨어진 일이잇지 또형관(刑
判) 으로란핵(彈劾) 을당해서
쫏겨난일이잇지 심지어 한성
판윤(漢城判尹)까지단니지못
하게되엇셧구나 그러니 독이
여간낫겟느냐?』
『남곤(南袞)이는 글자하는것
을밋고 이편에부치라고 애를
쓰나남상인(南湘人)으로고변
(告變)할때부터소인놈이니까
누가그걸 부치겟니? 신의정
(申議政)이대뎨학(大提學)을
물려준까닭에 신의정은 고맙
게생각하는가보더라』
『홍성주(洪景舟)는남곤의 글
도업고심뎡의 쇠도업는 위인
이찬성(贊成)으로론박마진것
을분하게생각해서 둘에게 섭
슬리는 모양이야』
『궁흉극악한것들이 별짓을나
생각해내는 모양이다 주초위
왕(走肖爲王)이란비결비슷한
말까지지어냇단다』
『정암(靜庵)의일도 거정이지
만일불행하면 장괴투 김이구
나너의집이 거정이다』
덕순이가 장인의 하는말반듯
고안젓다가
『가친(家親)이 됴대헌장(丈)
과가티양근 으로락향(落鄕)
하실생각이 계신모양이니 가
친을보시나 시거든 락향하시라
고권하십시요』
하고말한즉 그장인은
『나더러권하라느니 네가말슴
을엿주려무나』
말하고덕순이가

『저는어린아희로 아시니까말
슴을엿주어야 들으실것 갓지
안습니다』
하고 말한즉 그장인은
『무엇실가튼 어린아희작란을
넘우하지말지』
말하고웃는데 아희종이 미음
상을들고나와서 한번방을 드려
다보고 뒤를돌아보며 무어라고
말하더니 덕순의안해가 뒤를따
라나와서 곳방으로 들어오며
『아버지속미음좀잡수시지요』
하고 미음상을바더서 그아버지
압헤갓다 노핫다 덕순이는 그장
인이 미음을자시는것까지 보고
넘어서 돌아오고 덕순의안해는
더잇다가 쥐뎍뻬다된뒤에 돌아
왓다
그날밤에 덕순이가 안해방에
들어가서 자리에 안지며곳
『아무리친환(親患)이 잇다가
로나도보지안코 가는법이 어
듸잇단말이』
하고 론죄(論罪)하듯 말하니그
안해는
『그러지안하도 오시거든뵈입
고가고십헛시만 어머님이 곳
가라고 하인들 지휘까지하시
는데 유난스럽게 보입고가겟
다고할수가 잇서요 할수업서
그대로갓지요』
하고 진정반 우슴반으로발명하
다가덕순이가
『여러가지로 생각해서신분용
서하지』
하고 거짓쳡잔해 는것을 보고는
「황송무디하외다』
하고 순전히작란人됴로 사과하
얏다 그다음에 덕순이가

『앗가나켜힐 이야기가만타고
햇지무슨이야기야?』
하고들어서 리씨가 친뎡에서들
은이야기를 옮기는데 그이야기
는대개이러하얏다
『경복궁안함원뎐(含元殿)뒤
에배나무가한주셧는데그배나
무에 글자쓰인넘사가 생기엇
다 희빈(熙嬪)홍씨가 그넘사
를따서 상감께 보시게까지하
얏는데 어글자는 됴씨가넘금
된다는뜻이라한다이것이실상
은 희빈이맨들어낸것인데 희
빈의 외족이 익은배를따서즙
(汁)을내고 거긔다가 꿀물을
타서 배나무넘사에 글자들써
노핫더니 벌레가 즙이무든자
리를 갈가먹어서 글자모양이
된것이라한다 어느어스름달밤
에희빈이 남몰래 배나무미테
가서 놉흔발간우에 올라서서
여러낭사에글자를썻는데벌레
가먹기는 한낭사뿐 이엇다고
한다 이것을 눈으로본사람이
둘이잇스니 하나는 희빈의심
복나인이고 하나는 그나인아
래잇는 무수리다 그무수리는
송선무정의 집에서 자라난사
람이라 일전에 단니러왓다가
리씨의 어머니를보고 이야기
한것이다』리씨가 이야기를대
강끗내고
『그무수리가 글자쓴떡발관을
들고 쌀아가기까지 햇더라니
그말이 미들만하겟지요』
하고말하니덕순이는그장인이
말하든 주초위왕(走肖爲王)이
란말을생각하고
『희빈이글자를쓰다니 진서를

아든가』
하고엽흡에거정스러운빗을보이
엇다

三, 사화

덕순이는 그의부친이 사랑에
혼자잇는때에 조용히 들어가서
친후에들는 이야기를 말하야들
리고 그런데 속히양근으로락향
할것을 말하나 그의부친은잠잠
코듯고잇다가
『응 알엇다』
하고귀옥이고개를쓰덕이는와
에 별로말이업섯다 덕순이가맘
이초조(焦燥)하야
『됴대헌장을뀡하서서 조용히
의론해보시는것이 조치 안캣
습니까』
하고다시말슴한즉그의부친은
『알엇다니까 그러는구나』
하고 셧는덕순을 치어다보는
대 말을더하면 무지람이나릴눈
치가보이엇다 덕순이가 한동안
우두머니셧다가 방밧그로 나오
자 그의부친의 한숨짓는소리가
귀에들리엇다 덕순이는 그한숨
소리에 맘이더욱 초조하야
『됴대헌장늘가보입고 말슴이
나해보겟다』
생각하고 사헌부(司憲府)에

서나올난한때를 헤아려서 됴대현에게와서봉우 됴대현 사랑에 여러손님이 모하어서 무슨공론이잇는 모양이엇다 덕순이가 그사랑에 바로들어가기를 주저하야 멍지이를시켜 조용히 보압고십다는뜻을 통하나 멍지이가들어갓다 나와서말이 잠간 기다리라신다 고하야 덕순아는 한동안다섯살먹은 됴대현의 아들 뎡(定)이를다리고실업슨말을틀엇섯다

『너 지금도젖먹니?』

『동생이잇는데』

『네동생일홈이무어냐?』

『아기』

옆헤잇든상노가

『애기가일홈이야 용(容)이올시다그려지』

하고 가르치니 뎡이는곰는곰은하게말솟고

『용이올시다』

하고 따듬따듬 옮기엇다

『아버지가입부냐? 어머니가입부냐?』

『어머니는때려주어』

『그려면아버지가입부냐?』

아이는 말이업시 고개를쏘덕이엇다

『너 글배우니?』

『그럼 하늘텬, 따디, 아비부, 어미모, 다아는데 무언』

『잘아는구나』

하고덕순이가 칭찬하는 바람에아이는 뱃봅기시작하야 상노머리어꼽아 저꼽아하며 작란을치는중에 큰사랑에서

『이리오너라』

하는 됴대현의 목소리가나니 상노가

『아이구 작난한다고 아버지가려정하시어』

하고 공동을 시기어서아이는작란을그치엇다

됴대현이 혼자안저서 덕순을불러들이엇다 덕순이가 절하고물어안진뒤에 궤네 이야기를말승한즉 됴대현은 우스면서

『우에서간재(奸計)에 속으실리가업네 또산자된도리는 청실을다할뿐아니』

하고 다시말이 업슴으로덕순이가

『어른신네시나시생(侍生)의가친이나지금쏩됴뎡에서물러나시는것이조흘듯합니다가친과의론하시고속히양근미원으로락향하시는것이 엇더합니까?』

하고 됴대현의 의향을물으니

『자네말이올하. 그러치만됴뎡에서 물러가기가 그러케쉬운일이아닐세 자네어른신네나내나 작록(爵祿)을탐해서 사로(仕路)에 나선것가트면 발서물러가게 되엇슬것일세』

하고 됴대현이 대답하는데 그말소리부터 간곡하게 들리엇다

『자네어른신네말승은 무어라시다?』

『별말승이업스서요』

『내가잇다가 자네어른신네를보이려갈러일세 몬저가게』

하고 됴대현이말하는데 덕순이 떠안기이 어려워서 일어서집으로 돌아왓다

저녁때가다된뒤에 됴대현이 감사청을 차저와서 이야기하다가 저녁밥을가티자시게 되엇는데 덕순의형데가 뫼시고좌서시중을들자나 됴대현이 덕순을돌아보며

『래면몸슴 두집에서가티락향햇네』

하자고 지금어른신네와 의론하고 말하야서 덕순의초조한 뜬맘은 너누룩하야졋다 저녁상이웃나고 덕순의형데가 나온뒤에 됴대현과감사성사이에는 아들들의 이야기가나섯다

『덕순이가 긔품만든든한줄알엇더니 식견도제법잇는 모양이야』

『무어공부를하야지 사람이되지』

『자네는 맛자데가칭수(稱秀)하고도 그릇가려보이니까 뒤걱정이업네 집의뎡이는 아죽어린것이지만 원대한긔상(氣像)이보이지아니하는것이 수를못할것가튼』

『뎡이는종약해서 걱정이지한둘째자데용이는 든든하드군』

『덕순의아우 어린아이의일홈을부어라고 지엇서?』

『덕무(德○)라고지엇지 덕무나용이나 한이십되어서 사람노릇하게 될때에는 우리가룩칠십로인이 될모양이지』

하고감사청이우스니 됴대현은

『우리가 그때까지살가』

하고커욱이한숨을지엇다

三、사화

그날나저 됴대현의사랑에 모히엇든 사람들은 사헌부(司憲府)와 사간원(司諫院)의 관원인데 병인년 반정공신(反正功臣)들중에 아무공로도업시외람히 참예한사람이만흐니 이것을골라서 처치하도록하자고 그들이 공론하얏섯다 이튼날부터사헌부 사간원 량사(兩司)에서무공한사람들의 공신칭호를 깍거버리자고 주장하기시작하얏다 그러하야 대사헌 대사간(大司諫)이하 여러간관(諫官)들이복합(伏閤)까지하얏스나 님금이쯧지아니하얏고 그뒤에옥당(玉堂)에서 량사의 주장을찬하야상소를 알외고 대신과각조관서가 량사의주장을조차서 말승을알외엇스나 님금이 종시좃지아니하얏다 이때 좌의정 신용개(申用漑)는 병으로면수유(受由)하고 집에누어잇든중이라 데조관서남곤이가 문병하려 왓다가

『근래 됴뎡의론이 과격하야걱정입듸다』

하고말하니 병이중하야 긔신을잘못하는 신정승이 벌덕일어안지며

『과격하다니? 소인들이올흔일을주장하는사람이 미워서모함하라고 나할말이자 대감어할말이요 대감이엇재 그런말을하오? 나는병이중나하서등면(遞免)하게되면할것말승을알월작뎡이요』

하고 얼굴빗을붉히며 나무래서남곤서는 무류하게 안졋다가 도라갓다 그뒤얼마동안 지나지아니하야 신정승의 병이 떠치어서다시등연하지 못하고 마츰내몰아가니대신의초상이라님금님이별단(別段)에서망극하라고하교까지잇섯는데 례조판서 남곤이외몃신하가 중난한일이니 중지하시라고 멀막앗다 됴대현이 입궐하야님금께알현하고

『신용개초상에 망곡하압시라다가 중지압시는것은 무슨일이오니까 신은못사오니 세종대왕께압서는 대신상사에 백관을거느리서고 친림까지하압시고곡 하실때쪽칭이 박게까지들리엇다 하오나 입궐에망곡하압신 다는 하교를봉행치아니한것은 도(道)로써님금을섬기는 신자의할바이아니외다』

하고 말승을알외니 입금도부안하얏거니와 남곤이외 몃사람은 부안이지나서 분(忿)으로변하얏섯다 신정승 초상난뒤사오일이 지나서 량사간관들이공신문데로 일제히 사직하게되엇는데 님금이 됴대현을인견(引見)하고

『이봉왕(封)한공신을 깍거업시하는것이 국가의 중대한일이라 이때것 지난(持難)한것인데 경(卿)들이사직까지 하는것은 넘우 과하지아니한가?』

하고말승하니 됴대현은 외람한공신은 삭훈(削勳)하야 맛당하다고두루이알외고그 외례조관서남곤이가됴뎡의중대한의론에 어잇슬때 영릉(英陵)에전향(進香)간다고 서울을떠나서의론에참예치아니하얏스니 이것이 됴뎡중신(朝廷重臣)의도리가아니라고 탄박하야 그때가리 입시(入侍)하얏든 남곤이는 등에찬

몃이흩덧첫다 나중에 넘음도없
수업시 당사의 주장을조차서반
정공신숭의 사동공신은 전수
몰 업시하고 산능공신은 추
리어 업시하야 화천군(花川
君) 심뎡이와 남양군(南陽君)
홍경주도 군칭호(君稱號) 몰
빼앗기게되어서 분심이 더욱이
도치엇다
공신문제가 락착난뒤 어느날
밤에 해화문안갓바치가 됴며현
올차저왓다 이때까지 됴며현에
게한번도 은밀이 업는사람이죨
디에차저오니 됴며현은 반갑게
마저들이면서도 괴상히 생각하
야
『오늘은 웬일인가』
하고물으니 갓바치는 첫마듸
에
『조상왓소이다』
하고[illegible]히색어 얼굴에 가득
하엿다
됴며현이
『조상이라니?』
하고 놀래니갓바치는
『령감께서는 가실길을가시는
것이 나엽헤서보입는사람은개
여한맘이 업지안습니다 여다
음날 몽소문밧게서 하직하름
온잇술못하나말슴까지는못즙
게될지몰오는 까닭에 오늘밤
에일부러왓습니다』
하고화가밧두 하엿스나 집일을
마려정돈하며 두눈것어 조켓나
는뜻을말한뒤에
『어묵이번다하야 오래잇지못
하고갑니다』
하고일어서 나가는데 됴며현은
무슨셈인지를 몰라서 별로못삽
지도아니하엿다

三、사화

갓바치가왓다 가든이튼날 됴
며현은 심신이불쾌하여 종일집
에누어잇섯는데 일은저녁때 김
사성이차저와서외조부(外祖父)
제사참사를가는길에 잠간 들리
엇노라고말하고 수어하다가 바
로일어서랴고하니됴며현이조금
더안젓다가라고붓들어서나중에
저녁밥까지 가티 먹게되엇섯다
저녁상을 치운뒤에 됴며현이김
사성을돌아보며
『오늘은 종일신긔가불편하야
밥생각이별로업더니자네와가
티먹는덕에 저녁을잘먹엇네』
하고치사하듯말하는데김사성
이
『우리가이다음날은 가티밥먹
기도어려울것일세』
하고한숨을쉬니
『거자이앙은소리가 웬일인
가자네가몹시 심약해졋네 그
려』하고됴며현이몸이 어위로하
는어됴(語調)로말하다가
『발서함정(陷穽)의고동을 밟
앗스니 천장만장 빠질것은눈
압헤닥친일이지』
하는김사성의말을듯고맙이따
라약하야졋든지
『글세그러라고하겟지』
하고역시한숨을쉬엿다 이리하

며주객이 근심스러운얼굴로한동
안서로대하고 안젓다가 나중에
김사성이
『제사나지내러가겟네』
하고일어서랴고하니됴며현이
『이리오너라』
하고 상노를 불러서
『며사성댁하인에게 동불을켜
라고일러라』
하고 분부하고서 곳바로
『아니 달이밝겟구나동불은고
만두고 나오라구나일러라』
하고 고치어 분부한뒤일어서
는김사성을보고
『래일맛나겟지』
하고 작별인사까지 하더니김
사성이마당에나려서서멋거름도
것기전에영창을열고
『로천(老泉)외조제사에 꼭참
사하여야하겟나?』
하고 뭇지안흘듯한말을 뭇는
까닭에김사성은괴상히생각하야
『그것은 왜뭇나?』
하고 고개를도리켜 바라보니
적은초불이 찬바람에 후리어서
밝안이 밝지못한중에 됴며현이
손으로 문틀을집고 굽으슴하고
서잇는데 그머리우에 즘생의발
톱가튼손이 나려와서 관(冠)속
에잇는 상투를쥐어들랴는것 가
티보이엇다 김사성이 속으로놀
랍게녁이어 다시뜰우로 올나와
서 갓가히서서보니 즘생의발톱
가튼손이아니라 문방장을 거더
다는갈구리의 뜻이 나온것이엇
다 됴며현은 김사성의다시올나
오는것을 갓가이서 말하라는것
인줄로알고 마루로 마조나와서
달빗이들기 시작한뜰우에 섯는
김사성을나려다 보며

『달이밝으에그려 오늘밤은공
연히맘이소란하니자네와이야
기나하고 지냇스면 조켓스나
자네가 제사지내러 간다니듯
뭇수가 잇서야지』
하고 은근히 붓들엇스면조흔
눈치로말하나 김사성은
『간다고고별까지 하얏스니까
아니갈수가업서 자네는일즉
이자게 래일맛나지』
하고 다시마당으로 나려와서
중문밧그로 나오는데 공연히맘
에 섭섭한것가텃다
김사성이 외가(外家)에와서
보니 주인되는외사촌이 기다리
고잇는중이엇다 그외사촌이 김
사성을 분주히마저드리며
『형님댁에서는 일즉나서섯다
는 데 어듸서느지섯습니까?』
하고물으니 김사성이
『효즉이에게서느젓네』
하고대답한뒤
『집에서일즉이나선것은 엇더
케알엇나』
하고물이어물은즉그외사촌은
『덕순이가석후에와서 단녀갓
습니다』
하고대답하얏다 김사성이외
사촌이 외며러사람과가티 안저
서이야기하는중에 그의외척되
는사람하나가
『근래는됴뎡일이엇더합니까?』
하고물으니 김사성이손을 내
저으며
『오래간만이니 서로서화들이
나하지 됴뎡일은 물어무엇하
나』
하고 말하기를 질겨아니하는
데 그사람이구지듯고자하야 나
중에김사성은 눈살을 찝흐리며

『나로말하면 공명이분수에넘
치는까닭으로 어느때화를바
들시몰으는 사람이라 다음날
은이라케모히기도어려울것이
니이런때서로서회나하세나』
하고말하야 그사람은 더말하
지못하고 김사성의외사촌이
『형님와바드실줄알면서 왜진
작펴하지아니 하십니까?』
하고말하니 김사성은
『지금와서는진퇴유곡(進退維
谷)이야』
하고한숨을지엇다 김사성의 외
가는닭울 뒤에라야비롯소 행사
하는례문가가아닌까닭에제사를
일즉지냇다 그러나 제사를파치
고음복을 시작할때 밤이발서삼
경이갓가웟다 음복상이 채다갓
나기전에 덕순이가 도적에게쫏
긴것가티 장달음을처 뛰어들어
오며바로 사랑으로 들어와서양
치하는 김사성을보고
『아버지큰일낫습니다』
하고벼찬숨을 몰리랴고 헐떠벌
서중얼거 술렁술렁하며 여러
사람의 발자욱소리가 들리엇다

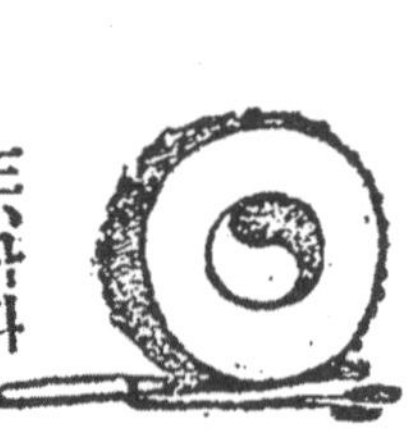
三、사화

덕순이가 김사성압흐로 갓가
히가서
『발서왓습니다 사랑뒤로피하
시지요』
하고나즉이말하니김사성이눈

울부룩뜨며큰소리로
『지각업는것가트니 어듸를피한단말이냐?』
하고악지쳣다이리할때 선뎐관(宣傳官)하나가금위군사(禁衛軍士)십여명을다리고들어왓다김사성의 외사촌이 놀란가슴을간신히진정하고나서서
『웬일이요?』
하고물으니 그선뎐관이
『웬일?』
하고뇌며어개를웃쓱하고
『대사성김식이여긔왓지?』
하고호긔잇게뭇는데김사성의 외사촌이미처무어라고대답하기젼에김사성이밧바그로나와서
『내가김식이오』
하고나서니그선뎐관이어명을 밧들고나왓다고 말한뒤에 금위군사들지휘하야 김사성을 얽어나리어진후좌우로위여싸고주문밧그로나가는데 덕순이는 두주먹을불근쥐고 진신을 부르를떨다가잡혀가는 부친의뒤를 따라나섯다 뒤뎐에서가는 군사하나가물치어서며
『이놈아따라오지말아』
하고호령하는데덕순이가
『아무데라나이놈이야 따라가면엇지할테냐?』
하고맛호령하다십히하얏더니
『이놈보아라』
하고덕순에게 달려들어 손씨업눌하라는것을 엽헤서가든 다른군사가
『앗게이사람아 잡혀오는이의자질인가보에인정에따라오고십지안켓나?이사람고만두고어서가세』
하고말리어서그군사는
『량반의자식이 벌도도를는단말이불명한사람에게호령질을

하다니래일은련좌(連坐)로경치게될것이니어듸보자』
하고별르며 돌아섯다 덕순이는 그리하지안하도 분통이터질디경이라 주먹질과 발길질한두번에 그군사를 반죽여노코십헛스나 억지로참고서광화문(光化門)압까지 따라왓다 궐내는따라들어갈길이 업는까닭에 광화문밧게서 미친사람가티 왓다갓다하다가 수문장(守門將)에게
『누구냐? 저리가거라』
하는소리까지 바덧다 얼마동안지난뒤에 금부도사(禁府都事)가 압을서고그뒤에금위군사한떼가 덕순의부친이외 여러사람을 둘러싸고나오더니 의금부(義禁府)로 향하얏다 군사속에싸혀서 끌려가는 그부친의얼골을언뜻보고서는 이때것 말짱날뿐하든 덕순의눈에서 눈물이비오듯 쏘다젓다 금부압까지딸아오기는왓스나 황토마루큰 길로돌아왓는지 수진방(壽進坊)골사이길로나려왓는지덕순이는생각하지못하얏다 이때달이 대낫가티 밝어서 긔어가는개미도보일만하엿스나 달이 밝은지날이밝엇는지 덕순이는 요량하지못하얏다 그날밤에궐내에입직(入直)하얏든승지며 옥당들도잠간금부에나려가려엇다가바로노히엇는데두서너사람식노혀나올때마다덕순이는그부친도석기어나오나하고 번번히 쪼처가서보앗다

금부안에서는 잡히어온 사람들이 밝은뜰에 느려안젓는데금부도사의 인정으로 공석한닙식을주어 깔고안젓스나 얼은땅에서올라오는 찬긔운과 기와ㅅ골에서 나려오는 찬바람에몸이벌벌떨리엇다 잡혀온 사람들은대사헌됴광조와 형조판서 김정과 대사성 김식과 부데학김구와우승지윤자임과 좌부승지 박세희와동부승지 박훈과 응교긔준등여려사람인데 모다 무슨죄로잡히엇는지는 알지못하지만 죽엄을면치못할줄은 다각기 짐작하얏다 그러나됴광조외에는 모다일업는사람가티 웃고 이야기하고윤자임이금부도사에게사정하야술을사다가놀리어마신뒤에는시(詩)까지읍소리는사람이잇섯는데 됴광조한사람은 이야기도하지아니하고술도마시지아니하고처음부터 통곡하며 그칠줄을몰으니 여러사람들이
『효직이울지말게』
하고말리기도하고
『효직이창피하지아니한가?』
하고조롱하기도하는중에긔준이가
『죽엄을당하여도끗까지 종용한것이글자배운보람인데통곡할까닭이무어잇소』
하고책망하니됴광조가목메인소리로
『내들그걸몰으겟나 나는우리넘금을보입고십허우리넘금이야이러케하실리가업서』
하고다시울음을내노핫나됴대헌이 깔고안진공석은떠러진 눈물이얼어부터서 달빗에 번쩍거리니라졸(羅卒)중에한사람이이것을 보고새공석한닙을 가지고와서
『이것을깔으십시요』
하고됴광조를붓들어일어키고새공석을덧깔어주니됴광조가그라졸을몰아보며
『필묵을좀어더주겟소』
하고청하나 그라졸이
『도사나리에말슴을엿주어 보리다』
하고가더니필묵과벼루를가저왓다 됴대헌이 눈물로묵수삼고옷자락으로조이삼아 상소한장을써노핫다

三、삽화

여러사람이 도광조의쎄노흔 상소를보니 말은간단하나 뜻은곡진한데 요르로 말한소원은넘금이친히 한번심문(審問)하야주면 죽어도한이업겟다는 것이엇다 청미랄랄반 윤자임이이것을보고대번에

『친국(親鞫)당하기가소원 이란것은 좀우숩소그려』

하고 옷자락상소를 손둥으로밀어치우니 도광조가 그것을청청스럽게집어서 품에품으며

『우리넘금은 잘못된일을아사고 고치시지안흘리가업스시』하고또눈물이방울방울옷깃에떨어지는데 눈물자욱이 완연히물으스름한 물이뭇는것가텃다 김식이가 이것을보고

『여보게 중형(仲亨)이』

하고 윤자임의 엽구리를찌르은거리어 윤자임이 자긔를돌아다보게하고는 휘말이 별로업스나 와 김구를가르치며

『쳐대유(大柔)의글을읽엇나? 명월장천야(明月長天夜)귀

[illegible]

자임이

『앗가 가터듯고들엇느냐고뭇는단말인가? 로천도정신이싸젓네그려』

하고 허허우스니 김식이는

『그랫든가』

하고커웃이 우섯다 김식이가말하고옷고하는 모양으로 윤자임도도광조의맘을더상하게하지말라는눈치를알고다시는옷자[illegible]상소에대하야말을내지아니하얏다

자진닭이울올때에 덕순이는 집으로 몰아왓다 덕순이는금부문박게서 몰아단녈 묘라도업지마는 집으로 몰아갈생각도역시업섯는데 엇지하다가 집에잇는어머니의 생각이나며 발이제대로걸어서집에를 몰아오게된것 이다 처음에 선던권이금위군사를지휘하야 집안을 뒤지는틈에덕순이는 술그머니 사랑뒷담을뛰어넘어서 한달음에 그의부친이잇는 진외가로 갓섯는데그어머니와 그형님까지도 집에잇는시[illegible]는지를 물으도록 정신을차리지못하얏지만 덕순의 안해리씨는 대번에 그남편이자최업시업서진것을 알고 걱정중에한걱정을더하얏다 나중에 그시아버지가삽혀가는데 딸아간것까지 알고리씨는 사람을 보내보고십헛스나 그시어머니가 수족에자개바람이 나서 맛동서와가티시어머니엽헤부터잇느라고틈을타지못하얏다 덕순이집에를 몰아왓슬때 리씨와 그동서는아즉도시어머니방에잇섯는데중병을치른사람가티얼골이햇슥한덕순이가방문을열고들어서니 그형수가

『아이구』

하고는 곳 눈을감고누어잇는시어머니에게

『서방님오셧습니다』

하고말하엿다 덕순의 어머니가 가과운닙시눈을뜨고한번돌려다보더니

『너의아버지 오셧느냐?』

하고뭇는것이정신이쌔끗한사람갓지아니하엿다덕순이는그형수가갓가히잇는것도헤아리지안코어머니압흐로 달려들어서 그안해가주물르느라고쥐고잇는어머니의손을빼앗는것가티당겨쥐고

『어머니 아버지는금누로가셧서요』

하고눈물이컴벙컴벙써러지니 그어머니는 아모말아니하시 고개만가로흔들뿐이엇는데그고개가 남편의일이큰일낫다는뜻인지 또는 아들더러 울지말라는 뜻인지엽헤ㅅ사람은 알지못할 고개이엇다덕순의 형덕수(德秀)가 들어왓다 덕수는울어서눈이 부엇섯다그어머니는덕수를보고또그냥지못할고개를흔들엇다 리씨가 술그머니일어서서 시어머니의 발채로가서섯스니 맛동서가

『여보게안에 어머님발을주물르세』

하고자긔도발채로가서두동서가시어머니의발을하나식갈라쥐고주물르기시작하고덕수는계수가 내노코일어선 자리에와서덕순과 느런히 안젓다 방안이 조용하엿다 안젓는사람뇌속을답답하게할만큼조용하엿다 소리는어린[illegible]무의『모고』는 색색소리와 등잔불의심자가[illegible]빠지지소리뿐이고 울음이는것은 두동서의 흰손들뿐이엇다 이배광경을 갑작이보게된사람이잇다면아들며느리가 어머니림종에 모히어안진 것으로잘못보기쉬울만하엿다 동이를 배그어머니가쌔끗한정신이돌아나서 아들들을보고

『너의들이 이리하여서는 아니된다 큰일을 당한사람일 수록잘자고밥잘먹어야한다 나가서눈들을좀 부처라』

하고또발채에잇는며느리들을보고

『너의들도방으로들가거라』

하고말한뒤에아니들나가는것을야단치다십히하니 리씨의두동서가 몬저나와서 상직군과아히종을드려보내고그뒤에덕수의 대도일어서사랑으로나왓다 덕수는긔질이약한까닭에안저배이지못하고목침을베고눕고덕순은손으로턱을괴고안젓는데박게서

『작은서방님』

하고부르는소리가들리엇다

三、사화

덕순이가 문을열고 내다보즉 바련중이가 떠ㅅ돌우에 올라서 잇섯다

「와불르니?」

「이리좀오시오」

더솔이가마루쇼레나와안진뒤에

「소문을더러들으셧소?」

하고 련중이가물으니 덕순이는듯지못하얏다고 고개를 흔들엇다 련중이가

「소인이 몃군데다니며알어보니까 례조판서남곤이가 일을꾸며낸모양입되다」

하고

「오밤중에 어듸가서알어보앗단말이냐?」

하고 덕순이가 의심하는것가티말하니까련중이는

「어저밤에 문닷고 잠잔대이어듸잇단말슴이요」

의심하는것을 나무래듯이 말하고 우선알어본데를 대라고

「소인의친구가 희동뎡정승댁와뎡리이들 다니고 소인의일가가 홍이문밧 리판서댁의별배를다니지요」

하고말하니덕순이가

「그래 고만두고알어본이야기나해라」

하고 련중의이야기를 재촉하얏다

「뎡정승댁뎡직이의 이야기를들으니까 어제새벽에 남판서가때맹이를쓰고 흔베옷을 닙고 걸어서 뎡정승댁에를왓더랍되다 뎡정승이 중문간에나가보는데 그뎡직이가 부축하고나갓더래요 남판서말이 남와이목이 무서워서 이모양을하고왓노라고하고지옹우에서 됴광조당(黨)을업시하시라고 하시는때 우에서 대감께문의하시거든 아무쪼록 우의뜻을거슬르지마십시요그사람들을하나라도 뒤에 남겨두면해(害)가 무궁할것이라 싸홀업새도록하여야 할것입니다 잘못하다가는 나중에 후회하게되실시도 모르니 깁히생각하십시요 말하고는 잘하면큰수가생길것이요 잘못하면 큰탈을당할것이라고 별말을 다하더랍니다 그런데 뎡정승이그말을다듯고나서 여보 대감이됴뎡중신의 몸으로 상것들의모양을하고 큰거리를 지나오시다니 해괴(駭怪)한일이 요또그러고 사림(士林)을 모함하라는것은 나의 본심이아니요 하고말하야 남판서가골을내고 인사도 변변히아니하고간일이잇섯는데 어제 밤중에 궐내에큰일이 낫다고입궐하시라고해서 들어가시게 되니게 그댁에서도 큰일이나는가보아서 안팍남시 야단들이랍되다 또리판서댁 별배의말을들으니까 리판서가 댁에아니게신동안에 남판서가 년사흘차저왓더랍되다 어제 저녁때 남판서에게서 무슨편지가왓는데 리판서가 그편지를보더니 군복(軍服)을 차리고말을빌어다라고 문안을 들어왓답되다 처음에는 남판서집으로갓섯다가 남판서와가티 경복궁대궐뒤人문으로가서그문으로 입궐하얏다는데 그별배가 주인대감의뒤를 따아다니다가 나왓다고합되다 그러고 신무문(神武門)으로 입궐하는것은 전에보지 못한일이라고합되다 그래 이말저말합해서 생각한즉 이번에령감마님이 당하신일은 남곤이가 꾸며낸것이분명 하지안허요」

정신노코련중의이야기를듯든덕순이가

「남곤이는 원래간특한놈이니까못된것을 하겟지만 리장곤이로말하면 졈잔타는 말을듯는자가 남곤이와 부동해서못된짓을 햇단말인가」

하고 열을내어 소리를질렀다 덕순이가 소리질르는 바람에 밤에누엇든 덕수가 놀라서뛰어나오며

「무얼 그러니?」

하고물으니 덕순이가 눈을크게뜨고

「여보령감 리장곤이가남곤이와부동해가지고 아버지를 모함햇다는구려」

하고분하야하니덕수가얼마동안말이업시생각하더니

「아니다 그럴리가업다 리판서가졈잔타는이고또됴며 현장이시나 아버지시나 서로친하신터인데 그럴리가만무하다」

하고리판서를두던하야말하얏다

「아니요 령감 련중이가듯고온말이잇슬뿐아니라가만히생각해보죠 그말이근리한것이리장곤이가병판이아니요? 병판이아니들면금위군사를풀수가업지안소?」

「글세 그러라면인심이무섭다」

「인심이 다무어요? 친한것으로만말하면남곤이는친하시지들아니한가요? 누구가원수를갑자면첫재리장곤이고그다음에남곤이요」

덕순이가주먹을쥐고넘어서니 덕수가차차더알어보자고말하얏다

三、사화

덕순이가 리장곤을 따려죽일놈가티별늘때에 금부안에서는발서좌긔(坐起)할긔구를차리느라고 라졸(羅卒)들이 이리저리왓다갓다하는중이엇다 해가놉히솟은뒤에 됴광조 김정등을잡어드려문초를 밧게되엇는데 문초밧는관원은 위관(委官)에 김전(金詮)이요 금부당상(禁府堂上)에리장곤이요이품(二品)에홍숙(洪淑)이엇고 문초밧는 죄목은 됴광조(趙光祖)김정(金淨)김식(金湜)김구(金絿)네사람은붕당(朋黨)을 지어 성세(聲勢)를삽고 궤격(詭激)한 버릇을길러됴정(朝政)을 그릇친다는것이요 윤자임(尹自任)긔준(奇遵)박세희(朴世熹)박훈(朴薰)네사람은 됴광조무리를 따라 궤격하다는것이엇다 됴광조가 제하(階下)에꿀리어안저서 당상에 좌긔한리장곤을치어다보고

「희강(希剛)이희강이」

하고 자를르니 리장곤은바늘방석에안진사람가티몸을편히가지지못하고 참아 제하에꿀린사람을 바로나려다 보지못하든중에 됴광조의 자를르는소리를듯고부안한듯이 붓그러운 듯이얼골을붉히엇는데김전이가

「죄인이 당상의자를부르다니가만두지못할놈이다」

하고 갓지안케 화를내며좌우에벌려선라졸들을나려다보고

「너의들그주둥이를 부비어노치못하느냐」

하고호령하얏다 라졸들이 긴대답을하고 됴광조에게 달려들랴고할때 리장곤이가

「가만히들더두엇거라」

하고분부하야 라졸을물리치고곳손우에안진김전을돌아보며

「선비는죽일망정 욕보이지못합니다 또어제까지 친구로지내든사람이 자를불렀다고 욕보이는것은 인정이아닙니다」

하고점잔케말하야김전은입맛을다시고말이업섯스나손아래에안진홍숙이가리장곤을돌아보며

「그것은 대감말슴이틀린말슴이십니다 충역(忠逆)이한번갈린바에야친구가어듸잇습니까? 그러치만그것은고만두고업는죄인들의문초나바드십시다

하고 제하를나려다 보며

「너의들의죄목은 다알엇지? 광조부터 바로알외라」

하고호령하니 됴광조가 홍숙을치어다 보며

「네가나의문초를밧다니? 만일법대로 국문(鞠問)한다면이럴수가 잇느냐?」

말하야 홍슈은홍이나서 얼골이붉어졋다 금부 에서 여러사람의문초를바더서 궐내에드리고 형장(刑杖) 쓰기를 청하얏스나 이일에대하야는됴뎡의론이뎡한것이잇스니형장을쓰지말고조률(照律)하라고우의하교가잇서서 여러사람이형장은당하지아니하얏다

이때 문밧게사는 사람들은문안으로모혀들고 문안에사는 려염사람과시정사람들은길거리로 몰려나오고 성균관에거재 하는 유생(儒生)들과중부동부서부남부사부학당(四部學堂)에잇는유생들은경복궁너궐압흐로몰려들어서광화문압헤서 황토마루 로 종로큰길거리 까지사람 련디가 되엇는데해태압과금부압헤는사람이천여명식뭉치엇섯다 해태압헤뭉치엇든유생중에신명인(申命仁)이란선비가압흐로나서서 『우리가 이러케모혀섯기만하야서무엇하는가우리가신원상소(伸寃上疏)나올려보자』 하고섯든자리에주저안저서상소를초하는데붓이수일새엽시적어냇다 여러유생들이 상소든 유생을압세우고궐문 압흐로 달려드는데 수문장이 문직히는군사들을좌우에벌려세우고압흘막으니황게옥(黃季沃)이란유생이군사에게 나를떠다박질데서 유생과 문군사사이에살풍경이나기시작하얏다『쳐라버려라』소리와『물리티라』『죽여라』 소리가서로어울어지며 유생중에 갓부시고 옷찟긴사람은말할것도업고머리가깨어져서 피투성이된 사람이 한둘이아니엇다 그러나 문지손직유을 시작한황게옥이는 솔솔피하야 면홍로비켜선 까닭에 옷고름하나떨어지지아니하얏다 막어도몰려가지아니하고 접첩더달려드는 유생들을 문군사 몃사람이막아내지못하야 나종에는 유생들이몰늘듯이 광화문안으로 몰려들어와서 양마구리 울듯이통곡하기시작하얏다 난데업는 곡성이궐내를 진동하야 우에서놀라서곡성출처를 하문하니 정원(政院)에서사실을알외엇다우에서

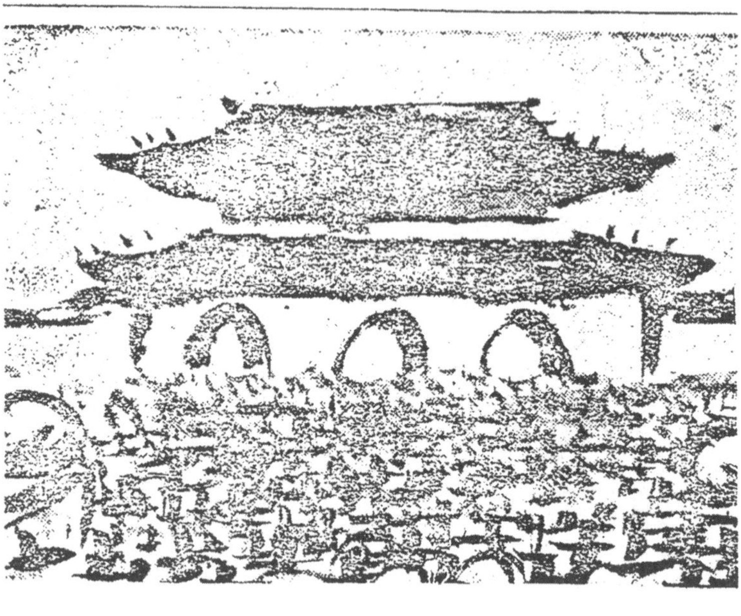

『이것은 권고에업는변이다 금위군사들을불어서몰아내라그리고수두몃놈은잡아가두어라』 하고하교하야 금위군사들이 유생들을 내쫏는데 수두가누구냐? 물어서 몃사람을 잡으랴고하니여러유생들이『나도수두다、나도수두다』하고달려들엇다금위군사가 처음에잡기는 네다섯사람에불과 하얏지만 나종에압흘다토아잡히는 사람이 수가업시 만흔까닭에 텰쇄(鐵鎖)가부족하야색기로 묶을업긴 사람이여러백명이 되엿다 우에서이것을알고됴광조가 인심을 어뎟다는것이사실이구나 생각하고 눈쌀을찝흐린때에마춤금부에서됴광조의옷자락상소를올리니우에서 『상소는다무어냐』 하고갑ᄒ지아니하얏나

三、사화

옥당하인리학년(李鶴年)은속량(贖良)하지못하야하인노릇은할망뎡 근본을따지면 종친의서자(庶子)라종친중에안면이넓엇섯다 그날식전에 파릉군(巴陵君)에게또차가서되론반결과로왕자(王子)군(君)이하종친들의힘을모하서 됴광조등을 구원하기로되어 낫이지난뒤에 파릉군이하여러종친들이예궐하야넙금께면대(面對)하기를청하다가정원(政院)에막히어면대하지못하고그대로회궐하게되엇다 파릉군은빈텽에 와서대신들을 보고나라일을 걱정하야 울며불며하는중에마춤비령으로들어오든리장곤을보고인사도채아니하고

『희강이 나는대감을사람으로알엇더니 불여호 새앙쥐들을에서 꼬리들고 단닌단발이요? 대감이 사람이요? 대감이 효직이 일파를해칠줄은몰랏소』

하고나부래며 눈물이 좌르르흘르니 리판서는 아무말도아니하고 얼싸진사람가티 두리번거리기만하다가 령의정 뎡광필압흐로나아가서 금부의 처치를말하는데 뎡의정은 상을찡그리엇다 금부에서 됴광조이하여러사람의죄를 간당률(奸黨律)에비치어서 당자들은 참형(斬刑)에처하고 처자(妻子)는노비(奴婢)를삼고 재산은적몰(籍沒)하기로 뎡하고위관김전이가 우에품하라고 궐내로 들어왓다 죄를뎡할때에 리판서는 법을우중하게 매는것이 불가하다고 다투엇스나 남곤심정의뜻을 바든홍숙이가 무농한김전과 부동하야리판서의 다투는것을 몰보지아니하고 이러케 뎡하게된것이다 리판서가 만일모리악을쓰다십히 다투엇더면 병조판서로금부당상을겸한 중신의말이 허무해지도록 될것이 아니엇지만거케귀양사리와 함흥 도망질의팡경이머리속에떠올르는중에정다운봉단과 귀여운 함봉의얼골이눈압헤얼른거리어맘이약하야서굿세게말을 세우지 못하얏다 두사람에한사람이라 힘이자라지못하야 간당률에 비치어죄를뎡하게 되엇다고 리판서가뎡의정에게 말하고 붓그러운듯、이고개를숙이엇다 이때위관김전이가넙금께 보입고금부에서조률(照律)한것을알외니 넙금은됴광조무리의인심어든것을근심하든터이라그죄가죽일것이업는것은

홍숙하지 못하는것이아니나 됴광조, 김정, 김식, 김구네사람은 죽이고 그남아지네사람은귀양보내라고 하교하야 다저녁때 의판 김전과 당상리장곤과이품홍숙이가 다시 금부에좌긔하고 됴광조등의지만(遲晩)을밧게되엿는데 리당상만은 머리가압흐다고 손으로 머리를집고별로말을입에내지아니하얏다 됴광조는 옷자락상소를 올린뒤에 한번친국(親鞫)이나당하게될가기다리엇더니 금부에서 지만을두게되는것을보고 소원이 틀린것을알엇다 어제밤에는 친구들의말하는것을들어보지아니하고통곡으로밤을새우다싶히한됴광조가지만을둔뒤로부터는여러친구와웃고이야기하는것이 자긔집 사랑에모혀안젓슬때나달음이업섯다

령의정뎡광필은날이저물어불을켠뒤까지 빈청에 안젓섯는데 혼자말로

『개지(漑之)가살엇더면 혹선켜(審査)할도리가 잇섯스련만 나혼자남아서 이런변고를당한다말인가』

하고 죽은친구 신용개(申用漑)를생각하며 긴한숨을쉬기까지하얏는데 됴광조등의 죄를반번다시 대신에게 수의(收議)하게되어 입시하라는 뎐교(傳敎)가우에서나리니 뎡광필는 즉시입시하야탑전(榻前)에부복하고

『광조등은 나이젊고어리석사온까닭으로 사리를몰라서 그러케된것이옵지 만일중죄를범하얏사오면 신인들엇지 죄주시기를 칭하지아니 하오리까? 죄가잇사와도 죽이도록중할것이 업사오니 감사뎡배(減死定配)케하압시기를바랍니다』

하고알외는데 눈물이 관복깃을적시니 님금도

『과연중대한 일이니다시생각하야보지』

말씀하고 얼마뒤에 가승지(假承旨) 성운(成雲)을불러서

『광조등네사람은 원방(遠方)에안치(安置)하고그남아지네사람은 원방에부처(付處)하라』

하고하교를나리엇다

三、사화

됴광조등 여덟사람은 다가더귀양가게되엇는데 됴광조는 릉주(綾州)로가고 김정은금산(錦山)으로가고 김식은선산(善山)으로가고 김구는개녕(開寧)으로가고 또박세희는 상주(尙州)로 박훈은성주(星州)로 윤자임은온양(溫陽)으로 기준은아산(牙山)으로 가게되엿다 님금이 가승지(假承旨)성운을금부에보내어 귀양갈사람들에게 뎐교를나리는데 그뎐교말슴이

『너의들은 모다시종근신(侍從近臣)으로 상하동심(上下同心)하야 국사를잘다스리랴고한것이 맘이 그른것은 아니로되 근래에너의들의 하는일이 그릇됨이만하서 임신을불평케한까닭으로 부득이죄를주는것이다 그러나 나의맘이 엇지편할수잇스며청죄(請罪)한대신인들 엇지사심(私心)이잇스랴? 만일률(律)대로뎡하게되면 귀양에만 그칠것이아니나 너의가국사를잘다스리랴든 본뜻을생각하야 죄를경하게 주는것이니 너의들은 그리알고가거라』

하고 특별히 됴광조에게

『광조너는죄가 데일중하나특별히관대하게 처분하는것이니 그리알어라』

하니 달은사람들은 아무말이 업사 업드려들엇슬뿐이엇스나 됴광조는 고개를들고

『신이 이러케가온들 상심(上心)을엇지몰르오리까? 신들의한일이 과연과격 하얏사외다』

알외어달라고 대답하얏다 됴광조등은 뎐교를바든뒤에 금부에서서동소문밧그로나가서 사처를뎡하고 행장을 수습하게되고 잡혀가첫든 유생들은 모다그대로방송(放送)하게되니 복잡하든 금부가 일이업는 빈집가텃다 라졸멋사람이 모혀안저서 됴광조등의일을 평하는데 어느사람은

『김식이가단아하드군』

말하고또어느사람은

『윤자임이사내다워』

말하는데 그중에 나이지긋한사람이

『말들을마라 내가금부에단닌지수십년에 죄당하는 대관들을한두 본것이아니지만 됴며헌가튼 지청스러운 사람은처음으로보앗다』

하야 여러사람의 말을막으니 이사람이 됴광조에게 필묵을갓다주든라졸이엇다

됴정암이 동소문안을 지나갈때 길가에 섯는여러사람들 틈에한사람이눈물을 뿌리며 섯섯스니 이사람은 갓바치다 이날저녁때 갓바치가 문밧그로 나와서됴정암에게 하직할틈을타랴고 애썻스나금부도사가 잡인(雜人)출입을엄하게 금하야 사처집안에 들어가지 못하고얼마동안 근처로몰아단니다가 덕순을 만나게되엇다 덕순이가창황한 중에도 갓바치를 보고반색하야

『어쩨나왓소?』

하고말을물으니 갓바치가

「묘정암의 얼굴이 나한번더보랴고나왔소이다」

하고

「나를하인이라고하고 사처집을좀가리들어가십시다」

말하야 덕순이가 금군(禁軍)과 말다툼을조이하고야 갓바치가 구차히집안에 들어왔스나 묘정암의사처방에는 갓가히 가지못하얏다 묘정암이 커텩상을바는 때에사처방문이열리며묘정암이 박게잇는 갓바치를보고 고개를 쓰덕이니 갓바치는 허리를굽으리어하직하는뜻을보이엇다 정암이문압흐로 갓가히나 안지며 갓바치를 손짓하야 불르라고한즉마춤사처 방에들어 히젓든금부도사가 고개를가로흔들고방문을다치엇다 갓바치가 묘정암에게말한마듸 못하야보고 몰아서나가는데 덕순이가 뒤를따라 나오며

「인제문안으로들어가려오?」

못고서

「나도래일은 아버지를뫼시고 떠날터인데잇다 가집으로들어갈때잠간들리리다」

말하니갓바치는

「그리하시요기다리리다」

하고대답하얏다

조커텩이다된뒤에덕순이가갓바치집에서방문을열어보니아랫목에누어잇든갓바치가일어나서 마조나오며

「오셧소? 우리는이다음에도 맛날터이니까섭섭할것이업소 어서가서금실조호신내외분이작별이나오래 오래하시요」

하고우스니덕순이는

「창황순주 한중이지만잠시이야기할틈이야업겟소」

하고방으로들어오라고하는것을갓바치가

「고만두고가시지요」

하고막다십히말하야덕순이가

「그러면 작별이요」

하고돌아서다는데갓바치가

「여보시요」

하고 불러서

「내가 말슴한마듸할것잇습니다 첫소그려 일은 중이랑패식일러이니조심하시요」

하고말하얏다

三、사화

덕수덕순형데중에 덕순만그아버지를 딸아가게되엿다 덕수는 그아버지가

「너의아우만 다리고갈터이니 너는아죽 집에잇서서 집일을 보살펴라」

하고 날러슬픈이아니라 그어머니가아죽도편치못한것을보고 형데함께 떠나기도어려웟다 그아버지가 죽지안코 귀양을가게되고 삼수갑산가튼 먼곳으로가지안코 천산을가게되니 불행중의다행이라 덕수는맘이 적이노히엇다 행장을대강수습하고 형데서로대하야

「하인은 누구를다리고가신다드냐?」

「련중이를다리고 가시자고엿주엇서요」

「주몽(朱同)이가 사람이영리하니까 낫지안흘가?」

「련중이모자에게 밝서다입렷는걸이요그러고고괴운소흘쓰는련중이가나흘겟습니다」

말밥쇠레 덕수가 안심되는모양으로한번 한숨을쉬고서

「이번일은참말 텬은(天恩)이 망극하다」

말하니 덕순이는대답이 업시고개를가로흔들엇다

「왜고개를흔드니냐?」

「망극할것도업서요」

「어째그러란말이냐? 더는감축한생각이업늬?」

「업째요부모를 귀양보내는데감축한생각이 날까닭이 잇나요」

「귀양만으로 쓰치게된것이감축하지안하?」

「죄업는부모의귀양만도 분한일이지요」

「소인들이 모함한것을어떠케하늬?」

「입금이밝으면 소인들이모함할수잇나요」

「이에 그게다무슨말이냐? 아예그려케지망지망히말을마라 큰일날라」

「큰일은발서난걸이요」

「큰일이 적게되엿스니까천만다행이지」

「뒤의일이또업슬른지 지서보아야알지요」

「아무리 소인들이기로설마가죄(加罪)야청할라구」

「소인들의 심장을누가알어요 지금우리가이야기하는이시각에남곤의집에서는리장곤、심정、홍경주、김전、홍숙、성운놋소인놈들이 가죄청할 계획을살미는지도몰으지요이런생각을하면사람이치가떨리자안허요?」

「그야알수업지 그러치만 소인들의 원이 여러 어른을됴뎡에서내쪼치면 고만 풀일것이아니냐? 그러고리장곤만은그자들 축에석기지 안홀것이다」

형데가 사랑에서 이러한수작을하다가 덕순이가

「어머니보이려나 들어가십시다」

하고말하야형데가터안방으로들어와서 또다시 한동안안젓섯다

밤이든뒤에 덕순이가 아랫방으로 나려와서보니 그안해리씨가 자리도 펴노치안코넉일흔사람가티안저잇섯다

「왜 자리를펴지 안햇소?」

「여기서 주무시겟서요?」

「그럼어듸가자란말이요?」

「펴시요」

하고 리씨는낼어서서 자리를
나리는데 팔의맥이 풀리엿는지
요이불을불어다 노는것이무거운
롱人자윤드달으는것가티보이엇
다 덕순이가 떡하게녀기어서
『풀아시합시다 게서자리는내
가펴주리다』
하고 날어서니 리씨가웃는지
마는지하게외이우스며
『고만두세요』
하고말리는데
『고만두기는 왜?』
하고 덕순이가 요와니불을
번쩍번쩍들어다가 펴노흐며
『래일은 꼭두새벽날어나야할
터이니까 일즉잡시다』
하고말하니 리씨는
『일즉주무시지요』
하고 대답하는데 그얼굴이다
시시름속에싸이엇다
『게서는아니자야요?』
『잇다 가자겟서요』
『그러면 나도잇다가자지』
『그러지말고몬저주무세요』
덕순이가입을리씨의귀에다이
고무어라고한마듸 속살 거리니
리씨는고개를외로돌리며
『떡하신량반』
하고입속으로말하얏다
『아버지가 귀양가시게되나까
어머니가병나셧지귀양가시는
때내가뵈아가게되니까게서할하
병이낫것갓기에 그셔어머니 에
그며느리라고칭찬햇지떡하기무
여떡해?』
『실업는말슴을햇지뭘이 잇서요
?
그것이떡하지안허요?』
『실업시말한것은근심하는안
해를뷔로하라는것이니까유혹무
괴시만 멀리떠날남편을 책망하
는것은 저를이잇서하는 일이요
?』
리씨는대답이업섯다
『느젓소 고만잡시다』
하고 덕순이가옥이어져내외가
함께눕기는하엿스나벼개우의잔
사실은 날이셀때까지 요치지 아
니하엿다

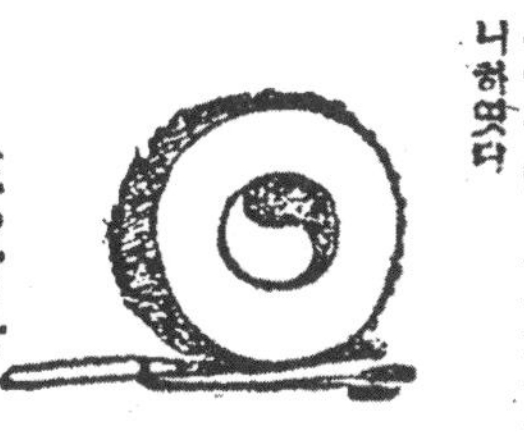

三、사화

그이튼날 여러귀양행차가 떠
나는데 서관(西關)이나 북관(北
關)으로 가는사람이업는이마큼
과천(果川)까지는모다동행할수
잇섯다 서울서 느직이떠나게된
까닭에과천이 첫날숙소 참이되
엇다 숙소는군데군데 뎡하엿스
나석반후에는 여러사람이 모다
됴정암의숙소로모히엇다래일이
면됴광조, 김정, 윤자임, 긔준 네
사람은 수원 진위 (水原, 振威)
길로가고 김식, 김구, 박세희, 박
훈네사람은룡인 죽산 (龍仁, 竹
山)길로 가게되어길이서로갈릴
터이라 여러사람이한숨을 지어
가며생리사별(生離死別)의괴로
운것을 이야기하는중에 낫몰르
는유생한사람이 밧으로 들어왓
다 이유생은 서울서 뒤쏘차나려
온사람이엇다 됴정암과 친한재
상몃사람이일이생긴연유를자세
히알어가지고
『효직이가 죄를당하고도 연
유를몰으고 갈터이니 사람을
보내서라도 가르켜줍시다』
하고공론한뒤에그중의한재상
이자긔의 친근(親近)한이유생
을권위하야 보낸것이엇다 이유
생이 됴정암이하 여러사람에게
인사를마치고 한엽헤 물어안저
서 그재상에게서 듯고온이야기
를자세히 뎐하얏다
『처음에 남곤이가일을시작하
랴할때 병조판서가 업스면큼
위군졸을 풀어쓸수가 업스니
까 이삼일전부터 리장곤리판
서가 집에업는틈을 엿보아차
자가서 리판서의 맘에의심이
생기도록 하야노코 일나든날
다저녁께 국가의 큰일이잇서
서밧비들어오라는 어명(御
命)이 나렷다 고긔별하야리판
서가창황이들어와서바로예궐
하랴고 궐문박게가서 보니표
신(標信)이나리지아니하야궐
문을열지못한다고문군사가드
리지아니하얏다 리판서가 괴
이적게 녀기어긔별한 남곤
의집에, 가서붓속 남곤홍경
주, 후숙몃사람이 모혀안
젓다가 리판서를보고 반겨
마저드리고 남곤이가 홍경주
를가르치며 이홍판서에게 밀
지 (密旨) 가나리어신무문바
그로대령 하랍신다고 하야리
판서가 남곤일파와가티 신무
문으로 입궐하얏다 닭은궐문
열쇠는 모다정원(政院) 에잇
고오즉북문인 신무문 열쇠만
이내시들의 사약방(司鑰房)
에잇슴으로 문이궐문으로 들
어가랴다가정원과사관(史官)
이먼저 알게되면 귀찬흔니까
남곤심뎡이가 쇠들보하서 북
문으로입궐하게휘을낸것이엇
다 밤이 이경써즘되어 남곤심
뎡이외 여러사람이 합문박게
모히엇슬때 입직하얏든 승지
주서(注書), 검열(檢閱)들이
비로소 알고쏘차와서 정원모
르게입궐하는 법이 어듸 잇느
냐고 여러사람을 책망하니라
판서가 불안하게섯다 안졋다
하다가 무슨말을 하랴는데심
뎡이가 표신이 나리어들어
왓노라고 대답하얏다 승지
사관들도 합문안에 들리지안
코 소인들만드나드는데 리판
서에게 어필(御筆)이라고 조
희ㅅ조각을주고 강박하다십히
하야 금위군졸을불어서 입직
하얏든승지 사관들을먼저 금
부로나려 가돈뒤에 사람을잡
아드리기시작하얏다 남곤, 심
뎡등이 세조정난(世祖靖難)
째와가티 잡아드리는대로 박
살할거조를차리는데리장곤은
국가대사를대신에게알리지안
는법이업스니 대신을불러 수
의(收議)한뒤에 처치하시라
고 님금께알외고 홍경주는급
한일은 급하게조처하여야할
니 대신까지 알릴것이업다고
님금을권하얏다 리판서가 홍
경주를놀아보고 임금으로서
도적의일을 행하는법이 어듸
잇느냐? 님금을불의(不義)
에싸지게 하는것이 신자의도
리란말이냐? 하고호령하다십
히말하야당장에박살할계획은
시행하지못하게되엇다 님금이
대신을불르라고하교하야삼정
이지난뒤에 령의정 뎡광필이
창황히입궐하야 님금에면대하
고눈물을 흘리며간(諫)하얏
고그뒤에우의정안당(安瑭)이
도오경께즘 예궐하야 뎡광필
과가티주선하얏다 일이남곤심
뎡의뢰한대로 돠자못한 것이
처음에는 리판서의힘이요 그
다음에는 령의정의 힘이어다
그러나 소인들의일을 지은벼
이가장교묘하야 붕당을 자어
국가를 위태케하는일파를 그
대로두면 국가의화가 조석에
잇다고 님금을공동하고 그자
리에서반대하는리장곤의입흘
은고사하고 그자리업는 대신
들의입까지 함께적거 가자
고온됴뎡이청죄(請罪)하는것
가티 님금을긔망한것도사실이
엇다』
유생의이야기로일의연유를여
러사람이알게 된뒤 윤자임은
승지로 입직하얏든 사람이라
자긔의 본일과마치어 생각하고
그러케 된일일것이라고 말하
고됴정암은
『소인들이 님금을 긔망한까
닭이지 우리님금이야 당초에
그러하실리가잇지』
하고긴한숨을쉬엇다

三、사화

됴정암이하 여러사람이 쏘저
나고보니 됴뎡은남곤심뎡의 관

이라찟은고기에쉬파리꾀이듯이 남곤심뎡의집문에 사람의 얼굴가진물건들이수업시 만히 모혀들엇다 엇그제까지 됴광조를정암선생이라 김식을사서(沙西)선생이라하든 무리들이

『광조는미친놈이다』

『식은도적놈이다』

하고욕설하기를 례사로 하고 남곤심뎡을 개도야지가티 녀기고죽일놈가티 벼르든 사람까지 믿못찟저서한(恨)을 하고 얼굴보는것을 큰영사(榮幸)로 생각하게되니 권세에붓좃는 쥐가튼 무리의 행세가 비나이쩌나달을것이업다 유생들이 광화문압헤서야료하든날급부에가치는족에까지 쉬엇든 황계옥(黃季沃)이가무리에석기어서 남곤 심뎡의 문하에출입하기시작하얏다 얼마뒤에황계옥이가 두어유생과 연명(聯名)하야 상소한장을 올리엇는데 그상소는 광조등의죄상이만만중하야죽이어맛당하다고 말한것이엇다 계옥의 상소뒤를 바뎌서 남곤심뎡의 몽뷔인 대관(臺官)과간관(諫官)들이좌의정안당이하 삼십여인을 됴광조의당(黨)으로몰아 죄를 주자고 성명단자(單子)를 올리엇다 됴광조등 여러사람이 귀양길을 떠나든날 김전이 우의정이되어 정부(政府)에들어오며안당이좌의정으로승차(陞次)하얏섯다우에서 령의정 뎡광필과우의정김전을물리서 계옥의 상소와대간(臺諫)의 단자들보이고 엇더케 처치할것을하순(下詢)하니뎡광필은불문 불가하다고 말슴하엿거니와 김전까지도 중극스럽게 다스릴것이업다고 알외엇다 우에서까지

『광조등도 죄를당한뒤에는잘못된것을 알고 고치겟지지금 그동류를 죄로다스리는 것이 불가할뿐아니라 애초에 붕당(朋黨)이란 말이 불가한말이야』

하고 말슴하는데 남곤심뎡에게 붓좃는중신한사람이안호로나서서

『대간의의사인즉 사(邪)와정(正)을합해석거둘수업다는것인듯하외다』

하고 얼풍이편(便)한말을 알외나 님금이올이어

『사(邪)라고야할수업지』

하고말슴하얏다 그리하야 됴광조등에게 가죄하지 아니하고 안당등에게죄를주지아니하기로 작뎡이되엇더니 불과수일후에 우에서 엄교(嚴敎)가 나리어서 야왕죄바든 사람에게는 다시죄를더하고 아즉죄밧지아니한 사람에게는 새로죄를 주게되엇다 이것은그동안에 안팟에서 참소(讒訴)가들어간 까닭이다 됴광조는 릉주서사약을밧고 남아지 널곱사람은 쳐주、남해、의주、온성등원방에 안치를당하고 안당은대간단자첫비두에 올른사람이라 파직을당하고 뎡광필은안당을구하다가 또황계옥의 상소를만나서 령중추(領中樞)로 좌천되고 리장곤은 죄인이자를들 것을 가만두엇다는죄목으로 대간의탄핵을만나서 삭직(削職)을당하고 파청군과 숭선부정은 대간단자에 일홈이올라서 원찬을당하고 리화면까지도결곤(決棍)을당하얏다

가죄(加罪)한다는소문이나가 시작한뒤에 덕수가처가하인 우음산(于音山)이라는장사와자긔집하인 주동을다리고 밤도아서 선산을나려갓다 덕수가그아버지를보고 서울소문을말하니 그아버지는

『불이사방에서 붙어나니까무엇이든지 다태우고나서야 꺼터이겟지』

하고 한숨을쉬는데 마츰김식을보러왓든 그데자 리신(李信)이가 자리에나안지며

『가죄가 소인들의룡간인지알수업스니잠시피하섯다가사실로님금의뜻인줄아신뒤에자수하서도늣지안습니다소인들의룡간에목숨을바치시는것은쓸데업는일입니다』

하고말하니 엽헤서서 듯든 덕수와덕순은 그말이일리가 업지아니한줄로생각하얏다리신이가 김식이를으게 덕수형데와 의론하고도망길 계획을세웟다 김식에게량에게운 술을권하야 정신업시취케하고 이웃의 마소까지 잠이든오밤중에 도망하게 되엇는데죽은사람이나 다름이 업시 취한김식을 장사우음산이 등에 업고덕순과 련중이가 좌우팔엽헤딸아가며 부축하고 덕수와주몽과리신이는 자박자박 걸어서 뒤를딸아갓섯다 십리길을 넘어간뒤새벽녘 찬바람에 김식외술이깨엇다 일이이러케 된바에김식이도휘할길이업서뎡산사는데자 리중(李中)의집에가서은신할곳을작뎡하기로하고여러사람을다리고뎡산길을차자 가게되엇다

三、사화

리중은화식이 유여하고 가세가풍족하야령산서굉히행세하는 사람이라그집에래인거객이끈치

지아나하야 분요한 때가만핫나 어느날해진뒤에 김식의 일행이 그집에들어가니 이때마츰 리중이는서울가서 남고그의 서데(庶弟)리용(李傭)이가 집을 마터보고잇는중이라 리용이가 김식의행색을수상하게생각하며일행을마저드리엇다 리용이는 김식이가도망人길나선 것을 안뒤에
『래일이라도곳 하인하나뽑어서 형님을 나려오라고 하겟습니다 그러나 집의사랑은사람의 왕래가 만하서비편하니형님소실의집을치워드리겟습니다』
하고 시원시원하게 말하야리중이업는것을 은근히 걱정하든 김식삼부자가 일제히 안심이되엇다 리중의첩의집을 치우고일행이옮긴뒤에리용이가 종들이와서보고 밤저녁일업는 때는오래안저이야기하야 도망군들의 맘이적지아니위로되엇다 하루밤은 리용이가 김식삼부자와 가티은신할곳을 이야기하다가
『형님이 나오주 한뒤에차차의논하면 은신 하실 곳은 잇겟지요만은 어데로 가시든지일행이만흔것이걱정입니다사람이만흐면 자연히 탄로나기가 쉬우니저의소견가터서는자데들파하인들은 보내시고 홀홀으로피하야 단니시는것이 상책일것갓습니다』
말하니김식이는옳히 듯고덕수형데들을돌아보며
『이사람의말이옳타 너의들은 다가는것이 조켓다 나혼자 여긔잇다 가이사람의 때씨으거든 의론하야할터이니 너의들은곳 가도록해라』
하고말하얏다 덕수는그아버지를바라보고
『그러키도합니다만 혼자야말숨이됩니까? 추동이나련중이나하나를다리고단니시지요』
말하고덕순이는그형을돌아보며
『형님이 하인들파리신이들다리고가시면 내가아버지를 뫼시고단니지요』
말하야의론을일정치못하는데리용이가
『하인하나업은 관계업슬것합니다』
말하고덕수형데를돌아보며
『형데분이 가신대도 따로따로 가시는것이 조흘것갓습니다마데리신이란자는하인도아니고 그거누엇입니까?』
하고물어서김식이가
『그자는본래관노 출신으로중노릇한일도잇고 또퇴속 하야 미정이노릇 한일도잇는 자인데내집에당을 치러왓슬때 우연히사람이공부할것이잇는것을보고 집에두고 글자를가르처준일이 서』
하고 리신의래력을말한즉 리용이는
『복자가보기에 시원치안습되다 그자를먼저보내시지요』
하고말하얏다 이튼날 김식이가 리신을불러서
『우리가여럿이 함께단니기도 비편하고하야 서방님형데도 장차보낼 작뎡인즉 너부터떠나가거라』
하고닐르니 리신의말이
『령감께서 어듸가서든지 안신하시는걸 보잇고야가지 인정도리에 중도에서떠날수가 잇습니까』
하고 지청스럽게 아니가겟다하야 김식은
『그러면보아가며하자』
하고 리신은고만두고 덕수더려주동을다리고 떠나라고하니 덕수가가더라도 좀더뫼시고 잇다가겟다고 말하다가
『집일이 엇지될지몰라서심려가되지안흐니 너는우선서울로올우가보아라 더가리잇다가면 무엇하느냐 장밝달고떠나거라』
하고 닐러서 덕수는할수업시 나려올때 가티왓든 주동을다리고 서울길을떠나게되엇다 김식이가령산을온뒤 삼여일만에 리중이가 서울서나려왓다 그천생의은신할곳을 리중이가 이리저리생각하야보다가 령추산(靈鷲山)취서우에잇는 법화사(法華寺)에친한중이잇는것을 생각하고 김식에게말한즉 김식의말이
『일전에내가괘(卦)를하나 엇어보니 산인패사(山人敗事)란 말이잇고 또덕순이가 서울서 올때 엇던뎜쟁이가 중이됨을 낭패한다고 말하더라니 절로 갈묘리가업지안흔가?』
하야 리중이는
『글세요』
하고 생각하는데 리용이가엽헤서김식을보고
『리신이가 중노릇한일이잇다 헛지요?』
하고 입쌔우니 김식부터리신을밋지는못하는까닭에
『그러면 보내지』
말하고 리중이도
『신이가 중노릇한일이잇슬뿐 아니라 사람이 올곳지못하니 곳보내십시다』
말하야리신보낼것을말하는중에리용이가
『큰일을당하야는 조그만한정을돌볼수업스니 만일 의심이 나거든 보낼것이아니라 죽여 없시합시다』
하고 권하엿스나 김식이가
『뎜가는것을밋고 사람을죽이는법이잇나? 길량식이나 후히주어서보내지』
하고곳리신을 불러 가라고날하야떠나보내엇다

三、사화

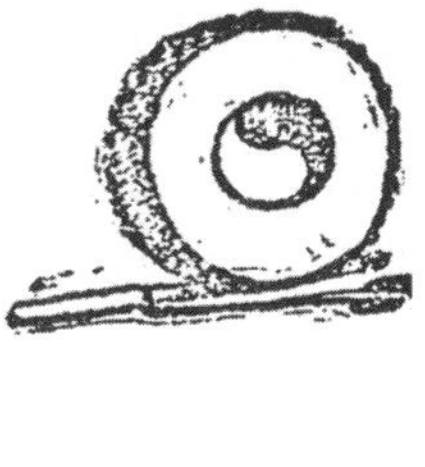

이버칠원(漆原)현감하뎡(河鋌)은 김식의절친한 사람이라 김식은 칠원가면 잠시피신할수 잇슬것을 생각하야 덕순을압서보내어 통긔하고 그뒤에곳칠원으로 오는데 현감을차저오는데 사손님의 행색을 차리느라고김식은말을타고 련중과 우음산은 말뒤를딸엇섯다 하현감이 중로까지하인을 내보내서 관아(官衙)로 마저드리어팔구일동안가티거처하얏다 관속들의눈이 잇서 관아에서 더오래묵이기가어렵게되니 하현감은 김식에게말하고 자긔의 본집으로가게하얏다 래일이면 떠나기로되든그전날밤에 김식이가 덕순을조용히 불러가지고

『부자가 가티단니자면탄로나기쉬운것은 고사하고 남에게루가적지아니하니우음산만남겨두고 너는련중이를 다리고 서울로 가거라 서울집도청하게잇슬는지 몰으나만일 위태한일이잇거든 어듸로든지 피신하야 구명도생 하으렴너나는망명죄인의 아들일뿐이지 무슨죄야 잇느냐 그다지위태한일도업겟지』

덕순이가 우음산 대신남아잇겟다고 눈물을 흘려가며말하얏스나 그아버지가

『아비의말을 더괴롭게 하지마라』

하고말하야 덕순이는더말하지못하얏다 이튼날 덕순은그아버지의말대로 련중을 다리고서울로떠나고 김식은 우음산을다리고 현감의본집으로와서 이곳에서 달포넘어묵어섯다 리신이가령산서떠나는길로 곳서울올라가서 김식이가 지금리중의집에잇는데 그아들과 문객을다리고 남곤과심뎡과 홍경수세사람을해치랴고음모(陰謀)하는중이라고 고발하야 김식의부자를잡으랴고 금부도사가 령산을나려갓 하현다감이 서울소문을듯고 곳긔별하야 김식이는 조마조마하게몃칠을 지내는중에 금부도사가 칠원읍으로 가더라는소문을듯고 자긔를 잡으려간것이라고생각하얏다 그날로 현감의집을떠나서 무주(茂朱)사는 데자 오희안(吳希顏)의집을차저가는데 그동내갓가히와서 길가농군에게집을무르니 농군이

『저가저산미테잇는큰 집입니다』

하고 집을 가르치고

『오서방님은 망명죄인을집에부다고 엇그제처 허서울로삽갓지요 동내서 다아다십히언제부치기나햇나요』

하고 분히녁이는 말이엇다 김식이가 이소식을듯고는 오희안의집으로 들어갈 덧정이업서서 그대로 돌아섯다 지향업는길을 걸어서 지리산(智異山)속을 들어왓다 우음산이가 인가를차저가서 보리밥술을 어더다 가한두끼먹기도 하얏지만 김식은몃칠동안 생솔닙을 씹어허긔를면하고 바위미테서 잠을잣다 김식이가 사약바든 또정암을생각하고 또원밧안치된 여러친구들을 생각하야 천산에다가가죄를당하야절도(絶島)로가는것이올흔것을 공연히 망명하야두명을넘게되엇다고 후회하얏다 면치못할 죽엄을 면하랴고헛애슬것이업다고맘을먹엇다

『내가 배가정히곱하견듸기어려우니 고사리라도 캐어오너라』

하고 우음산을 보낸뒤에며폐잇는버도나무가지에목을매엇다

덕순이가 서울집에 온뒤에얼마되지아니하야 금부도사가 금부라졸을 거느리고 김식의집을 나오는데 다행히 선통해주는 사람이잇서서 덕수는 상투를 풀어 머리를쪽지고 그안해의 옷을닙고 안녀편네들름에 숨어잇섯다 그때는백하를 치지아니하든까닭에 머리를 고치기가 용이하얏고 덕수는 수염이업든 까닭에 사나이표가 나지아니하얏다 금부도사가와서 집안을뒤지니 사나이는 하나도업고젊은녀편네들만 마루구석에 뭉처섯섯다 금부도사가 김식의부인을 보고말을물엇다

『자뎨들은어듸갓소?』

『천산서아니왓세요』

『큰자뎨는 왓다는데?』

『몰라요 아죽집에는 오지아니햇세요』

『알수업는일이군 저젊은이들은다 누구요?』

『며느리하고 먼촌족하딸이에요』

그중에 한녀편네가 얼골은조금녀편네답게 어엽부지못하나 손은 분가티희고 간얄피엇다 금부도사가

『그러면 당신이 나갑시다』

하고 김식의부인을 잡아갓다 우음산이가 지리산에서 나려와서 자수하야 어명으로김식의시톄를 검시까지하게된뒤에 김식의부인이 노혀나왔다 김식의시톄는 련남서운구하야 충주(忠州)따에 권폄(權窆)하게되엇는데 일을주장하야한사람은 김식의부인리씨요 부인의뒤를 밧들어 일을보살핀사람은 김식의데자신명인(申命仁)이엇다

四、뒤ㅅ일

리중(里中)은김식을 감춘죄로부녕(富寧)에안치되고오희안(吳希顔)은김식과동모(同謀)하얏단죄목으로벽동(碧潼)에찬배되고허뎡(許鋌)은김식과누순음모를가리하얏다고 무지무지 한곤장사백여도에 구경장폐를 당하고그외에도김식의데자와문객으로죄를낭한 사람이한둘이 아니엇다 리신은고발한공으로 량민이되어 충청도에가서 살다가강도와주로 몰리어그고을 군수손에마저죽엇다 뒤ㅅ날 이야기는고만두고리신이가처음고발할때김덕순과 박련중의 장사인것을말하야 남곤심뎡은 특별히덕순과련중을 잡으라고 여러가지로애를썻다 령남대로는 각고을군교를놓어 목목이직히며 행인을괴찰하게하고김식의서울집은근처에포교들 뭇더츌입 하는사람을일일이살피게하얏다숭선부정은덕순의 장인이요 련중의상뎐이라속으로 소식을통할 듯시몰은다고옥에잡아가두엇다가애매하게허장人개들따리어서녕해로귀양을보내엇다남곤은덕순을잡지못한것이큰근심이되어서밤잠을 [illegible]히자지못하얏나 자는처소를 남에게알리지아니하랴고하루밤에 잠자리를 다서여섯군대로 옴기는데 잠이들라말라할때에 덕순이란 세자보이는 남자가 칼을품고 눈압헤나서서소스라처잠을깨는일이만핫섯다

덕순이와 련중이는 철원서떠나서 서울로오는길에 물평새재근처에와서 소로로 들어섯다가길을잃고 헤매든중에 우연히어느직골에를들어갓섯다 화적들이 두사람을해치랴고하다가 망명죄인 김식의아들 김덕순의노주인것을알고 손님으로 마저드리어 대접을륭숭히하고 그중에수두되는자가 덕순을 대하야

『서방님 서울가실것업시우리하고 가티지냅시다 지금님금도 요전님금가티 내쫏기거나그러치아니하면 금살을 맛거나해서 세상이변하거든 서방님이나가서서 보구니 숭록대부도하고 마치뚝떡대장도하시구려 지금서애갓다가 소인놈들손에 묘팡조처럼 죽으면무엇하오 내말대로 어듸가티지내봅시다』

하고 덕순을나가지말라고 만류하니 덕순은 생각하얏다 자긔수하에 두긔를가추가진 강병이수천명만잇스면거침납시서울外지지처올라가서남곤심뎡의무리를 잡아다가 천참만육(千斬萬戮)하겟스나웃에녹이 스를창개와 날이무된 환도ㅅ개외에는모다 박달나무방망이박게 가지저못한 화적당으로 륙십명은소용이업섯다

『서울집일이러정이니께 올라가보아야겟소 형님이 잇지만몸이약해서급한때는자긔한몸도주체구저 힘사람이니께 오머니와 여러식구들을 엇더케하겟소 내가올라가보아야지』

하고수두의말을거절하얏다 그러나날마다

『내보내주리다』

하고말하면서좀처럼내보내주지아니하는 수두에게 붓잡히어

덕순의노주두사람은그적골에서한달갓가히 묵엇섯다 길을나서보니한달전이 녯날이엇다 길목마다수직하는각고을군교들이행인을맘대로 통행하지못하게 하야인심이소란할디경이엇다덕순이와 련중이는 낫이면으슥한산ㅅ골이나 궁벽한촌가에서 숨어지내고밤이면길을걷엇다나종에서울外지 무사히오게 되엇스나덕순이는 바로집으로 들어가기가 위태하야 어듸로갈가망상거리다가 첩잔흔 갓바치를생각하고 련중이를 다리고혜화문안을차저왓다 이때 갓바치는문박게나섯다가 두사람이 인사도하기전에

『어서방으로들어가십사다』

하고 압서방문을 열어주고덕순의노주가방에 들어 안진뒤에갓바치는 안으로들어가서 밥두상을갓다주며

『시장들할터이니 어서밥들을잡수시요』

하고 말하는데 그밥상이미리올것을알고 차려둔것 가텃다밥상을 치운뒤에 덕순의아버지가지리산속에 자결한것과 덕순의어머니가 옥에가치엇다가 얼마전에노히어 운구하러 나려간것과덕수가 어듸로도망한것과 덕순과 련중을잡으라고 경향이소란한것을 갓바치가 대강대강이야기하야 들리엇다 덕순이는텬디가 아득하얏다 처음에는넉일흔사람가티 안젓다가 한동안뒤에 갑작이자리에 업드러지며소리업시우는데 흘러나오는 눈물이 흔건하게자리에 고이고흐흐늣길때마다 허리우가 꿈흘꿈흘하얏다 련중이가일변눈물을씻으며 흔들어말리나 좀하야쓰치지아니하얏다 덕순이가 또다시갑작이머리를들고니를가는데그얼골이 귀신을밟고섯는 금강(金剛)과가티무서웟다 덕순이가

『남곤이란놈을』

하고 주먹을쥐고 닐어서랴고하니 갓바치가

『정신납는소리마시요 주먹으로는 원수를못갑소』

하고 붓들어안치엇다 덕순이가 다시얼빠진사람가티 우두머니안젓다가 갓바치를보고

『집에나 좀가보고오리다』

하고말하니 갓바치는 고개를 쓰덕이며

『그것은그리하시요 그러치만 포교들의눈이 무서우니 조심하시요』

하고 가는것을말리지 아니하얏다

四、뒤ㅅ일

덕순이가 집문ㅅ간에를 와서보니밤도늣지 아니하얏는데 대문은 발서다 치엇다 들창에불빗이보이는 행랑방이 업지아니하나문열라고소리치기가어려운까닭에 사랑뒷담께로 돌아가서담을넘어들어왓다 사랑방 수청방할것업시불이 키어잇는방이하나도업다 사방이캄캄하얏다 덕순이는 사람업는 사랑마당에주저물러안저서 대셩통곡을 하고십헛스나 억지로참고 안중문ㅅ간에와서중문을 밀어보니 역시빗장이걸리엇다

『어머니도 아니게시고 젊은동서써리 집을 직히고잇스니까 밤저녁이면 집안이 휘휘해서 일쯕문을다 치는게다』

하고생각하며 덕순이는 발씨익은대로 다시사랑뒤로 돌아와서안으로 통한일각문담을 뛰어넘어왓다 아무리뛰어질 잘하는 덕순이가 섬뚝뛰엇다고 하더라도영에떨어질때소리가나지안흘리업다 압마당에서 개가야단스럽게지젓다 그러나

『이개』

하고문열어보는사람이업는모양이엇다 개가마루밋 좀부뚜막어진곳으로 긔어나와서 뛰어들어온사람에게로 와락 덤비라고하다가점은 주인의 냄새를맛고펄펄뛰며 반기는뜻을 표하엿다 덕순이는 경황납는중에도 개의뜻을저버리지못하야머가리를쓰다듬어주고 개는 답례하듯이 젊은주인의 손등을핥터주엇다 덕순이가안방뒤를돌아서 지처노흔부엌문을열고 압마당으로 나왓다 집안을 둘러보니안방과건넌방은문이 컴컴히다 치엇고아랫방만덧문한쪽이 열리어잇다 방마다희미한불빗이잇는것이사람이업는것은아니련만내다보는사람은 하나도업섯다 덕순이가

『안해도잠이들엇나?』

하고생각하며 아랫방문을 열고드려다보니 뜻아닌 병풍이앞에로둘러치엿는데붉은괴ㅅ발가튼것이 그병풍에 걸치어잇다 병풍앞헤누어잇는사람이문여는때놀라서

『누구야?』

하고소리를질르며일어낫다 머리가 헙수룩하고 얼골이흉상스러워서 사람인지 귀신인지분별할수가업슬디경이다 더구나누구인것을언뜻알어내기가어려웟다 덕순이가눈을씻고드려다 보다가

『련중어멈인가?』

하고물은즉

『에구 서방님이요?』

하고 곳엉엉울기 시작하얏다

덕순이가 방안으로 드려와서자세히살펴보니 그붉은 괴ㅅ발이명정(明旌)이다 분으로쓴 글시가잇다 췻머리는 병풍넘어로넘어갓스니 전주리씨지구(全州李氏之柩) 여섯자가덕순의눈에보이엇다 덕순이는 가장정신을잘차리는듯이

『전주리씨라니? 전주리씨가누구일가?』

하고의심하며

『련중어멈 아씨어듸갓나?』

하고물으니 련중어멈은 대답이업시눈물을흘리씻고흘리씻고하다가

『련중이는어듸잇서요?』

하고 도리여물엇다 덕순이는 밝은정신이돌앗는지

『아씨가죽엇나? 언제죽엇나?』

하고 물어서 련중어멈이목메인말소리로 이야기 하기시작하얏다

『아씨는 서방님이 떠나신뒤로진지한끼를 잘잡숫지 아니햇세요 이댁마님이 잡혀가신다본댁령감이 잡혀가신다 한뒤에는 밥은들 한목음도변변히잡숫지 아니햇세요 밤낫서방님일이 걱정이되서서 몰아가실뻐까지 서방님 말슴이엇세요 누운자리에서 일어나지못하게되신뒤에는 밤 저녁에개만지저도 서방님 오시나내다보라고하시겟지요 한번은 어멈이서방님이오시기는어듸를오시요?하고말슴하니까그래어멈말이옳하고한숨을쉬시더니먹어나는죽지안흐려야한번맛나보입고야죽지그냥죽을수가잇나? 하고까지 말슴하든량반이…… 서방님! 조금일즉오시지요 원이나풀고 돌아가시게! 운명하시든날 본댁마님이 족하량반을 다리고오셧는대 아씨가 외사촌을보시고 언제오셧세요? 고생이나파히 안하셧세요?하고 말슴하시기에 처음에는 몰랏더니 나종에아버님은 어듸로가시게하얏느냐? 천산육식이고약하지 아니하드냐? 모든말슴이 그량반을 서방님으로알고하시는 말슴입되다 본댁마님은 어머니로 알어보시든지 어머니! 울며 가지고 나는인제죽어도 한(恨)이업서요 한번낫나보기가 원이엇더니인제 원을풀엇서요하고 불과얼마아니되어서 자는것가티운명하셧세요 서방님진외가댁에서와 아씨외가댁 에서들오서서 초상을 치르시는중인데 오늘은디관을다리고 산에들가섯세요 모레쯤상사를 지내신답되다』

덕순이는 눈물도나오지 아니하고 답답한가슴이 메어질것가틀뿐이엇다 생각도업시 병풍을제처고 관머리에가서안저서 두손으로 관을만지며

『일어나오 고만일어나오 내가여긔왓소』

하는말이 관속에든사람을 자든사람으로 아는것가텃다

四、뒤ㅅ일

안방에는 귀먹장이 늙은할미와제집아희들만 자는 까닭으로 개짓는 소리가나고신발소리가나는것을 도모지 몰랏지만건넌방에서자는 덕수의 안해와상직군은발고도무서운생각이나서박굴 내다보지못하얏다 아래ㅅ방에 문여는소리가나고 련중어멈의이야기소리가나는것을들은뒤에야 덕수의안해가 상직군을내보내보앗다 무서워라는 상직군이 나가고십지안흔것을 억지로나가더니 무엇을 보고놀란사람가티방으로 뛰어들어와다 덕수의안해가 눈을몽그라케 뜨고치어다보고 안젓스니까 상직군이수상스럽게 밧삭갓가히 오며

『서방님이요』

하고 밧갓을가르치니 덕수의안해는 남편이왓다는줄로 듯고

『서방님이오셧서?왜아랫방으로먼저가셧슬가?』

하고 허둥지둥 이부자리를치우는데 상직군이 우두머니보다가 한참만에야 쌔우친듯이가만히

『작은서방님이오셧서요』

하고말하니 덕수의 안해는

『그러면 진작작은서방님이라고그래지』

하고 조금암상스럽게 말하고치우든이부자리를고만두고버서노핫든치마만 다시 닙은뒤에아랫방으로 나려와다 관머리를집고멍멍하게 안젓는식동생을보고인사대신에 울음을 내노하니영울기박게 아니하든련중어멈은명다려서 곡성을 내엇다 상직군이또차나려와서

『아씨 박갓행랑에포교가와잇서요 수상하게 알리다울음을끄치시요』

하고말리어 곡성이 딱그치자중문울박차는소리가들리엇다 상직군이겁이나서 [illegible]하며

『저것보아요포교아니라구요』

하고말하며 덕순의형수가

『서방님 어서피하시요』

하고 련중어멈이 흉내내듯이

『서방님 어서피하시요』

하고 말하야 눈만두리번거리든 덕순이가 녕이써지게한숨을쉬고 벌떡닐어서서 간다온다말이업시 박그로나갓다 상직군은

『나는 죽어도못나가겟서요』

하고 나가지아니하고 련중어멈이 칠팔십먹은 할미나달음업시 뜨부렁거리고나가서 중문밧장을 떠노핫다 들어온사람은포교가아니요 덕순의 진외당숙이다 마츰산에갓다돌아와서 안에서 곡성이나는것을듯고 달은연고가잇는가하야들어온것이엇다

갓바치가 련중이와가티 안저이야기하는중에 덕순이가 풀긔업시 고개를숙이고 들어와다 갓바치가 자리를비켜주고나서

『전에나를보이시든사주 생각하시요? 붉은괴ㅅ발이니 무어니하든것말슴이요?』

사주에 아들이업단다고 걱정스러워하든 리씨의모양이 덕순의눈압헤 얼른거리며 눈물이잘르르흘럿다 갓바치가

『내가 공연한말을햇나보오구려 그러치만 가슴이답답한때 한번실컷우는것이조치요』

하고 말하자 덕순이 눈입살을내밀고 코물을드려마시며 울기시작하야 갓바치는 참말로 실컷울라고내버려두는지 말이업고 련중이가

『서방님 웬일이요』

『서방님 댁에또무슨일이잇습되까?』

『고만진정하고말슴좀하시요』

하고말하며말리엇스나덕순은말을못듯는지마는지하고늣겨가며울엇다 밥두어너숫지울동안 이나착실히 지난뒤에 덕순의울음이그만저만끄치게되니 갓바치는

『인제다우셧소?속이좀 시원하오?』

하고뭇고 련중은

『댁에갓다 오며 그러케정신업시우시는것이며데무슨까닭이요?』

하고물엇다 덕순이는 가슴이답답한줄은 몰으겟스나 모든것이꿈속가텃다 초상난집 이라고뷔인집가튼것도 꿈속갓고 련중어멈되얏이 귀신가튼것도, 꿈속갓고 편머리에 안젓슬때 형수가울든것도꿈속가텃다 그뿐아니라엽헤안젓는갓바치의얼굴과마조안젓는련중의 얼굴까지 꿈속에보는것과달음이업섯다

『내가못된꿈을꾸는게지』

하고덕순이는 길게한숨을 쉬엇다다시한동안지난뒤에갓바치가덕순을보고

『지금서울서 오래묵으시는것아와래한일이요』

하고련중이말가르치며

『저사람과가티단니시는 것도 위래한일이나와각각어느시골로가서 피신하는것이 조흘런인데그럴만한데가잇겟소업겟소?』

하고물어서 피신할곳을 공론하게되엇는데 덕순이는 충주가서그아버지산소에단니고그뒤에신명인을차저가서피신할것을의론하겟다고 말하고 련중이는평산(平山)사는생가외사촌이사람이 진실하야 의지할만하다고말하야갓바치는한참생각하다가둘다조켓다고말하엿다

덕순이는 그안해장사의 발인하는것을 먼빗으로라도 보고떠날생각이잇고 련중이는 그어머니를 한번맛나고 갈맘이잇서서두

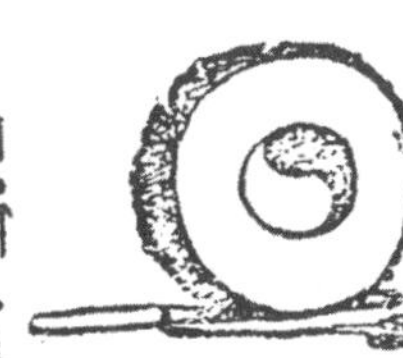

四、두ㅅ일

사람이모다 이삼일동안만 서울서묵게하야 달라고 말하니갓바치는이것을 다아는듯이

『이정과도리를 막으라고는하지아니하오 두분이 일동일정을나하라는대로 한다면 이삼일쯤 묵어도 조치만그러치아니하면 묵으라고 허락하기어렵소』

하고말하야 덕순이와 련중이는묵을 욕심에 무엇이든지하라는대로 하겟다고 말하얏다 그러나아튼날 갓바치가 장간어듸간사이에 덕순이와 련중이는갓바치몰래 무슨공론을 하야두엇다그날밤에 련중이가 갓바치를보고

『어케서박넘 갓다 오듯이잠간가서 어머니를보고 오겟습니다』

하고 갓바치의 허락나기를기다리는데 갓바치는말이업시 무엇을 생각하는 모양이엇다덕순이가 엽헤서

『잠간갓 오겟다니 가라고합시다』

하고 허락하기를 권하니갓바치가 빙그레웃고

『어제는 꿈속가티 단니어오셧스니까오늘밤에련중이와가티가서 부인의 관우에눈물을가나흘리고 오실맘이 잇지요?』

하고물으며 덕순의 얼굴을들여다보는데 덕순이는 무슨음사(陰事)나 들킨것가티 가슴이선뜩하얏스나아닌보담하고태연하게

『맘이 잇다뿐이겟소그러치안허도말슴하고 십든차이요』

하고말하얏다

『쓸데업는일이라고 말리고십지만 정히가고 십거든가시요 그려』

하는 갓바치의 허락을듣은뒤에밤이들기를 기다리어 덕순과련중이는 몸을갓든하게 차리고신들까지 단단히매고 갓바치의집을나섯다

두사람의가는곳은덕순의집이어아니요 남편의집이엇다 이남편의집근처에 왓슬때는 밤이삼경이 지난뒤라 골목안이적적하고 남편의집 소슬대문이굿게다치엇섯다두사람이 쏠행랑을싸고몰아 담이잇는곳에 왓다담은뒤어넘기라든 하겟스나 담안의디형을 몰라서 뛰지를못하고

덕순이는아래서망을보고련중이가몸을소치어담에손을걸치고다시한번몸을소치어 담넘어들어다보니 그곳이 사랑압화초밧머리이엇다 련중이가 담우에올라걸어안지며아래에잇는덕순에게 손짓하야 덕순이도담우로올라왓다 두사람이 삽분삽분뛰어나려서 화초밧뒤에선 큰배나무미테몸을숨기고 집안동정을살펴보니 큰사랑, 아랫사랑, 수령방에 모다불이키엇고 중사랑만은 아래우ㅅ간 덧문이다다치엇는데 사람들은 잠이들엇든지 여러방이 모다괴괴하얏다 두사람이 화초밧에서 나와서큰사랑뒤를 한번 돌아보고다시압흐로 돌아와서 사랑마루로올나왓다 덕순이가 우ㅅ간덧문을지긋이잡아다려보니걸린것이아니라스르르 열리엇다

『인제 남편이는 섬에든쥐다』

하고생각하며 련중을 돌아보고한번쨍긋우슨뒤에련중의압을서서방안으로들어왓다 방안에는장지박게한사람이누어자고장지안아랫목에 뷔인자리가 잇다누어자는사람은 머리뭉지가 잇는것이상노아희모양이다자는아희를덕순이가 발끗으로 근드리어깜짝놀라닐어나는것을보고

『이놈쨉짝마라』

하고먼저며귀를집든고

『너의주인이 어듸갓느냐?』

하고말을물엇다 상노아희는사시나무닙가티썰고안젓다 가간신히

『마마님댁』

한마디를내고는말문이막히어말을못한다 덕순이와 련중이가잠간서로바라보다가덕순이가눈짓하며 련중이가 상노아희에게대어들어따은머리를압흐로몰려처름자갈을 물리고 방구석에걸린수건을 나려두팔을 뒤쳐커몽이엇다 련중이가 아희를 몽이는동안에 덕순이는 골방문까지열어보앗다 련중이가 몽인아희를 번쩍안어서 골방안에집어다너코 문을닫다 치고 고리를걸엇다 아랫목 머리맛에 걸려잇는환도가 덕순의눈에뜨이며 엇던생각이 머리속에떠올랏다 덕순이는꿋벽에걸린옷을 나려서 벼개에넣혀노코 환도를 나려서날을빼허리춤히들고 두서너 걸음뒤로물러섯다가 눈을 부릅뜨고압흐로나서며 번개가티 나리쳣다 옷넣힌벼개에 칼자욱이 깁히낫다 보고섯든 련중이는 싱긋우섯다 덕순이가 환도날을 씨워서걸렷든자리에 다시걸어노코 련중이와가티 돌아서 나오랴고할때 수령방에 문여는소리가나더니 청령청을걸어오는발소리가들리엇다 두사람은 몸을 움츠리고우ㅅ간문압헤무러섯다 령창이인지 무엇인지 한사람이 문압헤와서

『왜덕순을붙어노코자노?』

말하며 미다지를여는데 련중어가별안간에 압흐로나서서 발길을날리어 동가슴을 내질럿다

『아이쿠』소리와 함께 쿵하며마당에나가 떨어졋다 수령방문이 열리고 아랫방문이 열리엇다 실넝소리가 아단스럽게 낫다 덕순이와 련중이는 화초밧사이로뛰어와서울담을뛰어넘엇다

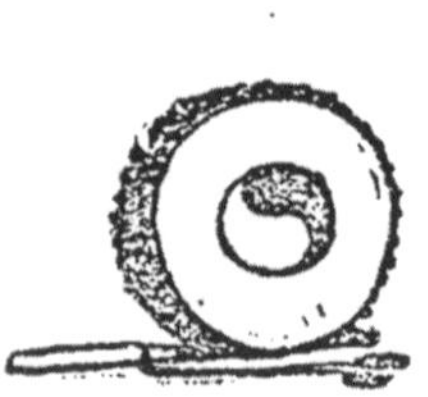

四、뒤ㅅ일

덕순이가 련중이와가티 공분한일을하든밤에 남끈과 심녕을죽이자는것이엇는데남끈에게서낭패보고는 다시의론을 떠하기로하야심녕의 집엔가도 아니하얏다덕순이가 련중이와함께 남끈의집에서나오든 길로손살 가티자긔의집사랑 뒷담께로 왓다 권날에뛰엄질을 내기하듯이 훌쩍훌쩍뛰어넘엇다 사랑압 마당에불빗이환한것이 어제밤과는 딴판이라 두사람이가티 발자최를감추고가만가만히 수령방 엽흐로나와서 기웃이동정을 살펴보니마당한엽헤 초초한 상여를꾸며노코 상여압멍석우에 상두군몃사람이 두건ㅅ장을 쓰고잇다 련중이가덕순의소매를지긋거리어뒤마당으슥한곳으로나가서

『여보 서방님래일발인인가보오오늘밤엔 안팍에사람 들이잇는모양이니부질업시나서지말고그대로갑시다』

하고권하야 두사람이 다시담을뛰어넘어헤화문안으로돌아와다갓바치가그때껏자지안코잇다가두사람을마저드려안친뒤에

『두분이 나몰속이고부질업는일을하야 래일부터는 서울안이소란할모양이요』

하고말하는데덕순이가

『무슨일들속이고 햇단말슴이요?』

하고 시침을 떼라하얏더니갓바치가 허허웃고 나직이

『벼개가 무슨죄요?』

하고말하야 덕순이와 련중이는일시에 깜짝놀래엇다

『남끈이가 시임머신이요대신을모해하랴든 사람이 서울안에안저백이겟소 래일 아침권으로서울을떠나야만 무사 하겟는데평산길은 태평하나 충수길이위태하니 련중이는 새벽일즉이떠나게하고 피신할곳을 다시의론합시다』

귀신가티알고잇는갓바치의하는말을 덕순이나 련중이가거역할생각을못하얏다두사람은작별할것이 섭섭하야 지난이야기압이야기하는중에 날이 새기시작하얏다 누엇든 갓바치가닐어안지며 곳련중에게 떠날준비를차리라고말하고벽장문을열고미리준비하얏든 량식 전대를내주엇다 련중이가

『서방님 그러면나는떠나겟소죽지안코살면 다시맛나 보입지요』

하고 닐어나서 절을하니덕순이도 닐어서서

『오냐 아무쪼록살어서다시맛나보자』

하고 눈에눈물이 글성글성하얏다 련중이가 갓바치에게작별인사를 하기전에

『한마듸 엿주어볼말슴이잇습니다우리어머니를뉘ㅅ날만나보게되겟습니까?』

하고물어서

『맛나보다뿐이겟나 염려 말고잘가게』

하는말을듯고는

『인제는안심하고가겟습니다』

하고 갓바치에게절을 하랴하니갓바치가

『절은무슨절』

하고붓들엇다련중이를떠나보낸뒤에 갓바치가 덕순을보고

『피신할만한곳이한군데 잇기는하나그곳에를가잇자면조금욕스러운일을참어야하겟스니참을수잇겟소?』

하고 물으니 덕순이는두번생각도아니하고

『참으라시면 참지요머데무슨욕스러운일인가요?』

하고말하얏다

『홍인문밧리판서가사람도 무던하고천뎡감과교분도잇는터

이라그를보고 말하면 뫼리지안코잠시숨겨줄것이요또그집에서창녕(昌寧)으로락향한다니거긔까지 뫌하가면 몃해동안이라도안전하게피신할수잇슬것이요』

『리판서어른은 우리의은인이요내가은인을원수로잘못알고 별르기까지 한일이 잇섯소그건엇잿든지 그런어른에게 가서의탁하는것이 욕스러울 까닭이무엇이요?』

『그저의탁이야욕스러울 것이업지요만욕스러운 일을 참어야 의탁하기가 편할것 이요 리판서가 삭직 당한뒤에 오는 손님은별로업지마는 그래도 상하이목이 번다한집이니까 그이목을 피하여야 할것이아니겟소? 그런데 리판서의장인장모가 합측서 단내외살다가 작년가을에 그장인먼저하세하고 두어달뒤에 그장모까지작고하야 리판서부인이 지금 겸상중인데 그부인이부모의후사를 위하야 양자말을하든터이라 욕스럽지만 부인의아우양도령노릇을하고가서잇스면 일업시 이목을속일수잇을것이요』

『그것을 리판서장내외만은알어야하지안켓소?』

『알어야하고 말고요내가어제리판서에게가서 미리 의론해두엇스니까 남들 듯기엔말이귀날리업지요』

덕순이는 갓바치의말을 조차서 리판서부인의 아우노릇을하기로하야 갓바치와가티 공론하고성명을양을쇠(楊乙釗)라고변명하얏다

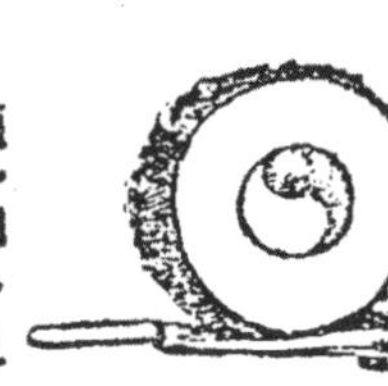

四. 뒤ㅅ날

덕순이가 상투를올려 귀ㅅ머리를 따흔뒤에 머리꽁지에 흰올아기당긔를드리고 흰무명고의적삼만닙고서 웃옷을 닙지아니하고 망건자욱을가리랴고 머리를수건으로동이고 집신을신고나서니 흡사한총각상제라 아부리 눈밝은포교라도 이총각이 김사청대들재자뎨로는알어볼수업게되엇다 덕순이가 을쇠로변하야가지고 갓바치와가티 홍인문밧게를나왓니 리판서가 두사람이왓다는말을듯고 곳방으로들어오라하야 갓바치는 징지박게안고 덕순이는 갓바치엽헤섯는데 덕순의옷깃이 눈물에저실뿐아니라 리판서의눈에도 눈물이몰앗다 갓바치가 말을하기시작하야 리판서와 이런말저런말하는중에 리판서의 맛아들합동이가들어왓나 합동이가 갓바치를보고 친숙하게 인사하엿다 리판서가 덕순을가르치며

『너 저사람에게절해라』

하고 닐러서 합동이가절을하랴고할때 갓바치가

『새로생긴 외삼촌이야』

하고 합동이에게말하며 덕순의얼골을처어다보앗나 절하고난 합동이가 두손을맛잡고그아버지를향하야

『진지엇주러나왓습니다』

하고 나온사닭을말하니 리판서는 먹는다아니먹는다말이업시

『너의어머니에게말하고 안뒤별당채를 치우라고해라』

하고 닐럿다 합동이가안으로들어간뒤에리판서가갓바치를보고

『아츰밥을가티먹제』

하고말하는데 갓바치가

『아닌게아니라 우리도아츰을먹지아햇습니다 새벽부터 수선을부리다가 그대로 왓습니다』

하고말한즉리판서는

『그러기에 가티먹자고말하지안나』

하고적이우섯다

별낭에돌어와 안진뒤에 리판서가갓바치를 돌아보며

『아츰밥먹기전에 남매간낫나보게하지』

하고빙그레 우스니 갓바치는말이업시고개를 쏘덕이엇다 리판서가부인을 별당으로 오라하야 그부인이 아이종하나만 다리고 별당에 들어와서 마두에올라서는데갓바치가 눈짓으로 가르처서덕순이는 잠간주저주저 하다가마두로 나가서 부인을향하야 공손히 절하얏다 부인은맛지안코밧기가 미안하든지 유표히지안케슬그머니 몸을비키엇다 이리하야 덕순이가 유명한양을봉단이를누님으로 상면하얏다 나이삼십오륙세된 소복닙은 부인이얼골에 복긔가 만흘뿐아니라 태도에점잔흔것이 들어낫다 부인의눈에서 눈물이떨어젓다 내다보는리판서는

『녀편네는 까닭업는눈물도잘흘린다』

생각하고 결래에섯는아희종은

『양자로 들어온 동생을보시고 부모생각을하시는게다』

생각 하얏지만 부인는 참말 저러한 동생이나 하나 잇섯드면 부모님이 저다지 섭섭히되지아니하얏슬것이라고생각하고 눈물을 흘린것이엇다 부인이이면수습으로 덕순에게 말을부치는데참아또렷하게해라를하지못하고 말뒤가나서 말하얏다 아츰뒤에갓바치는 덕순을뒤에남저두고 돌아갓나 덕순이가 양을쇠가되어 리판서집 별낭채에서 거처하게 되엇는데리판서를는대감이라하고 리판서 부인를는 누님이라하고 리판서집하인들에게는 도령청호를 밧고리판서의아들딸에게 누아저씨소리를들엇다 리판서는 열네살먹은 합동이 아래로 여덜살먹은딸과 네살먹은 아들이잇섯는데 그아희들이

『와삼촌아젓씨』

『외삼촌아젓씨』

하고덕순을잘뒤나덕순이가태평으로지내며 청안소문을 들어보니 몃칠동안 포교들이벌떼헤어지듯이 사방에 흣허저서집거리에단니는사람도죄업시집어갈것가티 무시부시하고 서울안을가가호호이뎍간(摘奸)하는대뭇는것은 김덕순이와 박련홍이두사람이엇다고하얏다 어느날은금부도사가 리판서를 와서보고

『김식의아들 김덕순이를보신일이잇습니까?』

하고물으니 리판서는 서슴지안코

『본일이잇지』

하고대답하얏다

『아 언제보셧세요?』

『년전까지 보앗지 작년설에도 아마내게 세배를왓셧지』

『네 작년겨울이후에는 보시지못하셧습니까 그려』

『볼수가 잇나? 말들으니까덕순이가나를원수로알어서남정승보담 나를먼저 처치하겟다고별르더라는걸』

『대감을 원수로알다니지각업는자올시다』

『저의아버지를살아가두고 귀양보내고 죽여 내가금부에서 잇섯스니까 내말을 알어주지못하고원수로 별르기도 용혹무괴이지』

도사는다시수어하다가 돌아갓다 저녁때사람업는틈에리판서가 덕순을보고 도사와 수작하든말을옴기고가만히

『네가내게와서잇는것은 꿈에도몰을것이다』

하고빙그레우섯다

四、뒤ㅅ일

남곤이가 자객(刺客)이 왓다갓다 는긔별을 들엇슬때 얼마동안은 얼골이 사색이되고숨도크게쉬시못하얏섯다박게나서기가

무서워서 다른곳으로 옴기지못
하고첨지집에숨어업드려서밤을
지내는데 박게서 바스락소리만
나도깜작놀래니까그첩이보다덕
하야
『저보시요 대감아녀자가붓그
럽지안흐시요? 그러케질겁을
하시다간간(肝)이조라부트시
겟세요』
하고비우서말을하니남끈이가
그래도첩에게취됴(取嘲)하게된
것은 비위에거슬러어
『망자하게 되지못한소리짓거
리지마라』
하고뇌까리고
『엇지하다가 내신세가이러케
되엿단말인』
하고자탄(自歎)하며해가솟하
또뒤에도 남끈이는 겁이남앗든
지자과집하이과의정부하인들을
풀려다가전후를용우케하고큰집
에돌돌아왓섯다 놈은 텅직이에
게전후사실을 대강듣든뒤에 끌
밤에가치엇든상노들불러친히자
꺼의말을들어보니 상노는 끈히
자다가놀라날어나참시졀, 겁결
에본일이라서 대답이똑똑지 못
하얏다
『첫재사람아멧치더냐?
『몰난것가텃습니다』
『두놈이다칼을가젓더냐?』
『아마칼들은 갓지아니햇섯습니
다』
『아마가무어냐? 똑똑지못한
놈가트니 그래 그도적놈들이
나이젊더냐?』
아마라고 말하다가 뚜지람을
바든상노가생으로거짓말을하얏
다

『한놈은 몸집이똥똥한데한사
십넘어보이고 또한놈은 하늘
파충하게 키가큰데 한삼십을
되어보엽되다』
엿혀섯든텅직이가
『이놈 어제밤에내가꿈을꾸는
그것도잡놈으겟다고하더니』
하고 책을집으니 그상노가
『지금 가만히생각해보니까그
런듯해요』
하고 고개를 숙이엇다남끈이
가어이가업서
『에이놈 저리가거라』
하고 상노를물리치고 마당에
떨어졋든 수령텅직이를 불르라
고하다가 그텅직이가 뒤ㅅ골이
또깨저서 집에나가누엇다고 함
으로 그럼면쏠쏠것업시 고만두
라고하얏섯다 자객이 도망하는
것을본 사람은 한사람이아니엇스
나 어둔밤에본것이라 그말이다
각각이엇섯다 『흰옷남은것이화
초밧으로뛰어갓다』 『집은그탑
자가후원으로들어갓다』 그중에
심한말은 관솔것이 번쩍하더니
업서지더라하고그것이독갑이짓
이아닌지 몰르겟다고 하얏섯다
남끈의집은 북악밋이라 후원에
목포도잇고 바위도잇섯다 자객
들이 처음에북악산기슭으로 들
어와서 바위뒤가튼데 숨어잇다
가 나종에다시산기슭으로 도망
한것이라고 생각들하얏섯다 남
끈이가 칼마진벼개를 가저오라
하야 벼개에남힌자리옷이 허리
가잘린것을보고 몸에소름이 끼
치엇다 한동안말이업시 안젓다
가 엽헤잇든일가사람을 돌아보
며 어둔밤에흔두깨로
『여보게 내가소인인가?』

하고물어서 그일가사람이 당
황하야하다가
『글세요』
하고 대답한즉 남끈은
『소인、소인』
하고입으로 중얼거리다가 손
으로 방바닥을치며 날어섯섯다
그날낫에 남끈이가 섭뎡이를
차저왓섯다 어제밤자객의 변을
말하고 김식의아들 김덕순이와
그하인 박가가 모다장사라니까
분명그놈들의 짓으로 생각한다
고말한즉 섭뎡이도 역시그러할
듯하다고하고
『들으니까 김식의장사를충주
서지냇다고하니 김식의 무덤근
처를 엄밀하 괴찰하게하면덕순
의종적을 알게될것갓소이다』
하고말하야 일변으로 서울안
에서 가가호이 뎍간을하게하
고 또일변으로 충주에래왕하는
사람을 괴찰하게하기를 질색하
얏다 섭뎡이가 주인한사람내오
라고하야주깨이두서너잔술을마
시엇슬때한 사람이 뚤뚤에로지
나가며 큰소리로
『두소인이 마조안젓구나』
하고엽엽우스니남끈이가발끈
화를내며
『여보대감 저게누구요?』
하고 물엇다 섭뎡이가
『그것이 소인의아우올시다
실청한사람이에요가될것이못
됩니다 소인의 낫을보아용서
하십시요』
하고 뭘다싫히말하네남끈이가
『실청한사람이 군자소인을엇
지구별하겟소?』
하고 화가풀리지 아니하얏다
『구별을 못하기에대감은소인
이라고하고 또저의형을 소인
이라고하는것입니다』
『구별업시하는 말갓지는안흔
데』
하고남끈이는 술입낫을 다시엇
다대개 남끈이가 자긔로도소인
이거니생각하지 못하는것은 아
니지만 남이소인이라고 지목하
는것을들을때는 화가 나는것을
것잡지 못하얏섯다 구렁이될보
고구렁이라고하면 돗긔싫혀 한
다는격이엇섯다

五, 형뎨

심뎡의아우 심의(沈鎰)는 신디의 정측한것이 그형의간교한것파달으고 쟁미의 소탄한것이 그형의 악착한것파달라서 그형파가티 리옷을 밝히지아니함으로 벼슬은바록 당하죽품(堂下六品)에지나지못하얏스나 숭품중신(崇品重臣)인 그형으로는 비하야 말할수가업도록 인품이 눕핫섯다 그형의 처신파행사가 올쏫자아니한것을볼때에 눈물을 흘리며 간한일까지도업지안핫스나 그형이 말로는

『오냐 너의말이올타』

하고 뉘우치는빗을 보이면서 그처심파 그행사는 고치지아니하야 항상근심으로 지내더니 그형이남곤파 부동하야 묘망조이하 여러명사를모함한뒤에는 심병이나서 실성한사람가티 되엇섯나 심뎡이가 형뎨간우에만은 켜떠부던하야 아우의 병을고치랴되 가진애를다쓰가닭에 그의병이 조곰감어안젓스나 세상에 빽이업는사람가티 입을버리고 웃는일이업섯섯다 어느날 심의가집가에서 우연히 최수성을맛나서

『원녕 오래간만일세 언제서올오셧나?』

하고 반겨부치니 최수성이

『나는누구라구? 사마옷(司馬公)일세그려』

하고 허허우셧다

사마우란 공자의 뎨자이나공자를 죽이라든 환퇴(桓魋)의아우이다

심의가합곳업어돗고

『마우라니? 사람이아니고마소라말인가?』

『아니 자네형이한뢰만큼갸륵하단말일세』

하고 얼골을 찌푸리고한바탕 크게우섯다 심의는 무류하얏다

『지금 자네어듸를가나?』

『우리숙부되시는 승지령감을 잠간보고 그리고곳 조훈친구하나를심방할터네』

『조훈친구라니 누구?』

『조훈친구가잇지 자네가티가려나?』

『가지 그러치만자네숙부에게는가기실혀』

『그러면숙부문안은제례하시』

하고 최수성이 심의를다리고 심방한 조훈친구는 혜화문안갓바치이엇다 심의가 갓바치를만뒤로는 거의배일 차저단니게되어서 얼마아니지나는 동안에서로정분이 생기엇다

별로나단니지 아니하든 심의가 날마다 출입하는것을 그형이알고

『요새 어듸를 그러케 단니늬?』

하고물으니 심의는갓바치에게단니는것을 그형에게 말하고십지아니하든지 거짓말로

『청파관근처로소풍단님니다』

하고대답하얏다

『소풍조차 그러치만혼자단니지말고 아희놈이라도 다리고단니지』

『아희놈성가시어요』

『조흔대로 해라그러편습이나하병식차고단니지』

『그건조켓지요』

이리하야심의는갓바치와동이마조안저술한병을마시는것으로락을삼게되엇다 두사람 사이에 못할말이업시된뒤에심의가자긔의 처신할도리를 물으니 갓바치는조희쪽에다가 뭇자란 한듯이 광야우야,무재무해(狂耶愚耶無災無害)라는 여덟글자를써보이엇다 미친것이냐? 어리석은것이냐? 재가업고 해가업다 는뜻이다 심의는이윽히 드려다 보더니 맘에깨달음이잇는것가텃나 그뒤로는 심의가 웃기를시작하얏다 그웃음이 나날이늘어서범우과하도록만하엿다 심뎡이는그아우의 웃음만흔것이역시병이라고생각하야의약으로고치랴고하얏스나 심의가약을먹지아니하얏다심의가그형을보고청파관근처에집을사서분거(分居)하게하야달라고 말하야형뎨각거하게되엇는데심뎡이는그아우가소풍하기편한것을 취하야 동촌을소원하거니생각하고 갓바치와 갓가히살며상종하라는것은 조금도 알지못하얏다 심의가 동촌으로이사온뒤에 몃칠지나지아니하야 갓바치가 이삼일동안 양주따에갓다온다고하더니 이틀되는날 저녁때 차저와서

『양주와서사는 동향사람의안해가 난산(難産)으로 위경이라고하기에 가보랴고햇더니 딸은볼일이생겨서 가지못햇습니다』

하고 말하니 심의는

『시골안갓거든 안갓다 고긔별이나하지 나는이틀동안 심심해서 선비들 글짓는데차작(借作)해주고소일햇소』

『긔별할틈도업섯서요』

이이틀동안이 덕순이와 련중이가 갓바치에게와서 묵든때다 갓바치가 심의의 얼골을바라보며

『나는서울자미가업서서 어느시골로가랴고맘을먹은지는오래나 소위가속(家累)이란것의 모자가 루(累)가되어 주춤주춤하얏는데 흥인문밧리판서가 창녕으로 락향하는데 가리가자고하니까 시원힐것은업스나 따라갈가 생각합니다 동촌으로 이사오시자 시골로 가게될 모양이니 미리 섭섭합니다』

하고 말하니심의는『가기는어듸를 간단말이요 못하오낫기오』

하고 펄쩍뛰다십히 하얏다

갓바치의 집세식구가 피란서 낸를보아주는힘으로 호구 하는것은 심의가이미 아는사실이라 갓바치를 떠나서따라가지 못하게하자면 처재시량(柴糧)을 보

아주어야 하겟고 남의시량까지 보아주자면 우선 형에게분재를 청하여야 하겟다고 심의는생각하고꼿갓바치더러

『나형님좀보고올라오』

하고 가장급한일이나 잇는듯이 분주히형의집에를 왓더니그때마츰 그형이남끈이와가티 술을먹는중이라 그머로 돌아서라다가 짓구지한번 뜰아래로지나가며 소인들이라고 형을힐쇄어욕을하고 형의집에서 나오는데대ㅅ문간까지 나오도록 미친우슴을 ㄱ치지아니하얏다 그이튼날첫새벽에 심의가 다시형을보러 또차온즉 큰사랑은텅븬넷문이 열리지아니하고 수텅밧께지괴괴하얏다 비부쟁이가 마당에서 비질을 하다가비를노코

『나으리 일즉행차하섯습니다 대감께서는 아즉 긔침안하섯습니다』

하고 다시비ㅅ자루를삼으랴고하는데 심의가 공연히한번허허웃고서

『비를나좀다오 내가한번비질을해보겟다』

하고비를바더들고또한번허허허우섯다마당에서한두번비질을하다가대ㅅ돌로올라오고대ㅅ돌에서한두번비질을하다가마루로올라와서수텅밧앞해서서한바탕을어지게우스니방안에서자든텅직이놈이 놀라날어낫다 텅직이한사람이 문을열고나오며

『나으리오섯습니다그려』

하고 자든눈을부비니 심의는 갑작이 우슴을뚝ㄱ치고

『이놈들어제밤에 노름햇구나 어죽일놈들』

『이놈들어제밤에 제집밧에갓섯구나 어죽일놈들』

『이놈들어제밤에 술을취먹엇구나 어죽일놈들』

하고 뎡설수설한뒤에 큰사랑압흐로 칭큼칭큼걸어와서 마루에는 고사하고 덧문에까지비질을하니 그비는싸리비라 소리가 요란하얏다 심뎡이가 놋잡이를어서 끈히자다가 놀라깨어

『어떤놈이 이러느냐?』

하고 불호령하는소리가 박게들리엇다 심의가비를 들고서서 크소리로 껄껄웃고서 비를마당으로내던지니 이해것 작은며나으리의 하는짓을보고섯든 비부쟁이가 비를주어들고 가만히혼자말로

『아냐부래도 미쳣서』

하고 다시비질을 시작하얏다 심뎡이가 아우의 웃음소리를듯고 자리에서닐어안지며 수텅사몬상노름시켜 덧문을열어노코나 심의가신을버스며 닐너진둥한둥방으로 들어와서 곳형의압헤、업드려 방성대곡을하는데펑펑쏘다지는 눈물이 거짓울음갓지 아니하얏다 심뎡이놀란우에 더놀랏다 압헤가런엇든누비천의를 헤치고 나안저서 아우를붓들고

『이애왜이러느냐? 이애이애 말을하여라 말을해랑이애』

심의는 울음반말반으로

『형님보옵소』

하고엉엉울고

『엇그적게밤꿈에 아버지와어머니를뵈엇서요』

하고또엉엉우니 심뎡이가

『이애울지말고 말을해라그래 아버님과 어머님을 뵈오서서 그래?』

하고너런아희 달래듯이 말하니 심의는 소매로눈물을 씻스며넘어안저서 이야기하얏다

『아버지어머니가 오서서나를보시고 너의형은땅도 사고노도사고잘… 시는데 너는이누것도업시엇더케산단말이냐? 양주고둔골 땅이 십석거리와 광주너덜이땅 오십석 자리와 왕십리 미나리논 멀마직이와 밤아다리 배채밧 사흘가리와 천쇠어미와 상실이 내외는너의형더러 달라고말을 해라덩절스럽게 말슴을 하시더니어제밤꿈에 또두분이가티 오서서형더러말하라니까왜말을아니하느냐고 무중하십되다』

하고울음을 다시내노흘것가티입을비쥭거리니 심뎡이가

『네가달래도 줄터인데꿈에라도부모가 말슴하신것을 주다뿐이겟느냐지금이라도곳뉴서를써주마』

하고심의의말반대로승이며 엄을허락한다는 문서를쓰고 수절을두어서 아우에게주엇다 심의가종뉴서와 형문서를 손에바더들고닐어서서너판젹을하고

『형님더주무시지요』

하고밧게그로 나오며 다시큰소리로껄껄우섯다십여일지난뒤에심뎡이가 그아우의 하는꼴을보라고심의를대하야

『엇그제밤꿈에 아버님어머님이오서서 너덜이땅과 천쇠어미는몽체사하는 큰아들 네가가저야할것이요너의아우를줄것이아니니줄우차지라고말슴하시더라』

하고울라는시늉을하니심의는 어심지안코

『몽취허든문서를 미들수가잇습니까』

하고껄껄우서버리엇다

리판서집에서 창녕으로 락향할때에 리판서가 갓바치를보고

『자네는 엇지하려나? 이번에가티가세』

하고권넌뜻을 보이엇스나 갓바치는

『나는오나가나 매일반이지만 가속들의 래두처치가 서울잇는편이 나흘것이라 말아갈것이업습니다』

하고 서울에떨어저 잇슬뜻을 말하얏다 리판서부인이가티이사처자고 웃이것은 말할것도업고 심쇠로행세하는 덕순이가

『날가는 신세에 달은갈데가업는것은고사하고주인대감내외분이정담게말슴하는것을거역하지못하야창녕을낙향하가겟스니 당신도가티 가십시다구차한목숨이살어잇는동안은돈독히나지나게가티가십시다』

하고사정을말하얏스나갓바치는

『십상내가 좀서울잇스면남의아들들을마더줄터이니까남에게조흔일이야』

하고모호한말을하며서울잇슬뜻을번개하지아니하얏다 리판서가가권을다리고 ㅅ나는날작별나온갓바치를보고

『자네가이사오고만 십거든언제든지괴별하게초가 한삼간작만해노코 기다림세』

하고말끝에 갓바치는

『내가한번가오리다 풍파만흔환로(宦路)에서 퇴직하고 백구(白鷗)조차 노시는것을 한번구경하러 가오리다』

하고 이사람저사람에게 단니며 면면히작별한뒤에 ㅅ나시리판서에게로와서

『대감께는 치하(致賀)로작별하랍니다 대감께서 이신오복년간시나오신 험한길이 어로서도보내고 압으로는 태평한세월을 보내시게된터이니 대감께 이보다더 치하할일이업습니다』

하고저윽이우스니 리판서는

『그런가? 참말그런가? 오륙월화로ㅅ불도 쪼이다나면섭섭하다는데…… 그러치만 자네말이 올하치하밧네』

하고쾌활하게 우섯섯다

리판서가 창녕으로 락향한뒤서너달박게 아니된때에 갓바치가 나려와서 달포동안을 묵어섯다 포놓안에갓바치는 덕순이와 동부하야 남천(南川)에서 봉어낙시질도하고 리판서의 뒤를딸아서화왕산(火王山)에서매산놀질도하얏다 화왕산에 갓술때는옥천사(玉泉寺)라는보잘것업는절에흡각(歇脚)겸구경을들어갓다가 신돈(辛旽)의이야기가낫섯다

『신돈의 어미가 이절종년이엇다네그려』

『신돈이 도처음에는 이절에서 중노릇을햇겟지요』

『중놈하나가 오백년종사(宗社)를망하얏단말이 괴만한일이야』

『나라가망할라니까 그런놈이나겟지요』

『우(禑)와창(昌)이 가공민왕(恭愍王)의혈속이아니고신돈의아들과 손자라고 신우(辛禑)이니신창(辛昌)이니불른말이지만이것은 미덥지안흔 말이야』

『고려말년사적은 뎡도전(鄭道傳)이가큰개국공신(開國功臣)이손질을하야고치

어노혼것이니 그대로 미둡나가잇나요」

「그래 그러치만 우리가죽을때 저드당아래잇는 뭉비줍을 보이어왕씨(王氏)표적을내엇다는것도 당치안혼소리야」

「그러켓지요 왕씨가뭉녀(龍女)의자손이란것부터당치안혼소리니까요」

「아조(我朝)로말하면 신돈이가튼상놈이국정(國政)을타란(亂)식히는지」

「글세요이삼십년후에 궁녀ㅅ짓하는 중놈이업스란 법도업지요」

리관서는 갓바치가 대송업시허튼말을하지 아니하리라고 생각하야

「자네는이따나두고보세」

[illegible]

갓바치가 참넘서떠날때에야 팔나간혐이나 승심도 산천이나 구경한다고 집을떠나려 기서 진주(晋州)구경하고 동래울산 경주로돌아서서울로올다오느라고 김에두어달지나서나엇다 갓바치가삼가영에갓슬때리황(李滉)이라는젊은선비가독실히공부한다는말을듯고 일부러 차저가서 한번보고 돈난한일이잇섯다 그때 그선비가 주역(周易)을 읽는중이라 주역으로 말을붓게되엇다

「삼역(三易)이라니 무엇무엇이삼역이요?」

「련산(連山) 귀장(歸藏) 주역(周易)이 삼역이지요」

「련산, 귀장도 역(易)인가요?」

「역은아니지만 주역에까닭에 러며 역이라고하는것되나」

「읽으시는주역이 주자(朱子)외뎡본(定本)인가요?」

「잘몰으나 주자외뎡본은아닙니다」

그때소 영락황데(永樂皇帝)때뎡자와 주자의것을 섞거도하서 맨든어노혼것이요」

그선비는 거사복색한 상명물을사람의 학식을놀래어

「이사람이 혹시덕허밤인가」

생각하고 허밤의말을 물엇다

「덕허밤을아시요?」

「비 아지요」

「허밤이 왜세상에아니나오실가요?」

「중상못한것이 불효이고 군명(君命)을 도망한것이 불충이라고 세상에나서지 안는답되다」

갓바치는 그선비가 허밤으로 아는것을 속으로우스면서

「나는가오」

하고 못삽는것을 색리치고나섯섯다

갓바치가 서울올라오든 이른날 심의발치간죽 상길이가나와서하는말이

「대나으리에서 엇그저게송도(松都)를가섯소」

하야

「어느날즘오실가요?」

하고갓바치가뭍으니 상길이는

「몰으지요 삼사일후에나오실가요?」

도리어뭇듯이말하고

「당신이 시골가서하도오래아니오니까 대나으리에서는 화풀더럭더럭내십되다」

하고 그상던의 고대하든당을 말하얏다 사실로 심의는이웃친구가 멀리돌아오기를 밋고기다라다가 서너달이 지나도록소식이업스니까 화ㅅ김에 송도친구 서경덕(徐敬德)을차저간것이다 심의가 송도에 도착하든길로벼우물ㅅ골에잇는서처사(徐處士)의집을 차저갓다 처사의아우형뎐(崇德)이와숭덕(崇德)이가문박게나와 마저드리는데 형덕이가 그동이화당(化堂)에 가서잇고집에 잇지아니한것을 말하니 심의는

「차자온사람이 화당에잇는바에화당으로가야지」

하고 들어가지 아니하고놀켜섯다 숭덕이가 뭉뒤에서손가락질하며

「큰형님이아니게시기로 잠간들어안지 못할것이 무엇인고 우리는 눈에사람으로 보이지도안는모양인가」

하고 아니꼬은생각에 침을배텃다

심의가 화당에왓슬때는 해가거의석양이다되엇다 여울소리가 해진뒤에 붑하실것을 미리준비하는지 의외로나저들리고 적은물고기가 물우로 뛰어올랏다 심의가차첨차첨걸어서 서처사초당에 갓가히오며들으니 초당안에서 흘러나오는 거문고소리가 초당박게들소리와 서로마저서 물소리와거문고소리가 구별할수업시 석길때가잇섯다 심의가발어노흔 참문압헤와서 밧안을드려다보니 한녀자가 박갓편을등지고안저서 거문고를타는데 처사는눈을감고 거문고소리를듯는중이엇다 심의가 갑작이

「여보게 가구(可久)」

하고불르니 자를불르는소리에 처사가눈을뜨고 내다보며

「의시(義之) 이거웬일인가?」

하고날어마졋다

「산중풍류가 적막지아니해그려」

하고 심의가방으로 들어오니 그녀자는 거문고를치우고 비켜안젓다 심의가처사와 느런히안지며 그녀자를바라보니 얼굴에는분을발르지 아니하고 머리에는기름을 발르시아니하고 의복은검소하게 차리엇스나 편연하게아리답고 요사치안케 어엽분것이 진세(塵世) 사람갓지아니하얏다 그녀자가 처사를보고

「선생님 제가여기잇서도조켓습니까?」

하고 뭇는데 그목소리까지선상에서 들어보지못한 선악(仙樂)가티 들리엇다 심의가 처사의 대답이나오기전에

「조란분이야」

하고 대답하니 처사도저욕이우스며

「손님이 조타시니 주인이조치안할길이업지」

하고

「이손님이 대관부(大觀賦)와 소관부(小觀賦)를시으신심좌랑(沈佐郞)이시다」

하고 널러주엇다 그녀자가심의를향하야 잠간머리를 숙이고

「저는 송도진이(眞伊)올시다 나으리의 대관부 소관부는천생님이 가르처주서서 읽엇습니다」

하고 별가티빩은눈속에 봄미운가튼웃음을 띄우니 심의는

「소적(蘇軾)이가 한긔(韓琦)를보고 천하의 대관(大觀)을 다하얏다고 햇다더니 심의는 진낭(眞娘)을보고천하의미관을다한세음이다」

고 허허우섯다

「가구! 자네는 전생에무슨복을닥거서 조혼산수의 주인이되고 요더선녀(瑤臺仙女)의선생이되단말인가」

하고 처사에게말하면서도 그눈은진이의 몸을떠나지 아니하야처사가우스며

「자네가 나를보러온것이아니라진낭을보러 온것일세그려」

하고조롱삼아지하얏스나심의는 여전히진이를바라보며

「눈이 저절로 가는것을 내가금치못할뿐이야」

하고또다시허허우스니진이는

「비아야 (非我也) 라모야 (眸也)로다」

하고 생긋웃섯다 나중에는심의가 진이의얼굴로자리를 옴겨안저서두손으로진이의손을받들어들고정신업서드려다보니진아가 방긋이우스며

「무엇을 그러케도려다보시나요?」

하고물으니 심의는

「아릅답고어엽분것이 영에서샘솟듯 살속에서소사나오는군」

하고 심의병렬하며 처사를돌나보는데 처사는 말이업시밧그레웃고잇슬뿐이엇다

서처사의 초당은 밤이물딜이엇다 한밤에는 처사가손님과가티자고 당한밤에는진이가혼자자게되엇다 진이가화당 초당에와서자는것은 이날이처음이 아니엇다 처음에진이가 탕동한수단으로 당머도승이든지 족천시(知足禪師)의 도를깨트리고 가튼수단으로 서처사를 놀리라고 어느가을밤에 초당에와서잠을자는데 무섭다고 되둘뛰고처사의방에서나가지아니하고칩다고 핑계하고 처사의이불속으로 들

어가고잠을힘이자는 체하고 처사의몸에딸다리들드노키까지하얏스나처사의마음은 반석가터서마춤내움즉이지아니하얏다 그뒤에도 진이가처사와 한방에서잔때가업자 아니하얏스나항상처사는처사대로자고진이는진이대로잘뿐이엇다 이날밤에진이가혼자차게되어 딴은방으로 가더니다시처사의 방으로와서

「나는혼자자기실혀요 손님이나선생님이나두분중에한분이혼자주부시지요」

하고방그레우스니처사가대번에

「손님더러혼자자랄수야 잇나내가혼자자지」

하고답하얏다 심의는진이와한밤에서자는것이맘에실치아니하나 초금수집은생각이나서

「이밤에서셋이자지못할가?」

하고처사를돌아보니처사는

「그래도조켓지」

하고손의말을거슬르지아니하나진이는도리어

「웨은방좁게읍것업시요」

하고자긔의주상을보이엇다 그리하야심의가 진이에게 시험을받는라고 하로밤을곡경으로 지내엇다진이가 다리를 배에언저도심의는가만히 잇섯고 진이가팔을목에 감어도심의는 가만히 잇섯다가만히 잇기어려운때에가만히잇자니 곡경이엇다 진이는

「화담의친구갑이잇고나」

하고 생각하고 심의는

「기녀(妓女)라할수업고나」

하고생각하얏다 이튼날 식전에 처사가 심의를보고

「밤에잘자나?」

하고 안새하니 심의는고개를가로흔들어 잘못 잣다는뜻을보이고

「것으로보기는 선녀(仙女)가트나 속은송시기녀이데」

하고 탐심하는모양아 선녀가기녀된것을 몹시 섭섭하게생각하는것가렸다

「진이가 커의맘대로작란을치는것이 눈에세상이 뷔여보이는까닭이야 불가(佛家)의 말로유희삼매(遊戲三昧)다고나할지 다동가가른 음녀(淫女)가아니야당돌한녀자이지자네도 망석중이 되지안흔것이부던해」

하고 처사가말을 쇠칠때에박게나갓든 진이가들어왓다 진이의말은이로써 긋이나고 심의가

「나는 그동안조흔친구를어덧서 실상은친구라느니 보담도스승이라고하는것이맛당한사람이야」

하고 갓바치의 이야기를시작하얏다

「사람이 총명하고도정선치아니하고 고상하고도 거만치아니하고 잇고도 업는것가터하고 차고도뷔인것 가타하는것이나는처음보는인물이야」

심처사는 심의의칭찬이 고지들리지아니하는모양으로

「그런사람이다잇서? 그사람의성명이 누엇인가?」

하고물으니심의는

「성명은몰다 갓밧치야」

하고대답하얏다

「성명몰으는밧갓치?」

「그사람의성명은 당초에아는사람이 서 천부터 안다는최원정도몰으든걸 그사람이 정암(靜庵)과도친하게지냇든모양이야」

「정암과친하게지냇다면 사람이부던한것일세」

「나하고친하게 지내는것으로는부던하다고 생각하지못하겟나? 사람이 부던뿐이아니야」

「이다음에 한번작반하야 놀러오게」

「올른지몰으지? 자네가한번서울와서 맛나면어더켓나?」

「내가 가도조치만나는서울가기가실혀」

엽체서 수작을듯고안젓든 진이는 갓바치에 인물이잇는것을흥한하게 생각하야 꼿한번맛나보고십허서

「선생님이나가시거나 이번에저와가티 가십시다」

하고나서니 심의는 고개를외치며

「그사람이 지금은경상도가고서울업서 이다음에 한번박면(朴淵)구경가자고 다리고오지」

하고말하얏다 심의는 서처사에게서이삼일 더묵다가 서울로올라왓다

심의가 서울오든날 다커녁때이엇지만 갓바치가 시골서왓단말을상길에서듯고 곳 치저가서낫나라고 불붙이가는데 싱균관어구큰길에를 나서자 혜화문안으로부터나려오는 갓바치를 접가에서낫나게되엇다

「어되를가는길이요?」

「댁에를」

「엇더케내가온지를압고?」

「혹시오섯슬가하고요」

「나도차저가랴고나선 길이요여긔서는우리집이갓가우니갓가운데로갑시다」

하고말하야 심의가 갓바치를다리고들어왓다 갓바치는령남의산천인물을 이야기하는중에 리황의공부 독실하든것 까지말하얏고 심의는 서경덕에게서진이사난것을 이야기한뒤에 박연폭포가 구경할만하다는것 까지말하얏나 이튼날 심의가그동안보러왓다 사랑에는 남끈이가와안저서 구슨일을 의론하는모양이라바로안으로 들어왓더니 안에는경빈(敬嬪)박씨의 심부름으로무수리가나와잇섯다심의는상을찝흐리지 안흘수 업섯다얼마아니잇다가 심덕이가 분주히안으로 들어와서 무수리에게말을넘려보낸뒤에 심의를 보고

「잠간만안에잇거라 사랑손님도곳가실터이다」

하고 물우나가라고 하는것을 심의가 소매를 붓잡고

「잠간만기시요 남정승대감보담 내가먼저갈터이요」

하고 안마루구석에잇는 쥐구멍을 가르치며

「령감·서구멍으로 좀나가보시요 이담날은 나가라고차저도 찻기가어려우리다」

하고 히히우스니 심뎡이는

「이애간」

하고 뒤ㅅ말이업시 술그머니 소매를뿌리치고 엽헤잇든 계집하인들은 입을막고물아섯다 심의는 령의얼굴속으로 근심하며 술마와서 갓바치를보고 이야기하니 갓바치가

「심씨대감이 지금와서는당신의가는길이 못이조치못할줄을집작하신대도 물러서 기가어려울것입니다 그러치만남정승과 구수밀의(鳩首密議)가자즈시면 자즈니마큼 해로만하 세상에 써칠것이거정이지요」

하고말하얏다

그뒤에 심뎡이가 남곤이와밀의한결과로 과연또큰 옥사(獄事)를 만들어서 아매히여러사람을 살륙(殺戮)한 일이잇섯다 살륙관직을당한 안당의집이 옥사의 중심이되엇다 안당의서모가 감정이라는가 봉녀하나가잇서서 일흠이 작은쇠라는 종가에게로 쇠집을가서 사련([illegible])이라는아들을 나하섯는데 사련이가 어미의 반면으로 안당의집에드나들며 안당의 아들들과 교유하게되엇섯다 안당의아들 삼형데가 모다 출중한 중에 그큰 아들이 처겸이 강개하야동네의 친한 친구들과 모혀 안지면곤이 뎡이가 국사를그릇친다고 통탄할때가 만핫섯다 안당의 부인이 작고하야 삼년상이 막지난뒤의일이엇다 안당의 큰아들이동네친구들을청하야 술을대접하는데 술이 건아하게취한김에말을거드리차며 곤이뎡이가튼 놈을업시하여야국가를 붓들고 사림(士林)을보전할수 잇다고 통론([illegible])하니 그 엽헤잇든 사련이가

「잘되는일하나만져를 주십시요 제가곤뎡이의머리를버리고외재도리듯해 놋켓다」

하고입업는말을하며 해해웃기까지하얏섯다 이사련이가 남곤심뎡에게로 부러서 안당의아들이 대신을 살해할 음모를 꾸민다고 고변하얏는데 사람의 성명을적은 [illegible]한것은안당의부인초상에 조객록(弔客錄)과 그밖인 여역군의 명부(役軍名簿)이엇다 남곤심뎡이가 이것을가지고옥사를만들어 안당의부자이하여러사람들을죽이엇는데 죽인 사람들중에는 제주에안치되엇든 김정(金淨)이도 들엇고 온정에안치되엇든 기준(奇遵)이도들엇다 사화에귀양갓든 여럿사람의 결말을 보면 묘광조는 먼저사약을밧고 김식은 망명중에자결하고 김정과 기준은이 옥사에 가티사약밧고 윤자임은 북청배소에서 물이되지어죽고 박세희는 강계배소에서 병이나서죽고 김구와 박훈두사람은 나중에 놓히기까지하얏스나 노쇠한뒤 두사람이다 얼마더살지못하얏다 달은 이야기는 고만두고 이안당의 아들옥사에 홍경주와 [illegible]으로 묘광조를 구하려든 [illegible] 등용되엇고 [illegible]배위래하다고 김식을 꺼우게든최수성이도 죽엇다 죽인사람들 외에 연좌(緣坐)나힌사람이 만핫고 광인천이 귀양갈업시 [illegible] 귀양보낸사람이 더욱이 만핫다 사련은 여러사람을 죽이고귀양보내게 한공로로 절충장군(折衝將軍) 직함을 밧고 일생록(祿)을 타서먹게되엇스나 사람가튼대접은 밧지못하얏다

남곤심뎡이가 전에 여러 명현을 모함한것은 판국을 뒤집어 권세를 잡으라고 한것이요 후에 여러사람을 살해한것은 신변의 위험을 업시하라고 한것이엇섯다 후에는 권세잡은 대신과중신이 고변을 바더가지고 여러모의로 물아서 조처한것이니까 뇌가용이하얏지만 전에는 묘뎡의 판국을 뒤집는이만큼 용이한 뇌로될것이 아니엇섯다 만일에 궁중세력이 유리하게 움직이지 못하얏더면 남곤심뎡의 배가지 천가지 뇌가 모다 소용이 업섯슬것이엇다 남곤심뎡이가 이것을잘알엇든까닭에 심뎡이가 [illegible] 삼아서 경빈(敬嬪)을 [illegible]이아니라 홍경주가튼 어리석은뒤인파 손을잡어서 희빈(熙嬪)을 [illegible]엇든것이다 그러나희빈 [illegible]을기가 용이치못하얏슬것인데 정광왕비윤씨가 묘광조동을 미워하야 희빈과경빈을 [illegible] [illegible]에 남곤심뎡이가 마음 [illegible] 묘광 [illegible]에게 사약을나릴때로 말하면 [illegible] 어쩌기리 [illegible]가엽다고 참례할 [illegible]한 임금이 관편에서한밤자지내고 오늘가리 감자미사약을나리게되엇스나 왕비윤씨의 임금을 움직이는힘이 [illegible]한것은 미루어짐작할수잇는것이다 윤씨는 파산부원군(坡山府院君) 지임(之任)의 딸이니 중종대왕의 셋재왕비이다 중종대왕이 정국공신의의지를못당하야 첫재왕비 신씨를폐출(廢黜)하고 숙의(淑儀) 윤씨를 왕비로 책봉(冊封)하얏는데 이윤씨는 파원부원군(坡原府院君)여필(汝弼)의 딸이니 효혜공주(孝惠公主)와 인종대왕을 탄생한 장경왕후(章敬王后)이다 왕후가 장래의인종을 탄생하고 산후더침으로 승하(昇遐)한까닭에 삼년후에 파산의딸이간택(揀擇)에 뽑히어 셋재왕비가되엇섯다 파산의딸윤씨는 신씨와가티 유순하지도못하고 장경왕후와가티 유덕하지도못하나 한미(寒微)한집딸로서 뒤ㅅ줄이시간택에 뽑히만큼 인물이 잘낫섯다 임금에게고임을밧는다느니보담 임금을 손아구에너흐랴고하든 인물이엇다 자색(姿色)과 총명이 겸비한데다가 임금보담 십사오년아래되는 년차(年齒)가잇서서 임금의 맘을용이하게 수중에 드럿섯다 임금이정사를마치고 내뎐에 들어와서 왕비와가티안젓다가 궁인들이보지안는틈에 손이라도 만지라고하면 손을감추면서

「궁인들에게 천모되십니다」

하고 나즉한말소리로 암외어서 임금의손이 무류하게 들어가도록하고 궁인들이 모다 물너가고 왕비혼자 임금을뫼시게되면 분스럽가튼 손이 임금의 무릅우에 걸치어 임금의손이 만지기를기다대하고잇섯다 임금을 청나게하고 임금을웃게하는것이 왕비의 손에잇섯다 임금은 왕비가웃기는대로웃고 청나게하는대로 청내는것이 임승의 자미가되어서 내뎐에서 자미보는시간을 방해하는 외외의일이잇슬때는 미감의통을이 제절로되엇섯다 묘광조의 축이묘뎡에 잇슬때는경렴([illegible])이다 복합(伏閤)이다 면대(面對)다 구계(口啓)다 임금이 청이가시더니 남곤심뎡의 축이 묘뎡에들어선뒤에는 경연은 시늉에지나지못하고 복합은 절종이되고 면대나 구계가잇다하야도 사각을 오래지아니하야 임금이 내뎐재미를 맘대로볼수잇게되엿다 임금이 항상곤뎐을 더나게되지아니함으로 경빈희빈가튼 빈(嬪)들은 곤뎐침해뫼시고잇서서 심통이나 들엇지마는 대던을 뫼실새가 드믈엇다 그러나 경빈은상주(尙州) 미인으로 얼골이잇는사람이라 나이들고 자녀들생산하야 자색이쇠하얏나하야도 천날아럿다는 자최가 미목(眉目)간에 남아잇서서 임금의 어엽비녀김을바들만하고 임금의 자녀중에 면치로나아들인 복성군(福城君)과 면치로맛딸인 혜순옹주(惠順翁主)와 옹주중에 가장총명한 혜정옹주(惠靜翁主)의 소생모인까닭으로 임금의대접이 자연히 다른빈파달라후하얏다 왕비가거틀로는 경빈대접을 임금보담도 더후히하나 속으로은근히 미워하얏다 왕비가 한번에 한몸인임금을가지고

뵈시지못하게될때에는 희빈을 시커뵈시게하고 희빈역시임이잇거나 또는희빈이 괘씸스러울때는 사람이 요사스럽지아니한 창빈안씨(昌嬪安氏)가튼 궁인을들여뵈시게하얏다 그덕택이정빈에게미치는것은필연일차가되엇다 사실로 안씨가타순취한후궁은임금뵈시게되는것을오로지왕비의덕택으로만알엇섯고아덕택이임금께는곳두괴업는표가되어보이엇섯다왕비가이와가티 임금의맘을 한손에쥐다십히하얏지만 세자에 참한임금의맘은 엇지하지못하얏다 세자가하두도 몃차례쉬 대던쎄문안을들이어 오건만 동궁에친림(親臨)하야 세자의 긔거범절을 하순(下詢)하는때가 적지 아니하고문안때가조금만느지면세자가병이나 업지아니한가 하야내시를보내보되그내시의회주(回奏)가 뵐의지못하면 련업허달은내시를보내는때가 업지 아니하고세자가 혹시 폐학(廢學)하면패복되가서서 심려를 마지아니하야조석수라가 헌더히 평시에서감(減)하얏다 왕비는 임금의귀넘어로 지극한자애를 속보듯변보듯밤하는때가 업시 아니하얏스나 임금의 압헤서는감히생신도 발설하지 못하얏다

왕비가처음입궁(入宮)한때에는원자(元子)가 세살먹은 어린아기라그 귀여운양이 자긔의소생이아니라고 미워할수가 업섯스나원자의 범절이놉랍게 숙성하야궁중 상하가칭송 아니함이업슬때 왕비는은근히 미워하는맘이생기기 시작하얏고 원자가여섯살에 왕세자로 책봉되며부터다음날 소생아들은 대군(大君)밧게못되려니 하는생각에왕비가눈에 가시로보기 시작하얏다효혜는 공주일뿐아니라 일즉이김안로(金安老)의아들희(禧)에게로하가하야 그다지 고울것이업는대신 그다지미울것도 업섯지만 세자는하두도 몃번식눈압헤보이는데 왕비의미워 하는맘이점점더 심하얏다 세자의체질이약하건만 왕비의눈에는 흔들하게 보이어서 도리어걱정이엇다왕비가 이런맘을 내색하지아니하랴고 애를썻슴으로,임금은싸막히 몰랏지만 궁녀중에눈치빨른사람들은속으로짐작하야왕비압헤서는 세자를 칭송하지아니하얏다 세자는 성인(聖人의자품이 텬생으로 타월하야어린나이에 하는일을 어른의일로보아도 흠갑아 말할것이별로업섯든까닭에왕비는밋도끗도업시

「아이구 깝슉스러워」

하고말할때가 종종 잇섯는데이것이 세자를두고 하는말인것은눈치빨른녀외에는알사람이업섯다 세자가 여덟살에관례(冠禮)하고 열살에입학한세자빈과가례(嘉禮)를 행하얏는데 가례가 순청하든날 임금이내던에서동궁으로 들리가는 세자를가르치며

『장래에 요순가튼성군이될것이니동방의복이다』

하고칭찬하며깃거하얏더니 입살놉흔고서 듯고만잇든 왕비가그뒤로는 세자의 말을요순이라고 빗꼬는것이 버릇이되엇다

세자가 열세살되든 해봄탄신날식전에 어느궁인 하나가동궁해방(亥方)에 괴이한것이 매어달린것을 보고 말을던파하야궁중에서 이곳저곳수군 거리게되엇다 그것은 불로태워죽인쥐한머리이엇다 태워죽인쥐가 밤자라고하야도 그것만이면 궁인들이서로쉬귀하야한것으로도볼수잇지만은 쥐엽헤 을해생건명(乙亥生乾命)이라고쓰인나무쪼각이 매어달렷슨즉 궁중에서해생사나이는 세자한분뿐이라세자를 두고 방자한것 임은의심할데가 업섯다 이것이누가한짓일가 누가식여한 짓일가경빈박씨에 잇는궁인이 전날서밤에그근방에 잇든것을 본사람이잇섯다 본사람은 큰전에잇는궁인이엇다 임금이이것을 알고세자의 탄신날커녁에 내던에형장(刑杖)긔구를 차리고 지목바든경빈의 궁인을잡아내어 중장(重杖)으로 신문(訊問)하얏스나사실이 명백히들어 나지못하얏다 화가난 임금이 경빈의부리는궁인을 모조리잡아 내어매질하기시작하얏다 이때 세자가입시(入侍)하야

『신이불초하온탓으로 이런일이낫사오나 신은말슴을 알외기도황송 하오나 의심스러운죄는가볍게 다스림이 넷성인 의뜻이 오니 형장을과히쓰지마옵소서』

하고 부왕에알외는데 부드러운목소리가 임금의화를 녹이어서 임금은곳형장긔구를 거두게하얏다 이일이명백히되지 아니되고간에 궁중에서 조처되고말것이 파원부원군 윤여필의귀에들어가서 파원이심뎡을 차저보고 궁중소문을 탄한뒤에

『이런변이어듸잇소? 이리하다가는 세자의장래가 위태하실모양이니 대감가튼신이가박게잇서 세자를극진히 보호하야드리면 작히나조켓소』

하고 눈물을흘리며 부탁비슷하게말하얏더니 심뎡이는경빈파련중이 잇는이만큼 경빈의치뵈밧는것이 자기에게까지 미치지아니할가 속히발뺌임을 하는

것이 정사라고생각하고 그날로 예궐하야 넙곱을보입되

『윤여필의딸년은못사온즉 그간동궁에저주(咀呪)의변이잇다 하오니 이것은국가의대변이라 궁중에 덥혀두지마시고 됴뎡에내어맛기사 죄범(罪犯)의 정절(情節)을명백히하심이맛당하올줄로신은 생각하옵나다』

하고알왼것이 발단이되어 일이궁중에서 됴뎡으로옴기어 저주옥사가닐어낫다 이옥사에경빈이궁인과혜정옹주궁하인이혹독히국문을 당하얏는데 나무쏘각의글시가옹주의부마인 당천위(唐川尉) 홍려(洪礪)의필적(筆跡)가튼뎜이잇서서 옹주궁 하인이국문을당하게 된것이다 그리하야옥사는 경빈이자긔의 소생인복성군으로대통(大統)을닛게할욕심이잇서서 혜순 혜정두 옹주와의론하고 세자를 방자한것이라고결뎡되어 경빈과복성군은사약을밧고두옹주는서인(庶人)이되고 혜순옹주의 부마광천위김인경(光川尉金仁慶)은원찬을당하고 당천위는 장하(杖下)에마저죽엇다 경빈의죽은 것은왕비와왕비에게 갓가운 궁인들외에는모다원통히녁이엇스나불쌍하다는말한마듸를감히입밧게내지를못하얏나

신뎡은경빈이 죽은뒤에 궁중소식을 염탐할연줄이 떠러저서허우룩한 생각이업지아니 하얏스나경빈의 련루닙지 아니한것을다행으로 녁이엇다 저주옥사가끗난뒤에 어느날 신뎡이가남곤을와서보고 됴뎡이야기도 하고궁중이야기도 하다가 부원군윤여필이 세자보호를 부탁하더라고이야기하고

「우리가섯불리 동궁을보호한다고나서다가는 동궁의 덕을보기전에 중뎐의 미움을바들것이한이니까 것흐로는 동궁을떠밧들며 속으로 윤원로윤원형(尹元老尹元衡)형뎨에게안정을 사두는것이 상책이오지금윤씨 형뎨가중뎐의 동긔로됴뎡의박대를바더불평불만이잇는중이니 이런때에 덕보이기는지이치이할것이요」

하고자긔의 의맛혼것을 자랑하듯이우스면서 남곤의 얼굴을치어다보니 곤가트면 눈우슴을치며

「글세 그래」

하고밧삭 압흐로나안질 남곤이가얼굴의함을 하나를 생대아니하고비슷이 안저서

「아이구성가신소리하지마온」

하고하픔을 하엿나 신뎡이 가괴상히생각하야

「대감오늘 신긔가불편하신가요?」

하고물은즉남곤이는

「아니요」

하고끄채들를몰더니

「얼마살세상이라고 이것저것맘을쓴단 말이요 나는만사가귀찬조」

하고또다시 하픔을하얏다 신뎡이가자미닙시 돌아간뒤에 남곤이는자긔사랑에 와서잇는 일가사람을불러올려서

「자네래임적성(積城) 좀갓다오게」

하고닐르니 그일가사람이

「왜적성은이요?」

하고 뭇다가 갑작이생각이난듯이

「대감세 갓다 오란말슴입니가?」

하고 다시 고처물엇다 남곤이는고개를 끄덕이고 나서

「우리형님은 나를아우로녁이지안흘뿐아니라당초에사람으로녁이지아니하시니까」

하고입맛을다시다가

「여보게 자네생각에이다음후세사람이나를엇더케보겟나? 아무래도소인이라겟지?」

하고 끔스러업시 말하는데 그일가사람이 완곡하게 말한다는것이

「그러치안키가어려울걸이요」

하고대답한즉 남곤이는 또다시입맛을다시고 한동안 말이업시안젓다가 머리맛 손그릇우에노힌 자긔의시문(詩文) 초한것을 집어들고 장장이 찟기시작하얏나 그일가사람은 어이업시되이어보고만잇다가

「웨일이십니까?」

하고물으나 남곤이는

「목거리를나저물것업지」

하고곳

「이리오너라」

하고 청직이를 불너서씻처노흔휴지를 가저다가 불에너흐라고닐럿다

남곤의일가사람이 남곤의 편지를가지고적성감파동(紺坡洞)에사는 남곤의형을 차저갓더니 남곤의형은 멀정한눈을 가지고거짓청맹관행세하는사람이라

「자네가 가지고온편지를좀읽어주게」

하고말하야 그사람이 편지를읽어들리엇다 그편지사연은 형내외안부이 마히다십이 된것은저와죄라 용서하기를 바란다고 하고 저의지은죄가 머리털세샘 아헤아리기 어려울것을잘안다고 중언부언한것이엇다 남곤의형이 다듯고나더니

「쉬 죽으려는게군」

하고 말한말이 업시 눈물을쥐르르 흘리엇다 그사람이서울로 돌아온뒤 얼마되지아니하야 남곤이가병이낫다 병이나며부터정신을일코헛소리를하얏다

「덕순이가 날죽이러왓다」

「아이구칼이무서워 칼이무서워」

하고 소리를질르고 진땀을흘리고난뒤에는 손을가지고 무엇을만지는 시늉을하얏다 그헛소리가 하루하루 더심하야졋다 내의(內醫)는 고사하고어의(御醫)까지 나와서 여러가지로 약을썻스나 효험이 업섯다 신뎡이가 그때마츰 감긔긔운이잇서 출입을못하다가 남곤의병이 위중하다는 말을듯고야비로소문병을 왓섯다 남곤이는불서 신뎡이 엽해안진 신뎡을바라보나 알어보는지 몰라보는지알수가업섯다

「대감 대감 신뎡이 아시겟소? 뎡지(貞之)요뎡지」

하고 자긔의 일음과자를불러가며 알어보느냐고물어야 남곤이는대답이업더니 홀제

「저놈보아라 저놈보아라」

하고 고개를 버개미트로너흐라고 애를 쓰며

「저놈이 뎡지를죽이고 날마저죽이려왓구나」

하고 전신을떨더니

「아이구 꼴이야」

하고 소리를질으며 입으로피를토하얏다 신뎡은 등골에찬물을붓는것가텃는데 감긔긔운뿐이아니엇다

령의정남곤이죽은뒤에 남곤에게몰려낫든 뎡광필이 다시령의정이되엇고 신뎡이도 대배(大拜)하야우의정이 되엇다가 나총에 좌의정에까지 승차되엇다 남곤이가 살아잇슬때에 연성위(延城尉)김희의부친김안로가리조판서로잇서 남곤심뎡과 세력을겨르다가 세력이 밀리어서원찬(遠竄)을당하얏섯는데김안로는 남곤심뎡이만 못지아니한간신이라 동궁보호를 구실삼고일부됴신과 긔맥을통하야 다시됴뎡에들어서게 되엇스니 이것이남곤이죽은지 사오년후 일이다김안로가 됴뎡의채를 잡은뒤에저의밟을 잘듯는 사람은벼슬을도다주고 저와사혐(私嫌)이잇는사람은 어느모로든지 몰아서귀양보내거나 죽이거나 하얏다김안로와 함께삼흉(三凶)이라는허항(許沆) 채무택(蔡無擇)가티안로에게 사자아금니 노릇하든자는 말할것도업고 안로에에게부치어서 고관대작을 지낸자가수가업시 만헛는데 또야지로조명이난 장순손이도 안로의집과이웃하야 살면서 안로의비위를맛친까닭 으로 일인지하요만인지상이라는 령의정까지 되엇다 뎡광필은사복도뎨됴(司僕都提調)로잇슬때에안로가목장(牧場)한곳을자긔가쓰게달라는것을국가의땅을 베어줄수 업다고거절한일이 잇슬뿐아니라 안로의귀양풀어 주라는 의론을수차

만은일이잇서서 안로는엽(肺炎)하고배제로 모함하야김해로 귀양보내엇다 뎡광필과가리망중한로니네 신도안로에게소소한혐의가잇서원찬을당하얏스니안로를소뎡에서 몰아낸 안사람인심뎡이가 셩혐리가 넘다검안로는 심뎡이를 경빈의 저주옥사에관련이 잇섯다고 몰아서강서(江西)로 귀양을보내고도밥에죽지못하야 가죄할 피를찾엇보고 잇든중에 조뎡을휘방한방서(謗書)한장이 종로종각에부튼일이 잇서서 이것을 심뎡의아들심사순(沈思順)의 소위라고 몰아부치어 사순과밋심뎡의집 사람은고사하고 심뎡의집과 상종이 잇든사람까지 엄혹한 형장으로 따려죽이게하고 심뎡에게는 사약을나리게하얏다 심뎡이가 후명(後命)을 바들때에 남향재배(南向再拜)하고나서약그릇을들고

『김안로의원수원수의김안로』

하고말하며 나믈맛엇다 심뎡이는 백번천번죽어도 맛당한위인이지만 원통한 죄명으로죽은까닭에 세상사람들이 머개

『텬도(天道)가 무심치안타』

고말하는중에

『불상하게죽엇다』

고말하는사람도 적지 아니하얏다

심의는 심뎡의 아우인까닭으로의금부(義禁府)에잡혀가치맛다가 어전(御前)에서 곤장까지 마첫는데 국문에대답이 장관이엇다

『심뎡이는 벌서죽엇습니다 내가죽엿는데요』

『신이 형을죽인죄인이올시다 죽어맛당하와다』

하고 애고애고 통곡도하다가

『심뎡이에게 내명을 차질것이잇스니 이번에차저주십요』

『신의집에는권이잇소이다』

하고 허허웃기도하얏다 넘금이 좌우를돌나보며

『심의가 실성하얏단말을들엇더니 참말이고나 내렷다 신이렷나 좀이업고나』

하고말씀하니 좌우에잇든신하가

『실성한지가오래옵니다 평소에도 흔히횡설수설 합니다 하옵니다』

『저의형이 남곤이와가티간휫는것을보고 두소인놈이라고 호령한일도 잇섯다고 하옵니다』

말들을알외엇다 넘금이 저의형을소인이라고호령하얏다는것이 우수어서지낙이 웃음을먹음고

『실성한것이 아니면 텬치고나 닉뇌아우된것이 죄라면몰으되 다른죄는짓지 아니하얏슬것이다』

『형장을고만두고 쌀어내보내라』

하고말씀하야 심의는 곤장을 몃개맛지도 아니하고 죄를면하얏다 심의가어전에서 곤장맛고 나오는길로 형의집에를 와서보니 사람이떠나지아니하든 사랑밥들은 모다빈방이되엇고 단예를들어온복 형수와질부가 한방에모혀서 눈물도서로 보고안젓섯다 심의는인사한마듸 아니하고 머릿구석에잇는 쥐구멍을 와서 들여다보며

『쥐구멍는여긔잇는데 우리형은 어듸로갓나』

하고방성 대곡을 하기시작하얏다 나종에는갓쓴채로머리를쥐우멍에다가 부비면서

『애고형님애고형님』

하고한동안 형님을 불으다가과절안사람가티 아무소리가 업시 드렷섯다 그형수와 그질부가 밤에서나와서 엽헤서잇는데 심의는고개를 들고불그런이 형수들치어다 보더니

『우리형님차저내오 안차저내면경치리다』

하고한참만에

『안해도소용업고 아우도소용업소형님만불상하오』

하고다시 울음을 울다가말고

『죽은사람이 불상할것잇나? 산사람이불상하지』

하고넘어서서 말우슴 웃듯이와 울음을 토로 치어놓고 히히하얏다 들이

심의의집에는 행낭방이 둘이 잇는데 한밤에는 상질이내외가 잇고 딸은한방에는 홀어미모자가잇섯다 그홀어미는 아들의일음이유복이라 심의의집에서 유복어멈이라고 불럿다 유복어멈은본래가 황해도 강령(康翎)사람으로 남편이 허무한죄에 서울로 잡혀오게되어서 그뒤를따라왓다가 남편은 옥에서 죽고 오도가도못하게 되엇슬때에 갓바치의지시로 심의의집에와서 행낭살이를하게 된것이다 유복어멈의남편은 농군이엇다 그러나아희적에 글방에단니며 미무랑글자낫을 배워두엇든까닭에 구실집수적은것쯤은 곳잘알어보아서 동네에서 대접을 밧든농군이엇다 서울로 잡혀오든해녀름에 가뭄이 몹시심하야 논에 품군두사람과가티 밧벼의 이듬을매다가 새들새들한 벼포기에정이떨어져서

『이러케가믈어서는 올농사도 다보앗네 요멋해지간은 년년히흉년이니 사람이 살수잇나 이게모두까닭이 아니야 서울됴재상이 벼슬잘살어서 우순풍됴하고 국태민안하든것인데 상감이소인의 말을듯고 됴재상을죽인까닭에 하느님이역정이 난것이야 금년에라 꿀봉집이 서울로 올라가는것을보지 됴재상이잇스면 될뿐인가 상감못맛난덕으로 우리백성만못살어』

하고떼수다 스럽게 짓거리엇더니그예 품군두사람중에 남의집머슴으로품가시왓든자가무슨큰수나날줄알고 슬그머니 서울와서고변을하얏섯다 유복 어멈의남편은서울로잡혀와서마츰내마저죽고 그때품군의한사람은 고변아니한 죄로 볼기를맛고큰수를바라든머슴은 고변한 상급으로무명세필을 바덧섯다 유복어멈는단내외살다가 남편이 잡혀오니까 전후를제하고 뒤를따라왓는것인데 남편이 옥에서죽고보니사고무친한서울에서엇지할지몰라서 옥문밧게서 목을노코 울고잇슬때 어떤사람이 갓가히와서

『우지말고 죽은남편감장할도리를생각하시요』

하고친절하게말하야그사람과 말을하게되엇섯다 그사람은달은 사람이아니라혜화문안갓바치엇다 갓바치가지시하야심의의힘을 넘어서죽은사람을장사도지내게 되엇고또 그집에 와서행낭살이도하게되엇다 행낭살이를 시작한뒤 두어달만에 유복이를나엇는데 유복자라고 유복이란일홈을지엇다 유복이가 대여섯살되며부터 갓바치에게단니며 글을배우게되엇는데 유복의글동무가 하나잇섯다 그아희는갓바치의이웃에서사는 리봉학이라는아희이엇다 봉학의아버지는 리학년이라는 유명한사람인데 그아버지가 비명에죽게되며 그어머니가 봉라 병이나서 신음신음알타가 남편의뒤를 못지내고 남편의뒤를따르게되어서 몰도재지내지못한 봉학이가 외조모손에서 압죽으로 길러나게되엇다 봉학이가 나이로는유복이보담 한살손우이지마는 몸이간얇피고약하야 유복이보담 어려보이엇다 그러나 눈치가빨으고 약은것은 유복이는 귀사하고 나이어상이갓가운 갓바치의아들 금봉(金鳳)이보담 못할것이업섯다 금봉이는 갓바치의처의소생인데 부모와는딴판으로 우락부락한 위인이엇다 갓바치가 업하게구는까닭으로갓바치가집에잇는때는 안방구석에 처백어 꿈적을 못하지만갓바치가어듸출입을하고 집에업는때는 박갓밥에나와서 봉학이와 유복이를나리고 무식스럽게 작란을하얏다 금방봉준다고 두아희머리를밥통가티 뭉웃게 하기는례사이엇다 이까닭에 두아희는그선

생님」갓바치가 『줄이면」하면 싱문밧에 올라가서 줄자란말을알망정 밤에들어안젓지 아니하얏다 누가 말하얏든지 선생이이것을 알고 하루는 줄잇을하면서두아희를보고

『작란을 하더라도밤에서해라 섬문턱에 올라가지마라』

하고 놀려서 두아희가밤에서 바스락 작란을하고 잇는데금동이가 올타조타하고 나와서두아희를 복기시작하야 두아희가애구소리를질은쌔 방문이 열리며 선생이들어섯다 금동이는쥐구멍을차젓다 선생이 금동이를압헤불어안치고 이다음에 또다시아희들을 귀찬케하면 눈압헤두고보지안홀터이라고 준절히 놀려내보냇다 그뒤에금동이가 한번켜워아버지업는틈에아희들다리고 뭇시착란을 하얏더니 그아버지가집에돌아오며곳금동이를불러세우고

『내가낫부단말이잇는데 그동안니젓단말이냐? 너는오늘부터집에잇지말고나가거라』

하고호령하야 내쪼처서 금동의어머니가 빌다빌다 못하고마츰내유복의 주인의 청으로간신히 용서를 밧게되엇다 그뒤로는금동이가 두아희를 밉게는볼망정 머리에 밥풀은만들지 못하얏다

심의가 원래갓바치와 상종이 자저서 하루도몃번씩 왓다갓다 하든터에 그형님의 북쳐를당한 뒤로는 갓바치의집에와서 살곳살다십히하얏다 아이들은 선생님이 두분잇는셈이라 심의를심선생님이라고 불르고 갓바치를주인선생님이라고불럿다 이때 봉학이와 유복이는 여남은살식되엇고 금동이는 이십여세의턱거머리총각이엇다 금동이는 얌주뻬정리놈이의딸과 뎡혼하얏다 금동이의 스무살안짝은피할것이업지마는 금동이와 동갑인 색씨는 피년한터이라 혼인이다급하얏다 혼인을 완뎡하기는삼사년전일이나 그동안 색씨의어머니되는 사람이죽어서 대삼년하느라고 혼인이 늦어젓든것이다 색씨의아버지몰이는 다릴사위로 들어간사람인데 다릴사위로 근삼십년지내는동안에 장인장모가 모다죽고 내외살림으로 살어오다가 안해가죽고보니 늙지아니한사람이 홀아비노릇하기가어려운것은고사하고집안살림이 갑하이주장이업서저서 혼인대사를 지내도록 두서를차리기가 어려운까닭에 딸의혼인전에 허겁편네하나를어더섯다 그리하야 금동의어머니가

『사위사랑장모라는데 갓들어온어붓장모가 무슨사랑이잇겟느냐』

하고 자미업시 말한일까지잇섯다 색씨의집에서 혼인을재촉하야 뎡한혼인날이 갓가워다신랑의옷가지 가자라도 심의의집에서 둘보아주엇다 금동이가편례하야 상투를쪼진지 몃칠아니되어 이야기거리가 하나생가엇다 그것은보쌈에잡혀간 이야기다 그때여편네의 개가(改嫁)는 만히고 사주밧자는 목밋든까닭에 대가집딸로서 파부될자라하면 액떼움으로 보쌈을하얏는데 안녀편네들이 주장하야하지마는사랑사나이도잇면서들는체하든것이다 어느날밤에 남부혜민서(惠民署)근처에 화재가 나섯다 금동이가 갓바치몰래불구경을갓다가 돌아오는길에 구비개를지나오자 어느어두운 엽골에서건장한 사람네대ㅅ명이 우두루몰려나와서 금동에게 와락대어들어 자치를각각 붓들며

『이놈씩소리만햇다 봐라담장에메(撲)을터노흘게니』

『이놈목쩌마라』

『아무소리말고 가만히잇스면수가생긴다 이놈』

하고여러사람이 어름ㅅ질을 노흐며엽골녹으로 끌고들어와서 가죽으로만든 큰자루가튼 것에 집어너헛다 금동이는 몸을자루에아니들어가랴고 버둥 보앗지만강약이부동으로 힘수업시 몸어갓다 소리를질르라고 하얏스나한사람이 버선ㅅ짝 가튼것으로입을틀어막어서숨이막힐디경이엇다 여러사람이 가죽자루주동이를들어 들것가튼데 언고서부엇으로 떠든뒤에 메고덜어섯다속에든금동이는

『귀신들은는 죽엇듬하는것이다』

하고생각하얏다 가기는작구가나어데로 가는지몰랏다 가는동안이오래니만치 여러 십리를가는것가텃다 얼마동안 이지난뒤에 들것이 썽에 노히엇다 금동이는 산인지강인지를 몰랏다 엽헤다른 사람이잇는지

『왓소?』

하고 간단히 뭇는말소리가들리엇다들것우에잇는가죽자루를두어사람이 압뒤로 억개우에언메는것가탓다 또다시 어듸로가는데 다나려갓다 외불고불불앗다 하는것이 험한길로들어가는것가탓스나 군데군데 인긔척이들리엇다 다시한동안 지난뒤에 가죽자루가 땅에노히엇다 자루주둥이를 쓸르고 금동이를내노핫다 화려하게 꿈인방안에홍초불이켜잇고 아랫목에 화려한금침이펴잇다 메고온사람들이자루를가지고 나간뒤에 영창문이열리며 화려한옷을닙은 녀자두사람이 꼿가튼 꿈인색씨하나를부축하고들어와서 곱게 안쳐노코나갓다 꿈은바그로 다치엇다 금동이는 눈이현황하얏다 꿈인지생신지 의심하얏다 눈압헤꼿가튼 색씨가 그림가티안저잇는것을보고 차젼차젼 압흐로나가서색씨의손을만저보앗다 쇠가름명이로만든손가탓다 금동이가조곰조금식욕(慾)이커지며색씨를금침속으로끌어 보앗다 색씨는벙어리가티말한마듸가업시 쓰는대로끌리엇다 금동이가잠이들엇다가몸부건드리는바람에눈을떠서보니가티누엇든색씨는간곳업시업서지고메고왓든건장한사람들이방안에 들어섯다 옷벗와달리금동이의 두팔을 결박하얏다 그리하고가죽 자루에너헛다 금동이는하는대로 가만히잇섯다 금동이는자루속에서구리개로돌아갓다주러니만 생각하고 잇섯는데동민이 올때보다 오래되는것갓더니 갓다 노하는 자리가영바닥갓지 아니하얏다 금동이가가죽자루에서 나와보니 강물에떠서잇는 배속이엇다 이것이웬일인가하고 누인채로 누어잇자니까배사공이 배를강물한 중간으로저어 나가더니 여러사람중에한사람이 금동이를 보고

『웅장한상놈이너라』

하고눈짓하며 금동이가 항거할사이도업시 여러사람이 함께잡바한금동이를 번쩍들어서 강물에풍덩집어너헛다

금동이가 초저녁에 나가서 밤중까지들어오지 아니하니 금동어머니는 걱정이되어서 여러번문밧글내다보기까지 하얏다 안에서혼자기다리다 못하야 바깟방에나와서 밤을조그마치 열고드려다보니 심의는누어 잇고갓바치는 신창을달으고 잇다

『여보나좀보시요』

하고목소리를알어들을만치말하얏더니갓바치는

「왜그래?」

하고몸을돌아보지도아니한다심의가갓바치내외의말소리를듯고닐어나서안지며갓바치를보고

『좀들어가보지그려』

하고권하야 갓바치는 그제야손에삽앗든 일거리를노코 돌아보면서다시

「왜그래?」

하고물으니금동어머니가문밧게서말하얏다

『금동이가 초저녁에나가더니이때까지들어오지아니하니무슨일업슬가요?』

『냉들무슨일이지알수잇나』

『불구경을 간모양인데무슨일이잇는것아닌가요?』

『불구경에서 난동(亂)은불구경으로씨서야지』

하고갓바치가빙그레우스니남

의맘조리는것을생각지안코밥선하게웃는다 고금동어머니는골이나서밥문을툭하고 다치엇다

『아들에게 넘우범연한것도병이야』

하고심의가 엽헤서 웃스니갓바치는

『아들인지무엇인지』

하고 곳뒤를니어서

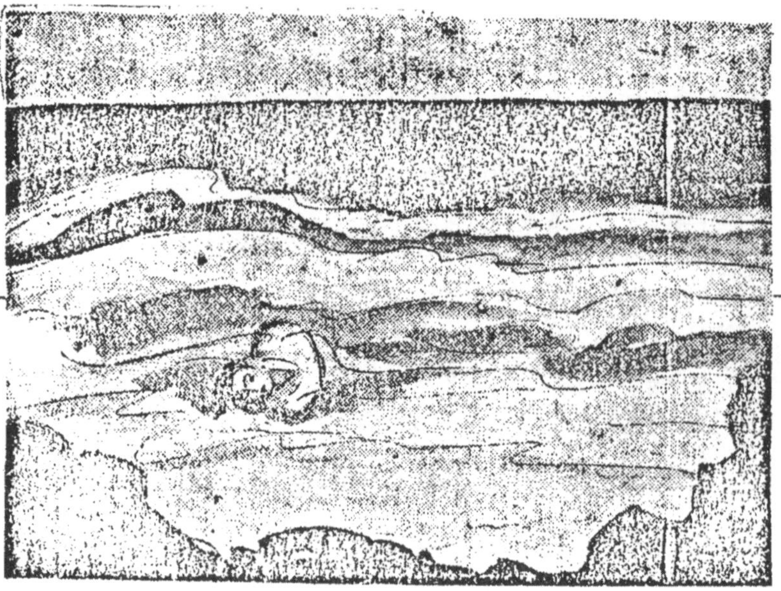

『아비소리듯는것만은 사실이니까 그만한책망은지지요』

하고커욱다시이우섯다 뭇밧게잇든 금동이어머니귀에는 갓밧치의말에 써가잇는것가티 들리엇다 갓바치가 고개를뜰밧그로돌리고

『여보 금동이를차저와야할터이니까 첫닭운뒤에 곳나와서 나를좀깨어주오』

하고말하얏다 하필첫닭울이에 차지러가라는것은 무슨 일인가 금동어머니는괴상히생각하면서 안으로 들어왓다가 파면닭이첫홰치며 나가서

『여보여보』

하고 방문을두들기니 갓바치가 잠이얏게들엇든지곳

『웅알엇서』

하고 대답하고 닐어낫다 가티자든심의도잠이깨어서탈아닐어나니갓바치가

『주무시지요 나도곳돌아누울터이요』

하고 말하자 밧게서듯든금동어머니가

『금동이를 차지러가신다더니?』

하고나무래듯말하는데갓바치는방문을열고나와서

『가기는 어듸를가? 고만두고안방으로들어가지』

하고딴청을부리듯이말하얏다

『그러면 왜남잡도못자게첫닭울이에깨어라말어라하섯단말이요?』

『잠을좀깨어달라고햇기로 큰낭패될것이무어잇나사람이소견도쌕쌕하군』

하고갓바치는허허웃더니마당한중간에나와서서남방을향하고입속으로무어라고중얼중얼하고뜨거운국을 불듯이 후후불기를네다섯번한뒤에몸우밥으로들어가며 금동어머니더러

『걱정말고 들어가서자라구금동이는래일아츰에 차저 올것이니』

하고말하얏다 금동 어머니는 맘에좀아속하나어지할수업섯다 안밧으로들어가서 혼자 고시랑거리느라고 밤을새우다 십히하얏다

그날밤에 여러사람이 금동이를강물에집어너코돌아간뒤금동이는 처음에물속으로 쑥들어갓다가다시물우로 뜰은 소삿다금동이가 팔을결박당하지 아니하얏더라도 헤엄을치지못하는까닭에살어나올길이업는데더구나결박을당하야 허부적 거리지도못하니까꼭죽을수박게업시되엇다 그런데 금동이가물우에 소삿슬때갑작이 바람이닐어 나서물ㅅ결을치기시작하며금동이가물결에밀리어한참반바탕가량떠나려와서건너편 강가에 부드치엇다금동이가 물을토한뒤에 가만히생각하야본즉 커의몸이 모래바닥우에와서 업드러커 잇섯다용을써서몸을 뒤치엿다 엇더케된셈인지웃도리만 물밧게나와 잇고 아랫도리는 아즉도물속에 잠겨잇섯다 다시죽을힘을 다드리어용을써서 등밀이로 올라왓다하늘에별이 총총한데 희미한별ㅅ빗이비치어서 먼데서 잇는나무형테가 알어볼만하얏고 먼곳에서오는닭소리가 십낫가티 들리엇다 금동이는 모든것이 꿈속가텃다 그러나 치운생각으로 생시인것을알엇다 몸이얼어 고들것가티치웟다 니가딱딱 맛불리엇다금동이가 치위를떨며 버느라고애를 쓰는중에 날이새게되엇다해뜨기전 낙시질하러 나오는어부가 모래사장에 누어잇는금동이를보고 송장으로 녀겻다가 갓가히와서 산사람인것을 알고 결박한것을풀러주엇다

아츰때 금동이가 집으로돌아왓다 금동이어머니는 사설이커지아햇스나 갓바치는 압헤와서 절하는금동이를보고

『살어왓구나』

하고 한마듸말한뒤에는 달은말이업섯다 금동이 어머니가금동이의일장이야기를듯고

『그래 보쌈이라든가무엇이생겻다더니 네가 거긔걸려들엇든게구나 목숨을 부지한게던행이다 바람이업서 물ㅅ결이잔잔햇드면 엇지될번 햇나? 생각만해도 아슬아슬하다』

하고 금동의 옷을만지며

『옷은 어듸서말너닙엇니?』

하고뭇고금동이가

『어부의집에가서말려닙엇소』

하고대답할때

『다리고가서 옷까지말려닙혓스니고마운사람이다』

하고 닐어서서 박구어닙을옷을차저다가금동이를 주엇다금동이어머니는 어부와 고마운것이못이처어서

『어부가 내외가진 사람이더냐?』

하고물어본뒤에 혼수중의 세목(細木)한필을 끈내서 내외의보선을짓고 보선복을『보던』이란글자로 징거서 금동이시켜갓다주게하얏다

이배양주돌이의 집에서는 대사준비에 분주하얏다 대사에는음식이주장이고 음식에는 고기가주장인데 관포주의 집에라서고기걱정은 업지마는 고기도먹게말들라니 손이 몰아가야하고

떠주나 신랑신부의옷을 새로짓노라니까 자연히 분주할밖게업섯다 동리녀편네로와서 일하야주는사람이 업지안치마는먹새보래파떠드는 보래이 절반이라 몰여가 한떼로 드나들며인밥아쯤씻치안흘수 업섯다 동리녀편네중에 자삼구진사람이 한우물을어오는돌이를보고

『사위를보다가 나누신옵어달켓네』

하고 조롱하니 돌이가 는집신신은발을내밀어보이면서

『왜나누신옵어 멀정하니집신이요』

하고 너털우숨을 웃는데그녀편네는 치치어니하라며

『집신이면 날이나지라오』

하고 야죽거리엿다

『여보 밉상누리치마오』

『내가 밉상놉부리어? 참말도 밉상놉부런볼가?』

『참해봐 누가밟리오?』

그녀편네가 돌이의발을 가르치며

『저발도무던이 크지만 신랑의발은 어찌나게큰게야』

하고 다지면허 밖으로몰어가자부가려는 진승보선 한짝을가지고나와서 돌이를보이며

『이것이 신랑의보선이라며? 이것이자부지 보친이요? 소도적놈을 처사위로 어더오는게지?』

『여보그게무엇이크오? 우리사촌누의 남편리관서의 보선을보앗드면 괴합하게우리다』

『발이크다고 관서하나?』

『만속바지하고 잇슬새가업소 내가장가갓세소』

하고 몰여드는다시 너털우숨을 우스며 밖그로나가드니 얼마아니잇다가 다시들어와서

『내가처음장가들러올때 양주의입분색씨들 흉진다고 양수대취이란 발을들엇더니 사위놈이머물럿는가』

하고 쇠도둑소리에서 생각이낫든말을하고

『제기발서삼십년이갓가워서』

하고 턱아래에수북이난 수염을씨다듬엇다

하루이틀 지나가는동안에 대사스날이닥도하야갓바치가돌이를다리고 나려와서 대사를시내엇다 누가보든지 색씨의인물이신랑보다 훨신나헛다 색씨는 얼골에입부장 스럽고도 사람이만만치안허보이엇다 색씨는 일음이입분이요 별명이 섭섭이엇다 그러나본일음보다도 별명이쓰이어서 집안에서는 고사하고 동리사람들까지도 모다 섭섭이라고불럿섯다 그별명은 색씨의아버지되는 돌이가 아들을바라다가딸을나하서 섭섭 하얏다고우연히지어 불른것이 이내일음으로쓰이게된것이다 돌이의안해는첫놈을 나흔뒤에두서너번 련접허낙태하고 그뒤에 아들하나를나핫는데 그아들을 나흘때에 죽을번하얏다가 갓바치의 밥을어더약을먹고 다행히 무사하얏섯다 그러나그뒤에는 다시생산하지못하얏슴으로 이번에 금동이와혼인한 섭섭이가 단지남매인데다사나희 동생이 섭섭이보담나히십여살이처지엇다

섭섭이의 사나이동생이 꺽정이니 꺽정이도 섭섭이와가티별명이일음이 된것이다 처음의일음은 놈이엇든것인데 그때살아잇든외조모가 장래의 걱정거리라고

『걱정아 걱정아』

하고 별명지어 불른것을섭섭이가 외조모의 흉내를잘못내어 꺽정이라고 되게부치기시작하야 꺽정이가 놈이대신일음이 되고만것이다 꺽정이가 어릴때부터 사납고 심술스러워서아래우의 압니가 갓낫슬때에무엇에골이나서우는것을그어머니가

『성가시다 우지마라』

하고 꾸지즈며 젖을물리엇더니 꺽정이가 젖을니로물어서젖꼭지된 자위가놀도록 상한일이 잇섯고 불과너덧살 되엇슬때에 그아버지와 겸상하야 밥을먹는데 저의아버지에게만 국그릇을 노핫더니 꺽정이가 아무말도 시 뜨거운국그릇을 들어서저의압흐로 옴겨노흔일이 잇섯다 이러한일들이 비일비재라

『저것이 장래크면 무엇이 될라노』

『저것이 커서도저러면참말걱정거리다』

하고 장래를 걱정하는것이그외조모뿐이 아니엇다 그러나그아버지돌이만은아들이귀여워서

『사내자식이 그래야지 제집에 가려서야 무엇에쓰겟나』

하고 걱정은고사하고 도리어 칭찬하얏다 그리하야 집안에서 꺽정이를 꺽글사람이 업서서어린꺽정이의 긔가자랄대로 자랏섯다 꺽정이의 나이 칠팔세쯤된때에어느날 꺽정이의 어머니가 밥에안처바느질하다 가엽헤너부죽이업드려발장고치는꺽정이를 보고

『네가커서무엇이될래?』

하고물은즉 꺽정이가

『아버지처럼소잡지』

하고천연스럽게대답하더니다시그어머니의얼굴을치어다보며장래될것을 의논하듯이 말하야그어머니도우스며 말대꾸하얏다

『목사(牧使)가소잡는것 보담도 나흘가?』

『나흐면어떠케할래?』

『그러면 목사하지목사보담도 나흔것이잇소?』

『그럼잇고말고 참판판서도잇고판서보담도잇고 정승도잇고 만컨』

『그중에일뚝제기가무어요?』

『정승이란다』

『정승우에는아무것도업소?』

『우에상감이계실뿐이다』

『그러면 상감이란게더대가리구료내가크거든상감 될테요』

『그런소리남들이면큰일난다』

하고 그어머니가 넘읍세며

하야 말ᄉᆞᆷ한마디만 불공스럽
게 하야도역적으로 몰리어죽
는것과 백뎡은천인인 까닭에
조그마한 벼슬도못한 다는것
을말하고서
『네말대로 소집는게나잘배워
란』
하고타일릅니
『나실소사람 잡는것아나배우
지소잡는건 안배울라오』
하고석정이의 뿔이부엇다 그어
머니가
『사람잡는것을 가르치는데가
어듸잇니?』
하고우스니
『업스면혼자배우지』
하고석정이는 더말하기 실타는
듯이벌떡 닐어나 나갓섯다 그때
마춤돌이가 들어와서 석정이의
어머니가 남편을보고 석정이의
말을옴기고 나서
『좀다잡어닐르시요 그대로자
랏다간 큰일내겟소』
하고말하니 돌이가고개를 ᄭᅳ덕
이고안젓다가 박그로 나가서석
정이를불러가지고 들어왓나
『애내이야기좀들어라』
하고사촌누의 봉단이가 사람이
잘나서지금 정정부인이 된것을
이야기하고 그뒤에 조상이최장
군을길러내서 세상에 대접바덧
다는것을 이야기하니 석정이는
최장군의 범잡든이야기가 자미
가나서
『아버지그래』
하고이야기의 뒤를재촉 하얏다
돌이가 안해를돌아보고
『그칼좀내다주오』
하고말하야 칼을 갓다 노흔뒤
에이놈이최장군이쓰든것인데집
에던하야오는보배라고말하며칼
을내서보이ᄭᅧ 석정이가 손을내
밀어서칼을바다들고
『이까지께보배야』
하고두손으로 칼끗을잡어 휘
니석정이가 아희라도 힘이세참
말아니라칼이사졋든까닭에터하
고분지럿다 돌이가
『커놈이』
하고놀라소리치고는어이가업
서서말을못하고안젓더니석정이
는 잘한듯이우섯다 돌이가 그웃
는것을보고 화가더낫든지 석정
이의팔쭉지를잡고마당으로나와
서사매질을하야 석정이몸에 구
렁이를갑어노핫다 석정이는 니
를악물고 매를맛는데 석정이의
어머니는 아들의장래가 무섭기
도하고마음의당정맛는것이아쳐
롭기도하야서 눈물을 흘리고섭
섭이는 그아버지의말에 매달려
가며통생맛는것을말리엇다석정
이가속으로는보배될것도업는칼
을좀석것다고따리는그아버지가
몹치안케생각하얏스나이러케몹
시마진뒤로그아버지압헤서는긔
를펴고심술부리는일이적엇섯다
돌이가 동리글방 선생에게애
걸하다십히 간청하야 석정이를
글방에 보내게되엇섯다 석정이
가 처음글방에 가든날 돌이가다
리고가는길에서까지 달은 아희
들과 싸우지말고 선생님말을잘
들으라고 신신당부하얏다니 돌
과멋칠안에 당할사람이업서
지게되엇다 글방아희 멧이 백뎡
뇌자식이라고 넘보고 덤수히넉
이어서 석정이를 외를놀리고
가티놀지아니하는데 석정이가신
술이낫시마는 하루삼고이를잡
고하야 멧칠을 참어왓니 어느날
선생이 어듸나간틈에 여니아희
들이 밧게나와서 작란을치는데
석정이가 혼자따서서 구경하
다가 그글방아희 중에서 거수
노릇하는 열댓살된 빈명의아들
아희게유와서
『이애 나하고가티 끈이두자』
하고 짓구지 걸어보앗더니그
량반아희가대번에
『백뎡놈의자식이』
하고 욕을내노핫다 석정이가
두말아니하고 주먹다짐을 시작
하야 싸움이되엇다 석정이가
나이로는 그아희보담 훨신나
래지만 긔운이세기는 그아희
네다섯이 합해 덤비어도 당치못
할만하든까닭에 그아희는 매가
리도어더맛고 볼통이도치어실
리엇다 선생이돌아온뒤에 맛은
아희가 고자질하야 선생이석정
이를 불러세우고
『량반의대도련님에게 손찌업
을하다니 너이놈매좀마커란』
하고 종아리채를 해오라고야
단을쳣다 석정이는 선생의취하
하는것을 아희들의 업시넉이는
것보담 더분하게생각하야 책을
들어서 선생의면상에 내던지고
『글을안배우면 고만이다』
하고 휭하게집으로 돌아왓다
돌이가 이것을알고 석정이를달려
정할뿐아니라 석정이대신으로
선생에게 사죄까지갓섯스나 석
정이가 다시글방에를 단니지못
하게되엇섯다
갓바치가 우유로와서 석정이
를보앗다 열한두살 먹은아희가
열대여섯 되엇다고하야도 고지
들릴만큼 숙성하얏다 살빗이검
으스름한 베모번듯한얼골에 가
로씨어진 입도조코 눈이웃독한
코도조커니와 시컴은눈섭미헤
열ㅅ긔가 흘러는듯하야 데
입조햇다 인물이 그릇담게 생기
엇섯다 갓바치가
『대장ㅅ감으로생겻구나』
하고칭찬하고 비그래 우스니돌
이는
『우리네자식이 잘생기면무엇
하오』
하고한숨을 지엇다 갓바치가
삼십놈만 새사돈집에서 묵엇는
때한두ㅅ밤에는 돌이가 갓바치
를노고 석정이의 싱질이사나운
것을걱정하니가
『우리아버지가 위하고위하든
조상님을 그자식이 석거버리
엇소 우리아버지가 살어서부
앗더면 그자식을주니며 노커나
자긔가죽거나 햇슬것이오』
하고말하고
『글이나좀가르치면 참섭이고
처실가하고 글방에를 보냇더
니백뎡놈의 자식이라고 하고
한대한다고 한넘의 자식과차
쌈을이아니라 선생까지 욕을
보이어서 글방에도 단니지못
하게되엇서요 그래서 될대로
되라고가만히 내버려 두엇는
데그자식이 긔운이장사요
구세배부터 몽근벼한섬을 례
사로드니엿소 개밥이 가득집님
닭장놈을 자기는것가티바
ㅅ섭든들고 단니엇소긔운이
이럿데다가 첫섬이 불가러서
아희들은고사하고 어른도 셧
불리건드리지못하얏소커의
어머니가죽을때 운명 하기전
정신ㅅ긔잇서서까지성질을좀
고치라고 쫑알부언하더니 요
멋해동안 천보당은 훨신나허
졋스나 그러치만 현생이아어
되가요지금도저의비위에틀리
는일만잇스면돌을 휘아리지
아니하우 내가날르는 말이나
저의누의의당래는말을좀낫는
것이저의누의까지가고보면더
러정이요』
하고한적정을잔어말하얏다
갓바치가다듯고나서
『내가마련다 가르처볼가』
하고실업슨말비슷하게말을하
자 돌이는놀엇다 보앗다 하고
『고러케해주시면 작히나조겟
소그러치안허도 청을하고십흔
맘이잇든차이요』
하고갓바치하니갓바치는우스며
『생마걸트리는것을무엇이니가』
하고뭇고서돌이의대답을기다
리지안코
『백뎡설제안간』
하고 허허 우섯다 하여간
당자의의향을 물어보아서 뎡하
기로하고그날밤을 지난뒤에 이
튼날갓바치가석정이를보고
『너의아버지가 너를내게맛긴
다고하니네가날을어서울가려
느냐?』
하고물으니 석정이는간다다안
간다말하기전에
『서울가서무어하우?』
하고도리어물엇다
『글공부하지』
『글공부는실소 그러치만서울
은갈라오』
『아무러나너실흔것은 고만두
지어려울것이무어잇니』
하고갓바치는우섯다

갓바치가 훈몽이놈다리고 서울로 올라올때 석정이도가리왓다 봉이가
『얼던신부례한뒤에나 석정이를보내리다』
하고말하는것을갓바치가
『가만잇게 그것도 저더러 물어보세』
하고 석정이를 불러서의향을 물어보니 하루라도 일즉이서울 오고십허하는말이라홈이를보고
『제가일즉이가고자하니 이번에 내가다리고가겟네』
하고말하야 곳가티 오게된것이다 갓바치가 석정이를 집에다려다 둔뒤에 지각나는어린아희로 보지안코 점잔케 대접하는 까닭에 석정이는 갓바치를 어려워하면서도 말홋게되엇다 석정이는 훈몽이모자와 심선생이 말에조곰 맛당치못하얏스나 봉학이와 유복이가큰맘에맛는동무가 잇서서 조하하얏다 봉학이는 몽남이나 생월이아래요 유복이는한살이아래라 석정이가 두아이의 맛형과가텃다봉학이와 유복이가 글읽을때에석정이혼자서 심심하야 글공부를 시작하고 십흔생각도 업지안햇스나 몽생가른 두아희가소학을 첫권을재人권읽고 잇는데 한글텬디디하는 천자문을 시작하기가창피하야 말을 내지아니하얏다 석정이가 글을읽지아니하는 까닭으로 두아희가지 치차로글공부를 실혀하고 활쏘기, 뛰엄실가글자판에만 맘이 딸리게되엿스나 갓바치는 한번나짓지도 아니하고 저의둘하는대로 내비려두다 싫허하얏다 어느날 세아희가 안뒤人쳣닥미테서 공긔를 놀리다가 석정이가 공긔가져어 자미업다고 말하야 큼직한돌덩이를가지고 공긔를 놀리기시작하얏다 석정이는 돌덩이를굽히 처뜨리고 왼손으로 선뜻선뜻바덧지만 봉학이는 치뜨릴생각조차못하고 유복이는 간신히 치뜨리기는하나 두손을가지고도잡밧지못하얏다 나종에 유복이

가한번굽혀서 떨어지는것을 바더본다고 허리를굽히고 힘것치뜨린다는것이 돌덩이가 빗나가서 담넘어로넘어가며 와직근소리가낫다 담넘어이웃집 장人독에 장人독이 깨어진것이다 유복이는 얼골빗이파래젓다 석정이는
『깨젓스면 고만이지 겁날것업다』
하고 장人독주인이 된것가티 말하는데 봉학이가
『어괴어찻말고 어서빨리밧그로나가자』
하고말하야 세아희가 밧그로 뛰어나와서 밧갓마당에서 뛰엄질을하고잇섯다 얼마뭇안 아니되어서 이웃집주인이 갓바치를 차저왓다 그사람이방으로 들어간뒤에 봉학이가 유복이를보고
『랑반망이가왓다』
하고말하니 석정이는
『랑반망이는 무슨랑반망이』
하고
『가만잇거라 내들어가보고오마』
하고 가서방문을여니 갓바치가
『들어오지마라』
하고말하얏다 이웃주인의불공스러운 말소리와 주인선생의 온공스러운 말소리가 한동안석기어나고 심선생의 말소리가멋마듸들린뒤에 이웃집주인이 나오더니 유복이와 봉학이 보면도 석정이를 만히흘겨보며 돌아갓다 갓바치가세아희를불러서 압헤느런히 안치고
『누가이웃집장人독을깻느냐』
하고뭇는데 말소리는 놉지아니하나 말하는모양은 전에업시 엄하게보이엇다 봉학이는 뺨을붉히고 유복이는고개를 숙이고 잇는데 석정이가
『선생님 제가깻습니다』
하고똑똑하게대답하얏다
『왜깻엇느냐?』
『공긔를밧다가 돌이빗나갓습니다』
『힘에겨운돌을 가지고공긔를밧다가 남의장人독을 깨인것이잘한일이냐?』
석정이는고개숙이고한참납이업다가
『힘에넘치는공긔는 다시밧지안켓습니다』
하고대답하얏다 석정이가 선생의뭇는말을대답하는동안에봉학이는머리를 뺑뺑돌하고 유복이는솟곳고개를숙이엇섯다 갓바치가 세아희를 나가서놀라고바그로내보낸뒤에 심의가
『석정이가 깨인것을숨기지안는것이사내다원』
하고말하니 갓바치는
『석정이가 제가깨인것도아니모양이요』
하고웃엇다
『그러면 어느놈이 깨엿슬가?』
『고개를들지못하든 유복인게지요』
『석정이가유복이죄를 가로맛는모양이군』
『그런모양이지요』
『대데 이웃사람의말로보면봉명이가공바가티큰티나 얼핏나지그런것을가지고공긔를밧다니』
『제놈이모다 힘에겨운공긔를바다보는데요』
하고갓바치는잠간미간에주름을잡엇다
석정이가 글공부는 아니할망정 배우는것과 익히는것이 업지아니하얏스니 배우기는 대개주인선생의이야기를 듯는때서배우고익히기는 주장두동무와 작란하는때서 익히엇다 갓바치가밥저녁이면 여러가지 이야기를들리어주는데 석정이가 데일지미

있서하기는 넷날명장의 싸움자
우든이야기이엇고 석정이가 두
몽우와가진 작란을다하는데 넷
이야가티 조하하기는 놈이뛰고
벌리뛰고하는 뛰어길이엇다 석
정이가 낫이면두몽우와 작란하
고밤이면 갓바치에게 이야기를
듯는외에 별일이업시 한해를보
내엇다

이듬해봄에 금동이 어머니의
재촉으로 섬섬이를 신부례하야
왓다 금동이는 사람이 별미쳐고
무식스러우나 안해만은 부모보
담도더각별히위하야서별탈이업
섯지만 금동이 어머니가 며느리
에에싸다려워서 섬섬이의 싀집
살이가 고되엇다 처음에는섬섬
이가무무하고 잔소리쯤 하든것
아날이갈사록 차차심하게 되어
서

『반찬한가지 똑똑히맨들지못
하고옷한가지 반반히 짜어매
지못하니 나이이십여살 되도
록배운것이 무엇이냐?』

『며느리를어더온게 아니라상
전을어더왓다』

하고소리가 커지기시작 하얏고
정히심하게 되면서는 섬섬이가
우스면

『미첫니? 시시거린게』

하고꾸짓고 섬섬이가 골을내면

『주둥이를 씰룩하고다니면
누가겁을내니?』

하고야단치고 또섬섬이가 조
곰말대답이나 할때에는

『배던의딸자식이라할수업다』

하고급본하자싸지하야섬섬이
는날물으게 눈물을기를 조히흘
리엇다 금동이는 저의어머니가
안해를구박하는것이 밥에 조치
아니하야저의어머니가야단치든
것을보게되면

『어머니고만두시오』

하고말리기도하얏지만

『자네가줄어지니까 재집바게
뭇으느냐?』

이와가른말에우박을마칠뿐이
엇다 금동이가섬섬이의쓰는건넌
방에들어가는것을 금동 어머니
가밉게보아서 자고나가는 아츰
날이면 금동이에게는 싸닭업시
화를내고섬섬이는 공연히 들볶
갓다 이런날 섬섬이가 혹시무엇
을잇게되면

『너는밤아는것이 한가지뿐이
냐?』

하고사람이괴란스럽게싸지말
하얏다 이싸닭에금동이가 밤에
들어오는것을 섬섬이는 반갑게
알지아니하지만 금동이는 화바
지하는것을 며사로 넉이지아니
하고석귀신가티슬기차게들어와
다나중에는그어머니가

『나무뚱한 시골도아니고백사
디렁서울에서근불나무를메기
도합이키인다』

하고건넌방을폐하고안방한방
을쓰게하야 금동이는 낭패보앗
스나섬섬이는 맘의속구 스런운
것이덜하야서다행으로넉이엇다

섬섬이는 석정이의얼굴을하
루한두번식 못보지 안치마는조
용히 이야기 할틈이적을뿐이아
니라 성질사나운 동생이혹시뛰
악을부릴가 무서워서 고된싀집
살이를이야기로는고사하고내색
으로도 알리지 아니하랴고속으
로애를썻다 그러나 한집에잇는
싸닭으로 석정이가 자연히알게

되엇다 하루는 섬섬이가저녁밥
울지을때 석정이가 부엌뒤로울
아와서

『누님』

하고불러 노코는 첫마듸에

『시골집으로가시오』

하고말하니 섬섬이는

『그건무슨소리냐? 왜가라니
?』

하고물엇다

『이놈의집에서 구박밧고잇슬
것업지안소』

『이애지각업시짓거리지마라』

『그래 누님아니갈라오?』

『가긴어듸로간단말이냐?』

『누님이 안간다면 그년을죽여
업새기라도해야지』

섬섬이는 부지깽이를 내던지
고뛰어나와서 동생을붓잡고 가
진말을다하야 달래고

『내가 견듸기어려운일이잇슬
때너더러말을하마 그전에는아
무소리도말고 가만잇거라』

하고말하야 석정이가

『아무리나하오』

하고 돌아서나가랴고 할지음
에 금동이가 저의어머니를대안
해에게말마듸해보는자미로가만
히무어뒤로 오다가 석정이와마
조첫다 석정이가

『대체 저못난자식때문에우리
누님이 고생하는게엇다』

하고생각하며 별안간에나는
골을것잡지못하야 금동이의뺌
을 한번보기조케후려첫다 금동
이는 영문도몰으는 뺌을맛고

『이자식 미첫나』

하고 첫울배앗고

『이자식나가거라』

『나가지말래도나갈테어』

하고 석정이가 나간뒤에섭섭이게로와서 동생을식혀 빨(다리게하얏다 고 당치안케 시비하니 섭섭이는 가여단법 한마되아니하고

『료량업는소리 작작하오』

하고핀둥이들주엇다

석정이가 누의의 고생을간뒤에는 실상죄업는 금동이를밉게봄뿐이아니라 갓바치에게도 컨파가티 말호지아니하얏다 금동어머니가 서어미 노릇못되게하는것을 갓바치가 컨허물허리업슬수잇쥬 알면서도 짐짓그대로내버려두는것이나 이것이 뭇서야배노릇을 잘못하는것이라고생각하얏다 어느날밤에 섭의는자괴집에가고 갓바치와 석정이가단둘어 안저잇섯는데 갓바치가장감(將鑑)이란책을펴서노코색여이야기하야 가르처 주다가석정이의 얼굴에 딴생각하는빗이잇는것을보고

『고만두가지실흐냐?』

하고물은즉 석정이는

『아니요』

하고 고개를흔들고

『안에서 무슨말소리가나는것가터서요』

하고 밥 비갈린때닭을 말하얏다

갓바차가책을덮고

『사람잇는데 말소리나기가때사이잔』

하고 빈그레 웃스면서

『석정아 너의누의고생하는것이맘에걱정이냐?』

하고다정하게 물으니 석정이는속으로

『쥐것보아 번히알고도물는데맏것아닌가』

하고생각하며

『당신이라구 걱정도아니하겟소』

하고불쾌히 대답하얏다 갓바치는다시빙그레웃고

『시집살이란본래 그만고생은하는것이다』

하고닐르고뒤를니어서

『너의누의시집살이가 동안이오래지 아니할게니걱정마라』

하고따로 짐작하는일이 잇는것가티말한뒤에

『책이야기나 더듯지아니하랴느냐? 이책을다들려준 뒤에는이책보담 더조흔 육도삼략(六韜三略)을차례로이야기하야들려주마』

하고말하얏다 그다정한어조(語調)가사람의뼈속에사뭇칠것가터서석정이는 불쾌하든 생각이사라너저지고 참착히 책이야기를들엇섯다

그해초가을에 금동어머니가 토사병으로 급작스럽게 죽엇다 그초송이 간단하얏다 숑새굴존복폿(非布)로수의(壽衣)를짓고닷분널로관(棺)을짜서송연(松煙)을칠하고 뒤일(翌日)로 아니하고이튼날 하든이튼날 두메망이상여를 수다를빠 북망산에장사하얏다 초상난뒤 집안이채못되어서 알마뒤한생각에 있어상령냥새파 건정으로 지내는조석상식외에는 초상난자리갓지 아니하얏다 갓바치는 한번도곡을흘린일이 업섯스나 말할것도업시금동이가 오죽하나 섧어원할사람인데 그미련한위인이 안해가안바치지하게된것만다행으로녀기는지 저의어머니 죽은것을설어워하지아니하얏다 갓바치 외

하고울엇다 금동이가그컨만가든면그들머리에굴밤ㅅ개나소처울것이지만 그들이 설두서너살식먹은 아희들뿐이지 외세기가어른들쥐어질른반하야호랍호락하게 굴밤을 밧지안케되엇고더욱이 장사석정어가 뒤에잇는까닭에 금동이는 손머읍생의를못하고 입으로만

『오라질 자식고랑잘자식』

하고욕할뿐이엇다 석정 이는이것을밟고 두아희를 부추기는집의안실림이 섭섭이의 소임이된뒤로는 석정이는 한걱정이업서저서맘이편하얏다 석정이가안팎에드나들며 갓바치의 심부름을하게되엇다 석정이가 원식구갓고 갓바치는들이어 손님가텃다석정이가 안방에잇술때는 봉학이와유복이도 안방으로 들어왓다처음에 봉학이와 유복이는섭섭이를 아주머니라고 불럿는데어느날석정이가두아희를보고

『이애들우리집의형대하자』

하고발론하야 세아희가 형녀의를매지며 두아희도 석정이를뚝아서 누님이라고 부르게되엇다금동이는 세아희가 안방에와서등살놋는것을 청이가사게 녀기어서 안방에잇다가도 세아희들의괴척이나면

『저것들또들어온다』

하고상을징그리고닐어서나가는때가만희더 석정이가 매부더고불르는것은 실혀도 대답하지마는 봉학이나 유복이가

『여보매부』

하고불르면

『경칠자식매부는무슨매부냐』

하고불며인 소리들하는 까닭에두아희는 그것이우수워서불르시아니하야조올때도

『매무 매부』

라고 놀어서니 석정이가빼거만힛다 하루는 세아희가안방에들어오며 금동이가 나가

『매우 나가지말고거기안저지시오』

하고 붓잡어안치엇다 석정이가 두아희와 가티북새를노코놀다가

『너의들 재부하고말씨름해보아라』

하고말을내어 두아희가 매부매부하고 졸르니 실혀하야 금동이와 말씨름하게 되엇는데봉학이는 대번에 젓지마는유복이는 한참을 닷섯엇다석정이가

『매부 세구려나하되한번해봅시다』

하고 대어드니 금동이가

떠노닐겟다』
하고자미렷다
봉학이와 유복이가 금동이의
꼴불질한다유복이가
『석정이언니는 못당할것 갓
지요?』
하고 입을 빗쥭하고봉학이는
『석정이언니가 세다고해도아
희는 아희지요 매부가못대어
들고 잣바저서야 남붓그럽지
아니하오?』
하고 할쉼을부셧다 아니나달을
가금동이가 골이 낫다석정에게
보고
『어디한번해보자』
하고 팔을내미니 석정이는두
손면서
『회목잡어주리다』
하고 금동이의 손목을쥐라고
하얏다
『주제넘은소리마라』
『두볼걸어도 아니될터인데회
목잡이를 주제넘다고 어디해
봅시다』
석정이가 힘도드리지안코 넘
가엿다 금동이는힘쓰기전에 됨
기엇다고 탈을잡고 고처하야보
앗스나 별수업시지고 원님씨름
도하야 보앗스나 역시헐수업시
지고나서
『참말모세다』
하고나안지니 석정이가
『그것보시오 회목잡어도조치
안켓가? 내가힘만쓰다면회목
잡은외에 원님을더걸어도 배
겨내게는 쉬것갓지안소』
하고우슷다
『원소리마라 설마그러키야하
랴?』
『원소리가아니지오』

『어디해보자』
하고 금동이가다시덤비어 바
른손목을 잡힌우에 외손까지더
걸엇다 석정이의팔목은 쇠막대
세운것가텃다 금동이가 얼굴에
피스대를올리며 넘기랴고 힘을
써도 넘어가지아니하얏다 나종
에금동이가
『못이기겟다』
항복하고 나안는것을보고 봉
학이와 유복이는 석정이를항복
바든이나 다름업시 조하하얏다
세아희가 형이니동생이니 하
기전에도 말이마저 잘지내든것
이 동대문매진뒤로는 의가자별
하야 서로밥나누먹는 아니한판
아니라 봉학이나유복이가 혹시
남모든아희들과 싸옴을하고받다
가 형세가불리할때에는 석정이가
한목이 역정하러나서게되고 두
아희는 석정이가튼 역장스군이
뒤에잇는것을 든든하게생각하
야 가듬아희들은교사하고 여간
어른까지도 무서워하지 아니하
엿다 그러하는 석정이와잡
말해외에는 세아희가 잠시를서
로떨어지지 아니하얏는데 그중
에봉학이가 멋달동안 갈러지내
지안흘수 업게된일이잇섯다 봉
학이의외조모가 속알이본병이
잇서 친한중이잇는것을 연산
아 서문밧진관(津寬)으로 복약
하러나가는데 봉학이를다리고
가게되엇다 불과멋달동안이 아
니지마는 세아희는 각기다섭섭
하얏서 봉학이가 진관가서잇는
동안 석정이가 유복이를다리고
하루둘이로 차저나갓다 그덕에
섭섭이의 안밧이 조유하야저서
금동이는 이외에더 다행이업시

생각하얏다 절에와서잇는 봉학
이는 동무들이와서 심심하얏
다 석정이와유복이가 자주올터
나와서 가티놀때이지 불다들
어가면 더욱심심한것을 못견되
어하얏다 심심한끝에 사리나무
로활을만들고 매앙대로 살을만
들어 활쏘기를시작한것이 하루
하루자미가 붓기시작하야 멋칠
뒤에는 밥먹을것을닛고 활을쏘
게되엇다 나종에는 한두판업해
나무화관을세우고 마치자시
작하야 맛는대서 자미가더생겨
엇다 봉학이가 석정이와보고
『언니 활이자미납되다』
하고 빼안대살로 나무화관을
맞치어보이니 석정이는
『한량아우가생겻구나』
하고웃고유복이는
『그러면나는 한량언니라고할
가』
하고탈아우섯다 봉학이는
『태조대왕이 활잘쏘앗다고서
생님이 이야기하신일이 잇지
안소? 태조대왕의 피스줄을
바든내가 태조대왕만큼 활을
쏘고야 말터이니까 언니두고
보시오』
『그래 활을 잘쏘아서 둘재태조
대왕이되어보렴』
『그러면우리는 한량언니의신
하가되겟』
하고세아희가 다가티우섯다 봉
학이는 참으로활쏘기에 열중이엇다
중이 조석레불할때 뒤에가서
『부처님께서 태조대왕가티활
을잘쏘게하야줍소서』
하고가만히 빌기까지하얏다 염
청이란것이 무서웟다 봉학이의
활재조가 나날이늘어서 활자랑

시작한지 한달안에 은쟈리나
무활에 섭도차리 나무화관보
참새들쏘아마친일이잇섯다 봉학
이가외조모와가티 절에서 지울
을나고 이듬해봄에 문안으로들
어오게 되엇는데 그때는활쏘기
의솜씨가 처음에작한때와보
고웃든 석정이와서 칭찬하리만

되엿섯다
봉학이가 친고가티 석정이와
섭섭하니지마는 석정이와 유
복이가 무엇보다 직관을할재
봉학이는 그때에이지 아니한
섭섭하고서 활을쏘앗다 유복이
가 심사가나면
『한량은 사정으로가서오』

치고 빗질하야날마다일도 하엿스나 이런데는 석정이가
『조곰놀고 가만두어라』
하고 유복이를 불러서그리로하게하엿다 그러나 석정이도갈다가는 혹시우스면서
『우리할멍 할머니한테다녀오』
하고 초록방칭찬할때에가면 집안에서 그만하야 [illegible]의별명이되어서 석정이와 유복이는 고사하고 달은사람의입에서라도 한번이만날이다오면 봉화이는 저의말을 하거나 치고 나잔시절에 돌아보게 되엿다 봉화이가 원래산이 재미잇는데 자와 현생한고난 공연[illegible]가잡이어서 [illegible] 쏘는살이 한방에놀리는법이 업섯다 봉화이는 여러가지활에 여러가지 살을 만들어가젓는 생나무활에트리시대살도잇고 행누나무활에수수대 살도잇고 쌍대人가지살에 새깨가 살도잇섯다 그중의하人가지활은 대人쪽을 깍가서살보람을 만든것이니 저이가장재일만세어이 잘랏다 하엿나 봉화이는 새깨기살에 비들기를박어서마리를쏘아 잡는 까닭에이 봉화이한테는 [illegible] 업섯지엇다 봉화이가 따러쳐로 안친 [illegible] [illegible] 칠년이 아니라 녹치로만 쏘는것을자미저게 떼이어 일부러파리를 모치날리고 날치로쏘기를 꿈부하야 얼마뒤에는 날리는파리를노치지안케되엇다 조그만날개에힘이만흔것을 자랑하듯이 날개치는 부당파리가 살을마저 [illegible]어지게되니 봉산이란 수파리는잡을이관혀걷이엇다 봉화이의따리산양이 몽리에서 다알도록유명하야젓다 갓바치가 섭의와공론하고 낙촌에서 명수(名手)로치는궁장(弓匠)에게 부탁하야작으마하고 입부장스러운 쇽각궁(熟角弓)을 만들려고 예도충류범진[illegible]을 국상으로 구하야얻는중에너로 활 소용에농간체가 가주가죽 자만하야게아희의눈에 띄이지안케벽장안에 넣어 두뒤에 이노날이 켜갓바치가
『오늘은우리더러[illegible]으로 활맹의사재[illegible]를 보입시다』
하고봉화이를데리고 갓파라를쏘니었다 섭선생과 주인선생이아랫목에 나란히 안저잇고석정이형과 유복이아우가 웃목에느런히 서잇다 봉화이가 그중간에들어서서재조를다하야보이엇다 처음에서너마리는벽에안친채로쏘아박어노코 그다음에 너덧마리는일변날리며일변쏘아떨어트리고나중에두어마리는일시에날리고련발(連發)로쏘아마치엇다 안진파리를쏘아인일에부러워하허늑하고 쌈으게감탄(感歎)하든섭선생이날치에다러발까지하는것을 보고
『저것보아 저것보아』
하다가 나중에
『귀신가튼재조다』
하고칭찬하며 갓바치도물가보니갓바치는
『래조대왕가튼 명궁(名弓)이되겟다』
하고웃고봉화이에게
『섭선생님께서 조흔상급을 주실터이다』
말하며벽장문을열고활과전통

화살통은제구실보다 더노하다섭선생이 낫낫치집어서봉화이를주니봉화이는 조하서싱글벙글하며절하고받는뒤에 활쥐한매고 각지(角指)를끼고살수건으로사하고노르발[illegible]까지달려잇는전통을메고 그리하고활을들고밖에서나와서경중거리며 집으로 돌아갓나
얼마뒤에 봉화이의 외조모가 봉화이를다 리고와서 섭의와 갓바치를보고 외손자를 그외가티사랑하야주니감사하다고인사하고
『이놈이돌날 돌상에서활을맨처음에 쥐더니지금보면 활로덥신할것 갓소이다』
말하고또
『저의아버지가 쌔는큰본이잇든사람이고 죽기도의리로죽엇스니까 이놈이다음날 속선[illegible]하야호반으로출세하면만호(萬戶)첨사(僉使)쯤이야어더하겟습지요』
말하며 조하 하엿다 봉화이 기정날활을어든 뒤에는 궁방(弓房)에가서궁장이를 친하야 활메어해것도보고시위누이는것도보고채활을덴와하야버릇고차는것도보아서호장서 활을다룬게 되고사당에가서 한량을친하야 하산저(下三指)로 줌통쥐는법도 배우고상삼지(上三指)로시위그은는법도배우고 각지손 떼는법도배우고또 비뎡비팔(非丁非八)에흉허복실(胸虛腹實)로서는법을배워서 궁체(弓體)를 얌전히가지게되엇다 아기인양의 색씨활을메고 단니는것이 동소문안의명물이되엇나 봉화이가사실로명무(名武)에 지나가는 재조를가졋지마는 사당에가서 활쏘을잡어 가보되는 까닭에 섭어평에나가서 [illegible]을 하거나 그러차한데하면 삼군관뒤산에 올라가서새산양을 하엿다 새산양을삼에는석정이와 유복이도 반드시놀하단니며 구경하엿다
어느날봉화이가 활을메고 동소문박그로나가랴고하는데유복이가 뒤人산으로 새잡으러 가자고졸랏으니
『새가잇서야지 잡지』
하고봉화이가뒤人산으로는가지아니하랴는것을석정이가
『업거나잇거나가보자구나』
하고 욱이어서 셋등부가성작관돗산에를올라와서 그욱한곳에잇는칭한나무숩에새들이엄슬리업지마는 아기한랑활 그림자에놀낸새들이 놀하 날아 멀리피하고아기화랑이 흉홀이청하다고 낙아이지아니하엿다 아기한랑까지세아희가 숩속으로 이리저리헤매는동안에 산비둘기이나 꿩새가튼큰것은 고사하고 솔새나꼴득새가튼 적은것도 한마리맛나지못하고 흐아이시 불부나려오는길에 봉화이가 가다나 누가자에뒤로안진새를보고한번시위를나렷나 그새가쌍지미헤 살을맛고 푸두둑하고 날어서업가지우에잇는숩속으로들어갓다살人대는까치잡박그로내다보이나 까치가나오지 아니하니 그살한대는잃어버리지안홀수업시되엇다 봉화이가살이앗가워서
『저것을엇지하나?』
하고걱정하니유복이가
『가만잇소』
하고잔솔을주서가지고와서새매를치기시작하엿다 솔매가 까치집에맛기로 하엿지만 쌍지미에박힌살을 주릇서로쌔아 보랴고도못하고죽은새가업드려잇는까치가잡을베혀잡어서나올까닭이업섯다 봉화이가 풀때집이소용업는것을보고활과전통을유복이에게맛기고 나무에를 올라가랴고하니 석정이가 다무미드로와서나무의우알에다를으로재어보며
『가만잇거라』
하고봉화이를올라가지못하게한뒤에 나무를두손으로 흔들엇다 그가죽나무가 크기는 얼마되지아니하야 밋동이 드손으로차서쥐일만하엿다 나무가 흔들흔들하엿다 그러나 까치는종시나오지아니하엿다봉화이가
『언니소용업소』
하고말하니 저의하는일이소용업다는데 석정이가 골이나서저고리를벗어서부치고나무를썩으랴고대어들엇다 유복이가 이것을보고
『형에박힌생나무가그렇게 쉽게썩히오?언니소용업는짓마오』
하고우스니저의하는일이소

용업다는데 셕정이가 곰이더욱 랏다

「가만잇거라어듸보자」

하고셕정이는 허리를 굽으려서 빗놓은 압에로 쎄어안고힘을 썻나 한누차례 힘쓰는때 나무가웃옥옷죽하야 썩이것 기럿다 몽낙이가유복이에게서팔과건등을차져서 건둥은메고 팔은칼을먹여 들엇다 셕정이가 눈을 부릅뜨고 입을악물고 한번 소리를 크게 질럿다 그리하고 허리를펴엇다 가죽나무가 썩혀넘어지며 까치가날넛다 간신히목숨반 부터잇든까치가미처밋지 날지못하야 살한마가 내가리를피어올려서 허부하게떨어졋다 셕정이 눈치고리를집어서안젓으로얼굴의땀을씻고서

「이래도 소용업니?」

하고 두아희를돌아보앗나 두 아희눈에는 셕정이가 사람가텨 보이지 아니하얏다

유복이는 봉학이가 두선생에게 상다음바들때 재조가부러웟고 셕정이가뒤ㅅ산에서 생나무를쌈을때 힘이부러웟다 힘는 몰지만 편생이라할수업고 재조는한가지 배워볼만하다고 생각하얏데 그러나 활만은배워야 봉학이만못할것이라고 생각하야

「무슨재주를 배워볼가?」

하고 혼자서궁리하얏나 그리하야 유복이는 대ㅅ가지로창을 만들어가지고 수법도를으면서 들르기며 질르기며 던지기를공부하얏나 유복이가 사람이의붕한까닭에낫이면 선생의집에와서 원과가리작란하고 밤에만집에가서 창쓰기를공부하는데 저녁에조금일즉이 놀아가는것외에 셕정이는고사하고 약은봉학이도 눈치채지못할만큼 몰래몰래공부하얏다 유복이는 창을어지간히 쓰게된뒤에 허수아비를붉래 솔작뎡이엇나 심선생의집 압마당이넓기는 넓지마는 긴창을 내둘르기 어려울때가만코 유복어머니가 글공부아니하고 작란공부한다고 대ㅅ창을 분질르거까지한까닭으로 유복이는 그어머니몰래 조그마큼식한 대ㅅ창들을만들어두고 쇠쇠로뭇을타서 물건에던저마치기를 공부하얏다 하루이틀지나는동안에 차차로손이 익숙하야 처음에갓가운거리에 큰물건이나 마치든것이 거리가조금식멀어지고 물건이조금식 적어저도 놓히마치게 되어서 두서너간박게잇는 참새를노릴마큼되엇다 그러나 참새는삽시못하고 혈반섬이 노흘때가만히서 데윌로귀신가튼 한량에게 재조라고보이기가 붓그러웟다 그러한데유복이가 던지는것이 버릇이되어서 아무것도 아니가진 맨손을가지고도 던지는시늉을 내는것이 봉학이눈에 뜨이어서

「너왜손짓을그러케하니?」

하고 괴상히녁이는때도 한두번이아니엇지만 그런때마다 유복이는

「엇개가압하서그러오」

하고 텬연덕스럽게 대답하야 대ㅅ창던지는공부를 숨기엇다.

유복이가창던지는공부를동무들에게까지는 숨기엇지만 그어머니는 속일수업섯다 그어머니는 처음에는 그어머니눈에 들킬때마다 사설을듯고또야단을마졋다 그러나그어머니가부어라고 사설을하거나 또는어떠케 야단을치거나 날거나 유복이는 꾸준히창을던젓섯다 한번은 그어머니가유복이를붓들고

「하라는 글는아니하고말라는 작란만하니엇지할셈이냐? 너의나이도인제 구세를때가되지 안헛느냐? 너하나를 바라고 사는어미생각을좀하렴으나」

하고사정을 하다가 유복이의 입에서 시원한대답이 떨어저지 아니하야서

「네가어미생각을 아니한다면 나는오늘이라도죽는다」

하고발악하다십히말하얏나고개를숙이고안저듯기만하든유복이가

「어머니 왜그러오? 내가아버지의원수를갑자면칼도쓸줄알고창도쓸줄알어야될것아니요? 소학대학을가지고원수를갑흘수잇소 어머니?」

하고고개를들고 어머니의 얼굴을바라보니 그어머니의 눈에는 눈물이돌앗다

「네가 그게 잘못생각이다 네가 글잘읽어가지고 이담에감령원님이 되어가면 그까지원수는 하루아츰에 갑흘수잇시만 네가창질을 잘한다고창으로원수를 갑흘수잇니?」

「글잘읽으면 강령원님에가오? 그러면 우리선생님은 환해감사도해갓게」

「너의선생님은 백넘이니까벼슬을못햇지」

「상놈의자식은 배뎡보다낫답되까? 어머니 암지못하거든 가만히계시오 별수업서요 아버지원수를 갑흐라면 셕정이가타힘이장사거나그러치안흐면 봉학이의 활재주가튼재주가잇서야지 내가 대ㅅ가지창으로 원수놈의머리를 쐬어노흘날이잇스니 어머니두고보시오」

유복어머니는 유복이가 생각을고처먹도록 타이르다 하다지

처서 고만두엇다 유복어머니가 그아들의 장래를 걱정스럽게녁이지마는 그뒤로는 적란공부한다 [illegible] 치 [illegible] 지아니하얏다 [illegible] 아니라 [illegible] 밤에 유복이가 [illegible] 당에나와서「쉬、쉬」하고소리를십러가며 대ㅅ창을 떤살에뒤에달하나와서 우스면 구경하고 유복이의 던지는창이 진냥하는 관뎌에 버서나가지 아니하고쏙쏙들어가맛는것을보고는

「신통하게 놋맛는다」

하고칭찬햇시 하게되엿다 유복어미니의 칭찬이 안안들어가서 섭의의입을 거치어갓바치의집으로굴러왓다 셕정이가 이것을붓고

「재주를배우면 들어내노코배우지숨길것이무엇이냐?」

하고 유복이를 나무래니유복이는못된일을 하다가 별안간남에게 들킨사람과가티 얼굴이붉어지며

「숫숫내숨기랴고한것도 아녀요 한번언니들을 놀래보랴고 햇더니 고만들켯소」

하고 발명하얏다

「어림니는것가트니 네가하를에별을따기로 놀래기는 누가 놀래겟니? 대데대ㅅ가지참을 얼마나잘던지나 내압해서 한번해보아라」

「아즈먼니에게 보일마큼되지 못햇스니 조금더참으시요」

「네가참으란다고 보고십흔것을 참는단말이냐? 오늘한번 해보아라」

유복이는 셕정이의말을 어기지못하야 저의집에가서 대ㅅ가지창놉흔 가저왓다 두어간박게 세운 손바닥만한나무쪽에 대ㅅ가지창다섯개를 나리꼬자보이엇다 셕정이가

「용하다」

한마듸칭찬하고 바로갓바치에게로가서

「선생님유복이도 한번시재보이십시요」

하고말하니 갓바치는우스며 고개를 끄덕이엇다 이튼날갓바치의집안 마당에서 여러사람들보는데서 유복이가 대ㅅ가지창을던지게 되엿는데 갓바치와섭의는 바깟방에안저서 문을열고 내다보고 셕정이와봉학이외에금봉이까지 유복이 좌우에 둘러서고 섭섭이는안마루 끄테서 [illegible]보앗다 유복이 입에서 쉬ㅅ쉬ㅅ소리가 나며 대ㅅ가지창들이별래줄가티건너편으로건너가서 나무쪽에 [illegible] 들어가박히엇다 맛닙는 금봉이가유복이를욕치며

「갓은창을만들어가지고 봉학이처름 따리나잡어라」

하고말하니 유복이가

「지금하나잡아보리셔? 매무상투에한마리가부텃소그려」

하고 별안간에 쉬ㅅ소리를하며대ㅅ가시 창하나를 던지어서 금봉이상투를 가로쉬엿다 갓상히서던것이 빗나갈 [illegible] 싯다 이것을보고 봉학이는손바을치고 셕정이와 섭의는허허소리를내고 섭섭이는 입을막고갓바치까지 빙그레하엿다 금봉이가 내다보는 갓바치를끄리어서 맘대로 골을부리지 못하나마유복이에게 욕자들 부리며상투에꼬진대ㅅ가지를뽑아서분질러쑤리엇다

섭의가 봉학이는 상급을주고 유복이는 아니줄수업다고 대장장이를시켜서조그마케뭇자두참다섯개를 치이어서 상급으로유복이를주엇다 그것이 명색만창이지 크기는 손쥐은사람의적게 벌난세어손바게아니되고모양은 소그만너ㅅ닙에손을달기가부튼것가햇다 그리하야 유복이는 너ㅅ닙 이라고일홈지고봉학이는 셰잘 이라고 일홈을 지엇는데 봉학이의 지은일홈이여럿에게쓰이게되엇다 그뒤에 어느날 셕정이가매가 조용히안밧에 안저서 이야기하는중에 섭섭이가

「너도무슨재주든지 재주한가지배우렴으나 봉학이의 활은 고사하고 유복이 뻘창쓰는것도 보기누텁더라」

하고 동생의 눈치를 니석정이는 락하게듯시안코

「놀큰거든배우구려」

하고 분통담서로 대답하엿다

「내아녀편네사람이 그런것을 배워서 무어하겟니 애다 배우단말이지 디가뭇저사가 신통한재주가시 배워주신 [illegible] 켓니」

「언잔흔것은 [illegible] 겟지오」

「그에야 언잔흔것만입서? 배워누면 이담에 잘써먹게될지 누가아니?」

「잘써먹시못일것 내가아누질 그려고 슈내가잇스매 봉학이나유복이가든놈 몹너다쓰시 걱정어요」

「무엇이든지 남의손눈비는것이 내가하는것만하냐?」

「누나말대로하면 옷도내손으로 지어닙어야지 누나손을빌어서는 못쓰겟구려」

「그터케힐말이 아니야 도적질도 하지는아흠방정 밤어는두란다고 무엇이든지 배워두면 조치 언잔흔건입니니까 그러오」

「글세언잔흔것이무어잇니」

「그러면 무엇이든지 배워야지」

「차차배우지요」

「내가사내가트면 너더러배우라기전에 내가나가서 배우겟」

뉘만」
「녀편네 무엇배워두면엇덧소?」
「그런데 녀편네가 팔이나참가해
것을배워두어서 무엇에씀니까」
「쓰기는무엇에써요 그저배워
두는것이지」
「녀편네가 벼슬하는나라가뭣
뭐나도배워두다뿐이야」
「누나가쓴다못쓴다 한는것이
웬벼슬을구하는놈이라면두나
외녀편네나 나와사나이나 못
쓰게는일반이요」
「신령님이 어물을덥지할때에
장래에반듯이 쓸일곳이 잇서
것니때 너가즐거이놈을 왜웃
비네뻑뻑이웃음으로덥지하랏
가?」
「신령님에 판다무엇이올시다?」
현것이 잇서지업는 [illegible] 몸으
치만잇다고해도 내가 그다뭐
칫의덤지들 바더서 태어낫습
니다부하오」
뉘때의 모답이 [illegible]
에 금봉이가 박그로서뛰어들어
오며 석정이를보고
「앗나여기잇고나 나는 봉화이하
고새상모르니가볼 [illegible] 것지어서
나가보아라」
하고 며커나가 보터는 자탈을
하지 못하야 석정이는
「엇나가라오?」
하고 [illegible] 순하지아
니한어요가 듯기에 시비하랴는
사람의말갓기도하얏다 금봉이가
대번에꿈을쥬나며
「나가기실커든고만둬라 [illegible]이나,
하되 반는스럽게 고개를흔드
니 석정이가 우스면서
「고만두시 낭[illegible] 소」
하고 안진자리에서 닐어나서

하니하얏다 금봉이가 꿈이조금
꽃려서 석정의 팔을잡아
「강 나오것서 석정아 어되
갓든나고 새시가에 새집고
뭐것는가부냐고 햇지」
하고 석정이는 아나니 보 은
「마 [illegible] 와 벗수로 [illegible]
박구어신시안켓소」
하고벌덕 닐어나 나갓다
「자식이잡으니 도못소다」
「그애곰은곰는치 못 것석정
발되당신이 좀변변하게 구시
오」
하고석천이도 닐어나서 방을
어나갓다고 비뭉차첫다 엄마아
니의다가 석정어부자가 가티들
어왓다 석천이가 그아버지를엇
더금보지마는 아버지의 얼골을
보는것이 반갑지안흘리 어쩌더
밤의들어안진뒤에
「아버지 이번에 엇재 오섯소
?」
하고석천이가 정답게 물으니그
아버지는 [illegible]으로 곰몸이를 가르
치며
「저애아버지하고 [illegible]
이잇서서」
하되의튼 [illegible]이 무엇인것은 몰
하자아니하얏나
[illegible]이가 이번에 서울온것은 아들
또보러니와다리고사는녀편네가
해순에와실로 죽을 디경이되어
서약을 [illegible]
에두사든이 병이야기 약이야기
[illegible]하고 아첫는중에 신외가 어듸
들갓다 가 [illegible] 와서 중던이 지금
대중이라는 [illegible] 하얏나 봐비
첫가
「[illegible]이란생랍시라는게

「중년에생남을할십니다 봉창
이게움신네 쌈고만 무도님
한젓이야대문이지만」
하고허허웃고놀이는
「우리집에도 이번에부는순이
나나라는 신」
하고너털웃음을웃섯니
그뒤에 들이의 녀편네가병에부
닥기다못하야 여덟달에 사내아
희하나를 지어낫다 어린아희는
조마만한것이 간신히 사람의모
양만가첫을뿐이지 소리 발름노
변변히 생기지못하얏섯다 석정
이는 동생하나가 생겻다는소식
을듯고 집으로 나려왓다갓난아
희를보고 동긔가 귀엽다는이보
담 인생이불상하얏다 아버지는
고사하고 아희의 어머니까지뎟
취못살고죽을것으로셈을치고죽
으라고내버려두다 십히하는까닭
에 더욱이 불상하얏다 석정이는
아희가 울면 젖을먹이라고재촉
에재촉을 더할때가만흘뿐 아니
라 곰살굿지못한손으로 조심하
야삿짓을 박구어줄때도 적지아
니하얏다 석정이가 서울로집갓
고 집은채디가타서 서울로가고
십흔생각이 만치마는어린동생을

아희어머니에게만맛겨두면참남
로 죽일것가타서 완구히살것을
보고가랴고 멧달동안 집을떠나
지못하얏다 아희가 몹보담병은
잡서서 멧날지나는 동안에손톱
발톱노 생기고 살덤도부터서바
로소 사람의 아희가티반반하야
지니 아희어머니는 울기가무섭
게젖을물리고 아버지도
「인제는 사람갓다」하며 애쓴보
람이잇다」
하고 드려다보게되엇나
석정이가 네일모레면서울로간다
고 작뎡하얏슬때 그아버지의심
부름으로 어물사도가 (魚物都
家)에를 갓더니 잇던손하나들중
간에안치고 여러사람이 둘러서
서 이야기들을 듯고잇섯다 석정
이도 무슨이야기인가 하고뒤에
가서 들엇다 그손이이야기한다
「그래 구[illegible]에서자더면아무
일도업슬것을 [illegible]연히 께괴로나
섯소 그려 해가 다저물어갈때
그외딴주막에를 오시 아혓겟
소 [illegible] 나 [illegible] 산타이
[illegible]고마첫읍되다 그래서 그
[illegible]이들보고 어[illegible]에 [illegible]
쓰는이가잇다는데그가어되사
는지아시요 당신더러 물어보
면알리라고 말하는사람이잇습
되다 하고물은즉 그늙은이가대
번에나는 몰음니다 하고고개
를 설레 설레 흔들더니 한참잇
다가 칼잘쓰는 사람은차저무
어하실라오 하고 뭇는것이다
소간묘맥이잇서보아가에검술
(劍術)을 배울욕심으로 차저
왓노라고 바두답햇지요 그렛
더니 그늙은이가 우스면서이
압숩에서 각금 화적이납니

다 아마그화적이 칼을잘쓰는
갑되다 그러치만 화적을맛나
면 몰건빼앗기고 잘못하면목
숨까지 빼앗기기나 하지검술
배울수가잇겟소 생각 마시요
하고말합되다 그화적이 어듸
사는사람이냐고 물으니까 그
쳐일수가잇소? 화적사는곳을
알면 관가에가서 고발하고상
을탓겟소 하고 대답합되다화
적난다는숩이 거긔서 얼마나
되고 또화적이 흔히어느때나
느냐고 자세히 물어가지고 그
은이주막에서 오리나 착실히
되는숩속에를 오지 아혓겟소
그때 해저문지가 한참된때라
어두운데다가 숩속이라 엽헤
사람도 알어보지 못할만큼캄
캄하얏소 화적이 인기척을
들으면나오려니하고일부러큰
기침을해가면서차점차컨젹어
나오는데숩을거의다나와서뒤
에서새가날러오는것가튼긔척
이나며벌안간에칼바더라소리
가납되다그려 나는무망人 결
주저들더 안첫지요 간신히정
신을가다듬어가지고칼을배우
러왓습니다 한다되 말햇더니
갈갈웃는 소리가들리는데 그
우숨소리가 올빼미의 우는소
가틉되다 우슴소리가 끗난뒤
에는 아무긔색이 업더니 그
려그날밤에 숩에서 한오리떨
어저잇는동네에와서자는데그
동네사람들의 말이 어느뒤에
그숩을지나오다니목숨이부터
온것이 텬행이라고 말합되다
그러나중에 아니까 갓이모자
가업서지고 상투까지 잘리엿
합되다 칼바더라할때 머리우

가섯듯 하더니 다시 그러케된 모양인데 나는아마 [illegible]라것소이것보오」

하고갓을벗고 상투를보이면서

「인제저우 당으로만큼 되엇소 그래내가전에 배우라다가혼난나본일이잇소」

컨고이야기를마치엇다석정이는검술이야기에 귀가뜨이 어서 앙혼또나서서그손에게

「구술원이어듸잇는가요」

하고범으로그손의얼굴쳐다[illegible]

어다보더니

「부평당이다 그것은왜뭇늬? 네가나처럼봉이나 보고싶흐냐?」

하고웃음웃엇다석정이가섬부룸왓는일을나마치고집으로돌아오는길에

「그손의이야기대로 보면외딴주막의늙은이가 수상한 사람이다 내가한번차저가보겟다」

하고생각하얏다 석정이는떠나라든날집을나서 서울로 오지만도부평구술원을차저갓다

석정이가 초행이라 물어가며 길을걸엇다 서울을 비켜노코한강하류(下流)를 건너 김포(金浦)땅에서남으로나려오는데구술원길을 물어나오기는 양주서 떠나든이튼날이엇다 무인지경 숩속길에를 들어섯다 숩이크저나 깁지는아니하지마는 나무가 빽빽히 들어선까닭에 대낫에도 집이어둠침침하얏다

「이숩이 그손의상투잘린곳이구나」

하고 석정이는 생각하며그숩을지나나와 고든길로한오리(一里)를와서본즉 과연외딴주막이 하나잇다 삼간초가 (草家)가 까치집가티 엉성한데 납지못한 압마당에 늙은이하나가 매ㅅ방석을둘고안젓다

「이늙은이가수상한 늙은이이구나」

하고 석정이가 속으로생각하며늙은이의압흐로나가서

「다리가압흡니다좀쉬어갑시다」

하고 말을부치엇다 그늙은이가한번흘깃치어다보더니고개를 꼽이켜서 털으로 봉당을가르치며

「거기안저쉬어가게」

하고 손에잡은멍석거리를 노치만는것이 입에 자미를부친모양이다 석정이가 봉당우에올라 안저서 늙은이의 뒤ㅅ모양을바라보며생각하얏다

「머리에검은 털하나업는늙은이가 눈의열ㅅ긔는 엇지그리 매서울까 이늙은이가 확실이 수상하지」

석정이가 늙은이의말을 하고 십흔나 말ㅅ거리가업서서

「구술원이여긔서먼가요?」

하고 물어볼것도업는 말을물엇더니 늙은이는

「머지안하」

간단하게 대답하고 몰아다보지도아니하얏다 석정이가

「물어볼말이잇소」

하고말을부치니 늙은이가

「무어?」

하고 몰아보는데

「검술배우라고왓다가 이압숩속에서 상투만 잘리고간사람이잇소?」

「나는몰라 듯지도못햇서」

하고 늙은이는 일방해하는것이자미업다 는뜻이 현저히 불쾌한내색으로 고개를 흔들고손에잡은일을계속하얏다석정이가

「이늙은이 보아라 얼마나사기잇게일는하나보자」

하고 속으로 생각하며봉당우에까지 비치어올라온 매ㅅ방석부을 두서넛입에 집어매듭을지은뒤에 봉당중간에선 기둥을들어 매듭이 물어잡만한틈내고 그매듭을 틈에쉬어노핫다 늙은이가 매ㅅ방석테를들어물펴다가 뒤에 걸리는것을 알고 아희가손으로 붓잡엇나 뇌심하고 돌아다 보는데 석정이는 두손으로 허울고이고 먼산을 바라보고잇섯다 늙은이가 날을 잡어달리다가 기둥미헤 쉬인것을알엇다 늙은이가 닐어나서봉에 부른검누쳐우딸고 봉당우로 올라왓다 한번기웃이 기둥미를 노려다보고 다시 물그럼이석정이를바라다 보앗다아ㅅ리 초가집의약한기둥이라도 한손으로 기둥을들고 한손으로 물건을빼자면 여간장사로는 되지못할일이니 아죽떠니세여 보이지아니한는아희가 이런짓을할수잇슬까? 매ㅅ방석날이 치컴보 기둥미해 물어섯엇슬리도업고대낫에도깨비이가 작란칫슬리도업고보면 아희의짓인것은 확실이다 늙은이는한참생각하고섯다가석정이압흐로와서부터안지며

「이애?」

하고 불릿다 이애것시침을떼고안젓든석정이가

「네」

하고대답하며돌아보앗다

「너 어듸사니?」

「양주사오」

「양주? 너의아버지가 한푼주하냐?」

「그럿소 엇더케 아오」

늙은이가 석정이의 얼굴을 뚝치며

「참날장사다 내가너의장사란말을듯고 한번 보려가랴고햇더니 잘만낫다 지금어듸가는길이냐?」

「어듸가는길이아니라 여긔와지왓소」

늙은이는 이말을듯고 빙그레 웃더니

「네가 상투잘린사람의이야긔를듯고 상투잘른사람을 찻자온모양이냐?」

「그럿소」

「그사람은차저무엇하냐? 힘겨룸해보라니?」

「아니요 그사람에게 검술배워보라고왓소」

「말은사람가르든 검술할수가업지만 네이와 내가검술주마 내가그사람을안다 내게서 멋칠만묵으면 지연히 그사람을

만나보게 될것이다』
하고 翁은이는 변하야신선같이 올나가버렷다 석정이는 만난것을 기뻐하고 귀하게 하는 마음이엇다
『이애 때ㅅ밥석날을 차려내여라 지금먹겟다』
석정이가 한번웃고나서 밥솥을 열고 밥을푸고 반찬으로 매듭을지어 달걀섯은 것을 차려서 대접하니 부모 翁은이는
『하늘이 내신것이다』
하고 정성을 다하야 먹엇다
그 翁은이 귀한놈이 밥의 한자귀밥으로조그만 몽노구에 밥이나죽이나 쑤려서 소금찬으로 먹고지내는터이엇다 갈가든 사람이 혹시 날이 저물어서 자고가게 되면자고 네 행중 량식을 자긔네손으로 요리하게 하는데 몽노구를 빌리고 나무를 줄뿐이지 밥과 가내 하로들은광하는것은맛지 아니하엿다 손이 량식을 가지지 아니하야 굶어자게 된다고 쌀한보시기 써주는 법이 업섯다 翁은이가 석정이를 귀엽게 녀이어서 업든 법을 개시하야 자긔량식으로 대접하는데 장사람도 쓸것이라고 몽노구에 가득이 밥을지어 만히 먹으라고 권하기까지 하엿다 저녁을 먹은뒤에 翁은이가 석정이의 집일도 물어보고 석정이의 공부도 물어보고 하는 중에 갓바치의 말이 나니
『내가 평산 반령에게서 갓바치의 말을 들은일이 잇다 련중이란 사람은 입에 침이 업시칭찬하더라』

하고 翁은이는 석정이 더러
『네 그래 그에게 무얼배웟니? 글배웟니?』
하고 물으니 석정이가
『병서(兵書)를 배웟소 내가 글을 못하니까 이야기로 배웟소』
하고 대답하엿다
『병서를 이야기로 배워? 그래 잘알겟더냐?』
『대강이야 알지요』
『어려운 병서를 이야기로 가르치는 사람도 용하지만 이야기만듯고아는 너는 더 용하다』
하고 翁은이는 석정이를 칭찬하엿다 밤이 들어 밧갓이 캄캄한때 翁은이가 석정이를 보고
『너먼저 자거라 내 어듸좀 단녀오마』
말하고 나가더니 보리밥 한솟짓기가 지나도록 들어오지 아니하엿다 석정이가 잠이 혼곤히 들엇다가 무슨소리에 놀라 깨엇다 밧글 향하여서 사람의 말소리가 난다 翁은이의 정정한 소리와 달은사나희의 부탁하는 소리가 섞기어 들린다
『래일꼭 좀 드려 노흐시겟습니까』
『하고 못하는 것은 달은사나희의 목소리요』
『념려 말게』

하고 대답하는것은 翁은이의 목소리다 나종에 평안 소리가
『수고햇네 잘가게』
하고 인사하니 무뚝뚝한 소리가 대답한다 그대답이 끗난뒤에 발자욱이 멀리며 翁은이가 들어서니 석정이는 벌덕 이러낫다
『이애 깨지 안햇니?』
『아니요 자다가 깻소』
『곤할텐데 아니 되엇다 다시 자거라』
하고 翁은이는 석정이 엽헤와서 안지며
『량식도 달리거니와 너를 맨밥 먹어가 답답해서 량식 하고 반찬 하고 드러왓다』
『래일아츰에 고기반찬해서 밥 잘먹자 쇠고기 울엇다 어서 자자』
하고 翁은이는 목침을 베고 눕기가 무섭게 코를 골기 시작 하엿다 석정이 가슴으로
『이 밤중에 어듸가서 어떠케 엇슬까? 훔쳐 어온것이 아닐까?』
하고 별생각을 다 하다가 다시 잠이 들엇다
이튿날 일은 식전에 석정이가 닐어나서 보니 翁은이는 문 캐 닐어낫섯다 翁은이가 방에서 나오는 석정이를 보고
『이 애 쳐것을 웃방에 좀 드려 노하라』
하고 부엌에 놋 쇠 멋가 기를 가르치니 석정이는
『그러지요』
하고 솟자리 멋 가 기를 드려노핫다 쌀말 넘을 안팡 누게 가리 드는 것을 보고 翁은이는
『이 담에는 쌀을어 드려갈케너』

하고 가려 가야 겟다 어제 밤에 졋드지 고 오는 사람이 하루 잉잉 버서 숙이 퍼져ㅅ 버렷다』
하고 우섯다 이 날 식전부터 석정이가 翁은이의 시중을 들기 시작하야 차차로 밥도 석정이가 짓고 집안도 석정이가 치우게 되엇다 그리하야 석정이가 翁은이에게 귀염을 바드며 몃칠을 지내엇다 그동안에 翁은이는 달은이야기를 만히 하면서도 검술이야기만은이 바 게 도 내 지 아니 하엿다 석정이가 어느날
『맛나게 되는 사람을 어케나 맛나겟습니까?』
하고 물으니 翁은이는
『검술을 하는 사람을 맛나게해 주마 고 햇지 배 려 검술 을 배 워 무엇하니?』
하고 말하는 것이 번잉을 부리는 것 가 텃다
『그저 배워 두엇스면 조켓습니다 생각 밧게 이지 무엇하 라 는 작 뎡은 업서요』
『작뎡 업시 는 배울 수 업슬 걸 그 사람이 잘 가르 켜 주 지 안 흘걸』
『가르켜 주 거 나 아 니 가르켜 주 거 나 사 람 을 맛나보아야지요』
『맛나보기는 쉬웁다 오늘 저녁 에는 맛나게 하마』
하고 翁은이는 석정이를 보고 빙글 웃엇다
저녁밥이 끗난뒤에 翁은이가 『검술하는사람을맛나러 나가자』
하고 석정이를 다리고 집뒤로 돌아와서
『여 긔 잠 간 섯 거 라』
하고 석정이를 뒤ㅅ마당에 세워두고 나 사 랑 으 로 나 갓 다 이 때 는 초생이라 반 달이 서 편 에 걸 리어 잇

섯다 희미한 달빗 알에 석정이가 한참동안 이리저리 거니는데 翁 케뒤에서 머리 쌍치 를 지 근 지 근 잡어 다 리 는 것 이 잇 섯 다
『이것이 무엇일까?』
하고 생각하며 한참을 가만히 내 버려두엇다가 번개 가 티 몸 을 처 서 서 손으로 쌔 잡으라고 하 니 눈 압 해 서 얼른 하는 새 암 아 볼 것 이 새가 티 날 러 서 멋간 밧그로 날려갓다
『이것이 누엇인가?』
하고 바라보니 아래우에 검은 옷을 닙고 머리에 검은수건을 쓴 사람이 손에 마대를 잡고 섯다 석정이가 압 흐로나가며 자세히 얼굴을 바라보니 그사람이 달은사람이 아니요 곳주인翁은이다
『내가 검술을 아는사람일세』
그목소리는 평시 가티 쨍쨍하지 아니하고 목 속에 울어나오는 것 가 텃다
『내생각에도 그런줄 알엇다』
하고 석정이가 놀라운것가티 리 고하는 翁은이는 뒤로 며 물러 서 며
『네가 나를 한번 못들어보아라』
하고 말하야 석정이가 翁은이를 못들라고 손을 벌리고 쫏차 단니는데 翁은이는 이리피하고 저리피하야 못들릴것 가 트며 못들리지 아니하엿다 석정이가
『못들겟소』
하고 웃독서니
『그것보아라 翁은사람이 련하 정사에게 못들리지 안는것도 검술이다』
하고 翁은이는 우스며 마대를 내던지엇다

『인제나좀붓들어보시요』

『너야 몃걸음안에붓들지』

『엇더케하긴 무얼엇더케한단 말이냐?』

『붓붓들면 검술을가르쳐주실라오?』

『잇다 그래라그대신붓들리면 엇더케하랴느냐?』

『무엇이든지식히시는대로하면 맘슴대로하지요』

『조타그리하자』

『자 붓드시요』

하고 석정이가 달음질을치기시작 하얏는데 참말로멋걸음나가기전에 돌눈이의손이 등에와서다엇다. 석정이가 용을써서 몸을중으로 소치어피하니

『어장사다 그러치만내손에붓들리고말것이니 보아라』

하고 돌눈이는 날려단니는새와가티 가벼게몸을놀리어서 석정이가 이리피하면 이리압흘막고 저리피하면 저리압흘막엇다

석정이가

『이러케몰리다가는 참말붓들리겟다』

하고생각하며 무엇집을시작하얏다 처음에돌아보뛰어 압흘막는돌눈이의 넘어로멋간식 뛰어나가다가 그래도 돌눈이에게몰니니까 나중에는 돌이로뛰엇다 힘것요을써서 한번에집웅뒤어넘엇다 돌눈이가 집웅으로 뛰어올라와서 압마당에섯는 석정이를 나려다보며

『자 다할수업다붓들겟다』

하고 압마당에 십오나려와서 석정이의손을붓잡고

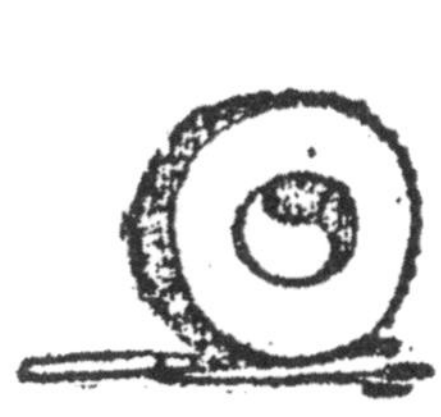

항상안에이나 점엇슬때가면 너의뛰엇길도 못당할내가 아니지만 이제는할엇나』

하고 한숨을쉬엇다

『이제내가는 엇더케하실터요?』

『시행하지 자고방으로 들어가자』—

하고 돌눈이가석정이를 다리고방으로 들어와서 옷을밧구어 닙고안진뒤에 석정이다려

『이리와서안저라』

하고 엄하야 압해갓가이 안치고서

『너에게검술을 가르치기전에 멋가지다짐을 바들일이 잇다』

고엄하게 말하얏다

『검술하는 사람은죄업는목숨을해치는 법이업다 네가할수잇겟느냐?』

『탐관오리(貪官汚吏)가튼것도죄업는사람일가요?』

『죄업는탐관오리가어듸잇슬고』

『그럼할수잇지요』

『재생을탐하야 칼을빼는법이 업스니 네가할수잇겟느냐?』

『할수잇지요』

『악한재물을빼앗서 착한사람을주는외에는 재물까닭으로 칼을빼는법이 업스니 네가할수잇겟느냐?』

『할수잇지요』

『검술하는사람은 까닭업는미움과원수가 업는 까닭으로 칼을쓰지안는법이니 네가할수 잇겟느냐?』

『이세상에는미운것들이 만흔걸이요』

『악한것을미워함은 곳착한일이라그 미움은금하는것이 아니로되 까닭 업는 미움으로인명을살해하는 천벌(天罰)을면치못할일이다』

『아모조록 천벌을 밧지만토록하지요』

『네가지금말한것이 장래에틀림업슬것을 다짐놀수 잇겟느냐?』

『다짐둘수잇지요』

이러한다짐이 잇슨뒤에 돌눈이는석정이의 맹서를밧고 데자로 뎡할것을허락하얏다

돌눈이가 나무칼 두자루를 만들어서 한자루는 자긔가쥐고 또한자루는 석정이를 주어 칼쓰는법을가르치엇다 치는법과 찌르는법과 막는법과 피하는법과 저그외의 모든법을 입으로말한후 손으로바로잡어주엇다 처음얼마동안은 낫에는 주막돌눈이노릇을하고 밤에만 검술선생노릇을하든것이 데자의 수단이나날이늘어갈데 자미를 부치어서 낫에라도 압길에 행인이 끈치면 압마당에안치어서 삽화이를젓거나맷방을돌니거나하지 안코뒤마당으로 들어와서 데자와가티 나무칼을 잡게되엇다. 한달두달지나는동안에 석정이가 검술배우기시작한뒤 거의일년세월이지나갓다 그동안에 석정이는 나무칼을 여러번새로 만들엇다 어느날달밝은밤에 선생데자가 각각나무칼을들고 악소리를질러가며 치고밧고하다가 쉬어는동안에 석정이가 우연히선생돌눈이에게

『참말칼이면 자미가더잇슬걸이요』

하고말하얏더니 돌눈이가

『너만하면 참말칼가지고도할만하니 어듸한번해보자』

하고 방으로들어가서 깁히간수하얏든 환도세자루를 한꺼번에 끄내어가지고나왓다 씰론환도한자루는 제치어노코 기환도두자루를 집을밧기어서 석정이를보이며

『둘중에어느것이든지 너의맘대로골라잡아라』

하고 말하야 석정이가골라 뒤에 남아지를 자긔가쥐고먼저마당중간에나서서

『자이리나오너라』

하고석정이를불럿다

『참것에는 사정이업스니 조심해라』

『염려마서요』

두칼이 어울리기시작하얏다 치는칼에 마는칼이 날에서 불이 내고들어가는 칼에 또쳐오는칼이 놀바에서 소리를 내엇다 얼마동안 두칼이왓다갓다 하며또 어울녀다풀렷다하다가 고사이에서

『아 애고만쉬이자』

하는돌눈이의 말이 떨어지며 선생데자가 거의마주서서 어미의칼날씨섯다 뎡이든뒤에 돌눈이가

『내한번칼춤을추어보랴』

하고씰론한도를 어둠고마당에나서서 전후좌우로 칼을놀리는데서리가튼 칼빛이 백비단가튼달빛과 서로얼리어서 흰빛으로사람을 휩싸다 번쩍거리는 한빗덩이가이리저리굴러다니엇다 석정이가보다가 신명이나서

『선생님나도한번해봅시다』

하고 소리를치니 선생돌눈이가 흰빛을거두고나서며

『너는진칼을 가지고한번추어보려무나』

하하야 석정이가 긴칼을들고나서서 춤을추엇다. 칼이길뿐이아니라 손이선생가티 재개놀지못하야 흰빛이 련하지못하고 또막도막떨어져서 중간에 선사람을감추지못하얏다

『이애신신치안타 고만두고이리오너라』

하고돌눈이가 석정이를 불러다 엽해안치고 손에쥐엇든 환도를 보이며

『이칼은내가 목숨가티아기는 칼이다 이신칠날넌건 란리에 내가쓸긴 하얏다가 진중에서 어든것이다 너오기전에는 내가울적하면 이칼을 가지고지금가티 칼춤이나 한번식추어야속이시원 하든것인데 너온뒤로는 너가르치는데 자미를 부처서칼춤 한번추지 안코지내왓다』

하고 칼날을 집에꼬시다고 한참하고 석정이가

『어듸한번써봅시다』

하고 청하얏다 돌눈이가

『무엇에다 쓰시렴가?』
하고 한참생각하더니 집단을 집어오라고 말하야 석정이가 집어온뒤에 집단묵금을 아래우를 묵거서세우고
『중간을 한번비혀보아라』
하고 석정이에게 칼을주니 석정이가 바다들고 몃번을바게서 뛰어들어오며 한번가로쳣다 집묵금는 칼을맛지안흔것과 가러 그대로 서잇섯다 선생님은이가 이것을보고 빙그레 웃스며집묵금압헤와서 발ㅅ길로 툭차니아래우묵근것이 두동강이 되어땅에쓰러젓다
『칼도 잘버지만칼쓸도체법이다』
하고칭찬하자
『무엇이 체법이요?』
하고 말댓을채며 마당안구석에 들어서는 사람이잇섯다 선생은이가
『그게누구냐?』
하고 호령ㅅ귀잇게물으며 그람을바라보더니

『나는누구라도 자네웬일인가?』
하고 닐어서서 마주나가다가 놀처서서
『석정아 칼들을가지고먼저방으로들어가거라』
하고말하야 석정이가 방에들어와서 한참된뒤에 선생님이가손자들어오더니 눈물이 정은옷을 차서내서칼을 갈괴가며 싸서손에들고 석정이다려
『내가 어되잠을갓다올터이니 집을잘직히고잇거라 느저도사오일안에돌아오마』
하고 총총히나가는데 석정이는『웬사람이 무슨일에선생을 청해가나』
하고 의심하며
『아녕이 단녀오시오』
하고 인사하얏다

사오일된 다든선생은이가 과연 닷새만에 돌아왓다 그동안어되 갓다온것은 선생은이가 말하지도 아니하고 석정이가 뭇지도아니하얏다 그뒤어느날밤에 비가주룩주룩나리어서 석정이가 거의 밤마다나가는뒤ㅅ마당에들나가지못하고 방안에서 선생은이와마주안젓는데 선생은이가 녯이야기를하나 들려준다고말하고 자긔의래력을 이야기하얏다 선생은이는 본래서울사람으로 외소군관(外所軍官)을다닌엇는데 삼포왜변(三浦倭變)이낫슬때 방어사(防禦使)황형(黃衡)의부하로 출전하야케포대전(薺浦大戰)에 싸지 참예하얏섯다 그때선봉부대(先鋒部隊)는녹각목(鹿角木)으로 진권을막어 산우의적병이 지켜나려오지못하게하고석친ㅅ군을시켜서돌틈배불치게하는것이장령(將令)이엇는데그는공을 탐하는맘에장령을돌보지안코단신으로 녹각목박게 나서서갓가히나려오는 덕병들을 쪼처가며 목을베히엇다 석정이 포학한함 방어사가이것을알고상령을어긴 죄목으로 진권(陣前)에서 처참(處斬)하라고명을나리엇다 그때나그가 다행히죽을수를 면하는라고이때마침산우의덕진이새어지며 무수한덕병이 개미세가티 헤어저 바다가로도망하니 이것을뒤쫏기가 급하야 령을미처시행할사이가업섯다 그는 이틈을 타서도망하야 어느촌가에 들어가서군복(軍服)을버서버리고던던걸식(轉轉乞食)하야서울로올라왓섯다 그뒤로는 그가성명을 내노치못하고 구차히 숨어지내는데이웃에 간특한 사람이잇서서군관으로 도망한눈치를 알고 포령(捕廳)에범고(犯告)하야포교손에 잡히게될번하얏다 그는 잡시피신하얏다가그이웃사람을 죽이어분을 풀고 서울로도망하야몃햇ㅅ동안 이곳저곳 돌아단니든중에 평산따에서 인품조흔 주인을맛나 머슴노릇을하며 숨어지내게되엇다 여러해를 잇게 되어주인머슴한것갓치 자긔집가티알고 지내게되엇다 어느해서울사람하나가그동리에사는이청사촌을 차저와서그집에서 묵엇는데 그가이서울사람과 자주상종하야나종에는동네가티친하게 되엇다 그서울사람이 평산오른 이듬해에 치사(勅使)가 나왓다가며우리나라재집아희들을뽑아다가오랑캐에게준다는소문이나서 서울시골할것업시 혼인못한사람들이 [illegible] 치웟는데 그서울사람이 그때 나이쓸파이십여세라 근동(近洞)사람중에 그안해업시 지내는것을 아사람이 밤중에 [illegible] 업어다 가맛기다 실히하얏다 서울사람은 장가들라는맘이잇슴것도 아니지만 밉지안흔계집아희가 안해로 생기니까 실타는말을 하지아니하야 내외가되엇는데 혼인소동이 간뎡된뒤에 그색씨가 사촌의안해에게서 남편되는사람이 무슨죄를짓고 숨어단닌다는말을 듯고 친뎡아비에게 말하얏다 친뎡아비가 이말을듯고 관가에고하야 서울사람이관가로잡혀들어갓다 그서울사람은 박련중이란 사람인데 당시령의정을 죽이랴든사람이라 평산부사가 이것을알고

서울로 압송할 거조를차리엇다.
그는 형데가티 친하든사람이슈
을명에 들어간것을 불상히녀이
디서갈하나를몸에지니고밤 에
읍에들어가옥사장이를차저가서
길로져누며 위협하야 옥사장이
식혀옥문을 열리고 련중이를쌔
여서가지고도망하얏다련중이드
몸이날쌘사람이라 잠독만 업섯
더면그밤중에 멀리도망할수 잇
섯슬것이지만 련중이가 잠독으
로져옴을 것지못하는 가닭에청
휘산성(城隍山城)근처으속한숲
속에 숨어서 이틀밤을 지내고
사흘되는날 간신히자모산성(慈
母山城) 근처물큼거와서산속에
서다시 이삼일을 지내엇다 그리
하는동안에 련중이도 몸을괴롱
하게되엇는데 두사람이 갈곳을
지뎡한것도 업시나서서 산으로
산으로숨어 나가다가운달산(雲
達山) 근처에서몸으고적굴에들
어간것이 연분이되어서 그가화
적의두목이 되어가지고 련중
이와가티 운달산에서 몃이년
동안을지내엇다 그뒤에 그는
그두목을 련중이에게 물려주고
세상에나와서 다시 얼마동안써
돌아단니다가 부평계양산(桂陽
山) 적굴에서다시화적의괴수노
릇을하얏다 화적노릇 하기가좀
시맘에 불쾌하야 굶은것을피게
하고 적굴에서 나와서주막(酒幕)
이노릇한것이 욕심이 지난뒤의
일이라 인제오륙년 박게되지아
니하얏다 그러나 그런면이잇
서서 운달산사람과 계양산사람
이런상은 치지아니하는데석정
이가 처음오든밤에 쌀고기[illegible]

내음뿐만아니라 그뒤로 광[illegible]
대대섭히 하는것이 계양산사람
이다 일찍이 계양산에[illegible]업이
잇서서 [illegible]이에게 [illegible]
[illegible]
서[illegible]갑시기[illegible]
계양산은부평을내셔서 면려지면
고가다옴난곳 갓가운곳에 잇는
읍의진산(鎭山)이니 이산안에명
화적(明火賊)이당을짓고잇는것

는법할지면 명화적이 부평부사
와이웃하야 지내는셈이엇다 도
호부사(都護府使)로 진무영참
(鎭撫營參將)을겸한부평부사가비
위를맛게가시어 이웃더친을 베
([illegible])애맛도록하여야망정이지혹
시청人갈음 부리어 큰소리를질
른양이면 계양산에서 몰려나가
는소리가 동헌대들파를 흔들엇

다그때부평부사가나이젊은탓으
로동헌에들어 안졋기가 갑갑하
야고려리상국(高麗李相國)의결
든자최를차저 계양산명월사(明
月寺)에를올라가라고하니리방
(吏房)이부사압헤나아가서
「계양에는 만일사(萬日寺)가
좃타하옵니다 안전께옵서 행
차합시기도 편하옵고 바다경
치를 내다봅시기도 좃사옵고
또절도명월보다훨신낫습니다
명월사는 길히잇다 들아옵지다
산이가리어 바다도잘 보이지
아니하옵니다」
하고명월을 흉잡어말 하얏스나
부사는 공연한 고집으로
「구경은과는걸이 좁어려워야
조흐니라」
하고명월에 가랴는것을 변하지
아니하니 리방이 그어도 말할것
각으로
「말슴은옳은말외옵기도 황송하오
나명월은 화적당의 출입이 잣
진곳이라 불의의봉변을 하옵
실가두렵소이다」
하고말하얏다 부사가 화적에게
봉변할것을 헤아지안코 명월에
올라가도록 구경에 딸리지아니
하야구경가라는 것을 중치하나
리방은속으로
「그러면그러치 내말에고진을[illegible]
세울수가잇소라」
하고생각하얏다 부사가 구경[illegible]
가치흥이 [illegible]
나서 [illegible]
드리어
「계양산 안에 명화적의 소굴
(巢窟)이잇다는구나 이것을
못본체하고 내버려 두는것은

관가에수치가 될뿐이 아니라
죄업는백성에게 큰해를 끼치
는것이니 너의들이 장교(將
校)와건장(健壯)한군노(軍
奴)들다리고나가서그소굴을
차저괴수들 잡도록하여라」
하고분부하니병방들이속으로는
「이량반이화적 소굴이잇는
줄은인제알엇나?」
「장교군노더러고화적
의괴수를 잡는이 하늘의 별을
따기가쉽을걸」
하고생각들 하면서도 네비 대답
하고물러나왓다 장교들이 칼을
차고군노들이 홍울메기전에 소
문이빨서 계양산사람의 귀에들
어갓다 병방들이 도망질치기쉬
운대낫에 군노들을 압세우고적
굴로들어올제 적굴이 머지아니
한곳에서 화적두사람이 마주나
오는것을보앗다 그두사람은 다
가리몸에 갓든한것은 옷을닙고
머리에건것은 수건을 둘의고손
에긴칼을들엇는데 한사람은 얼
굴을다내노코 한사람은머리
에들오다남은수건으로얼굴을싸
고 눈만내노핫다 얼굴을내노
흔사람이
「이놈들뒤어지고십거든 각기
제손으로 목을따뒤어지지 남
의칼을더럽히게생각마라」
하고 호통을질러서 앞흐선군
노가 발을멈추고뒤를 돌아보니
병방한사람이
「뎌나가지말고 여긔서활을쏘
아라」
하고 활을나리엇다 밧때도아
니가진 적은두사람에게 며고
여럿이활을쏘니 한살이라도 마

칠듯하건나는 한사람은 엄해잇는나무뒤로 숨어서 살이맛지안코 몸은한사람은 숨지도아니하고 갓가히가는살을 칼끗으로바려떨어트리어 이편에서 칭찬반허비하게되엇다 칭찬이끗나자마자 얼골내노든검은옷이

『이놈들 칼받어라』 인제 우리 칼맛좀보아라』

하고 호통치는데 병방두사람부터

『이애들이거이니되겟나』

하고뒤를 쌔기시작하니 장교나군노는 웃…것도입다 병방이한삽사십명사람이 일제히 뒤걸움을 치기시작하엿다 얼골가린검은옷이 나는새가리 또차나려오니 뒤섭음판엇걸음으로 몰이켜가지고 도망질들을 하는데삼사명사람의 머리우에 칼빗이번쩍번쩍하엿다 병방들이 떨리도망하야나온뒤에 간신히 정신을진뎡하야 사람의수효를 덥고하니 다행히죽거나상한사람은 한사람도업스나 머리에들왓 벙거지가 모다꼭지가업서졋다 이것이검은옷의 칼에떨어진것을 알고 간들이서늘하엿다 병방이칙여러사람이 관가에들어와서 칩썬면밥을 알외고 꼭지업는벙거지를 바치니 부사가얼골빗이 새파라케질리며

『부평부사는 고만하지이다』

하고 간청하엿다

부평부사가 계양산사람을 엇지하지못하야 한리정놈 하고지내는중에 항교마을에 사는농군하나가죄굴의 장심부름 하는것을 영리하야얼고 듣손잡아 드리어

회적의동류(同類)로다 소리며몰어보앗다

『회적괴수놈이 칼놓을쑤단다더냐?』

하고동헌방안에 안저못는 부사의말을계상계하(階上階下)에잡으리고것는 관속들이 차례로바다나리어 농군이듯게되고

『괴수놈이 칼잘쓴단 말은듯지못하얏습니다』

하고장들우에 매어잇는 농군이 대답하는것을 관속들이 바다나리며차례로처구로하야바다올리어서부사가듯게되엇다

『검술을잘못하고야 삼사십명사람의벙거지꼭지를엇더케잡시간에 도릴수가잇단말이냐?』『그건들으옵시다』

말이올으라 나리랍하는중에

『되우처라』

『되우처랍신다』

『네이』

큰소리와 긴대답이련하야 나며한외개를 버서메인 사령이곤장(棍杖)을들고넷거릅바게서셈을세어들며 허리를직신하니 벼락지는소리가나며죽는소리가농군의입에서나왔다 한동안 뒤에

『바루알외어라』

『바루알외랍신다』

곤장바람에혼이난농군이간신히정신을차리고

『검술잘하는이가 오니까? 구슬원근처에서 주막하는이가 검술이세상에 드믄다고 회적이칭찬하는것으로들은일이잇소이다

하고말을알외어서 부사가 듯고잠간동안생각하더니 농군을 옥에나리가두게하고 관속들을 모다회의시킨뒤에 리방과병방을 따로조용히불러세우고

『주막주인놈이 검술도회적에게칭찬을 밧는다면 그놈도회적의동류인것은 분명하니 그주막주인놈을잡아 드려라그런데그놈이검술을잘한다니섯불리서둘지말고 장교와군노이십명을작만속하야두엇다가방중에나가서잡도록 하여라』

하고분부하니 리방병방이 비비하고물러나갓다

이때의현주막에는앞마당에서 선은이가 맨방석의 희갑을치고 뒷마당에서 석정이가 나무칼로 칼춤을 추고잇셧다 선은이의일이끗난뒤에 해가거의 저녁때가 다되어서 선은이가 석정이를다리고 저녁밥을짓는중에 얼골험상스러운 사람이하나차저 왓다 선은이가 이사람이 오는것을보자

『자네 왜왓나?』

하고몹시 반갑게 물으니그사람은갓분숨을 돌러가지고

『얼리단녀오라는 말숨이잇서서 숨이턱에닷게 쫓다여서처왓습니다』

하고 희황스럽게 대답하얏다

『무슨 급한일이 잇다나?』

『네』

하고그사람이 석정이 듯는것을쳐리는듯이로 말하기를 주저하니

『멀려말고아무말이라도하게』

하고 선은이가말을 재촉하엿다

『벙거지 꼭지 도리신것이탄로(綻露)가 낫답니다 그래오늘밤중에 장교군노이십명이 아뢰나온답니다 아가 리방에게서 급한기별이왓겟지요』

하고 한번웃고 다시말을니어

『그래 대장께서주막은치우시고곳오시라고말슴합듸다』

하고말하니 선은이가 석정이를가르치며

『저애하고 나하고둘이잇스면 이십명은 고사하고 이백명아

온기도집니다네」

하고빙그레웃고다시

「이제 여긔주막은 지나고잇、지쯧일모양이니까 오늘밤으로 차위버리지 갈터임세 자네몬저 가서 답승하게」

하고 말하야 곳그사람을돌려 보내엿다 석정이가

「그사람이 계양산에서왓나요?」

하고 물으니 노인이가 고개를쓰덕이고

「설는 저녁을먹어치우자」

하고 밥을푸어가지고 방으로 들어왓나 선생대자두사람이 다조안저 밥을먹으며 선생노인이가 몬저말하얏다

「일년넘어가려지내다가 섭섭하지만 인제는 작별할수밧게업다」

「계양산에가서 살래계실터인가요?」

「가서보아야알겟지만 아마평산바람중이게로 갈가부다」

「계양산까지 뫼시고갓다가나는서울로가지요」

「그럴것업다 너는그럴데발을 드려노흘것이업다 저녁먹은뒤에 너몬저떠나가거라 나중에나는집을불질러버리고 계양으로 갈터이다」

「장교들나오는것을보고 가시지요」

「글세 혼쳐를좀나보렵까?」

「나도구경하고가겟서요」

선생노인이가 석정이를보고

「장을좀쉬보고십흐냐?」

하고 빙그레우섯다

저녁밥이 끗난뒤에 노인이 [illegible] 진하고 가벼운 물건만을수습하야 조그마케 집을싸섯다 성분한도 기한도 두자루는 싸지안코내어노흐는데 노인이가 쌍분한도의 날을쎄여놓고 처음으로 보는것가리 우알에를 치보고나리보고 하다가날을두어석정이물보이며

「청색(靑色)을보아라 털숭쟁쟁(錚錚)이라니 이런것이 쟁쟁한명이다 그러하고칼끗을보아라 명공(名工)의 비범한 솜씨가아니면 저와가티 솟세지게 될수업는법이다 내가제포진중에서 어든뒤로 삼십년이갓가웟스나날카럽을게 드는맛에는 언제든지 새삽스럽게 반하지아니할수업다」

하고 칼칭찬이 핑칭하얏다

석정이는 써보지못한칼이라 드는맛도 몰르거니와 칼보는묘리에서 늘러이 칼쯧을보고 명공의 솜씨인지 용공(庸工)의 솜씨인지 분간할줄을모르는까닭에 마만 서리가칼날의 쇠조흔것만 드려다 보다가 어구(魚口)갓가히 글자백힌것을 보앗다

「무슨글자가백혓습니다」

「긴장자빗광人자장광(長光)이란글자빗다아마이칼을치어낸왜놈의 일홈인가부더라」

하고노인이 는칼을집에꼬자 어로만지며

「그래서 내가이칼일을장광도(長光刀)라고지엇다이것을 정표로 너에게 줄터이니 나로녀겨두고보고쓰게될때는처음 맹세를어기지마라」

하고칼을들어석정이를주는데 석석히주는 노인이는 칼을 입사차서던 [illegible]는것가티생각하나오히려얼굴에 엄숙빗이 나리나고공손히밧는석정이는 선생이 목숨가티앗기는것을 주거니 생각하야자연히눈에 눈물이 고이엇다

그날밤 닭울때에 수교(首校) 한명이장교와 군노이십명을 령솔하고나와서 외딴주막을 도리쳐나압서이가방문을붙고보니 밤안이부엿섯다

「빨서어느틈에 검이새엇군갑」

「싹가티도망한모양인데」

하고압서이가불아첫다경솔하는노인이가 도망한줄알고 비로소장노군이실망이압두는갈려서 건정으로 수색한뉘중에벽와한에어되서

「이놈들 밤내로남의집을뒤니 장질한느냐」

하고 호령하는소리가 나며검은옷님은사람이 손에 긴칼을쥐고 압마당에나타낫다

「여긔잇다」

하고 수교가소리를 질렀다

「지금소리질른놈이 누구냐? 내칼바더라」

하고 검은옷이 나는듯이달라들어 칼등으로 여개를나리치니 수교는

「아이쿠머니나」

하고 곤두박질을쳐서 어느구석으로 들어갓다 검은옷의칼이 여긔서번쩍 저긔서 번쩍하며여긔서도아이쿠 소리요 저긔서도 아이쿠소리다 창삼이는 대중업시창을 내질르고 칼삼이는청신업시칼을 휘둘르다가 번쩍번쩍하는칼빗이 눈압헤 닥치면아이쿠 아이쿠하고 머리들을싸쥐엇다 압마당에잇든사람이이와가티 우박을마질때 뒤人마당에 돌아갓든사람은 비락을 마첫다 아이쿠소리도 변변히 못질르고 이구석에업들어지고저구석에자바젓다 압마당에서는 과히상한 사람이업섯지만 뒤人 마당에는 너개떨어지고 나마 쓰게진사람이만햇다 압뒤마당에 화토人불이밝게비첫다 상한사람들까지도 목숨부튼것만 다행으로 녁이며 간신히 서로붓들고 도망하얏는데 부엌구석에 쌋하노흔나무떰이속에 한사람이 남어잇섯다 매에쌕긴꽁과가티 머리만 처박고엇섯다 이것이 검은옷에게들키어서

「나무떰이속에잇는놈 어린나오너라」

하는호령을듯고 벌벌떨며기어나와서 검은옷압헤 엎드렷다

「수교놈이고나 달은놈들은목숨을부처어보냇지만네목만은 용서치안켓다」

얼이쎄지다십히된수교가 용서한다는말로 잘못햇고

「검지덕자하외다」

하고 고개를정신업시 숙으려니 환도날에부든피를 물에비치가며 씻고섯든아희가 검은옷압흐로나서며

「선생님죽인다는데 검사하다는놈 죽여부어바리시요 또저번답시다」

하고말하얏나 검은옷이 고개를쓰덕이며 아희가또차와서 님드러잇는 사람을두손으로 들어안으라는것가티 안어날으키어서너간밧게가서 떨어지도록 둥댕이첫다 수교는 다행히죽거나 병신이되거나 하지안느라고 숨이부칭한 들밧에떨여저서 한동안긔절(氣絶) 하얏슬뿐이엇다 수교가 정신이들엇슬때 눈압헤 먼낫가려 환하얏다

「날이밝엇나?」

하고 외섬압사이도업시 눈에 불빗이비치고 코에내가 마처엇다 외딴주막삼간집이 한참타는중이엇다 수교가 멀죽이긔어나와서 길가에누어 방울지내고이는날아츰에 차저나온 관속들과가티 불탄자리만 돌아보고돌어갓다

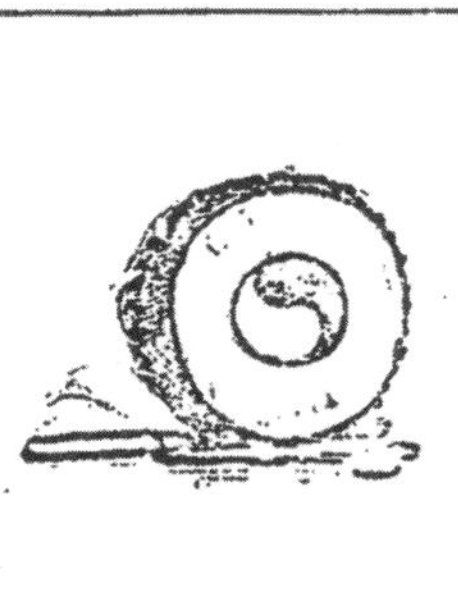

석정이가 집에서 떠난뒤에양주서는서울을갓거니생각하고서울서는 양주에 잇거니녁이어서 찻지도아니하얏다 가서울에오지안코 양주에잇지아니한것을 서로알게되며 처음얼마 동안은석

정이의소식을 알라고 서울양주량편에서 한달에멧번식 사람이왓다갓다하얏다 양주의 봉이와서울의첨첨이가 상심 하는것은말할것도업고 평소에 범범하든심천생까지도 궁굼히 생각하야각금석정이의일을 말하는데 아들가티 귀여워하든 갓바치만은별로걱정하는빗이업섯다석정이의 간곳을몰라 청와하는봉이를보고는

『정화할것이업네 어듸를갓든지간사람이니오기도하겟지』

하고모호하게 말하기가 일수이엇다 봉학이와유복 이가어른몰래공론하고석정이를차저나서라고 하얏더니 갓바치가먼저눈치를알엇든지두마듸를불러노코

『석정이가 너의들몰으게재조를배우러간모양이다지금차저가야 맛나지못할것이요 맛나야가티오지못할것이니당초에차저갈생각을 하지마러라』

하고달래서 두마듸가 차저나서랴든것을 파의하얏다 첨첨이는석정이가재조배우러갓스리란말을듯고

『공연히 재주배우라고사살을하얏더니몽생의정ㅅ그예맘을먹은것이 잇든게다 몽생을재주배우라고너쫏다신히하얏스니나더러 배우라든 동생의말을생각하야나도한가지재주를배워야하겟다』하고속으로 혼자말하얏다

아무도 보지안는틈에 부지갱이나 홍두깨를들고 날뛰어보기도하얏스나 재주답지도 못한짓을하다가 남의눈에 뜨이기나하면우셈바탕만되려니생각하야한두번에 고만두고 짜대ㅅ머봐이나 며ㅅ가지참는 남몰래만들수도잇섯스나 남은고사하고 유복이나 봉학이에게 들키는날은참피를보려니 생각하야 시작도아니하고고만두엇다 이와가티 재주를 골다못한엿레 부엇이든지 익히면재주기 되려니생각하고 콩알을입에너코 입힘으로부는것을 익히엇다 처음에는갓가히떨어지든것이 차차로 멀리가고 처음에는 대중ㅅ시가든것이차차대중에 맛게가도록 되엇다재주가 늘어가는데 자미를부치어서 첨첨이가 일년넘어콩을불엇다 이것을 알은사람은조금도알지못하얏시만 금동이만은 곳알게되어서 처음에 보고는

『별짓다하네 얼이군집거든손까락이나빨지』

하고 흉보기까지 하얏스나남에게말말라는 안해의말을 곳게직히어 저혼자만 알고잇섯다유이지 봉학이와 유복이에게도말하지아니하얏다 첨첨이가 입안에콩을너코 입을 쌔족하고잇슬때 금동이는 한참자미를부리느라고

『무얼먹겟다고 주둥이가쌔족한구』

하고 빈정거리다가 첨첨이입에서 콩알하나가 튀어나오며금동이가

『아이쿠머거워라』

하고, 소리를질르고 입살을부비엇다 봉학이와 유복이가금동이의입살이부어올른것을보고봉학이는

『매부입살이왜부엇소?』

하고뭇고 유복이는

『범에게쏘인게구려?』

하고뭇엇더니 금동이가

『범이다부어냐콩알을마첫다』

하고 골난김에 안해의콩알부는것을 설파하야 봉학이와유복이는 일년이넘은뒤에 비로소첨섬이의재주를 알게되엇섯다

봉이가병이나서 대단중하다는괴변이잇섯다

갓바치가 유복어멈에게 집을맛기고 금동이 내외를다리고 양주를나려왓다 봉이의병이 화ㅅ병이라 갓바치의약으로 대세는놀렷스나 졸연히낫기가 어려웟다 갓바치가 말벗도업고 소일ㅅ거리도업서서 심심하게 지내는것이보기에딱하야 첨첨이가 서울로갈것을말하니 갓바치는

『가변나나가지 너까지갈것이업다』

하고말하얏다

『서울가서서 식사를엇더케하시나요?』

『식사는걱정할것업다 유복이네게 어더먹어도조코 심천생님대에 부치어먹어도조치 그러나나도 하두이를 더묵어가겟다 혹시석정이가 오기나하면 낫나보고갈가한다』

『일년반이지나도록 소식업든사희가 그러케오겟습니까?』

『오래소식이업섯다고 오지말란법이잇느냐? 어쩐지 수이올것가티 맘이키이는구나 일이월간 기달려보아서 아니오거든 서울로가겟다』

하고 갓바치는 빙그레우섯다

이른날저녁때 갓바치가 문밧게나서서 거니는데 석정이가몰아왓다석정이가 동에걸머쳣든기직한남을 버서노코 갓바치압헤와서절하고 닐어서서

『선생님이 웬일이십니까?』

하고물으니

『너는웬일이냐?』

하고웃고서

『어서집으로들어가자』

하고갓바치가 석정이의 손을끌고들어왓다

봉이의 집안밖에 집안식구가모혀안젓다 봉이는

『이자식 어듸를갓다가든말이나하고가지 그런놈이 어듸잇나? 망한자식가튼이』

하고오래간만에 돌아온 아들을금시에내쫏칠것가티꾸짓내며나아랫목에 넘어안저서 아들의얼골을바라보니다고병까지나은것갓고 갓바치는 봉이의엽헤갓가히안저서 빙그레웃고 첨첨이는눈마진편 동생엽헤 부터안저서몽생의낫을만저보고또돌이의 너편네는 어린아희젓을몰리고문압헤안저서아희의얼골을건너편으로 내밀며

『언니 인케오섯습니까? 그동안 저는어떠케 기달렷는지몰릅니다』

하고 어린아희머신 말하고우섯다 석정이 눈여러사람을돌려보는중에 병든아버지의 야윈얼골과 어린동생의간얄핀낫을 자주바라보고 여러사람의눈은모다 석정이에게로 모히엇다

『대체어듸가서 그러케오래잇섯서?』

하고 몬저뭇는것은 봉이의녀편네이엇고

『무슨재주배워가지고왓니?』

하고 뒤밋어뭇는것은 첨첨이엇다 석정이는 몬저뭇는사람의말을대답허노코

『재주는무슨재주요』

하고 뒤에뭇는누의의말을 대답하며 싱글싱글우섯다

『그래그동안어듸가잇섯니?』

하고 봉이가녀편네의 뭇든말을다시물으니

『부평영에가서잇섯소』

하고 석정이의대답은 간단하얏다

『누가 가잇고 무엇을햇서? 이야기좀해라』

하고 첨첨이가 독촉한뒤에석정이가 검술배운것을 대강대강이야기하는데 외딴주막을 압자라고말하고 봉은이를 도승(道僧)이라고말하고 외딴주막불질르고 도망한것을 압자에화재가나서 도승이데려가지 떠나니까검술을 다배우지못하고 돌아오게되엇다고 말하얏다 아무말이업시듯고잇든 갓바치가

『도승이 검술을가르[illegible] 참우숩고[illegible]』

하고 대중할수업는 말씀으나 석정이는[illegible] 갓바치의얼골을 바라보며

『매사중님이 넘는옷을넘지요』

하고무민밤에보래어말하얏다

『너 가지고온기직속에는 무엇이든엇니?』

『도승이정표로준것이요』

『어듸좀구경하자』

석정이가 갓바치의 말을듯고기직속에싸서 너헛든장팡도를더내어왓다 갓바치가 바다들고

『왜도(倭刀)로구나 중에게왜도가어듸서 낫슬까?』

하고말하며 칼날을뽑아보더니

『칼조타! 장팡이일응잇는칼

헌가부다』

하고 다시집에따자서 석정이를주엇다

석정이가 돌아온뒤에 갓바치는 이상한울떠묵다가 묻지서울로올라오고 다시십여일이지나서 돌이 가만구히 괴롱한뒤에석정이와 섬섬이 내외가 함께서울로올라왓다 석정이가 안방에머더버리고 안첫는데 섬섬이 내외와 봉화이와유복이가 엽해둘러안자잇섯다 그롱안쌔힌 이야기가만히다 이사람이 이이야기를하고 저사람이 저이야기를하는데 봉화이가

『어디가얼마나 검술을배웟는지몰으지만 누나의공밥은 못당하리다』

하고말하자 섬섬이가 곳곳하아의동人을기를 웃치며

『누의파면서 그럼케조롱하는법이어되잇니』

하고밤상스럽게 말하엿다 영리을울보는석정이가

『공밥이부어냐?』

하고돌으나 유복이가 성을실하며

『매부더러들러보오겟습데』

하고말하는중에 봅봉이가

『이자식이』

하고떠다밀어서 유복이가 쓰러지니 섬섬이가 어깨를보고

『아이고칼글산이야』

하고밖그럼 우섯다 아빠마침 갓방에서 석정이를 좀오라는소리가들렷엇다 안으로 나갈때을 일고내다보든 갓바치가 안마두에나서는석정이를보고

『좀나오너라 심전경네이 오섯다』

하고말하얏다 석정이가 밖갓밖으로나와서 심천생에게 절하고 안지니심천생이

『너의선생님께 며칠밤을들엇다만편하 장사가 무쌍한검객이되엇다지?』

하고허허웃고서

『그러나 백정의아들이랑이다』

하고갓바치를 돌아보며 다시허허우스니

『석정이게도달이지만 세상에 모조술것은업스리다』

하고갓바치는 얼굴을 찡그리며 우섯다

봉희이와 유복이가 밖갓방으로나왓다 갓바치가

『거긔들어안저라 석정이도와』

고하니 너의들에게 널을말이엇다』

하고 전과가티 셋동누로몰려단니며 작란치지말라고 널럿다

『지금 열륙칠세식되는너의들이 함께봉처단니며 힘을 쓴다썸장을편진다 또는 칼을휘두른다하면 남이 작란으로보지안코 역모한다고 고변할는지누가아니? 고변을 당하는날은 여간큰일이아니다』

하고 갓바치가 말한뒤에심의가그뒤를다어서

『큰일이 고말고 만일고변을맛나면 역적괴수는여괴잇다』

하고 갓바치를 가르치며허허웃다가 뚝치고

『너의들은 몰을라만병자년에 몽봉옥(蒙蒙獄)이란옥사 가잇섯다이옥사가달은것이아니라 엄밥은잘서 먹든아희들이 남산에올라가서 옷옷을 버서서 긔(旗)라고 만들고 나무ㅅ가지를꺽거서 병장기라고 들고서작란으로합진(合陣)하는것을 역적모의라고 고변한놈이 잇서서 입에젓내나는 아희들을 항쇄족쇄(項鎖足鎖)로 금부에잡아가두고 나나에서 추신(推訊)까지하게된일이다 여러아희들중에 남촌명가의 아들 손자가 만히석기엇는데 그중에도 더욱이 명의정의손자 송수(宋[illegible])가큼 귀동지가 석기어잇서서 일이서사리 번째되엇지만 잘못되엇더라면 첨는아희들이 흉측하게 역적이 될번하얏다세상인심이실업스만이다 조심들해다』

하고 갓바치를 가르치며

『환갑지난놈은이를 금부귀시만들어줄라』

하고 다시허허우섯다

그뒤어느날 석정이가 두롱부와가티 훈련원에 긔사(騎射)쏘는구경을갓섯다 구경人군이 둘러섯는중에 세아희가 뒤人편에섯서가 잘보이지아니하야 압흐로 나서랴고 틈을벌리엇다 압헤섯는사람이

『이거 왜이래느냐?』

하고 돌아보는것을 석정이가 게삼당하고 그사람을 삼어케치고 봉화이와 유복이를다리고압흐로나섯나 그사람이 분하얏나

『이놈의애던석이』

하고 석정이의 머리를쥐어뜻덧다 석정이가 그사람의손을쥐고 돌아서서 한번떠다밀엇더니 그사람은 고사하고 그사람뒤에겹이섯든 구경ㅅ군이 장긔튀김으로 잡바젓다 갓가히잇든사람들은

『싸낫다』

하고 소리질르며모혀들고 멀리잇든 사람들은

너편네가아희낫다

하고 외치며 쏘차왓다 석정이가 두롱부더러

『구경고만두고가자』

하고 여러사람의 틈을헤치고나와서 동소문안으로 돌아오는데 뒤밟는 포교가 동하오든것은알지못하얏다 그날저녁때 포교들이 갓바치의집을 에워싸고들어와서 석정이를 잡어가는데석정이가 항거하랴고하는것을 갓바치가

『이애 지각업시구지마라 죄업는바에야 잡혀가더라도 곳나오게될것이다』

하고 붙들어서못하게하고 석정이가 붓들려나갈때에 뒤를딸하나오며

『온순한것이 제일이다 명심해라』

하고 다시 널렀다 석정이가잡힌뒤에 봉화이와 유복이도잡혀엇다 세아희가한께 포령으로가게되엇다 그날밤에 심의가갓바치를보고 세아희의일을 걱정하니 갓바치가

『걱정이요 가만히 내버려두면 그롱동이 우리에게까지 뛰어올모양이요』

하고 말하얏다

『뒤ㅅ길을차저 뒤길이나해보지』

『조흔뒤ㅅ길이생각나시요?』

『글세』

하고 심의는 고개를한참비틀고안젓더니

『병조판서 윤임의집에 드나드든 화초장이를친하니 그사람을노코 윤임에게 청해볼가?』

『그만한것이면될것갓소』

『나혼자가기는섭하니 둘이동행해보지』

『아무리나합시다』

하고 갓바치가 대답한뒤에심의가 곳가자고날하야 두사람은 그날밤에 화초장이집을 차저갓섯다 화초장이가 윤판서를보고 말하는동안이잇고 또윤판서가 포령에 기별하는동안이 잇서서 석정이와 두롱부아희는 오륙일동안 포령에서 고초를밧지안흘수업섯다

훈련원에서 잡바지든 구경ㅅ군들에 포도령부장(部將)의 외삼촌이 석이엇섯다 부장의외삼촌이사람한량으로활순이나쏘아본사람이라부장생실을다리고서서

『그사람것이 관혁을뒤로돌아보며 쏘아야지 압흐로나가며 쏘면 좀취렵지만는것이야』

하고귀사쏘는법도아는체하고

『과거보일때는 이십보(二十步)에사중(四中)을해야뺨는다니가 어렵지그려 사중이어되쉬운가』

하고 과거의어려운것도 한식하든중에 압헤섯든사람이 넘어시며 뒤하서 뒤로잡바지게되어서 갓을부시고 옷을짓밟히고일시 좀성을난단이 치뤘섯다

그부장은 외삼촌이 의외에봉변한것을 분하게생각하야 석정이와 봉학이와 유복이를잡아온뒤에 포도군사들과 동을짜고마희도적으로 몰아서포도청 북간(北間)에가두게하얏네 세아희가 하나는 련하장사요 하나는활을잘쏘고 또하나는 창을잘쓰는것을 염탐하야들은뒤에 그부장은세아희를 각각 잡아들이어문초를바덧다 칠번차례에 유복이가걸리엇다

「너이놈 창을잘쓴다니 창배운뜻은 무엇이냐?」

「아버지원수갑흘랴고 배웟습니다」

「아비원수? 무슨원수냐?」

「남의무고(誣告)에원통하게 죽엇다합니다」

「무고? 무고라면 구경죽기는나라법에 죽은것이로고나 무고인지 무엇인지는 몰으겟다만 나라법에죽은 네아비의원수를갑는다는것은 역적질 할생각이란말이냐?」

「역적질이란것은 무엇인지도알지못합니다」

「이놈 잔소리마라 어린놈이그런생각을 가질때는 가르친사람이잇겟구나 가르친 사람이누구인가 대어라」

「무엇을 누가가르첫단말슴입니까? 아버지가 원통하게죽은것은 어머니가 가르처준것이고 창잘쓴다는것은 선생님시나 봉사배운것입니다」

「어린놈이 집 갑시대답하는것이역적실이라도 족히할놈이다」 고지식한 유복이는 죄은곤장이나마 십여도를 맛고쓸려들어가고 다음차례에 봉학이가쓸려나왓다

「너 이놈역적질할생각으로활을배웟지?」

「활을잘배우면 선달이되어가지고나중에 부장이되고 위장(衛將)이된다고누가말합되다만역적이된다는 말은 듯지못햇습니다」

「너는원수가업느냐?」

「원수는 무슨원수여요? 외할머니가항상 말하기가난이원수라고하니까가난을저의원수라고나말할가요」

약은봉학이는대답을약게하야포도군사에게불똥이 튀어백혀처만 곤장은맛지아니하고 들어가고맨끗차례에석정이가나왓다

「너이놈 힘이세다고역적질할생각을가졋다지?」

「역적질이요? 할생각잇지요」

「이놈보아 죽일놈가트니」

「내가남죽일생각을 하니까남도나죽일생각을하겟지요」

「이놈네가 봉학이와유복이를꾀여서 활을가르치고 창을가르첫구나?」

「저의들이조하서 배운것이지내가꾀인것은아니요」

「이놈네가 역적질할작뎡이면봉학이활과 유복이창을 써먹을생각이잇겟구나?」

「그럿는지몰으지요」

「역적질할것을 누가가르치더냐?」

「가르치다니? 내가남을 가르칠작뎡이요」

「어느때쯤 일을 내랴고 햇느냐?」

「일을내기 조흔때 내랴고햇지요」

「누구를추대(推戴)할 생각이잇섯더냐?」

「추대가무어요?」

「님금으로세우랴는것말이다」

「님금을내세우라는 사람이잇서세워요?」

「님금노릇할사람은 작뎡이업섯단말이냐?」

「님금될 놈이잇다면 노릇할가요」

부장은 군사들과같이 석정이의무식한 말에 놀라지 아니할수업섯다 석정이에게 칼을씌우고착고를채우고 하옥하야 다시나라어가두고문초바든 수쪽 포장에게 올리엇다 포장이 일번세아희를역적죄인으로 몰아서 남간(南間)으로옴기어 가두고 일번우에주달하랴고할때에 윤판서의 청편지가왓섯다 판서도 판서나름이지 치지면 윤판서는 님금의처남이라그청편지를 몰은체할수가업섯다 포장이 세아희의 문초바든것을가지고 윤판서를 가보고

「역적질할 생각이 잇섯다고승복(承服)까지한것을엇더케하오리가?」

하고물으니윤판서가

「어린놈들이 역적질이란다무어야? 그까지것들을역적이라고떠들어야 봉공(封功)을 할터인가부어? 후일상제([illegible]獻誠)하기위해서 매人개나따라내셨는것이 관지」

하고말하엿다 포장이

「역보라고 떠들기는윤원형이윤수올편아니라윤판서댁에서 더부는것이 장래人정이조켓다」

하고생각하야 포도청으로 옴아와서 세아희를불러내어 방송(放送)을시켜서 내보냇다

석정이가 죄 [illegible]되며 공연한구설까지 듯게되엇섯다 봄지어누은 봉학이의조모와 장성을고단니는 유복이어머니가 모다 석정이를탓하고원망하얏섯다 애거리는중에 섬정이사나워진는 섭섭이가 석정이나오는것을보고 하염업는 눈물을흘리며 칫새

「봉학이와유복이도 나왓겟시」

하고 물엇다 석정이가 아바아랫목에 편히굶은뒤에 섭섭이가밥해와서 안쳣다

「네가고초받을것을 생각하고벼가압흔중에 남의구설이 늦기실혀서속이 상해죽을번햇다」

「구설은 무슨구설이요?」

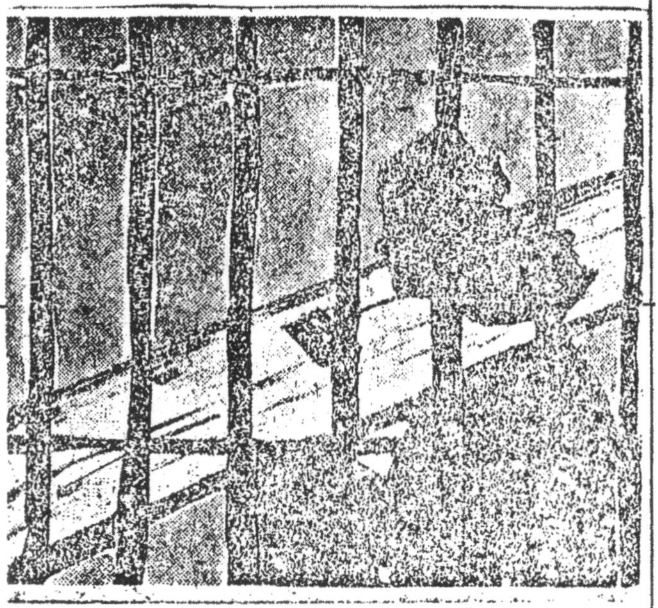

「봉화이할머니하며 유복이어머니가 네원망을 여간햇나뎌냐」
「나원망할것이 무어잇소?」
「모두가너때문이라고」
「오작못생겨야 날을원망하겟소 고만누오」
하고 석정이는 누의늬이야기를 하더니 한참잇다가
「바른대로말이지 이번에선생님이왕거를밧라고 당부하신거듭에 만히참기도 하얏지만 봉화이유복이가밉고나혼자만가는면밥서 할개치가며 도망햇서 하고니깜이니 그까지것소용잇소 그런나그것을는 돌식이나달고서는 포텁은버서커나온데도 사며못받을 나가기전에 다시잡히것 갓습되더그래서 못까지 가서어떠케든지 할작정으로가지것참고잇섯소」
하고이야기하니 섭섭이가
「그러니버가 봉화이나유복야를원망해야 할것아니야」
하고우서서석정이듯배아우섯다
그뒤에 봉화이외조모는 봉화이를갓바치의 집에도 가지못하게 급하고 유복이 어머니는유복이에게석정이를 찾아단니지 말라고날렷다 「그런나두아희는 듯지아니하고 갓바치의 집에와서석정이와가티 뛰어단니엇다 봉화이외조모가 봉화이를노코 욕우가모하고달배기도하고나중에는
「화미의딸을 탈가터 늣지아니하나애씨결든보쌈이 나나내가죽어보지안흔버꼬만이다니」
하고사설을석거아단까지혓지마는 봉화이는외석로 틈늣타서 석정이를차저와다 봉화이 외조모에게는 이것이안걱정 이엇다 닭의색기가 아닌바에 발복을삽아낼수도 업고 생각다못하야 멀리떨어서살 작정으로 동촌구석에서 서문밧누학재 밋으로집을이사하얏다 그러나이것도 허사이엇다 이제는자주 쪼차단니지못하려니 생각한것도 몃칠동안에지나지못하얏다 모화관 하량들썩쏘는것을 구경간다고 하든봉화이가 해화문안에 와서잇는것도보앗고 봉화이의 뒤를밟아가다가 석정이와 유복이가중간에섯마지 하는것도 보앗다그리하야 봉화이외조모가 얼마동안은속으로는 딴생각을 먹으면서 것으로 몰은체하고 내버려두엇다 친위진관(親衛鎭管)중의던장이 교황하원(?)... 挽는터에 잇는것을알고그던집을 의지삼아 이사할작정으로봉화이외조모가 혼자서 마츰내그중의 허락을어덧다 봉화이가다시교회로이사하게되는것을알고키는아니가겟다고 발하다가 와조모의 사이에 원상풍파만날으키고 구경은 외조모를딸아가게되어서 떠나두날식전에 해화문안에와서 면면히 하직하고나가는데 뒤로아나오는 석정이와유복이를보고
「인나들어가시요」
「유복아들어가거라」
하고눈물을석러면서두손으로 석정이와 유복이의손을 갈라잡고 석정이를 향하야
「우리가 이담에우리집을가지고살때되거든 한곳에 모혀서 떠나지말고삽옵시다」
하고작별하얏다 봉화이가 떠나간뒤 한달이 채못되어서유복어머니도 아들을 다리고시골로나려가게되엇다 시골은 고향강뎡이아니요 배천이엇다 유복어머니는 원수가튼 고향에돌아가기실혀서 서울서행랑살이를 하고지나든중 [illegible]데 고향에 살든 [illegible] 남편이 배천땅으로이사를나와서그 [illegible] 를 의지하고 나려게된것이엇다 석정이가 봉화이와유복이를차례로떠나보낸뒤에는 [illegible] 이가 되엇다 서울잇기가차미 [illegible] 스면서울을 [illegible] 양주 [illegible] 다 이러저러한반년지난뒤에서울서태시밤에 [illegible] 사람하나 [illegible] 나게되어서 양수에별루 가지안코서울에만히잇게되엇다

석정이의 바위에맛는 사람이 누구이엇슬가 그사람은 별달은 사람이아니라 김덕순이엇다 김덕순이가 본래칼칼한사람이 환란을격근뒤로 더욱이속아 석으러커서 량반의희가 조금도업섯다 갓바치의집에서 석정이를낫나든날 첫인사가
「촌수를따지면 내가너의아재비다」
하고 그뒤에
「우리누님이 각금너의말슴을하며 상면하고십다고 하시더라 언케든지한번 나하고가려창녕을가자」
하고말하는품이 참말족척(族戚)간에말하는것과가릿다 첫재는덕순이가 흉흉한량반 사람으로 량반의희를부리지 아니하고 그다음에는 덕순이가 고리삭은글이야기를 조하하지 아니하고 또그다음에는 덕순이가 힘스글을쓰는까닭에 힘겨룸을 할반하야 가지가지모나 석정이의비위에 마첫는것이다 그때석정이의 나이 덕순이보다 배(倍)나넘어 아래지만 오직조해 [illegible] 는의에는 동무서업수하게 며칩하며 덕순이와서로 상종하얏다
덕순이가 십이삼년동안은 창녕리관서의집에서 그봉인의동생으로지내고 남곤이가죽고 심뎡이까지 죽은뒤에는 그아버지의묘하(門下)인 충주영에와서 형님덕수와가티 그어머니를봉양하고지내되 오히려청명을숨기든사람이 갑작이서울로올라와서 분정명을내노코 지내게된 사정을 명백히알게하라니 자연

하됴뎡의 전후형편을 이야기하여야하겟고 됴뎡이야기에는 중중영편에지겸하야 이야기할것이잇슴으로 중간이야기가 조금장황하다

김안로(金安老)가 풍덕에서 귀양살이할때는 사화중이불의 죄업는것을 주장하는자가 됴뎡에들어와서 정권(政權)을잡은뒤로는 그주장을어떠케 내지아니할뿐이아니라 됴뎡에서널어니는공론까지친한대신들시 저석거버리게하얏다 김안로가 당수가되고허항(許沆)채무택(蔡無擇)이가튼사람이동류가되어 월국의정치(政治)를좌우하든판이라안로가하기실흔번고만이다두번볼하는사람도만보엇다 안로의비위를거슬리는사람이라면 어느모로든지 옥사에걸리어서 죽거나 귀양가는것을 면치못하얏다안로가 권을잡은뒤로 오륙년동안에 해마다몃번식 옥사가닐어나서 원엄지친으로부터 려염남자까지 죽고귀양간 사람이얼마인지 알수업섯다 중뎐의형이되는윤원로(尹元老)윤원형(尹元衡)형뎨가몽중이저의들의생질이아닌까닭으로 동궁에 대하야항상 불리한생각을 품는터에 중뎐이경원 대군(慶源大君)을 탄생한뒤로는 더욱이 대군을장래넘금으로 맛들생각이 잇서서 동궁의 외삼촌되는 윤임(尹任)파는장차 맛서게될조짐이 잇섯다윤원로가 그아우 원형과의론하고세력조흔 김안로를 저의편으로쓰을라고 원로의딸을 안로의손자에게로 출가하얏더니 안로는동궁을 보호한다고 떠들고나선사람 임뿐아니라 당시형조판서윤임과 사이가조흔 터이라 두말아니하고 그혼인을 거절하얏다김안로는 그때벌써 좌의정이라 조만한일이 아니면별로 출입을아니 하는터이데 윤판서를보고윤가의 흉을기섬만 것을 이야기하라고 장의동(壯義洞) 윤판서는 마음에서 나와서화초 잘기르는정원에서 수선(水仙)화분초정이 흣텃스 (海棠)들다리고화초분각구다 가내선이 와단서울을흣고 방비의판을 정제하고 나와서공손히 마저 드리엇다 좌뎡한뒤에김정승이

『요사이 동궁께서는어떠하시답되엇가?』

하고 물으니 윤판서가

『어제문후(問候)하얏습니다 병환은 별로못지안으십되다』

하고대답하고나서

『그러지안어도 대감께말슴하고십흔일이잇섯습니다』

하고자리를갓가히옮겨안젓다

『망상스러운 윤원형 형데가동궁을던치라고휘방한다는말은 만히들엇지오만요사이는동궁의수하어단속하시다고사람을 보내서산천기도를한답니다그 것이원노형데의짓이면오히려 도들오겟스나내던에서시키시는일이라니이런변이어듸잇겟습니가? 이일을엇지하면조한말슴이오니가?』

김정승이 이말을듯더니 그대답은집어노코

『원로가저의딸을 집의큰손자놈과혼인하자고졸은하데그려 엽냥되는것이』

하고말만뒤에단정히안젓든자리를움직이어엽흘윤판서의귀에갓가히다이고

『려희(驪姬)가잇고 문신생(申生)이살기어려울것아니요? 대감생각해보시요』

하고다시 단정하게 물러 안젓다

『그러니엇더케합니까』

하고좌아커못는것은주인윤판서이고

『폐위(廢位)』

하고간단이대답하는것은김뎌정이다

『어렵지안습니까?』

『될수잇지요』

『글세요』

하고윤판서가 고개를 비트냐 김뎌정이나직나직하나힘지어듬리는말소리로

『될수잇다뿐이요 됴뎡에서볼고날어설만한실덕(失德)만잡어내면어려울것도업소 신씨(愼氏)폐비(廢妃)할때상감이고집세우 시지못 하든것을 생각해보시오그려』

하고한동안말을끈치엇다 가잡간빙그레웃고서

『중뎐이 명낭한탐반이야나를 잘어보라고 은근이 애를쓰겟지자긔소생다남중에데일똑똑하다는경현공주(敬顯公主)를 내자근자식에게하가(下嫁)하라고 형뎨가나가서 한집며느리되는것이조치안켓느냐고까지말슴하더라지나는못들은체해버렷소 중뎐이소료가 들떠서숙상했슬것이요이번에윤원로가큰자식과 사돈 하잔다고 것을내가 못한다고 마엇습니까이것도 중뎐은 자미업시생각할것이요 이와가튼 중뎐편에서내게부치는것을내 가치버리다십히 하는것은 동궁이아니라우리동방의성군이되실동궁을조금이라도 지비리지아니커라는까닭이요사실로지금됴뎡에진심으로 동궁을 보호하라는사람이대감하고나박게또누가잇소? 우리두사람이 죽을힘을다해서라도동궁께임이업도록보호하야나갑시다』

하고나죽이 한숨을 지엇다 윤판관서는김의정의말을듯고일변으로가륵하게 생각하며 일변으로감사하게생각하얏다

김의정이 돌아간뒤에윤판서가 한참동안혼자 안저서무엇을생각하다가갑자기 나든지화초밧으로나와서국화순을집어보며

『젓가지들 다 쳐주나 수경이와 린서는다 갓느냐?』

하고염혜날아나온상노를보고 물으니그상노가

『간다말슴못들엇습니다 하인뎡에나가보겟습니다』

하고박그로나가서얼마아니잇다가두사람과 가티들어 왓다

『아니들갓구나』

화초장이휴편서가압으로나서며

『오늘대감께 특별히청할말삼이잇는데요』

하고허허우스니윤판서가뒤를돌아보며말하얏나

『무슨청? 요전파가티포텹에가친사람께 노하달라는 청인가?』

『요전은 첩업는아희놈의작란을포텹에서 중대한죄범 가티달으는것이 엄어우숨 기에소인이대감께와서말슴을엿줍엇든이엇습시요 청이무슨 청엿니가?』

『치자식보아 포상에게편지해말라든사람은누구인고?』

『하여튼지그것이 소인에게는긴청이아니엇습니다그러치만대해번은소인에게긴한일이올시다』

『무슨긴한일인가? 어듸들어보자말해라』

『말슴입지요 말은청이아니오라소인이 홍아비살림에 벌민가낫습니다 대감께서 장가좀드려주십시요』

어더베칭하는 홍편서는 윤판서집게잡종중에 운예도는 사람예맛쳣든것이다 윤판서가 홍편의풍도로 허허허너털 웃음을우스며말하얏다

『어렵시안홍청이다 장가들엇더케 드려줄가? 새씨장가를드려줄가? 기생장가를 드려줄가?』

『새씨고기생이고 할것업시댁종하나만 주시면원이 업겟습니다』

『그것은더욱쉽다 내집안에잇는아희종 어른종할것업시 모다 불러낼것이니 네맘대로그중에서 하나골라보아라』

하고 상노를보고

『너 마님께들어가서 아희종들과 서방님는 어른종들을모다불러내보내시라고말슴해라 내외인것외에 하나라도 빠지

꼬만나오는년이잇스면 뭄뭄기다 하고 다시허허웃고밥이업시섯는 박수경이를 몰아보며 말을부첫다

『너는 생각이업니? 너도하나골라보지』

『실소이다 잇는것도 주체구저못살겟소이다』

『첩으로 하나골라보아라 먹을것은 내가대어주지』

『첩도실소이다 그속에서 자식색기가나면 대의 씨종이나느려드리게요』

이때안에서 어른종 아희종이세물사어 물려나왓다 남은사랑마당이 그들 하도록 수가만한 다카크고몸이간얄핀것도잇고키가짤르고 몸이뚱뚱한것도 잇스며수접어고개를 들지못하는계집아희도잇고 멋잇게 몸을틀라는나스살먹은계집도잇섯다 윤관서가상 노를 바라보고

『인제 다들나왓느냐?』

뭇고나서 홍련서를돌아 보며

『어듸골라 보아라』

하고말하야 련서가 이리기웃 저리기웃하다 가손을들어한사람을가르첫다

홍련서가 골른계집은 나이근삼십된어멈인데 대가(大家)의맛며느리와가티 복성스럽게 생겻다 던갑(田甲)잘하기로 불리는계집어라 각집에던갑 단니느라고또나들때 련서의눈에 뜨이어서 복성스럽게 생긴꼴이 맘에들엇든것이엇다 윤관서가련서의 돈을보고

『우리집던갑ㅅ군을 뽑아가랴느냐?』

하고우스니 련서는

『황송합니다』

하고우섯다 이때하인하나가바그로서 들어와서 상노를불러가지고 무어라고말하는데 윤관서가

『무어냐?』

하고물으니 상노가 주인대감의압흐로 갓가히나와서

『림동지(林同知)가 바게오섯답니다』

하고 하인의말을옴기엇다 윤관서가 제집하인들을안으로 드려보내고 홍련서에게

『혼인이귀하거든 풍복일로청호하자』

말하고 박수경이를향하야

『련서혼인날술이나먹으러오너란』

말하고그다음에야상노를보고

『림동지를들어오래라』

하고말하며 사랑으로 올라갓다 림동지는 윤관서와 한동리에사는림준(林俊)이란사람인데윤관서집에종종오는터이라대접밧는손님이 아니엇다 윤관서가비슷이안저서

『어서오시오』

하고거만하게말하니림동지는장시바게와서들어안지며

『날사이문안엇더시오니까?』

하고공손히인사하얏나

『참내가들어 볼말이잇서자네가림백령(林百齡)이와친하다지』

『가튼일가ㅅ지들이니까 면분은잇게습지요만상종은업는갑니다』

『자네가튼일가의 림백령이는하에단닐리가업는데누가그럴든군그런데자네가내게는영아니와』

『자식이라도 엇더케만만치안흔지몰읍니다 자수와서 문후하라고닐릅니다만 묘관 명색으로대관 문하에 자주드나드는것이 조치못한일이라고 말합니다 그려』

『자네의기개(氣槪)가놉답니다 는말은틀엇지 자네가큰사람이부서워 내가조그마치 라도묘명에듸죄나하면령감하고친하다고욕서잘러먹을것이야』

『뭄옵시요 그런난일이잇다면내감에까지 범하라고 할는지저의아비 라도용서 안할것갓지안허 보이니까요 입이럽우발러각정입니다』

『령감은림백령에게 더러가시요?』

『령감에말이지 내가천부어물하일난일차세배를갓든이엇니다』

『뼈림백령이가 해괴망측한 짓을하더니 지금도그밥을 든치못하는 모양이야 각금내첩에게먹을것도 보내고한다지 계집이어듸 그러케호탕한 가하인이문에들어서지도못하게또차내리고 하니커만 망신이지』

하고윤관서가 우수왕스럽다는듯이모우슴을 우섯다 윤관서의꿈은당며 입색으로 유명한평양기생옥매향(玉梅香)이니처음에옥매향이 하나노로윤임 림백령두사람이 서로내것을 맨들랴고시단을부리엇는데옥매향이는윤관서의세력 조흔것과 림참관의다정한것중 어느것을골라잡을지몰라하다가 구경세력조 데로쏠리어서 윤관서의 첩으로들어안첫스나 종시림참관의 다정한것을닛지못하야 림참관과 련신을끈치안코 윤관서가 공고(公故)집에나오지못하는것을머리알게되면 선복에 제집하인모린(手下)이를보내서 림참관을 마저오는 일까지이섯다 림참관이도포에갓만 쓰는선비 모양을차리거나소매업는옷에패랭이를쓰는천인복색을차리거나하고남의눈에 뜨이지안토록밤중새벽으로 드나들지마는밤이 모린이업에서나오지안는다하야도 말이나가수운일이라 림백령이가 옥매향의집뒤ㅅ문을들어한다는말이한입거쳐 두입건너 자연히아는사람이 만하진터이다 림동지도이소문을들은사람인까닭에윤관서의말을듯고

『몸으는것이 부처님이다』

하고속으로생각하면서

『림백령의 행사가 괴악해요』

하고 엽숭엽숭하게 대답하얏다 윤관서는 그 대답의 뜻을알어듯지도못하면서

『괴악하고말고』

하고림동지의말에비위에는 모양으로말하고 또금동안을 또 이어서

『내가저것들을위하라니 생각하고윤원농이와상종하면서나들해벌공론을한다지 내가 그만일로저 미워하는사람도아니지만저의들이 공론한다고 엄사리념어배힌사람도아니야』

하고나종에

『령감그러치안소?』

하고림동지의얼굴을들여다보앗나 림동지는

『그럿습지요』

하고 맛장고를치고 말머리를고치어서

『여보십시요 대감실상생각하면 소실이라고다 그런리는업지요만 소실는아무래도 정실과달러서 모든일에 미덥ㅅ성이적습되다?』

하고말하자 윤관서는

『암 그럿지』

하고 협업하게대답하며 림동지의말은 별로색여듯지도 아니하는모방이엇다

몃칠뒤 저녁때 윤임이가김안로를 차저왓더니 허항과채무택이가 몬저와서자리에잇섯다 각기인사를 마친뒤에 주인손네사람이 묘뎡이야기를 시작하야이야기 저이야기하는중에 젊음묘신의 인물이야기가나서 윤임이는 림동지의아들 림형수(林亨秀)가 인물이 낫다 고칭찬하고 채무택이는 송희규(宋希奎)란사람이 인물은 명낭한모양이나 외모가잔렬(殘劣)하다고 비하야말하고 김안로는류희춘(柳希春)이란사람이 총명도잇고청질도온순하나 사람이 정갈치못하다고 평하야말하얏다 허항이가 김안로의말뒤를달아서

『류희춘의 정갈치못한것은말도마십시요 몬지가 켜로안진갓을쓰고 때처지가된 옷을닙고 출입하는양이라니 더러워볼수가업습듸다』

하고 엽엽우스니 채무택이도 또뒤를니어서

『그친구의옷에는 언제든지 이가슬슬기어 단닙되다그려』

하고 웃엇우섯다 윤임이가

『그런사람은 말할것이업지만

주인대감은 정결하신것이 넘우심하시여』

하고 허항과채무댁이를 돌아보니 허항이는

『그러시다고도 할수잇지요남의시는옷에 흠이한번만나면 버스실때까지 뚝고급뿐이니까요』

하고 김안로의눈치를 살피고 채무댁이는

『면미해서탈이옛줌기남 종황송하지만옥골선풍(玉骨仙風)으로 단정하게안지신것이 재상보담도신선가트십니다』

하고역시김안로의귀색을엿보앗다김안로가잠간눈人살을찝흐리며

『쓸데업는소리를고만두시오』

하고윤입이를가르치며

『내가이대감과 조용히의론할말슴이잇스니자리들을좀피하야주시오』

하고말하야허항과채무댁이는다가티무류하야하면서

『물러가겟습니다』

『저녁후에다시오겟습니다』

하고두사람이함께날어갓다그뒤에김안로가 윤입의 안진자리를갓가히옴기게하고

『큰人날말슴하든일을 집에와서생각해보앗소 동궁이 속수(促謐)하시라고산천되도들시간다는것이 발서종사에 대한큰죄악이라구래어달는실녀을을은것이입지안켓소산천고도단나는것을볼십기만하면그를의입에서원로형예의말이나올것이고원로의형대가잡혀를기만하면그입을떠반장이아니겟소그래서권도란나는것을을귀찰하야잡오라고비범히포령에날려두엇소하나라도붓잡히기만하면그날로곳일을벌어집울작뎡이니대감도그리알어두시요』

윤입이는이말을듯고아무대답이업시고개만쓰덕이엇다그러커럭하는동안에해가전으럿다윤입이가일후에 다시올것을 말하고 날어서라하니김안로가

『별로일이업스시거든 내게서저녁을자시고이야기나더합시다』

하고만류하얏다윤입이가

『오늘밤에 초그만한일이잇습니다』

하고 우스니 김안로는그웃는것을보고 괴상히 생각하야

『무슨일이요?』

하고뭇는때 윤입이가 빙글빙글하면서

『종변하나 쉬집을보내는데오늘밤에 봉채를밧습니다』

하고대답하니

『대감은 별일을다참섭하는구려』

하고 김안로도 역시우섯다

그날이 윤판서의집종이 홍련서의 봉채를밧는날이엇다 윤판서가모든 절치를 차려주어서범저로홍인을지내게되엇든것이다 함진아비가 지고온함을 윤판서가손수열엇다이것이남의집종으로는 꿈에도 바러보지못할호강이엇다 그날밤봉채뿐이 아니라 이튿날 초례까지도 남의집종의혼인갓지 아니하얏다 척재는윤판서가 홍련서를 사랑하는까닭이지마는 태반이 윤판서의실업슨작란이엇다 홍련서 내외가초례를마치고 윤판서압헤와서 인사문안을드리니 윤판서가 련서의안해를보고

『너는 오늘부터대에드나들것업시 너의남편을 딸아가서유자생녀하고 잘살어라』

하고、그다음에 련서를보고

『인제는 네가내집사위야』

하고빙글빙글우섯다 련서의안해는 고개를숙이고 잇슬뿐이고 련서는

『황송합니다』

하고 허리를굽신굽신 하얏다

윤판서는 련서의 혼인잔치를선비집자녀의 혼인잔치보담 낫게차리고 문객들이외에 동리에서는림통지가튼친구까지청하야대접하얏다

그리하야 그날 윤판서의집에는 큰사랑자근사랑 수령방 하인청할것업시 모다 술상이벌어지게되엇다

윤판서가 림통지이외 몃사람을다리고 술상압헤서 고담준론(高談峻論)을 시작하야 쓰칠줄을몰을때에 마츰 좌랑(佐郞)뎡희동(鄭希[illegible])이공사(公事)로와서 보기를청하엿다뎡좌랑은 청실이강직(剛直)하야 허물업는사람에게라도 수작하고야무뢰구인이라도우인이부정하면사람갓지도안케보는까닭으로누구나다 꺼리는사람이다그가전에상처하얏슬때 김안로가 사위를삼고자하야 중매를보내엿[illegible]하엿건 사위될[illegible]

『[illegible]생다시장가를 들지아니할지언정 김씨의집 사위노릇은아니하깃다』

하고 두번말못하게 거절한것이 김안로의 미움을사게되어 [illegible]의 조롱[illegible]을 [illegible] 그 공조참판[illegible]의당관(郎官)으로 임명[illegible]게된것이엇다 윤판서가 뎡좌랑의 칭찬을 늘어놓고 눈人살을찝흐리며

『술이 취해서 잠이들엇다고밥해라』

[illegible] 이다 [illegible] 뎡좌랑이 [illegible] 아희 [illegible] 뎡좌랑이 사랑 일간[illegible]에들여서 늣젓을너귀 윤판서는 엇지할줄몰라하다가 할수업시 아래人목에 들어누어서 잠이든체하얏다 뎡좌랑이 밧에들어서며 [illegible] 기색으로 잠간아래人목을나려다보더니 취한 술상압흐로와서 상을[illegible] 구차리에빼어놋다 놋그릇소리가 요란하엿다 윤판서가 놀래날어나며

『이것이 왼일이야?』

하고 말하는데 어성이놉지만 [illegible] 뎡좌랑이

『대감이 [illegible]중신(重臣)으로 국사를위하야 주소동동[illegible]하셔야 할터인데 [illegible] 술잔잡수시노라고 마을에 나오시지안는것이 대감생각에는 올흐신일이니까? 그러고 밧가노라 [illegible]에 들어설때에 언뜻보니 안지셧든 대감이 갑작이 누으시는모양이니 공사로 뵈이려온사람을보지안흐시랴고 잇짓핑게하시는것이 대감생각에는 실례(失禮)가아니니까?』

윤판서는 술에취하고 무안에취하야 얼굴이주홍빗이 되엇다 [illegible] 술과잠이 [illegible] 덩지이가 차운뒤에 뎡좌랑이들어안저서 간단히공사를말하고 총총히 날어서라고하니 윤판서가무안한것을풀랴고

『내게술이잇스니 한잔자시고가시오』

하고 만류하얏다 뎡좌랑이윤판서의 만류하는말은 들은체만체하고

『오늘저녁가 [illegible] 다음날사과하겟습니다』

하고날어서나가니윤판서는다시또 [illegible] 윤판서가무안한 사례와가 나서술을다시내오라고 [illegible]

[illegible]

『[illegible]』

하고 [illegible] 윤판서가 옥매향의손목을잡으니

『참봐줍시다』

하고 옥매향의 손목을노치안코 [illegible] 잡이들엇다 옥매향이 [illegible] 손목을[illegible] 연해부[illegible] 니 윤판서가 갑작이 [illegible] 이[illegible] 번[illegible] 시작하야 옥매향의 치마압이 흔건하게되엇다 옥매향이가 치마를갈어넘고 상치물때 세악치들 아희종들리고들어와술에 윤판서는 다시잡이들기시작하얏다

「잠드셧세요? 양치질하시고 새앙차좀잡수시지요」

윤판서가 옥매향의 시중으로 간신이 머리를들고시늉으로양치질하고새앙차를마시엇다

『웬술을그러케 만이잡수셧세요』

『무어엇재?』

『술을만히잡수셧단 말이에요 못중마다 에올서술는먹되파히 마지말라고하교하셔서만히와 잡숫는다더니……?』

『못중이엇더시어 앞중로는걱정업스시다 중던이멋칠안가?』

『중던이멋칠안가시다니요?』

『김정승인』

『어 아』

『김정승이엇더케하셔요?』

『네?네?』

옥매향이는윤판서의취담을 들어보다고 몸까지흔들어 보앗스나윤판서는뒤도는손을떠리차고코를골기시작하얏다

수일이지난뒤의 일이엇다 윤판서가어명(御命)을밧들고새로천봉(遷奉)한고양희릉(高陽禧陵)에봉심(奉審)을나갓다가하루밤을자고 오게되엇셨다 그날밤에옥매향의 집에는 압대문과안중문이 꼭꼭이 다치고아희종들은 모다아래ㅅ방에서잠이들엇는데 모린이는 혼자분입따루에서 주란ㅅ상을 차리엇다얼마뒤에옥매향이박안에논뒤ㅅ문으로매월이한분손님이박주인파느쯤히아켜서술잔을주고밧고하얏다

『나는더못먹어요』

『이것한잔만』

하고사나이가 술잔을들어 입가에대어주엇다

『못먹겟서요정말이에요』

『한목음이라도 다시어야지 내손이부끄럽지안켓니?』

옥매향이가밧보듯이조금조금마시어한잔 술을기의빈이나따신뒤에사나이가 『맛나 고만』 하고 술잔을 쎄어가며

『남어시는 내가먹지』

하고 소리가나도록 잔을떨어 밥리엇다 옥매향이가

『퍽실증[illegible]나요』

하고 방그레웃는데 일곱에술ㅅ[illegible] 가본비에저진것가렷다사나이가

『나도술을고만먹을터이다』

하고 말하야 술상을치운뒤에 옥매향이가 윤판서 주정바지안(?) 것을 이야기하다가 달고레윤판서의취담을이야기하얏다 사나이가 정신나는 말을듣은듯이

『그래? 김정승이 엇더케한다고?』

하고 뒤를재처물으니

『고만이야』

하고옥매향이가 해해우섯다

『무슨말뇌(?)가잇는것이군』

『그졋일수잇나요』

『취중에 진정말이라니 [illegible]는취담이아니야』

『공연한이야기[illegible] 해구련』

『공연[illegible]공연이야』

이튼날새벽에 옥매향의집에서 나가는사나이는 립패령이엇다 립패령이가 윤원형을와서 보고 옥매향에게서 들[illegible]을 감예에 추처 [illegible]생각을 보태어서 윤입이와 김만노가 동중[illegible]자탁(?)하고 중던의죄목을 잡아서 폐위하랴고 계획한다고 밀하고윤원형이 가자[illegible]친족들이 모힌자리에서 립패령의말을가지고 공론할때에 윤입이와김만로가 동중[illegible]하야 중던을 [illegible]하랴는 계획을세우고 [illegible] 보는중인데 [illegible]간밝단(?)이 될는지몰른다 말하고중던의 지친으로잡관벼슬[illegible]단니는윤안인(尹安仁)이가내던에[illegible]하던들이가서친족들의공론한말을중던에말슴할때에 중던이정신을 차리지아니하면 일문이멸망을당한다고공동하야 그날저녁에 중던이대던압헤서 울며불며 소원을하얏다 임금이 중던의소[illegible]을듯는[illegible]시로윤판서를 패초(牌招)하야편던에서인견하고 한마되말슴에

『경(卿)이 중던을폐하랴고 한다지?』

하고 노긔잇는음성으로 하문하니윤판서는 황겁한 모양으로 『그런법이 어데잇사오리까?』 하고 극구[illegible]하얏다

[illegible]

하고 입금은신로(?)하야 김안로의목을 당장에 버혀드리라고 던교를나리고 싶허스나 권세잡은재상을함부루처치할수는 [illegible] 생각하랴

하고 뒤[illegible]안뒤에 윤판서[illegible]윤판서의 동렬나가게되엇는데 윤판서의 [illegible]사람에 친척이차이벗셧다

입금이 중던의말을 조차서김안로를 도모하랴고 어필(御筆)로적어서 비밀히 윤안인에게나려엇다 윤안인이 밀지(密旨)를밧든뒤에 시임대사헌(時任大司憲) [illegible] 두차차[illegible]단니[illegible] 집밖안에서[illegible] 어[illegible] [illegible]고 김안로도모할일을 부탁하니 량연이말이

『이것이 여간중대한일이아니요 잘못하다가는 신명을보전치못할일이요』

하고고개를비 [illegible]

『그대신에 일[illegible]하는날은 부귀공명이 소원대로 될것이니 겟소』

『어디 [illegible]시다 그러나급히하라나가는 [illegible]일것이니 서서히생각해서하시다』

『우에서 하루라도급하기를바라시는데요』

『가만이 게시요 [illegible] 잇소사오일후에 [illegible]로가 자근하[illegible] [illegible]다니 그날이로의 당이몰려[illegible]서 입는틈에 량사가합게 [illegible]하도록 [illegible]을주선해봅시다』

하고량연이는윤안인과서로밝약을한후헤어젓다

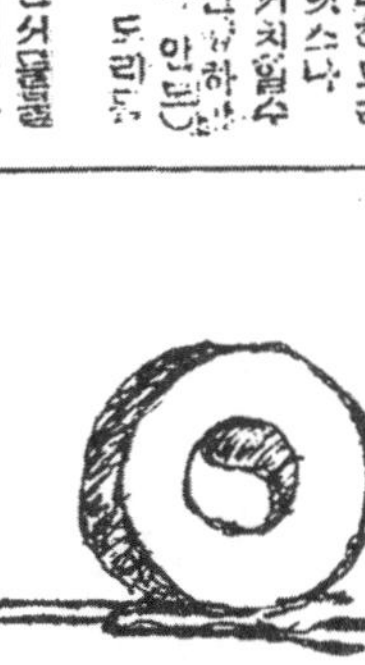

김안로의 집혼인날이다 식전부터 안손님바갓손님이 모혀들기시작하야 던신때에는 넓으나넓은집의 방방이 사람이가득하얏다 큰사랑마루압헤 마루와느런히부재(?)를매고안로가모대(帽帶)하고나안저서 관자옥관자손님을한자리에모힌것다잔채ㅅ상이벌어저서술권커니자커니하는중에 김안로가 도야지머리 장정승을들아보며

『궐내에서 이때까지 선온(宣醞)이나리시지아니하니 무슨일일가요?』

하고물으니 장정승은 그러상한면상을 압중로내밀며

『아니나리실리잇소 곳나리시겟지』

하고대답하얏다 이날 이때까지는김안로의 집조그만 생일잔채에도궐내에서어주(御酒)가나오든터이라 안로가 선온이더되인것을 괴상히생각하랴만 하얏다 안로가 술한잔을마시고 안주를집으랴할때에 난데업는 솜개한마리가 [illegible] 가라 나려와서안로머리우의 사모(紗帽)를 옹키다가좌중에서

『이놈』

『뭐여』
하고소리를질르니 쇠개는 공중으로날러가고 사모는 자리우에 떨어젓다 괴상한일이다 상서롭지못한일이다 좌중에서수군수군하는데 채무택이가 넘어서서 사모를집어안보를주니 안보는정신이진사람가티사모를밧더니 흔히노혓다가 허항이가 이것을보고
『왜쓰시지안코노흐십니까?』
하고말한뒤에야다시집어쓰게되엿다
이날 량연이는 대사간파의보하고 량사간관을 중학(中學)안에모하노코
『탄핵(彈劾)할사람이잇소』
하고 미리준비하얏든계초(啓草)를내어보니 간관들중에는뒤가조처못할가 의심하는 사람이업지안햇다 량연이가
『여러분 념려마시오내가생을바든것이잇소』
하고 안로와및 그당류를탄핵하는 합계를 우에올리엇더니 우아래에서 미리짜노흔 일이라 합계한번에 안로와및 그당류를 각각 배소(配所)를명하야귀양보내되 당일로압송(押送)하라는처분을 뭇게되엇다 귀나가수선수선하얏다 선뎐관(宣傳官)이금위군사(禁衛軍士)를령솔하고나가서 안로의집을 둘러싸고들어갓다 잔채집이 불은뒤집혓다 하인들도 도망하고 문객들도 도망하고 손님들도 도망하얏다 도망하다 못잡히는 사람들은때무릅집히고 발ㅅ길에 차이엇다 안파에서 곡성이넘어낫다 안로는 떡을입으로안젓고 허항, 채무택이는 쥐구멍을차젓다 도야지머리는 대신의데모가 잇는터이라 선뎐관을불러 압헤세우고
『내일음도 은명(恩命)중에들엇는가?』
하고물으니 선뎐관이
『대감향시자는업소이다』
하고대답하얏다 도야지머리가 그제는군사들시켜 장정승댁하인을 불르라고하야 람것을배령하라한뒤에 안로를잡아보되
『나는가오』
하고넘어서나갓다 허항이가 이것을보고 분을뜨어서 허참관대하인을 불러달라고 군사에게 널렷더니 엽헤잇든 선뎐관이
『허항이아니냐? 잔소리말고 가만히잇거라』
하고 호령하야 허항이 가옹텔하고 목을움치러드렷다 안로가 잡히어나올때에 훈련하든 자하아들을 뎝아보며
『오늘이후에야 누가내집과혼인을하겟느냐? 너들일속이 청취시키지못한것이한(恨)이다』
하고 눈물을 먹음엇다
김안로와 허항과 채무택등이 귀양길을 떠난뒤에 우에서선정뎐(宣政殿)에뎐좌하고 대신이하 여러조신에게 엽시를명하니 그때신들중에는 병조참판 윤안인과도 승지림백령과사관(史官) 령상수와 봉조기서입능이 압서거니뒤서거니하얏다
『원임당의 정당광필이오늘날 회근 이럿것을짐작하고 안로를 물리치라다가 도리혀 죄를닙엇스나 가이업는일이다 속입나면(放免)하고 이외에 안로로인하야 귀양가서잇는사람을 모다방송하게하라』
우에서 말씀이잇슨뒤에 병조참판윤안인과도승지림백령이함세알흘보나와서 안로등의죄가 중하야 사사(賜死)함이 맛당하다고앏외니 우에서 대신외여러신하에게 하문하야 달으는 건니업는것을보고
『안로는차마중죄로 다 수럽밥이업스나물론(物論)의울아가는바름외이기어려우니사약하라』
하고던교를 나리엇다 몃칠뒤에 또대간(臺諫)이나서허항과채무택도사약을 맛게되고 당류중에 가장가벼운 자가파직을 당한게되엇다 납말은 대신이하 여러조신의청원조차서 김안로등 의복벌(伏誅)한것을원묘에 고하기체신의진하(陳賀)를 바든뒤에 면 윤안인등의벼슬자리를모드개취엿다

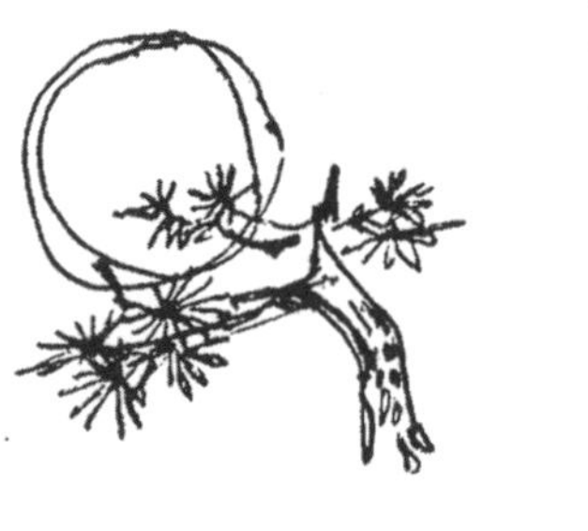

량연이가 김안로를 몰아낸때에 그공로로 잠시채덕이조햇스나 그집외하인이주인을지세하고 이웃파부를 겁탈하다 가법관(法官)에게 발각된 까닭에 량연이는가장(家長)의치가(治家)잘못한 죄목으로 묘정에서쫏겨낫다 그뒤로는 물망(物望)잇는 사람들이차차로묘정에올되어서 류관(柳灌) 허반(許磻) 리언적(李彦迪) 류인숙(柳仁淑) 가튼이들이 채용(採用)에 들어서고 사회에 청백한 한배를 당하얏든사람이 만히 풀리엇는데 어떠에 파릉군(巴陵君)도 박면되고승치부정(承旨副正)도복직(復職)되엇다 김덕순이가 죄업는몸이되어 본칭명을 들어내고 서울와서 잇게된것이 묘명이이와가티변한까닭이다 검식의 가택(家宅)과 가산(家産)은 회복당하며 국고(國庫)에 몰수되엇든까닭으로 덕순이가 처음에서울와서는 안해는 처가에 부처잇섯고 그뒤에 여러사람의 도움을바더서새로서울집을작만하고가족이(家族)단취하게되엇는데 덕순의 덕수가집에안커선생질을 시작하야 아희들의 강미(講米)로어머니를봉양하고 가속들을 접제(接濟)하얏다 덕수는내외가진런이라자녀를나키시작하얏고 그아버지의 얼굴을 잘알지못하는덕부도나이밟서이십여세라혼처를택(擇)하야장취하얏다 덕순의재취(再娶)는집안에서누가권하지안는사람이업고승선부정의집에서까지권하건만 덕순이가 읫고개를치고 듯지아니하야 하로는 그어머니가조용히 덕순이를 불러안치고 고집하는뜻을물엇다
『별뜻은업습니다만 다시장가들생각이 업서요』
『그래 아속나이잇는데 홀아비로늙어려이란말이냐?』
『홀아비는엇덥니까』
『늙은어미를 생각하며라도 아예그런케고집하지마라』
『어머니께서 며느리가업스선리가드면 나도 생각을해야하겟습니다만 지금 큰며느리자 큰며느리를 거느리고 게시지안습니까 나는 나버로니버려두십시요』
『어느ㅅ가락을깨물면 안흣지안켓느냐 다각각이지 인제나는너의정가드는것만보면지금 죽어도 원이업겟다』
덕순이는 고개를숙이고 대답이업섯다 그어머니 가이것을보고
『어미의원을 풀어줄생각이업느냐?』
하고다두처물엇다
『어머니가 그런께까지생각하신다면 장가를들어도 좃습니다만 충심에매친한(恨)이 잇서다시는 내외지미를 보고십기가어려울것갓습니다』
『충심에매친한이란걸 알겟다 한도될만하지 그런치만사나이도 수절(守節)하느냐?』
『죽기전에한번다 사보기만햇서도 한이덜되엇슬것이에요 지금도 분한녕정이 눈압헤얼펀거리면 맘이처린지 안흣지을듯합니다』

하고 손등으로눈에어리는 눈물을씻섯다 그어머니가 몰ㅅ재 며느리의 죽음에핑겡을 맛며느리에게 들어서아는터이라 덕순의눈물과 비회(悲懷)를 자아내어서 얼마동안모자가 마조안저 눈물을흘리다가 덕순이가

「어머니 고만두시오」

하고위로하야 비회를조금진정한뒤에 그어머니가 엽헤노혓든 노랑명주수건을집어서 진물진물한 눈ㅅ귀를씻스며

「성가다시들고 안드는것인데 료량대로해라」

하고 한번처량하게 한숨을쉬엇다 그어머니가 불상한죽은 며느리를생각하다가 생각이 그유모자에미치어서

「평동이의소식은 인해몰랏느냐」

하고물으니

「평산으로 여러번밥어보앗지요만 자세히몰으겟서요 무슨답은입로 관가에붓잡혓다가 박련동이란 성명이사회나서 서울로 압송하게되엇는데 그 뒤누가와서 서 가지고도망을햇다나요하며 죽지죽지는안흔 모양인데소식을알수가잇서야지요」

하고덕순이 눈중히 몃이 는빗을없앨에들어냇다

「그애어미는 자식의얼골도 못보고죽엇스니 그것도불상하지아니하냐?」

하고ㅁ 어머니가다시 눈물을흘리며 몸을잡고보고덕순이는

「어머니 그런이야기는고만두십시다 내가래일 [illegible] 가봅니다」

하고말을돌리엇다

「룡인은 왜?」

「묘정암자데를 좀차저보랴고 합니다」

「[illegible]이나 뎡(定)이가다 어[illegible] 엇겟다 뎡이가 집의더 무와풍갑인가 하[illegible] 더 먹엇나 그러니까지금은이십이넘엇겟다」

「용이는죽엇단말이잇세요」

「이애야 용이가죽다니 그게무슨소리냐?」

「편한는말이니까 가보면뎌실한지아니한지알겟지요」

「가보아라 너의아버지와됴참판파지내든정경을생각하기로 사생존망을 몰으고 지낼쳐디냐」 하고그어머니 는녯일을도리켜생각하고언짠하하엿다

김덕순이가룡인(龍仁)을갓다 올때됴뎡(趙定)이와가티왓다 그때뎡이는정판한 사람이지만 덕순의며부인이 자질과가티 녁이어안으로 불러드려서 제죽은인사도말하고 지내는 형편도물어보앗다 뎡이가 몃칠묵는동안에하로는덕순이가뎡이를보고

「여보게 자네가차저가볼사람이하나잇네」

하고말하니뎡이는

「누구입니까?」

하고물엇다

「선장(先丈)과 자별히지내든사람이야」

「로인어른이겟습니다 그런」

「로인이야 나하고가티보러가세」

뎡이가속으로 생각하기를 자긔아버지의 친구로인이면 덕순이에게도 존장(尊丈)일 터인데 엇지하야 말을홉하게 할까괴상한일이다하고 재차

「누구입니까?」

하고물엇다

「선생이자주 상종하시든갓바치가잇서 그사람을보러 가잔말일세」

「갓바치라니요? 가죽신쟁이말슴이요? 선친이 그런자와상종하셧슬리가잇나요」

「상종하신뿐인가 그사람의집에가서서흔히주무시기까지하셧느니」

「저는불행히 늦게나서선친의일이라도친히뵈온것이업는까닭에남의말을듯고아는것밧게업습니다만선친께서일언일동(一言一動)이다후생(後生)의본이될만하시든것은 저의집안에서만 하는말이 아니까[illegible]지요」

「그게야누가몰으나」

「그러면 갓바치와상종하셧슬리가업지요」

「당신이상종하신것을 자네가상종하셧슬리업다면되나」

「저는그런말을듯지못햇습니다」

「갓바치와 상종하셧다는것이당신께수치(羞恥)될일이아니니」

「그래 사대부가백정의집에가서자는것이수치가아니란말입니까? 엇지하시는말입니까?」

「자네가 그사람을보지못한까닭에저런말을하는것이지그사람이례사백정이아니야」

「례사백정이아니라도 갓바치라면가축달으는백정이지요」

「백정이라도 다는선생님으로 아는데일세」

「선생님으로는아시거나 말거나그선생님이선친과자별하지 냇다고거짓말슴이나마십시요」

「거짓말이라니? 자네하고는말못하겟네 고만두게」

하고나종에는 덕순이도 증을냇지마는뎡이는자긔아버지를욕뵈인것가티 속으로 대단히분하게생각하얏다

그날밤조저녁이다 글배우는아희들이 각기집으로 돌아가고수천한덕수의사랑이조용하야진때다덕수와 덕순뎡데가 뎡무와뎡이를다리고 안저서 녯이야기를 하는중에 갓바치와 심의가작반하야차저왓다 두사람을 마저드리는데덕순은 말할것도업고 덕수도대접이업듯하얏다뎡이외에여러사람이 각기이사를 마치고자리에안첫다주인삼형데들날낫하서 첫다 안졋다 하는뎡이를갓바치가 유심히 보더니손가락을들어뎡이를가르치며

「저사람이 누구야?」

하고 덕순을 돌아보는데덕순이가 대답을더되하야 덕수가

「정암자데이에요」

하고대신대답하얏다

「그러면 뎡인가? 몰라보게 [illegible]사람이 저러케컷단말이지」

하고그다음에뎡이를바라보며

「나는선장(先丈)과 욕된친구[illegible]갓바치야」

하고말하는데 홍안백발(紅顏白髮) 에외모(外貌)도듬직하게보거니와 반말로 하는말소리[illegible]허어엇게 들리엇다 뎡이뉴달은생각할사이가 업시 날어나서절하얏다

갓바치는

「평안하구」

하고 빙그레우스면서 안진채로조금허리만 굽실하얏다 엽헤서보든덕순이가 상을 찡그우스면서 뎡이를바라보니 뎡이는부안부사람가티 얼골이 붉엇섯다 갓바치가 심의를 가르치며뎡이를향하야

『이량반은 머관재심선생인데 그렇게 되는 말말겁답은 량반이야 이주인상령에도 혀의업시조케지내는터이니 절하고 인사하지』

하고말을 닐러서 덕이는그가 누구의아우인지도 채몰으고 또한번누늘굽히엇다 섬와가 덕이를보고하는말이

『내가남곤섬녕이 하는섬녕의 아우야그리고 효직이는 우리 선생님이야 인케알겟지』

하고 미친사람가티 우섯다

덕순이가다시서울와서살게된뒤로 鄭人날선생 갓바치외에졈은친구석정이가 새로생기어 갓바치나석정이의 얼골을 하루만 못보고지나도 궁금히 생각할만큼갓가히 사종함으로 혜화문안에잇는갓바치의 집을 남의집가티녀이지 아니하더니 갓바치가 금동이 내외를양주로 보내서살게하고자리는 팔도강산에 떠돌아단니겟다 고 작뎡하니 혜화문안집은주인이 갈리지 안흘수업시되엇다 심의도투차 갓바치에게집을업새자 말라고 말하얏지만덕순이가 지청으로 말리엇다

『내가서울 와서살게되자선생이서울을떠난다 는것이일변생각하면야속한일이아니요』

『내가올해에 서울을떠날것은 아십년전에작뎡하야둔일인즉 지금갑작이변할수가업소』

『어되를가실 터키에그러케오래전부터작뎡하셧단말이요』

『우리선생님을 맛나러갈터이요』

『선생님에게가서 다시서울오지안흘터이란말삼이요』

『아니요 오지요』

『그러면 집까지업새실것업지 안소』

『아니 오더라도서울와서살지는갈볼겟서요』

『이때까지 살든서울이아니요? 갑작이 그러케작뎡하실것이무어잇소?』

『하든것이 금동이내외에게어더먹고 들어안젓스면 무엇하오?』

『무엇하는건아니지만 륙십넘은로인이 사방으로 떠돌아단니는것보담은 주는밥먹고 안젓는것이 낫지안소』

갓바치는 고개를외로 흔들고 말을대답하지 아니하얏다 덕순이가 말리어 되지안흘것을본뒤에

『그러면 이집을나를주오우리집이 적기도 하려니와이집을 내가진니고 잇스면 서울와서 묵으시기 조흘것아니겟소』

『그것은조치요 그러나혼자살림을 엇더케하시랴하오?』

『어머니께 말삼하고아우내외를이집으로 분가시키고 부치어잇슬수도잇지요』

『그것조소 그러케 합시다』

하고 갓바치가 덕순이의말대로작뎡한뒤에 서울살림을 하두라도 속히거두어 치우랴고성명하얏다

금동이내외가 살림을 떠실고 양주로 나려갈때 석정이도딸아가게되엇다 갓바치가 석정이를 보고

『나도 압흐로한달내외간에서울을떠날터이다 바가양주가서갑갑하게들어안젓느니날따라서 훨훨 소단니면 조치안켓느냐?』

하고말하니 석정이는 선듯

『그러지요』

하고대답하얏다

석정이가 양주집에가서 한보름동안묵다가올라와서보니 갓바치방에심선생외에낫몰으는사람이 하나안젓는데 그사람이갓바치를보고 말할때 형님이라고불럿섯다 석정이가 잡간그방에안젓다가 나와서 덕순이를 차저왓다

『선생님집으로 이사한다더니 엇재아니햇소?』

『차차하게될터이지 그런데지금선생과 새로온 사주쟁이는 심선생집에서식사를하지만날맛은내게서먹어라』

『그건 아무러나합시다 쇠마사람시는곳에 좋게야 되겟소국런때자연선생님에게낫몰으는 사람이 하나잇더니 그게사주쟁이요?』

『유명한사주쟁이김륜이란 사람이다 이번에 선생과동행하라고왓다더라』

『별놈의동행을다다리고갈모양일세 나는 고만두어야겟군』

하고석정이가

『잇다 밧납시다』

하고닐어서니덕순이가

『선생에게가거든나하고 가라가자』

하고말하야석정이는덕순이와 가티갓바치에게로놀아왓다석정이가갓바치를보고밋도끗도업시

『선생님 나는이번에아니가겟소』

하고말하니갓바치가석정이의 얼골을치어다보며말이업섯다한동안 잇다가 갓바치가 심의김덕순 김륜 세사람을 밤에남겨두고 석정이를 다리고뒤인안방으로올라와서

『석정아 왜이번에아니간다느냐?』

하고 물으니 석정이는

『그까지 알지도못하는 사주쟁이하고 누가동행을하겟소』

하고 불페하게말하얏다 갓바치가 이말을듯고

『그런놋하더라』

하고 허허웃고나서 묘향산에 갓슬때 김륜이와가티 한선생이래서 공부하든것을 말하고선생이올해에 강서구룡산(九龍山)서낫나자는 약속이잇서서 이수년전에 동행마친것을 말한뒤에

『가기실커든 고만두어라만중간까지라도 가티가면 반가운 사람도 맛나보고조흘것이다』

하고 말하야 석정이 눈치수군하고안치서 대답이업섯다

김륜이란 사람이 석정이에게는 천눈에불지아니하얏나 나이도먹을만치 먹어보이는 사람이 함깃월깃남의눈치를보는것과우습지안흔말에 하하웃는것과 얄미운얼골을 잠시 가만두지아니하고 되반들거리는것이 모다사람갓지안케 보이엇다 석정이가 김륜이사주장이란말을듯고서는 그작인이 텬생 잡술바게럽것이업다고 셋하얏다 석정이가 동행하야 길나서기 실타고말하다가 갓밧치의대답하는말에 속으려처서 갓바치의뒤를따라 밧갓방에들나와보니 김륜이가 덕순이를대하야 경력을 자랑삼아이야기하는중이엇다

『소격서안에 사람의사태가낫섯지요 소격서에서 사주보든 사람이라면 지금도알 사람이 업지안흘리다 본래가 번잡한걸조하하지안는성미에』

하고말하다가

『이형님은 잘아시지요』

하고 갓바치의 눈치를보고

『밧갓사람에게 시달리나까나중에는 정말로 성가시고귀찬하못살겟습되다그래서신경팡신관사(申景光申判事)란사람이광주(廣州)로락향한다기에가티가기로햇지요서울서떠날때는 도망하듯햇소그려 광수간뒤에 신판사의 중신으로그곳반명의딸에게장가를들엇지요』

『그래 그때까지 총각이엇더란말이요?』

하고 덕순이가 이야기에때기를처서

『총각은아니엇지만』

하고 우물주물하는데 이야기하든사람이갑작이석기는모양이엇다 이야기뒤가 심거워졋나

『광주잇기도하고 고향에가기도하고또구경단니기도하고그럭저럭지금나히오십객이니그동안경력이야이로다말할수가업지요』

석정이가 이사도 하기전이건만 경력만타는말이 비위에잘밧지아니하야

『사주보는경력이지요?』

하고 말을끝으니 김윤이는대
답을아니하고 무레하게 말붓는
풍각이누구냐고 뭇는듯이 갓바
치들을아다보앗다 갓바치가 엽
것은본체만체하고
『우리 래일모레쯤은 길을 떠
나볼까?』
하고 떠날 날자를 꼽운하니
점돌이가
『어느날떠나든지 구멍조하두
시날 구룡산만 데어가게합시
다』
하고 말하고
『구멍조하두시날은 미리약언
한날인가?』
심의가뭇는말에
『네 그럿습니다』
대답하고무엇이우수운지하하
웃엇다 심의가
『그러면 아즉도압호로달포가
넘어남엇스니 그러케 일즉떠
나무엇하나』
하고 갓바치들을아보며
『나는자네를 떠나보낼일이큰
걱정일세 하루라도더 가러지
내보세』
하고잠긴동안잇다가
『그럴것업시 송도가서놀다가
러나? 서경덕이도찻고 박연
도구경하고』
심의의말이 ㅁ치지말자 김윤이
가
『조치요나도 어버씨지바연을
구경하지 못햇습니다』
하고갓바치를 압혀대 하얏
다갓바치가 덕순이를 바라보며
『송도구경아니가시랴오?』
하고가든가지 말든 묻엇더니 덕
순이가

『어머니께 말슴하고가보지요
나는이왕이면 평산까지 가서
련중이의소식을 즐얼어보겟
소』
하고말하얏다 그리하야네사람
이 가려길을떠나기로작정되엇다
나귀한마리에 걸탕실고 소주
시병을실어서 아희에게 꼽비삽
혀압세우고 어른세사람과 총각
한사람이 뒤를딸하송도길을향하
얏다 길에서 심의는 갓바치와가
티가며이야기하는데김윤이가그
사이에 쐬이고 덕순이는 석정이
와 부터가이야기하얏다 두사며
람은 압서가는 사람들의걸음이
갑갑하야 걸가며 이야기할때보
담길가에 안저이야기할때가 만
핫다 이삼십리쯤 압서갓섯더니
하고 한참만 웃견으면또다시압
서사람의 느린걸음을 보고갑갑
증이나게되엇다 두사람이 길을
걸어가는것이 뒤어가는이나 달
음업섯다 가면 내물덕볏에 쉽
에달은 헤면이 [illegible] 다리목걸
나가지만 행인이 [illegible]
어건너섯다 덕순이도 서울[illegible]
도울을당일에도만날만하고 때
욱이석정이는 칭원해에 한번
니기만하던 탐이 안나 나갑갑하만
도하얏다 서울서떠나온이튿날키
넉때임행이송또에들어와서 꽃버
우물스골서 최사집을 차저찻다
서최사상병에가 서울손님들
올다리고 송도고적(古蹟)을 구
경나섯다 일행이 만월대(滿月臺)
과선죽교(善竹橋)를 몰아보
고 자하동(紫霞洞)에를 들어와
서 이리저리다니는중에 지나와
는면에서 [illegible]노래소리가 들려

왓다
중화당(中和堂) 태평장채
자최조차 아득하니
만년환(萬年歡) 녯날곡묘
아는사람 못보도다
자차동 시내물소리
시름업어 우는가
서처사가 노래ㅣ곡도를 다듯
고나서 빙그레우스며

『우리를 안심려온게로군』
하고 심의를몰아보니 심의는
알어듯고
『바둑가는데 십가못이 각구
(前久)에게는 진이가별하다
니네그려』
하고 허허우섯다 서처사가여
러사람의압을서서 노래소리나
든곳을차저오니 시내스가 잔디

밧에 정한자리떼님을 련록하야
업어노코 진이가일행을 기다리
고잇섯다 여러사람이 각가자리
우에 안게되엇는데 덕순이와석
정이는 자리에안시안코 조금물
안떨어진풀밧우에 부라안첫다
『커제진이 유명한황진이란기
생이구나』
『나희는먹엇서도 여즉고읍습
니다』
『칠더미인이란 칭찬들덧본거
생이던』
『기생이라도 옷호자 곱아나뵈
습니다그려』
『지금은고사하고 한참될때엔
도 의심들어떠가리 차지도
단녓다더라』
이와가티 한편에서 진이말들
등할때 서경덕(徐敬德)서승덕
(徐勝德)두네가 진이에게 무엇
을물든 모양이보이더니 창들
의날개치는 소리와가튼 노래소
리가 나기시작하야 그노래를쫏
느라고 좌중이 고요하여젓다
부소산(扶蘇山)푸른남기
잠봉산(進鳳山) 진달래웃
가을손님 뫼음소나
비와어째 말른러니
아희야송소주(松燒酒)드려라
진일상취(盡日長醉)하리라
『곡도는몰라도 소리가듯기조
쿠먼이요』
『네가사도낫을 알겟냐』
『시묘거나 말거나인분게집의
고운 목소리면고만 데일이자
요』
이와가티김윤이 다시시작 하얏
슬때석정덕이가 두사람을 몰아

보며오라고 손짓하얏다 진이가 가지고온 술과안주를 두상으로 차리어서 석정덕과심의와 갓바치와검둥이가 한상을 차지하고 서향덕과 서숭덕과 김덕순과석정이가다른 한상을차지 하얏다 진이가 량편상으로 왕래하며술을권하나 흔히로축에게가서 오래안저잇슴으로 서숭덕이가

『우리는술권하는 사람이업서도조흔가』

하고진이가 다리고온 계집아희들을돌아보며

『웨며신답이란다 너이리와서 술을처라』

하고그계집아희의 손목을 붓잡어닐어서 자리에안치는데 그자리는서숭덕과 석정이의 틈이엇다석정이가 거북살스럽게 안진 계집아희의 얼굴을자세히 드려다보니 살ㅅ갈이희고 눈속이맑고코가단정하고 입매가얌부진스러워서 넉넉히미인 소리를듯을만한인물이엇다 석정이가 려해볼아보며 말을물엇다

『몃살이냐?』

『열네살입니다』

『일홈이무어냐?』

『금단입니다』

『부모가잇늬?』

『아버지만계서요』

나종에석정이가

『퍽히 안치라』

하고금단이를 갓가히 불어가니서숭덕이가이것을보고

『계집아희하나를 어더왓더니 총각놈이 독차지하네그려』

하고우서서좌중이다 가티우섯다술들이 [illegible]엇다 술뒤에 뎜심밥이잇섯건만 석정이외에는 밥을만히먹는 사람이업섯다 서향덕서숭덕형데가 술이취한 김에 요술을할것이니, 구경하라고 떠들엇다진이가그형데를돌아보며

『뎐누치(田禹治)에게 배운재주를내노흐실려이요?』

하고밥그레우스니형덕이가

『뉘게배운재주든지 구경이나 하라구』

하고뎐밥은 밥안술을 입에너헛다 가꿍중을 향하야뿜오니 흰나븨들이펄펄날럿다 여러사람들이「저것봐」「저것보게」하고놀래자마자 갓바치가 술그머니손가락을튀기더니 나븨도 보이든것이조이쪽이 되어떨어졋다 서형덕이는「이것웬일인가」하고놀랏다숭덕이가

『형님가만히계시요 내가한번 해보리다』

하고『목관미테서까치 나가는 것보시요』

외치고목관을 아무것도 업는자리우에엽허노코왼손부명지로 부작쓰ㆍ데하고「까치날려간다」하고 관을드니 까치 가튼 것도 업다숭덕이눈이게웬일인가」하고놀래고 여러사람은 웃는중에서경덕과 갓바치가안진 뒤에서 까치가날러나갓다 요술ㅅ군 들이낭패들보고머리를극엇다 여러사람들이 패패히웃고 떠드는중에서경덕은 갓바치와 서로자미잇게이야기하는데진이가속으로

『십선생이 칭찬하는갓바치가 참말범인이아니고나』

하고생각하며 그엽헤갓가히안저서정신노코이야기를들엇다

진이가갓바치를보고

『송도서 몃칠이나묵으시라나요?』

물으니 갓바치가

『얼간떠날터이언』

대답하고심의를돌아보며

『오늘저녁에 망석중(網月僧)에서달을보고래일은박연을갑시다』

심의가대답하기전에진이가

『나도갈가요』

하고물어서서허사가

『조치』

하고대답하얏다 이때젊은축은 각기숨은재조를다내노하서벌석을버리엇다 서형덕은 나뷔ㅅ군의노래를불러내고 서숭덕은 금단의손을잡고 춤을추고 김덕순은긴할개를펼치고남무(男舞)한바탕을 벌체추엇다 로축에석기어안젓든김룡이가어ㄴ틈에자리를 옴겨와서 거북춤을추다고 팔을집고업드려서복을옴이렷다 내밀엇다하며 궁둥이를 치어듯엿다 나려노앗다하야 여러사람의우숨을 자어내어 젊은사람들이볼아서서손ㅅ벽을칠뿐아니라 로축까지도이야기를 그치고 입들을벌리엇다 진이가 닐어서서 구경하다가 석정이가 무릅에팔을김고쭈구리고안젓는것을바라보고서석정이에게로와서팔을부치엇다

『왜 혼자따로안젓서?우수운 거북춤을보지안코』

『거북춤인지 두썹이춤인지병신이질알하는것갓소』

『총각은무슨춤을출줄아오?』

『사나이가 추며추고말면말지 거북춤을추겟소 칼춤을추지』

『칼춤조치 한번 추어보오』

하고 진이가 여러사람을 향하야서

『이번에는 총각의칼춤이 나옵니다』

하고외치엇다 『어듸?』 하는사람도잇고『조치』하는사람도잇고 여러사람이 칼춤을보랴고몰아섯다 석정이가 안진채조금도 움직이지아니하니서숭덕이는

『쭈구리고안진것이 칼춤이란말이』

하고 허허차고 서형덕이는

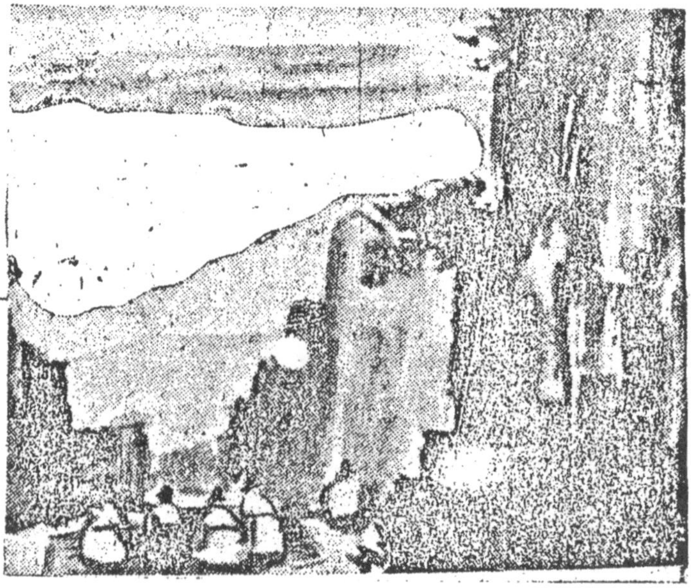

『황씨의딸이우리를소겻구나』

하고 우섯다 금단이가살그머니석정이의 엽흐로와서 나직나직한목소리로

『참말로 춤을출줄아시요?한번추어보시요그려』

하고 칼춤을재촉하니 석정이가

『칼업시 칼춤을엇더케추나』

하고 넘어서서 이리저리를아보다가 지개ㅅ군의 작대기가눈

밧에노힌것을보고 그 작머가를 들고와서

『갑중대신에 작머기춤을추리다』

하고외치나 진이가

『작머기춤조치그려 목판장단이나쳐줄가』

하고 서송덕이가 요술밧다든 운두놉흔 목판을 압헤 갓다 업허노핫다 석정이의 작머기가 휘휘돌기시작하며 진이의목판에서 또드럭딱소리가낫다 또는 작머기에마추어서 목판소리가 차차로 자저지다가 휘휘돌든작머기가 번개가티돌게되어 작머기가작머기로 보이지아니하고 수업시 만흔 점은뱀이 석정이의 전후좌우를 휩싸고 도는것가티 보이엇다 또드럭딱소리는 눈치눈살몰으게 닷치엇다 석정이가 한번허허웃고 작머기를던지고 안진뒤에 금단이가 영씨스럽고 우건을주니 서송덕이가 이것을 밧아며보고

『금단이는 총각놈의처지가되엇구나』

하고말하야 여러사람이 웃는 중에 석정이는

『나는처지될생각업스니 념려마시요』

하고널ㅣ서서 [illegible] 버혓나 진이 [illegible]하야 로소동락(老少同樂)으로한순배를가려한뒤에 갓바치가

『해도점으러가고하니 차차볼

아까또쭉잇시다』

하고말하니 심의가

『그리하지 고만널어서서』

하고 서정먹[illegible]아보앗다 서

처사가 몬저집행이를집고 나서고 여러사람이차차로 널어서는데 진이도 지게ㅅ군을불러서뒤ㅅ거뭄새좃맛기고뒤를딸하나섯다 덕순이가

『석정이가어데를갓습니가?』

하꾸이리처리답하야 『석정아 석정아』 불러보아도대답소리가 업섯다나좀에서처사섯지

『어데를갓습니고?』

하고두아우를돌아보며

『좀차저보아라』

하고말하야서청덕과서송덕이가 차자나서라고ㅅ매김천이가 가어느틈에단서엽집허보고

『재천日 「[illegible](往而不返)」요 [illegible]나갓시다』

하는데하고말하야다 여러사람이자하동어구에나왓슬때 석정이를맛낫다덕순이가

『그동안어듸를갓다왓니요?』

하고물으니

『뒤ㅅ산봉대기에를 올라가보고왓소 사방천하나 바게야할것도업데다』

석정이의대답하는말을듯고서처사부터

『그동안에 송악산에를올라갓더란말이냐?』

하고불라고지진이는

『아이구 그동안에 거기를가데!』

하고자 의만한뿐이어 [illegible]

렷다

송도주인이 서울손님을 다리고 박연을 구경하고 돌아온뒤에서울서동행한 다섯사람중에 심의 한사람은송도에서떨어지고남아지네사람이 길을떠나는데 나귀는길양식을 실고가다가 덕순이 가서울로 돌아올때 실을지타든지하기로하야 사람과짐생 다섯 일행이 서관대로(西關大路)를 조차나가서 송도서떠나든 이튼날아츰에 평산읍에를 들어왓다 객주집에 들어서나귀는 보리를먹이고 사람은밥을지어 먹는때 객주치이가 돌아보며 왓다가고 중에로인인 갓바치를 보고말을 물엇다

『어듸서들오십니까?』

『서울서왓소』

『어듸들가십니까?』

『평안도들가는길이요』

『오늘곳떠나실터이지요?』

『아니 차저볼사람이 잇스니까 며칠동안 류련하게될는지 몰으겟소』

『차저보실사람이 누구라가요?』

『누구래서몰을사람이요』

『비』

하고 객주집이가 시원치안훈모양으로 대답하면서 여러사람의얼골을차례로 드려다보고나가니갓바치가여러사람을돌아보며

『우리비행색이 수상해보이는게로군』

하고말하얏다

갓바치와 김덕순이가 서편원처질것을 공론하는중에 정교무사람이객주집이를 압세우고 들어와서첫재로 갓바치를 보고 서울사는곳과 평안도가는 일과그외에여러가지 말을곳고지 고지캐어뭇다가 서울서 떠난날자를들어보고

『아부리로인의 행보라도서울서나흘 더걸릴것이 업는길인데 그동안은 어듸서 지체하얏소?』

하고물어서 서화담과 가티박연구경갓섯단 말을듯고 비로소의심이 노히는듯이

『송도서처사와 친구십니다그려』

하고말하얏다 덕순이가

『무슨수상한일이잇소?』

하고물으니정교들은

『비』

하고대답할뿐이엇다 장교들이 간뒤에 객주집이가 미안하게 녁이는모양으로이야기하얏다

『요사이 우리평산서는화적때문에 야단낫습니다 속용산(續龍山)도 화적굴이고 멸악산(滅惡山)도화적굴이고 그외에 도적굴이 부지기수랍니다 그중에 데일강성한 멸악산때가 각처여러패를 모하가지고 움내를드리친다는소문이잇서서 행인괴침이 심합니다』

석정이가내달어서

『어보운달산에는 화적이업소?』

하고물으니

『운달산에잇든패가 멸악산으로옴겨갓다네』

하꾸대답하고석정이가

『멸악산화적괴수의 성이박가랍더?』

하고물으니

『괴수는뉘인지 래징은몰으지요』

하고대답하얏다 객주치이가나간뒤에 석정이가 덕순이를보고

『바라다인가를 차저볼터면멸악산을 가시다』

하고말하니 덕순이가

『너 도적을차지느냐?』

하고웃는데

『덤비지도 데령하게마집게나 내말을듯고 갑시다』

하고말하얏다

멸악산은평산읍에서북으로십리라다커녀에 갓바치의일행이도달하얏다 오는길로치올라가지도수 [illegible] 어갈 묘리도업서서 첨을차자가서 자기로하고 산속으로들어오는중에 한모퉁이를 지날때함우에서

『이놈들게섯거라』

하는호통소리가 나며 머리를질끈실끈동인촉이 십여명 또차나려왓다 십여명중의수두로보이는자가 일행의 앞을 마나서 총각과말을접하얏다

『너의들어디를가느냐?』

『절에들간다』

『이놈총각놈이 말버릇하고목

이가깝겟냐?」

『가려우면 긁어주려느냐』

『오냐 이놈긁어주마』

하고 그자가칼을빼어들고 석정에게 달려들며 여러놈이합세아우성을치고 내달엇다 석정이가 번개가티 몸을소치어

『에떠어것쎄지가지고가거라』

하고 석정이가 칼들엇든자를 압흐로 내던지니 쌔기소리한마듸에 그자는 사사가늘어젓다며 러놈중에 한놈이 산우로올라가서이라들나려다보며

『이놈아 잇나보자우리대장이 오성(仙笠)의원수를안시흡일 아느냐?못괴운 가진 네놈이 살줄아느냐?」

하고소리를질으는데석정이가

『이놈께잇거라』

하고 맛소리를질르니 그놈이

『오금아날살려라』하고산을넘어도망하얏다

덕순이가 석정이를 붓들고

『이애 야단나지안헛니?화좌쌔가물러쏘다저나오면엇더할셈이냐?쳣불리숨거나도망실울치다가붓삽히면사나이자식이망신까지화이모양이고엇지하면조단발이냐?화좌떼에바련중이나 잇스면 불행중다행이지만 그러치아니하면 맨주먹가진 우리들이 몰사죽엄하지별수업겟다」

말하고다시갓바치를몰아보며

『이일을엇더케하면조켓소?」

하고물으니 갓바치가 아연업는해와가티우스며

『장사가 동식이나 잇는데부상걱정이겟소 그러나 이곳은산우에서 나려범기가 조하서우리에게불리(不利)하니우리가 뒤로 물러나가서 조흔자리를 잡고기다립시다」

하고말하야 일행이 몰아서나오는데 맨뒤에서서 나오는석정이는 오상이란자의 내던진칼을 집어들고나와다산人골시내가에 잇는 편편한자리에와서 갓바치가 걸음을멈추고 압선김씨를 가르치며

『우리두사람은 두가평민이라 조금멀직이 떨어저 잇슬것이나 두장사가이 압서 와적을대적……」

하고안으로더나가니석정이가 덕순을보고

『내가도적괴수를 처치하는동안에 아랫놈이놈들이 선생님께로달려들는지 몰으니 당신이뒤를하가서선생님을보호하시오」

하고말하얏다

『너혼자외롭지』

『념려마시오』

가만잇거라 몽둥이나하나맨들어가지고」

『내맨들어주리다」

하고 석정이가 시내가에잇는 나무에서 긁은가지하나를 부실티나려서 알마진 몽둥이를맨들어주니 덕순이는 이것을바더들고 갓바치의뒤를쏘차갓다 석정이가 집신들메를단단히 하고허리띠를 졸라매고 머리를끗처동이고손에 칼을쥐고 산 속길을 양한아안켜서 도적놈이 나오기를기달렷다 이째 산우에는달이 밝서올라왓고 시내가에는 밤안개가세이엇섯다 도적떼가 산속길로몰려나오기시작하얏다 참엇파같날이 달빗에 비치어서번쩍번쩍하얏다 석정이가 칼을들고 길을막아나섯다

『이놈들어듸를가느냐?』

하고 큰소리를 치니 『여긔잇다』소리가나며『아하하고아우성어넘이낫다

『괴수나서거라』

도적들중에서군관모양가티상모달린벙거지를쓰고비단군복을 닙은키대큰사람이큰칼을들고압흐로나섯다

『이놈네가 내부하를죽엿느냐?』

『그랫다 그러니 엇재려냐?』

『엇재?이놈 어서밧비목을바처라』

『네놈의목난칼에 내목을바쳐?너혼자는고만두고 네졸개들까지 나오너라도 떰벼라 겁날나아니다』

하고 석정이가껄껄웃스니 그 괴수가

『무엇이엇재? 내가혼자서네놈을처치못하면 사나희가아니다』

하고 부하들을물려서서 나서지말라고하고 편편한자리로나와서

『이놈 이리오너라』

하고호통을첫다 석정이가 칼을빗겨들고 마주서서

『제법이다네성명이무어냐?』

하고물으니

『성명은알어무어하게 어서밧비 목을 려서 칼바더라」

네…트면 석정울솜누라되물엇다」

『이놈아 잔소리마라』

하고 괴수가 악소리를질르며 칼로치기시작하야 석정이도 마주악소리를질럿다 차옹이버러젓다 두사람이범가티날뛰며 두칼이어울어젓다 쨍렷다하얏다 칼쓰는솜씨가 비등하얏다 그괴수가날새게몸을뒤로피하야서서

『조금참어라 네성명이무엇이냐?』

석정이가칼자루를 내던지고 시내가로 도망하니 괴수가

『도망하면 어듸를 갈테냐?』

하고 껄껄웃섯다 뒤에섯든졸도중에서 두목하나가 압흐로나와서

『대장님과 그만 겨루는것이제법이옵시다』

하고 말하니

『제법뿐이아니다 맹낭지안흔겁재이다 그런데 그놈의칼쓰는법이 나와가트니 괴상한일이다 어듸잡어다노코 물어보자』

하고 괴수는 졸도들을다거느리고 도망한총각을 뒤쏘차갓다 석정이가 시내가에와서 물을움켜마시고 허리띄를 다시졸라매히고물으니 석정이가

『성명은알어무엇하게 네가죽든지 내가살든지 싸워보자』

하고 쏘처와서대들엇다 또다시싸움이 어울어젓다 덕수의칼이라 오고가는것이 서로상하가업섯다 승부 다시 한동안이지낫다 나중에석정이가 허긔가나서 허리띈이 느지러지며 괴수에게 몰리기시작하얏다 괴수가별안간에 으악소리를되게질르며 칼을번쩍들고 나려첫다 뒤에서보든졸개들이

『총각놈의머리가 두쪽에나거니』

하고 생각할뿐아니라 괴수역시 그리생각하얏든것이 총각의 머리우에 나리치는칼을 선뜻칼로가로막어섯다 석정이의 가진칼이 워낙번번치못한것이다 칼이 배꼽맛이뚝어저서따에떨어첫다 칼잡쓰는 괴수가압장을서서도적의떼를 몰고 풍우가티쏘차오니 일이위급한것은 차치하고 도적에게쫏기는것이 분하야서 석정이는 평생힘을다써서엽헤섯는나무한주를붓잡아서두손으로들고 오는도적을 보고내둘럿다 괴수부터 긔가막히어 물러서니 졸도들이놀라서 뒤를때는것은 말할것도업다 석정이가 차차로나오며 휘휘 내둘르다가 무한노치어들고

『이놈들아 누구이냐?』
하고 괴수셋는곳을 눈거누어
나리치니 괴수는날새게 뒤로뛰어
어피하엿거니와 괴수엽헤 갓가
히섯든 졸도들은미처피하지 못
하고 한번에네다섯이 나무미테
쓸어졋다 도적들이겁을먹고 슬
금슬금뒤로나가다 석정이가 나
무를들고 가로쓸며나오고 세로
치며나오니 나무에 마진자는쓸
어지고 나무에맛지 아니한자는
마질가보아 도망하엿다 가지에
옷찟기고 도망하는자도잇고 넘
사에눈썰리고도망하는자도잇섯
다 몸단듯 하는동세를 괴수
도금치못하엿다 도적들이 산속
깁흔으로 도망하야간뒤에 석정
이가들엇든 나무를내던지고 숩
을헤치는데 덕순이가 몽둥이를
들고 차자왓다
『석정아 엇더케되엿니?』
『왜 왓소?』
『네가궁금해서』
『거긔는 도적놈이 업소?』
『개미색기 도못보앗다』
『몽나무에혹이나서 도적놈을
이내여기 누햇지마는 저긔가
어 몽치어서 늦엇어 무슨일은

뭐든 허렵모양이니 아까오던
순간없수가잇소』
『덕순이가 도적놈의몽치어선
곳을바라보고나서
『몽나무라니?』
하고 첫나기 석정이의 가르치
는나무를보고
『이거 생나무를쎄엇구나 네
힘이 그거무슨힘이냐』
하고 천둥깨어쁨고 고개를설
레설레흔들엇다 석정이는한번
벙긋웃고 앞을보나가서 넘어지
고십바지고 한도적놈에게로 몸
아단니며 그자들이 가졋든창과
칼중에서 쓸만한 칼두자루를쥐
라가지고왓니 덕순이와 칼을논
하가진뒤에 석정이가
『인제는 허긔가걱정이요』
하고말하니 덕순이가
『찹쌀 노이졋구나 흰누리를숩
라고가지고왓다』
하고 품에서 흰무리덩이를내
어주엇다
『이거 웬거요?』
『송도서처사집에서 먹으라고
내온것을 김분이가 절에서먹
는다고 싸가지고왓더란다』
『사주쟁이도 숩메가잇구려』
하고 석정이는 시내에가서물
을움켜마시며 흰부리 한덩이를
눈감순식이먹고나서
『인제는되엇소 우리들이쫏처
가서 저놈들아주 해처바립
시다』
하고말하야 두사람이 몸단속
을고처하로 도적들이 몽치어잇
는곳으로 달어갓다 도적의괴수
가 두사람이 쫏차오는것을 보고
마주나오며
『한놈이두놈이되엇구나』

하고허허웃고
『이놈들께서서 내말을들어라
내가 비놈들사로잡고 싶흔생
각이잇서서 칼을쓰지아니햇
더니 이러케거세게하면 칼을
쓸터이다』
하고 호통을치엇다 괴수의목
소리가 덕순의귀에 어어들리엇
다
『참 웃읍지안나다』
하고 입을도보내달으라는석정
이를 덕순이가
『잠깐만참어라』
하고붓잡고 앞홀로나서서 괴
수를바라보니 달빛이밝지 만든
것도아닌데 떨어진사람에 얼굴
던얼골을 분명히알수업섯다
『련중이아니요?』
하고 큰소리를질러물으니 괴
사가잠간고개를기울이는듯하다
가
『말하는사람은누구요?』
하고큰소리를질럿다
『김덕순이요』
하고외치듯하는말이 덕순의
입에서 떨어지며 괴수는쥐엇든
칼을내던지고 한달음에 뛰어와
서 덕순의압해 엎어안지면서
『련중입니다』
하고 고개를숙이니 덕순이도
칼을내던지고 그자리에 주저펼
터안젓다 련중이와 덕순이가손
을맛추잡고 한동안말이업시 눈
물을흘리고 잇섯다
석정이가 엽헤서보고 섯다가
『고만들일어나오』
하고말할적 련중이가 본처입
을열어
『저방님저충각어누구용?』

하고물어서덕순이가
『립석정이 만롱가이야』
하고대답하니
『양주립석정이요? 내외칼쓰
는법이 잇든더라』
하고련중이가석정이를치어다
보며
『자네가련하 장사랏것을딸도
만들엇더니인제는으로 노앗
네』
하고말하얏다
『우리선생님을 맛나보앗소?』
『자네선생님이 우리형님이야
지금내게계시지 요새도 심심
하면자네날을만날세』
『선생님이 여긔계시단말이지
그러면어서들어갑시다』
하고석정이가재촉하니련중이
가덕순이를부축하야 날으켯다 덕
순이가 석정이를보고
『선생님반분은 떠긔내버리고
갈터이냐? 오시라고해야지』
하고 말하야 석정이가
『어서가서 뫼시고옵시다』
하고덕순이와가리 가랴고 하
는데 련중이가
『의선생님은 누구요?』
하고물어 혜화문안 갓바치한
말을듯고 한색하며
『나는 그런 사람은 모르나 집간
만기다리시요』
하고 적은누목하나를 손짓하
야불러서 죽은자와 상한자들모
다 치워가지고 들어가게 하고졸
도중에서 십여인만 다리고 남어
잇스라고 분부한뒤에 세사람이
가리 산기슭숩속에 떨어져잇
는갓밧치에게로 오게 되엇다
련중이가갓바치와반갑게인사

하고 김분이와도 수어인사를마
친뒤에 석정이가 산속으로들어
가기를 재촉하야 할하니 갓밧치
가련중이를보고
『자네잇는곳이 여긔서멀시나
아니한가?』
하고물어서 십리넘는다는 대
답을듯고
『자금우리들은 모다시장한터
이니 갓가운절이 잇스면절로
가세』
하고말하야 련중이가
『그것도조치요 여긔서남바사
(南方寺)가갓가우니 그리로가
서저녁들을자시게하지요』
하고 ○○○○○○○○○○
『○○○○○○ ○○○○○시라고
합세』
하고 일변석정이의 급한말을
위로하얏다
련중이가 적은두목에게 말을
날려드려보내고 남아지 졸도를
거느리고 손님일행과가리 남바
사에들어오니
대장님이 행차하셧다고 절이발
칵뒤집다십히 야단이엇다 남방
산안에잇는 이철저절중들이 모
다박련중이를 호랑이가티 무서
워하고 상감가티알고 위하는터
이라남바사중들이 로문 업는행
차에 수각(手脚)이 황망하야
하는것은 당연한일이엇다 큰
방을치우고 련중이가 손님일행
파가티 들어안졋다 손님일행다
섯중에하나는 몸은마루간으로
들어갓다 칼파창이 번쩍거릴때
죽지안코 살아난것이 마루간대
집에 죽한술을으고 보리쌀드
려라고 하라는듯이 압

발로마만■ 런해하고잇섯다 중들이갑자이 다 당상을 차리느라고 분주한중에한중이
『아이구 선생님까지 오시네』
하고말하야 여러중이 문에들어오는 ■■이게로 마주나가서 일제이 반■■ 드리엇나 그■은이는 ■■■■안하는것을 보체만체하고 칠대당으로 들어오며
『석정이 어데잇느냐?』
하고소리를치니 ■ ■에잇든 석정이가 한걸음에뛰어나와 마당에서절을하고 ■은이를 부축하고 큰방으로들어왔다
그날밤은 여러사람이다함께 남바사에서 자게되엇는데 ■은이와석정이사이에도이야기가만햇거니와덕순이와런중의야이기 첫닭울때까지 끈칠줄을몰랏섯다 마는날런중이잇는석굴로들어와ㄷ 석굴이라 ■■■■■■것이아니엇다고래등갓흔 기와집이 산골작이에가득 하얏다 갓바치와김륜이는 이삼녀동안 룡중안대천을바라뒤에 강서김을 떠나고나순이와 석정이는 런중이와가티 산밧까지 나와서갓바치를 전송하고다시 들어와서 몃칠동안더 묵엇다그동안에 덕순이는 런중이를보고 세상으로 나가서가티 살자고두두히 말하얏다 런중이가아무말이 업시듯고 안젓다가 나중에는
『세상에나가사는것은 생각만 해도진저리가나오』
『나들속은사람으로만치시오,』
이와가튼 대담으로 거절하야덕순이는런중의 손을잡고 뜨거운 눈물까지 흘리엇스나 진정에서 소사나는눈물로도 런중의 맘을 변개시키지 못하얏다 몃칠뒤에 덕순이는 간곡하게 붓잡는런중이를떼치고 석정이는 다시볼지말지하다고 눈물뿌리는 검술선생을 하직하고룡행하야 멀악산을떠나나왓다 두사람이 나귀를압세우고 서울로 올라오는길에 덕순이가 런중이를■정합다고 원망하니석정이는
『세상에나와서 남의집하인질하느니 산속에서 왕노릇하라고 아니하겟소 ■■■■하는 당신이 내중■■사람이요』
하고 덕순을 핀잔주엇다
갓바치와 김륜이는 평산서떠난뒤에 도중에일이업시 강서구룡산에도달하야 선생을 차저만낫는데 삼십년만에 다시만나는 터이라 선생데자의서로 반가워함은 이로말할수업섯나 어느날조용한때 선생데자 게사람이 마주안저이야기하는 중에 김륜이가
『선생님이 세상에서숨으시자가진에 ■■■술을 단니신일이 잇습니까?』
하고물으니 선생은눈을 스르르감고 그때라그러치안타 말이 업섯다 김륜이가 무류하야갓바치를돌아보며
『형님도아시지만 신법사가저어놋는책에 정한맘이란 이의사주가 선생님사주와 똑가틈되다』
하고 맘부치는것을 갓바치도 비그레웃고 대수를 하지아니하니 김륜이가더욱이 무류하야 얼마동안잠자코안젓다가
『가봅시니 바람이나쏘이러나 갑시다』
하고 갓바치를 이끌고나가랴고하얏스나 갓바치는
『나는나가고십흔생각이업네』
하고 뚤이나가지아니 하얏다
김륜이가 방그로 나간뒤에갓바치가
『선생님 두권책을이번에몰우 가지고왓습니다』
하고 허리에찻든 권머를빼내든고그속에서 부주비던 (符呪秘傳)과 망단과결(望斷科訣)두권을내어서 선생압에갓다 노핫다
『책을남에게 보이면은안되겟지?』
『주야로 만나는사람도책이잇는줄까지 몰읍니다』
『너는 몰으는것이다말겟지?』
『더강다압니다 아는것이몰이어려정되는때가만습니다세상에 어려운일이 한두가지아니겟습지요만 아는것을 모르는테하기보담더 어려운일이 업슬것갓습되다』
선생이 갓바치의말을듯고 고개를끄덕이더니
『너가티 조심하는사람이아니면던치못할 책이다 합부두뒤에남길책이못되니내눈압헤서 불살러버려라』
하고 곳뒤를 나어서
『륜이가들어오기전에 압헤 나가서태워라』
하고날려서 갓바치가책을 태우고재를치우기전김륜이가들어왓다
『무엇을 태우섯소?』
『선생님이 불지책을태우라고 하셔서』
『무슨책입되까?』
『부주비던이란책이데』
김륜이가
『여보 그책을왜 앗갑게』
하고반쯤장님을하면서비아라는사람가티 박사갓바치 압호로대어들엇다
『앗갑지만 선생님이태우라시는걸어떠케한단말인가?』
하고갓바치가나무래는말치로 치어다보니김륜이는
『형님 고지식도 하오 한번펴기라도하고태우지요』
하고 다한색을 들려다보며곳 올것가티 상을찡그리엇다
『방안으로들어가세』
『네』
김륜이가 갓바치의 뒤를따라 들어와서안구석에안진뒤에
『삼원명경(三元明鏡)빼여편이지금네게멋권남아잇느냐?』
하고 선생이 노긔잇시말하니 김륜이가 안흥도나와 떨어안젓다

「친한사람들이 보고가서오게 다는것을 안전에 차마못한다 기어려워서 빌려주엇더니 구경몰려보내지아니하야락질이 되엇습니다」

「내가남에게 빌리라는말한된 이업지야?」

「잘못되엇습니다 이번에나 면 저저ㅣ차자다주겟습니다」

「차저? 지금 없어진것이발서 십여권이고 네가 찾지못햇만 흡길히들어간것이 며개 이십여권이다 삼원명경을은 잘 보존못하는 네가그 이상의 책을바라는것은 분수에 넘치는일이다」

하고선생이 준절히 말하야 걱정이는붓그러운 생각에 한참동안 고개를바로 들지못 하얏다 선생은조으는듯이 눈을나리 감고안젓다가 홀디에눈을 들어두메자붉바라보며

「이러갓가히들와안저라」

하고넓르고 그다음에

「명일와서에는 내가이세상을 떠날터이다 신후사(身後事)는 부타할것이 업스나 회장에소도바도 성가신일이니 배토장으로관쓰지 말고 못고봉분도 만들지말고 평토를치라 고이 총상금인경(古人塚上今人)이라니 가해人밥 보탬도 조치 그려다」

하고허허 웃엇다 아무병도 업는선생이 그이튿날 오시에 면자는사람과가티 운명하니 갓바치는건장을 다리고 일을주장하야 선생의 남긴 말대로 초종을지내고며칠사난뒤에 구룡산을 떠나는데김봉은 광주가서 볼일이잇대고서울길른올라가고갓바치는

「그우이곳와지 왓스니묘향을 한번들려보고가겟네」

하고명변길른나려갓다

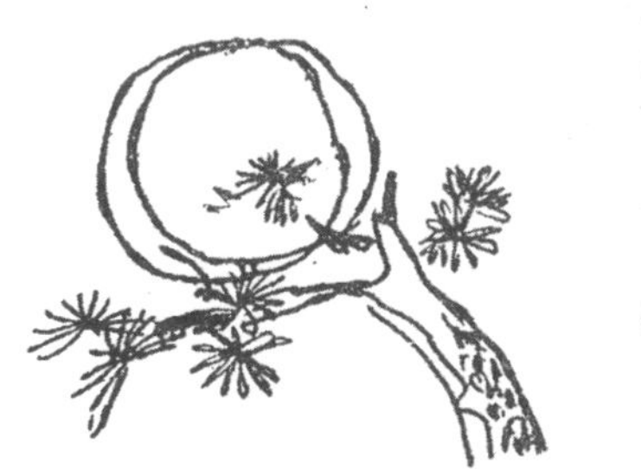

갓바치가 묘향산에 들어가서 머리깍고 중이되엇다 갓바치가 서울서떠날때에금봉이 내외를양주로보내고 해화분안채를 김덕순에게주고손털고나선것이중이될맘을 속으로 작덩켜 얏든것이다 칸에갓바치까친생의 십부를 다나는중에 면분이두터웟든 수월당(水月堂)로장중을그몽안에 밤서 죽엇고 그때상좌가수월당 주장중이되엇섯다 그 주장중이갓바치되이야기를늣고서아희되에보는사람것을왜닷고남글리머첩하야 갓바치는 수월당에서중이되엇다

갓바치가묘향산에간소식은 금봉이가광주가는길에 덕순을차저보고말 아양주서도곳밝엇스나 그뒤에는 소식이 막히어서 섭섭하니와 석정이가 궁금히 생각할때 가만히 이듬해 느진봄에묘향산 현사(賢師)중하나가금강산(金剛山)을 가는길에 덕순을 차자들어와서 편지 청을 전하고갓다 그편지것봉에 한양혜화문내 리석사댁(李碩士宅) 림거정개견(林巨正開見)이라고쓰인것이 갓바치의 필적이엇다 덕순이가 중간에서편지를뜨더보니 안부이외에 별말업시 듬살이라고는 묘향산 구경오라는말뿐이고 편년월일 래에는병해(丙亥)라고쓰이어잇섯다 덕순이가 석정이를 불너올리어 편지사연을 일러주엇더니 석정이는 묘향산구경을하야볼터이라고

「선생님이오라는데 묘향산구경이나가야겟군」

하고불연간길을떠날것가티서둘럿다

「언제떠날라니?」

「곳가시 부어」

「너네집에말도아니하고?」

「말하고가지요」

「그러면 집에가서말하고오너라 나하고동행하자」

석정이가 집으로나려와서 묘향산갈말을말하니 석정이 아버지가첫서두에

「안된다」

하고막엇다

「왜요?」

「그런일이잇서 갈러거든두어달후에가거라」

「그런일이 무슨일이요?」

「지금 너의혼인말이작정되어가니 어른이 된뒤에구경을나가거라」

「어른이요? 나혼인소갓도못쓰는어른보다 총각조하요」

「이자식 그러면 총각으로늙을 테냐?」

「총각으로늙어도조치요」

「망한자식가트니」

「남이늙기실타는 장가를들어지로드리랴고하면 내가묘향산에가서 다시아니올터이요」

「중이될테냐? 이자식」

「중이되든지 무엇이되든지」

석정이는 부자간에 말다툼하고 이른날서울로올라왓다 혜화분안덕순에게를 와서보니 덕순도 묘고 덕순의아우 덕무도업나 집직히는 할머니를불러서 물어보니 그할머니말이

「큰댁 들가셧소」

하고가르처서 덕수의집에들 차저왔나 안에 는덕순을 불러내어길떠날일을말 니덕순이는

「지금우리어머니가 갑작이병환이나서서 어제밤도 새우다싶히하얏다 무 이더부어나

하고동행못할사정을말 하엿다

「그러면 나혼자가겟소」

「그래라 내가동행하라나못이야기나하여라」

석정이가 작별하고 돌아서나갈때에 덕순이가 석정이를다시불러가지고 묘향산에 가서 갓바치를 차자보거든 수월당 명해대사를 차지라고 날러주엇다

석정이가 평산부터는 초행인이라 묻고묻는다고자면 조금식 시데가되어서 서울서 떠난지나흘 되든날아츰에 묘향산에를 들어왔다 보현사로 천에와서수월당을찻고 수월당에와서 명해대사를뵙으니 머리깍근 갓바치선생이어느방에서나오며

「너오느냐?」

하고 석정이를반기게 마저드리엇다 석정이가 양주집안이며 서울 덕순의집 나이가도 대강말하고난뒤에 대사가

「너올때심천생을못뵈왓니?」

하고물으니 석정이는

「마뵈왓소안녕하시겟지오」

하고말하얏다

「너 ㄴ더라 라가는 때름아니다 내가백두산에들어가볼생각이잇스니 너나하고 가티가자 아니하랴나」

「아무데라도 가티가십시다그려나백두산은 함경도 영에서들어가자아니하나요?」

「이곳에서 함경도 영을지나서 백두산에를 들어 갈수도잇겟지」

「아무려케든지 가십시다」

하고 석정이는 불원아니하고서 생과가티백두산구경을가기로작정하얏나

석정이는 건장한 총각이 작반하야 길을나섯다 희천(熙川)강계(江界)를지나 후창(厚昌)으로나와서 강물을끼고 올라오며 갈파진(葛坡鎭)혜산진(惠山鎭)을거치어서 넝번서떠난뒤 달포지난때에 백두산디경을 접어들엇다 그동안에도 인가업는곳을 두차지나왓지마는 압흐로는 산상봉까지 이백리길이 내처무인지경이라 총각은짐머진 바랑속에 감자를담아 넙게어떠넉헛다 범이나닷거나 곰이덤비거나 또

는두지한되놈이던러들거나총각은조금도 겁별사람이 아니로되 생후에처음보는 크나큰수림(樹林)에는놀라지안홀수업섯다 똑긔소리를 들어보지못한 나무가 배게들어서서 하늘이잘보이지 아니하얏다 하늘을찌를듯이 쏫쏫이선것도나무요 다리노히뭇이 썩어자바진것도나무라 가고가고 쉬지안코가도 전후좌우에 보이는 이나무뿐이엇다 말하자면 나무바다를 헤처나가는셈이엇다 만일에방향을일코 헤매게된다면 십년 이십년에도 버서저나갈수가업슬것가텃다 총각이중의뒤에따라오며

『이놈의숩이끗이업네요』

하고말하니

『참말망망한수림이다』

하고압선중이대답하얏다

『어듸가북쪽인지 어듸가남쪽인지아조대중할수가업서요』

『념려마라 방향은일치안흘게니이것보아라여긔사람단닌자최가잇다』

하고이씨우에바힌발자국을가르치며 중은총각을 돌아보앗다 중과총각이 수림속으로 얼마를 걸엇든지 나무업는 넓은터전에 나오게되엇다 그터전중간에 당집이잇다

『그만해도시원하구먼이요 저긔무슨당집이 잇네요』

『당집이다 거긔가서쉬어가자』

두사람이 당집압흐로 갓가히와서보니 녀편네 한사람이 당집안에붙어안저잇다 두손바닥을 맛다이고 손우에얼나마를 얼고 입속으로 중얼중얼하는것이 무슨축원을 드리는모양이다 총각의 큰기침에녀편네가 깜작놀라 돌아다보며

『아구머니나』

하고 소리를 질르더니

『놀라지마십시오』

하고 부드럽게 말하는중의소리를 이윽히바라보다가 닐어나서 당집박그로 나왓다 그녀편네는 머리가 희끗희끗한 나이오십넘어보이는 사람인데 쏘그라지고 바스러진 그얼굴에도 전날곱든 던형이보이엇다 녀편네가다시한번 중의모양을 훌터보고 또그다음에 총각의 얼굴을치어다보앗다 머리에흰갓을쓰고 목에염주를 걸고 몸에먹장삼을닙고 두손으로 집행이를집고섯는 중은 속은안에품은 도덕(道德)이외모에 나타나고 사람도너흠만한 큰바탕을 쉽머지고굼직한 몽능이를골고섯는 총각의 얼골은 사납게 생겨보이나 흉악사람갓지아니하얏다 녀편네가흡란밥이갈어안는듯이 이중과 말을하기시작하얏다

『이곳을엇재왓소?』

『태두산을올라가는길이외다』

『대사님 어느절에서왓소?』

『텬봉산자슨사(天鳳山[illegible]寺)요?』

『아니올시다 묘향산에서왓소이다』

『묘향산이 어듸인가요?』

『평안도녕변이올시다』

『평안도요? 아이구 멀고먼하관에서오셧습니다』

하고 녀편네가 잠간무엇을생각하는모양이더니

『우리집이여긔서갓가우니 가서쉬어가시지요』

하고말처얏다 뒤에섯든총각이 압흐로나서며

『대데여긔가어듸인가요?』

하고물으니

『허항령(虛項嶺)이어 사십리허항령고개를만나도못못고왓는가이당집는텬왕님을위하는텬왕당(天王堂)이고』

하고 녀편네가 대답하얏다

중과 총각이 녀편네의뒤를쌀하서 텬왕당앞흐로 수림속을뿜코 오리길을 넘어나와보니좋나무로지은삼간집이 보이엇다 녀편네가 들어오라는대로 집안에들어서서 한번 둘러보니나무벽을 털가죽으로 도배한것가티 산짐생의털가죽이 사방벽에 매어달렷나 호랑이가죽 곰가죽 사슴가죽 가지각색 짐생의가죽이엇다 산짐생에게서 나는노린내가 코를거슬리엇다 손들이주인의뒤를쪼차 방안에 들어안진뒤에 총각이 산짐생의털가죽을 가르치며 말을하기시작하얏다

『이것들을엇더케잡으셧소?』

『아희들이 잡어온것이지내가 어떠케잡아』

『아희들이란이요?』

『딸하나아들하나남매가잇서』

『자금은어듸들갓나요?』

『남매가리 산양간다고나갓스니와 해질머에나 돌아올터이지』

『엇재 이런사람살지안는곳에와서사시나요?』

하고묻는총각

『이야기하자면사연이길어』

하고 녀편네는 한숨을쉬고

『대강이야기하리까?』

하고 중의얼굴을 돌아보앗다

그녀편네는 갑산관비 (甲山官
婢)로서 관노한사람과정이들어
죽자살자하디정에그때새로도임
(到任)한 갑산부사가 녀편네의
사폴을 탐내어서 억지로수텽을
드리라고 하는까닭에 두남녀가
공론하고 모야무지에 도망하야
운총(雲龍)이라는허산人골에와서
초막을짓고 살다가 관가에염
문이들어가서 삽히게 되엿섯느.
나 다행히 선봉하야주는사람이
잇서서 또다시도망하야 무인디
경이곳으로 들어와서 두내외가
큰삼십년가티 살다가 사나이는
사면전에죽고 지금 늙어머니가
아들남매만 다리고 지나는중인
데 련왕남에 발원한고나흔아들
런왕동(天王童)이는나이가열며
첫이고그누의운총(雲龍)이는나
이가스물셋이엇다 처음에는 녀
편네가 호젓하고 무서움도이아
니라가진 고생에 못살것가터서
사나이가산양 나가고 집에잇슬
때면어린아희가려 남울노코 울
기까지하얏더니 삼십년 세월은
살어오는 동안에 고생에도익어
서구래어 인간치로 나갈밥이업
지마는 아들딸을징취 시기가면
박부득이 나가야하겟고 나가자
니남전의 부텹을내버리고 가기
도어려워서 맘에주저하고 잇는
중이엇다 아들은아쥭 성취가급
할것이업스나 스물넘은 딸이봐
서에걱정이엇다 녀편네가 때력
과신세를 이야기하는사혜
「런이라고해야 사나이자식치
럼노하겟더서 인간처에 가더
라도다려갈 사람이 잇슬는지

몰으겟습니다」
고총에게 밤불하며 간간히총
각의얼굴을 유심히보는것 가텃
다
「상좌는엇재서 머리를깍지안
혓답니까?」
「상좌가아니외다 로승니속인
으로잇슬때 가르친든 데자올
「총각은그러면중이아니군?」
하고녀편네의 말끗는눈치가 중
이아닌것을 다행하게 아는것가
튼데총각은 눈치를아는지 몰으
는지우스면서 고개를 쓰덕이엇
니녀편네가 총각의 얼울캐어뭇
기시작하얏다
「총각은고향이어데며?」
「정귀도 양주요」
「성은무어고일홈은무어며?」
「청은뎡가고일홈은석정이요」
「나이는몃살이요?」
「갓스물이요」
「우리운총이 나만 케살아래일
세」
키가사련왕갓고얼골이웃검정
갓고손이북누 갈구리가튼 파련
한제집아희가 발숭냥이 가티뛰
어단니는 모양이 석정이의눈압
헤떠올랏나 석정이가 싱긋싱긋
웃스면서
「나들사위삼으실라오?」
하고작란스로묻엇더니 운총
어머니는진정의말로
「총각가튼 사위를어드면한이
업지」
하고녀편네 한하야석정이는말을
리볼리엇다
「산진생고기만먹고사시요?」
「시골는 집뒤에와던웃녕 · 서

감자도것고 강냥이도 심그고
월분아니라전생가죽으로곽식
박구어오기도하지」
「옷감은엇더케하오?」
「옷감도박구어오지」
「어듸가서박구어오나요?」
「혜산진으로도가고 갑산읍
로도가고 대중이 업서 우리런
왕동이는 길유이 사슴가티쌜
러서외녕납도 삼사일이면 단
녀오니까 물건박구어 오기가
런가리힐들지아니해」
하고운총어머니가
「운남들이 시장할터인데이야
기에팔려서」
하고 웃고닐어서서 정지넙
흐로가더니 감자와강냥의를
서솟소반에 담어가지고 와서
손님들을권하얏다
「천왕님 잡수십요고하고몃
십리더가마삽시다」
「가다니? 오늘은유리게서묵
어야지 그러고 산에올라가는
질을 련왕동이가 잘아니길도
배워가지고가는것이 조치안
하?」
「주인께는 폐가되지만그러케
하는것이조캣다」
선생의말에
「아무리나 하십시다」
대답하는 석정이는 련왕동이
남매가 엇더케를 생겻나 한번
보고갈생각이업시아니하얏다주
인손세사람이 감자를 벗기고강
낭이를뜨는중에
「어머니야우리온다」
하고말소리가들리니그어머니
가

「저것들이오는일부오네」
하고박한내다보다가
「아이구큰산냥했구나」
하고말하얏다박게서쿵소리털
컥소리가나더니두아희가우르르
뛰어들어왓다한아희는
「낫들을 인간들이 어듸서왓
나?」
하고손님들의얼굴을번갈피 사펴
게보고섯다한아희는
「배가곱흐나」
하고손님들압헤잇는감자와강
냥이를두손으로움키어갓다섯든
아희가이것을보고
「나좀다구」
하고뻬앗스라고하니움키어든
고잇는아희는
「키커녀잇다」
하고주지아니하랴고하는데그
어머니가
「손님이잇스니 조용히들 안
지라」
하고두아희를붓잡어안치다시
히하얏다

두아희는 복색이갓고 얼골이비
슷하야 어느아희가운총인지 또
어느아희가 련왕동인지 처음보
는사람은 얼른분간 하기어려웟
다그러나 자세히보면 한아희가
눈씨와입매에 계집아희의 티가
보이엇다 이아희가 운총이다석
정이가 보기전에 사천왕갓고숫
검정갓고 또북두갈구리 가튼
라고생각한것은 하나맛지 안코
모조리틀리엇다 련왕동이가 다
청하야 엘쁘구세된 아희와가리
보이나 이십여세된 운총와키가
련왕동이보담 조금살어 보일션
이고남매가 모다외탁하야 얼골
면형이동글납작하게입부장스럽
고얼골빗은 볏에설어서 희지못
할뿐이지 검지아니하고 손은마
되가굴어서 힘하기는하나 보기
에밉지아니 하얏다 속이맑은눈
에누생긔가뚝뚝떳고 납쪽한입
은다친것이 야무저 보이엇다
석정이가
「감자주랴?」
하고 몃개를집어서 운총에게
던저주니
「누가저더러 달라든가」
하고 운총이는 고개를돌리고
감자를 집지아니하얏다 엽헤퍼
더버리고 안젓든련왕동이가
「실커든 나나먹자」
하고 감자를 빼앗다가 싹업
삿에너코 섭실도 번번히벗기지
안코 와위어위 먹는데운총이가
욕심이나는 모양으로 몸생이벅
는것을보고잇다가
「엄마 나배곱하」
하고 어린아희와착하듯이 말

하니 그 어머니가
『오냐 감자쒸주마』
하고날어서며 데사를 돌아보고
『이십여세나된것이 귀묘앙이니 누가다려가겟습니와?』
하고 우서서 데사가
『남매가 똑형데갓습니다』
하고말하니 텬왕동이는
『형데갓다네 우리가형데마닌가』
하고말하고 운총이는
『몰르고 말하는거다』
하고말하며 서로 킬킬거리엇

텬왕동이는 고사하고 운총이와석정이와사괴여서 서로맘을하게되엇다
『너의들오늘무엇잡엇니?』
『큰검둥이를 잡앗다몽생이쫏고내가쩔렷다』
『검둥이가무어냐?』
『나가볼래』
하고텬왕동이가석정이의손을잡고날어서니 운총이가
『나도』
하고뻘떡날어섯다석정이가쌀리어나와서 데가리 찔려잡은심컴은곰을보고데가리에피무든곳을가르치며
『무엇으로찔러잡앗니?』
하고물으니 운총이가
『이것으로찔렷다』
하고 엽해세워두엇든창을 들어보이엇다
『너도집생을잡아보앗니?』
하고 운총이가뭇는말에 석정이가
『잡어보지못햇다』
하고대답하얏더니
『사나히인가이 짐생도못잡어보앗나』
『사나히라고 다 짐생잡을줄아나』
하고 누의동생이 비우서말함으로 석정이가
『한번 나하고가랴산양을가보랴니?』
하고말하니 운총이는
『짐생을잡으려몰르다며 가서무어하나』
하고 여전히비우서말하고 텬왕동이는
『잡나못잡나 가보아야지오놀밤자고 가려가자』
하고 석정이의등을치며 우섯다 이때운총어머니가 밧에서
『운총아 감자먹어라』
하고불너서 운총이는 감자를어두러들어가고 석정이와 텬왕동이와가티 뒤에떨어저 들어오며
『곰을검둥이라면 호랑이는무어라고하고 사슴은 무어라고하니?』
하고묻는족 텬왕동이가
『호랑이는 얼룩이도잇고 바둑이도잇고 뿔잇는 사슴은뿔다귀라고부른다우리죽은아버지가지은일홈이다』
하고 꼿뒤를니어
『우리가리가거든 얼룩이나하나잡자』
하고우스니 석정이는
『얼룩이라니 홈 범말이구나』
하고텬왕동이와가티우섯다 석정이가텬왕동의엽헤부터안지며
『너의집에 곰잇니?』
하고물으니감자를먹고안젓든 운총이가
『이것은이냐?』
하고뭇는듯이 엽헤잇든 조그만침판을얼든어보이는데석정이가 아니라고 고개를 외치족텬왕동이가
『무슨칼?』
하고되물엇다
『긴칼 짤은도말이다』
『아비가첫든긴칼이잇서』
『내가차볼가?』
하고 텬왕동이가 날어서랴는 것을그어머니가
『수선떨지말아』
하고 나무래서 주저안첫다

텬왕동이가 배두산 심부와자다리고가서 구경시켜 줄러이니 하루는 산양하고 좋다 가라고부들어서 데사는 운총어머니와가티집에잇고 석정이는 텬왕동이남매와가티 산양을나가게 되엇다 알룽곤리들을 단단히한뒤에 섯이동무지어 나가는데 텬왕동이는 창을들고 앞장을서고석정이는 활도를차고 중간에들고운총이는 창을얼메고 뒤를따랏다 얼마동안 숲속을 들고 나와서 칠정(七星)봉을 지나 산ㅅ골로들어섯다 짐생의 발자국을살피며 등정이로골시작이로올라갓다내려갓다 하는중에 바람지나는곳에 텬왕동이가 코를드려마시며 냄새를맛더니
『얼룩이가 갓가히잇다』
하고 바람오는편으로 얼마아니가서 웃둑서며 뒤를돌아보고 손짓하야 뒤에오든석정이와 운총이가합해 압흘보나섯다 텬왕동이가 말이업시 건너편웃창이쌋흔가르치니 운총이는 대번에 읽어보고
『바둑이다』

하고 말하는데 석정이는선듯 보이지아니하야 텬왕동이의 손가락가는곳을 내여다보아 [illegible] 칼나무부데기미테 얼룩얼룩한 물건이 잇는것을보앗다 표범이다 이편에서세사람이 목상같이 본동안하는중에 저편의표범이 사람들을 보앗든지 누엇다날어서서 몸을흔들리고 압뒤발을버틔고 허리를 잘록하게 들어가고 꼬리 기지개를켜고 그리하고어슬렁어슬렁 등정이를타고 나려간다 텬왕동이남매가 이것을보고 뭉우가티 등정이아래ㅅ결로 뛰어나려가다 석정이도 뒤를따서 가다가 엣지생각하고 표범을 멀든 등정이웃으로뒤어왓다 텬왕동이남매가 어느틈에 표범나려가는길을 막실려가지고 좌우로갈라서서 올라온다 표범은나려가든 걸음을멈추고서서 으르렁소리를 내더니 사람이차차 갓가히들 오는것을보고 청이나서서색거리고 꼿사람에게 덤빌것가티 앞흘꽃쏘치더니 번적거리는창날에 겁을처서 피를시못할줄로알엇든지 휘돌처서며 등정아우으로 올라닷첫다 석정이가 활노흘성아둘고나려다 보고섯다가바람가티 올라오는 범의압흠막으며 번개가티 활도나리첫다 표범은 목덜미를맛고 그자리에서구러젓다 표범의뒤를 또차 올라오든 남매가이것을보고 웃둑웃둑서더니 텬왕동이는 석구러진표범압흐로 나가서 몸ㅅ둥이와뗄어진번한 대가리를 창뜻으로건드리며
『단번칼질에무섭다』
하고허릴 내둘르고 운총이는
『칼을 가죽은 쪽갈한 말바게못바꾸겟다』
하고가죽이 만히상한 것을탐하얏다 석정이가 비그레 우스며칼날을집에씨잣다

표범한마리 잡은뒤에는 다시짐생을맛나지 못하얏다 해가떨심해가지든뒤에 로긔거리로 가지고왓든감자를는하며고치차나려오는길에 칠성봉에 돌와서밥가에서 몰먹고것은 사슴한마리를맛낫다 운총이가 창정이를들아보며
『얘다귀는 앞히부처라잡데엽사람이어사람에게대드는법다귀는얼룩이보담더무서운거다』
우숩게보고 알홀로가지말아
하고정답게 닐러주엇다 텬왕동이남매와 석정이가 멀리돌아서

사승의도망 갈 길을 삽면으로 막고쫏어오며 악소리를 질르니 첫판사승이 도망하라고 몸처섯나 이편을보아도 사람이고 저 옆보아도사람이라 사람의 틈으로 도망하라고 내닷다가 쉬웟잇는 창날이압흘 막는바람에 다시뒤로뒤어갓다 사람들이 차차로 동안을좁히어 들어온다 사승은 뒤힘이갓가운것을 알고 살더날라는듯이 [illegible]소리를 질러다 동한이 머취한하 [illegible] 뛰진뒤에 중간을에섯든 석정이가 별안간에 나는새가티 사승에게 뛰어들어갈너사승은 [illegible]에뒤로 몰처셔 머둥둥니를 [illegible] 모[illegible] 잇는 [illegible] 다시돌처셧다 [illegible]노뜨라고 머가리등숙이엇다 석정이가 대어들며발길로 한번아래서부터 거누니사승은 [illegible]차이고 머가리[illegible] 차어들엇다 석정이가 날새게두손으로두쌤의 머맛둥을 움켜쥐엇다사승은 뒤ㅅ다리를 버틔고압흐로 내[illegible]라고도 하고 머기리를내흔들라고도하얏다 그러나쌈짝못하얏다 석정이의 두팔둑에 힘[illegible]소삿다 사승은앞발도[illegible]가의모래를[illegible]제치[illegible]이엇다 석정이가 뛰어갈며이편에섯든 운종이는잽싸 [illegible]셧나 사승의 무쉬운것을 입건날려주기까지 하얏는데 [illegible]으고뛰어가는걸로앞맞섯나 창을들고 안달음에또차왓다 저편에 섯든편왕봉이도달음질하야들어왓다 석정이가 사승의[illegible] 움켜쥐인뒤라 남매가 다가리어이업서하며 보고섯섯나 나종에석정이가 사승을놓고뒤걸음질지기시작하야다 사승은 압발을[illegible]리든과운가.

지업서진모양이엇다 눈을꿈썩꿈썩하며 글러나왓나 석정이가 편왕봉이를돌아보나 사쪽을북그라고 말하고사승을가로쓸어트리니 편왕봉이가 가지고단니는 숙마바로사승의 압뒤다리를 칭칭동이엇다 사승이움쪽이지못하게 된것을보고 석정이가 [illegible]노하니 운종이는 자긔의옷소매로 석정이니마의땀을씨서주엇다 머가리가 흔들거리는 표범은압뒤다리를묶고장ㅅ대를꾀이어 편왕봉이남매가압뒤에서 메고 잇다금발버둥이치는사승은 석정이가 뒷발을잡아석구로들더메고다처너, 뻐놓아놓왓다

운종이가 그날산양갓다 돌아오며부터 석정이의면을 잠시써나랴고하지 아니하얏다 처녀는 운종어머니가 손님네천반다고 귀한조밥을 지엇는데 운종어가 큰밥그릇을골라서 석정이압헤 노하주고 회안한 [illegible] 더가 석정이소금에 처가주엇다 석정이는 운종의 부니[illegible]이 만예실해 아니하나 [illegible]이잇는듯 이웃는 운종어머니도 보가붓그럽고 본체만체하는선생도 보기[illegible]그럽위서 지수굿하고 안젓는데 운종이는 남이붓그러워하는것도몰으고 부넓고싶흔대로 부닐엇다 편왕봉이는 운종이와가티 부닐시만아니할뿐이지 석정,이게잘으는말은 운종이게 지지아니하얏다 저녁밥이 끗난뒤에 편왕봉이가 그어머니를보고 잠지건넌방에가서 석정이와가티 자겟다고말하야 그어머니는 미처대답도 하기전에 운종이가

『나도가서석징이하고잘테다』

하고 나서는것을 어머니가

『너의들이가면 [illegible]아못잔다』

하고말리니 편왕봉이는

『그래좁지안케 나만잘테다』

하고 운종이는

『너는엄마하고가티자 내가갈테다』

하고 내가가랴네가가랴 남매서로다투기 시작하얏다

『사내는사내하고자고 녀인은녀인하고자야한다』

『가티자면가티자는게지 사내는무어 말러비틀어진거냐』

『그래도에리에리가잇지업서』

『사내고녀인이고갈길라면 사내하고녀인하고 가티자야한다 여긔서엄마가 아비하고가티잘때 저긔서는 너하고나하고가티잣지』

『너의들은 가진새소리를다지커린다』

하과 어머니가나부래니 편왕봉이가 한참잠잠코잇다가

『그런면이러케하자 대사를업마하고 가티자라고하고 너하고나하고 둘이가티가자』

하고말하야 운종이가

『그거 조타』

하고 손벽을치는데 어머니가

『종시시짓거리지말아 손님들만가서 주무시게해야한다』

하고 리정할뿐아니라 석정이가 자긔선생이 외달은사람이가티자지 안켓다고말하야 남매가 모다 수구려저서 전날밤과가티 손님두사람만 정지건넌편 밤에가서자게되엇다 석정이가 자티에누음뒤에 남매의요청한 말다뽐숙불켜 생각하고 [illegible]거리니, 대사는

『아부사심(邪心)업시 자란것이 어귀하다』

하고 모리어칭찬하얏다

『저대로두면 저것들남매간에 자식이생기지 안흘가요?』

『그렇는지도몰으지 편디개벽압뒤 사람이처음 생겻슬때는 남녀만알엇지 모자니남매니 구별하지못 햇슬것이다』

사대두사람은 이런이야기를 하다가 곳잠이들엇는데 삽모지밖에서는 밝이들도록 말소리가 끈치지 아니하얏다 운종이와편왕봉이가 번갈너가며 산양하여뻥정을 이야기하고 석정이를칭찬한뒤에는 그어머니가

『운이대사는 하두춍렵되시고 말슴해보니 참말도승이더라 내가젊잇슬째 우리고을 편ㅠ산자복사(天鳳山資福寺)에도 가서보앗지만 손님네사가튼 도승은못보앗다 그래서너의아버지께ㅅ날경(經)을읽어줍시사고졸해서 허락까지마텃나 도승의인도를 밧는것이 죽은사람에게는 큰복이다 석정이가 도승의대자니 그러처 범연하겟니』

하고 편해대사를 도승이라고 칭찬하얏다 도승이란말을몰으는 운종이는

『도승이무어인가?』

하고물어서 어머니가

『도승이란것은 장차부처님이될중이다』

『부처님은?』

『부처님은 편왕님의편왕성대(天王聖帝)와가튼 [illegible]거야』

하고대답하고 아비께ㅅ날을, 몰으는 편왕봉이는

『께ㅅ날이 언제인가?』

하고물어서 어머니가

『엇[illegible]남앗다 아홉밤만자면된다』

『오늘밤까지?』

『아니 오늘밤말고말이다』

하고 대답하얏다 그뒤에는편왕봉이가 백두산길 가르치든이야기가나서

『[illegible]은대사하고 가티갓다올라면 두밤은자야할나』

하고 운종이가말하니 편왕봉이가

『가다가갈하거든 다려저오지무어』

하고말하는것을 어머니가

『아서라잘되시고갓다오너란』

하고당부하야 말하얏다

이튿날식전에 대사와 석정이가편왕봉이로 길라잡이를 삼고 등산길을 떠나는데 운종이가석정이의옷중의적삼을보고

『상봉은 겨울가티치웁다』

하고애우처서석정이가검머진 땅식바랑우에는 세사람이 논하쓸만큼떨가죽 머ㅅ품상을 묵겻어첫셧다

편왕봉이는 산집생이나 달음질시자라난 까닭으로 다리힘이 조편아니라 편생으로 걸음이 재어서 겨울해에도 하루에사백여리걸까지 단니는터이고 병해대사는 근력이 아부리젊은사람파가터도 한가님은이라 자면[illegible] 걸음이 느린터이니 걸음이

왕창나게 틀리어서 동행하기어려웟나 꺽정이는 귀사와동행하기에 미텁미나다삽히 되엿건만 그래도검보일때가 업지 아니하거든 길들니아니한 생마기는텬왕동이가 김봉총을 참느라면조만히애를 쓰일것은 보지안하도 알일이다 텬왕동이 뉘꼽검을걸엇다 뒤에오려니하고 압서가다가 뒤에서오지아니하면 돌처 와서 맛나고 다시압서 걸어갓다 칠칭봅갓가히와서 텬왕동이가 애물석이다못하야

『봅만구경하고돌우가자』

하고 대사와꺽정이를 돌아보니 대사는말이업고 꺽정이가우스면서

「쭈ㅣ압서가지말고 나하고가티찬찬히 션생님와 뒤를따러가자구나」

하고말하얏다

봅가에와서 한참때 와 잇다음에 검라장안에텬왕동이도 꺽정이와가티 뒤도시고 대사 찾아왓것다 얼마안데가서 텬왕동이는 긴소리하거시작하고 꺽동만 뒤에는사풍(邪風)난것가티 요두던목(搖頭轉目)의 가지짓을 다하얏다 꺽정이가 보기에우숩기도하고가엽기도하야

「션생님 텬왕동이미치겟습니다」

하고말하니 대사는 봅아보며우섯다

「너는 몰우집으로가거라」

「가티돌우갈레야?」

「우리는상봉까지갓다갈레다」

「실허 그러면나도갈레야」

대사와 텬왕동이의 ... 고잇든꺽정이가

『혼자돌우가지안는것만은 무던하다』

하고 텬왕동이를 추어주고

『이에네가션생님을업고가쟈』

하고말하야 텬왕동이는

『그래볼가』

하고 대사압헤와서 등을돌려대니 대사는 쉽단말아니하고업히엇다 텬왕동이가처음에는상봉까지단참에갈것가티 내닷더니몃파얼마가지못하야서엉덤거리기시작하고 나중에는

『아이구 못가겟다』

하고대사를나려노핫나 꺽정이가이것을보고우스면서

『그러면 내가션생님을업고올아니녀 뉘집을지라』

하고말하야 텬왕동이는 감자바랑과가죽웃지고압섯고꺽정이는대사를업고뒤를따랏나 꺽정이가 뒤떨어지기는하지만 텬왕동이를곱절절리게까지떨어지지아니하얏다 길이 훨신멀더첫다

『언제 이러케햇드면길을만히갓겟나』

하고텬왕동이는조침하얏다 이때거래지테가만이되엇건만그때도 빠리걸음 넘어집어서부득히게생긴무투리봉에까지와서밤을지나고 이튿날아츰에 나무업는돌바닥을 지나서 백두산상봉에올라왓나 바람은 기동치듯고운부(雲霧)는바다 가탓다 세사람은 짐생의털 가죽옷을닙고 서로되자하고안젓다 가운부가러진뒤에 오색이 찬란하게비치는텬왕봉가에까지나려가서 보고하던(困憊)하게되엇다

그날해진뒤에일행이돌아왓다

운총어머니가

『어듸까지갓다 오셧습니까?』

하고대사에게뭇고대사는

『상봉에까지갓다옵니다』

하고대답하얏다

『우리텬왕동이는 하루해에도단니기를레사로합니다만은인의걸음으로 엇지이러케 속히단녀오셧습니까?아무리속히오신다하야도 길에서 두서너밤은지나 시러니생각 하얏습니다』

텬왕동이가그어머니의말끗헤

『두서너밤이부어야 대사걸음가튼번네밤은자아갓다왓슬거야』

하고내다르니 그어머니가

『그러면 무투리봉쯤갓다온가구나』

하고자기의짐작대로

『무투리봉이 상봉이아닙니다』

하고다시대사를돌아보앗다

『텬왕봇물에 손까지너허보앗습니다』

거짓말할리업는대사의말을듯고심하든듯이 운총이가

『상봉에잠깐갓기나 안간기냐?』

하고물으니 텬왕동이가

『그럽갓지 안갓서』

하고 꺽정이를가르치며

『이가대사를 업고갓다왓서』

하고말하야 운총의모자가 일행이속히단녀온사닭을알고 운총어머니는

『힘안산人걸에 엇더케로인을업고갓다왓나?』

하고꺽정이의얼굴을다시한번치어다보고 운총이는

『너나와』

하고 꺽정이를보고 상글상글하얏다

운총어머니는 죽은남편을 못든날부터 매월한번식 텬왕당근처에잇는 무덤에갓다가 그질로텬왕당에가서 당집안팍을 정하게쓸어노코왓셧다 운총 어머니가치움에는 자긔의후人걸 닥글생각으로 시작한것이 생각이자녀에게까지 번지나가서 당집을쓸어노코는 텬왕당데 압헤나아가서세번절하고 절반번에 축원한가시식을올리게되엇스니첫재운축어저생 에가서 남편을나시만나게하야 달라는것이요 둘재질은텬왕동이 수명장수 하게하야달라는것이요 또셋재절은 사외를잘보게 하야달라는 것이엇다사년동안에 병이나서 몃칠빼진외에는 비가오나 바람이부나하루를걸르는지 아니하얏셧다 운총이외텬왕동이도텬왕당에가는것만알지 무슨축원 하는지를몰은터인데 외외에손님 대사가알어서 운총어머니를 불러게하얏셧다 대사가오든 이튿날운총이남매가 꺽정이와가티 산양을나간뒤에 운총어머니가 대사를보고사위어들것을더정하고또꺽정이의인물을칭찬하얏더니대사가

「정성이 한데가겟습니까」

하고말하는것을못알어듯는데

하고

「정성이라나요?」

하고말하야

「텬왕당에가서 축원하시는것이정성이아닙니까」

하고 알고말하는데는 귀일수가업섯다 이리하야 운총어머니는대사를도승으로알고

「꺽정이를 사위삼게되겟습니까?」

하고 물어보앗더니 대사는우스면서

「텬왕이지시하셧다면 어련하리까」

하고 대답하얏셧다 그뒤에운총어머니는 텬왕당에가서 텬왕화상압헤절할때며

「꺽정이가튼 사위人감을지시하야주서서 감축합니다」

하고 지례 사례까지한일이잇셧다

운총아버지 제人날 대사가꺽정이를 읽어주기로 한까닭에 대사와꺽정이는 칠월일동안 더묵게되엇는데 그묵게된것을 운총의 납배가 조하할뿐 아니라 꺽정이역시 해롭시 안케 생각하얏다 꺽정이는 운총이와 단둘이놀러단니고 십흔생각까지 잇셧지만그럽자가려 부터단니는 텬왕동이가잇는까닭으로둘이만나게

되지못하다가 련왕룡이가 빈방
의텰가죽을가지고 제ㅅ날 쓰우
될불함을박구러가게되어비로소
들려엇게되엿다 그낡련왕룡이가
살운뒤난뒤에 운총어머니가혼
종아들다리고련왕당에들나가는
때 석정이가그뒤를 조차나갓다
운총어머니가 혐혐을 마치고놈
아갈때운총이가
『엄마먼저가우리는놀다갈게
하고말하니그어머니는
『오냐 조곰만놀다오너라』
하고 혼자숩속으로 들어갓다
석정이와운총이가련왕당뒤에
와서나란히의재를텃고안젓다석
정이는무슨말을먼저끌어볼가생
각하얏다
『운총아』
하고 불러노코 한참말이업스
니운총이는말을재촉하는듯이석
정이의 얼골을 치어다보앗다
『너나하고가러가서살란냐?』
『엄마하고련왕룡이는 엇더케
하구』
『다 가러가지』
『엄마더러물어보자』
『장가들고 시집가는것 너아
니?』
하고붓고석정이는운총의대답을
기다리다가 대답이업는 것을보
고한번우섯다
『몰느지?사내가 녀인엇는것
을장가든다고하고 녀인이 사
내어더 가는것을 시집간다고
한다너내게로 시집오라니?』
『시집가면무엇하니?』
하고붓는것이 쌍파가다 석정이
는또우섯다

『아들도낫코 딸도나치너의엄
마가너의 아비에게 시집을온
가닭에 너를낫코 련왕룡이
난것이다』
『련왕룡이가튼 아들하나나볼
가그래 내가시집갈테다』
하고운총이는 어서시집 가게하
라고졸랏다 석정이가 운총이를
안어무릅우에 올려안치고 젓가
슴에손을 언저보니 어린아희가
티칠이 나시아니한 운총이자만
나히가잇서서 젓가슴이 생길뿐
이아니라꼭시싸지케벌생것섯다

『이것이시집가는게냐?』
석정이는 또다시 한번우섯다
『엄마가 련왕룡이를날때아비
하고 련왕당에와서 축원했다
내가보앗다 거짓말아니다 우
리도 련왕당에들어가서 축원
하자』
하고 졸다서 석정이가졸리다
못하야 당집안으로 끌리어들어
왓다 운총이가 끌어안지며석정
이까지 끌어안치엇다 운총이는

『오늘 석정이에게 시집갓스니
련왕농이가튼아들을 나허지다』
하고 말한뒤에 입속으로중얼중
얼하는석정이를 돌아보며 복소
리를 크게하라고 말하야 석정
이가당집안에들어올때는작란
으로생각하야 되는대로 중얼거
리다가 홀저엄숙한 생각이나서
『석정이는 운총이를맛해로덩
합니다』
하고 고개를숙이엇다 운총이
가 아들을말하라고 또한번졸라
서
『아들도원수나키를바랍니다』
하고 석정이 ■ 조곰웃지안
코아들까지축원하얏다
석정이가 운총이와함께 련왕당
에서나와서 운총의손을 잡고새
삼스럽게 운총의얼골을 드려다
보니맑은 눈속에빼혀잇는 입부
장스러운눈ㅅ 동자에 련왕의모
양이비치어 보이는것 가혓다
이와가터 사랑스럽고도 거룩한
눈ㅅ동사는 온세상을 다뒤져야
또다시보기 어려우리라고 석정
이는생각하얏다
『너무어렵도러다보뇌?』
『아니다』
『아니가무어야드려다보면서』
『안해가잇버서』
『내가안해야너는무어냐?』
『너는내안해고 나는네남편이
지』
『남편?그럼남편모입부다』
하고운총이 논하하우섯다
『아가야』
하고석정이가우스면서운총이
를번쩍안고숩속으로들어갓다
운총이가 석정이와가터 집으

로돌아오니 그어머니는 대사와
마조안저 이야기하는 중이엇다
운총이는 어머니엽헤 부터안고
석정이는 선생에게갓가히 안젓
다운총어머니가
『조곰놀다오랫더니 왜그러케
오래되엇니?』
하고운총이를 돌아보니 운총이
가서숭지도안코 대번에
『엄마나는시집갓다』
하고대답하얏다
『시집을가다니?』
『귀에한데로』
하고석정이를 가르치니 석정이
가말빌라는 뜻으로 고개를흔들
어보이엇스나 운총이는 상글상
글우스면서 말하얏다
『우리들이 련왕당에들어가서
아들나케 해달라고축원했다』
운총어머니는 비록맘으로 바라
든일이지만 하도 어이업서 말이
업고대사는 귀엽게녀기는 눈으
로운총을 바라보며 벙그레웃고
석정이는 얼골이뜨거워젓다
『엄마 그려고숩속에와서』
하고 운총의말이 떨어지자석
정의 뜨겁는얼골는 일시에모닥
불을 들어붓는것가티 화근하는
모양이엇다 그대로 자리에안저
잇지못하고 박그로 나가랴고하
는데 운총어머니가
『내가 할말이잇스니 거긔좀안
저잇서』
하고 말하야석정이는 다시주
저안저서 고개를 숙이엇
다 운총이는 더천히상글상글하
면서
『숩속에와서 나무에올라가거
내기했다 석정이도 곳잘올라

가겟지」
하고말하야 석정이는 비로소 안심이되는모양으로 운총이를보고 눈웃음치엇다 운총어머니가
「어머의종덥는 말로는할수가 업스니 자세히 이야기좀허」하고 석정이를바라보니 석정이는 한참동안말이업시 방바닥만나려다보고 안젓다가 고개를들고말하얏다
「운총이를안해로덧햇슴니다」
「덩하기만하면엇더케하나?」
「엇더케하다니요?」
「대사를지내야지 대사는엇더케할테야?」
「대사는 다시지낼것업지요텬왕압헤서 굿게맹약햇스니까요」
「그래도」
하고 다시부삼말을하랴는 운총어머니를 대사가
「여보시요」
하고불러가지고
「초례는 훌륭하게 지내셈읍니다 그러지금부터석정이를사위라고만하시면 고만입니다」
하고 우스니 운총어머니도따아서웃고말햇다
「우리 새사위가 시장하겟군」
하고 정주에가서 차려놧든감자를가지고오니 운총이가
「나도 좀주어」
하고 하는때
「남의총각하고 가티먹든아희가 남편하고는 가티못먹나? 가티가먹어라」
하고운총어머니가우서서석정이도우스면서
「이리와」
하고운총이를잣까이오라고불럿다
「이번에 운총이는엇더케할터인가?다리고갈터인가?」
「이번에는다리고갈수업지요」
하고석정이가대사를돌아보니대사는
「이번에는갈수업습니다」
하고운총어머니를바라보며잘러말하얏다
「그러면 엇더케합니까?」
「뒤에보내십시요그려」
「철리타관에엇더케 보냅니까?」
「길이좀 멀더라도보내시기에 걱정될것은 업습니다 낭수림석정이를차저 가라고보내시면 고만아닙니까?또텬왕동이걸음가트면 천리라야 이틀설박게더되지아니하니 쉬엄 소식뎐하기도려정업지안습니까?
「글쎄요」
운총어머니가 대사와 말하는동안에 운총이는 석정이와가티 감자를먹으면서 석정이의 엽구리를찝르기도하고 석정이의 힘을처바치기도하얏다 석정이가 말하라고 눈짓하니 운총이는석정이의 얼굴을들여다보며 말하얏다
「우리 왓가다말해지 엄마한고 다가티간다고」

[?]케人날이되엿다 아츰뒤에 운총어머니가 밥안을정하게 치우고텬왕마르도 신위(神位)를 안치하고[?]첨시를어노흔 솝소반을 [?]압헤 노코향로향합대신으로 흙덩은놋탕긔와 탕당은 다부종자를소반압에 노코 그압해는대사의항읽을자리를만들어노핫다 내사가자리에 나안저서 향을피우고불경(佛經)을 오이가 시작하니 운총어머니는 텬왕동이를다리고 압헤꿀어업드리고 석정이와운총이는 그뒤에 꿀어업드럿다 대사가 불경에 능익지못한하야라 처음에 정법계진언(淨法界眞言)을자대명왕주 (六字大明王呪)준제진언가튼것을오이고 그다음에행충에가지고 왓든 금강반야마라경 (金剛般若波羅經) 을 펴노코 나리읽엇다 재人날승재(僧齋)에는[?]당로아니한 경이지만 점잔흔대사가 정성스럽게읽는까닭으로틀으는 운총어머니[?]생각에는[?]소리가[?]하게[?]에 [?]시늘[?]갓갓고또승재공덕(僧齋功德)을도운총이아버지가보살의지시(指示)를바더서곳인도환생(人道還生)하게될것가텃다운총어머니의눈물을자어내는대사의경人소리가 텬왕동이의 갑갑증을 쏘아냇다 조금읽고말엇스면 조켓는 것을 작고읽으며 빨리 읽어치웟스면 조켓는것을 느리게 읽으니갑갑증이난것이다텬왕동이생각에는 대사의경人소리가 그의 점옴보담더갑갑한것가텃다 대사압헤 펴노흔 금강경책상이 한장두장 넘어가는동안에 텬왕동이는 입갑증이쇠어서 속이 상하얏다뒤에꿀어안진 석정이와 운총이는 처음에는 서로 쳐다보고 웃기도 하며 소리업시웃다가 나중에는석정이가 눈한짝을 씨긋하면운총이는 입술을 빗죽내밀고또석정이가 흉상스럽게 코를드려마시면 운총이는 혀를해해내둘럿다 이와가티 둘이 번갈더가며눈짓코짓 입짓 가진짓을다하노라니

우슴을 참집는석정이도 우슴이 터질번하얏는데 운총의 입에서 킬킬소리가 나지안흘수 업섯다 속상하는텬왕동이가뒤에서나는 킬킬소리를듯고 속이 밀충더상하야메 어부치는마소리로
「웃지말아 무엇이우수냐」
하고나무래니 그 어머니가머리를뒤로돌리키고눈을흘기면서
「이실업는것이 텬왕동이지각

만도못하다말이냐?」
하고 운총이[illegible]지쳣다 동생의나부람과 어머니의 부지람을 한세바든 운총이가 에성이나서 [illegible]는데 억정이가 두손의손ㅅ가락으로 눈아래를 [illegible] 흘러보이니 운총이는 업ㅅ살을 붉고 외면하얏다 대사가경읽든 것을 한동안쉬이게되어 [illegible]어업드렷든 사람들이 모다넘어안젓다 대사가경을 다시시작하기전에 운총어머니를보고
「저애들은 맘며로나가놀라고 하시지요」
하고권하야 운총이남매와 [illegible]정이가 나중 경읽을 [illegible] 드리는것을 면하얏다 제ㅅ날나제는 종일경읽고 밤에는메한그릇과 채소몃가지로 제[illegible]지내는데 억정에는 운총의남매와가티 [illegible]하고 운총어머니는 일진을[illegible]게울엇다 제ㅅ날새[illegible] 고 [illegible]가[illegible]던 다리고가지만 [illegible] 가리여과자귀를[illegible]걸리이나 [illegible] 백운총어머니의섬에 운총아바지가와서 정읇어준것을 [illegible] 한 새사위가 참사한것을 겻대하야 야[illegible]천에 운총어머니는 삼어야기를하며 조하하엿다 제ㅅ날이 지난뒤에도 대사와 [illegible]이는 이삼일더묵엇다 [illegible]
「[illegible]저고만떠나보자」
하고재촉하야 래일이면 떠나기로작뎡이 되엇는데 운총이는가따가게아니한다 고억정이에게골이나서 변변히말을 하지아니하얏다 억정이가 [illegible]이 아니라 자어머니 까지달래도 운총이는 골이풀리지아니하야
「나는이다음에 아니갈테야맘대로해」
하고억정이를 노리어 보고잇섯[illegible] 이는날석전에 운총어머니 와 편왕봉이는 편왕당까지 전송하는데운총이는 방안에서 내다보지도아니하얏다 억정이는 맘에 [illegible]하얏다 [illegible]당에와서 가는사람과 보내는사람이 마조서서 인사할하는중에 억정이가 슬쩍길음[illegible]이보다가 사람의 그림자가얼른거리는 것을보고 한달음에 쫓차와서 운총이다 운총이가 억정이가 쫓차오는것을 보고[illegible]라뎜비여 목에매달리며
「나[illegible]가리가」
하고[illegible] 억[illegible]
「나중에엄마하고 [illegible] 고가라 오너라」
「이가리갈수야잇니」
「이다음에반갑게맛나자」
운총이 가머리를억정이와 가슴에대고 [illegible]고잇다가
「잘가」
하고목에감겻든손을 [illegible]며 [illegible]아서더니 별안간에뛰어가는데 뒤번쩍그러실번하는것이 억정의눈에보이엇다

[illegible]해대사와억정이가 허항령에서 해산진으로나와서갑산(甲山) 북청(北靑)을지나 함흥 (咸興)에와서 오래머물듯(逗留)하고 마사영흥(永興)을지나 덕원(德源)에와서회양(淮陽)으로작로하지아니하되 몸 해변으로나려오며통천총석뎡(通川叢石亭)과고성삼일포(高城三日浦)를구경하엿다 금강산에를 들어와다 금강산명산이라 곳곳이 경개절승하야 처음오는사람의눈을 놀래엇다 대사는 나히이십시절에나외금강을 한번다돌아본 까닭으로 큰절이나암자에서 문독음수이고 억정이가 혼자서구경단녀쌔가만하다 은선대(隱仙臺) 칠보대(七寶臺)를 구경하고 안무재를넘어서마하암(摩訶庵)에와서 묵을때억정이가비로봉(毘盧峰) 에를올라가랴고대사에게말하니대사는전에올라가본곳이라
「비로봉절뎡(絶頂)에 올라가보면 금강일만이천봉이 모다눈아래굽어보이고 망망한 동해가눈압헤내다보이느니라한번시원하지 그러나 나는고만두겟다 나는 수미암(須彌庵)으로갈터이니 그리오너라」
하고 말하얏다 억정이가 [illegible]로슈(指路僧)도업시 혼자길을차자나서서 돌서더리ㅅ길을 전어들엇을때 압서가는 중하나를보앗다 억정이가 맘ㅅ동무 자업서 십십하든터이라 걸음을조금재게걸어서 압섯든 중을 쪼차왓다
「대사 어느절에잇소?」
하고[illegible]부치니 그중은 억정의모양을우아래로훑어보고나서
「먼곳에서와네!」
하고대답이장히원만스러웟다
「먼곳은 얼마나먼곳이오?」
「[illegible]이 여러[illegible]고 나는 [illegible]허말을못햇서 [illegible]서왓소」
「참말 멀리왓구려」
「멀리오지안코야 먼곳에서왓달리가엿지 총각은 어듸서왓나?」
「나는마하연서왓소」
「마하연이 고향은아니게지?」
「고향은평안도양주요」
「총각도 반천리ㅅ길이 되엇네그려」
「반천리? 평안도묘향산에갓다가 함경도백두산을 들럿가보고 지금나오는길이니가 삼천리도 넘어왓슬것이요」
억정이의말에 그중은 놀라는듯이
「무어하려 그러케멀리단니나?」
하고물엇다
「우리선생님과 같이구경단니오」
「선생님이란이는 어듸계신가?」
「지금마하연에계시오」
이와가티 서로말을 주고밧고하며 십리ㅅ길이나올라왓다 비로봉등성마루에 올라섯다 하면은비슷듬하나 처편은 천장만장의절벽이다 등성마루를타고 얼마동안더나가서 수삼십명이 안질만한 평평한곳에왓다 이곳이 비로봉의 절뎡이다 하늘에서나려질리는 바람소리이면서 무사람이가티 전후좌우를 돌아보다가억정이가선생의말을생각하고
「한번 시원하고나」
하고 소리를하며말하니 그중보바다 내다보든눈을 도리키어 봐봉만학(千峰萬壑)을나려다보며
「저런데서서 나려다보는것이라니! 내가이왕중이 되면 이는 한번편하중을 눈아래로나려다 보아야 할터인데」
하고 억개짓을거리엿다
「대사 가량이 척구려 이왕사람으로난바에 한번편하사람을 눈아래로 나려다본다고 말하고 맘만보중만?」
하고억정이가 소리내어웃스니
「천상천하(天上天下)에 유아독존(唯我獨尊)이란가」
하고 그중도역시 소리내어웃섯다
[illegible]그중은 [illegible] 하늘이 [illegible] 의말이 서 [illegible] 은절구석에 [illegible]려이기가 갑갑하야 뛰어나온길이라서 차경산(京山)절에가서엇서를 작뎡이라고하야 억정이는
「서울삼각산(三角山) 에도조흔절이 만치마는 우리양주에 회암사(檜巖寺) 봉선사(奉先寺) 가튼큰절이잇스니 양주로 오구려」
하고말하니

『서천암사는 서천아란타사(西天阿蘭陀寺)와가튼유명한대찰(大刹)이고봉선사는세조대왕릉(世祖大王光陵)의재사(齋寺)이저세조대왕은불교를숭봉하든 가륵한님금이야』

하고구중은 수다를 부리엇다석정이가우습다는듯이말로

『우리선생님도대사와 가튼중이라대사가 나려다볼만한 가람이지아니하랴오』

하엿더니 그중이

『나려다보든지 치어다보든지 가봅시다그려』

하고석정이와 동행하야 수미암을 왓나 대사는석정이와、수어들 맞하고그 중의합장배례 하는것을본체만체 하고안젓슬뿐 겸손한대사와 친에업는 일이라석정이는 그중을 다리고온까닭으로 맘에민망하야

『선생님 먼곳에사 손중이선생님을보이려왓습니다』

하고 싸우처말하니 대사가눈을들어 그중을 한번바라보고

『오 너냐』

하는듯이 고개를 쓰덕이엇다

『소승은 림피룡천사(臨陂龍泉寺)보우(普雨)올시다 안변석왕사(安邊釋王寺)에와서잇사옵너가금강산에 들어온지 두어달 속수되엇소이다』

병해대사는말이업섯다

『스님쎄서 총각에게서 듯고 얼부터보이랴고왓소이다』

병해대사는 여전이말이 업섯다 보우라는중이 못당할 소초를당하는듯이 귀밋가지붉히더니안참만에다사일을엇다

『뭇자올말슴이 잇소이다 부처님이전생에상불경보살(常不輕菩薩)로재세하셧슬때경멸(輕蔑)하는사람이나모욕(侮辱)하든사람을가리공경하셧다하옵는데여래(如來)로출세하셔서 이번대중(人天大衆)의찬양을바드실때 그경멸하고모욕하든 사람들은 엇더케되엇슬것이옵니까? 아귀도(餓鬼道)축생도(畜生道)에 몰싸져서세존(世尊)을우러러뵈옵시도못하얏슬것이아니옵니까?』

말은공손하나말하는어취(語趣)로는지금나를경멸하고모욕하면나종에 네가아귀나 축생이되리라하는 말로들리엇다 대사가별안간에큰소리로

『보우야』

하고일음을불르더니

『네가 법화경(法華經)삼천번도읽지못한것이머리를땅에대지못하느냐? 수악청산설월편(手握靑山雪月篇)한글한짝이 법화경대신이냐』

하고방할(棒喝)하듯이말하얏다 보우의놀라는모양이업해사람의눈에보이엇다 보우가놀랄것이그글짝이자긔가고향절에서뛰어나올때 방석에써노코온 글짝이엇다 보우는 놀ㅅ긔가죽은말로

『스님께서 림피를가보신일이잇습니까?』

하고뭇다가

『보고야만알가?』

하는대사의말한마듸에다시말을못하얏다 수미암중은 고사하고석정이까지도처음에는대사가 심하거니생각하얏다가 대사의우지람에 놀ㅅ긔죽는 모양을보고서는 무슨중은 죄악이나잇는중으로 알고 보우의얼굴을 한번나시보게되엇섯다

수미암은 큰곳에잇는 적은암자라 방은큰방 적은방두방뿐이고중은로장 상좌둘뿐이엇다 그날밤에 대사는로장중파둘이 가티자고석정이는 상좌와 보우와셋이함께자게되엇다 밤아 들어서모다곤히잠들이들엇는데 보우만혼자서 잠이들지못하얏다 석은중에게몹쓸스럽게당하든광경을몹이커생각하고분하게되이엇다 생각을 이리저리굴릴수록분한생각이압흣섯다 분이도찬스레부슨생각이머리에 떠올랏다 보우는그생각을버리랴고

『그까지 놈은놈을섬에칠것도업지』

하고생각을돌리다가

『섬에칠것도업는놈에게 욕을본것이더분하다』

하고입실을악물게되엇다보우가소리업시 널어나서 가만히박그로나왓다이때스부날세반달이서편으로 기울엇는데 달빗이저윽긔이잇서서 쌀쌀하게밝엇다 보우가식칼을 차저손에들고들은중들의 자는방문을 바시시열고드려다보니마춤그방에는서참이잇서서 달빗이 우렷하게드려비치엇다 살그머니 방안으로들어와서 방구석에 부러서서나려다보니 처음에는 잘보이지안튼것이 환히 보이게 되엇다 아래ㅅ목에서 코를고는것은 주인로장이고 우ㅅ목에서 숨소리도업시자는것이 졀은 객승이엇다 보우는 살금살금걸어객승의머리맛으로가서 이곳 이떡쥴이거니생각나는곳을 식칼로 푹칠럿다 졀은중은 소리도질르지어니하고 또몸을 씰실거리치도아니하얏다

『이러케 허부하게죽나』

하고 보우가 생각할사이도업시 엽헤서

『이놈』

하고 닐어서는 중이잇섯다 이것이 병해대사이엇다 대사가보우를향하야 한번 손가락질하는데 보우는 두손을치어들고사시나무떨듯이 떨엇다 대사가식칼이쏘친목침집어들고

『나를딸하나오너라』

하고 압서서 박그로나가니보우는 목매인송아지가 끌리여가듯이 뒤를딸하나왓다

『목침을사람으로 보는것이머람해칠욕을 먹다니 어리석은것이다』

『날이맑기전에 어되로든지 가거라』

『목침은 너를주는것이니가지고가되 내가이다음 차질때 잇슬터이다』

하고 대사는 식칼을 버리고 목침을 들고서서

『물어안저바더라』

보우는 물어안저 바더 바덧다

『뒤도돌아보지말고나가거라』

하고 대사가 다시한번손가락질하니 보우는 무엇에쏫긴사람가티허둥지둥달음질하야나갓다

보우와 이 추려 고 머리에경대신 송노·구를썻섯다 그사람도 장진을못가는모양이라서로압서거나 뒤서거나하며 열마동안동다시먼길을떠나게되엇는데석정이가

『먼저창녕을 단녀서제주를가실라오?』

하고물으니대사가

『아니다 먼저전라도로나려가자 그러면제주가는조흔동행을 맛날수가잇다 제주를 들어갓다나오는 길에지리산을 구경하고그리고 창녕을들리자』

하고 로령(蘆嶺)을넘하야 대사의당부대로 호남대로(湖南大路)로차저전라도로나려갓다

양주서떠난지 [illegible]를 갓가히된때에 대사와석정에는장진(長津)으로나려갓는 [illegible]로에 명암(鳴岩)을넘기게되엿다 명암(鳴岩)·을느런히 압해 노코라주(羅州)를등으로가려고잇는남방의장흥(長興)장진(長津)해남(海南) [illegible] 묘해쳐([illegible])라산천형세([illegible])과물만도 [illegible]나와 그중의 [illegible] 산(月出山)은국내의 유수한명산이라 [illegible]아닌바에는 안변 [illegible]을 맛기지아니할곳이다 대사와 석정이가 도압사([illegible])롱구에서 [illegible] 들어보고 [illegible] 래에서 [illegible] 어보고 또 [illegible] 쌍지어 구정 [illegible] 에도 올라보앗다

대사와석정이가 월출산을 [illegible] 아보고 다시 남으로나려오는 [illegible]

[illegible]

보우가간뒤에도 대사는 한참안저서서 석탑에 [illegible]로운 얼굴을 치어다보며 무엇을생각하고잇엇습다시엿다

병해대사가 금강산에서 [illegible] 용하지내게되어 석정이도 대사를 [illegible]하엿섯다 눈이 [illegible]히 [illegible] 뒤에는 이암자에서 저암자에 [illegible]래하는데도 설마(雪馬)를타고단니는데 위험한곳에 잘타고단니기는 유명타는중보담도 석정이가 나헛섯다 이던에겨치어반년을 넘어묵고 이듬해 느진봄에 대사와 석정이가 금강을떠나나와서 김성(金城)김화(金化)영평(永平)을지나 양주로 돌아와다 대사가 양주서십여일묵은뒤에서울로올라와서김덕순과심의를차자보앗다 심의는 갓바치친구를 맛흔뒤로 별로 출입이업시들어안젓든터에 대사를보고

『여기권에 다시만나네그려묘향산에가서 중되엇단 소식을듯고 내근력이 웬만하면또커가서맛나가려도 햇슬터 이지만 그동근력이 잇서야지송도서작별한것을 전고명절로 생각햇섯네 백두산에를 올라갓섯다니 환진갑다지난 늙은이가 엇지하면 근력이그러케조흔가 나는쇠증(衰症)이날마다새로생기니까 작년이 꼿넷넘이야 불구인생(不久人生)이정근(情根)이 남아 잇서서죽기권에 한번다시 맛나기를은근히 바랏섯네』

하고 반가워하는데 대사와서로못맛난지 이십년동안에 근력어만히 쇠패(衰敗)하얏든이엇다

『인제 엇더케할터인가? 다시서울잇서볼터는가?』

『중은 쳡로가야지요』

『형다고만두고 내게서여년을가티지내세그려』

대사가 고개되치는것을 보고

『김모가려라도 묘향산가든곳으로는가지말게간강히 맛나가라도하게』

『묘아가면 할터이지만 묘향에는 다시가지아니할생각이요』

『그러케나해야지 인정이지』

『중이될때아정은 발서던져버렷소』

『인정은던졋다니 다시말할것이업고 철분어느묘바람로 덩하랴는가?』

『남방에를갓다온뒤에 어듸로든지가지요』

『남방이라니 또 어듸를가?』

『북으로 백두를보앗스니까인제는 남으로한라를 보려감생각이요』

『한은 비가 근력만 미들것이아니야 칠십에천리원행(遠行)이당한일인가 그것도한번밤이지 무번식되우 파험지아니한가?』

『적에서 객사(客死)하는것이나집에서고종명(考終命)하는것이나 죽엄은 매일반이지요다리에 힘이잇는동안 돌아단니는것도 조치요 국내산천을두루밟어보라는것이 소시(少時)ㅅ 적부터 소원이엇는데공연이 수십년동안 서울본시를먹고 인제 늘바탕에야 소원을풀게되엇소』

『인정은던져도 소원은남치못하든가』

하고 심의가허허우스니 대사가

『당할것도업는것어 오랜소원이요』

하고 역시우섯다

대사가십여일동안 서울서묵은뒤에 대단히섭섭한모양으로심의를 작별하고또이다음낫날것을 김덕순에게말하고 다시양수로나려왓다 대사가한라산간다는말을듯고 돌이도말리고첨섭이도말리고 금동이까지도말리엇스나 대사는말을듯지아니하얏다 석정이가

『이번에도나하고가티갑시다』

하고 동행하기를청하니 대사는 무말업시 조타고말하는데석정의아버지가대사를보고

『전번에 독집이에게장가들를엇다더니 이번에는 또무엇하러동행하간다고주저하노?』

하고 [illegible]라바랏[illegible]말하얏다

『동임이야 잘햇느니자네가며느리를실면하지못해서저런밥을하지』

『산속에서 늙은나사람가되잘안지집아회가할나면엄마나잘나겟소 여긔조혼 호처가잇는데실타고나 가튼자식이그런데가서아비와말도엿시장가들는것이패일인하고망할자식이지요』

『내가이번에는창녕 리판서에게통다녀옵니다』

『석정이도 그누의는한번가보는것이조켓지요』

멧칠뒤에 누차와 석정이가또행하몹시히 의정이가

『머리타머리에 쓴것이무어요?』

하고묻는다 그사람이

『쇠갓이다』

하고 대답은하면서 묻는사람을거듭떠보지도 아니하얏다

『쇠갓? 좀 구경합시다』

『구경할것업다』

『업긴무에업서』

하고 석정이가 날새게대어들어쇠갓을벗기니

『중사놈이 버릇이업고나』

하고 그사람이 집혓든집행이를들어 작란스로 석정이의몰기를후려첫다 석정이가석[illegible]어피하며

『나좀써봅시다』

하고 중노구를 머리에언고거들거름압서가니 그사람은 맨상투바람으로 달하오지 안흘수업섯다

『저총각이대사의동행인가?』

『그럿소이다』

『대사의동행이 내갓을벗겨갓스니까 대사의 쇠갓을상투가림으로 잠간빌려쓰겟네』

하고 그사람이 대사의쇠갓을빼앗아쓰니 구경은 대사가중대가되ㅅ바람이 되고말엇다 작란가큰일이 인사대신이되어 대사와석정이는 그사람과 서로이야기하며 동행하게되엇다 그자랴도제주를 구경가는 사람인데제추길이두번ㅅ재다 제주의 산천경개와 인물풍속을 소상히이야기하얏다 석정이가

『제주를그러케 잘아시면또무어하러 가시나요?』

하고물으니

『잘아는곳은 다시가지안는법이냐? 너는이웃동리에도 무번가지 아니하겟구나』

『제주와이웃동리가 가튼가요?』

『서해건너편에 중원(中原)이 잇고 동해속에 왜국이잇고 또 모퉁세령이 북편에잇섯것을 쟝차해보나라. 체주가이웃동리쯤이되겟나냐』

하고 그사람이 석정이의소견을 드러셔 성격에는 다시말하지 못하얏다 날이넘을떼가된때에 그사람이 이는내스가에와 안저서 머리에셋는통노구를 벗서 물로 [illegible] 쳔대에서 [illegible] 밥을 [illegible] 엇다 그사람이밥을두번장어 대사와석정이가저 요괴식힌뒤에 통노구되 아래 [illegible] 다시머리에쓰니 [illegible] 이라석정이가

『세상에 [illegible] 만소ㅎ』

하고 번정거리듯이말하니

『이놈』

하고 그사람은 석정이를물아보며우섯다

그사람이 제주왕래에 동행할 것을허락하야 대사와 석정이는 그사람을 딸아가기로 작정되엿다 세사람이강진에와서 배를잡아타고 완도(莞島)로나왓다 제주단니는 어선한척을 어든뒤에 그사람이 큰두룸박네개를 이더다가 배네귀에배여달고 제주를향하야배를띄웟다 제주수로(水路)가멀기도하나와 풍랑이험하야서 복선(覆船)되기 쉽건마는 세사람의탄배는 두룸박까닭으로 복선될념려가업섯다 배속에서멧밤을지나고 어느날아츰에조텬관(朝天館)에배를 [illegible] 대사와석정이가 제주에나린뒤에도 그사람이 [illegible] 자는대로 동행하야다니 그사람이 데

정(大靜) [illegible] 아가고 그사람이 [illegible] 산에 [illegible] 면 [illegible] 생 [illegible] 고 [illegible]

대사와 석정이가 쇠갓동행과 함께 제주를떠나서 강진으로 놉아왓다 대사와석정이는 장흥으로좌로차랴는데 그동행은 해남한뎜을 간다고하야 닭포동행이 동서로 갈리게되엿다 동행하는 동안에성명을 말한일이업든 그사람이 서로작별할때에

『나는 [illegible]지함(李之菡)이란사람이다』

하고 성명을 알비어주엇다

『리씨가 이상한사람이예요』

『그사람이 혜사선비가 아니다. 치모방략(韜略方略)이삼군(三軍)의대장이될반한사람이다 그러나 일평생 크게쓰이지는 못할것이다』

『그사람이 량반인모양인데엇재서 쓰이지못할가요?』

『량반이라고 하마다쓰이게되나 뼈를못맛나면 [illegible]수엄지』

『뼈를못맛나단이요? 량반이면 취새기만못한것도 잘쓰이는때에 뼈를못맛나면 다시맛날때가 어듸잇소?』

『그사람의팔사도잇지』

『팔자가아니라 아마량반이라도 사람이쓸만하면 세상에서 쓰지지 안는게지요』

『너의말슴대로하면 세상에 쓰이는량반은 대개가못쓸사람이겟구나』

『대개는아니라 일개로못쓸것들이라고해도조치요』

『무엇을가지고 쓸사람못쓸사람을구별하는지 네말대로으겟다만 리씨가든인재가 쓰이지못하고 그대로흠는것은 앗갑다고하겟지』

『리씨는량반이니까 일평생천대만밧고 흠는인재와는 달르지요』

천생네자가 이와가튼 문답을 하며 길을걸엇다

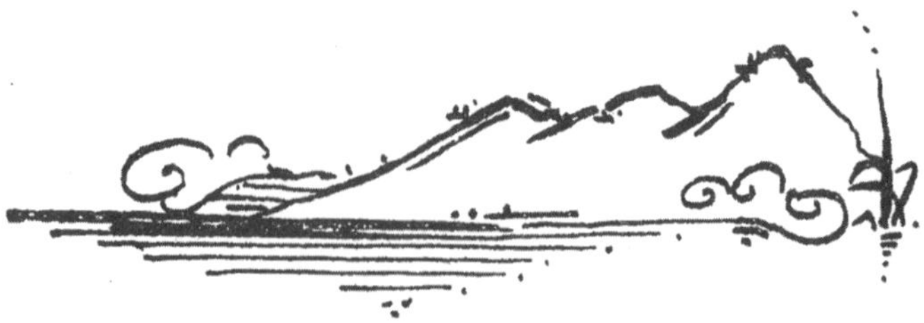

대사와석정이가 장흥을지나고 보성(寶城)을지나고 순텬읍을지나 [illegible]사([illegible])를들리고구례 화엄사(華嚴寺)를들린뒤에 지리산에를들어왓다 지리산은 두류산(頭流山)이나령남(嶺南) 호남(湖南)어름에잇는큰산이라 서편반야봉(般若峰)에서동편텬왕봉(天王峰)까지 상거가 백여리요 산속에잇는 평뎐이동서로 곡십리 [illegible] 으로 [illegible] 요쌍계사(雙溪寺)의 [illegible] 신흥사(新興寺)와가튼 크고 적은텰과 [illegible]일암([illegible]日庵)천불암(千佛庵) 칠불암(七佛庵)과가튼암자되나진 암자가이곳저곳에 잇서서 그수를 이루다 헤아릴수가업다 대사와 석정이가 지리산을대강 둘러보고 [illegible]참([illegible])을 넘기를 [illegible]아서화개(花開)와 악양(岳陽)을 지나서 [illegible]경치를 구경하고하동(河東)으로나와서 다시 진주(晋州)의녕(宜寧)을자나 참녕에도착하얏다

리관서는 근철선한 토인이라 근력이엄엄하고 리관서무인은 나이오십이넘엇스나과부(寡婦)가조하거 아즉 [illegible]가 만치안코 한동네가삼십여세의 어른이 되어서 집안살림을 총찰하얏다 리관서는 특별히 대사를반기고 리관서무인은 더욱이석정이를 보고 눈물을흘니엿다

『너의아버지와 가티자라든것이 어제가튼데 네가나서벌서 현헌장부가되엿구나』

『너의아버지는 한번와보지도 아니하니. 야속한사람이다』

『너의누의잘잇니? 일음이무어든가?』

『김덕순이를맛나보앗니?』

리관서무인이 수다한사람이 아니것만 한번보고자하든 석정이를 대하야서는 자연히말이만헛나 석정이의면목이너글너글한것을

『아버지보담도더잘생겻다』

하고 칭찬도하고 석정이의말씨가 거슬거슬한것을

『아버지를닮엇구나』

하고 웃기도하얏다 리관서부인이 다정하고 리관서가량반의 [illegible]부리지아니하야 내외가 다석정이의비우에 [illegible]엇스나 [illegible] 리서방은 석정이에게 [illegible] 소리듯는것을 참피하게넉이는 모양이라 석정이가화가나서 주먹다짐으로 버릇가르치고십흔 맘까지잇섯스나 리관서내외의 면목을보아서 참엇다 리서방외에석정이의 화증나는사람이 또하나 잇섯스나 그사람은 량반도아닌것이 량반이상으로 주제넘엇다 석정이에게 [illegible]하게해라할뿐 아니라 대사에게도 말공대가별로업섯다 그사람이석정이를보고

『내가 너의외조부의친구다』

『너의 외조부가일음은 천이지만 작대기란별명으로 행세하얏섯다』

『너의아버지장가들때 내가중매를들엇다』

『너의어머니일음이 애기엿섯다 얼굴이입부엇섯지』

하고 뭇지도안는 말을짓거리는데 석정이가 동기실혀서

『그런데 엇더탄말이요』

하고 그사람의말을막엇다 석정이는 그사람도 한번쥐어질러주고십헛스나 병이들어온 신도

잘못하는 짓을보엇어 안커서입받
나홉나 몹하는것을 소데기가 어
러워서 역시참엇다 김삭불이 가
쪽게 네지가지 거덧서되어… 리판
서집에잇서서 리서방이 만추고
주슬대는중이엇다 석정이가 리
판서집에서 한동안 뭇울것이지
만 리서방파 참군인의딸이 보기
실혀서 대사에게 떠나자고재촉
하얏다
석정이가 떠나라고 하는것을
리판서부인이 지성으로 만류할
뿐아니라 대사까지도
『못처럼온길이니 더묵어가자
구나』
하고말하야 석정이는 주커안커
따시멋칠 동안지내게 되엇섯다
그때가 처서(處暑) 천이라 참외
가맛잇을말청아주며 욕만하엿다
어느날해가 서마산에에 석정이
가리판서집 사람들피가터 참외
를떠으려 나갓는데 맛조흔참외
를취하야 굽보외막이라 일것는
참외막을 차커오느라고 리판서
집에서 오리ㅅ길을 넘어나왓다
외막주인은 얼굴이 얽엇고 참외
는맛이 조핫다 막우에를 올라안
저참외를 먹는중에 참외막건너
떠현풍(玄風)가는 길로행차하나
가지나가는데 맛상이 보교 안채
가압흡서요 조립동이를 대운바
울나귀가 뒤를따랏다 보교는내
행이 탓것갓고 조립동이는 배행
인모양이엇다 하인은 보교의교
군ㅅ군과 나귀의견마잡이 까지
모다합처서 오륙명박게 더되지
아니하얏다 행차가는 마진복편
에서 커다른중놈하나가길복판
으로걸어오다가 보교와 마주치

더니실을 비키라거니 아니비키
거니하야 말정이되는것 가텃다
하인들이 중놈을떠다 밧질르는
모양이나 중놈은꿈쩍 아니 하고
섯지만 엿서 잇섯다 골이난중놈
이압채잡은 교군ㅅ군의 등을 칫는지
보교를메고 섯든교군ㅅ군이 채
를인체로 주커안지며 보교속에
안진사람이 압흐로 쏘다저나왓
다 꼭 그러지는 소복한 부인이주
커안진교군ㅅ군의 등에 업히라
는것가티 보이엇다 끔보주인이
참외먹든것을 언뎌고 참외막우
으로올라오며
『어느집내행이 창피한봉변을
하네』
하고혼자 말하는것을 듯고막청
을바라보고 잇든리판서집 사람
들이
『중놈이 패씸하군』
『어느 절중놈인고?』
하고서로몰아보는데 끔보주인이
『련화사(蓮花寺) 중망난인가
보오』
하고말하는 것이그중놈의 봉새
를짐작하는것가탓다
『중망난이라니?』
『수십일전에 중놈하나가외막
에와서 외를따서 달라는데묵
자가불량하야 보이기에 공연
고갈가의심이 나서외밧줄 곡식
을가지고와거든먼커내노흐라
고말햇더니 곡식? 하고뇌면서
대어들기에 마어보라고떠밀엇
소 그러바위덩이를떠미는것가
틉되다 『다떠밀엇니?』하고중
놈이 내두다리를붙처주고섯다
로치어드는데 오장이다쏘다질
것가틉되다 턴덩이귀해서 외

를따서바치마고 항복 햇지요
그랫더니 진작그럴것이 사하고
노하줍되다 나중에들으니까
몃칠전부터 비슬산(琵瑟山)련
화사에와서 잇는중놈인데 련
하에망난이라 절에서도 두통
을알른답되다 중놈이 그날외
맛을보가 가더니 그뒤로는이
십리길에 사흘도리로 와서외
를공먹고가지요 먹고갈뿐인
가요상좌놈준다고가지고가기
까지하지요 십정이 사나워주
을디정이지만 참지만코 엇더
케할수가잇서야지요오늘도외
먹으려 오든길인가보오』
『그런케행패하는 중놈을버릇
을못가르치?』
『버릇을가르치라다가 누가흉
낫라구요 힘이던하 장사요나
를석구로놈에 새쐐기 하나놈
듯합되다 중캥도어느 절에샘
물이잇서서 그샘물을 먹으면
힘이 난다는구려그래서그절에
는약한중이 업다는데 망난이
놈이 어렵써부터 상좌노릇 하
면서그샘물을 실컨먹고 자란
까닭에그렇게서도장사된유명
햇답되다』
리판서집사람들이 끔보주인의
이야기를듯고서
『그샘물이나먹으러갈가』
『힘난뒤에 참외를공먹으러올
라나?』
『끔보는 참외를 공먹히다말겟
네』
하고서로웃는중에한사람이
『커것보게』
하고말하야 여러사람이 일시
에건너편을바라보앗다중놈이

보교두채를 만하놈고 집에서수
십간떨어커잇는 나무숩속으로
몰어가는데 조립동이는 나귀등
에서떠려잇고 하인은 모다도망
질을친모양인지한사람도눈에보
이지아니하얏다
『보교속에 부인을떠어가지고
가는것일세』
『커중일놈이 백주로상에서부
녀ㄷ겁탈하대그려』
『커놈을떠케하면 조란말인
간』
하고여러사람이 짓거리기만하
는데아여것 말참견 아니하든석
정이가
『엇더케 하는것은다무어요?
중놈버릇을가르커야지요』
하고씨벌덕 니러서며끔보주인이
착총란면서
『총각 가지말게목숨이 위태하
니』
하고붓드는것을석정이 가손으
로뿌리치고참외막우에서펑충뛰
어 나려갓다
그중놈이 소복한부인을 보교에
담어가지고 숩속으로 들어가서
욕보힘하는 부인을 갓난아히드
달으듯하얏다 치마속것 할것업
시 부인의아래옷을 갈갈히찌저
서 벌거벗몸을 만들어노핫다 쳐친
옷으로뭉쳐잡아 부인의 두팔목
벼려어 나무에동여매고 발버둥
치는정을 막으라고 무다리까지
각각 좌우나무에 동여맷다 부인
의얼굴는 새파랏케질리고 입술
을악물어서 입귀에는 피기흘러
끄 눈은감고 뜨지못하얏다 석정
이가 뛰어오는길로 조립동이게
와서보니 중놈이탕 면동자를휘

어부처서조립동이는두발을써지
못하게되엇섯다 석정이가 그동
자를뺏아노흔뒤에 조립동이를 안
아나따엿다 조립동이가 주커를
때안자서
『우리 어머니를 중놈이』
하고숨을가르치며 눈물을흘리
는데석정이가
『어서날어서 가러간』
하고 팔을 주커들라고하니
조립동이는어진혼이나가서 몸
을간누지못하는데다가 발에힘
이업서서 드듸고서지못하얏다
『이따위로 지테하다가는 배
부인이 봉욕하겟소뒤에오 나
먼커갈것이니』
하고 석정이가 한달음에뛰어
와서 숩속에들어서다 눈압히나
타나는 광경이 해참스러워볼수
가업섯다 석정이는 옷두발을다
추고서서
『중놈아』
하고 소리를질럿다 중놈이꾀
숩에대여섯든손을떼고 옷깃을야
무렷다 석정이가 재차
『중놈아』
하고 소리를질으니 중놈은커
리가라는뜻으로 손을내저엇다
『개가튼놈 이리나오너라』
『망한놈의자식이』
하고 중놈이눈을부라리 따니
골굴이 혀사이업서서 골굴참는
모양으로
『총각놈 수생기게해줄께니엇
다오너라』
하고 룸치고나서 다시괴춤에
손을대어엇다 석정이가 뛰어들어
가서중놈의뒤상투를휘어잡고
어다리니 중놈은 옷도리가뒤로

쥐쥐지라다맙고쥐삽는관이미여
쥐나갓다 즘생가튼 중놈은욕심
품人심이라올라서눈밥이뒤집힌
중에휘밥을낫나서 눈에 보이는
것이업사 눈이것다 용소리를쉽
드녀 몹쥐엇다 무로볼따쉬해밤
人군애메로몃길을쯔쥐나와서단
한번에바삼내라고 두쇠가큰 주
먹으로사정엽시후려쳣다석정이
가 술쥐손을내놉어 덜뭉을바뎌
쥐나 그주먹이소용업시되엇다중
놈이덜뭉을쳐라 쳐라다 가잘되지안
는것을 보고밝人갈도 룸人두면
을내실듯니석정아개쥐어던 덜뭉
을노흔고 나오는 발뭉을가두며
집어번쩍우호로치어들자중놈이
벌떡뒤로잣바졋다이것이말하자
나절사순식간의일이엿다중놈이
땅오에 잣바쥐쥐 석정이를쳐어
다녀고
『총각 장사입세』
칭찬하고 그 다음에
『총각 그러면 내가술따계나가
잇다가 나중에둘어올세』
맘하고 황상스럽게 웃는것을
석정이가 발로 죄신거리며
『어서널어서라』
하고 쇠지첫다
석정이가 중놈을 압세우고술
박계를나오니 초립동이가 밥을
질질흘고걸어오는중이엇다
『어서들어가서 며부인을풀어
노오』
하고 석정이는 중놈의등을밀
어가지고 집가에나와서 주커이
친되에여보 여보하고 큰소리로
하인들을 불렀다 하인들이하나
둘식모혀들고 참외막에 앉든사
람들도모다이편으로건너왓다중

놈이 칠면에가더 섭섭하못하
고안젓는것을 보고 외막주이곰
보는 석정이를 도술하는사람으
로생각하는지
『장사도도술압헤는소용업네』
하고이사람 저사람을 돌아보앗
다석정이가 하인들을 슉속으로
다내더니 얼마동안 아니지나서
보교뒤에 옷옷을버슨 초립동이
가하인에게 부축을밧고 뒤쳐왓
보초립동이의 옷옷은 그어머니
의밝난몸을 가리게한 모양이다
교군人군이 보교를 나려노코바
람에열리지 안케압문을 단단히
동여매는중에
『이애안인(眼人)와 정합을갓
주어보아라』
하는 가는목소리가 보교속에서
나오며 초립동이가 석정이압헤
와서땅수가지하고서서
『정합이 누구십니까?』
하고물엇다
『정합입소』
하고석정이가 엽엽우스니
『그러시지말고 가르쳐주십시
요』
『정합은나스니 총각백정으로
나알고가시요』
하고석정이가 그하인들을 향칙
야밧비떠나게하라고재촉하얏다
하인들이 놀란정신을수습하고갈
갈차림을차리는중에석정이가중
놈을나려다보며
『조그만힘을밋고 행패하고단
니다나우수운놈이 처음에는
네가세상에서 천 　 는 중놈
이가에 천대밧는것으로 보아
용서하라 하엿더니 하는짓이
용서하지못하겟다 제집이생각
나면어따개서 하나 업어가지

빽주로상에서 접할이 무어야
개가튼놈가트나』
하고우짓고 중놈의 팔히목을
두손에걸더쥐고 하번힘을 쓰니
중놈이상을 홍악하게 찡그리며
빠부싀지는 소리가자근 하고나
앗다
『너의목숨 부쳐주는것만다행
으로알고 어서빨리가거라』
하고석정이가 중놈을 또진뒤
에리관서집 사람들을보고 몸아
갈것을 말하니엽헤섯든 곰보가
누서운 총각을대접할 생각이나
서말까지공대하야
『아즉늦시 아니하니 외나멋개
더잡숫고 가십지요』
하고 다시외막으로 가자고청
하는것을
『다음날다시오지요』
하고 석정이가 머리를가로흔
들엇다 리관서집사람하나가 내
행을아온하인한사람과무슨이야
기하는것을 석정이가보고
『무슨이야기요고만갑시다』
하고 재촉하얏다
석정이와 리관서 집사람들이
얼마아니와서구내행에게길을비
켜주게되엇다 그초립동이가 홀
로된어머니를뫼시고 창녕외가
에를왓다가 현풍 자긔집으로돌
아가든길이데 외가가 갓가운까
닭에 모자간에 의론하고길을돌
치게된것이다 초립동이가 석정
이를보고 나귀에서나려 걸어오
는것을 석정이가
『어서타고가시오』
하고 번쩍안어서 나귀등에올
려안치니 초립동이가
『미안합니다 그러면압서가겟

습니다』
하고인사하는데 석정이는 인
사대답으로 고개를 끄덕이엇다
『험이야』
『난간이다』
『바닥이험하고』
『오냐』
압채삽이 놉흐서섭기고뒤채잡
이는대답하며보교가거칠냐시나
가니 뒤떠라가는 나귀가초싹초싹
하며 밧비걸어갓다
그날밤에 리관서가 며사와가
티이야가하고안젓는데 부리는아
희가밤으로들어와서
『성참판댁 서방님이 오셧습니
다』
하고런홍하니리관서가
『그사람이 밤저녁에무슨일일
요』
하고 혼사말을하얏다 청씨의집
은리관서집에서 그다지 멀지아
니하나 세시인사와공경상문
이외에는별로 상종이업
는터이다 리관서는 넉넉한재상
이라고어른으로 대접 하지마는
리관서의아들은 절름바리 량반
이라고 친구로 사괴지아니하는
까닭에 리관서의아들과 로소변
과(年紀)나되는청씨는고사하고
청씨일문중에나이젊은사람들도
며개는 서로서어하게 지내는것
이엇다 리관서가청씨가밤에차저
온것을괴상히생각하며
『들어오시라고해라』
하고아희에게말을냇다 아희
가나간뒤조금잇다가나이사십여
세된사람이 들어와서 리관서에
게절하고꿀어안젓다
『무슨일이잇서밤에차젓나』

『밤에와서 보입는것이황송하
온데이나 시생의 자친이밤에
라도가라고말슴하서서황송한
것을무릅쓰고왓습니다』
『자당이 가라시어?대톄무슨
일인가?』
『다름아닌일이 아니올시다시생의
매부가 현풍사람이올시다 매
부는 년전에작고하고 생질하
나가잇습니다』
『그래서』
『향임자친수신에 누의
와 생질모자가와서 묵다가오
늘회넝하게되엇습니다』
『그래서』
『집에서 흉한 중놈하나를 맛
나서』
하고 청씨가 한번며사람을바라
보고말을니엇다
『큰봉욕을하얏는데 며간택에
잇든사람이 구하야 주엇답니
다』
리관서가 석정이의 한일을들
어알고잇는터이라 속으로
『석정이를치러왓구나』
하고생각하며
『자네매씨가 그런일을당하얏
더란말인가 내집에 잇는사람
인것은 엇더케 알엇나?』
『하인이 물어보앗더랍니다』
『나는몰랏네』
『그래서 시생의자친이 곳대감
께가서 보입고 말슴이라도 엿
줍고오라고하서서 밤에왓습니
다』
『내집에잇단니러온 총각아
희가과운人물이나쓰는모양입
세그총각아희를불러볼까?』
『총각이 백정이랍시요?』

『쇠백정의아들이야』
『불러볼것은 업습니다대감께서날을불러서서한번시생의집에보내주섯스면조켓습니다』
『말은넘려봅세만 귀톡하단칭찬바드러가랴고힘들지듯물으겟네』
『아무쪼록 보내주십시요시생의자친이 친히불러보시기까지하겟다고말습하십니다태임하인을보내겟습니다』
하고달은말을 수어하다가 성씨가몰아갓다 리판서가 대사를바라보고 한번웃고 석정이를불른다고하야 석정이가웃간에 와서안진뒤에말을걸고하게
『너의구원한 부인이청씨집을안데그집에서 너를 고맙게생각하야한번 청하러온다더라』
하고말하니석정이가
『청해다 부엇하게 요?하덤배받수십허서요?』
하고말을식하고안젓섯다
석정이가 리판서집에서 묵는동안에 청씨집안에서 석정이에게 보신을 보내고 별마진옷을보내고또음식가지 보내서 리판서부인이 몬저바더노코 석정이에게 알만주 석정이는
『아주머니 그런와바드시요』
하고사설하얏다
『주는것은 바더도조치아니하냐?』
『구지안바들것이무엇이냐?』
하며 리판서부인이 말하다가 나중에는
『주는것을 구지안바드면그것도욕거린다』
하고라넘렷다

석정이의한일은 안사람 두사람나 차차로알게되어서
『백정놈 장사가 리판서집에 와서엇다』
『장사백정놈이 리판어무인의 겁시다』
『정경부인이나고 련하장사가 나나리판서의 처가는 백정놈의집이라고 우숩게 볼것이아니다』
『백정놈의집이라도 뫼ㅅ장이나어더쓰면 사람이나는 것이다』
리판서부인까지 들치어 말하는 사람이만헛다 어려한말이 리판서아들의 귀에들어와서 그는창피한생각으로 어머니를 보고
『용면히석정이 때문에어머니 말까지 남의입에 올으나리는구려』
하고불쾌한빗을 얼골에 나타내나그어머니가
『그러면엇더란말이냐』
하고나무래는 귀색을 보이엇다
『백정이라고 놈이나면이나하고말하는것이 무엇이조하요』
『백정을백정이라는것은 힐수업지만 놈이니면이니 하는것은비바릇들이 사나워 그러하지』
『사람이창피해못살겟소』
엽헤잇든석정이가
『잘하나못하나 욕만먹는사람을생각해 보시요 백정도사람이지요』
하며한탄하고나서서 몃십년 동안 애속이썩고썩은 리판서 부인이
『창피하다고 말한것도업고속상하다고 한일것도업다』

하고 가늘게한숨을지엇다
리판서가 대사와석정이를 생향한뒤에가라고 붓들어서 대사는 그런케 월엿한모이 엇스나 석정이는 그런에떠나기겟다고 고집하야 석정이는 몬저가고대사는추후하야가지로 작정 되엇다
석정이가 떠나간뒤에 대사는 너[illegible] 더묵더가 떠나는데
리판서가
『석패가다시왓나가를고말갈수잇나 저생에가서나 맛나보세』
하고 놈 [illegible] 다시한번 바라보니대사는
『저생에가서 맛날것인를고말할수잇습니까』
하고 호젓하게웃섯다

대사가 새재를넘어서연풍(延豊) 괴산(槐山)을 지나 무긔에 왓슬때 중몃행하나를 맛낫다
『스님 어느절에게시요?』
『죽산칠장사(竹山七長寺)에 잇소』
『칠장사요? 제가 칠장에잇는 중인데요』
하고 그중이 괴상히생각하니 대사는 점잔하게도로
『칠장에가 잇서보랴고생각하오』
하고 비그레웃섯다
『지금 칠장으로가시는길인가요?』
『글세 그럴까보오』
하고 내사는남의일갓치 말하듯이대답하얏다대사가그중과동행하야
죽산칠장사에를차저왓다대사가 큰법당에들어가 안저서그절에잇는 중들을보고
『내가이절에 엇스러왓스니밥고왜앗진방을 하나치워라』
하고자기상좌들에게말하듯하니중들이
『미친사람이로군』
『내쫏차버립시다』
하며수군수군하며서로몰아보는중에대사가 벌떡 닐어서며
『너의들 모다 살아데로나려가거라』
하고손가락질한번에여러중들은누가내모는것가티정신일코는 아래로몰려나려왓다
『거긔들 붙어안저라』
여러중들의 누들이 절로굴리어젓다
『내가이절에잇스러 왓다면고

만이지누냐이누엇이나」

여러중들의 고개가또 섬보슈으라졋다 얼마동안 지난뒤에

「치욕이라 욕거하는것이나라시올라놓오냐라」

며러중들이 날아설때 밤에후에나서 며하의모양을 치어다보니 머리에는 금광(金光)이 돌려잇고몸에는서긔(瑞氣)가어리어잇는것가티보이엇다

「생불이 강림 하신것을몰ᄂ이업서몰라뵈엇다」

하고여러중들이 나란히 합장배례를드리엇다

이리하야병헤며사는칠장사에서생불대접을받고지내게되엇다

(第一話갓바치終)

동궁의 외삼촌인 윤임은중년을곰게생각지아니하고중던의오라버니되는 윤원로 윤원형형데는동궁을미워하야처음에알륵이두윤가의 집에서 생기며부터차차로류언비어(流言蜚語)가세상에 몰기시작하고 마츰내시비의문이뎌덩에까지 나타나게 되엇다이때령남레안사람리황(李滉)이서소문안에와서 우거(寓居)하며 교리벼슬을 단니는중이엇는데 어느날수찬림형수(修撰林亨秀)와 지평뎡희등(持平鄭希登)이각각 리교리를 차저왓다가서로맛나게되어주인손세사람이고금치란(古今治亂)을말하든끄테발이윤가알륵에미치엇다림수찬이 소매를거드치며

「그것이 하음뎐일이기에뎌덩에서까지 의론이 분분하단말인가한두놈에게형장(刑杖)맛을알리기만하면곳지식(止息)될것이니」

하고말하니한두놈이라고하는것은원로원형형데를가르치는의미라뎡지평이 고개를흔들며

「아니 그래서는아니되네두윤가의알륵이사사원수로나온것이아니고국가에관계가잇는일인즉먼저교란(交亂)한죄로두윤가를 함께탄핵하고 그다음에 분쟁(紛紛)의공사들을쳐버서 별로히다스려야될세」

하고 말하는데 말소리와그색이 함께씩씩하얏다 단정하게안젓든 리교리가 잠간자리를옴직이어 압흐로나안시며

「원흉(元兇)의편이 공정한말일세」

하고 림수찬을 바라보니림수찬이

「자네들이 대소과(大小科)모다동년(同年)이라고 동년의(同年誼)를 차리어 편을드는모양일세그려」

하고 껄껄웃엇다 리교리가

「실업는사람」

하고 온사하게 웃고나서얼굴빗을고치고

「동궁의사속(嗣續)이업스신까닭으로 외간에 류언이만히생기는모양이니 이것이 우려(憂慮)할바이아니겟나」

하고 두사람을 돌아보니뎡지평이 옷깃을 고치며

「동궁께 압서성덕(聖德)이갸륵하압서대던세자의국진하시고대군께우에가돈독하신터인즉동궁께서만일장래에까지 사속이 업스시다면 대군으로 세데(世弟)를 책봉할실터이지무슨우려가잇겟나」

하고 말하야 리교리 [illegible]시 고개를끄덕이고 림수찬은

「[illegible]들의말이 올흔말일세나는동년의(同年誼)가업지만 올흔말이야 올타고아니할길이잇나」

하고 번즉이웃어두엇다

「사수(士遂)의실업는것도 병이야」

하고 뎡지평이 리교리를돌아보는데

「병인지는몰으나 잘하는일은아니겟지」

하고 리교리가 빙그레웃스니

「자네들이 나를엇지알고잘하고못하는것을 말한단말인가」

하고 림수찬이 누은채로고개를모로돌니어 리교리를 향하야

「정호(靜浩)」

하고 몬저그의자를 불러노코말하얏다

「자네가 사나이며장부의행사를알겟나?」

「자네는아는가?」

「암 내야 알다뿐이야」

「알거든 어듸말해보게」

림수찬이벌덕닐어안저서

「눈이 산중에 가득히싸힌때근강궁(?)을 [illegible]에매고천금보도(千金寶刀)를 허리에차고 철총마(鐵驄馬)를 칩더타고 산골도달려들어갈제 압헤서 큰곰이뛰어나와 어뒤로갈지몰라서 합부부 뛰는것을머삽에 쏘아누이고 뒤에서다러와서 칼로잡나무를 비혀저처 화로를 노코 긴꼬창이로뀌고기를구어가며술을마시다가 술이건아하게취한뒤에 엽골을 치어들면 어느동안눈이시작하야 면화(棉花)가튼 눈송이가 술취한얼굴에 선뜻선뜻떨어지는맛이라니 자네들가튼 고리삭은선비로야 꿈엔들맛볼수가잇나 자네들 장기란것은 말하자면조충소기(雕蟲小技)이지」

하고거침업시 크게웃스며무릅을치니리교리와뎡지평은서로돌아보며웃엇다

말이란것이 날개는업지만 날러단니기를 잘하는것이라 서소문안리교리집에서세사람의어야기한말이 윤원로윤원형 형데의귀에 들어가게되엇다 형데두사람이 조용히안젓슬때 원로가

「림형수란자가 우리에게형장맛을 알려야한다니 맨망스럽지아니하냐」

하고 림수찬을 미워하야말하니 원형은

「뎡희등의말대로한다면 윤임이나우리나 모다큰일나겟소」

하고뎡지평을그리어말하얏다

「이것저것할것업시 윤임이우리의뜻대로 되기만하면 뎡뎡에우리들걸어 말할자가업다 림형수가티 거세체하는자도 우리네진몸사간에 발붙드려노케될것이다」

「림형수 뎡희등은 말할것도업고 리황이가튼사람도 못삽어내사람을 만들기만하면 조흘것이지요」

「어듸두고보자구나」

하고 원로원형형데가 서로바라보며 의미잇시웃엇다

이때 왕비는 명세가사십이갓가웟스나 왕의은총(恩寵)을 오로지밧고 지나는중이라 왕비에게리롭지못한말이 왕의귀에 들어갈길이 업슴으로 왕비의언어동작이 왕의보고아니보는 것을갈아 두사람가티 판이하건마는왕은이것을 알까닭이업섯든 것이다 왕은왕비를재덕(才德)이겸비한양으로 녀이어 칭찬하며주등사수는다하더라도 그밤에 왕께총애만하얏다 어느날 윤원로원형 형데가 곤뎐에승후하고나가더니 그날밤에 왕비가침이른대군을 압헤누이고 울며다보며눈물을 흘리는데 왕이나인에들

어오다가 궁人(宮人)에이것을 보고
괴상히 생각하야 우선대군(大君)께
와서 그 자초지종(自初至終)을 들여다 보고
『참자 하군』
하고 다시 왕비의얼골을바라
보니 그동안눈물은 거두엇스나
분우에아롱진 자국이 남어잇서
눈물흘린표적이완연히 보이엇다
『무슨까닭에 눈물을흘렷소?』
『아닙니다』
『아니라니? 무슨 까닭이든지
까닭이 잇겟지요?』
『아닙니다』
『무슨말이든지 속여저말고말
을하시오』
『자는것을 드려다 보고잇자니
흉제불상한생각이나서 눈물
이나온가봅니다』
『왜 불상하기는?』
『죄업는것이 커의명에』
하고 왕비의말에 뒤가업섯다
『커의명에 엇재?』
하고 왕이한참동안이나뭇엇다
시더니
『동궁이 우애가 극진하시와
대군은 걱정이 업습니다』
하고 왕비를 위로하는듯이 말하
얏다 왕비는 고개를 가로흔들며
『동궁이 우애가업다는것이아
닙니다만 대군의장래는 안심
할수업습니다 말슴알외기가황
송하오나 마마께서우애가 부
족하셔서 진성군(甄城君)에
게 후명(後命)을나리시고 녕산
군(寧山君)에게 찬배지던(竄配之典)
을 나리셧습니다까?
마마가타가득하신후대로도동
궁을보전하지못하셧스니 동궁
이야 말슴에 만음수가잇습니
까? 인약(仁弱)한동궁이고와
(放逸)로 대군을 어떠케하지
는아켓습지요만 뒤에 권신(權臣)
들이 잇서 대군을모해하라고
삼사(三司)와 종중하고나중에
정부육조(政府六曹)까지들이
어나서게하면 동궁이 엇지능
지못하고 조칠것입니다』
하고 말을 한동안이나하다
시너어
『대군을 청하시자서손이나되
에서치게되면만이엄엣습니다
만저갑이 어케잡아 청하하게
됩니까?』
하고 화가발뉴한것가티말하고
순에다시 눈물을머금으니 왕은
잠잠코 안저서 옛일을도리켜생
각하며 긴한숨을지엇다
이튿날 동궁에서 오시는안을
들어왓을때 왕은내던에서 대군
을무릎우에안치고
『네가 공주로낫더면걱정이업
슬것아니냐』
하고 한숨을쉬며 왕비를 돌
아보는데 동궁은 죄모 업시황
송한말을 못와여하다가 대군
의장래를 걱정하는 대던말을위
모하라고
『신의나이 삼십이갓갑도록사
속이업사와 불효 마대하오나
대군이 잇습으로 종사의걱정
은업사외다』
하고 말슴을알인즉 왕은미간
을씨프리며 고개를숙이고 왕비
는곱지안혼눈으로 동궁을바라
보고잇섯다 얼마잇다가 동궁이
퇴출한뒤에왕비가
『지금 동궁의말이진의(眞意)
가어되잇는지 몰으겟 습니다』

말을 듯사온속 세상에류언비
어가 업지안라는데 동궁부터
대군을 의심하는모양인즉 잘
못하면 모자가함께 종사에큰
죄인이되고 말것이올시다 애
매한 죄명을쓰고 세상을하치
느니 진작 달른되리를생각하
야 죄백한것이나 세상에알리
는것이올켓습니다 마마께서
는 바부둑이한시정을 중축하
압시니까단견(短見)을용서하
실줄 맛압니다』
하고 대군과 모자가암세자처
라도하겟다는 어운을보이며 목
메인말소리로왕의심사를도닷다
그날동궁에서 큰 사단이생기
엇다왕이동궁에게선위(禪位)한
다는 던교를나리어서 동궁이맨
머리 맨발로내던문밧게뛰어와
엎드려서 던교거두기를 칭하는
데 그눈에서는 눈물이비오듯하
얏다 그때동궁의 의색하야하는
모양을보고 궁인들중에는 남몰
오게눈물흘린사람이 한두사람
이아니엇섯다 여러시각 동궁이
울고 엎드렷던뒤에 대던에서
동궁을 가긍하게 녁이는말이나
서 선위던교를 불우쳐두는처분
을나리엇다 이리하야 이큰사단
이 궁중에서 쇠치고 되명에까지
나타나지아니하얏다

윤원로윤원형이 중단에서 사이
에노코 대던의말을 흘들어서동
궁을 편롭지못하게 할뿐이아니
라 두고두고 가진흉계를다써서
동궁을 해치라고하얏다 어느해
정월달일이다 아닌밤중에 동궁
침던에 화재가낫다 궁인하나가
요줌누라고 닐어낫다가 창문이
넘우밝은것을 괴상히생
각하야 밧글내다보앗더니 이때
불이 발서 동궁침던에붙다부텃
섯다 그궁인이 정신업시
『불이야불이야』
하고 큰소리를질러서 이방커
방여러방에서 궁인들이 모다놀
라닐어낫다 궁인들은 급하자든
쇠레 갑작이 경접하야거지반들
엇지할줄을 몰랏섯다 동궁께분
안가라고 황망히 머리에첨지를
언고 단속것바람으로 나오다들
어가는궁인이업슬가패물궤짝을
안고 쩔쩔매는궁인이 업슬가부
수리를몰르느라고 악쓰듯 소리만
질르고안졋는궁인이업슬가수버
안앞내인이 손人것을 맛잡고사
대를나리듯이 떨고잇지 아니할
가우수운거동이한둘이아니엇다
조금정신들을 차리며부러는 여
러궁인이각각자긔의물건들을어
내느라고 부산하야 동궁침실에
와서보는사람이업섯다 그날밤에
뎡귀인(鄭貴人)이란이가동궁을
뫼시고자다가 놀라닐어나서 급
히의복을닙고문을열라고한즉침
실던문의박갓고리가걸리엇섯다
뎡귀인이 안복도로나문을열고나
와서침던에서 떨어져잇는 별채

궁인의방으로동궁을뫼시어오고
그다음에 또세자빈마마를 뫼시
어오게하고귀인이다시동궁침실
에가서의관이며서책이며그외동
궁의손그릇들을들어내고
하얏다 이리하는동안에뒤에서
란간이라고 기둥이라고 석가래
가탓다 눈우의 매운바람이불人
긔세를도아서 동궁침던 안채
가 불속에싸히며 화광이충던하
게되엇다 우에대던중던이 바게
나서고 아래별감무감들이 쏠날
음을쳣다 궁중상하가 물끌틋하
얏다 궐내에숙위(宿衛)하든 위
장(衛將)과부장(部將)들이숙위
군사들에게 결낫 독기등속을들
리어가지고 황황히 쏘차들어왓
슬때는 기와人장이 불에서튀어
사람이근처에 섯기가 어려웟다
물그릇을 번질날르다가 불에서
어언저서 번채에 옴겨붓지못할
반쯤人긔세를주리엇스나침던
한채는 고스란히 태워버리고말
게되엇다 대던에서 동궁의안부
를몰라서 칙히 동궁에동가하랴
할즈음 중던이
『동궁이중합니까? 종사(宗
社)가중합니까? 마마께서화
염중에들어 가신다니 말슴이
아니되옵니다』
하고 리유를부처가며 말리어
서 대던에서발을멈으고 섯슬때
동궁이 뎡귀인을다리고 들어와
서 문안을엿줍고 뒤미처세자빈
박씨가 들어와서 문안을드리엇
다 동궁이뎡귀인에게 침던첫을
대강섭외니 대던에서는
『신통하다』

『긔특하다』

하고 칭찬을마지아니하고 중뎐은

『뎌제집 몸이재게생겻다』

하고 칭찬비슷이말하얏다 이 화재가 어듸서부터난것은 궁중에서아는사람이 업섯스나

『그놈의짓이니 무어』

하고 수군거리는것은 원보해나뎐 지목하는말이고

『그놈들의흉계야』

하고 속살거리는것은 원로원형뎡데를향해 지목하는것이엇다 궁중의지목이 원로원형뎡데에게 몰아가는것을 대뎐에서는 알지못하야 까닭업는 불이라고 귀화(鬼火)인가하는중뎐의말을 올케 넉이엇다 몃칠뒤에동궁에서 시강원(侍講院)제신에게 서하얏는데 대개뜻이 압에와가탓다

『덕업는사람이 외람하게동궁에 잇게된까닭으로 하늘이 벌을 나리어 조종묘(祖宗廟)부터 때여먼간 뎐래한집이 하루아침에재가되엿는데 우로종사(宗社)를경동케하고아래로백료(百僚)를황황케하얏스니이러한변은 권고에업는바라 내가자책함을 마지아녀 하나실로번에대하야 죄신할바를 알지못하나 여러료관(僚官)은 솔여러빈사(賓師)와 가티 의론하야밝히교도(敎導)하야주기를바라노라』

동궁생각에는 조종으로부터 뎐래하는 집물태운것이 자긔의 부덕소치라고하야 세자위를 사양할맘이낫섯스나 경솔히 말하기가어려워서 시강원관원에게 그대로번번하게지시할도리를하다못하게된것이나 이때동궁의 생각[illegible]따로아는사람은 화재에 대한하교로 동궁을더욱가엽게 [illegible]이엇다

동궁화재나든해겨울에 대뎐에서 병환이낫섯다 처음에상한(傷寒)긔미로조금미녕(未寧)하든것이 불과몃칠에 증세가심상치안케변하야 내의원의관(內醫院醫官)들이 정성으로약을드리엇스나 약효험이 나지아니하얏다 동궁에서는 주야로시침(侍寢)하야친히 의약을 보살피는데 초민(焦悶)한맘에침식(寢食)꺼지폐하야 몃칠동안에 경용의 수척한것이 병환중대뎐과별로달음이 업섯다 그러나 대뎐은고통중이라서 알지못하고 중뎐은심란하다고 몰으는테 하고 옹주나아 어린대군이 뼈며로죽아나미음을 지성것권하야 동궁이곡기를 끈케되지아니 하얏나 대뎐환후가 더욱침중하야 큰변이조석에날것가트니동궁은목욕재계(沐浴齋戒)하고 내뎐뒤뜰에나려서서하늘을우러러보고몸으로대신하기를축원(祝願)하는데 찬바람을 무릅쓰고져울긴밤을선채로 새웟다 하늘이 앎음이잇스면 동궁의 지극한효성에감동이 되엇스련만 대뎐의병환은 구원될티지못하고 상천가니게되엇대 동궁은 발상한뒤에 여러차례 혼도(昏倒)하얏는데 아니라 여러날동안 미음한목을 마시지 아니하야 나종에는곡(哭)소리가입에서나오지아니하도록 [illegible]하얏다 처음에대신이 옥새(玉璽)를밧들고나와왓슬때 통곡하며 밧지아니하야 조뎡제신들이 대위(大位)는하루도 비지못한다고 국보(國寶)를바드시라고청하고옥새를드리는데 옥쇄가 압헤이른족통곡하며 차마밧지 못하니제신들중에는 따라서 눈물흘린사람이만헛엇다 종빈지처 한뒤에동궁이 할일업시 눈물로통상을 저시며대신이하 제신의 배례를바덧스나 상사에관한 일외에는대신에게 일임하고 돌보지아니하얏다 새임금이 집상을 과도히하야초상부터졸곡(卒哭)까지미음과죽외에는 진어(進御)한음식이업고 밤에친뎐에 눕지아니하고인산을 지난뒤에도 오히려상차(喪次)를떠나지아니하야대신들이 친뎐에서 긔거하시기를두두히청 하얏스나 우에서잘듯지아니하얏다 또새임금은 자뎐(慈殿)에대한 도리를 극진히하차리어백가지로 대비의맘을 위로하라고 힘썻스나 대비는하루한두번식미안한 처분을 나리지안는날이업고 그것이날이 갈사록 점점심하야 과부와 어린아희가 명에죽기를 바라지 못한다고고의(故意)로울며불너하는때도입지아니하얏다 대비의미안아나릴때는 상감이억색함을 못이저하면서도 그미안을 불다고칭의 (諡號)를다하건만대비는목석아닌사람으로 심성이엇지 되엇든지 그칭의에 감동되는빗이 업섯대 상감은창약(?)한긔실로초상이후붑시 지친하데 대비의맘을엇지못하야 심려를 만히하얏으로귀거법절의 불안한때가 점점자저지니 윤원로 윤원형형데와 및 그무리이외에 조뎡 제신들은한업시 우려하야성궁보전(聖躬保全)할계책을생각하는 사람이 한둘이아니엇다 옥과현감 김인후(金麟厚)가달은궁으로 이어(移御)하야 요양(調養)하사기를청하니 이것은대비와 뎐과 각거하시라는말이라 성궁을보전하기에는 제책이 조치안홈이아니로되 도리에 합당치못함으로 상감이그청을 좃지아니하얏다 일개현감이 엇지하야그런말슴을 상감께할수잇섯슬가 대개김린후는 [illegible]라감사 조원긔(趙元紀)에게 [illegible]재요편하든집 (天下文章)이라는 칭찬을바든일한인재로서 동궁과한뒤 시강원설서(侍講院說書)때 [illegible]동궁과 재합이 자별하야남에업는 특별한 은총(恩寵)을입든사람이라 상감도안을 알고자하야 일부러상경하얏슬때 상감이 편뎐에서인견하얏슴으로 상감을위하야 그만한말슴을 엿줄수가잇섯든것이다 김린후는 성균관직강(成均館直講) 류희춘(柳希春)과 정분이특별히 조흔터이라 옥과로나려가기전에 류희춘을 심방하고 여러이야기하는중에 상후불안(上候不安)한것을한거정산아말하얏다

『원로의집에서는 요사이 매일뎐을친다데』

『뎐이라니?』

『상후가평복되시지안키를 [illegible]친다는말이잇서』

『죽일놈들가트니』

『원로는 상감말슴을 심화人거리라고한다니 더한말이잇나』

윤원형의 전재인림백령(林百齡)이 류좌장의 안해와 족친이요 또류좌장하고가튼 해남(海南)사람이라 원로원형의집말이간간히 류좌장의귀에 들어오게되는것이다

『그것이 무슨소리야 지금조뎡에사람이 업단말인가 엇자해서 그놈의형데를 그대로두고본단말인가? 인종(仁宗)이 동궁에게부터그런말슴을구에 담어두기만한단말인가?』

하고 김옥과가분하야 [illegible]뛰다십히하얏다

『나도분한맘이 잇기야하지 그러니엇대케한단말인가? 언책(言責)이업는나가튼사람이상소정쟁이는것은 모사하고 참사가할세나서서 죽기로다툼

어모 윤가[illegible]를 처치하려 는겁니다 우리정주(情主)의 팔만 상[illegible]이 아니겟나」 뭇직장의 말이 옳다 하엿다 하겨 리만[illegible]수판도 『하늘이 우리[illegible]보시면 하고 [illegible]

국 상

윤가 형데가 [illegible] 것이 [illegible]이 아니엇다 그 형데는 세상 사람이 [illegible] 상감의 수명(壽命)을 [illegible]치고 상감을 두고 방자하는것을 충성사로 녀기엇다 주부리 권양(權讓)이 한자 가담해서 [illegible]을 하는 까닭으로 윤가 형데와 날마다 머리를 모흐고 숙덕거리엇다 어느날 원형이 대빈 뎐에 [illegible]하려 들어갓다가 한동안 [illegible]에 [illegible] 가[illegible]하얏다

『수십년전에 소격서 안에 와서 잇든 유생(儒生)이 [illegible] 사람일 성싶은[illegible] 보는것가 [illegible] 알어마치더니 그때 [illegible]어 다시는 [illegible]게 이 내가 그 [illegible] 것이 잇섯는데 어데 [illegible]갓는지 [illegible]

주중에 우연히 생각이 나서 차저 볼때 더니 아모리 차저야 차질수가 잇서야지 정녕 업서진게야 그 류년속에 종사지경(螽斯之慶)은 일왕사주(一王四主)라 귀가 잇섯는데 그때는 몰랏지만 지금 생각하니 날 죽은 인순공주(仁順公主)까지 사에 치면 공주 넷 대군 하나 오남매 낫시 아니엿서?

『일군사주(一君四主)가 아니고 일왕사주이엇습니까?』

『일왕사주로 생각나는군』

『예』

하고 대답하는 원형은 왕(王)한자에 뜻이 가득하얏다 원형이 궐내에서 나오는길로 곳 권양을 보고 수십년전 소격서에 와서 잇든 술객이 누구인것은 아느냐고 물은즉 권양의 말이

『저는 알지못하나 저의 아는 소격서 [illegible]도사는 혹시 알는지도 몰으겟습니다』

하고 권양이 가르치는 도사에게 가서 그 술객의 성명이 김[illegible]인것되 예신관사[illegible] 광주로 간것까지 알어왓다 다시 사람을 노하 알어본즉 김[illegible]이가 아즉 죽지 안코 광주 [illegible]에서 산다는 말을 듯고 원형이가 그 형과 공론하고 권양을 시켜 폐백을 가지고 가서 김[illegible]을 서울로 마저 오게 하얏다 원로 원형이 먼저 지그들과 집안[illegible] 사주를 김[illegible]에게 보이[illegible]으니 원로와 원형의 만해는데가 [illegible]중에 뎡명[illegible]다 누리지 못하리라 하고 원형은 이십년 부귀가 압헤 잇다고 말하얏다

『내가 부귀한다면 몃 년과 십년이 될길가 [illegible] 두 말슴에 하나는 [illegible]것이 아니요』

하고 원형이가 물으니

『그건 나도 몰으지요』

『내 발이 [illegible]』

하고 김[illegible]이 가두동지게 대답하얏다 원로가

『아 나 우리 사주는 엇더하든지 고만두고 이사주나 하나 보아주오』

하고 을해생 사주를 적어주며

『달은것은 물을것도 업스니 사주 임자의 수한만 알어 내시요』

하고 [illegible]이 떨어가는 소조하게 가다리는 모양으로 김[illegible]의 입을 바라보고 잇섯다

『뎡명은 [illegible]십이세요』

원로는 [illegible] 그 아우를 [illegible] 아 [illegible]

『그러치만 금년 [illegible] 칠월 어름에 험사 수를 면하기가 어렵소』

원로의 [illegible] 엇든 [illegible] 물어지고 원형의 눈쌀자는 움직이는데 형데의 얼굴에 다 가라 안은 근심 조하하는 빗이 보이엇다 김[illegible]이는 나이가 [illegible]이나 위인이 [illegible]엇슬때나 [illegible] 부상하야 언어동작에 채신머리가 업섯다

『이 사주 임자는 지금 상감이신데 상감의 수한은 알어 무어 하실라오?』

하고 원로 형데와 얼굴을 바라보니 그 형데가 다 가라 안는 빗이 잇스며

『상감 사주는 부산 상감 사주』

『아니요 [illegible]엇소』

하고 우[illegible] 대답하얏다

원형이가 [illegible] 위인이 되이기 쉬운것을 보고 [illegible] 다리고 [illegible]어가서 자긔 형데의 [illegible] 소망을 [illegible] 이야기하고 자긔 집에 와 잇서서 자과들과 [illegible]가 [illegible]하면 다음날 부귀를 가티 누리겟나고 말하얏더니 속이 여튼 김[illegible]이가 원형의 꾀임에 넘어가서 원형의 사람 노릇할것을 맹세하다 시피 말하야 그뒤로는 김[illegible]이가 원형집 순이 되어 주인 형데와 [illegible]과 네 사람이 함께 꿈[illegible]하게 되엇다 김[illegible]이가 사람 방사하는 방법을 아는것이 잇서서 원형에게 말하얏더니 원형데가 대단히 조하하야 곳 그 방법을 사행하기로 작뎡하얏다 그 방법은 산[illegible]를 조용한 곳에 들어가서 제웅을 만들어 노코 제웅 눈에 [illegible] 사람의 사주를 써서 부치고 매일 바늘 하나식을 박으면 칠월 만에 사주 임자의 목숨이 끈허진다는것이다 원형의 형데가 남산 으슥한 구석에 초막을 짓고 김[illegible]이 되어 가르치는 방법 내로 제웅을 만들고 그 등에 상감의 사주를 써 부치고 매일 바늘 하낫식 박어 가는데 괴상한 일은 제웅 발에 바늘을 박는 날부터 상감은 발이 쑤시어 못견듸어하고 또 제웅 팔에 바늘을 박는 날부터 상감은 팔이 쑤시어 못견듸어하야 이삼일 시난 뒤에 상감은 온몸이 쑤시지 안는 곳이 업섯다 원형의 형데는 궐내의 소식을 듯고 박자가 [illegible]하고 조하하야 닷새되든 날부터 원형이 [illegible] 어느 시[illegible]갓다 온다고 핑계하고 남산 초막속에 가서 [illegible]치 잇게 되엇다

원형의 형데가 남산에서 방자를 시작하기 전에 상감이 [illegible] 별안쳐분으로 전에 [illegible]하얏든 김식(金湜)의 가택과 재산을 주어주게 하야 김덕수는 그의 [illegible]어머니를 뫼시고 전 [illegible]아버지의 집으로 이사하고 김[illegible]는 맛형의 굴방 차렷든 집으로 이사하고 혜화문안 갓바치 살든 집에는 김덕순이 [illegible] 살림으로 밥해줄 사람만 두고 지내게 되엇다 덕순이가 아우 내외에게 언치어 잇슬 때와 달러 각금 [illegible] 오는 양주 석정이도 몃칠식 묵다 가기가 편하얏나 석정이가 혜화문안에 와서 묵고 잇슬때다 어느날 점은 중 하나가 차저와서 덕순을 보고

『집서 바님 소승 문안 드립니다』

하고 인사하니 덕순은 처음 보는 중이라 [illegible]사 대답으로

『어느 절에 잇는가?』

하고 물엇다

『죽산 칠장사에 잇습니다』

『시주(施主) 어드러 단니는가?』

『아니올시다 수념의 편지를 가[illegible]하고 왓습니다』

『[illegible] 편지는 누구야』

『[illegible]해 [illegible]사옵시다』

덕순이와 석정이는 다 가라[illegible]며 빈가워하얏다 석정이가 창녕서 떠날때 미사는 늦더위지나거든 온다고 뒤떨어지더니 그 뒤에 창녕서는 서울로 올라갓다는 [illegible]별이 잇섯는데 서울은 온 별이 업고 중간에서 자취가 업서저서 삼사년 동안 생사 존몰을 몰으든 터에 뜻박게 소식을 듯게된것이엇다

『편지 어듸 잇나 어서 이리 내어』

덕순이는 편지 보기를 급하야

하는데 석정이는 중을보고말을 물엇다

『병해대사가 죽산가계신지몃해나되엇소?』

『올에사년재인가요』

『참녕서오시는길에못가섯군』

편지봉을뜨더 보든 덕순이가

『여긔네게오는편지도잇다』

하고 석정이를 몰아보앗다

『뜨더보시요』

『그래라』

덕순에게 펴지도 사연이간단하나 칠징에연분이 잇서와잇게되엇다는말과 속히단허 미안하다는말이 나잇지마는석정에게온것은 몃줄말이업시

『제봉을 살펴바 봉을아라나의낫을보아서목숨만은살리고이쪽지를주어라』

무슨소리인지 알수업는 말반적히고 개견(偷閑見) 이라고쓰인 적은 봉시가편지속에들엇섯다

『그게 무슨소리요?』

『나도몰으지』

『편지쪽에 무슨말숭이잇삽되까?』

하고 석정이가 중에게물오니

『별말숭업서요 혜화문만오는걱울가릇켜주십입되다』

하고중이석정의말을대답한뒤에 덕순을 바라보며

『십선생님이란이의대이 여긔서갓갑니지요?』

하고물엇다

『십선생이돌아가서 대상이서잇는데 십선생에게 편지를만체[illegible]요』

『선생님이 십선생온것을아실까닭이업지요』

덕순이와석정이가서로보고말하는것을 중이듯고잇다가 한번 하하웃고서

『우리스님이 엇더신분인지잘들몰으시는구려 그만일을 몰으시고 생불(生佛)말승을 들으시겟소 스님이향을 피우고 눈만감으시면천리만리 박일도환하게 눈으로 보시는것가티 알으십니다 지금편지를보고 말숭하시는것도 스님은알고가실것입니다』

하고말하고서 손가락을 곱아보더니

『십선생님이란이의 대상이인제사흘남엇구먼이요』

하고말하얏다

『가만잇거라 참말한사흘박게 아나남엇는가부다』

『글세요 하여튼지얼간일것이요』

『그것보시지요 내가떠나기전날밤에 스님말숭이 대상이몃새남엇다고 하십되다 그때고향한쪽을 조희에싸주시며 대상에쓰도록 갓다 드리라고하십되다』

하고 향쪽싼것을 바랑속에서 차저내어 덕순이와 석정이를보이엇다

칠성사에서 온중이 십선생집에가는향을 던하고 돌부혜화문안에와서 하루밤을 묵어가는데 덕순이와 석정이는 대사의범절을자세히물어보앗다

『날마다하시는일이 무엇인가?』

『불공보시지요』

『상좌는몃사람인가?』

『온절중이모다 스님의상좌섬이지요 그중에 스님밤에서스님을뫼시고 지내는사람이소승외에 두사람이잇습니다』

『훌륭한대접을받는군』

『그러먼이요 대접여부가잇습니까 중들은말승할것도 업지만 근처속인들도 모다대접합니다』

『그건 엇재서?』

『병잇는사람이 절한번에병이낫지요 자손업는사람이 스님불공한번에 자손을보시요 이무리부식한 사람이라도 눈압에덩것을보고야 대접아니 할수잇습니까? 죽산아침(安城)城·룡인(龍仁) 근방사람들에게칠성사생불님이라고물으면 거의몰을사람이업습니다』

애근날덕순이가 답장을써주어 중을떠나보낸뒤다 석정이가 부쇠가든편지를 돌처생각하고

『제봉을무어고 낫보아살려시란은누구이랴』

하고 혼자말가리 중얼거리니 덕순아말이

『평소에말한마되 지망지망이 아니하든사람이 중착입는말을편지로 적어보냅리업스니 두고보아라』

하고 대사의사람된것을로 그말이곽절이 잇슬것을미더서 석정이도

『글세요』

하고 그쪽지편지를 줌치속에 접어넛햇다

그날거녁때 덕순이는 큰집에 가고 석정이혼자 밤에들어안젓다가 갑갑하야 행길가에나섯더니 건넌편에 몽리네편네기네다섯이 함께 모혀서서 참새가치 지저귀는데 석정이가 들으라는말이잇슨것도아니지만새소된복소리로 지절로귀에들리엇다

『래일모레 남산국사당에 밤굿이잇답되다 구경들가십시다』

『아이구나도가야지』

『남고나설옷이잇서야지가지』

『굿구경도조치만 밤에남산대가를어떠케올라가오』

석정이에게는 서울이 고향이나진배업지마는남산국사당는한번도올라가본일이업는터어라더 편네들의지거리는소리를듯고

『갑갑한김에 국사당에나올라가보겟다』

하고생각하얏다

일이일부러만든것가티공교히 되느라고 처음으로 남산에를올라오는 석정이가 어듸를어떠케 [illegible]지조그만한촌[illegible] [illegible]

[illegible]엇재어구석에와잇섯가』

하고석정이 는국사당인가의십하며그안을 드려다보니 뒤편으로로다재서재서상하나가노혀잇고 제사상안칩에제봉하나가세워잇다대사편지에잇는말이석정이머리속에번개가티생각낫다

『하하 저것을살르란말이구나 대데저것이부어인가?』

하고혼자말하며자세히살펴보니제봉압헤는봉을찌지아니한등잔체가가노혀잇고제사상압에는 갈어노흔박이두개가노혀잇다아 것이 원쥥의 방자하는 초파인것은다시말할것도업지마는이여원봉이가 김봉이와가티 안졋나가 목이말더서부엉바위로볼벼오럼나간동안이면초파이비엇든것이라석정이가 처음에 대사편지의 말대로제봉을살르라고하얏스나 불씨가지금들이 아니라쌋닭또물러고살펴보기가 우수어서 국사당에올라갓다가나려오는길에 [illegible]서와서 불을엇고 생각을고처 어먹고남산을떠나기로 길을 차저 올라갓다

해가서산에넘어간뒤에석정이가국사당을올아다려오는데길을 일코조마잇는곳을지나나려갓다가다시차저올라와다 근처에와서 보니 잇가보든 불빗이 초막에서새어나오고 도란도란 하는 사람의말소리까지 들리엇다 석정이가 동정을 살피라고발소리를내지안코 초막옆헤잇는솝나무뒤에와서 숨어섯스니 초막안에서 나오는말소리가 쏙살거려는말되에는 모다똑똑히 들리엇다

『여보 봉을어듸두엇소?』

『잇가 영감이두것지요』

『내가언제어듸두어』

『영감정신이업소시구려 나는 보니 잇가 봉을어러나갈때영감이방석미레너흐시는것갑되다』

『그러면 진작방석미레잇다고 하지 점다라케 말승할것이무어잇소』

『내가 두지안흔것이니까 말승 아니할수엿삽니까』

[illegible]가 정신업시울치며 괴엿군」

[illegible]한애면 [illegible]

「오늘밤[illegible] 만[illegible] 하시여 의원더이자[illegible] 사람는지 변려가[illegible]다」

[illegible]시 변려마시[illegible]주[illegible]면 습시가될터이요」

「[illegible]세요」

「지금 궁중에서 [illegible] 다고 아단이엿나」

「자시에 바[illegible]하나만[illegible] 태임아츰에는 [illegible]하 상소라[illegible] 도게될모양이데 지금 궁중에서야 아단며부가되겟소」

「넘금노릇을 반년도못하고 [illegible]기는원통한걸」

고수작하는이야기로넘금밤자 하는것을 짐작할수 잇섯다 세넘금의 치디는 석정이가천부터 [illegible]상하게 생각하든데다가뒤에서 밤자하는것들의 미운생각이 북바쳐올라왓다 [illegible]버럭 어서 초막압흘로나가서 드나드는문을따고서서

「이놈들」

하고 한번호령에 안에잇든두사람은 지쉽어지도록 놀라서엇 [illegible]고 섬섬매엿다 석정이가 안으로 들어가서한손에한사람이 두사람을 한거번에 잡어들고나왓다

「이놈들 못된놈들가트니 밤자질한다 버릇을[illegible]배워다」

하고 호령하니 그중에[illegible]가

「잘못햇습니다 살려줍시요」

하고 바는데 목소리가 귀에어엇다 [illegible]자의 얼골을 불빗에 치처[illegible]고들여다보니 낫이 익엇다 김분이엿다 [illegible]이엿다 [illegible] 나세례 신을차리시못한으로[illegible] 사람하나[illegible] 치처드든 상사가석정이[illegible]을[illegible]보고장수넘이라고 붓든면서

「죽을때라 잘못햇스니 제발용서하십시요」

하고빌거늘마지아니하얏다 석정이가속으로 그못생긴것을 오스면서

「못된짓하는군이 [illegible]하면 혹시[illegible]수이지만 [illegible] 해서는 용서하시못하겟다」

하고 [illegible] 배아픕니 김분이는 [illegible] 생각도못하고

「[illegible] 거[illegible]입니다 해고 [illegible]」

[illegible]야 석정이는 한번 허허웃지아 수업섯다 이[illegible]에반달이 어서서산구석솔[illegible]에도 화미한 빗이비치엿다 석정이가 두사람을덥우에주저안치고 괴양이가 쥐놀라듯놀리엿다

「아[illegible]의자식은 귀뒤에[illegible]자든두[illegible]구나 네[illegible] 무엇이나?」

「대답못하겟느냐?」

하고 석정이가 발[illegible]으로[illegible]리고잇는 사람의 억개를 직선하니 애구애구하고 죽는소리가나왓다

「청명이무어야?」

「[illegible]가옵시다」

「입을[illegible]느냐?」

「원[illegible]옵시다」

「[illegible]로 갈엇다 너의[illegible] 형데가 누의[illegible]자세하고 못된짓잘한다더라」

윤원형이가 초막안에서 들러나올때발서 괴색하다[illegible]되여 살려달라는 [illegible]마되못하고 씽에주저안칠때[illegible]지도 이생인지저생이치를 몰으다가 억개[illegible]마첫는지 차[illegible] 뼈가부서지는것가티 [illegible]서 정신이번쩍나섯다 그리하야 [illegible]에게빌어부치라는[illegible]로일을[illegible]외며은것이엇다「[illegible]로 갈엇다」하는말에[illegible]것을 다행히 녁이면서

「이런일은처음이옵시다」

하고죽어가는목소리로대답하얏다

「처음은 죄가아니냐? 너가튼쇠새기는 [illegible]업다 죽거나살거나 네멍이다」

하고석정이가발로떠내던저아래[illegible]리엇더[illegible]이 는이십년부터가입해잇는[illegible]으로[illegible]가새치엇든시바위[illegible]에도닥치자안코[illegible] 가[illegible]나무밋동에걸치어[illegible] 개가부어 [illegible]고가[illegible]에멍이[illegible]고 몸에 생채기가날[illegible]이엇다 이것은뒤人 이야기라고만두고 석정이가 그다음에 김분이를나려다 보며

「한어미의자식도 [illegible]이 [illegible]이다 기[illegible]선생의 데자가엇재서저모양이[illegible]」

[illegible]이가 선생[illegible]는 [illegible]에[illegible] 바치인가되[illegible]

[illegible] 정[illegible]보더라 도[illegible]시하십니다」

하고고개[illegible] 치어[illegible]고 어[illegible]히 바라보다가

「나는누구라고 [illegible]백정의마[illegible]이로군」

부[illegible]집에백정아들이라고[illegible] 한것[illegible]석정이는[illegible]수[illegible]녁이[illegible] [illegible]고

「이[illegible]것이 참[illegible]고[illegible]고 십흔게다」

하고 눈[illegible]을 [illegible]엇다

「선생[illegible]을보더라도 [illegible]게그[illegible]게하는[illegible] 어듸잇서」

「이것보아라[illegible]」

「그리말어」

「[illegible]다고 [illegible]하냐?」

하고 석정이가 발[illegible]치바치니 김분이는[illegible]을 [illegible]고 [illegible]매다가 나중에[illegible] [illegible]데 [illegible]에 [illegible]이 [illegible]어나왓다

「아구애구죽여라」

「죽이나면 못죽이랴」

하고 석정이가두손으로 김분의목을움켜쥐며 곳비틀어 죽이랴고하다가 별안간에 대사의편지가 생각이나서 맘을돌려먹고 손을노핫다 석정이가 김분이를잡어닐으켜어 압세우고 다시초막안으로 들어와서 줌차에들엇든편지봉을 쓰내어주엇다 김분이가「[illegible]게건」이란 글시를[illegible] 몸안 정신업시 드려다보고잇다가 석정이의재촉을밧고서 겻봉을쓰드니 김분이가 다시[illegible]동안편지를드려다 보더니 눈에눈물이어리며

「[illegible]넘상사하십니다」

하고 [illegible]하듯이 [illegible]게[illegible] 오렷다 석정이가

「[illegible]사한생각이나거든 죽산이나가지」

하고우스니

「그러시아하도 [illegible]집에만녀서꼿죽산으로갈[illegible]안켓네」

「[illegible]럼[illegible]덕은[illegible]치안켓네」

하고 김분이는 석정이에게쎄지치사하고 산아래로 나려갓다 석정이가 [illegible]보[illegible]뒤에 채人상우에잇는 [illegible]집어나려서 목[illegible]고 [illegible] 바[illegible]문[illegible]보니 바[illegible]이 모다여섯개이엿다 석정이가 [illegible] 데[illegible]고 [illegible] 지[illegible]어 [illegible] 래[illegible] 그다음에 그초막[illegible] [illegible]다

생감이 [illegible] 닷새안밤에 [illegible]보지 못하다가 그[illegible]밤에 잠이들어 한숨[illegible]자고 난뒤로 그중세가 거짓말가티업서져서 이[illegible]부터 친해대배던 에문[illegible] 괴롭하게 되엇다 대[illegible] [illegible] 소리가 경사가업다고 [illegible] 궁중에 가득할때 대비는[illegible]래 입맛을다시고 진하하는 [illegible]아 [illegible]반에 [illegible] 원[illegible]

에서 나왓섯다 그러나 대군만은 마마를 ... 몸이 느리께 끗지못하야 누어 잇든아희거며 비의발리는것도 듯지안코 넘어나를 깃봄에 넘치는낫으로 대하던 예나와서보입고 들어가는 길에 끈던에와서 진하하니 대던에서 차마사랑함을 못익여 하는것은 다시 말할것도업고 끈던이하 여러궁인들가지 모다 귀히녁이고 청찬하얏다

상감이 화평복된뒤에 정사 다스리기를 힘쓰는데 그정사가 한가지라도 인심에 어그러지는 것이업섯다 이때 태학유생 (太學儒生) 들이 사화에죽은 조광조등을 복작(復爵)하야 달라고상소하얏는데 첫상소 비답(批答)에는

『상소의뜻은 잘알엇다 이사람들의 일을선대왕이 엇지무연히생각하고처치하셧스랴』

하고 좃지아니하고 둘재상소비답에는 좃지아니하는뜻은 이미다 말하얏다 하고또좃자 아니하야 유생들이 모하어서

『하문을 조하하시는 성주(聖主)로서 엇지하야 이일을지난(持難)하십니가? 괴상한일 입세』

『우리의정성이 천박(淺薄)한 모양이야』

『우리가이왕 발단을한바에는 우에서조차가지자련해상소할래보세하다 하다 안되거든공관(空館)하고 다들나기버리세나』

하고 서로공론한뒤에 련잡히 셋재소장(疏章)을 써 ... 하얏더니 ... 나 ...

관의들이 수십차나 대궐에와서 비를 ... 하며 뭇의론하야 상소를 계속하엿는데 사뢰가 간곡(懇曲)하고 의파가 정당하나 배운바의 발렵것이 이보다 더할수업슬것이라 우리선대왕의 교육의 여택(餘澤)을 볼수잇다 그러나 맘은 곳 ... 시 안는것은 뜻이 잇는일이오 또 태학(太學)이 비록공론을 가졋다 하나 시비를 ... 하는것은 ... 이 아니나 너희들이 시비를 ... 하기 ... 지 ... 하얏다 할것이 나 ... 어 ... 시비 ... 하라는것은 유생의일이 아니라 아조 ... 가생각하라』

유생들이 이비답에 감동이되어서 모두 ... 하고 ... 대나갓다

상감이 몸이약하고 병환이자지나 그러께 수히 상사날것은 어니엇는데 륙월 ... 날밤에 ... 체병환이위중하야 삼정승을 대던으로불러드리어서

『나의병이 삽상치안코나 에게 사속이 업는터이라 경원대군(慶源大君)이 비록나이 어리나 범절이 숙성하야 후사를 ... 겟만하기로이제 전위(傳位)하는 것이니 그대들은 모아주라』

하고 던교를 나리고 뒤미처 또

『조광조등의 죄와 현량과(賢良科) 따과(罷科)는 선대왕때 일이라 장차 중의히 처리하라 고하얏더니 지금나의 병이 ... 업시되어 떠기다릴수 업스니 광조등의 ... 소치(昭晰)하야 ... 하고 현량과를 복과(復科)하야주라』

하고던교를 나린뒤에는 ... 안장신에 흥하야 곳 ... 것깃대나 다시 잠간 정신을 ... 어서 대신과정연관(?)을 불러압하세우고 자 ... 유교를 쓰라고하다가 손이떨리어글자가되지아니하매 ... 지며 한숨을쉬고

『나의 평생소원(平生所願) ... 그대들에게 맛터라고 하엿더니 인제는 ... 상을 마치지 못하니 ... 하다 내가 죽은뒤에 선대왕 ... 하여 무덤주기를 바란다 ... 하야 ... 되게하지마라 륙월 ... 몽안수재한재에 백성들이 불상하다』

하고 몽장동감 ... 하고 특별히 정면관들을 돌아보며

『내가 병아 이러해서 삼년상을 마치지못하나 원통 ... 고 다시 그대들과 가티 경던(經筵)을 토론하지 못하나 한이야』

하고 뚝뚝하게 말삼하얏다

그이튼날인 칠월초 하루(初一日)날 상감이 마츰내 승하하야 묘당관원 려열인만 ... 다시 사람마다 눈물흘리고 ... 청 내기와집 청외 초가집 ... 집마다 곡청이 들래는중에 ... 데와 그당파들의 그가 앙앙하얏다 윤원로가 ... 리건앙을다리고 ... 면서

『인제 내 ... 처네』

하고 ... 는사람이나 ... 좌찬성 ... 에 ... (陝斑)에 들어와서 ... 게 ... 시작하니 이것을 보고 나들가는 사람이 백관중에 ... 아니엇섯다

인종대왕이 삼십년 동궁으로 잇는동안에 타덕한 덕행은 산림처사(山林處士)들까지 칭송 하고 귀구(閨?)한 처녀는 려염부녀(閭閻婦女)들까지 가엽비 녁이어서 만인의 맘을 일신에 모왓든 까닭으로 넘금된지 여덟달에 덕회가 아즉 김히 미치지 못하얏건만 국상이 발포되는 그날로 서울서 의주(義州)까지 천리동안 과청아 맛니엇섯고 인산(因山)까지 달포동안 시골서 량식을 싸서지고 서울로 올라오는 사람이 수가업서 만하섯다 어것이 천번국상때 보지못한 일일뿐이 아니라 실로 천고에 업는 일이엇다

옥과현감 김린후(玉果縣監金麟厚)는 국상의 변을 바든뒤로 친상(親喪)을 당한이나 다름업시 슬허하야 매일 통곡에 엽히서 보는사람까지 경향이 업시 지내엇다 김현감이 수십일동안 술로만 실어온 까닭으로 마츰내 술병이 나서 자리에 누어잇는중에 상청고향에서 정은 원가사람이 왓섯다 김현감이 누어잇는방으로 그사람을 불러드리어 집안 ... 과 괴참소식을 ... 에

『자네 백씨가 서울을 갓다더니 언제 왓는가?』

하고 물으니 그사람이

『네 발서 오섯습니다 국흡(國恤)반포된뒤에 곳 나려오섯습니다』

하고 머 대답하얏다

『국흡나시기 전에 서울을 떠낫든가?』

『아니요 그뒤에요 이번에 대행던하 승하(大行殿下昇遐)하신것은 알고보니 큰변입듸다』

『무슨변?』

『저의백씨가 궁중소식을 소상히 아는 사람에게서 친히 들으셧다는데 참말이라면 큰변입되다』

하고 그사람이 형에게서 들은 이야기를 옴기기 시작하얏다

『대행던하(大行殿下)께서 등극하신후에 원로 원형 형대가 던하께 해로울일이라면 가진 흉한일을 다하다가 나종에는 ... 치독 ... 를 내엇든 삽듸다 어느날 원형이 ... 이 대비던에 들어와서 궁인들까지 물리치고 무슨말 ... 을 ... 고나 갓는데 그것이 정녕 치독 ... 말슴한것이라 고한답되다 이말슴을 대군이 엇들엇든지 그날부터 대군이 대던에 ... 나지안코 무릅 ... 서 ... 미음한 보시기라도 자긔가 몬저 맛보기 전에는 대던이 그릇에 입을 다이시지 못하게 하더랍니다 열두살 벅은 아기로 지각이 갸륵하지 안습니가? 한번 대군이 뒤를 보러 나간틈에 대던 잡수실 미음이 나왓는데 그릇을 바더드서 잡수시라고 그릇을 바더드셧습데 대군이 들어와서 잡자 봅다며 그 미음그릇을 잡사사고하야 맛보라고 하니 대던께서는 고만두라고주지 안으시더랍니다 그래서 대군이 무엄한것을 무릅쓰고 주시지 안는 그릇을 뺏

앗스라고하는데 대비가뒤에서 문정을엿보고 엇섯든지 흉계 들어와서 군부의잡수실 음식을신자된도리에 몬저맛보려는 것은올흐나 손에잡으신 그릇을빼앗다십히 하는것은 무엄한일이다하고 대군을꾸짓고 미음그릇을 만저보며 미음이다식엇다 다시내오래라하되 궁인들이벌벌떨면서 미음그릇을 드려보냇답니다 대비가 그미음이그저 미음이아닌데 대군님이 눈치를채고 내외간것 마음 대군이들어와서 맛보랴고하니까 대비가체면을 수습하는체하고 몸부드러보던것 이라고한답되다 [illegible] 때 대군이서데([illegible])로 [illegible] 이나서 따로누어잇는 동안에 대던께서 무엇을잡수섯든지 갑자이 오장이쥐어뜻는것가티 압흐다고 쩔쩔매기시작하셔서 그날밤에대군에게 던위하시고 그이튼날새벽에 승하하셧는데 수시하든 사람의말이 몸에검은 점이생기고 니에 검은피가엉기고 승하하신뒤 불과몃시각 못되어서 살이분점분점 만지는손에 무더나더라니 치독이분명하지 않슴니까 쉬쉬하는이것을 아는사람이한둘이 아니지만 대비가중간에서인까닭으로 수군수군할뿐이더랍니다』

김현감은 이야기를듯는 중에 누엇든자리에서 넘어 안치는데 이야기끗이나도록 말마듸 아니하고 하반듯이 어린듯이 안젓더니 숨계

『어구』

하고 소리를질으며 압으로피를토하얏다

『웬일이십니까?』

하고 밋가사람이 놀라널어나서 그릇을붓드니 김현감은붓들린채로 애고시고 하며 쉽호게통곡하얏다

김현감이정신을수습한뒤에곰곰생각하얏다

『대비가 족히 그런일을할양반이지만 이북이번다(繁多)한 궁중에서엇더케 그런일을할수잇섯슬가? 아무리대비가악하다하더래도 못된일을 들어내노코는할수업섯슬터이지아니 수라ㅅ간나인한둘만시켜하지못하란법도 업서 원래강건치못하신터이라도 갑작이승하하시기는 비롯이측청이 잇는일이야말로 이어(移御)만하셧더면 이런일 저런일이 업섯슬것인데 내가 미리멀려까지하면서도 우에 서둘으시도록 정성것말슴을 암외지못하얏스니 이런원통한일이 또어듸잇단말이냐 도대테말하자면우리동반인민이 복이업서서 요순가튼 님금을 오래뫼시지못하게된것이다』

김현감은 그이튼날로 인궤를봉하야천란감영으로보내고장칭고향으로돌아와다

김린후가현감을내버리고집으로돌아온뒤에 문밧글 내어노치 안하고 이세상일을 못지아니하고 매변독취된누당통안은 매일 장취하다십히 술을먹고 지내는데 특별이 술을밥만은 입에술을 다이지 아니하고 종일 단정히 안졋다가 키되여 가지난 뒤에는 압산속에 들어가서 북향하고통곡하며 그밤을새웟셧다

여러해뒤에 나라에서 특별히 홍문관교리를 제수하고 김린후를서울로 불르는말이잇섯섯다 그예상지(上旨)를 던달하는 장청현감부터 김린후가 의례사폐하러니 미리집작하고

『이번교리제수가 엽헤서왈외거나 품한것이아니고 특별하신 우의처분이랍니다 아무조록 꼿응명(應命)하시도록하시고 사폐하실생각은 잡숫지말으십시요』

하고 권하야말하나 김린후는현감을바라보며

『성주(城主)께서 민(民)을잘못알으시고 권하기까지 하서는것갓습니다 민가큰유명([illegible])한위인이 특별한처분은고사하고심상한제수라도엇지감히사폐할생각을하오리까』

하고텬연스럽게대답하얏다

『이번에 상경하신단말슴이오니까?』

『하고말고요 딸은말슴이 웬일잇게습니까』

『그러면 언제출발하시겟습니까』

『행장을차리는대로 수습할터인데 [illegible]미는주서야할데』

김린후가 현감에게 말한것은 어미저안코 [illegible] 을집어[illegible]나 [illegible] 하셧다 [illegible] 만치 어디가거나와다 [illegible]에는 오지삼년두개씩바리집으로실리엇고 하인네사람에전마잡이는 찬합을짊머졋거니와 남아지세사람에게는 항아리 한개식을지워섯다 장군에넘치는 것도술이요항아리에서 출렁거리는 것도술이요 찬합에든것은 안주이엇다 대주객(大酒客)의행장이다 그집에서떠나 불과오리도 못나와서 조흔 대밧이잇섯다

『대밧아래서한잔먹고가자』

하고김린후는 말에서 나렷다 한동안지체한뒤에 다시 길을떠나 삼마장도 채못와서 남의집담안에조흔꼿나무가잇섯다

『꼿나무미테서한잔먹자』 하고또김린후가말에서나리랴고하는데마부가

『꼿가대밧은 남의집울박기지만지금 꼿나무는 남의집담안에졋습니다 술잡수시라고 일부러차저들어 가실랍니가?』

하고말리는뜻으로말하얏더니

『앗다이놈잔소리마라』

하고마츰내 말에서나렷다 또다시한동안 지체한뒤에 길을떠낫다

『그산조라산미테서한잔먹자』

『그물조라물ㅅ가에서 한잔먹고가자』

한잔한잔 또한잔에 지체하는동안이 걱가는동안보다며 만핫다

『이러케 가다가는몃때리서울길을 일년두고가야겟네』

『죽어죽도록 갈는지몰으지라오』

하고하인들이뒤ㅅ공론할만큼길이 뭇지아니하야 십여일두고온것이 서울ㅅ길을 반도채못왓는데 그동안에 항아리들이빌서부이고 장군들이 차차로가벼워졋다

『술이남엇느냐?』

『이번 잡수시면고만마주막이올시다』

술이업서지자 사람은 그날로병이낫다 김린후는 서울로긔별하야 병으로중도부진(中途不進)하게된 연유를상달(上達)케하고 장상으로 돌아와서잔 파가려온뒤로 들어안저 한번호세월을보내다가 겨우요사(夭死)를면하고죽엇는데 유언으로 옥괴이후관직은 명정이나 신주에쓰지못하게하얏다 여러가지뒤ㅅ날이야기는고만두고 이항국상난뒤로 당시도당관국이 무약한 것을대강이야 하겟다

二、살육

나히어린경원대군이 넘넘외
위에 올르게되매 대신들이 빈렴
(賓廳)에안저서쌔판을모하노코
대비수렴(垂簾)할일을의론하엿
다 령의정윤인경(尹仁鏡)이 몬
저입을열어
『지금 대왕대비뎐과왕대비뎐
이계입시니어느뎐에서정사를
들으서야하겟소?』
하고 좌우를 돌아보니좌의정
류관(柳灌)이부터 말이 업시잠
자코안젓는데 우찬성리언뎍(李
彦迪) 이자리에나안지며
『모자분이가리 정사를듯는것
온녜전례가 잇지마는 어듸수
숙(嫂叔)간에자리를가리하는
법이잇겟습니까?』
하고말하야 마츰내 왕대비뎐의론
이업시대왕대비가수렴텽정(垂
簾聽政)할것을작뎡하고대신들
이서계(書啓)를올리엇다
대왕대비가 권세자루를 쥐게
되니 원로원형형데가 또날릴관
을맛낫스나 다가리 갓사스럽고
또다가리 방사스러운중에 원로
는원형이만큼 조심ㅅ성이 부족
하야 보는사람에게마다 대군이
넘넘노릇하게된것이 저의 공이
라고자랑하니 그자랑은 곳대역
부도(大逆不道)한짓을하얏다고
자수하는것과 달음이 업는일이
라 그리하지안하도 대행왕이갑
작이승하한데대하야원로의형데
를치의(致疑)하는사람이만튼터
에원로의자랑은이사람저사람이
알게되자원로의살ㅅ뎜을어떠서
먹고자하는사람이 하나둘이아
니엇다 대신이하배편이 빈텽에
모히어서 원로를박살하자고 공
론하게되는데
『원로를붓들어가지고 죽이랴다
가는 일이덧거치기쉬우니 몬
저삽아드려죽이고 뒤에품하
도록합시다』
하고의론하야나 여러도신들
이 차례로정승의 나가서 가부
(可否)를 믈하야가 공중에 공조
참판 리준경(李浚慶)이 차례에
나아가서
『오늘은전人날파달읍니다 대
왕대비세서 우에계신데 그몸
피를 합부로죽일수가 잇습니
까?』
하고 부타는의견을말하니 좌
의정류관이
『원로를살려두면 달은날운뎡
감의 걱정거리가되리다』
하고 미타(未妥)하게녁이는
의새을보이엇다 리준경이의견을
솔하고 몰아나올때 여러사람들을
와 노려보는눈이 몸우에 노히엇
스나 그는본체만체하고 천천히
걸어서 문밧그로나가니 도승시
(都承旨)송린수(宋麟壽)가뒤를
하나오며
『원길(原吉)이』
하고 자를불러 리준경의발을
멈추고 돌아다보자 송린수는엄
골에피ㅅ대를올리고
『자네의론이사람의의론인가』
하고 불메이닯소리로힐책(詰
責)하얏다 리준경이당시벼슬은
비록아경(亞卿)이나재보(宰輔)
의촉망이놉흔사람이라그의론에
무게가잇슬뿐이아니라 또그뇌
론이난뒤에는 대왕대비에게 화
바들것을 생각하고 곳세게주장
하고나서는 사람이업서서 원로
를당장에 박살하라든 공론이중
지되고 령의정윤인경이하 대신
이 원로를 론계(論啓)하되
『군긔사첨정(軍器寺僉正)윤
원로는 종사(宗社)의 대죄인이
요국가의화태(禍胎)이오며이
사람이비록자뎐(慈殿)의지친
이오나실상은자뎐의원수이오
니속히원방에내치시어신민의
울분을정하옵게하옵소서그렁
하오면 종사의 다행일가하옵
내다
하고 원로귀양보내기를 청하
얏스니 대왕대비는 할지못시아
니하야 정부와 삼사가론집(論
執)할뿐아니라육조랑관(六曹郎
官)들까지 각각상소를올리게되
니 대왕대비도마츰내할일업서
『내가엇지 원로를앗기어 조
뎡공론을 무시할가부냐 그러
나 글잇는사람의 소위이하는
야 졸지아니하얏더니 지금은
조뎡신하가 다함께 론죄하는
바에 구태어 고집할생각이업
슴으로 원로의 자원(自願)을
조차 중도부처(中途付處)케
하노라』
하고비답을 나리엇다 비답중
에글잇는사람이 란발은 형조판
서윤임을가르친것이다 윤가형
데가 윤임을눈에가사로 미워하
는외에 좌의정류관과 리조판서
류인숙(柳仁淑)을꺼리고두려워
하얏스니 류의정은 대행왕의지
우(知遇)에 감격하야 진충보국
(盡忠報國)하랴는사람이고류판
서는 덕품이강직하야 소인미워
하기를 원수가리하든 사람이다
이런사람이 됴뎡에잇고는 윤가
형데가 드날릴볼희망이 적엇더
원로가 공론에용납 되지못하야
됴뎡에서 내쫏긴뒤에 원형은거
듭도 가장근신(謹愼)하는 보양
을보이나 속으로는 권세상욕
심이 불날듯하야 리긔(李芑)림
백령(林百齡)뎡순붕(鄭順朋)허
자(許磁)와가튼소인들과입심이
되어 비위하는사람이며 두려워
하는사람들을 일망타진(一網打
盡)하랴고 꾀하얏다
리긔는병조판서방에올랏슬때
류정승이 훼박하얏다고 원수치
부믈하든터이요 림백령은 오배
랑이를차지 못하야 윤관서에게
숙감(宿憾)을품은터이요 뎡순붕
은사림(士林)에화(禍)를못시켜
정화하는누이이요 허자는 주심
이부족하야 남에게 끌리기잘하
는이물이라 이래저래 원형의심
복(心腹)이되어외모를모하가지고
허무한말과 맹낭한일로 무함하
기를시작하얏다 대행왕 상사나
든날운림이가대군대신에게 계림군
(桂林君)을추대(推戴)하랴고하
는데류관류인숙이 찬조하얏다
고말을시어내고또윤임이 가왕대
비바씨께상서하는것으로편지한
장을위조(僞造)하야원형이가서
의친란뎡([illegible])이를식혀서대왕
대비의눈에 보이도록 얽음이
엇다란뎡이가 대왕대비뎐에 문
안들어오는집에 보는사람이 업
는틈을타서 그편지를 내던마당
에떨어뜨리고 얼마뒤에 대왕대
비뎐궁인들과 가리나오다가 편
시떨어트린곳에 갓가히 와서는
이맑은체하고
『저것이무슨편지아닙니까?』
하고손ㅅ가락으로가르치니채
신업는궁인들이 하나가
『글세편지인가보오』
하고대답하며또르르가서그편
지를집어들고왓다
『어듸좀봅시다』
『상서라고쓴글시가 남필(男
筆)이로구려』
『누가떨어 트렷든지편지심부
름시킬만한사람이군』
하고궁인들이지거릴때란뎡이
가시칭을때고
『상서라고썻슬때는 대왕대비
뎐이나왕대비뎐에올리는편지
가아니겟서요?』
하고편지를들고섯는궁인의엽
골을드려다보니그궁인이
『우리는상서라고 쓴편지를밧
지못할사람이요?』
하고하하우섯다
『우리공론하고또떠봅시다』
『그까지것은 또떠보아무엇하
니잘못또떠보고발칭스러울라
하고나이 지긋한궁인이 또떠

보자는절오중인을나무래니

『떨어트린편지 뜨더보면엇덧습니까 말정스러울것 가트면업새버리지요』

하고란영이가가로막고나섯다 그편지사연이 수상스러웟다

『무슨까닭잇는편지로구려』

『글세말이요』

란영이가 편지를드려다 보는체하다가혹라는모양으로

『여간까닭잇는 편지가아닙니다 대왕대비던에 보시게 하여야하겟습니다우리가티들어가십시다』

하고편지가진중인의팔을잇끌엇다 왕대비가중인이 가진편지를펴차이보더니 사연도 채읽기전에

『윤씨의필적이구나』

하고말하니 란영이가 압흐로나서며

『마마께옵서 필적을알오시면 대시 대외삽할것이업는일이오다

편지사연반보더라도십중팔가그런듯하옵되다』

하고요신을부려가며말하얏다

『왕대비던에 윤판서의편지가 각금들어 오는모양이니까 그런지도몰으지요』

『사연이 그런것갓지요? 그리나사면승에는몰을말이잇습되다』

하고편지를고들어온중이피란덕이가서로이야기하는것을대왕비가듯고서

『가만히들 잇거라사면을보면알지』

하고 편지를읽어기시작 하얏다

『근래에 국사가점점수상하야지오니 죽을바를 알지못하와주소눈물로 지나오며판서(判書)도 역시민망한생각을가지압고 대위(大位)를 공우(公友)에게 옴기랴하와정승에게까지 통정하얏삽나니다 어제하교하압신일은 사세가 봉행하기어렵사오며 창일품달(稟達)하온일은 무삼까닭으로속히시행하압시지 아니 하압나니까 이처럼지류(遲留)하압시면 애매히 죽을사람이만사올듯하외다 전자(前者)에원로를내쏘칠때 원형까지 함께죄주게하얏든들 인심이 분기(分岐)되와도 이디경에는 날으지아니핫슬줄로 아압나니다』

대왕대비가 편지를 접으며

『괴악한것들 어듸보자』

하고 혼자말도 별르는데로긔(怒氣)가 얼골에 가득하얏다란덕이가 대왕대비의 긔색을힐긋엿보며

『괴막히는일도 다만하며데관서는누구고 정승은누구이람』

하고 혼자말도 말하는것을대왕대비가 탄하야 말하듯이

『누구가 무어냐? 몰을것도업시 류씨속이와류판이겟지』

란영이가

『네』

하고 대왕대비의말을 대답하고 난뒤에 다시면해첫눈중인을놀아보며

『공우는누구요? 아시요?』

하고 뭇어서

『봉성군(鳳城君)대감의 자함이 그러랍되다』

하고 중인이대답한즉

『공연히 나불나불거리지들마라』

하고 대왕비는 역정을내어꾸지첫다

대왕대비의밀지(密旨)가려소참의 윤원형에게 나리니 그밀지는윤임 류관 류인숙을죄추게하라는것이엇다 윤원형이 즉시문리괴 림백령 정순붕허자등파의문한후대사헌민제인(大司憲閔齊仁) 과대사간김광준(大司諫金光準)에게밀지를보이고그속에잇는뒤한 세사람을 량사에서론핵(論劾)케하라고부탁하얏다 민제인과김광준이 분주히 주선하야량사관원들이중회(中會)에서제좌(齊坐)하기로되엇는데제좌하든전날 허자가 사간원헌납백인걸(司諫院獻納白仁傑)을청하야저녁밥을 대접하얏다 허자는백헌납과격린(隔隣)하야살고교분이잇든 까닭으로 별미가한가지만생겨도 논하보내 거나청하거나하는터이엇다

『오늘은무슨별미가생겻소?』

하고백헌납이우스며물은즉

『별미는업지만 좋아야기할것이잇서서 청하얏네』

하고 허자도딸하우스며 말하얏다

『무슨이야기요?』

『저녁밥이나가터먹고 차차이야기하세』

저녁상을 물린뒤에 허자가본저입을열엇다

『래일은대간(臺諫)이 밀지를의론할터이라지?』

『그러답되다』

『그래자네는 엇더케할의향인가?』

『대간명색이 밀지를가지고대신을론핵할리야잇겟소』

『허허 자네가그럴줄알앗지만열어이번밀지를 봉행아니하다가는 대화(大禍)를 면하기가 어려울것일세 자네가편모시하(偏母侍下)만 아니라도또달으지만 노인을 엇더케하라고 그러케말을하는가말인가?』

『몸을나라에 바친바에야엇더케사정을다돌아보겟소』

『말한번고쳐먹기에 화복이갈리는판이니까 다시 생각해보는것이 조흘것갓네』

『다시생각해볼것이 무어잇소 화복이갈리는판이니셔밥을먹고 처먹어못쓰지요』

『그러면자네는죽는사람일세』

『죽을때 죽는것이사람노릇하는것이올시다요』

『죽는것을 실혀하는것이어사람의상정(常情)일걸』

『상정으로말하면 자고로충신렬사(忠臣烈士)란것이날수가업지요』

『그러키에사람이 저마다충신렬사가되기가야어되고쉬운가』

『충신렬사가 천지못하다고개도야지반못하게살작당하는법이어되잇겟소』

허자가 가라한숨만 쉬며말이업스니배현납은

『나는가겟소』

하고날어섯다허자가문밧까지전송하나와서 배현납의 손을잡고

『래일이 자네는군자(君子)되고나는 소인되는날일세』

하고땅이꺼지게한숨을쉬엇다

그이튼날어다 중화압헤 홍의전배(紅衣前陪) 가쓰며 어관(御官)이오고 또주의 전배(朱衣前陪)가 쓰며 간관이와서 대간좌이중화으로 모히엇다 번갈한제 좌정차를 마치고 원의석(圓議席)을차리고서안젓슬때 대사헌민제인과대사간김광준이 놓지에대하야 말을내어서

『지금대신몃사람이 자던(慈殿)의 뒤의를바더서 범지가모모재상(某某宰相)에게나 되엇는데 류언비어에 공동이 ... 한모양이니 우리가 몬저말 ... 하야 경하게처차하여야지 만일일이(日日) 나온 나오게되면 국가의 대화를 날오갈것이며 척정인즉 그대신들의 처사야 애매한것을 우리가 비록몰으는것이아니지만 부관 사태(沙汰)로보아서 우리는보고만잇슬뿐이아니다』

하는뜻을 몰이번갈한 ... 죽 대리사람의얼굴에 ... 귀(縱鋒)가나타나더니 날어셧다안젓다하기를시작하얏다서 헌무지평집처(司憲府持平...)가

『이것이 윤임이하나까닭으로 나는일이아니고 속에는일대충현(忠賢)을어육내임조진이 모양되어잇습니다 괴묘년사화를말만하더라도 피가쏟치안흘수가업는데 금세군자(君子)로서 남곤심정의짓을볼맛는단말이오니까?』

하고 강개한어됴로 말한뒤에 사헌부집의송희규(司憲府執義宋希奎)는 저은몸을옷옷이세우면서

『나는 온몸의뼈를바으는한이 잇더라도 조침수업습니다』

하고민제인의얼굴을쳐다보고사헌부장령정희등(司憲府掌令鄭希登)은 흰얼굴에피人대를올리면서

『조덩의 대사를본의하는데따지를가지고 한다는것이 말이됩니까?』

하고 민제인의 거동을흘겨보앗다 사간원사간박광우(司諫院司諫朴光佑)는 소매를거드치며 언성을높히고 사간원정언류희춘(司諫院正言柳希春)은떼부든보선바닥을 한손으로 문시르며 뚝기는으로 김광준을 노려보고 그외에 김한상(金漢相)리언친(李彦忱)민기문(閔起文)가튼대관간관들이 속소리도 잘르고 확한숨도쉬는중에 헌납 백인걸이

『간세배(奸細輩)가화단을날으키랴고꾀하는 모양인즉 우리가 이일을발단하는것은 그때에빠지는것이요』

하고김광준의 얼굴을 바라보며 잘라 말하얏다

민제인과 김광준이 여러대간들을보고 투덕히 리해를타서말하얏스나 여러사람들은 점점더격앙(激昂)할뿐이라 마츰내 할일업시회의를파하고날어서게되엇다 대간들이 중학대령에서회의할때 림백령의아우림구령(林九齡)이가 대령미테 엎드려서 누가무슨 소리하는것을 샛샛이 엿듣엇고 대간들이 흐터저갈때 정순붕의아들 정현(鄭礥)이와 정순붕의 사위리만년(李萬年)이가 그또래젊은것들을다리고 중화대문밧게 숨어잇다가 누가어듸로가는것을각각보살피엇다그날저녁에 김광준이 회의상황을 이야기하랴고 원형에게와서본즉 원형이가 림백령 정순붕 리긔등과가타 안젓는데회의이야기를듯기도전에민제인까지쇠어들어가며 무능 하다고책망들이 분분하얏다 김광준이무색하야 돌아간뒤에 원형외무리가밤중까지 공론들하고 그밤에팡외무안호로 모히어 와서밤이새기를기다리엇다

이튼날 새벽에 례조참의윤원형과 병조판서 리기와호조판서림백령과 지중추부사(知中樞府事) 정순붕과공조판서허자등이정원(政院)에 들어와서 국가대사가잇다고 고변(告變)하고면대(面對)하기를 청하얏다 어린왕이 대왕대비를 뫼시고충순당(忠順堂)에 출어(出御)한뒤에 리긔가 여럿을 대신하야압흐로나가서

『형조판서 윤임이오래전부터 딴뜻(異志)을품은 것은명백한사실이온데 지금와서는 수상한거동이만삽고죄의정류관과리조판서 류인숙도 또한형적이업지안사외다』

하고 알외니 대왕대비가

『윤임의 흉계를품은것은미리부터몰은일이아니나큰일에움모하는것이궁중에서탄로되어엇지하면조흘가하야근심중이더니 지금공론이나는 것이실로텬디조종(天地祖宗)의도오심인줄로안다』

하고말슴하고육경(六卿)이상을불러드리어 이일을 의론하게하엿다 혹은죄를주자고 말하고 혹은 죄를주지못한다고 말하야 의론이분분할때 정순붕이 압흐로나서서

『윤임、류관、류인숙의죄는 제인과 광준이가본래 하라하옵다가 하료(下僚)들이 말을듯지아니하와 주저하엿다 ... 옵니다 처음에윤원 ... 보호한다고하와 대尹(小尹)이란말이나게 ... 는데선인이 종사(宗社)하옵던 몸중을 윤임이홀로 보호할수 잇이 어데잇섯사오리까? 윤임등이 종사(宗社)를 위태케하라 꾀하온것은 현저히들어나자 아니하엿사오나 이미공론이난바에는 경중을 가리어 죄를수심이 맛당하올줄로 아옵니다』

하고 알외고난뒤에 령의정윤인경이

『임이는 수상한거동이잇섯슨즉 찬배하옴이맛당하고 인숙이는 형적이잇다는 말본이잇사온즉 파직하옴이 맛당하고 또관이는 그맘을 알수업사온즉 체차(遞差)하옴이 맛당일줄로압니다』

하고 구제(口啓)로 알외어서 인성의 말대로 처분이나리게되엇다

이튼날 집의송희규와 사간박광우가 민제인과 김광준을걸어 피혐계(避嫌啓)를올리고 민제인김광준도인혐계(引嫌啓)를올리엿더니 좌찬성리언뎍이 다가티출사케하기를 청하얏다 송집의가여러대간들을보고

『원형이가 밀지를 외됴(外朝)에 던피하야 인심을현란(眩亂)케하얏스니원형가튼간신을 첫머리로탄핵하야 ...던(滋興)의무서운것을알리어주십시다 그러나 오늘은이미 느젓스니 래일 다시모힙시다』

하고말하야 여러대간들이 도다 불러나가는데 헌납백인걸이 혼자뒤에 떨어저잇다가 밤에독계(獨啓)를올리어서 원형이 국

가정사를 밍낭정대치못하게 한 것과 제인광군이 마간뇌혜룡(惠誠)윤임등갓과 또송희규、박광우가사폐만입산엿것을문폐하얏다 대왕대비가 던지를나리어
『배인겸이 정대한것을정타하고 여러윤비호하얏스니 몬저 파직한뒤에 금부에나수 하고 송희규이하대간은파직하라』
하고 또다시던지를 나리어
『윤임은 절도에안치하고 관파인숙은 중도에부처하라』
하야 일이일층커지엇다

이에우찬성권벌(右贊成權橃)은대행왕의 고명을바든 중선이라 중한부탁을도리켜 생각하고 한번죽엄으로 국은을 갑고지하야제사(啓辭)를 초하야 품에품고 예궐하엿더니 좌찬성리언뎍이 그제사 초본(草本)을보고 놀라서 과한말을 다업시하얏스나 정대한말이 오히려간신의 간을 서늘케할만하얏다 권찬성이 제사를올린뒤에 원형의 무리가공론한결과로 령순붕이 상소를올리어 권벌의 제사를반박(反駁)하얏다 왕대비가 또다시 충순당에 면좌하고 원임대신이하중신을불러들이어 순붕의 상소를돌려보인뒤에윤임、류관、류안숙을 종사의죄인이라고 사약을나리게하고 령순붕이하 이참여인을 종사에 유공하다고공신칭호를 나리게 하얏는데 레귀 림백령허자와 림구령덩현 리만년등은 물론이요 민제인긴광준이와 여러사람들도 공신에 참예하게되엿다

류관은인망잇는 정승이요 류인숙은 명철잇는재상이니 다시 말할것이업고윤임으로말하더라도출신이 무변이요 처디가국쳑이라 그처신이단정한 선비와는 갓지못하나 큰죄를범한일이 업는것은온됴뎡이다 아는바 인데 검붕이수상하다고 하야성주(星州)로찬배하라하고붕파사흘만에화심(禍心)을품엇다고하야남해(南海)에안치하라하고또다시 사흘뒤에역모(逆謀)가잇섯다고 몰아서 사약을나리게 하얏스나 백몽인정에 해괴하게 생각지안흐수업는일이 엇지그런데 이때쳐 그감사김명윤(金明胤)이간신의 비위를마치랴고 비밀히 서제(庶弟)를몰아리어서 해괴한 일을 더욱해괴하게 만들엇다 김명윤은전날에 희행파 서조(恣操)가 잇다고현량과(賢良科)에까지천거되엇섯스나 현량파가 파파된 뒤에 청세마비를 하야전후가두사람가 변한이름이더 그 서제는 계림군(桂林君)이 윤임의역모의 주인이니 속히처치하여야하고 나이어린 봉성군도역시미리 조처하는 것이조타고 말한것이엇다 계림군류(瑠)는 당시종실중에 명예잇는사람 일뿐아니라 윤임의생질인 까닭으로 원로원형의 말밥이된것이니 처음에 운가형데가 부언을주작하야 계림군의일음이 사람의입에올라나리게 되엇슬때 그의처남되는사람이 도망하라고 권하얏다

『리장곤파가튼사람도 망명하야온천하얏는데종실한사람욤 도망한것을 누가그리떠단히 알고찻겟소 도망하시요』

계림군이 맘에그럴사하게 생각하야 처에게의론하니 그처이 도망하지말라고 말리엇다

『남의집종이 매를맛게되어슬때 도망하다붓잡히면 매를더 맛게되는 법입니다 도망할생각마십시요』

계림군이 또맘에 그럴사하게 생각하야 압흘보아가며 엇더케든지 할생각으로 하루하루저나는동안에 일이차차 급하야젓다 그처남이

『대장부가 소견낫는녀자의말을고지듯고잇다가화를당하다니말이되지안는일이요』

하고 구박하다십히 하야계림군는 모야무지에 서울서도망하얏다 계림군을 잡으려갓든금군이빈손으로 돌아와서도 망한언유를고한후 원형의 무리는죄가 잇스니까 도망한것이라고 떠돌며 레포하라는 명령을각도각군에나리엇다 고변(告變)에고변이뒤를니어서 안세우(安世遇)란정망한자가 윤임의집 제집종 모린이를 잡어바치며 고변하되 윤임이 역모를꾸밀때에 궐내에 들어보내는 편지를 모린이가던하얏고 윤임의역모를 그첩옥매향이가 안다는까닭으로 이미 귀양길을 떠날때 창의문밧게안치서 그사위 리덕웅(李德應)을보고

『옥매향을 다리고가시아니하면 나의일이 전부탄로될터이가잇스니 꼭말을 태워가게로 보내라』

하고말하는것을 모린이가 들엇습니다 이것은다 모린에게를어보면 알것이라고하야 옥매향과리덕웅이 모다잡히어가치게되엿다

전주서(前注書)리덕응이나수된뒤에 그아우문웅이가 림백령을가서보고 형을살려달라고 애걸한즉 백령이 문웅의사람이 변변치못한것을알고

『윤임의 역모한것이 뎍확하다고말하고 또봉성군을 옹립하랴고한일까지잇섯다고 분명히말만하면 비단살뿐이아니라 공신에 참예까지될수잇지』

하고 일이엇더니 문웅이가그 말을 덕웅에게면하야 덕응은그 말을 고지듯고 살어나갈욕심에 무복(誣服)하기시작하얏다 리덕웅의 친한친구 수산 리휘(李輝)의일음이 리덕응의구초에나서 잡히게되니 리휘의친구리조정랑리중열(李中悅)이화가몸에 미칠것을 두리어서 평일휘와상종할때에 시화(時話)에 걸리는 말이잇슨것을가지고 고변하야 몸이싸지랴고 생각하고 그의부친 리윤경(李潤慶)에게 말한즉 윤경은

『죽는것도 앗갑지만 친구는 팔지못하느니라』

하고 붕우의의리를 말하야금지하고 또그의 숙부리준경에게 말한즉 준경은

『친구를위하야 죽는다는것도 생각해볼일이거니와 너는무명이 재당(在黨)한 처디라너희몸이아니니 생각하야하라』

하고 문웅보전할것을 말하야 리중열은 마츰내 리휘고하는초제를올리엇스나 리중열도 역시 잡히어가치게되고 장덩덩희등과 사간박광우와 그외의여러문신들이 리덕응의 구초로잡히고 화초장이 박수경도 역시라며웅의구초로잡히어서 허무한옥사가나날히커지엇다

이때죄인들을 국문(鞫問)하는 국령(鞫廳)은 대궐안에설치되엇섯다

대행왕의 재궁(梓宮)을 모시긴면(殯殿)이 지척에잇건마는 리긔、림백령、허자등이 추관(推官)으로 죄인을국문할때 쌍자하고 무엄하게행동하야 사가사랑에서 종의죄를 다스릴때보다도더심한일이 만핫섯다 리긔와허자와 림백령이국령에안저서 위의를베풀고 모린을잡어들며 문초를밧는데 림백령이는 옥매향의집뒤문으로출입할때 모린에게신세를진사람일뿐더러 모린의말대답할것을 미리가르처준사람이라 아는보살보를반때고 안저잇고 또리긔는상좌에잠자코안저잇서 허자가말을뭇게되

엿다 허자의 큰말소리는 고사하고 모린의 작은목소리도 아래우에 들렷건만 라장이가중간에서서 우의말을 바더나리고 아래말을 바더올리엿다

『그년이 허자의 상전의 편지를 가지고 궐내에 또다른일이 잇다느냐?』

『혹시 가다 왓섯답니다』

『편지를 가지고 들어오면 누구를주엇다느냐?』

『왕대비전나인의 무수리를주어서 그나인의손을거치어 왕대비전에올리게햇섯답니다』

『무수리라는 한사람이라느냐?』

『한사람 아니 비한사람입니다』

하고 모린이 가말더듬는것을 보고 구말을바더올리기도전에 허자가

『가이지 말고 바로알외래라』

하고 호령을나리니 바더나리는 엄령바람과 [illegible]하날어나는 긴대답서슬에 모린이는 간이 달랑하도록 놀래어서

『여러사람이올시다』

하고 발발떨며 대답하얏다

『무수리들의 일홈은 무엇이라느냐?』

『[illegible]이랍니다』

『일음들을 몰우다니 바로 알외래라』

『나인김씨의 무수리 나인박씨의 무수리 나인오씨의무수리랍니다』

티과가 립백령을 [illegible] 나즉이 수어말을하야 립백령이 [illegible] 바에 그말을 [illegible] 입

때 아니 잇다가 왕대비전허의 궁인 세사람과 무수리 세사람이 국령으로 잡혀나왓다 모린이 [illegible]한연후로 치워노코 궁인과 무수리를 국문하게되엇는데 이번에는 주장으로 립백령이 말을 물엇다

『모린에게 편지를 바든일이 잇다느냐?』

『업답니다』

『업다니? 업다면될것이냐 차례로 알외래라』

여섯사람중에 한궁인이

『편지 바데 무슨편지 말입니가?』

하고 물어서

『무슨편지? 옥매가 왕대비께올리는편지말이야』

하고 립백령이 호령소리 잇는 말을나리자 여섯사람이 여출일구로

『그런편지 바든일이 업습니다』

하고 대답을올리엇다 립백령이는 귀와 [illegible]하야지며

『왕대비전궁인을 자세하고 기이면될줄안다느냐?』

하고 다시 어성을 놉히올라고 입빠른궁인하나가 대상을 처어다보며 [illegible]말하얏다

『우리는 성명이 업는사람들입니다 자세가 무슨자세입니가? 우리더러 자세한다면 두발가진사람의 색기는 고만두고 데령미레 쥐색기나 런못만되고 기색기가 모두다 웃습니다』

『방자스러운년이다 쥐동이를 쥐어박어라』

한동안 긴대답소리가 난뒤에

『그년더러 물어보아라 모린이가 누구인지도 몰은다느냐?』

『모린이가 윤씨의 첩옥매 합되 종년인것을 알지만 모린이 제서 편지 바든일은 업에도 모릅니다』

『사람은 알지만 편지 바든일은 업다? 그년을 자바드리고 가슴을 지지어라』

집장군사가 형장머리로 궁인의 가슴을 내질르니 궁인은 뒤로 자바젓다 자바진 사람의 가슴을 절구질하듯이 나리찟는데 궁녀 부서지고 찟고 뒤치면 자바트리고 찌엇다 궁지도 못하고 뒤치지도 못하고 무릅으로 가슴을 가리다가 손의 [illegible] 부서젓다 궁인이 [illegible] 또고 입으로 피를토하며 시작한 뒤에 [illegible] 치우고 다른 궁인을 잡어냇다

『너는 거이지 말고 알외래다』

『조금이라도 기월가망이 어되 잇게습니가? 정말편지 바든일은 업습니다』

나려오는말 한마디와 올라가는 말한마디가 씃나자마자 또 가슴에 절구질이 시작되엇다 셋재의 궁인은 절구질이 시작되기 전부터 절구질 밧고 숨이 씃칠때까지

『애구마마 원통하게 죽습니다 애구마마』

하고 마마를 불으짓고 통곡하얏다 궁인세사람은 고만두고 무수리세사람까지 도말 한마듸 횡설수설하지 아니하고 가슴에 절구질을 바덧다 립백령이 [illegible]느라고 혓애만 쓰고나서 티과를 돌아보며

『여섯년의 압에서 말거리하나 못잡어내게 되는것은 의외입이요』

하고 [illegible] 손가락을 들어 빈던잇는 방향을 가르치며

『덕외라고할가?』

하고 빈정대는 구귀로 말한데 허자는 그말이 옳게 [illegible]는듯이 고개를 끄덕거리엇다

생대가튼 사람 여섯을 가슴을 짓찌어서 [illegible] 모린뒤에 참새새기가티 발발 떠는 모린이를 다시 압흐로 불어내엇다 티과가 모린이를 나려다보며

『앗가 그년들은 하나도 편지바덧다는 말이 업스니 혹시 다른 사람을 주엇느냐?』

하고 말을 물으니 모린이는 대답이업섯다 제가 횡설수설 지거린 말 몃마듸에 사람 여섯이 눈압헤서 죽어나가는 것을보고 무섭고 두려운 마음이 가슴을 눌러서 입이 저절로 봉하야젓든것이다

『그년은 사람이 또 잇다느냐?』

『그년이 넉시 빠젓느냐 엇재 말이 업느냐?』

『그년 정신차리게 귀싸다기를 한번 따려라』

모린이가 항부두 물어서 애매한 사람들을 죽인것을 군사중에 밉게 생각하는 사람이 잇서서 그사람이 큼직한 손바닥에 침을 배아터가지고 모린의 빰을 무서너번 후려첫다 [illegible] 징에 부듸치는 [illegible] 모린이가 손을 모개올리면서

『죽어지만(遲晩)하외다』

하고 우는소리하는것을 립백령이 듯고 화증이 나는듯이

『누가 너더러 지만하라든가? 말을하라는 말이지 배후하란것이다』

하고 허자는 모린이가 압흐로 무서운중에도 심정이 상하는 모양으로 립백령을 치어다 보며

『여섯사람을 소인네가 속이지 아니햇습니다 대감마님은 알으시겟지요』

하고 말한뒤에 한손으로 두눈을 가리고 울기시작하얏다 립백령이

『그년 우수운년일세 누가저더러 사람을 죽엿다나』

하고 티과를 돌아보며 눈짓하니 티과가 우는모린을 나려다보며 호령하얏다

『괜망스러운년이다 울데업는 주둥이 놀리지말고 뭇는말이나 바로알외어라』

『편지를준 사람이 또 잇느냐 업느냐?』

모린이는 대답이업시 울기만 하얏다 티과가

『저년을 변변으로나 불러볼가?』

하고 나즉이 말하며 웃는데 립백령이 그말이 무슨뜻으로 하는 말인지를 몰라서

『왜요?』

하고 물으니

『주울 잘짜나 말이야』

하고 티과는 립백령, 허자와 가티 우섯다

『모린은 인제 더 물어야 소용업슬모양이나 고만두고 옥매할이나 한번 잡어드려봅시다』

하고 허자가 몬저 우승을 [illegible] 니 티과가 고개를 끄덕이고 모린은 한며층도 물어나어두

고금부에가서 옥매향을 삽어올리라고 라장에게 분부하얏다

옥매향은 나히발서 삼십이갓가왓스나 당대일색으로 일흠이 놉흔계집이니만큼그자색이아즉도사람을 놀래일만하얏다 키가 크도커도아니한맵도리잇는계집 사람이라장을에게붓들려여오는데 이서울을 가고파고하지만 난데업시붓들녀 낫잠자고 널어난뒤 맥이풀리어서 계집종에게 써지하는해와 밥사하얏다 모양김시 들어떠진머리가기름발른것가티 윤이나고 분세수아니한 본얼골이눈가티희엇다 대상대하의 여러눈이모다 한곳으로 쏠리는데 그곳에는옥매향을 뚤구려 안치엇섯다 리괴는 로안(老眼)을씻고이윽히 나려다 보다가

「참말로일색이로군」

하고 칭찬하고 허자는말때당 옥물아보면서

「저사람은 온전하게데감께로 보내드려야지」

하고 우섯다 리괴가

「옥매향이듯거라 네가윤심의 옴도를 아는대로 바로고하며야지방정 만일거짓(一點)이라도기이는일이잇스면중한죄를 당하리라」

하고 일름정노로나서 말을뭇기시작하얏다

「윤심이가 옴노릅연뉴우누구와가티지내얏드냐?」

「그아해의친척(親戚)와 그사위 리덕용과가티수군거리는것을 본일이잇습니다」

옥매향의 아뢰는 목소리에 라장이가 정신을일코 서잇다가 무류만것을감추랴고

「고만이야?」

하고 쏠데업는말을뭇고 나서 그말을바더옵니엇다

「계림군을제 온다고하드냐 봉성군을뵈온다고하드냐?」

「계림군은봉성군과가티 자긔의 생질이라 두말일것이업시 조카마는 봉성보담 열네살이나 손우이니까 나히가 왈잣자뭇하다고 괴탄하는것을 들은적이잇습니다」

「그편이 나류군숙하고 서로의론하는것을 본일이 잇다느냐?」

「서로의론하는것을 본일은업지마는 류정승이나 류판서에게서 편지가오면 꼭답장을해보고 불에집어너트립니다」

「윤임이가 흥의나 봉에게다리고의논함께 일대대모도한일이 잇섯다느냐?」

「항상자리를 피하얏습니다」

「자리를피하얏다면 불에어찌케불에어떠고?」

「그편이하도재지나서 건간히 엿볼수 잇섯습니다」

미간에찡그리고 안해는엄때 [illegible] 허지가손으로 [illegible]

「대감님우리정마시요 잡사리 또보기 아차웁소?」

하고 [illegible]

윤임이가 대역부도의 큰죄인으로 몰리는판이니 그의첩인옥매향이 아무리계집 사람의몸이라도 옥사에간련이잇서국문(鞠問)까지밧게된바에는 다소의끈욕을 면하기가어려울 것이지만 옥매향이 처음부터 윤임이가죄잇다고 무고(誣告)하엿슬뿐아니라림백령이암암히두호(斗護)한까닭으로 옥사가 끗나기까지 험한꼴을 하나 치지아니하엿다옥매향이림백령의첩으로들어가고모린이속량하야나간것은모다림백이야기고모린과옥매향이국문을 당한 뒤 이에서 [illegible] 사람들을 삽어들여 국문하게 되엿는데 이날은대왕대비가 국문에나와안저 친국(親鞫)하는 형의자리엇섯다 이날친국에 형장실이심하야서 장하에죽어나가는사람이 하나둘이 아니엇스나뭇뭇내씩씩하고 뭇뭇 하게보는장뎡희등이 데일이엇다 뎡상장은 옥사가버러지기 전에면하락마(落馬)로야중상을당하고집에누어 잇섯는데 어느날밤에윤원형에게 친근히 단녀가는사람이원형의편지를가지고와서

「편지를보시면 알으시겟지만 지금화색이박두하섯다고윤참관이매우걱정합듸다」

뎡장녕의 대답이업는것을보고그사람은 다시구변을 다하야

「윤참판이 평소에남달리흠앙하는까닭에지금대단히걱정입되다며데로모진것도조치만뭉굴게 화를면하여야 하지만습니까? 대장부란 능강능유(能剛能柔)하야서강할때는 강하고유할때는유하여야하지 안습니까? 윤참판과 조만히 말슴하다온적이 올시다 우선 그편지를보시지요」

뎡장녕이 바더노흔편지를 집어들더니겻봉도 뜻지안코 쥐고 면서

「언평(彦平)의 편지가 불파시동사하잣말이겟지 사람마다 고사는것도중하지만고튼길로 죽을망정 굽은길로사는 법이 업느니」

하고허허웃스니 그사람이무색하야다시두말못하고돌아갓섯다

원형이 뎡장녕을 깁히미워하야리괴등을식혀서백단으로모합하는데 중화회의끗난뒤에 뎡희등은소격동류관에게로가고박광우는징의동윤임에게로갓슴니가 서의론는한일은 못먹모인것이라고 몰아서 단련 하기시작하얏다 박광우는 형장이 정강이에 떨어질때 마다 에구 에구 소리를 질르는데 뎡희등은 누름이부서지도록 압슬한 말마디가업섯다 뎡희등이 련삼차 압슬(壓膝)을당하는데 뒤틀려줄어갈때와 끌려나올때에 반드시 빈던을향하야 부복(俯伏)하되 자긔가혼자서운신하지 못하게되믜로군사들에게 부축하야달라고 청하야서 한번도빠짐이업섯다 리괴가이것을 보고 눈을 부릅뜨며 뭇지는말이

「혼뎡이 구원하야주실줄로아느냐? 헛수고하지마라」

림백령 허자, 뎡순붕 가튼위인들은 리괴와가티 뎡희등을우섯지만 금뷔군사와 금부라졸은 뒤에서

「뎡장녕나우리가티 모지랑반온처음보앗다」

「뎡장녕나우리가티 갸륵한량반은보기어렵다」

하고 칭찬들이분분하얏다 박광우가형장밑에서긔절하얏다가 새벽에 깨어난뒤에 뎡장녕을불러보며 이야기하얏다

「어제 대비가우에계시기에소리를 실으지 아니한다는것이 압흔것을 참지못하야 소리를 질럿네 [illegible] 여러 가지 [illegible] 면 그러게 못실게 소리 압흐단소리안마되입아나하나?」

「정괴이나 무릅에형장이떨어지면누구는아니압흐겟나? 그러치만재궁이갓가히계신데에 소리실르기가황송하야서죽기한하고참엇섯슬뿐이지」

「나는미처 그생각을못하얏네 자네 가튼사람은 [illegible] 수가업네」

엽헤서이야기를듯든옥졸들 모다 눈물을 흘리엇다 [illegible] 목이발다서옥졸을보고

『밥한목음 어더먹을수가잇겟소?』
하고칭하야옷춤이 선듯
『네갓다드려지요』
하고닐어서는데한구석에누어잇든화초상이 박수경이 옷춤을풀러서자긔 집에서드려준 배떡명이를뎡장뎡 나으리께 드려달라고칭하얏다 리덕응이 배를보고먹고십흔생각이 나든지
『나한뎡이주게』
하고손을내어미니박수경이는을무릅뜨며
『글읽엇다는 위인이함부로부고하야 집안을도륙내고 사림에화를씨치니 괴악한 사람이요나는권에그러케알지아니하얏더니 참말도괴악하오 무슨낫을들고 디하에가서 윤판서께보일러이요 뎡장뎡 나으리께드리는배를당신에게는줄수업소』
하고리덕응을꾸짓고나서
『뎡희동과가티 국문을당하야쇼니죽어도한이 업다』
하고혼자탈하얏다
이튿날 박수경이 국문을당하얏다
『윤엽이가 아들놈의사위덕응이와가티 역적모의 하는것을엽헤서들엇다니 들은말을 알외어라』
『들은말이 업답니다』
『덕응의입에서말이낫는데 업다면될것이냐?』
『쳐라』
호령한번에 형장질이 시작되엇다
『애구 애구』
『말을알외겟느냐?』
『형장내리시 되우쳐라』
신칙한번에 살이터지고 피가흘럿다
『애구 애구』
『인제 알왼다느냐?』
『그래도못알왼다? 죽어한들이다 단근질기구를드리래』
『지져라』
호령이 나리며 불에달군쇠쏘각미테살이타고기름이흘럿다
『애구애구 죽겟네 애구애구』
금위군사중에 박수경의친구의들이하나잇서 보다가 민망하야동여배인 박수경의 엽흐로갓가히와서던지이
『말슴아니하다는 큰일날터이니아무러케나 생각나는 대로말슴을하시요』
하고권하니 박수경은 귀온업시고개를흔들엇다
『그래도말을못알왼다느냐?』
『어서말슴하시겟나고만 하시요』
하고그군사가 다시권하야도 박수경은 여전히고개를 흔들엇다
『참으로말못할흉악한놈이다.』
『쇠를닯아케달려서 빗석빗석지저라』
애구소리도 못실르고 입만딱딱벌리든박수경이 나종에
『아이쿠』
한마듸에 숨이끈치엇다
제림군이 안변황룡산 속에서중이되어 숨어잇다가 마츰내발각되어서울로 삽혀와서 압슬(壓膝)、단근(斷筋)가진형벌을다 당하고나종에혐업시무복(誣服)하야달포동안 설어오든 옥사가저우결안(結案)되엇는데장하에죽은사람들은 말하지말고 류관류인숙 윤엽은 부관참시(剖棺斬屍) 를당하고 제림군 은참형을당하고 리덕응、리휘는효수(梟首)를 당하얏다 백인걸류희소의 여덟사람은 원찬(遠竄) 을당하고 리중길 김지외며리사람은 삭탈(削奪)을 당하고그중가볍게 파직을당한 것은권발송련수 여덟사람이엇다 이때뎡희동과 박광우는 악형아래에거의다나죽게되엇스나 아즉목숨이긋터잇는 싸닭으로 박광우는황해도봉산으로 뎡희동은 평안도룡천으로 각각뎡배되엇 는데박광우는저우는이닷(敗[illegible])에 박길나가서 숨이끈치고 뎡희동은귀양길을써나게 되엇것다 뎡희동의어머니가 아들의뒤를 또차중로와낫나서 모자서로 안고울곡한데 압송도사도 사람이라외치로금하라하지아니하얏니
『어머니에는불효막심합니다』
하고뎡희동이 몬저눈물을 거두고
『네가 평생에정의한것을적히다가마음에 정직한것 모로님에엇스니 맘에못그 러울것이업다』
하고그어머니도아들을따라눈물을씻섯다
뎡희동이 그어머니를 맛나보든날 세상을버리엇는데 죽온엄굴에는 다시 여한이업는것가티 우슴까지 써돌앗다 그어머니가 아들시테를 압세우고서울로볼아오니 가산즙물을 적몰낭한뒤라 초상을치를 방책이 업서

과부된 며누리와 아비일흔두손자들다리고 밤낫울음으로 지내는중 어느날밤에 서울선비몃사람이 빈소로차저와서 부명삽백여척을주고가고 장사를 지낸때에 령남선비백여명이 묘하로차자와서 각각 누의를 주고가서초종과 즙곡을치르게되엇섯다 그때 그선비들의 성명을물어보기는하얏스나 한사람도 말하는사람이업스니 뎡희동 상사에부의하얏다는것만 가지고도 고변하는사람이잇스면 뎡희동의 동류로몰리어서 죽거나 귀양을가며나희관이라 일음을 대어주기어려웟든것이다 부명을 가지고갓든선비들중에 삼형데 가티간사람이잇섯스니 이삼형데는 김덕수와 김덕순과 김덕부이엇다 김덕수는 의긔를 참지못하야아우

들으다리고가기는 갓지마는 갓다오는뒤에 흉이날가보아서 아무리친한 사람에게라도 이야기할일이 업것지만 덕순형의 부탁이잇는것을 물고하고 한사람에게이야기하게되엇다

이때 리괴는 칠십늙은이라부엇을구할것이업스련만대왕대비께아첨하는놈이 팔백량이나 뎌순봉보담 조곰이라도 더하면더하지 못하지아니하얏다 리괴가 대왕대비의비위를마치랴고말승일외기를대행왕을위한뒤일년이 못된넘이라 대왕외례(禮)할것이업스니다섯달을기다리지말고곳인산을지내자고하야대왕비가맛당히녀이고원명의부리가올라고 여들어서 십월보름께 인산을지내기로작뎡되엿다 처음에 병조정랑정환이 상소하야부고히김상하는것이례법이아니라고 다루고 다음에예문관검렬(藝文館檢閱)윤뎡(尹?)이 상소하야 대행대왕의 산하는오죽정함이한사람이라고정정함을 칭찬하고나중에대학유생(太學儒生)들이 상소로김상주장한대신들의 죄를 의론하얏다 그러나이상소들은모다비답이나리지아니하얏다

양주목이가 인산을 구경하라고아들을사위할것업시집안식구모두를다고서울로올라와서혜화문안 김덕순에게서 이십일동안 묵삭이엇다 김덕순이가 목이부자와가티 안칫에다 목이가이번인산이 엇지하야 별려첫는가를어서 김덕순이는 리괴부리되

비겁하고 괴악한것을 대강이야기하야 들리고나서

『나는남곤심뎡이를 련하에다시업는 극악대대(極惡大敵)로알엇더니 그보담도 더한고현놈들이야』

하고 한숨을쉬엇다 석정이가

『여보당신말을들어보더라도 대비인가무엇이 데일로고약하오그려 남어지것들은 졸개가아니겟소』

하고 말하니 목이가

『이자식아 제발말좀 막우마라』

하고 곳

『귀자식은귀개병이요』

하고 덕순을돌아보앗다

『넘금장사는 다섯달장사 가지고로 뎡한법인데 그놈들이함부루 갈지을하는구려』

하고 목이가례법을 아는체반속 덕순이는

『그럿소』

하고고개를숙여고석정이는

『잘난장사 달수늘가지고조흔념은낫비더럼 찾는것이만한년의 심사지 다섯달이고넉달이고 그거야 심상부엇이대단하오』

하고한하 고나섯다

『레법 당초에몹으는자식이라헐수가업서』

『레법이니 무엇이니그런것만가지고 떠들기때문에 세상이망해요』

『구가세상이망한다든냥?』

『이세상이 망앗세상이아니고무엇이요 공연히 죄업는사람만죽여내고』

『그러나 너도고히죽을뎡거든가만히 닥치고잇서』

부자말다툼하는것을덕순어가듯고잇다가

『그러케 하다가는부자간에주먹다짐이나겟네』

하고 우스니 목이가

『례법반업스면 저자식이죽히주먹다짐이라도하시요』

하고덕시우섯다

인산날이다 산괴구경지 천파갓지 못하얏다 길거리에는지송(祇送)하는 빈늙이무덕이를지어섯는데 목이가 이곳저곳조흔곳을 차저 단니다가 늙은이이삼십명이 한무덕이 지어섯는곳에와서 뼈어섯니 목이뒤를따르하오든 목이의집안 식구들은가업혜따로뭉치어섯다

『죽산마도 망하게만들엇다속에잇는채가 모다보이네그려』

『통역사도말이아니라데』

『요전인산에대면 귀구가처런도못되네』

『이런초라한 인산이어겟나』

『쉬이』

『사서서 고생하든량반이어늘가서도 한번호강을 못해가엽지아니한가』

『앗다쉬이』

『종작업이야』

『잘못통곡하다가는 곱부로십허가네』

『눈물흘린는것도죄란말인가』

『이번국상에는 룡영거리고노는놈이 상바들놈이라네』

『저가막혀』

하고 늙은이들이 짓거리다가 한늙은이가

『저리더어가납시네』

하고 말하야 일제히대여오는곳을바라보는데 그눈에는 모다눈물이 어리엇다 목이가달는사람과가티 바라보고잇든중에 홀계불마간님이 몹시 가엽게생각되어 압흐로 지나가는디여를쌈하야펄하며 곡소리를내니 여러늙은이가 누가 시기는것가티모다일제히 엄드려 통곡하얏다 인산에붉어갈 사관(史官)이 이것을보고

『밥하든납하쳥 설성여명이통곡하며지송(祇送)하얏다』

는뜻을사초(史草)에적어올리엇다

육칠년동안 나려오며 년년이흉년이든끄레 이해가을에 늣장마가심하야서 곡식이 만히불어섯주저안고 또곡수머리에 련일바람이불어서 주저안지 안흔것도실뎐(失稔)이못되엇다전에업는큰실년이라 배추련가마귀 바뒤人간을 기웃거린다는 말이뚱요기되다 압히하얏다사람은되사하고 가만히치여지도 먹을것이업서서인봇(人?)이다마먹어보 뒤人간에와서 차옷거련 지 업서서 뒤人간아뷔엇 말이니 이말이거의사실이나다 량반은 떠지못할고아진은포호(逋欠)으로살고기생은 우습으로 살지마는가난한백성들은 도적질 아니하고거지진 아니하면 굴어죽을수밧게업섯다 도적으로 뛰어나와서재물가진 사람을죽여내고 거지가되어나와서 밥술먹는 집에들싼대기도 하지마는 북망산에는굶어죽은 송장이 즐비하얏섯다 이와가튼 흉악한살년에 갸륵한생각이수상하게 몰아갓다 득세한간신들이 살륙을몹시한다 이것저것이겹치고 덥치어서 서울사람은 서울인심이 송구하다고시골로나려가고 시골사람은 시골인심이 소란하다고 서울로올라왓다

양산천에 김덕수가 양근미원으로락향하라고 아우들과 의론한일이잇섯는데 그때덕순이가 처음에는

『인심소란하기는 시골서울일반이니 서울서그대로지냅시다』

하고락향하지 말자고 말하얏섯스나

『일반이면 사골로가자우리는경궁지도(驚弓之鳥)가되어서서울서는 대일로 유사에맘아송구하다』

하는형의말을 여지로 우어지어버을수업서 서울을 떠나는것을조케녀기는 로인어머니의향을 어기지못하야 나중에형데다가티 락향하기로 작뎡하얏섯다 인산이끝날 몸이 식구가양주로 나려갈때 석정이는덕순형데의집이사들 모아준다고서울에떨어젓다 덕수는먼저 양근으로나려가고 떡순이가 뒤부들다리고 세간을 수습하느라고만히큰

집에가서잇게되엿는데어느날밤에혜화문안집에와서색정이와가치자며 서로이야기 하얏다

『떠나실때 집물은나엇더케하실라오?』

『큰집은 하인들을맛기고아우의집은날기로하야지만이집은엇더케 할작정이엇다』

『그러면 이집은내가올나와살가요?』

『조치 그러치만 올라와서살수잇겟니』

『작란의말이요 누가귀찬케살림하고살겟소 언치어먹는것이편하지』

『너는 생전살림아니할작뎡이냐? 너의아버지도죽은이나업마아니가서뚜주ㅅ간을네게내맛길나』

『우수운소리마시요 내맛기면누가맛소』

『뚜주ㅅ간이라고아니마러?』

『당신도 왜남의속을몰으는구려내가부모의춘향을맛는다면고대광실보담은뚜주ㅅ간을맛게소고대광실부어하오?뚜주ㅅ간에는피나잇지만』

『이에 쓸데업는소리고만두고이집을어떠케하면조켓나말비나해라 팔지도못하고 맛길만한사람도업고 비어둔단 말이냐어떠케한단말이냐?』

『비어야 둘수잇소그래도맛길만한사람을생각해보시요』

『글세 어데잇다고』

하고덕순이가한동안고개를비틀고잇다가 갑자기 손뼉을치며

『남에게조흔일삼아 맛길데가잇다』

뎡장령이 죽은뒤에 량대(兩代)과부가취시(就屍)를노코 염습할도리가 업섯는데 자긔형데가이말을듯고서 비밀히 몃사람과의론하고 무명몃동을 갓다주엇다고이야기하고그다음에그가족이지금올데갈데업시되엇스니이집을맛기어두자고말하얏다

『과부들이어린아희들을 다리고집이잇다고 엇더케사오?』

『집도쉽도업는것보담은 낫지안켓늬?』

『그건그러치요』

『남의일ㅅ가지라도 해주고살겟지무어』

『아무리나그러케합시다』

하고 색정이도 덕순의말에찬동하얏다 덕순이사앙근으로떠나가든전날밤에 색정이와 가티뎡장령가족의 젓방살이하는 집을차저가서 부인들이 외심하지아니하도록 사연을 엽이어이야기하고 그날밤으로 이사하야주엇다 뎡장령의 가족은죽으며면 목숨만을 간신히부지한터인데 낫몰으는 두사람의덕에집을옴기어와서본즉 광에는 곡식섬이잇고 부억에는 나무집이잇고 살림케구의 업는것이업섯다 뎡장령의모친이

『이것도 구정는죽은사람의덕이다』

하고 눈물을흘리니 뎡장령의부인이

『그러치요 그러치만은인의 성씨나 알엇더면 저것들한데 자란뒤에닐러줄것인데』

하고 두아희를 가르치며역시 눈물을흘리엇다

옥사에 살참당한 사람들의집은거지반뎡장령의가족과가티비참(悲慘)한처디를 당하얏섯다 초사에무조한 사람들까지 간신들에게처무되어 크면죄처으면미움을 바든까닭으로 친척들까지 돌오는체하는 판이라설혹도아줄 맘이잇는사람이라도 화바들것이겁이나서 선뜻도아주지못하니 의외의 은혜를바더서 집간이라도 의지하고지내게된 뎡장령의가족은 도리어더행한편이엇다 류관, 류인숙 윤임은가장중한 죄인으로 몰린까닭에 가산적몰은고사하고 처자노륙(孥戮)까지 당하얏섯다 류관의집은 양자한아들이 련좌로죽은뒤에 홀로된며느리 한사람이남아서 부자의 유해(遺骸)를 선영(先塋)에 갑장하얏고 류인숙의집은 아들사형데가 함께죽고 오족을가아니한 딸하나만남앗고 윤임의집은 둘재아들흥의(興義)와 셋재아들흥례(興禮)가 장하(杖下)에서 마저죽고맛아들흥인(興仁)이뒤에률(律)을당하얏스나 넷재아들 흥충(興忠)이만은나이어려 죽지아니하얏다 하여 처첩은관비박히고 노비몰수당하야 사람도업서지고 집도업서지고 또가산(家産)도 업서저서 엇그제까지 긔구잇게살든 대가(大家)가 일조에형디업시되기는 피차일반이지만 윤판서집은 류정승집이나 류판서집에비하면 다가티망하는중에서는 여디가잇섯다 첫재흥충의살어난것이 뒤잇는일이고 파원부원군윤여필(坡原府院君尹汝弼)이그때까지생존하야서 아들의죄로 관직은삭탈 당하얏스나 대왕대비의 특별한처분으로 록(祿)을종신토록 밧게되엇스니 의식걱정이업고 그외에화초장이 홍린서(洪麟瑞)가 구의(舊誼)를저바리지안코 매사를시청으로 돌보아주어서 불편한일이 적엇섯다

윤판서와 한동리에살든 림몽지는 옥사가닐어난뒤로 화가자긔에게까지 미칠가겁이나서 문을닷고 들어안젓섯다 윤판서가 남해(南海) 귀양길을 떠날때도 가서보지못하고 윤판서가 충주(忠州)까지가서 사약을바덧는데 그의관구(棺柩)를 충주서운반하야올때도 역시가서보지못하고 윤부원군에게 인사도한번가지못하얏다 림몽지가 주야신려에 밤잠도편히 자지못하는것을 그의아들 림형수가알고

『심려말고 보십시요 일을당하게되면 당하는것이지요 미리심려하실것이 업습니다』

하고 위로하듯이 해도또는고이말하얏더니 림몽지가 눈을흘게뜨고

『일을당하다니? 우리가당할까닭이무어잇는가?』

하고섯는아들을 치어다 보앗다

『그러면더욱이 심려하실것이업지안습니까?』

『글세』

『언평(彥平)이를 잘압지안는가?』

『압지요』

『요새는더러차저가 보는것이조치안흘까?』

『차저가서 무슨청이나한다면 창피하지만 그저심방해 보는것은상관업지안하요?』

림형수는 대답이업시 잇다가나종에

『걱정업스니 그러케심려마시요』

하고그부친의 말을막앗섯다 옥사가대강 씃이나도록 림몽지는간련 되지아니하얏다 림몽지는그래도 뒤를념려하야 죽은사람들의 가족을차저 보지말고그아들에게 신신당부하고 그아들이출입할때에는 반드시 어듸가는것을 물엇다 어느날 림형수가됴반에서 나왓다가 다시출입하랴는것을보고

『어듸를가랴는가?』

하고물엇다

『경호(景浩)를 좀보고오겟습니다』

『서소문안리던한(李興翰)집이지?』

얼마전에 리긔가리황을 론계하야삭직을시겻더니 리긔의 족하리원록(李元祿)이 리황이가리염퇴(恬退)하는사람을죄주면사론(士論)이불복한다고말하고또림백령이 리황이가튼 사람을죄주

면본커죄바든 사람까지 모다원통하게죄 바덧다는 풍설이낫것이라고말하야 리긔가 십여일만에다시

「리황이 는시비는 아는위인이오니상죄 커분은 거두시기를바랍니다」

하고품하야 서용(敍用)하라는 커분이 대비세이날 나리엿섯다 리황치는 리황이상죄된 것은밥엇지만다시 서용이된것은 아무른터이라

「상좌당한사람을 차저단녀본것이조흘것 업지안하?」

「그사람오늘다시 서용되니엿습니다」

「서용이되엇서? 그대인사를 가라는가?」

「인사겸차저보라고합니다」

「조켓지」

립형수는 말은하지못하나 속으로그부친을 딱하게 생각하며말을타고서소문안을 향하얏다

립형수가리황을차저왓을때에자리에달인손이업섯다립형수가

「서용(敍用)커분은 감축한일세」

하고울곳게인사하자아니하고

「자네는 제법시비를아니까람만한사람이야」

하고웃음으로 말을부치니 리황이웃고대답이업섯다주객이잡자로한동안을 지낸뒤에 주인의도리를차리라는것가티리황이몬저입을열엇다

「인산발인날 반차(班次)에참예하지못하게된것이비록나의죄가아니라 할시라도 황송한 말을시급것금할수업서」

「자네가 그날문밧게나가서망곡하얏나데그려」

「안연(晏然)히 집에안저잇슬수가업서서문밧게나갓섯지」

「그러면도리는 다하얏지황송할것이업네」

「원태 재능업는위인이환로에나서기가붑찰이나까수히시골로나려가서문닷고들어안질작뎡이어」

「선생이 산중에들어가누으시면 [illegible]상한창생을엇지하시랍니까?」

하고립형수가해하우스니

「어실[illegible]는사람」

하고리황이도죄이우섯다립형수가을제래도를거만하게가지고

「위방불입(危邦不入)하며 란방불거(亂邦不居)라는방(邦)자되는자네가알겟나?」

하고어두운밤의홍두깨격으로말을으니 리황은

「커사람이무슨말을하라고 저리하노?」

하고생각하며립형수의얼굴을치어다보앗다

「자네가몰오지? 기름섬 좀새 그방ㅅ자가이방(異邦) 타방(他邦)이란방ㅅ자이지부모지방(父母之邦)이란방ㅅ자가아닐세 이런글자뜻이나 좀알고서서슬가든지마나까글서를작뎡하게」

「그런게힘밥이아니야 자네더러말이지 나의위인이 문자에나 류뇌하면다소진취가잇슬는지몰으나 당초에거린입직([illegible]仕職)흠 재목이야되는가?자네는또조충소기(雕蟲小技)라고조롱할터이지만조충소기가꼿나의장기라벌장기며루힐쓰는것이조치안켓나?」

「그래서 골을가야만하겟단 말인가?」

「가는것이올흘니까가야시」

「잘들가네류희춘이는발서 원천에떠나갓지」

「참인중(仁仲)이떠낫단 말을나도들엇서」

「그사람떠나든날장관이 엇섯네그이야기도들엇나?」

「무슨장관?」

「송희규가술을가지고 작별하려나왓데그려그래그사람들을하고나하고남문밧걱가에서술자리를벌리지안엇겟나」

「그래서」

「한참술을 먹는판에 공신두분이행차를하섯겟지」

「공신이라니 누구말이야?」

「제신(濟臣)이하고 광[illegible]([illegible])이하고몸행해서작별을나와서」

「그래」

「제신이는 잠자코잇섯지만광준이가 잘하는체하고 하는말이너외들이우리말만들엇더면오늘날이러케 되지 안엇슬것인데서생(書生)이란할수업서시무(時務)를 알어야지 하고들을 빼시아햇겟나 송희규가눈을동그라케뜨고광준이를노려보더니 위사공신(衛社功臣)이어떠한[illegible] 공신인데 우리가서생니갑히참예하단말이요하고 발악부인([illegible])한게해우섯네그려광[illegible]이와케인이개업굴이 빨개지고말한마디못하데그려」

「그것이무슨장관이란 말인가?천상(天賞)이 까보기는그려치안흔사람이 말조심이 넘우업서 탈이야」

「탈은무슨탈이란말인가? 그뢰마가그러케패한말을하다니사람이란외모가지고볼수업나니것이야」

이때무리는 아희가밧으로들어와서 충청감영에서 하인이왓다고말하얏다 리황의형리해(李[illegible])는대사헌으로잇서서리긔를탄핵한일이 잇는까닭에 얼마전에충청감사로 밀러나가게 되엇섯다 리황이땅창을열고 감영하인의문안을 바든뒤에 편지를바더오라고 아희에게 닐러서온편지를 또더보더니 그미간이스스로서푸러어졋다

「무슨편지인가?」

이쎄것 잠자코잇든 립형수가무슨 걱정이잇는가 생각하야말을물으니

「아니야 내가가더고향으로가시자고 형님쎄 상서를햇더니 [illegible]원공무한것을 무엇에쓰나고 형님는 나까지시골가지말라섯네」

하고 리황이는 아죽도[illegible]려진미간을펴지못하는데립형수는

「[illegible]만안 아우엽다더니 참말이다」

하고 손벽을치며우섯다

그뒤에 립형수는 제주목사로나가게되엇는데 홍문관 부데학(弘文館副提學)이란조흔벼슬을띄고잇든사람이 수륙이천리 의제주로 나가는것은 좌천(左遷)이라고 말하는이보담 허울조흔귀양살이라고 말하는것이 도리어합당하엿다 그러나 립형수는수란한뙤뎡에서 구차히 날을보내다가 큰바다를 건느게되어서시원한맘이 업지아니하엿다 숙배(肅拜)하고나온뒤에제주의신영(新迎)아전은 라주(羅州)몸삽으로 오라고귀별하고 서울살님거두어치울것을그아버지와가디의론하얏다

「이간세간나부랭이는 다업새버리고가시지요」

「[illegible]중한것은 못가지고가더라도 가벼운것은 다가지고가자」

「번접에짐을심읍고 단니기가거역([illegible]役)되니다갈것은수어업새고 말것은팔어업새지요」

「그럿것이무엇잇서 아지간한것은가시고가자」

『도머태커물맛가십시요』

『아무리나해라』

림형수가 모든세간을 헌신ㅅ작업시하듯이처치하는것을그의 아버지는앗가워하면서도아들이 어려워서 간섭하지 못하다가림형수가 타고단니든 말을팔라고 할때에

『말까지 업샐것이야 무엇이나?』

하고책망하듯이 말하엿다

『말은손노키가 앗갑습니다마는시골가서 말은두어 합니까?』

『시골서는말타면못쓰는가?』

『말때되면또 생기겟지요』

『조흔말을구하기가 어듸쉬운가?』

『앗갑드래도 업새버리는것이 편합니다』

『대데별사람이야』

하고림동지가 마츰내그 아들의 말을욱이지못하야 말은구경 팔어업시하게되엿다

윤원형이 림형수를 미워하는짜닭에리조판서 림백녕에게 당부하야제주목사로 내쏫게하야 노코림형수가 작별갓슬때는

『령감가튼분을 제주로보내다니말이되나요내가리판(吏判)께 보고도말을하엿소 지금은 이왕그러케 되엿스니까 조변석개(朝變夕改)야할수업겟시만아무쪼록수히내직(內職)으로옴기시도록 주선하야 보리다』

하고도리어 생색을내라고 하얏다림형수가 총총히 수어하고날어서라는것을

『작별로술이나 한잔자시고가오』

하고붓들어서 림형수는 원형의 술대접을 밧게되엿다 주객이각

각몃잔식 마신뒤에원형이

『여보령감나는 주량이적은사람이라 대작하기가 어려우니 령감혼자자시요』

하고방자한 태를보이기 시작하니림형수는

『술이란운에먹는 것인데혼자 무슨맛이겟소 령감이 대작못기어렵거든 고만상을 치우라시요』

하고웃기조흔 말로거절 하얏다

『그러면령감두잔에 나한잔식 먹읍시다』

『한잔에한잔이아니면 수작되지안습니다』

『력량(力量)이불급이라 수작의도리를 차리지못하니 용서하고 이잔부터 두잔에한잔으로셈합시다 자어서자시요』

하고 술잔을들어서권하니 림형수가

『여보시요 령감』

하고 그술잔을바더 압헤노코 손을목에다이고 목버히는 시늉을내면서

『령감이이러케하라는 생각을 먹지안흐신다면 령감의주시는 술을 량것먹으리다』

하고 허허우스니 원형의얼굴빗을 붉히고 말을못하얏다

림형수가 그아버지를 뫼시고라주집으로 나려가서잇다가 신명아컨들이 나온뒤에 도입길을떠낫는데 바다에서 풍랑을맛나서 거의 복선이될번한 일이잇섯다 이때제주아컨들은 고사하고 배ㅅ사공들까지도 머리를 싸고배ㅅ속에들어업데엿는데림목사는혼자서 태연하게 [illegible]치고배ㅅ머리에서왓다갓다 하얏다 배ㅅ사공한사람이

『여봅시요 령감마님 괴롭어오시지요 넘쪽 넘어가저생이올시다 우숩게보시지마십시요』

하고 위대한것을말하니 림목사가

『에셔놈가만히잇거라 내가그러케 허무하게죽을 사람이냐?』

하고 도리어배ㅅ사공을 꾸짓고나서 고개를쳐들고 [illegible]첫다

三, 의명서

살륙이난뒤에 이년이 채지나지못한때다 당시부대한 벼슬을 가지고잇든 뎡언각(鄭彦慤)이 딴자가 전라도로가는 딸자식을 전송하야 과천량재(果川良才) 역말까지 나갓다가 들어와서의 명서한장을 봉하야 우에바치며 알외는말이

『량재역말에 의명서한 장이 부터잇삽난대국가에관계되는 말삼이옵기에 도려다가 바치압나니다』

대왕대비가 뎡언각의 올리는 의명서봉을뜻고 펴서보니

『녀자가 정사를잡음하고 간신이 권세를롱락하니 나라망

할것은 쉬쉬기다릴수잇다 이것이 엇지한심한일이아니랴」하고주서(朱書)로쓴것이엇다 대왕대비가 화가나서 즉시로 삼공이하 중신을불러드리어 익명서처치할도리를의론하라고던교를나리엇다 윤인경, 리긔, 뎡순붕, 림백령, 허자, 윤원형, 민제인, 김광준등이 빈텽에모혀 안저 익명서를 돌려보고 의론을시작하얏다 윤인경이 먼저입을열어

『엇더케하면 조켓소? 조흔의견을말합시다』

하고 좌우를돌아보니 뎡언각이 사람들은 모다잠자코안젓는데 림백령이 입을열어서

『량재역 참방(讒訪)부터 역졸들까지 모다잡아올려서엄형(嚴刑)으로 국문하면 익명서쓴자가자연히들어날줄로생각합니다』

하고 의견을 말하엿다 뎡순붕이뎡령의말을받고고개를가로흔들며넘어서서

『역졸들을국문하야무슨 단서를엇겟습니까? 재작년옥사에 정하게처단한죄인들이화근이되어서 그여당이익명서까지 나게된것이아닐가합니다 근래에 옹당옥(黨獄)이고 흉언이 위훈(僞勳)이라는말이세상에떠돌아단닌다니 이런 망상스러운말을지어내는자가 대개는익명서를써부칠것이고이런종한분자들 쓴자가 대개는죄인의여당(餘黨)일것입니다 엄정한죄인들고처다 스렵뿐아니라죄민와여당까지 함께 죄주면화근이자연히 막힐줄로생각합니다』

하고말하자 리긔가 순붕의말이옳다는듯이고개를끄덕끄덕이엿다

『그것은너무심한말슴이요』

하고허자가말하고

『한번도심하거니두번이야』

하고 민제인이 말하다가윤원형이 눈을흘기는바람에 고개를움츠리고다시두말하지못하얏다 잠시동안에의론이귀일하야가더니 리를모흐고안저서죄인과 죄인의당의성명 발기를적어노코 죽일사람과졀도 안치할사람과밋 원방부처할사람들을각각구별한뒤에 윤인경이 대왕대비에게회계(回啓)하되

『죄인이 참죄인이아니고공신이거짓공신이라는말이근일에 떠돈다고 신들도 들은일이잇사오나 언근(言根)을 알지못하와감히 주달하지 못하얏삽더니 지금익명서를 보온즉떠돈다는말이 바히 헛말이아닌줄을알겟사외다 또이와 가튼익명서는 결코 용렬한자의능히할바이아니외다 지금맛당히죄줄만한자의경중을구별하야알외오니 처분하시기를 바라옵니다 그것은 익명서를보고비로소 청하는것이 아니옵고 방초에죄를 뎡하올때에 사정업시를처지못하와후환을 씨치삽기에 다시청하는것이외다』

대왕대비가 죄인의 명부를밧더보니 봉성군의일홈이 첫머리에 당한사람의 첫머리에 잇섯다 봉성군은 윤임옥사에 간련된까닭으로평창(平昌)에귀양가서잇는중이라 이미 원방에내쏘친것이족하니 가죄(加罪)는 불가하다고 대왕대비가 봉성군의목숨만은살려주라고 하다가 량사옥당에서까지나서서대의로단정하라고 다투는까닭에 마츰내봉성군도사약하게되엇다 이때 참판송린수와 정랑 리약빙(李若氷)은사약을밧고 목사림형수 좌랑정황 정언류희춘 정언 김란상, 찬성권발 한칭리언뎍 헌납백인걸 장령리언침 지평민긔문등은 혹은안치혹은부처를당하얏다 뎡언각이독계(獨啓)를올리되

『림형수는 윤임파이옷하야살엇고 윤임의심복이되어서 주인광좌(隣人殴坐)에서윤원형은 죽여맛당하다고 떠어장담하든 위인이오니 안치가헐할듯하외다』

하고 림형수를몰아쳣더니 대왕대비가

『량재의익명서를봄 사람이한둘이 아니런만 너홀로가지고와서 바치스니 너는신자된직분을다하는 사람이다』

하고칭찬한뒤에

『림형수가 달은사람과죄는갓고벌은달러서 나도괴이쩍게생각하는바이다』

하고그뜻 흔죄한것을 말하고곳 림형수에게 사약하라는 면지를나리엇다

이보다 얼마전에, 윤원형의수하 진복창(陳復昌)이 사헌부지평이되며 원형의뜻을바더서 림형수의 부자가 윤임의심복이니 그대로둘수업다고 주장하야 여러대간들과함께나서 탄핵한 결과로 림봉시는 삭탈관직을당하고 림목사는 파직을당하얏섯다

이때 금부도사가 사약전교를밧들고 라주로나려가서 목사를차즈니 목사는마츰 본집에가고판관(判官)혼자만 보니 판관은 교히 병을어누엇섯다 시골가는사약도사가 사약전교를 봉행할때는 보도관원하나를 데못(帶同)하는법이라 목사와관판이 모다유고한것을 안뒤에 도사가리방을불러서 사정을말한즉 리방이

『교수(敎授)나 오리가 계시니 가리갑시면될것이올시다』

하고 대답하야 교수를청하야 사약하려갈것을의론하얏다

리방은 림목사의문청인과당몸답는사람이라 도사가 나오기전에달음질쳐서림목사집에를왓다 림목사 가동리의집은사랑과가리 바둑을두는중이라 뎡하에서분안을드리는리방을내다보고

『너엇재나왓느냐?』

하고말한다되고서는

『어서두게 자네가리실갑습업게드려다보아서야자미가잇나』

『비두지요』

『그러케노하 가만잇거라이렴면엇될러인고』

하고 바둑에재미를부처서 다시내다보지도아니하니 리방이맘이조급하야몃번은기침을하다가 나중에

『엄삼마님이 엿줄말슴이잇습니다』

하고소리를낫추어말하얏다 림목사가그제야 리방의창황한 긔색을보고수상히생각하며

『무슨말이냐? 말해라』

하고재촉하니 리방이 주저하다가

『잠간 조용히……』

하고말하얏다 림목사가 손에 바둑을 쥐인채로넘어서서 마루끗트로나왓다 리방이 내ㅅ뜰우에 올라서서 나직한목소리로 사약도사가 나려온것을 말하고

『피하실것이나다 어서 몸을처리하십시요 소인은 물러갑니다』

하고 절하고 다시 내ㅅ뜰아래로나려가니 림목사가 말이업시 고개를 쓰덕이고 방으로들어와서바둑두든손님을보고

『서울손님이 나를차저온다네 바둑은고만치우게』

하고 손에쥐엇든 바둑을통에 넛는다는것이 태반은 방바닥에 떨어트리엇다

『자네는가게』

하고 림목사가 말하야 손님이 가서나간뒤에 얼마 아니잇다가 금부도사가 교수와가티 말을타고 금부라졸과 고읍하인들을다리고 묵스간으로 들어왓다 잠시동안에 림목사집은안팟이물끌틋하얏다 그러나 범가튼라졸들이 잡인을금하야서 안사람이나 오지못하고 박갓사람이들어오지 못하얏다 림형수가 뜰아래 꿀어안저 면교사연을들은뒤에 도사를 치어다보며

『모친이계시니 하직할틈을주

시겟소?」
하고물으니 모사가처음에는
미간을찝흐리고 허락하지아니
할보양을보이더니엇지생각하고
『특별히허락하는것이나 속히
하직하고 나오시오』
하고 사정을써서 림형수가만
으로 들어가는데 라졸하나가그
뒤를쫏츳다 림형수가 안에들다
들어가지아니하고 중문안에서
두번절하고 물러서나오니 도사
가 이것을보고
『자데에게 유언할것이잇거든
자데를불러보고 하인에게말
날물것이잇거든 하인도불러
보시오』
하고 관대하게허락하야 딸子
세된 림형수의아들이 하인과가
티나와서 아들도울고 하인도우
는데 림형수가
『울지말고 아비의얼골이나잘
보아두어라』
하고말한뒤에
『너는글을읽지마라』
하고부르고만들어가라고발
하야아들이 절하고물나서서 엉
엉소리를내서울면서멋점음걷어
가자림형수가
『나좀보아라』
하고말하야 그아들을 다시불
러세워놋코
『글을아나읽으면 무식하니와
글을읽되과거를보지마라』
하고몬저울는놋고커일벗니
그아들이들어 간뒤에 림형수는
『서산하얼에 생재생각이란것
이난도두고하랍이구려』
하고비그레웃엇다

버데로사약 할때주는약이 먹
고죽으라는 약이지만 인삼부자
(附子)와가튼 준한약이지 비상
(砒霜)과가튼독약이 아니다 약
먹인뒤에 쓰거운방에 두거나약
먹는뒤에 독한술을 먹이거나하
야약기운을 한것빌작 시기더라
도 유에하게죽지안는사람이만 야
서도사가 약사발을 더집어인기
다가진력이나면 수건,말곰비칠
시원가는 물건으로 목을칼더죽
이게하야 사약을교살(絞殺)로
변하는것이 흔이잇는 일이엇섯
다이때 도사가림형수의 소망을
조차서약을 술에타서 약사발가
득히부어주니 림형수가 공손히
바더들고
『이술은주인으로 손님에게권
하지못하는 괴상한술이라 나
혼자먹소』
하고허허 웃고나서 한숨에들어
마시엇다 림형수는본래 주량이
한덩님는 사람이라 한사발술로
는술먹은괴색도 보이지 안헛니
한사발또 한사발약탄술을 마시
는데엽페 갓가히잇든 상노아희
가어데가서 포쏘을가지고 와서
칭성수 소리로
『안주나잡수시시요』
하고내어노흐니림형수가
『에서넘기 가져가거라중놈
들이번도(翻沸)을먹일때도안
주를먹지 못하거든 이술이엇
더한술이라며 안주를 먹는단
말이냐? 쳥ㅇ는놈이로군』
하고웃고서 도사를향하야
『사정쓰다고 약분을죄게타
지아핫소? 엇재이리케 무덤
하오? 발서멋사발을 먹엇는

데아무리치도아무런
하고또우스니 도사의 악물은입
살도조금 터지는듯 가티보이엇
다다시한사발 두사발을 기득히
아약드술 도합멈여섯 사발을
먹고그우에막걸리천국을두사발
을먹엇스나 림형수는 숨人질이
조곰갓부어 젓슬뿐이지 몸가지
고달하는것이 당초에 죽을것갓
지도아니하얏다 도사가 고원하
인에게분부하야 장작불을 집히
어방을 뜨겁게하고 멋시각을기
달리엇스나 방안에누어 잇는림
형수가 답답하야 한두이나타 밥
박게지히고 잇는도사가 더갑갑
하얏다 마음내키는도사가 고을아
인을불러서 [illegible] 드리라
고밤하아한이어데로라라 [illegible]
라졸에게 들리고 창안으로 들어
오니누어 잇든림형수가 이것을
보고닐어나서 도사더러 안사며
『그것은두엇하시라오?』
하고물어나도사가
『오래고생하는이 이것이나
것이요』
하고대답하얏
『지금나이다 에는 나는 [illegible]
못한일이업습니다라 [illegible]
는일이잇다 하더라도 면교사
면에들리는일을 도시말 데모
는하시못할것이아니오?사약
하다아니되거든교삼(絞殺)하
라시는 면교를들어 가지고보
셧소? 면교사 법에 [illegible]일을
내가가만히 당하고잇을사람이
아니니 교살하고싶거든 서울
가서다시 면교를들어 가지고
오시요』

하고림형수가위엄잇사람하 [illegible]
데도사는 어색하야 입을 [illegible] 시
고잇섯다 림형수가 도사의얼골
을치어다보며한번허허웃더니
『실진분들 노혀마시요 처요
라고하신면교를바든사람이머
립키말 할것이무엇 잇겟소.그
타락을 이리주시요 목을매
리다』
하고라졸의주는줄을바더들고
잠간드려다보다가다시도사를처
어다보며
『내손으로는 차마죽을수가엄
꼬답는사람이 잡아다려야 될
터인데 내가숨이떠치거든
지잡아다리는 사람을 보기실
흠분아니라 잡아다릴 사람노
목매인사람압해서는잡아다리
기어려울것이요그러니이벽에
구멍을뚤트고목을매인뒤에벽
구멍으로 줄가를 내보낼것이
니박게서잡어다리게하시요』
도사는림형수말대로 따르지게되는것
만다행하게역이어서
『그럼게하오시다』
하고라졸을 시켜서벽에 구멍
을뚤리고 줄을박으로나갓다 실마
뒤에벽구멍으로두점점부옷아
나왓다 라졸들이 두옷을잡아쥐
고잡어다리다가
『[illegible]이내리장사대또령』
답하엿스려니』
하고생각 [illegible] 리까
못는옷으로 도사의얼골을 치어
다보니 도사가놀나서 고겨를
다리엇다 라졸들이 줄을노흐
며방안에서락하는물건떨어지는
소리가낫다 도사가 문을열고갓
시원하야숨을 질게수 [illegible]

안에서 [illegible] 웃는소리가나서 도
사는고사하고 라졸들가지 모조리
엇다도사와 라졸들이 급히방으
로쫏차들어와서 들려보니 라졸
들은보매인목침하나가 방바닥에
떨어졋고정작림형수는 [illegible]
벽건너편바닥에누어서 [illegible]그
리고 잇섯다 도사가화가나서 림
형수를 나려다보며
『천장을쳐다 이것이 누구냐
가요?』
하고책망하니
『처음당하는일이나까 잘될는
지몰라서 시험하야 보앗소』
하고 림형수는 다시안바닥 [illegible]
반 시늉치대
림형수가 죽은뒤에 전라(全羅
道)은 상주(尙州)배소에서소식
을못고술을 당겻다 시고서
『이사람도 죽엇구나』
하고 통곡하얏고 리황(李滉)
은림형수의 생각이 날때마다
『사수(士遂)가튼 쾌남아 가
남자(奇男子)를 사지(死地)에 [illegible]
앗섯고원통하다』
하고 눈물을 금치못하얏다
의명에서 옥사가잇슨뒤에 련산년
을두고 년년이 큰옥사가잇섯는
데 처음은 안명세(安名世)의옥
사이고 그다음은리홍윤(李洪
胤)의 옥사이고또그다음은리해
(李瀣)의 옥사이엇다 류관、류
인숙、윤임등의죽음을뎡조사관(史
官)이사초(史草)에올리기를
『중종(中宗) 소상이지나지아
나하고 인종(仁宗)상사발인
하기전에 우에서는 빈뎐엽헤
서고명대신(顧命大臣)세사람
을죽이다』

하고져엿고 또리긔등의 행몽
옥사실례로죄엿섯다 그때 소위
공신들이 저이의한짓을 옳은일
가려함이어 후세이뎌까지 속이
라고 무녕보감(武寧寶鑑)이란
책을만드는때 윤인경 리긔, 뎡
순붕등이 천여명들을 특별하
칭하야 사초(史草)를 보게된까닭으로
사관의고들이 들어나섯다 소위
공신들은 사관이 못옳히어뎌
죄를면하엿다고 당시 사관이
누구야를것을 고사(考査)하기
시작하는대홍문박사(弘文博士)
안명세가 자수하고나서서 그날
로들지켜참을 당하게되엿다 안
명세가 묘목을 넘은채로수레에
실리어 새남터로 나가는데쇠갓
쓰는사람으로 유명한 리지함이
죽는진구를 작별하랴고 길거리
에서 기다리고섯다가 금위군사
들의막는것을 뭄고하고 수레
엽효도 또차 나와서 안명세의
손을잡고
『무오로사 는사람들이 사람일
것가트면 자네를 부러워할것
일세 눈감고잘가게』
하고 그점도 도망하야리긔등
이 리지함을 십으라고할때는밤

서간데를 몹의게되엇섯다 몃칠
뒤에 안명세의친구 교리 윤결
(尹潔)이가 릉원위구사안(綾原尉具思顔)의집에서 밤을새어가
며 술을먹다가 죽은친구를생각
하고
『안명세가무슨죄란말인가?』
하고눈물도못갓을참시기도하고
『세상에사관죽이는나라가 잇
단말인가?』
하고 주먹으로 방바닥을두들
기기도하얏더니 당시에 데사간
으로잇든 진복창이 구사안에게
서 이말을듯고 윤결의형데를안
명세의 동류로몰아서 금누로잡
아가두고 단련하게되엇다 진복
창은 독사(毒蛇)라는 별명이잇
든위인인데 윤결과 사혐이잇서
서 평일에미워하든까닭에 국문
할때 형장을혹독히써서 한번국
문에 혈육이 랑자하게되엇다 진
복창과가티 추판으로잇든 민제
인이 이것을보고 상을찡그리며
『옥(玉)이부서진다』
하고 탄식하는것을 진복창이
듯고 여죄를 비호(庇護)한다고
탄핵하야 민제인까지 찬배를당
하얏다
　안명세를죽인 이듬해에는 리
홍윤의옥사로 충주를 도륙하엿
다 리홍윤은리약해의 아들이
요윤임의 사위라그 부친이 비명
에죽은것을 원통하게 녁이고그
장인이 참혹히당한것을 분하게
생각하야 간신의 무리를일망타
진(一網打盡)하고십은맘이업지
아니한이로그맘이간혹언사간에
발로될때가 잇섯다 홍윤의형추

에귀양가잇섯고그형홍남(洪男)
은녕월(寧越)에귀양가서잇서형
데서로 맛나지는못하나 련신
이사잇는데 홍남의 위인이 불사
(不似)한것을홍윤이 불으지아니
하지만그래도 형이라고 밋는까
닭에달은 사람에게 보이지못할
만한시휘(時諱)에걸리는편지도
업지아니하얏다 홍남이 저의처
남원호변(元虎變)과저의동서뎡
유길(鄭惟吉)에게편지하야아우
의일을 걱정한것이 실상은아우
가역적모의 한다고고변 한것이
나달음업섯다
『아우가위인이 원패하야역모
에뜻을 두는모양이나 만일뉘
가고변이나 하게되면 멸문이
멸망될터이라 이것을 엇지하
면조흐랴? 나는눈물두 날을
보내누중이로라』
원호변과 뎡유길이 이편지를본
뒤에사정이 덥허둘수 업는것을
공론하고 편지를정원에 바치어
서마츰내 옥사가닐어낫다 홍윤
과및홍윤에게 갓가운 사람들이
륙지처참을 당한것은 말할것이
업고홍윤과가티 맛든홍윤의 다
우가지각이업서서향부루들의까
닭으로 충주사람이 거의도륙을
당하다십히 만하죽엇다 충주는
역적이난까닭으로유신현(維新
縣)으로등이나려지고충청도는
충주가 업서진까닭으로 청홍도
(淸洪道)로일음이변하얏다 리홍
윤의옥사가나든이듬해에유신현
의최가한사람이 고변에 수생길
것을바라고 유신현에 사는량반
[illegible]의제(?)분서를가지고역적도

록(逆賊都錄)이라고고변하려서
울로 올라가다가 유신현에못
잡히엇는데 현감리치(李致)가
감사리해에게 이것을 보하얏다
니 리해가추문(推問)하라고 명
하야 최가가 형장에마저죽게되
엇다 리홍남이 이것을알고리해
와리치가 역적을 두호할맘으로

증거를인멸(湮滅)하얏다 고발하
서리해와 리치는 함께금부로십
혀와서 형장아래마저 죽엇다
　리해가처음 금부에잡혀 와서
국문을당할때에 정강이 뼈가부
서지도록 모진형장을 마지면서
도오히려지긔의 죄업는것을 주
장하얏섯다 금부라졸 한사람이
불상히보고밥에[illegible]을타서

『죄업다고 발명해야소용이업
고잘못하다 가마커죽게될뿐이
나추관들이 뭇는대로 햇다고
대답하시요 한것해야 귀양밧
게더보내겟소 또죽더라도 형
장아래죽는것보담더무서울것
이업소』
하고국문당할 방법을 가르쳐
주엇더니 리해는고개를가로흔들
면서
『내가구구히 목숨을보전하랴
고짓지아니한 죄를지엇 따고
무복(誣服)할사람이아니다』
하고고집을세워서그라졸이혼
자말로
『고지식한량반일세』
하고혀를찻섯다
리해가금부에서 상소를 올리
어원통한사정을 하소면 하라고
하얏스나 추관들이 라고롭다리
여서그상소를바더올리지아니하
얏다리과는리해에게란핵당한혐
의가잇는터이라 리해를죽이랴고
작당하고 원변으로 추관들을최
커서 국문을 혹독하게할뿐이아
니라 또원변으로 량사간관을충
동이어 하루에 륙칠차련잡허서
죽이자고 계청(啓請)하게하야
다대왕대비는 무슨압이든지 간
관에게청을 좃지아니하고 리해
와리치를 모다감사정배(減死定
配)하라고 처분을나리엇다그러
나그처분이 구경은 뷔인처분에
지나지못하얏다 리치는장하(杖
下)에서 긔절한채로소생(甦生)
하지못하얏스니 말할것도 업고
리해는 목숨이 실낫가티부터잇
섯스나 죽은사람이나 달음이업
섯다 귀양갈사람이 아무리다죽
게되엇더라도 목숨지기 전에는
귀양길을아니떠나지못하는법이
며압송도사(押送都事)가리해를
송괴바향에 다어가지고 배소로
작뎡된 갑산(甲山)길을떠낫는
데 처분낭수음미 속수침이엇다
아미칠팔월더위가심하야서청
와사람이 … 서 병이 낫것가탓
스니 리 … 목숨속에와서
온것을 … 에 오래부지한셈며
다압송도사는갑산까지만가게되
것을다행이 생각하며 압송관아
(官衙)에 늠어서서 사람보고리
해의시신(屍身)을 … 사에게맛긴
뒤에서울로 … 하야금부상에
게사유를보하얏다
양주목사는 … 자 에업는 송장
맛게된것을 불패이 생각하야
『그시체를 차저갈사람이오기
까지 잘마련두게해라』
하고 만만한 아전에게 분부
고 아전은
『시톄를차저 갈사람이오니와
지 갈마러두게해라 관가분부
다』
하고 성명업는 깨주주인에게
넘겻다 깨주주인이 무슨정성이
잇서서 리해의 시톄를잘보아줄
것이랴 시톄가썩기시작하야 시
취(屍臭)가집안에풍기고 시즙
(屍汁)이바안에 흘르니 깨주주
인이 시톄를가만히두고 볼수업
서서 공석으로싸고 색기로동이
어서 상여고ㅅ간근처에 내다두
엇다
『귀양가는길에 죽은사람이어
떠감사들지낸량반이라지』
『충청감사로잇다가 죄에걸렷
다데』
『실상은 죄업는량반이라데』
리해의아우리황은안명세의옥
사가낫슬때 또다시 삭탈관직을
당하고례안고향에가서잇든중인
데 그형의옥사가 낫다는긔별을
듯고하로밧비서울로올라왓스나
긔별을늦게들은 까닭에 그때그
형이죽은뒤십여일이넘엇섯다 리
황이 그형의시신을차지러양주로
나려갓슬때 백정의아들 에게은
혜진것을알고 불러보랴고 하다
가그백정의아들이 오란다고올사
람이 아니라서 마춤내불러보지
못하고운구하야 떠나든 전날밤
에리황이인하나만압세우고그
백정의집을 차저와서 문간에서
백정의아들을만나보앗다
『나는너에게 은혜를닙은사람
이라특별히차저왓다』
하고 차저온것을 은덕(恩德)
이나나리는것가티말하니그백정
의아들이
『누가차저오랍되까? 창피한
데오래섯지말고어서가시요』
하고 거슬기슬하게 대답하야
리황이속으로
『백정의아들로는 완패만신허
다』
하고생각하며 그백정의집 문
압에서물러왓다
리황이 형의옥사를 지난뒤로는
환로(宦路)에 나설맘이 찬재가
티 삭아지고 산림(山林)에숨을
뜻이반석(盤石)가티구더서 례
안고향에 문을닷고 들어안저학
문을 힘쓴까닭에 유림(儒林)의
종장(宗匠)으로 일홈이 일국에
떨친것은 뒤ㅅ날이야기다
『객주주인이 송장을내다버렷
서』
『여호밥이되겟지』
하고 양주읍내사람들의떠드
는말이 억정의귀에 들어가자억
정이는 불상한사람의 송장이
여호의밥이나되지안케해주랴고
그부친을보고의론하얏다
『관(棺)하나를짜이어서 송장
을너허둡시다』
『적선(積善)하랴다가 득죄(得
罪)하지말란법업지 고만두어
라』
『아모죄도업시 애매하게간신
들에게 마저죽은 사람이니까
관하나쯤야가물것이업소』
하고억정이가욱이어서어느날
억정이부자가 관과상두꾼 가치
고와서손을대일수업시된시톄를
들들말어서 관에너허서 그자리
에노하두엇다
억정이가 그부친의 승저하지
안는것을 억지로 욱이어리해의
썩은시톄를 수시(收屍)하야입
관한것이 리해의 친족에게덕을
보여한는의사가 아니엇지만 리
황이가 안저서 보자고불렀슬때에
또차저와서도 문안에 발을드려
노치아니 한해에더보인 감스런
욕본다는생각이 업지아니 하얏
다
『량반과는 일체로상관을말어
야지상관만되면 이래도 욕커
래도욕이란 말이제기』
하고억정이가 메어부치는 소
리하는것을 봉이가
『량반이 우리네집을차저오기
가조만한일이냐? 차저온 것
만해도 무던한량반이다』
하고골낼까닭이 업는것을 타날
럿건만억정이는
『검덕순이가트면 대번에쏘차
와서우리를보고절이라도햇슬
것이요 검덕순이도 흉악한량
반이랍디다』
하고밥이 좃시풀리지 아니하
다가량반의 절이부자간 의론난
거리가되어서
『썩은송장을만지고서 량반의
절을바더? 여자식아 량반의
절이장복한동에너남는자 동쇠
한다더냐』
『아닌게아니라 량반의절을안
저밧게만되면내속이좀시원하
겟소』
『하룻의별을 따먹으면배가불
를세다』
『내가 량반의절을밧거든보사
요』
『어디보기량반이나 실컷정이
량반을 속여불라느냐?』
『누가 그따위못난이생각을먹
는답되까?』
『이자식이 얼정하고아비욕하
지안켓나』
『아버지도 그따위생각을먹으
면 못난이지 무어요』
『아비더러못난이라고 욕하는
자식이잘난이냐?』
하고 봉이가먼저우스니 억정
이도봉아우서서 부자 의론난이
웃음으로 끗처엇다
양주읍도 선비가살고 량반이
사는곳이라 리해와가튼 명망잇
는이들이 애매한죄로 거리송장
이된것을 분하게 생각하는천
비도잇섯고 가엽게 녁이는 량
반도잇섯지만 그썩는송장을 들
아볼 의긔(義氣)잇는 사나이는
하나도업섯는데 백정의 부자가

하고[■■]와석정이를 삽어때한와명서를 아전이갓다가 목사에게바치엇더니 목사가

『몹이란것이 관푸주배정놈이냐? 석정이가 그놈의자식이냐?』

하고 뭇고서 그놈의 부자를삽아드리라고 분부를 나리엇다

『너의놈의부자가 죽은죄인에게 관을해주엇다지?』

하고 목사가뭇는말에

『그런일이잇소이다』

하고 몹이가 대답하얏다

『그런일이잇겟다이놈 주제넘게천섬이냐?』

『천섬이아니오라소인네가 [■]자식의집에 [■]상래하라오면상여고시간을지나단니옵는데써는냄새가 파하와 냄새맛지아니하올생각으로관을쏴다너헛소이다』

『관가에와서 품하지는못하더냐? 관을쏴서너허둘것이면너의놈들떠려하라고두엇겟느냐? 관가에와서품하지안코자하잇서 양주사나이의 의긔를어버니 선비와량민들은 뭇그러운꿀은 몹으는대신에 쐐썽하더일을[■]엇섯다

『배정놈이 주제넘다』

『석정인가 그놈이 버릇을단단히 배워야할놈이다』

하고 석정이부자의말아 선비와량민들의 입에올니리든 [■]메 양주관가산놈바게 언니의명서한지이 무렷다

『[■]정이 [■■]하니 양[■■] 러정이다』

로 외람한짓을하다니 죽일놈들이다』

몹이와석정이는옥에가치어잇스며 형장멧자례를맛고 마진뒤에

『이번은처음이라 특별히용서하나이다음에만일또그런외람한짓이 잇스면 귀양갈줄알아라』

하고목사가특별한처분을나리어서큰일업시 옥에서 나오게되엇다석정이가옥에잇슬때분통이터질것가 타서전후불고하고 옥을깨치고 뛰어 나가랴고하는것을 몹이가 죽기로말리어서석정이는억지로 숨을죽이고 잇섯스나목사를미워하고량반을미워하고세상을미워하는생각은때에집이삭이어첫다

四, 보 복

대왕대비가 정사를 잡은한뒤 오륙년동안 허부한 유사와애매한죄목으로 허다한 인물들이 고귀양보냄에 현 세상을떳난 간신들은 부귀공명을 련련만던 누렷다가엿지만 역시 오륙명안에들은지되엿섯고 귀양간자도업지아니 하얏다

럽배[■]는 [■]조관서를 우[■]성으로 벼슬이놉하저서 시색조흔배상의한사람으로 뵤뎡에 드날리는관이라 밤이 만족하얏[■]지만 죽을애[■]쓰고 빼[■]배탈이 발미[■]병이붙어 신음신음알튼것이 한걱정이 되엇섯다 옥매향의병은 자다가한축하고어든병이라 뜬것의 짓인지몰은다고 무당드려굿도하고 관수[■]덕정도읽엇건만 병이 차차로중하야서 달포뒤에는 대낫에도자리보전하고 굽는때가 만하첫다어느날[■]병이또반에서나오

는길로 옥매향에게와서보니 옥매향이 누어잇다가 간신히닐어마지며

『일즉이나오첫습니다』

하고 생긔적은 말소리로인사하얏다

『오늘은신긔가엇더하냐?』

『맛찬가지지요』

『윤판서가 조흔의원을천거하기에 보내달라고부탁햇다』

옥매향이는 윤판서란말에 깜짝놀래는빗이잇다가곳가라안지며

『윤판서가요?』

하고속살거리듯이말하얏다

『그래윤판서도 너의병을걱정하는까닭에 일부러 의원을갑여보앗다 고말하더라』

『저는오래못살것가터요』

『그건부슨소리야』

『잇가 못된꿈을 꾸엇세요』

『못된꿈을꾸면오래못사나?』

『윤판서가와서 넘이니놈이니해가면서 가티 살살아느냐하고 호령호령하겟지요 꿈을쐬고나니까 한엽어 꽉놀랫세요』

「…관서라니? 윤밥이말이냐
비」

「별소리를다 한다 지금윤밥이가살어서도 별수가없을터인데 죽은귀신이 무슨수가잇서서 가려봇살게 한단말이냐? 북지생이로 ?을고이어서라도 오래살도록해줄것이니 러정마라」

하고 렴백텽이는 다정스럽게 옥매향의머리를 깁허주엇다

「대감! 대국사신을가거되서제발 어파또록파해세요」

「그건 엇재서오?」

「윤밥서가혹덩될때 대국사신까닭이 마주바이니 압되잇거라하고 텽텹스럽게말해요」

「별소리를다한다 네가몸어칭처안흐니까 꿈자리가 뒤숭숭한것이다」

「꿈도허사가 아니랍니다」

「그때내가아무또록 피할것이니 염려마라」

하고 렴백텽이는 옥매향의파리허혐을 숙사방으로 모집려주며 위로스도로말하얏다

살륙나든 이듬해에 중국에서사신을보내게 되엇는데 상사(上使)불망이렴백텽에게로 돌아갓다 렴백텽이 옥매향의꿈이야기는이젓지만 압흔옥매향을두고 멀리떠나기가 어려워서 이탈저탈하고 피하라고하얏스나 대왕대비가 친히불더서 이번사신은 경(卿)이가도록하라고 말슴한까닭에 못한다고 거역할길이업서서 마츰내중국으로 사신가게되엇다 렴백텽이 떠날때에

「별리갓다 오면 두서너달밧게 안될것이니 안심하고 병이나 조리해라」

하고 눈물흘리는 옥매향을위로하얏스나 옥매향은

「안녕히단녀오서요 저는대감을다시뵈올는지 몰으겟세요」

하고 압설는소리를하며 수건으로 눈물가리엇섯다 렴백텽이 사신가는길에 병이들어 영평부(永平府)에서 객사(客死)하게 되어서 사신행차로 건너간압록강(鴨綠江)을 상행(喪行)으로 건너왓다 렴백텽이 죽을림시에 혀가뻡으라저서말을못하게된까닭에

「옥 옥」

하고또무미커

「윤 윤」

하고인해 운명하얏다는말이 잇서서당은 사람들은 모다옥은 옥매향말이고 윤은윤원형말이라고추측들 하얏스나 옥매향이만은옥인저의 말이분명 하거니와윤은윤원형말인지윤임말인지 몰을일이라고생각하야알는가슴이더압흘것 가텃섯다 옥매향이는기름불잔에 기름말르듯이 괴윤이 빠듯어가서렴백텽의죽음도채보지못하고 죽엇는데 렴백텽이살어잇섯더면 장사나 마츰적적히게지내 주엇스련마는 그장사까지도 초초하얏네 그러나옥매향의산여인줄아는사람들은그상여나가는데치며

「그년이 오늘까지 산것이던도가부신하지」

하고 험담들을하얏다

렴백텽이죽어대상(大祥)이지나기전에 삼십명공신중의수좌(首勳)공신인좌의정덩순붕이귀신몰골을엄음 당하얏다 귀음에덩순붕이 리기,윤원형등과자주상종하기시작할때 그의맛아들덩렴(鄭磏)은포천현감(抱川縣監)으로잇섯는데 근친(覲親)하러올라와서집에서 묵는동안에 이것을알고 밤저녁사람업는틈을타서리기,윤원형가든인물과상종하지말라고간하얏다 덩렴은총명이파이 할뿐아니라인품(人品)이절농만한까닭에 아들일망정 쇠리고어려워 하는터이라 순붕이

「그저우연히 상종하게된것이야」

하고우물주물 하라다가

「우연히라도 상종하시는것은부지런운일입니다」

하는아들의말에

「차차상종하지안치」

하고 대답하지안홀수 업섯다 순붕이 상종하지 안켓다든사람들과 심장을서로 맛닛게되어큰사변을일으키라고 음모할때 덤은 덩렴이 버슬을버리고집에와서 잇슬때라 순붕이맛아들의눈을가리라고 애를쓰는것이 못된짓하는자데가 부형의 눈을기이라는것이나 달음업섯다 둘재아들덩현과 사위리반년(李潘年)과탐직이 박덩원(朴貞元)을다라고 수군수군 무엇을공론하다가도 맛아들의 신발소리나기침소리가들리면

「저리들가거라」

하고 말하야 아넌보살혀자리엇다 덩렴이 이것을 [illegible] 아니라 덩렴이는 명하무고다파우를 준절히꾸짓고 그때부를갑찬이책방한일이 한두번이 아니엇다 순붕이 윤원형의청을들어모함상소를 올리고 박덕원의파를조차 류관(柳灌)재희를재순대매 덩렴은 어찌할바를 자결을다하야 그부친을 말리엇더니 순붕은 쇠리고어리워함이며증으로 변하고 또못그편옹이노염으로변하야

「너의아비는 편하소인인까닭에너의말이귀에들어오지안는다」

하고밖을닫고

「네가내압해서죽는다고 해도 내말은변할수업다소인의공명렴내는밖기 그렇게 용이히변할줄아 」

하고 우는현잔된아들을 발길로차고 닐어서기서지하얏다 덩렴이 그부친의하는일을애달게녀기어 자기사랑들우에서 하늘을우르러보며통곡하는데 그 아우덩현이압해와서서 조롱 하듯이말하얏다

「형님은순(舜)님금가튼 효자십니다호읍우민텬(號泣于旻天)을 하십니다 그려」

덩렴이 물은말을 치고눈을부릅뜨며

「네가사람이냐?」

하고소리를질럿니

「사람이아니면무어요」

하고 덩현은 비웃는말하얏다 덩렴이다 살범은 어린아우 덩직(鄭碏)이엽해서서보다가

「여보 둘재형님저리가시요」

하고 덩현의 압흘가로막어서니

「둘재형은형갑세못가느냐?」

하고 덩현이 어린아우를 압흐로잡아 나구엇다 덩렴이 이것을보고

「완패한것어 편할수업다」

하고 와지즈니 덩현이발연화를내며

「누구더러 완패하다 오? 아버몸의는자식은 완패하지 안소?」

하고 그형에게 욕설하얏다

「불패텬(不怕天)이다」

「불외디(不畏地)는엿덧소?」

「저리가거라」

「이것이 아우은 아버지의집이요형님어 가거라 말거리할수가아니요」

덩렴이와가든 청잔한 사람으로도화를참지못하야기병에걸리엿든턴반에어나려서한번그아우의뺨을 후려첫다

「누구를더리오누구를더리어?」

하고 덩현이가 형에게로덤비는데 어린덩직이가 덩렴을가리고서서

「큰형님방으로들어가시지요」

하고권하야 덩렴이 귀여하는어린아우의 말을조차 마루우로올라서면서

「어 괴악한것」

하고 둘재아우를 괘씸히말하니 덩렴이는 돌아서나가면서

「어디봅시다」

하고 그형을흘기며 말하얏다

순붕은 그맛아들을 미워하기시

작하야 접어(接語)안키는고사하고 일톄로대면하기를 실혀하게까지되엿다 뎡렵이 됴석문안을옴배에는 참다케 안저잇다가도 갑작이벽을 향하야들어눕고 제처가 눕지못하게 되면외면하고본체아니하고 정우가 외면하지못하게되면 눈을 꼼지안케뜨고바라보앗다 뎡렵이 오래서서 불러가지 아니하야 귀찬코청가신속 말한다는것이

『로형 서재시기에다리압흐지 안흐시요? 고만가시요』

하고 듯기미안하도록 말하거나 그러치아니하면 뎡처이나상목을붉혀서

『나으리 자긔사랑으로가시게 해라』

하고말하야 데면조케 쏠어내엇다 그러하니 뎡렵의민망한처디와·애달븐심정피 억울한회포는주숨으로 말하기 어려울디정이엇다 뎡순봉이 일등수훈공신이되고 뎡현이와 리만년이도공신에 참예되어 순봉의집에서는 상하가 경사라고떠들썩에 뎡렵이는 손두마진 사람가티 혼자밤안에들어안저 눈물을흘리엇다 뎡좌이가 십여삽바게못된 아희로되 시비분간이 분명하야 부친이 그르고 형씨가옳흔것을 넝히알뿐아니라 형씨의 난처한 처디까지 심분료량하야 떠드는 틈에 석겨잇지아니하고 혼자잇는 형씨를위로하려왓다 뎡렵과 뎡좌이는 넌치가십넌갓가히 틀리어서 형데간이라고 부자간피 달음이업것스나 뎡렵이가이

아우를 특별히 귀여워하야글을 가르처줄뿐이아니라 간간히외약묘리도 닐러주고 션가(仙家)와련단(鍊丹)하는방법도말하야 주는까닭으로 다리고안지면 해가는줄을 몰르는터이라 뎡렵이는

『너 오느냐?』

하고 아우오는것을 반겨하야 다

자근사랑에 형데들어안저서 이야기하는동안에 큰사랑에서는 치하하는손이 끈힌틈에뎡현이가 부친을보고 형의일을말하얏다

『오늘 형이무슨말슴해요?』

『무슨말을해?』

『그래 아무말도업세요?사람이오 괴해도분수가잇지요』

『제가아무리 정인군자인체해도 소인의아들은 면할수업슬터이지』

『텬하에 저의부모를그르다고 하는정인군자가 어듸잇겟슴니까? 그러나 형을그대로 두시면좌이까지버리겟세요』

『그대로두지안흐면죽인단 말이냐어떠케한단말이냐?』

『그러케는못하시더라도 어듸로보내시기라도하시지요』……

『제가가지안는것을 어듸로보낸단말이냐?』

『가라시지요』

『아이구청가시다』

『아버지께서 말슴아니하시면 제가가라겟슴니다』

『네가가란다고갈사람이냐』

『집에잇지못하게만하면 고만 아니겟세요두고보세요』

하고뎡현이는저의형을욕보이라고밥먹게되엇다

뎡현이는랑속(郞屬)중에불량한자하나를가리어서 밤저녁에 몰래드리어 주식을먹이고 회를가르쳐다 어느날초저녁에 그자가술을잔뜩처먹고 자근 사랑으로들어와서 마루에걸터 안지며

『여보게사졉이』

하고불르는사졉(士楫)이는뎡렵의자이다 뎡렵이는 발서집작이잇는듯이들은체도아니하고 가만히방안에안저잇섯다 그자가 나중에 머리맛영창문을 열어제치고방안을도려다보며

『사람이사람갓지 안흔가?불으는데 엇재대답이업나?』

하고꼿뒤틀니어서

『량반이란것은 조상의뼈로량반이아닌가? 자네는부모를 욕으는사람이니 자네나 내나 만찬가지 아니겟나? 허교하가가내가 참피협디경일 새만 허교하고지내세』

하고허 꼼으라진소리로 말을늘어노핫다 이뼈것몸을 꼼착아니하고가만히 안젓든뎡렵이

『이놈』

하고호령하며 벌떡닐어서며 벽에걸린환도를 쎄어나려서 칼날을뽑아들고 우스간영창을 열고 쏘차나오니 그자는

『애고죽겟다』.

하되도망하야 나갓다 뎡렵이는 그자를쏘차버릴맘으로환도를들고나온것이라 그자의 뒤를쏘지 아니하고 방안으로 다시들어와서칼날을 집에쏘자 벽에걸고자리에안지며 벙이써지게 한숨을 쉬엇다

뎡현의 흉한심장이 말할수업섯다 랑속을시켜 저의형을욕보이되도 오히려부족하야 또달리 욕보일것을 생각하얏다 뎡렵이가 아츰사리속에서 말하기전에 약한첩을 먹는버릇이 잇슴으로 뎡현은 이것을긔회삼아 형을약으로욕뵈이라고 작뎡하고 파두(巴豆)를구하야 몸에지니고 틈을엿보다가 어느날식전에 상노가약을안처노코 뒤를 보러간틈에그파두를약에너헛다 뎡렵이약을먹고나서뒤人맛이달은것을괴상히생각하야 상노를 불러서

『무슨약을 다렷느냐?』

하고불으즉상노는도리혀 그못는것을 괴상히 생각하며

『일상삽수시는약이지 무슨약이에요』

하고대답하얏다 얼마아니 지나서뎡렵이는복중이괴란하기시작하야 일상먹는약이 아닌것을 짐작하고 상노더러 약찌기를가저오라하야 헤치고살펴보니 재료에업는파두가만히들어잇섯다

『네가약을 다릴때와다 간사람이업느냐?』

『업섯슴니다』

『그러면약을다리다두고 어듸를갓섯느냐?』

『가기는어듸를갓슴니까 잠간소피보러간일밧게업섯슴니다』

뎡렵이는약탕관과또약을조하하는사람이라 집에구하야 두는 약재(藥材)가거의 구비하얏다 그약재중에서 생록두(生綠豆)를내서달음을내어먹고또구우에 낙꿋즙을내다먹은까닭으로파두독이곳 풀리기는하얏스나 그래도 두어차례 설사는면치못하얏다 뎡렵은 파두의묘맥을짐작못하지안흠으로 상노를 나무래자 아니하고

『이다음 약다릴제는자리를뜨지마라』

하고 신칙할뿐이엇다 뎡현이는파두의 효험이 신통치못한것을보고

『여긔 어듸비상(砒霜)독도푸나보자』

하고 맘을독하게먹엇다 상노아희가 조심하야 약다릴제자리를뜨지아니함으로 틈을 엇기가 용이치못하다가 어느날밤이 공교히되느라고 개한마리가 신짝을입에 물고 쌍지를 삿에셔고 마당가로삼그먼히지나가는것을 상노가보고 생각업시 약을쩌다말고쏘차나려 갓다 뎡현이가이틈에 비상부지를 싸노흔약에털어너코 한두번 휘휘저어노핫다 상노가 신짝을 들고 돌아서오다가뎡현과마주처서

『나으리식전일즉 웬일이십니까?』

하고인사하니 뎡현이는

『큰나으리를 좀보이려왓더니 아직아니 닐어나셧구나』

하고뒤도 돌아보지 아니하고가버렷다 뎡렵이그 약을먹고보시기에남은약 찌기로 비상이든것을알엇다 뎡렵이가녹재아우가왓다간말을 상노에게서 듯고어이업서하는중에 뎡좌이빼씨 에게아츰문안을 왓다가 이것을보고

『이런번이어되 잇겟습니까아바지께 엿줄랍니다 아무리아버지시라도 이것이야 가만둘리갑스실러이지요』
하고급히 나가니 뎡렴이나가는아우를붓드러서
『이애떠들지마라 참피하다아버지께 아시게하면 무엇하느냐?맙만 상하시게 할뿐이지아예떠들지말고 안에들어 가서떽수한그릇이나 내보내라』
하고남편뒤에당부하지([illegible])을작말하야 떽수에타서 먹엇다뎡작이가 안에들어가서 룩두죽을쑤어달라고 하야손수 들고나오니뎡렴이이것을보고
『룩두죽은 아니먹어도관계업다신석(信石)해독제(解毒劑)로는려지밥이신약(神藥)이디려지밥을먹엇스니념려마러라』
하고려지밥에신효를밝하야주다.
『룩두도 해독이됩니까?삼슈어두시지요』
하고어린아우가권하는바람에뎡렴이는룩두죽까지먹어두엇다려지밥의효력으로뎡렴이는비상에죽지아니하얏스나 얼마동안은 음식을잘먹지 못하야서 뎡렴이된재아우의소행을패人심히생각하나엇더케조처할도리가업서자긔가피하는것이 상책이라고 생각하고서울이 수천하니 시골가서잇겟 노라고 말하고그뒤로는과천청계산(果川淸溪山)과양주 파련리([illegible])로넘나단니고 별로서울집에 오시아니하니 뎡렴이는 저뇌[illegible]되시원하게형을 또쳣나고 생각하야다

•유관,류인숙 윤임의집에서몰수(沒收)한노자(奴子)와비자(婢子)를 소위공신들에게 사패(賜牌)로나눠줄때에뎡순붕은수훈공신이라고 달은일등공신 명색된보답수만흔노자비자를차지하게되엇다뎡순붕이 첩아편숙을 다리고안대청에안져서새로생긴노자비자의현신을밧는중에나이어린비자 하나가 눈에뜨이엇다고이름이 어엽부게생길뿐 아니라그거동이현저하게남과특별다넷상뎐을생각하고 침금거리는 사람도업지 아니하고 새주인을섬기어서 집금거리지는 못하더라도락심한모양으로人긔엽는사람이만한데 어린비자는 락심한모양이 업슬뿐아니라 도리혀상글거리기까지하얏다순붕이그비자를압흐로불러내세우고일흠과나히를물엇다
『너의일흠이무엇이냐?』
『갑이올시다』
『나히는몃살인고?』
『열한네살이올사다』
젊은대답일망정똑똑안탑소리가귀엽게들리엇다순붕은대답을들어보랴고 잔지말을 뭇기시작하얏다
『너의녯상뎐은누구이냐?』
『인숙이올시다』
『녯상뎐의 일흠을부르는법이잇습가?』
『나라의죄인이라 휘하지못합니다』
『너는녯상뎐을 생각하는법이업느냐?』
『오늘부터는 새상뎐뫼실일을생각하는것이올흘 압니다。』

뎡순봉은대답에 흔연히순봉아섭의 사방을 신통히생각하야섭우에 올라서라하고 자세히바라보니 입가에는 어린양이떠돌고눈속에는 총명이 가득히고여잇섯다 갑이는 류관서의부인이윤가디뎍이고 천한노흔 아이종와마 손人심에잠게 자란갑이이낫다 순붕이가 이것을살펴보고
『이애처럼이 허드래일은 해보지못햇구나? 밧심부름 햇느냐?』
하고물은뒤에
『내게서도밧아심부름을해라』
하고 갑이의소임을 당하야주엇다 순봉이엽헤섯든 아름현이를잡아보며
『그년 참똑똑하다』
하고갑이를 칭찬한즉 현이가
『나이에똑똑한물이 적이와비당합니다』
하고 기의부친 칭찬에부화자갈하얏너가 적니가 얻을빗을반하니
『영념이 아우를 넘으사랑하서서모든데나 똑똑하다고 내세우신니다 그려』
하고 목패이발하야 순붕이는
『네가 그런말을하시말어야똑똑한 말을못지안치』
하되허허우셧다
갑이가처음 붓나봉안은안방에서밥아심부름을하얏는데 배명배라([illegible])하야 모든사람에

게 비움을밧지아니하는중에 더욱이 순봉의비위를 잘마치어서나중에 갑이는사랑방에 나가서순봉의 손심부름을하게되엇다순봉의입에서 말이떨어질때 지청으로 말을조차행하는것은 고사하고 말이업슬때 짐작으로뜻을비더나가는일이적지아니하야다 가령순봉이가
『다리좀처다오』
하고 밤일때 밤이늣도록쥽지아니하고 다리를 침변이아니라순봉이 한두번거북하게 드럽만하면 어느름에 생각차를다려내오고 순봉의얼굴에 잠간피곤한빗만뵈이면 얼른얼이어서 뢴집을갓다 머리맛에노하수엇나 밤하자면 갑이는 순봉의입뇌혀뇌담도 더할노는셈이엇다 이삽년지나서 갑이의나히 엳룩칠세된

뒤로는 순봉의총애가 갑이한몸우에 쏘치어서 특별히사랑하든 상노계놈이란아희까지돌아보지안케되엿다 버슬로는 자긔정이고나이로는 환갑이지난 순봉이가 계집아희종삼이가업스면 나제밥을달게먹지못하고밤에잠을편하자지못할지경이엿다 그리하야순봉의압헤서는갑이가아희밧을엽또더밟일사람이업섯는데 너느때덩렵이가집에단니러왓다가

『갑이는 미간에살긔(殺氣)가잇스니 넘우갓가히하지마십시요』

하고조유하 그부친에게말하얏더니

『나는네가보기실흐니 곳시골로가거라』

하고 역증을내어서 덩렵이는다시두말하지못하고 그아우덩자이에게이일을 말하고 그부친의집출입을끈하얏다

계놈이는 갑이와년갑되는아희이엿다 계놈이가 주인대감의몸시중드는것은 갑이에게 앗기엇스나그래도 상노들중에 서는가장신임을 바더서달은 상노들보담자주 대감사랑에들 드나드는까닭으로 갑이를만히 보게되고또간간히갑이와 서로말까지 하게되엇섯다 순봉이는 뒤가조(燥)하야항문(肛門)이씨저저피가나는때까지 잇슴으로 뒤ㅅ간에가서 뒤보는동안을 축이는버릇이잇섯다 그럼으로 자연히뒤가남보담몃배오래걸리어서급한일이잇슬때는몃칠이고참고지냅지인정 거뎐이뒤부라고 생되하지못하얏나 이터케참는 ᄯᅢ에는더욱이 심하야서 멧시간동안산부해복(解腹)하는이나다름업는고초(苦楚)를치른뒤에상부축을밧고야지우 닐어나오고 한동안다리를 주물리고야 간신히거동하얏다 순봉이뒤ㅅ간에 잇슬때에뒤ㅅ철내야할물건을가지고내이오고하는것은계놈이의소임이엇다 어느날순봉이뒤보러간때 계놈이가수건을가질러 사랑에 들어왓다 가갑이혼자잇는것을보고

『이애 수건좀차저다오』

하고말을부치니갑이 눈새침하되안어보니가

『네가나하고 말해보자는말이나』 하고살덧이놈아다보앗다

『좀사저주면 엇더냐? 할나니?』

『네가도칠네가찻지 왜날더러차저달라느냐?』

『내손좀보아라』

하고 계놈이가 두손을압흐로내어밀면서

『지금똥꿋는다고 물이무덧다』

하고 갑이의눈치 를보앗다

『누가 씻시말라드냐?』

『야속하게인정업는사람입세』

하고 계놈이가 혼자말하며두손을바지뒤에 문질르고 수건둔것을 ᄭᅳ내다고 타자잇는 편으로멋거름쥐어가다가 갑이가

『불상하니 ᄭᅥ내줄가』

하고 닐어서는것을보고발을멈추고기다리엇다 갑이가 탁자서랍에서 접어둔 수건을내어줄때 계놈이는 밧는다고 손ㅅ가락으로수건미테든 갑이의 손ㅅ등을눌러보니 갑이가 선듯 뿌리치지도아니하고

『이것이 수건맛는거냐?』

하고 계놈이의 얼골을돌려다보앗나 계놈이는 먼한하야고개를숙이고

『얼른밧느라고』

하고 중얼거리엇다 갑이가

『손ㅅ가락은왜애느냐?』

하고 칭을내다가말고

요다음부터는 좀찬찬이바더버릇해라』

하고 뱅그ㅡ웃는것이 계놈이에게는 뜻에맛는 뜻박말이엇다

계놈이가 수건을가지고가서 저뇌주인이다 쓰기가무섭게 갓다두고 다시왓다

『앗가는잘못햇습니다』

『네가누구를놀리는셈이냐?』

『놀리다니』

『그러면무어냐?』

『아니야』

『아니라니? 잇다가 대감마님들어오시거든 엿주어보자 그것이놀리는것인가 아닌가』

계놈이가 눈이 둥그래지며진정으로

『잘못햇다』

하고 사과하얏다 새침하고안젓는갑이가불케또뱅그레우스며

『접어알지 빌어라』

하고말하니 계놈이는 겁나든맘이 누꿈하야저서우스며 갑이압헤꿀어안젓다

『이애갑이 사내자식이가』

•하고갑이가계놈이의뺨을첫나 압흐게친것은아니나 찰싹하고소리가낫다 갑이의 보드라운손이 뺨에다을때 계놈이는손을밟못가지 싸름을하는것가텃나

『이런뺨은밤낫맛저보조켓다』

『뺨가소원이면 더줄까지볼더느냐?』

『자』

하고계놈이가 뺨을내어 밀엇다 이리놀리며 이뺨올맛고 저리놀리며저뺨을 맛다가 계놈이는갑이의손목을쥐고

『손바닥압흐지?』

하고그손을 드려다보니

『이애노아라 남이보면수상하다』

하고갑이는 남은손으로 입을막고우섯다 계놈이가 쥐엇든손목을노코

『좀아시로 인제는네뺨좀때려

보자」

하고웃고

「이애가 맷첫나 누가너가리쌈맛기소원이라드냐?」

하고갑이가뒤로돌며안는것을

「꼭한번만때려보자」

하고떨꾸느리어서손으로그쌈을어로만지니갑이는

「수것ㅅ치하느라고그중에」

하고계놈이의손을뿌리첫다이때영창밧게신발소리가 들리엇다 계놈이가 황망히닐어나서영창을열고내다보니덩치이한사람이

「대감뒤보러가섯늬?」

하고뭇고 또뒤를 니어

「너거긔서 무엇하늬?」

하고뭅어서 계놈이는

「수건누러왓소」

하고대답하며곳밧그로나갓다 계놈이가 그뒤에 몰림이 갑이를보고 눈으로뜻을말하면 갑이도두서너번에 한번씩으로 대답하는데 아릿답고염ㅅ긔 잇는눈이말로하지 못할말까지 말하는듯할때 계놈이는 온몸이그눈속으로끌려들어가는것가텃다 계놈이가갑네의 혼자잇는 방문압꼬지나 눈중에 어느날밤에 순봉이리괴와 가티 윤씨에게 가서 오래ㅅ동안 무엇을 장만하고 밤늣게좃아 왓다아뤼를 지내는맛을 밧고 자리에누어서 갑이에게 말바닥볼근실리다가 갑이가 이

「안에더온닐이잇겟지?」

하고 물엇다

「왜그러십니까? 밤볼씨스럽니까?

「뒤뒤창가하고 물엇다 밤서여러번 뒤창곳보앗는데 밧가윤관서집에서 뒤닙려운것을 참엇더니 지금다시 마려운듯하구나」

「하루밤이라도 참 시시때때 더괴로우실터이니 아주노고주무시지요」

「귀찬치만 그래볼가」

하고 순봉은곳닐어안저서

「이리오너라」

하고 상노를불럿다

계놈이가 먼저보는틈을 엇게되엇다

「사람을살려라」

「누가죽인다드냐」

이와가튼 멧마듸수작이 잇슨뒤에 계놈이가 갑이의손목을쥐고 골방으로 끌엇다

「노하라 노치안흐면 소리를 질를테다」

「아무리나해라 죽기는일반이다」

계놈이가 암에또이어 정신날시 업는데 갑이가소리는질르지 아니하엿다 갑이가골방에서 나와서 머리를씨다듬고 안젓는데 계놈이가 또구리고안저서 얼굴을드려다보며

「속량(贖良)해나가서 초례(醮禮)를지내자」

하고속살거리니갑이가입속으로두어번 뭉이면싀을뇌다가

「어서가서 대감의속시나치켜들고오너라」

하고계놈이를떠다밀엇다

이뒤로계놈이는갑이에게매어지내게되어 갑이가 안즈라면안꼬서라면서고죽으라면죽는시늉을하나내지못할지경이되엇다

그때옥사에갓던어느집에서 그집의던가보물(傳家寶物)인옥잔(玉盞)을 뎡순봉에게뢰물(賂物)로 보내엇다 순봉이 그옥잔을어더가지고하도몰래에게칭찬하고또갑이에게 자랑하엿다 갑이더러밤이

「내가전에 너의[illegible]상뎐에게서 [illegible]」

하고옥잔을들어보이며

「이옥잔이원나라공주가 고려님금에게로시집올때가지고나온것이란다 옥빗만보아도 폐사옥과달르지아니하냐?」

하고싱글벙글주하하엿다

「류씨가 보물말어볼눈이잇는가요?」

「남의말을듯고말한것이겟지」

「그리치요 사람이몽롱하고쌀쌀할뿐이엇지부은재조가잇든사람일게말이지요」

「너도눈밥이과하다」

「과하기는 무엇이과해요더릴때옴서당한것을 생각하면 지금도 치가떨리는데요」

「원녕(怨望)이가 우리갑이게 독죄 한것만으로도 죽어맛당하구나」(원망은 류인숙의사다)하고순봉이가 넘넘시말하며 허허우섯다 순봉이가 옥잔을머리맛에노코보다가 미처간수치지못하고 잠들엇다 갑이는녯상뎐을 욕하어말하게 된것이옥잔의밝이라고 생각하고 옥잔을미워하야 옥자잇는틈에 방바다에메어처서 두조각에 내엇다갑이가박게 사람이업는틈을 엿보아옥잔또각을 가지고 나가서또각또각 마아가지고 뎡을파고누더버리엇다 순봉이놀아 왓슬때옥잔이 눈에보이지아니하야

「옥잔어되갓느냐?」

하고놀래엇다 차저보고 들어보고한바탕 야단벅석을 내엇건만 옥잔간곳은 알수가업섯다 모든사람의의심이 갑이에게로 모히는데순봉이역시 갑이를 치의하지아니할수가 업섯다

「옥잔이 어되간것을 네가몰으느냐」

「몰릅니다」

「네가혼자이방에 잇섯다면서 으더니 말이되느냐?」

「잠간박게를 나갓다온뒤에잇슨나잇가 누구혼자잇섯슴니다」

「박게들나갓다 왓슬때옥잔이 잇드냐?」

「잇는지업는지 정신차려보지 아나햇슴니다」

「무엇에정신이빠젓더냐?」

「편지휴지정돈햇슴니다」

순봉이한동안입을닷첫다가

「옥잔이업서진것은 아무래도 너의 소위이니 사긔가묘란하기전에 내어노하라」

하고눈을 부릅뜨니 갑이가쪽쪽울면서

「제가대에온뒤로 재상가자녀부럽시안케지내는데무엇이부족해서도적질을합니가?또제가 옥잔을훔쳐서 무엇에씀니까」

하고눈물이떳거니맷거니하야 저고리압섭이 홉신저젓다 순봉이귀에갑이의말이올케들리어서

「고만두어라우지마라」

하고 다시씌업낫만다사엇다

계놈이는 옥잔이업서 진졀을안뒤에 갑이가불을 맛게되지아니할가은근히 걱정하야 밈이조마조마하얏다 갑이가 좋아리를 맛게될가 또는몰볼기를 맛게될가? 몰볼기를 맛는다면 그볼기를 엇지볼가? 가진생각으로 속을태우며 우ㅅ간영창 박게부터서서밖안동정을 살피는중에 갑이의발명하는 말과순봉의 용서하는말을 모다엿듯게 되엇다계놈이는혼자말로

「그러면그러치 갑이가그까지 옥잔을훔칠리가잇나」

하고갑이의말을 역성들기도 하고또

「갑이가아니엇서보아 악지꽁사로라도 버릇을 나뎟슬터이지바로 용서ㅅ청이나 잇는듯이고만두어라야」

하고대감의 말을비웃기도 하얏다그날저녁에 리과가 뎡순봉을 차저와서 윤경(尹璟)의 옥사를 이야기하다가

「우리가 인평(寅平)에게로가서 가티이야기합시다」

하고 윤원형에게가자고 말하야순봉이또

「그리케합시다」

말하고곳갑이를불러서옷입은옷을내어노흐라고 닐르게 되엇다 갑이가 순봉의옷을 갈어닙힐때 순봉이가

「또무엇이나 일허버릴나또대이방을적혀라」

하고 단단이말하는것을 리과가귀ㅅ접에듯고

『대감 무슨 실패(失敗) 하엿소?』

하고 뭄어서 순봉이가 옥잔업서진일을 대강이야기하고 그 옥잔이 오래전부터 집에전하야오는귀한물건이라고말하얏더니 그가

『옥잔이우화(羽化)햇구려』

하고 허허웃는데 순봉이도

『글세요 우화햇나보이다』

하고우섯다

순봉이나간뒤에 갑이가 계놈이와부터안저서 서로 속살거리게되엇다

『사람이분해살수가업다』

『대톄 옥잔이 엇더케 되엇슬까?』

『그걸낸놈아닌』

『너나하니까 볼을아니바덧지 달은사람이엇더면욕숨이우래하얏슬것이다』

『고만둔다는것이 의심이풀린것이아니니까 나도 엇더케될는지몰는다』

『설마』

『설마가사람잡아』

『그러면 엇더케할테냐?』

『엇더케하기는 엇더케해? 당하는대로당하지』

『애매히죄를당해?』

『당하지안는수는 무어냐? 내가 고초를 밧다밧다못견듸면 너도 말이네게 될는지몰으니 이것만은미리알어두어라』

『공연한사람을 엇더케잡어넛니?』

『훔치지 도아니한것을 훔첫다고 매질하며대라면 훔처서너헛다 고라도말하지 별수잇니』

『나는엇더케하라고』

『죽더라도 가티죽지』

『가티죽는것은조치만 네나내나 그런업는죽엄이 어되잇니?』

『나라옥사람 생각해보아라유명한이들도 모다얼뜨게 죽는세상이니 우리야 말할것이 잇니』

『그래도 얼뜨게죽을까닭이업다 우리들이 오늘밤으로도망하자』

『정신업는소리하지도마라 도망한다고하야 살려놧도 나가기전에 붓잡힐걸 도망한다말이냐?』

『그러면 엇더케하니?』

하고 계놈이가 조바심을하는데 갑이는 무엇을생각하는모양으로 한동안 말이업다가

『생각해보니 한가지수가잇다 옥잔을 훔쳐간사람이 옥잔을 몰누갓다 노흐면 우리는살것이다』

하고말하얏다

『누가훔처갓는지도 알지못하며 엇더케 몰우갓다노케하니?』

『내가방자하는법을아니까 몰우갓다노토록 방자해보면 엇덜가말이다』

『어서 해라 훔처간사람이 당장에 급살마질방자라도 하는것이조타 우리가 몬저살고보아야지』

『그런데 방자를하자면 갓죽은송장의 쌔마듸가 잇서야한다』

『아이구 그것을 엇더케 구하니』

『팔한마듸나 다리한마듸가잇스면 데일조코 손ㅅ가락이나 발ㅅ가락마듸하나만 잇서도 쓸수가잇다 네가구해줄수잇겟니?』

『그것을 어듸가서 구하니?』

『수구문밧글 나가보면구할수잇슬께다』

『송장이잇기로 엇더케만지나?』

하고 계놈이가 허락하기를 머리다가 갑이의혼흥갑에 말을듯게되어서

『래일 어머니보러간다고하고 수구문밧게나가서구해보마』

하고말하얏다

갑이가 쌔마듸구해준단 말을 들은뒤에는 계놈이의얼굴을 드려다보며 뱅글뱅글 웃기도하고 계놈이의어개에 입을다이고 웃우으로 자긋자긋 물기도하얏다

계놈이는 엿합고에취하는 나비와가티갑이의냄새에취하얏섯다 계놈이가 무서움을탄다는 까닭에 반일갑이에게 훔치러시아니 하얏든들조비송장의 쌔ㅅ마듸를 훔치러가라고 생의도못 하얏슬것인데갑이가 만기운을 주어서수구문밧게 나가서 어린처녀송장의엄지손마듸를 잘라오게 되엿다 갑이가 날몰으게 그쌔ㅅ마듸를바더두엇다가 순봉의 벼개ㅅ잇을고처 시칠때에 솔그머니벼개속을뚤코 집어너헛다

순봉이가 밤에잠자리가 사나워서식전자리속에서갑이를보고

『요즈막신기가 좀 치못한까닭인지잠자리가 괴악하다』

하고상을 찌푸릴때가 만핫다

갑이가 쌔마듸로 방자한때 사나운꿈자리를바란것이아닌고로 오일된뒤로는 달은일을생각하게되엇다 어느날갑이가 계놈이를보고

『옥잔이나오지아니하니 달리 방자를 해보겟다』

하고말하니 계놈이는

『우리가할만아니땅하면 고만이지 구태어옥잔을 차지라고애쓸것이업다』

하고 갑이를날리다가 갑이가

『옥잔까닭에 처의밧는것을생각하면 사람이분해서 못살겟다 내가방자를아는대로는 골고루해볼테다』

하고 고집을세워서 계놈이도

『네맘대로 해보렴으나』

하고마음내몸의하게되엇다

『산도야지의뚱정머두렵이 잇

서야할터인데 네가어떠할수잇겟냐?』

『산양실가면어떠할수잇지』

『나은 진정으로말하는데실업슨말이무어냐 너까지 내속을상해줄터이냐?』

『아니다 끝내지마라 그러나산도야지털을어듸가서어더오뇌?집도야지털는 못쓰겟늬?』

『그건나도 몰은다 나는산도야지털로만된다는말만들엇다』

『그걸어듸가서구하나? 네밤자는데사방자가아니로구나엇재그럿케 괴시한 물건만찻느냐?』

『데사방자거나 아니거나어떠랴단는거나 어떠다오』

『어마 물어서구해보마』

하고갑이어게허락안제봄이는위선사지아니한사람으로이사람저사람에게 뭇는중에 친한벗배에게서 갓바치들에게 가면 산도야지털이잇단말을듯고그벗배에게 어떠달라고까지 부탁하야 며칠뒤에 산도야지털을처마루에서나온것을 갑이손에 쥐어주게되엇다

순봉이 잠자리에나온것을 청자서게되이어 갑이를보고 한러정할때에 갑이가

『약주를좀잡수시고 주무서보시지요』

하고 말히야 술취한집에별로술이업서 하루밤을지내고 그뒤로는 잠자리에 술을먹게되엇는데

『술도 하루이틀먹어버릇하나아침음만못해서 먹오나 안먹오나 잠자리가자 남기는 일반이니 술을고만두고십흡다』

『한번취하도록 잡수서보시지요』

『글세』

순봉이는 한번흠취해 보랴고작뎡하고 갑이의권하는대로 술을바더먹다가 나종에는 망양이되어 자리에 석구러젓다갑이는엽집이와상노의손을빌어순봉을자리속에누인뒤에 진파가리 혼자서수령을잣첫는데 밤중에 순봉의몸을흔들어서정신을으는것을보고혼자말로

『올타되엇다』

하고닐어나서산도야지털을순봉의배꼽속에 부비어 박엇다가또도보면 털이박힌것갓지도 안컬는까닭에 깜작가리 박엇다 순봉이그날밤에술이취하야자리에석구러진채로 다시는영영 닐어나보지못하얏다

발상한상제들은 정황보는 중에도그아버지의 죽엄이 넘우허무한것을 의심하야 시테도자세히 살펴보고 먹다남은술도맛보앗스나 수상한흔적이 보이지아니하얏다 뎡렴이와 뎡작이형데는 미리집자이업지 아니한터임으로갑이의 몸정을 유심히살펴보는데 갑이가 조금도수상한기롱이업슬뿐아니라 매매로슬히울부하는것이 친차녀에서 지나면지나지못할것이엇엇다

상가(喪家)에서장전(葬前)에귀명한무당을불러다 가녀들이무식이엇다 그무당이 고리人작을들그며망자(亡者)를 칭하며니 엽마아니잇다 간힌는망자가나왓다고녀자들이 시작하야 처생사자(使者)에게 구사밧던 혼백이야기하고 집안식구들 면면히찻기도이세상에서 품고간원한(怨恨)을 하는데 그중에 가다가

『내가죽을것을 죽은줄아느냐?내가죽고십허죽은줄아느냐?내가아들이업는사람이냐?내가재물이업는 사람 이냐?그런내가죽을때에의원하나를보앗느냐?약한첩을먹엇느냐?수렴자는것들이야살부터냐? 써부러냐? 잠이들면고만이지죽는놈이나일것이냐?친측좌우녑려잇는사람중에마지막컵떠날나를 보내준 사람이누구이냐?어 허부하지 그려!어 원통하지 그려!낯살아간귀신이 벼개에 잇는것은누구이고 알엇슬리 엇지마는벼개하나 바로보지 못한너의들의 일분정심업는것모 어야속하자그려!』

하고 무당의입에서 흘려나오는무녑에 짧은것들은

『그렇습지요』

『그러시고말고』

하고 능청스럽게 대답하고 젊은것들은

『대감께서살어오서서 사중하시는것갓습니다』

『엇더케들으면 말소리까지아주대감이오셧서요』

하고종업시 짓거리엇다 뎡씨집의안식구들이 벼개에 귀신잇다는말을듯고 벼개를 업새고십흔맘이잇든차에 둘재 상제뎡현아녀하는것을 듯고나서 엽해잇든흠는침모를돌아보며

『대감이 근래엇던벼개를바쳣든가?』

하고물으니 그침모가

『아마 궁수복황(壽福)모벼개이겟지요갑이가자세히알터이니 불러물어보시지요』

하고 대답하는데 이때갑이는빈소(殯所)에잇는자 눈에보이지아니하얏다 뎡현이가 갑이를불러라 보내라고할즈음에 젊은침모가

『대감께서 근래비시든벼개는마루밤에치워둔 이부자리속에둔것 이겟지요 불어볼것도업시안혀요』

하고말하야 뎡현이는 곳제집하인 한사람을시져서 마루밧에잇는벼개를가져오게하얏다 만식구들은 벼개를 버리라고 하얏스나 뎡현 가한번속을뜨더보고 살르자고 주장하야 벼개의잇을뜻고 또벼개의속을쏘내어 보게되엇다 벼개속을쏘내든 계집하인이

『아그머니 이게무어야』

하고 손에서색리처 내던지는물건이잇서서 여러사람의 눈이일시에 한곳으로솔리엇다 그물건이 사람의엄지손 마듸인것을안뒤에 여러사람은 다가리를래엇다

『벼개에귀신잇단말이 참말이구려』

『유명한무당이달르구려』

『그러니대감이 방자를밧고돌아가신모양이지』

『그러키에 내가죽을것을죽은줄아느냐고 말슴하지안허요』

하고침모들과 계집하인들이 서로돌아보며 짓거리는중에 뎡현이가그 엄지손마듸를 싸서들고려마에잇는형에게로쪼차나갓다형데간에 의론이달렷다 벼개속의엄지손마듸를 방자로 보는것과방자한사람을 갑이로 치의하는것은 형데달음이 업섯스나뎡렴이는갑이를 치죄(治罪)하자면그부친에게 욕스러운 말이업지아니 할것을 른탕하고

『방자한것의 소위는패人심하나사람의생사(生死)가방자에달리지아니하얏스니방자한것은유야무야(有耶無耶)중에더퍼두고 갑이를내어쫏자』

하고주장하고 뎡현이는 그부친이 방자에죽엇다고생각하고

『부모의원수를 갑지안는다니말이되오 문초를 바더서사실이명백히들어 나거든 갑이를대매에 때려죽입시다』

하고 고집하야한동안 형데간에말이왓다갓다하다가 나종에현이가 분을내면서

『형님은 고만두시요형님은본래부터 아버지를 아버지로녁이지안터이니까원수갑흘생각도 업슬터이지요 그러치만나는 불공대천의원수를 갑지안흘수가 업소』

하고 닐어서나가랴는것을뎡렴이가

『잠간만안저라』

하고 붓들어안치고

『그일을사실하라거든 밤처녀

사람업는데서 조용히하문하게 해라』

하고 말하얏스나 뎡현이는

『형님은 상관마오내원수놈마낫에갑돌인지 오밤중에 갑돌인지 형님에게 알일것이무엇이요』

하고 상옷자락에 바람이나도록핑하게려막밧글로나갓다 상주형데가 려막안에서 말업슬째에 맛상주의말소리는 한결가티마착나지하얏지만 둘재 상주는 처음부터 그형과 시비를차리는것가티 언성이놉핫섯다 제놈이가 마츰 려막박그로지나가다가 갑이의문초밧고 대매에죽이자는말을 귀ㅅ결에 듯고놀래어 려마아래안저잇는거상하인에게로와서

『둘재상제넘이 왜저러케떠드시우』

하고 가만히 말을물오니 그하인이 손을내어젓다가 슬그머니 넘어서서 섯는제놈이귀에 입을다이고

대감이 밤자에죽엇단다밤자한사람은 갑이인듯하고 밤자한놈건은 사람의 업시손마되탄다 지금둘재가 밤자한놈건을가지고와서 원수놈 갑자고 떠드는판이야』

하고 넘겨주엇다 제놈이가경겁하야말도더못지못하고 공연히고개만 끄덕이다가간신히

『큰일낫구려』

하고 한마디말을 뒤에남기고 곳갑이를차자갓다

빈소뒤회ㅅ마루에갑이가혼자 우두머니 안저잇는데 제놈이가 정신업시압흐로대어들엇다

『이애큰일낫다』

『무슨큰일?』

『여긔잇다 는죽을놈이니 지금망장모망하자』

『대데무슨큰일이냐?』

『네가그것을가지고 대감을방자했다며?』

갑이는 얼골빗이새파라케 질리다가 사르르떠이면서

『나는무슨 큰일이라고?』

하고 텬연스럽게 말하얏다

『무슨큰일이라니? 지금상주형데가 너를죽이자고 공론하는중이야』

『죽이면죽지 큰일될것업단다』

하고 갑이는조곰도 겁내지아니하엿다

『이애그런법이 어대잇니? 나는너때문에 명문도를으고 죽을판이냐?』

갑이가 [illegible] 바라보다가 뒤젓에잇는 나무ㅅ광문이 지처만잇는것을보고

『여긔서겁게 이야기하다가는 남의눈에 들킬는지몰으니 저나무광속에 들어가서 이야기하자』

하고 제놈이를끌엇다 광속나무ㅅ단뒤에 둘이숨어안저 김게 이야기하고다시나올때에갑이가

『나의전후사정은 네가인케다 알엇스니까 다시더말할것이 업고 뎡현보한마되 말할것은 내가 뎡가의집에온뒤 사년동안에딱한번남의말을친정으로 깃부게들은일이잇섯다 그것은 달은사람의 말이아니라 네가 꼿바에서 나와서나를 보고속량해나가서 가티살자고 말한것이다 내가저생에 가서라도 너의신세를 갑도록 할터이니 우리저생에가서만나자』

하고다정스럽게 말하고나서

『너몬저만한도나가거라』

하고말하야 제놈이가 업세진사랑가티 걸어갈때에 갑이는그뒤모양을바라보며 거짓업는 눈물을흘리엇다

뎡현이가 려막에서 나오며곳거조를차리랴고 할즈음에 청찬한조객(弔客)이와서다시려막으로들어가형과 함께조상을밧고

『조객이나 또오면비편하니밤까지참으리라』

하고생각하야 나케는밥이 업시지내엇다 그날밤에 뎡현이빈소압마루에 동복을 밟이고안저서 갑이를 잡아내어 돌아레세우고

『대감의 넘을 밤자한엽시손마되의쇠처는 네가알터이니 엄[illegible]기망(欺罔)업시바른대로말해라』

하고호령하니 갑이는 조금도 겁내는빗이 업시

『내가말을할터이니 말하는동안에는되지못한 호령을 미시요 개호령을 집어내시오』

하고 대담스럽게 말하야 둘러섯든 하인들은말할것이 업다 뎡현이까지도놀라지아니치못하얏다

『자 말하려든』

하고갑이가 [illegible] 한번 하고나서마루우를처다보며

『너의조부놈은것이 우리상뎐을 죽인놈이다 내가우리상뎐의원수를갑흐랴고 너의놈을 [illegible] 것이 하루이틀이 아니다 대데그놈이우리상뎐과는친구로 사괴고서 돈으로[illegible] 이무슨원혐이잇서서그러케 악하게모함을한단말이냐? 그놈의심장은사람의심장으로알수업지아니해냐?』

하고욕설을퍼부어대니 뎡현이 [illegible] 다못하야

『그놈의 주둥이를 [illegible] 느냐?』

하고하인을호령하니갑이가

『그러면 [illegible] 어라 너의놈들 [illegible] 하게 [illegible] 하야주라 [illegible] 하게 [illegible] 나 [illegible] 나 [illegible] 문해라』

하고입을닥으면셔
갑이는 예리차례 어더마져
셔뺨이 부어 올르고 쥐어짐리
어셔 입귀에 피가 흘르고또거
머리이어셔 영바닥에 주커를려
안게되엿다 그런나입은 다친채
로혀자아니하야 앙흉탄 소리한
마듸가업셧다뎡현이이것을보고
『죽그만년이 패ㅅ심스럽게업
마나말안하고 배길테냐』
하고소리를 질르고곳 하인을호
령하야 를를기다릴 거조를차리
게하얏다 마당에 멍석을셜고갑
이를쏙것하나만 남겨두고 아래
옷을닉다 벗긴뒤에 멍석우에잡
어업질르고 쏙것우에 동의물을
들어부으니 쏙것이살에 달려부
터셔몸등이가 볼통한 살모양이 들어
낫다 매질이 시작되엿다 갑이의
고운살이 회메에 부러터지가시
작되어 매맞개안에 붉고 스름한
피ㅅ줄이 멍석우에고이엿다
『그손마듸자가어미셔낫느냐』
『그손마듸를누가어더주엇느냐』
하고매질사이에 고함하는 호령
은쇠리가트나 갑이는 벙어리되
듯이대답이 업섯다 아래웃디가
마조치는 딱딱소리외에는 나물
가는아드득소리가들릴뿐이엿다
『독한년이다 독하게처라』
한고동뎡이 매어젓든 매질이며
육무지 스럽웟다 매잡는 하인의
긴대답이 련해나는중에 계놈이
가어되거쇠어 나와셔 뜰아래에
업드리며
『매질을그치십시요 소인이
말슴을 알외겟슴니다 우리마
듸는 소인이어데준것이올시

다』
하고말하야 갑이를가리처어 노모
계놈이의 무슨말을하다고 하다
음에갑이가 감엇든눈을 또고
계놈이를보면서
『커엄든자식이 내게속은것도
분하지아니한가』
하고비로소 입을떼어 말을하기
시작하얏다
『내가다 말할것이니까 계놈이
가들엇든 자식에게 물을것이어
업소내가 상뎐의원수 갑흘뢰
를생각하고 밥만내고 심부름
해줄사람을 구하는중에 계놈
이가 내게붓나는눈치가 뵈입
듸다 그래셔이자식을 한번골
려셔심부름ㅅ군을만드러보리
라작뎡햇소내가저에게셜리는
체한것이 실상은내가 저를낙
은것이요』
하고말하야가다가
『밥한것은 만호대목이라셔밥
을못하겟소니물한목음먹여주
시요』
하고말하야 뎡현이는 갑이의
밥과물을의다고 물을넘이어 주게
하얏더니갑이가 물몃모음을 바뎌
먹은뒤에다시말을내엇다
『그래 계놈이를내손에너케되
엇소옥잔이야단이낫슬때옥잔은
내가업시한것이요옥잔을가지
고우리상뎐을듯는것이왜ㅅ
심해셔 내가쎄트려버렷소 까
트린것은 뒤ㅅ잔굴독얍헤 무덧
스니궁금하거든나중에파보시
요그래옥잔까닭에처의바며셔
죽을곤경을 치를는지 몰은다
고계놈이를 호통하고 옥잔을

치간사람을 밤자한다고 소빈
숑장의쌔ㅅ마듸를어떠랍다고
햇소그뒤에쌔ㅅ마듸받자가함
안된다고또산되야지를어떠
달라고햇소』
하고말하는데뎡현이가
『산되야지를무엇에쓰느냐』
하고물엇다갑이가무심ㅅ결에
밥을옹치이라다가막음참느라
고한동안 입을악물고 잇는것을
『무엇에쓰것을바로대라』
하고뎡현이가호령하니갑이가
고개를들고치어다보며
『흥 안다마시요』
하고타박한뒤에또다시나말을
엇다
『그도야지털은 뭐은것이 술
취해곤두라첫슬때 배ㅅ곱속
에 박엇소 미심하거든 뎡한
것을 불으고보시요』
하고 다시물을좀먹며 달라고
하인에게 손짓하는것을 뎡현이
가보고
『말을 더들을것이없다 물먹
여주지마라』
하고 널르는데 엽헤서보든뎡
작이가 그뎡에게
『내가몃마듸 물어볼말이잇스
니 물좀먹이라고하시요』
하고 말하야 갑이는다시물몃
목음을 어더먹게되엇다
『네가 류씨만상뎐이라고말하
나 우리는 너의상뎐이아니란
말이냐?』
『상뎐의원수이지 상뎐은무슨
상뎐이요? 우리상뎐이나를
친자녀가티 길럿다고 말하
면 상뎐이요 부모이니까 우
리상뎐은 례사상뎐과도 달르

지요』
『대감놈이가신뒤에 네가쇠게
운것은 자죄한것이 무서워운
것이냐?』
『여보어린쇠소리 고만두시요
나는 내슬음에울엇지 당신네
집초상에는 상관도업소』
하고 갑이는 뎡작이의뭇는말
을웃엇다 뎡현이 그아우를돌아
보며 고만두라고말하고 갑이를공석(空
石)를드리라고하야 갑이를공석
에 두무두말어서 작도에 너코
목을잡듸게하얏다 계놈이까지
모 죽이라고하는것을 뎡작이가
죄의경중을 분간해말하야 계놈
이는 죽도록 매만마졋섯다
순봉이명에죽지못한것을그집
에서는 집히숨기고 말이바게나
가지아니하도록 아ㅈ 하인들을
단속하얏다 조객이와서
『무슨병환에 그러케쉽지에 갓
기셧소?』
하고물으면 상주들은
『약주가좀과히 취하신중에 몽
풍이되셔서 갑작이상사가 나
셧습니다』
하고대답하고것풍문(風聞)을
듯고와서 태면업시
『무슨험인외변이잇섯다니 참
말이요?』
하고 뭇는사람이잇스면
『순번에사나운아회종이 매마
진데죽은일이잇습니다』
하고대답하얏다 순봉의즐곡
(卒哭)이지난뒤에어느날리고
가상주들을불러와서
『서대감작고하신뒤에는 무슨
일하나 서로의불합사람이 업
네그려』

하고 한탄하듯이말ㅅ나 뎡협
이는 속으로 불쾌하녀기며참자
코만젓고 뎡현이는
『대감께서 소인의천진과초음
차별미지버섯습니까』
하고말을 맛붙여주엇다 리고
기 자연히 뎡현이와만히 수작하
게되어서 이런말저런말 하다가
무슨말끗에
『서대감생존시에 갓가히시중
하든아회종년이잇섯지?』
하고말하야 뎡현이
『네』
하고대답한뒤에
『그년이어되갓나?』
하고물으니 뎡현이 대답이업
섯다
『죽어단말이잇스니 그것이참
말인가?』
『죽엇습니다 대감께서그것을
엇더케놈의서저섭나까?』
『나도귀가잇스니까 듯지그려
그런데 그년이엇더케 죽엇나
?』
하고 뭇는데 뎡현이
까닭을몰라 황망하야하며 대답
하얏다
『그년이 흉한년이에요 그년이
상노놈과 부동해가지고 서천
이신명(身命)가리 맛키시든
옥잔을 훔처갓습니다 서천도
생존시에 그년을 치의하셧습
니다 그런데 서진작고하신뒤
에 그년이더심히 흉처간것을
알게되어 소인이 형뎨들을다
려서 치죄햇습니다 죽게까지
치죄할생각은 안하엿습니다만그
년이 매를마저보지못한 핫으로
창독이 신햇든모양이옵시다』

리끄가뎡현의말을듯고
『그러면그러치 나는엇기를그
뎐이전상뎐의원수라고쳐다감
을치독했다고들엇서거짓말이
만혼세상이라 할수업네 옥
잔을놓은것은나도아는일입세』
하고얼골에 안심하는 빗이잇
섯다 사실로리끄는 배의(裵醫)
라는친한의관(醫官)에게서소문
을들은뒤에 전에사폐한 노자와

비자들은 입절압헤 갓가히하지
안는터이엇다
리끄가 조용히집에 잇슬때배
의가온것을방으로불러드리엇다
『여보게 이사람당자에자네가
뎡의정접 소문을 이야기한것
이잇지안혼가? 그것이거짓
말이데』
『허무한말이와요?』
『고뽀리는잇스니까 허무하다

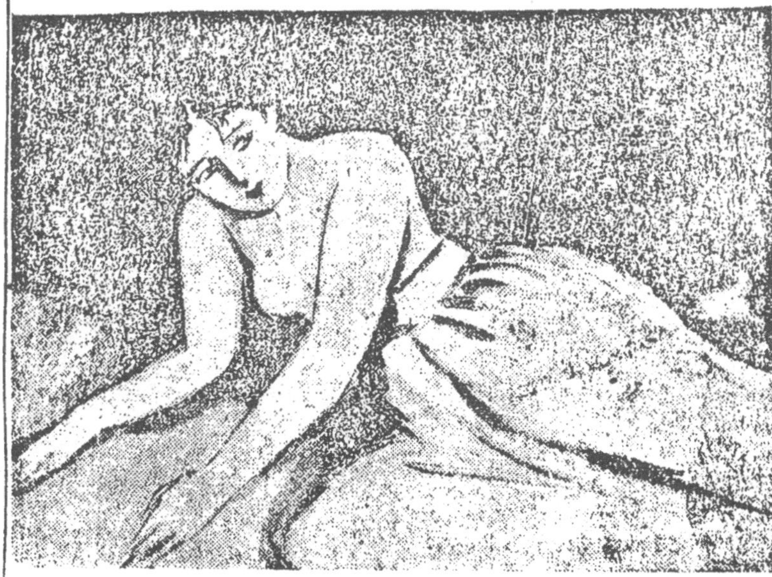

고까지 말할수는업지만 하여
튼거짓말은 거짓말이야』
『뎡의정대 상노도잇든아희놈
이 장독으로 소인의약을떠엇
삽는데 그놈의입에서난 말이
올시다』
『글세 요전에도말했지 뎌편
데 내가알어본즉 아희놈이
상노놈과 부동해가지고 부엇
을훔처냇더라네 그집에서치
죄는 좀파히했는모양이야』
『매데 그아희놈의아비가 져
의자식의 매마진까닭을 밝켜
는것이 동에잘닷치 안하서 거
짓말인듯납 되십이 업지안혀
[illegible] 아누님의식나는 소는
이라도 소인이들은바에야 때
감께아니와서 엿쌀길이 잇습
니까』
『암 . 그러치』
『황송하오나 오늘은 소인이
대감께엿쌀말삼이잇서왓삽나
다』
『무슨말인가?』
『갓가히 뎐의(典醫)에변통이
잇스리라고말슴하옵는데 때
감께서 소인의일을 특별히하
면(·舍)하옵시는터이오니이
번에 케주(提調)대감께 편지
한장써주시기를 바랍니다』
이때 허자가리조판서로 뎐의
제주(典醫提調)를겸하고잇섯다
『어렵지안혼일일세만남중(南
中)이가 내말을들을는지몰으
겟네』
『어되로보기로 허판서가 내
감말슴을 무읍수가잇습니까』
『그러치도아하 뎐전에 우에
서 공신자데를 록훈(錄勳)하
라실때 남중이가 유독사양치

눈것을 내가그리못하는법이
라고 나부래기까지하얏건만
록칠자나 고사해서 그예사양
했섯네 그때공신의 자데로는
현이하나만 록훈된것이 남중
이가 고집을부린까닭일세』
『그때는그때고 지금은지금이
옵지요』
『아부래도 편지로는어렵을
하니 내가지금록사(錄事)
보내서 말해봄세』
하고 리끄는 허자에게록사
보내엿다
의정부뎡의정리끄의록사 가해
자에게갓다왓다
『대답이무어라든고?』
『소인이가서 처음에말삼을엿
주온즉 못들은체하고 안지셧
기에재차 말슴을엿주엇 삽지
요그리하얏 삽더니 홈케벌떡
널어서서 소인의뒤人 덜미를
잡고회들르며내가 정부서리
(政府胥吏)란말이냐? 그따위
청을어되와 말하느냐? 하고
호령지거리를하시겟지요향거
할수잇습니까? 엽작업시당했
습지요』
『무엇이엇재?』
하고리끄가발은화를내는데배
의관이
『허판서가그럴수가잇습니까』
말하고또록사가
『소인이 록사를단니지십여년
에오늘가튼봉변은처음이올시
다』
말더아희를보다주어서첨십로
빈리끄가한몽안이첨고는험인자
랍을걸너듯이 손벌하나 가만두
지못하고덤벌떡다가조금진정이

된뒤에
『되지못한 괴망쩔마나무리나
두고보자』
하고허자를별럿다
허자는자기의 소행이그럴 것
을밝고일등공신된것을붓그럽게
생각함으로 한때맛난듯이 부귀
공명을자당하는대공신들파는
심사가달느지안홀수업섯다 가름
공신들중에서 허자의심사를 알
어주는사람은 좌찬정 민케인뿐
사람뿐이라 허자가리끄 에게문
후일들이잇스면그들을가자고민
케인을신방하얏다 허자와민케인
이서로막역(莫逆)하게지나는
것이파부설음을 동부파부가 아
는켜이엇다 어느날 허자가민케
인을차저왓다가 그얼골에 분한
빗이잇는 것을보고
『대감이무슨 분한일을보앗소
?』
하고물엇다 그때민케인은 한봉
리에사는 젊은친구김란상(金鸞
祥)을차저갓다 가창피한대접을
밧고온섬이엇다 민케인이 김란
상에게가서 몽자(蒙字)한족 직
품으로 보든지년리로 보든지부
엇으로보든지 진봉난봉 뛰어나
와서마저 노려야할사람이 박금
머리를빗는 중이니 문안에들어
서서기다리라고 아희종에게 말
을남긴 보낸소니이것은남에게말
도못할창피한대접이라민케인이
분하게녀기어바로꼿집으로놓아
왓섯다 민케인이허자의뭇는말에
『대감이 아니면 말도할수업는
분한일이요』
하고김란상에게창피바든것을
이야기하고

『내가 한번죽지못한탓으로몽리소년에게까지봉변하고살게되니이런분하고절통한일이어듸잇겟소』

『지금대감이나 나에게는남은것이욕밧이요』

『지금욕만먹소? 후세의악명(惡名)은어떠케하오』

『대감은그래도 나보담은힐씬것이요』

[illegible]

대한고명할것이무엇잇소』

『우리가 소인으로몰리기는원통하지아니하오』

하고허자와 민제인은 서로손맛잡고눈물 까지흘리엇섯다 안방세와설배엥 민제인이사괴(史記)를고쳐지목한다 고말하고또최인을 무던해밥하다가 최로몰리어서 공주(公州)로 귀양가게되엿다 민제인이잡니 자난하기쉽으로 귀양만뒤에 와석이근간하야 그아우제속(齊?)이 한걸맹요는 지나는데 허자가이것을알니 마제앵을 당진(唐津)현감으로 제수(除授)하게하니 그형을볼보아주라는뜻이엇다 이때마춤 허자의친한사람이 리괴에게가서

『당신죽사를 볼의친공로문묵을쌓지되것은 한(恨)되는 일이보란』

고 허자가말한것을 옮기엇더니 『리괴가 속으로

『명공 되엇니』

하고 대사허진처참파 사간리무강(李無疆)을불러서 허자를란핵하도록 지속(指嗾)하얏다 허자가 대간란핵에 몰리어서입동공신이 삭훈으로락기고 함경도홍원(洪原)으로 귀양가게되엇다 리괴는 이것도맘에무족하야 사사(賜死)하도록 가죄(加罪)하기를강청하라고 계초(啓草)를붓에쓰고 예궐(詣闕)하야 라친(親鞫)에서 본서등을일을 알외쥬)에 갑작이 현긔(眩氣)가나서 압흐로 푹그러젓다 대비가이것을보고 놀래어 여러내시를시켜서 빈청으로 내어다누이게하고 여러의관을시켜서 의약으로구호하게하얏스나 리괴는나이칠십이넘은사람이라평일의근력이조하다고하더라도종시젊은사람과 달려서 몰리지못한고집에나와서 이도업시운명하게되엇는데죽을때 정신혼몽중에

『리해 가나를죽인다』

하고소리를질르고이해한각이업서졋다리괴가 사사(賜死)하는바람에 허자와다행이 가죄를면하엿스나 얼마뒤에 구경배소에서 영락하엿다

[illegible]

진속창은 세상사람에게 독사지목을바더가며 원형의 미워하는사람들을 배척하고 구축(驅逐)하고 살륙하되 항상원형의 소망에 지나도록 힘썻다 그러나 복창도 원형의눈의박게나는날이잇서서 원형의 말이

『내가남을해치랴고 독사를길를사람이아니다』

하고복창의허물을잡아대비세품하고삼수(三水)로귀양보내게하얏다

부데학 뎡언각은 팽재의명서를큰공로거리로생각하야 쉬뒤의옥관자가 뵈사리두서너번 변하야도리옥쏨재상이될것을바라고잇섯스나 옥관대로 떨어지고관자는 좀처럼 변하지아니하얏나아흘에소세하고망건을쓸때관자의련화수조(蓮花水鳥)를드려다보며 원망밧을다 시짓도 한두번이아니엇다 뎡언각이 외명서의공로만가지고는속히현달하지못할것을쌔닷고 원형의 문하에도나들기시작하야원형의집뎡직이에게 약간뇌섭밧는 것은달게녀기지않흘수업섯다 어느날뎡언각이원형의집에와서원형의거처하는방이 조용한것을보고 뎡직이에게말을물엇다

『대감ㅣ 어듸가셧나?』

『자근댁에가셧서요』

『곳오시겟나?』

『그걸 알수가잇나요』

『좀기다려볼가?』

『묘량대로하시지요』

『사랑으로들어갈가?』

『대감이아니계신때는 방의정대감이오서도 사랑에 드리지아니해요』

『그러면마루에안저기다리세』

해고 뎡언각이 한두시각우착실히 기다린뒤에 『에라쉬』소리가나며 원형의탄 람여(籃輿)가사탕섬아래에와서노히엇다원형이 뎡직이의 좌우부축으로마루에올라올때 뎡부에 나려섯는뎡언각을보고 잠간 고개를끄덕이엇다

뎡언각이 원형의뒤를 뚤하사랑에들어와서 장시박게 물어안즈니 원형이 인사말도하기전에

『뎡감이웬일로왓소?』

하고물엇다

『비밀히엿줍니다』

『그말이 장히둔어....는한데뉘말이든지 생각이 이나낫서지금 들어오다가 하인들더러물어보기까지 하얏소 본래는뎡감의말이아니지?』

『비아니올시다전에 탐형수라든말이랍니다』

『ㅁ치 탐형수라고단니든말이야말이쪼르군』

『걸음이시원해서 조하요조금사납기는하지만자전오되단녀도아무일이업습니다』

『우선생김생김이잘생겻서』

『대감께서 새워보실의향이게시다면바치겟습니다』

『아니나는말이소용업소』

하고원형이주는뜻은바더서언각을엽대접까지하야보내엇다

언각이원형의 몰보아 주는힘을입어서 옥관자를 금관자로바구어부치게되고 얼마뒤에 경긔감사로나가게 되엇다 언각이때뢰숙배하고 나와서 원형의집을향하야오는길에 하인들은 뒤에쏙호게하고지전하고압서오는데언각이정신노코무엇을생각하는중에말이무엇에놀랫든지갑작이뒤를소치어서말우에서떨어졋다 아주떨어지기나하얏더면박상할번이엇겟지만 한발이 동자에걸리어서 몸이배어달티게 된네다가뒤에오든하인들이부맛을에놀래어 소리치는바람에 말이놀고뛰기 시작하야 언각은두골이쌔어지고 온몸이 성한곳이업시갈리고 찌어져서 죽사하게되엇다 뎡언각이 탐형수의 말에게죽엇다는말이 세상에 퍼진뒤에

『련도가무심치안타』

『보복이무섭다』

하고수군거리는사람이한둘이아니엇다

五, 권세

련도가 무심치아니하야 보복이뎡칠스러울것가트면 윤원형은 백번천번 큐살을마커도가하건만은련도가나뭄니잇는지보복이원형에게까지밋치지못하얏다 원형은일국의권세를한손에잡고말버로 휘둘렀다 원형의 [illegible]는 제욕심이 난뒤에 곳들리어몰아와서 돈녕도정(敦寧都正)벼슬까지 지내엇는데 공신에참예하지못한것을 분하게 녁이어서

『소위공신이란것들이 도적놈들이다 남이죽을 생살동출으고만들어 노한일에 공을앗서다가 일등이니 이등이니떠벌리고나섯스니 이것이 도적놈이아니고무엇이냐』

하고 노발대발한일까지 잇섯

다 원도의말이 원형의귀에들어간뒤 원형이 원도를보고
『여보형님말조심하시요』
하고말하얏더니 원도가 눈ㅅ섭이쌍그래지며
『무슨말을조심하란말이야?』
하고되쏘앗다
『공신이 이러니저러니말난답되다 그려 국가의 공신들함부루말해되겟소』
『갸륵한공신들을 누가무어라고말해?』
『그러케빈정대실것도아니요』
『너갑이자위(爵位)가 놉하지더니형의버릇까지가틀치라는가?』
『형님도퍽하오』
『퍽하다니건무어야? 공신이 혼란세상에는륜긔(倫紀)도업나? 형보고 퍽하다니 고현닌사로군』
하고 원도가 뛰는바람에원형은오만상을쨍그리엿다
원형파가리 국사에 큰공이잇는사람을오래종이품(從二品)의로두는것은 미안한일이라고 윤인경이하며신숙이 대비께 품하야승지(承旨)로 원형의 직품을도다주엇다 몃치동안 원형의집에는 치하하는손이 련칠사이가업섯는데 그의형원도는 그림자도보이지아니하더니 어느날 밤에와서원형을보고
『권당(權黨)이감축하다』
하고 해대로인사하니 원형이
『형님간이라고 직품을차리지말란법이업습니다 남 보는데서는 해라하지 마시요 내게참피하-다 남이 보면 형님에게 창피하오』
하고 조차안는 괴색을보이엇다
『대감생신을뫼셧소』
하고원도는당창에맘을두고저고
『여보 대감 대감소리가 듯가에어뗏소? 좃소? 어뗏소?』
하고 비위에거슬려나오는 무슨말을우스며 원형의얼골을 드려다보니 원형이얼골을붉히고 변정을치어다보며
『언짠흘것 업지요』
하고대답하얏다
『조치? 조흔변 대감우에더튼에 나도대감좀바처봅시다』
『계케가잇는데 그러케쉽게되나요』
『쉽게안되니?』
하고 원도가되고나서 도루해라로
『아무도업스니말이다 오늘날 너의 참판이니 판서이니하는것은 다 어듸서나왓느냐? 뉘가엇더면 지금쯤 윤림이손에 목숨이따라낫슬것, 아니냐? 형도형나름이지 네가엇재나를 푸대접하게되니? 입문사람의 맘이잇거든 생각좀해보아라』
하고 소리를놉혀말하니 원형이는
『형님약주취햇구려 하인이듯더라도 참피하오 가만가만하나 말 시요』
하고 손을홰홰저엇다
『오냐나는창피도몰은다 너의들의 오늘날공명이 뉘데누공로냐? 너는다알시 뉘공로냐? 말좀해보아라』
『형님공로가만치요』
『공로가만흔줄아는네가 나를 푸대접한단 말이냐?』
『푸대접이 무슨푸대접이요?』
『리괴당순붕따위를 대신을시기고 립배형허자따위를 조흔벼슬을시기면서 나는당도정으로 썩히장덩하는것이 푸대접아니고 무엇이냐?』
『그밤들은 대비던에엿슬말씀이고 내게하실말씀이아니요』
『옵타내비던에 엿슬말씀이다 그러나 대비던에서도 권파당런서 내말을네말만큼 얼어주시지안터라 이러케대비던맘을돌린것은 뉘짓이냐?』
『그런내가아오』
분니살후삿까지 울음을원도는
『이놈아내가몰으면 누가아냐?』
하고 원형의얼골에 침을배앗햇다
『이게 무슨행실이요?』
『형더러 행실을잘배웟다』
하고원도가데면써지 또몰보지안코원형의상투를감두쎠서흔켜잡고압흐로잡숙이엇다형며가넘어서서 두발을구리를 시작하얏다 원도는 원형의쌈을치고 원형을멋번 거더차기까지하얏스나 원형은그중에 형대접한답시고 제집이히삿우듯이 원도의팔을 잡집되 원도의얼굴을 할퀴엇다
원형이 원도를미워 하는맘이 생타깁히 박히어서 서로대면하기를실혀하게되엇다 원도가 이치관을고는 짓구지 하두도리표원형을차저왓다 원형이한번 하인놈을불러서
『누가차저오든지 내말업시 기에드리지마라 큰대변이 오시더라도거래하고들어오시게해라』
하고분부한 까닭에 어느날하인들이상던의 분부대로 원도의들어오는것을 가로막고 거래하랴고하얏다
『무슨분이냐?』
『대감마님분부에 누가오시든지거래하라셧습니다』
『너희가눈이 멀엇느냐? 내가누구인지몰으느냐?』
『아니옵시다』
『아니라니? 내가이집에손님이냐?』
『아니옵시다』
『패ㅅ심한것들거든다』
하고원도는 상던파하인놈 죄와어다짓고 압막어천 하인을넘처고들어와서 곱지안흔 분의수작햇다
『대감영감 좀 물어보세형이아우의집에와서도 거래해야만 들어오는법인가?』
하고꼿꼿이들어서
『내가요전에도 대감더러한말이지만 나도대감을 바치고십흐니남행판서(南行判書)만자리를벌어내게 내가대감 에게자주오는것이 나로는 큰사를모흔는 셈내대감대 하인이서슬에 푸르러서 큰사모흔더단니이다 비편할모양이니 지금애쓰잔단하청해두네 그것도오래는 기다릴수업네 대감의처하라고만하면 오늘레일로도될수 잇슬일지만 아주녁녁히한달만 참고기다림세』
하고딱하는데 비위따는것또 갓고웃세 부리는것또 가렷다
『사람이청가시게왜그래시요』
『대감이못해주겟단말인가?』
『남행판서고 배의정승이고내비던처분을 물우시요』
『속담(俗談)에중이 제머리깍느냐는말이 잇지대비던 처분을대감이 물어주게나 나는대감만밋네』
멧칠뒤에 원형이대왕 대비께문후할때원도를 머어말슴하되
『상의정경(正卿)이 된뒤로형은남행판서가 못되어서 원망어대단하오이다 신을원망 하는것은 오히려몰을 일이오나언니통괴는 등괴가 아니나마나하고 항부두마마를 원망하오니 말로박한일이외다 그러말라고치아 말슴하오면 대는대비의친목이라 말이 달르다되조롱하듯 말하옵니다 마마께서한번 불러 나무래시는 것이조흘듯하외다』
하고그헐사하게 말슴하야대비는
『남이기 분부어를 날보단말이하나버려두지 원망도하다 자치면아니 그치겟지』
하고화를내엇다 그뒤에도원형이대비께 번번히 원도의말로 대비의화를 도다서대비까지원도를미워하게되엇다
원형이 종형(從兄)되는 병조좌랑(兵曹佐郞)윤춘년(尹春年)을시커서원도를탄핵하야상소하게하얏는데 그상소의 대지(大旨)는 아래와가텃다
『대왕대비께옵서 렴회(簾帷)갓다 [illegible] 쓰시게된것은 임이원형이엇다 [illegible] 원로가말솜한것이아 [illegible] 가안눈세 [illegible] 말

은것을 되엇는자사 (書師가 화) 에내지(內旨)라고자탁을 약사온숙 범이이종의자친으로내서 수답의심념기가 어떤왕이나 오나까? 원보가신에게넘오는밥이오늘날공신이란것이 오래갈줄 아느냐? 내비만세후에 번복이 되지 안을줄아느냐? 하고흡십수설하는것이 모다 신자의 도리로는입에올리지못할말이엇삽내다 원보가 국사들그릇 치고종사를위태케 함위인인것은 아는사람이 신안사람뿐이 아니올것이나 원보의총한 심사를 잘아는사람은신만한사람이별로 업것이외다 내대로 말삼하오번 윤입는던하의 역적이요원보는 이종의역적 이외다 신은원보를버릴망정던하를마저버리지못하와원보의죄상을 들어말삼하오니 던하는 굽어살피시기바랍내다』

대왕대비가 춘년의상소문니 대신에게보인뒤에 대신의 말을조차서원보를 파직하고 당사의론을조차서 원보를원찬 하얏다가 다시사약을 나리엇다 원보가죽은뒤에 상소리허를 아는사람들중에는

『춘년이가 당숙을죽인것이아니라원형이가친형을죽이엇다』

하고말하는사람도잇섯고또상소문구절들는 사람중에는

『원보가이종의 역적이면원이는무엇인가? 원로와원형이가처음부터갈렷는가?』

하고공론하는사람도잇섯다

원형은 본래삼사형데라 원로외에원량(元亮)이란형이잇고또도손(嫂孫)이란서제(庶弟)가잇섯다 원량은위인이 영발치못하야어우들의 지실바지로 지난까닭에원형에게 형대접을 박지못하고도손이는 형데의셈밧기 엇다 원로의초상을 치를때 원로의아들백원(百源)이가모든범차들총중히하라고하얏더니 원형이이것을알고백원을불러다가

『국가죄인의 초상이라그리못하는법이냐』

하고금하얏다 백원이원망을보고

『큰아버지 말은것엇젯든지 상여나구정경숙을쓰게해주시요남의이목도잇지안흡니까? 마주삽이는 넘우초다 합니다 작은아버지를보고말삼좀하세요』

하고청한숙원량은처음에는

『그사람이 내말을듯나말해소용업서』

하고방색(防塞)하다가

『그래도한번말삼해보세요』

하고백원이옥이는바람에

『아무리나한번해보지』

하고마춤내허락하엿다 원탕이원형을와서보고

『여보대감 상여만은조금조케 쓰도록하세 그려남의이목이잇지아니한가? 이세상에서 마지막길떠나는동괴를마주삽이로거들거들내보내면첫재대감에게참피하지안켓나』

하고간곡히말하얏더니원형이증을내며

『죄인으로죽은것은 생각지못하오? 시각업기가백원이나달음업구려』

하고우박을주어서원량이는다시두말을 못하얏다 처음배소에서운구하야오든날원형이는잠간상가에와서보고다시오지아니하더니발인날식전에 온다는서통이왓것 다원형의오기를기다리느라고 발인시각이 한시느저젓다 하인들이 몃몃번와다 갓다한뒤에원형이와서 견던(遣奠)에참예하게 되엇는데 영결하던(永訣終天)의 축문이 못이나며 상주이하 비복(婢僕)들까지 일제히 곡소리를내어 애고지고하는판에 원형이 멋마되어이어이하다가 슬그머니 그치고

『곡들그치래라』

하고말하얏다 원형의 말한마되에 상주까지 곡을쇠치어서곡소리가 소낙비쓰다지다 쇠치듯이 뚝쇠치게되니 진정으로곡하든사람들은 고사하고 데면으로곡하든 사람까지도 어이업서하얏다

『발서 느졋다 어서떠나거라』

하고 원형이재촉하야 마주삽이상여는 장디로 떠나갓다 도손이는 나이젊으나 선련무후(先天不足)으로 선음신음발편이라 수상(隨喪)하지 못하얏는데 원형이 이것을보고

『너엇재 산하에까지가지안느냐? 나는 국사에몸이 매어서 잠시서울을떠나지못하지만너야아무것도 안코노는 사람이 엇재 산하에까지 가지안느냐? 젊은아희들이 몸좀 앓흐다고형님장사를 가보지 안는단말이냐? 그럼도리가 어되잇슬고? 큰형님이나백원이는입의두서를 차리지못할 것이니 네가가서 장사를보고오너라』

하고 날을뒤에 곳도손이를밥을태워 산행을뒤쪼차 보내엇다 그날저녁때 원형이 예궐하얏다가 나오는길에 도손의집을들리어서 계수를보고

『그아희가 병을차세하고산하까지아니가는것을내가또처보내다시히하얏소 갓다 온뒤에 혹시병이더치더라도원망은마시요』

하고 허허웃스니 도손의안해는

『천만에』

하고 고개를 숙이엇다 도손의안해는 세몽이알마저서 맨두리에 태가나고가죽이얇고 빗이희어서 얼골이돗보이는중에 너글너글하고도 어엽부게 보이는 두눈이사람쇠는힘을가젓섯다 원형은

『그아희가 요사이뉘약을먹소?』

『약도 별로먹지 안습니다』

『약을먹어야지』

『약에목욕이들어서 이두먹기어렵다 고하와요』

『내아우가되어가지고용이 업서서약을못먹는단말이요? 지금집에잇는것만해도 쳐는먹고남을께니먹는대로갓다 먹으라고하시요』

하고원형이가 말거리가 궁하야서잠간말이업시두리번거리다가연희도제처노흔바느질ㅅ감을 가르치며

『무슨바느질하셧소? 첩모를 두시꾸려 사람이맛당한것이업거든 내게서 하나다려가시오』

하고원형이 고제수의 얼굴을처어다보니 그어엽븐눈이 말대신으로고맙다는뜻을 말하얏다 원형이수숙의 테모를보아서 뜰에서서말하다가 그대로 집으로돌아갓다

도손이는 산하에까지 회답려가서 몸이쇄친되데 하관(下棺)시각이 밤중인까닭으로 산상에서 야긔(夜氣)를쏘이고 병이갑작이더치엇다 두통신열(頭痛身熱)외에는고사하고 데일로해소가심하야서 산하에서지내게된 초우제(初虞祭)에도 참예하지못하얏다

도손이가 서울온뒤로 몸지어누어알케되엇는데 의약구호가 부족한것은 아니로되 병은조금도감세(減勢)가업섯다 도손이가 본래심약(心弱)한사람이 가래에 선혈(鮮血)이 석겨나오는것을보고는 병이고항(膏肓)에 들어서 할수업거니생각하야 죽을것을자긔하고 약도정성스럽게 먹지아니하얏다 병은중병이건마는 구미(口味)를 처치지아니하야 먹을것을가지로 다찻는데어느날은평상시에조하하는 저육(豬肉)을 먹겟다고 도야시의업준하나를 거의다먹다십히하더니 이것이체하야 마츰내 점는임생을 마치게되엇다

도손이가 알는중에 원형이는 자주자주와서보는데석후(夕後)

에와서 밤늣도록 잇슬때가만히
첫다 원형의첩란녕(蘭貞)이가
원형을대하야
『대감이 갑작이우에가왓다뇌
지셧습니다 그려』
하고긔롱(譏弄)으로말을한즉
『도손의병은 내가떠치어준셈
이라무안하지아니한가』
하고발병가티말하다가
『그래대감이 무안풀이로자주
가십니까?』
하고가시로질르는듯이뭇는말에
원형이는
『그것도잇지』
하고모롱히 대답하고 말을달
티돌리엇섯다
도손이죽어 초종이지나고 좀
잇이지난뒤에 원형이가 원랑을
불고도손의집일을의론하얏다
『도손의안해를 엇더케할까요,
오』
『엇더케하다니요』
『청년과부를 혼자살림하라고
내버려둘수가잇서요?』
『그러면엇더케하나?』
『이동리에 집이한채잇스니그
집으로이사를시키고돌보아줄
까하오』
『그러면더말할것이업지』
하고원랑이는원형의 뜻을좃
키간의 우새로알고 자긔가밧
는것가티 조하하얏다 원형이가
도손의안해를 갓가히 이사시키
고일용일정을 돌보아주는데 돌
보아주는것이 범우파할뿐 아니
라수숙간에 혐의업시 구는것이
집안이닥에까지 거슬리엇다 란
녕이가 이것을알고도 짐짓몰으
는체하고잇다가 어느날밤 조유
히원형이를 대하얏슬때
『세상에 계집이 씨가졋소?
대감의 행세가무슨행세요?』
하고 토죄하니 원형이는
『종 ㅁ는소리지거리하지말아』
하고 도리어화를내엇다
『내가종이업세요?』
『그러면?』
『내가종이업더라도 대감가티
종 부지는 안할걸이요』
『발칙한것이로구나』
『인제는별소리를다하는구려』
『그리하다가는 뒤가쳐치못할
세니 함부로입을놀리지말어』
『자식새기나하가면 멋멋해를
살다가 인제 쫏겨나는가보오
그려』
『그에 무슨말을내라고화를도
드는세음인가?』
『대감이 지금내게화내시는것
이올흔지 그른지전후사정을대
비면에뭄하야볼터이요』
하고 란녕이가 대비를내세우
니 원형이는 갑작이놀이쇄기면
서
『당치안흔 소리를말아』
하고 란녕이의 눈치를보앗다
란녕이는 장흥(長興)판비의 딸
로 원형의첩이되어 들어온뒤근
이십년동안에 원형의 일을도아
준것이 한두번아니라 사람이령
리(怜悧)하야 대왕대비의 총애
를밧는까닭으로 원형이도 함부
루버험하기 어려운터이엇다
『대감 나를셈박여재집으로만
알지마시요 내가이때말슴 처
음말슴하는것도 모다 대감을
위해서하는말슴이요』
『그러나모말어』

『그럼아시면왜화를내시요?』
『화를내게말하는것이 잘못이
지』
『화를내는것이 잘못이지』
하고 란녕이가 흉내를내듯이
말하고 상긋우스니 원형이
『입도차다』
하고 란녕의등을툭치고 빙그
레우섯다
『대감 조처할도리를생각하시
요 하인들이 창피하오』
『그래그래 잘알엇다 잘알엇
서 내가조처할세니걱정말어』
『대감밋습니다 말이왜차하게
나기전에 조처하십시요』
그뒤에 며칠지나지 아니하야
원형이는 도손의안해를 무밧압
자로내보내어 승이되게하얏다
원형의안해김씨는 원형에게
소박을바더서 명색만내외 아자
사실로남과 가티지내엇다 원형
이는 란녕의집에서 거처하고김
씨에게오지아니하얏다 김씨가
정실(正室)이지마는원형의식사
한때와옷뒤하나를알앙곳하지못
함으로 정실이정실갓지아니하
고김씨의집이 큰집이지마는 원
형이가 지차이니 제사를방들가
닭이업고 원형이가 사당을쓰지
아니하니 손님을 대접할일이
업슴으로 큰집이큰집갓지 아니
하얏다 란녕이가 원형의집안일
권을 손에잡고 휘둘르나 그런ㄴ
나라에서 나리는 녕부인(貞夫
人)이나 녕경부인(貞敬夫人)이
나하는봉작(封爵)은 김씨
에게로 나리고 란녕은아예셧납
으로마마님소리밧게듯지못하
니이것이 란녕의밧에 불족하얏
다 란녕이 골이날때는
『제가무슨덕에녕경부인인고』
하고 김씨를 귀념어로욕하며
혀도차고
『마마님인지 호구별정(戶口
別庭)인지 염병에가마귀소리
가티듯기실타』
하고 자외실정을 쏘다 노흐며
손을도사이엇다 김씨의 좌우에
[illegible]사람이잇는데 이런말을
단정아주는사람이업지아니하야
김씨는 들을때마다 속에서분이
북바쳐엇다 그러나 자긔의신세
를생각하고 꿈꾹참고지내는데
어느날 란녕이가 자긔몸이던지
던하며 욕설하더란말을듯고 김
씨는 눈에서피가날뜻이 분하얏
다 욕설도욕만 무동(猶蕨不同)
이지 이년저년 종년대접은넘우
심하얏다
『가만히내버려두나까 점점더
하는것이다』
김씨는 분ᄉ김에 쏘차가서야
단치라고 맘을먹엇다 김씨가란
녕의집에와서 보교밧게나오면
서 뭇바두에섯는 란녕이에게손
가락질하며
『이년아 네년이누구더러 이

던저낭햇늬? 이년아 이가무레귀광을부려도 비년은 판비의딸년이고 첩년이지야 나는 봉치밧고 초례시반 량반의정실이다 비년이 누구더러이년저년햇단말이냐? 여우가튼년 오장업는 사나만흉비면 눈에 보이는것이업느냐? 패ㅅ심한년가트니』

하고입귀에 케밥을치며 야단쳐다 란녕이는 얼골이 새파라케질리고말한마듸 못하다가 김씨가 몰아간뒤에 친상의통부바든 사람가티 곡성을내어노핫다 원형이가 사랑에서 손파이야기하는중에이것을듯고

『웬곡성이냐?알어보아라』

하고 분부하야 란녕이의곡성인것을알고 안으로 들어와서

『별안간에웬일이냐?』

『집안에까닭업는곡성이 사위스러우니 울지말고말을해』

하고 널러서 란녕이가눈물을거두고나서 말하얏다

『봉치밧고 초례지낸량반의청실이 판비의딸년 첩년에게와서 무단히 야료를하니까야속해서 원통해서 분해서소리가나오는줄도 몰으고 울엇습니다』

원형이가 전후사정을 들어서안뒤에 꿋하이들을다리고 김씨에게와서 안대뎡늬시보가 울리도록 한바탕 호령질하고김씨의방에잇는 납채하고 혼인봉채앗서갓다

김씨는 분한김에 자처하라고쓰지하얏는데 좌우에 잇는사람들이 말리어서 죽지는못하얏스나 인해병이나서 자리에눕게되엇다 김씨가병중에 식혜생각이나서 병구원하는 늙은할미더러말하얏더니 그할미가 생각이업시

『대감집수시면 식혜한그릇만가저오너라』

하고 아희종에게 말을내려서아희종이 식혜를가질러 란녕의집에왓섯다 란녕이 이것을알고

『아무리원수라도 앓는것은불상하다』

하고말하며 식혜를 큰항아리째갓다가 저의손으로 조그만항아리에는하담고 봉지를봉하야아희종을주엇다 김씨가 속이타든김에 식혜가시원하다고 맛도몰으고 한그릇을다먹더니 한시각이못지나서 라든속이 싸개지고 쐬처지는것갓다고하며 자반뒤집기를하다가 나종에는 괴진력진하야 말도못하고 간신히손으로 가슴을가르칠뿐이엇다 김씨가죽은뒤에 손발ㅅ이 검푸으고 아래옷니에 검은피가엉기어서 누가보든지 병에죽은것갓지아니하얏다 그의친뎡어머니 강씨(姜氏)가 이것을와서보고 식혜데려를 꼽어안뒤에 항아리에남은 식혜속에은가락지를 너허보니 은빗이 당장에 석검어케변하얏다

강씨가자긔 집에돌아가서 조용히아들을보고 식혜에 은빗이변하든것을 이야기하고 형조(刑曹)에정장(呈狀)할것을의론하니그아들이

『지금형조는 윤가의집사가형조나다름이업서요그런형조에잘못정장 하다가는 도리어욕보기가쉬우니 생각마십시다』

하고그어머니를 말리엇다

『죽은사람이 불상하지아니하냐!』

『누가불상하지 아닙니까』

『그러면원수를갑하수이야지』

『지금은윤가의세력이 충천한까닭에원수 업지만저도 회와념어백한 날이잇슬 것이니까그때까지기다리십시다』

하고 그아들이 말하야강씨는김씨의 수상한죽엄을한하고 나서지아니하얏다

원형이 상처한뒤에 속현(續絃)하지아니하고 란녕을부인으로올리엇다 이때란녕의 친뎡오라비녕담(鄭淡)은거흥서과 도둑단니엇는데 관포오랏비 잇는것이뎡경부인의수치라된원형이정홍부사에게긔별하야 노적(奴籍)의원홍을 업시하고 서울로이사식히엇다 뎡담은 지각잇는사람이라 원형과 란녕이가장패화패바들것을 미리집작하고 원형의집에왕래를 끗흐니 란녕이한번와서보고 야속하다고 사철하고또오괴하다고 책망하얏스 란녕이단녀간뒤에 뎡담은 자긔집압마당에 쎄들쎄를하게 다옥처서사람하나 간신히 드나들게만들어노코 들어안즈니 이것은사인교나 보교탄 사람을오지못하게막는뜻이라 란녕이 이것을알고

『남매간이라고남만도못하다』

하고 골을내엇다 란녕의꼴이저절도름린뒤에 어느날 원형을보고

『우리오비가 사람은괴상하지만나로는 몰은다할길이 업스니내낫을 보아서 뢰호(牢號)나들으게 초사(初仕)하나시켜주시요』

하고 청하니 원형이 머리를흔들며

『초사는 어려울것이업지만일건곰보아주어도 케가 실타고내쌔는것을 나는 알은체하기실소 케가이쉬면오겟지 케가오거든 그때다시이야기합시다』

하고 청을듯지 아니하얏다

그러나 뎡담은원형에게 오지안흘뿐이아니라 란녕도 몰으게슬그머니 원주(原州)로이사나려가서 자긔손으로 농사를지어먹고살엇다

란녕이 친롱과에게 의절을당한뒤에 자긔의몸에 죄악이잇는것을도리켜생각하고저욱이선심이나서 무ㅅ간에오는 중이나동냥아치들을후히대접하야보내게하고또룡왕에게 발원한다고 춘추에한번식섬쌀로밥을지어강물에풀게하얏다

란녕이 뎡경 부인을 바치든아들해구월에 대왕대비가 상국면(賞菊宴)으로내면(시면)을배설하고 공신들의 부인을불러드리는데 전에업시 과부된사람까지 불러참예하게 하얏다대왕대비는이때춘추가 사십이 훨신넘엇스나 본래긔부(肥膩)가 조흔까닭으로 왕대비ㅎ담 오히려젊어보이는터인데 이날은 몸을특별히 치장한까닭으로 일층더젊어보이엇다 잔채기 벌어저서중간이시난때에 대왕대비가 국화ㅅ남을따서 너흔 국화주를서너잔마시고술뒤의풍치가소조하지안하서 국화를만히 꺽거오라하야 손수한가지를꺽아 머리에꼿고 공신들의 부인들아보며꼿을꼬지라고 권하니 여러부인들은 차례로다투어 꼿가지를써는데 홍도 림백령의 부인이 꼿에손을대지아니하얏다 대왕대비가이것을보고

『공신의집안은 국가와한집가튼터이라 내가 지금여러부인들을 다집안사람가티 보는까닭에나도 미망인의 몸이지만몬저머리에 꼿을 꼬잣스니부인도 한가지를꼬자보라』

하고말슴하나림백령의부인은

『황송합니다』

하고 나직하고 여전히 꼿가지에손을대지 아니하얏다 란녕이자리에넘어나서 림백령부인의압홀로나가더니

『부인이미망인의몸으로 꼿을꼿지안흐시는것은 례에합당하나 부인이신사의몸으로 대왕대비의 명을어기는것은 례에합당치못하니 부인으로는꼿기도어렵고 아니꼿기도 어려우시리다 제가외람히 대비의명을 봉행하기위하야 한가지꼬자 드립니다』

하고림백령부인의머리에꼿가지를꼬자주엇다 림백령 부인은얼골에불쾌한빗이현연히 나타낫지만꼬진꼿을차마ㅅ아버리지못하야 공신부인들에 꼿안꼬진사람이하나도 업게되니 대왕대비가대단히깃버하야란녕의재치를칭찬하얏다 몰은부인들은 칭찬밧는것을보고 부러워하야

『당미를보 영채부인이참치며 사람어떠턴드구려』

『그러고말고요』

하고서로죽살거리엿다

내연이파하야 달연부인들이 몰려나갈때에 한영은 뒤에떨어저서 대비를 처뎐에까지뫼시고 왓섯다 대비의얼골에 피로한기색이잇는것을보고 한영이도 물러나가랴고한즉 대비가

『번눈볼일업거든 이야기나며하다가 나가거라』

하고 분부하엿다 대비가림백당부인의 엄한것을 도리켜생각하고

『송천(宋淺)의부인은 사나하갓드구나 (송천은림백당의근호이다)

하고 말슴하니 한영이

『그러키에 딸자 가거세서파부가되엿습지요』

하고 재밸업시 대답하고나서 대비존전에 파부란말이 기찬잇는것을 생각하고 그것을며호라고

『송천군이살엇슬때 그부인을 어머니가더무서워햇더랍니다

하고 고처말하얏다

『그러지 말이 엇재서와매랑이 몰드려만치게 가만 두엇더란말이냐?』

『그부인이 첫아희나코는내소박을햇더랍니다』

『그것은엇재서?』

『아희나키가 량반부인의두번못당할일이라고 남편을 갓가히하지 안엇답니다』

『별사람이다』

『피상스러운 사람입지요신까 그것은 천골(賤骨)이라서고려하온지 다른자식들이 잇건만도 지금하나씹며나코 십흔맘이업지안습니다』

하고 한영이가 해해우스니며 비도 비그레우스면서

『너도 그러케들하느냐?』

하고못고

『나는장가시어못견듸겟다』

하시말슴하는데 마츰 어린왕이문안을들어왓다

『오늘 끈하시지요?』

『대단치아니하다』

『지금 무엇이성가시다고말슴하셧습니까?』

『아니다』

자파에놀어섯는한영이가손으로입을가리고웃는것을왕이치어다보며

『왜웃느냐?』

하고뭇는것을 대비가 가로마고

『아니라나 그러는구나그러고처사람도 천파되더서 일품명부(一品命婦)나 싸해라하지마라』

하고말슴하야자면(慈殿)말슴에쇠종하는왕이한영을바라보고

『잘못햇소』

하고말슴하니한영은웃것을고처엽이고머리를숙으려하며

『황감(惶感)하오이다』

하고대답하얏다

한영이궐내에서나올때에대비가상급으로나린남치마차를가지고나와서 원형을보이며 림백령부인에게뭇되자주고상급바든것을이야기하고

『상급바든인줄아시요 대비마마께서 오늘은특별히 조하하서서 대면에해라 말라고까지말슴하셧소』

하고 상급상급우스니 원형이 한영의얼골을쳐다보하야 손까락을까대이며

『그것이다 버떡인줄이나알아』

하고우섯다

『덕으로알고몸우고가 어되잇세요』

『덕은덕으로 알어야지』

『대비마마의덕은 무엇으로갑흐실라오?』

『무엇으로갑하충심으로갑지』

『여보시요대비마마께서 아츰도아히나이 하시겟답되다』

『그건무슨 동에닷지못한소리야?』

『글세 말이에요』

한영이는 처혼자서 무슨생각을하다가

『사람이 디위(地位)가놉흐면 놉흘수록 행신(行身)하기가 거북합되다 그려』

하고말하니 원형이 는처의의사를한영이뎡경부인되두에행신이 어렵다는말로듯고

『뎡경부인으로 모듬데수쌰지지안키도쉽지안켓지만녀편네는사나희처럼셈이만치안흐니와오히려도조치사나희는벼슬한게케한게케에셈이다각각이야머신이조흔줄을알지만머신노릇가티귀찬흔일은세상에다시업슬것이니』

하고놉흔벼슬에셈이만흔것을 점게말하얏다

『나는 그런말이아니에요 비(妃)이나빈(嬪)이나하는귀인들이려염가부녀보담거북한일이만타는말이에요』

『그거야물론그러켓지』

『첫재량반부터 거북한 것이니까요』

『관비가생각나는가?』

『방슈에서리는말을마시요』

『왜방수는?』

『내가관비가 되면 대감은어떠케되오?』

『쓸데업는소리다한다』

『그러키에 그런소리마시란말이에요』

『내가조금 잘못하는일이잇드래도설마내생전에야』

하고원형이는 압일을 생각하다가그치고

『술이나한잔먹을가』

하고한영을쳐다보앗다

원형이 한영의 방에와술을마시는중에 한영의 소생딸아가년이저녁문안하러밧으로들어왓다 아가년이가 얼골바탕은 어미를 닮머서뷔음상이아니나한눈은크고 한눈은 적어서 쌍눈이보가 흉하얏다원형이술ㅅ김에

『저것이 눈만아니면 조흔사위를어더줄수 잇지만 눈이저러니』 하고한구석에섯는아가년을가르치며실업시말하니아가년은얼골을 붉히며눈을아래로깔고 한영은

『사지병신이면 조흔사위안어더줄터이요?』

하고성을내엇다

『서출(庶出)쌍눈이를누가 잘다려갈라고하나』

『서출이무어요? 내딸이서녀(庶女)란말이요?』

『물론일도만타 혼자나흔딸인가』

한영이가 원형의말은 대ㅅ구하지아니하고아가년을바라보며

『네방으로가거라』

하고포달스럽게말하야아가년이가원형에게절하고돌아서는데 크고적은눈에 다 가리눈물이 매치엇다

『실난슨딸에골별것이무어야』

『실업슨딸도며종이잇지요 그러지만어도 그애가눈이 남만못해서분해죽으려고하는데싸워노코그게무슨말이요?』

『잘못햇소 실난슨딸이지사실로야 내딸이사지 병신인들자위를못어둘가』

『그러고저러고 그애혼인을어듸로든지 속히완뎡합시다』

『랑혼들 어든데도만흐니까 랑개(郞材)를간선해서뎡하지』

원형이 국가에 공로가잇다고 그서출자녀들혼뎡(婚姻)하야더실소생과 가티하라고 대비가던교를 나린일가지잇섯스나뎍서를갈린는관습(慣習)이엄악하든때라 뎍자를가지고 한영의소생아가년과 혼인하자할 사람이적을일이지마는 세력조흔 원형과사돈될 욕심으로 통혼하는사람이 만하서 그중에는부대봉사에맛며느리로다려가겟다고말하는사람도 업지아니하얏다

『남의집 자차며느리로는주지마시요』

『지차는엇던가』

『맛동서에게쫏들려지내지요

『지차도 지차나름이지우리형수들에게 쪼 편일이 잇나자긔일을생각해보지조흔사위ㅅ감만골르면고만이지』

아가년이는 처의방에 몰아와서좁자업시울다가나중에

『자긔가낫시 내가낫나』
하고 주작접는말로 그아비를 원망하기가지 하얏다 이는 경식편에 아가년이가 뛰의방에서 경대를버려어 노코 엄동에 분을발르다가 경대속의 작눈이진날밤 아비의말을 도리켜 생각하게하야새삼스럽게 눈물을 흘리는데 그때마츰 원형의아들 두리손이 란녕게에 아춤문안하고 나가는길에
『누의날어낫나』
하고 반말을벌엇다
『왜 두식전에 울고안졋서요?』
아가년이 대답이업시 손으로 눈을가리다가
『옵바 잠간드러오』
하고말하야 두리손이방으로 들어온뒤에 아가년이 부모까지 작눈을보니 분해살수업다고 사정하니 두리손이
『그런치구렁이를 구렁이때맛인가 아버지말이 잘못이지』
하고 허허우섯다 아가년이는 빰맛고 하소연하다가 뽈기마진셈이라얼골을볶고몰아안졋다 아가년이가 머리를치고 돌어누어서 죽네사네하야 란녕이가 와올에는
『저가업시굴지마라 너의아버지가 약주가취하셔서 실업슨말슴하셧거든 무엇이그리 야속해서 죽네사네한단말이냐』
하고 아가년을나무래다가 두리손과 말다툼하얏는 아희종의말을듯고
『그놈이볼기가가렵든가 좋아리가가렵든가 어듸보자』
하고 두리손을별럿다 두리손은 원형이외입하야 나흔온자식이라 란녕이사랑하는맘이 잇슬까닭이업다 그날저녁때 원형이 안에들어와서 란녕의 참소(讒訴)를듯고 곳두리손을불러드리어서 압헤세워노코
『네가 아가년이를 엇더케햇기에 아가년이가 죽네사네하느냐? 조금이라도 기일것가트면 다리ㅅ뼈를 분질터노흘테니바로말해라』
하고얼르니 두리손은 눈이휘둥그레젓다
『벌받한일 업습니다아버지께서 사짝눈이라고 흉보시드라고 사정하기에 아버지말슴이 잘못이라고위로ㅅ되로말했슬뿐입니다』
『무엇이어재?』
하고원형이 엄히노혀든뢰의(如雷)한소리를어두리손을나려치셔두리손은 해골이깨어져 당장에즉사하얏다 원형이본래 주먹맛이 엇든것이 아니지만 손에살미잇든시죽여노코는
『그까짓놈죽어싸다』
하고그날밤으로 하인을식혀 두리손의시테를 장텁에갓다 뭇우게하얏다
명률(明律)조문(條文)에비처어보면 부모조부모가 자손을죽인죄는 례사살인과달러서 형벌이중(重)하지는아니하나역시인명(人命)에 관한 죄(罪)인이상에아무리경(輕)하게 처죄한다하더라도 장일백(杖一百)은 의당향사(宜當向事)일것이고또재상은소민(小民)과달러서함부로처죄하지못한다 하더라도법관(法官)이론죄하야해당(該當)한 건뎐(謂典)을봉을일이지마는원형은두리손을죽이고 법관에게 론죄를당한일이 업섯다 법관이원형의죄를 몰랏다는이보담도 원형을 론죄할법관이 업섯든것이다 그러나이것은 오히려도여차일이다 원형의하인이 외참에나가서 살인하는일이잇서도 시친(屍親)이원인의구세에눌리어서 고관(告官)을못하고수령(守令)이 원형의세력을접내서살옥(殺獄)을날으키지못하는관이며 또 살인과가른 중악죄를시은정범(正犯)이라도 원형의집에 들어가잇게만되면 군교포교가 당초에 잡을생각을 먹지못하는관이니 원형이저의손으로 저의자식을죽인것쯤은 죄라고 말할것도업섯다
원형은 형옥을해치고 자식을죽이고도 뉘우치는 맘이업슬만콤 위인이 한독할뿐아니라 가진악덕(惡德)이구비하야 가진악행(惡行)을 다하얏는데 그중의심하고 심치안흔것을 갈더말하기도어렵지만 말하라면 가장심한것이탐심(貪心)이엇다 리욕에는 친척도업고 친구도업서서 족하에게서남녀노비백여명을빼앗고 동리친구에게서 면가보물을빼아섯스니달은사람에게하는것은 말할것도업섯다 면면이닐어나는 큰옥사에 번번히 뺄수잇는대로 만흔사람을 얽거노코서 뢰물의 다과로 형벌의경중을 달리하고 또각골수령으로부터각진(各鎭)무직(武職)과각도방백에까지뢰물을밧고 올리고옴기고하야 원형의집문ㅅ간에는 뢰물집이 끈칠날이업섯다 어느때 북도의변디(邊地)한사람이 진동백여개를 한집에묵거 바치엇는데 원형이 진동이란물목(物目)을보고
『미친것이로군 내가한량인가? 진동은무엇에쓰노』
하고긴치안케 생각하야 그짐을풀어보지도 아니하고 광속에드리트려두게하엿다 얼마뒤에 그사람이 벼슬이갈라어 서울로 올라와서원형에게문후하러온김에
『향자의진동은 감하셧습니까』
하고묻으나 원형이 긴치안케 녀기든것을도리커생각하고
『진동은 그러케만히 보내서무엇에쓰나?』
하고신신치안케대답하얏다
『진동속을보시지 안햇습니까』
『아니』
『대감에서 진동을바드첫단말슴한마디가업스시기에괴상하게생각하얏습니다』
『속에무엇이들엇나?』
『비지 금좀갓다가보시지요』
원형은하인을불러서그진동을 내오라고 분부하얏다 하인이광속에들어가서 이짐 저짐속에서 간신히차저내온뒤에 짐을 풀르고진동속에든것을꺼내보니진동속에서 초피(貂皮)한장이 나왓다 진동하나에 초피한장식 초피가백여장인데 초피나마 여간 힘드려서는 구하기어려운 극상등초피이엇다 원형이맘에흡족하야싱글벙글하면서
『그걸누가 알엇나? 자네에게 미안햇네』
하고사과하듯이말하고
『자네어번에어듸로옴겻서?』
하고이직(移職)된것을물엇다
『위원(渭原)이올시다』
『자네가위원가든때를 갑수잇나? 어듸의주(義州)로옴겨보세』
『황송하오이다』
그때의주부윤이벼슬자리가위래한것을람지하고원형에게뢰물을바치엇는데 그뢰물은 백미삼백석에 백미실은배까지 바치는것이엇다 원형이이미 초피백여장에 허락한일이잇스나 백미삼백석을밧고 물은다할 염의가업서서 초피뢰의주부윤으로 보냅때엔 백미는조흔나직으로 볼르게하얏다
[illegible]에고비(?)[illegible]이 벗첫스나 위인이다람게 린색(吝嗇)하야자린고비로유명하얏섯다고비의 론하불고치(論致)는 그아비와 엇진달러서 잘먹고잘입고거생와입 싸지앗흘 알어서 고비가 죽는날까지 개미금탑모흔흔모하 노흔재물이 차차로줄어들엇다 한잇는재물은 줄어들고할업는 씀씀이는 불어나가서 장청자손들 뭇듬고치가 겨우견되다는 소리를듯할 아니라거지다되어며는 소문까지 나게되엇다고비의 뭐하노흔 재물이원악어업서나게 만하서거지 되엇다고소문낫슴때도 고치의집안 식구먹을것은 넉넉히기러 잇섯다

고태나재물이 쌔진뒤로 남들이 사람을넘보아서 친하게 상종하든친구들꺼저 폐사로 고치들안치노로 고비의행사를 흉보앗다

『저사람의집에 지금도쎄은조각가남아잇슬걸세 조석반찬으로 매달고치어다보든 쏘기가 어듸갓슬라구』

하고 한사람이 고치를가르치면서우스면

『이사람 자네선장(先丈)이철부채를 한쪽식펴서 부치다가 전주자리밥짝이들닷나서 부채는 펴서쥐고 고개만흔드는법을 배웟다니참말인가요』

하고 다른사람이우스면서 고치에게말을 부치다가 고치가

『미친사람들』

하고 골을내며 날어서면

『고만두게』

『잘못햇네』

하고 이사람 저사람이합세고치를붓들어 안치고 얼마아니잇다가는 또다시슬금슬금 조롱하얏다. 고치가친구들에게 조롱밧는것이 속상할뿐아니라 저의아비생전에 부자인데도못하든 김개(金溉)의집에서 세간이 늘어서 부자로마양을 부리는것이 눈꼴이사나워서 수사(收仕)한다 고핑게하고 서울와서 묵경(留京)하고 집에나려가지 아니하얏다 충주부자 김개의아들이 초사(初仕)하라고 연줄을어더벼슬하기에게청질하얏더니원형이

『김개라면 딸도에잇는부자 안야 그아비가 [illegible] 초사[illegible]』

하고말하야 김개의아들이 이말을듯고 누에고치 이빠저올릴물로바치엇다 이때원형이 겸루포판서(兼吏判書)로잇서 리조일을총찰하든터라 어느날 감투찬봉(谷陵參奉)의궐난자리를보충하게되어 좌랑(佐郞)이 망을써고원형의압해 안저서원형의 낙점는일을을 바라쓰게 되엇는때너머대ㅅ 사람의일음을 적은뒤에 좌랑이

『양주현릉(顯陵)이옵시다』

하고기다리다가 원형이 넘우오래고는것을 괴상히 생각하야속으리고잇든 고개를 돌고치어다본즉원형은 꾸벅꾸벅 졸고잇섯다원형이 전날밤에 새로들어온 약밖기생 하나를 불렷다가수청드리고 밤잠을잘자지 못한까닭에몸이로곤 하얏든것이다

『현릉이옵시다 눌우로내시랍니까?

하고좌랑이 조금소래를크게한즉 원형이 어런히 졸면서

『현릉?』

하고릉일음을 한번바더 옴기고는다시말이업섯다

『비』

하고좌랑이 대답하고 다시한참안기다리다가

『누구입니까?』

하고목소리를 크게하야 뭇는즉 원형이가

『고치 고치』

하고엉털거리듯이 말하얏다

『고치에요?』

『응』

『어미고치입니까?』

『유신현(維新縣)』

하고원형은고개를쇠드려거리엇다

고치가다년류정하든쇠허영분릉참봉초사를어더하고원형에게문후하러왓나 원형은 참봉감이와서쉽게 볼수업는 사람이라 고치가류칩차 허행한뒤에 원형의집사람한뒤들 줄산내젼 하고야원형의얼굴을어더보게되엇다

『장명이 고치란지요』

『비』

『고향이 어듸요?유신현이야요』

『비』

『김개라는부자와 한고향이겟군요』

『비』

원형이 김개의아들을초사시킨다는것이참人情에사람입이끌르지못하고리로볼은고치봉밧서사람고치가 울안에서 하울밧게된터이라 원형이 밥벌은하지아니하얏스나 속으로 고치가운수쌔친놈이다생각하야

『섬찰사엇네 가서등수호나각근히하게』

하고고치를현릉으로보내엇다

원형이 벼슬장사에 남도쳐사지젖하야 물파오죽년간에 굴거모흔재물이 발서일국의 웃듬될만하얏다 서울안에잇는 큰집이 늘여섯채요 딸도에널려 잇는뎐답이만여 두락이요 드난하고거행하는종이 백여명외에 나가살며몸세바치는 종이 사오백놈이요시골각처에 논하노흔 소가칠팔백필이요집안에장여잇는상목(常木)이팔구천동이요나락과벼장에쌓타주단(綾羅綢緞)과금은보옥(金銀寶玉)이쌔혀잇건마는 원형은오히려도 부족하야 북경사신(北京使臣)편에중국비단을사드리고 동래왜관 에서왜국은을사올렷다 원형의외람 한고방자한것이 한이업서 묘적식사들궁중과가티 수라라 일음하야 수라ㅅ간에 사나이 숙수들두고궁중에서도 귀하게 녀기는 타락죽을 아히들까지 배불리먹이고입금이거동할때소면(小輦)을대연(大輦)으로 밧구듯이 출립할때중분ㅅ간까지 소여(小輿)를타고나와서 사인교나평교자를밧구어타고입금이신하의조의를밧듯이 식전에는 대령에노힌주홍교의(朱紅交椅)에나안저서하인들의문안을밧되 뇨란한긴대답소리속에 이백여명이 한결가티진퇴하게하고또하인들도궁중과비슷하게소입을분하서명칭을 달리하야 사환(使喚)하는계집하인을 시녀(侍女)라하고 일마른계집하인을 감찰(監察)이라하고 사환하는사내하인을 사약(司鑰)이라하고 일마른 사내하인을 차지(次知)라하얏다 도차지(都次知)는 고사하고 차지을만되어도 외방에나가서 수령까지는 두지안코마음대로괴체(遞)를부릴수잇섯다 어느해봄인[illegible](上)따에 [illegible]십여필에 이십오흔필이우역(牛疫)에죽이나서 도차지가 차처하나를내보내게되엇는데 그차지가농군서 어느동네의 큰집을 차우고안저서 소먹이는 농군들을 불러다노코 소들을 물어 노흐라고 영방울가티엄텻다 그중의똑똑한농군하나가 여러사람의 압흐로나서서

『우리들이 잘못먹여서죽은것가트면 물어노하도 원통치안치만 우역에죽은것을 물어노흘수업습니다』

하고 말마듸를하다가 골이난차지게에게 사매로 어더마저서 얼골에까지 상책이가 나게되엇다 묘뎐압집산직이한사람이 원형의소를농우(農牛)로먹이다가 죽이고 불려와서 여러농군들틈에석겨잇다가 차지의 하는것을보고 압흐로나서서

『귀도땅반의댁산직이를 거행합니다만 땅반의댁일에 이런법이 어듸잇습니까 우리가잘못먹여서 죽엇더라도 용서하실터인데 우역에죽은소를 물어노흐라실수가잇습니까』

하고 말하는중에 차지는눈을몽그랏케뜨고노려보고잇다가

『이자식 땅반의댁묘리를알아는구나 정칠자식가트니』

하고 다리고온사람들을 시켜서그산직이를때려자례쇠들렷다

『땅인놈들이 현하괴악한놈들이다 내가부치님이라도 용서할수업다 사흘안으로 부정지속(不淨之屬)이라도딸어서물어들노하라 업는놈들은 족징(族徵)을 시킬테다』

하고호령하야 농군들을 몰려보내고 말한대로 사흘안에이사오쪽필소를 모다물리는데 밧지아기라도 잇는사람은 당시에게물리고 팔것이업는사람은 팔가에게물리고 팔가도업는사람은

동리에 불리엇다 이때 조정압집에서 원형의하인이 행악한다는 말을듯고 징치(懲治)하려고 통인현녕에게 긔별하얏더니 현녕이 그차지를 잡아오지는못하고 보자고말하야 관가로불러 불리엇다

『우역에 죽은소를 불린것이 참말인가?』

『그건왜물으시요?』

『머이든 농군이잘못해서 죽인것도아니고 우역에 죽은것을 불린다는것이 너무억울하지아니한가?』

『이번우역에 통인님은 소가다 죽엇나요? 농군사람은 죽이지안는데 죽인것만도 잘못이니까 불려쌋지요』

『그러나 그건너무심한걸』

『심하고안심하고간에 우리네 감댁일에 원녕이무슨 참견이요』

『원이란것이 백성의억울한것을 보살필 직책이잇스니까 일부러불러서 말하는것이야』

『그직책을 물은데다쓰시요』

『대감이 불리라고 까지분부하셧슬리는 만무한일이 덩명 보중간작폐이지』

하고원이 차지대답에 화가나서 언정을 [illegible]하니 차지는 냉소(冷笑)하면서

『여보시요 원님은 우리대대감이 조선원국을 전제(專制)하시는줄을 모르시요 공연히 그러지 마시요 나는오늘서울 올나가야할터이니까 곳나가겟소 더 물으실말슴업지요』

하고그차지가 몸아서 나가는데

통인현녕은 관속보기 못그려울 마큼무류하얏다

원형의차지가 죽난소를 채워노홀뿐아니라 통인현녕까지 망신주고의긔 양양하야 서울로올라오는길에 서빙고(西氷庫)나루에 당도하니 마침나루人배가 사람과마소를 실을만큼싣고 빨래人줄을두어기더쯤 더 나간때다

『사공아』

『사공아 배를돌려라』

『배를놓구다이지못하느냐?』

사공이 노질하든손을쉬고

『한배만기다리시요』

하고맛소리를치니

『사공놈머리가 둘이냐? 잔소리말고 배를놓구다 여라』

하고호리 부리는것이 배안에잇는사람들에는 행악질하는 량반의행차 티 보이엇다 사공이

『제기사공질도 못해먹어비위가아니꼬아 살수가잇나』

하고중얼 거리면서 배人머리를 돌리엇다 이배에는 령감량반 한분이 고물에 타고잇섯는데 이량반이 노질하는사공에게말을물엇다

『저호괴잇는 량반이 쳣씨가누구인것을 사공이집작 하는가?』

『량반이무슨량반이에요 량반의집하인이랍니다』

『량반의집하인?』

하고령감량반의 얼굴에 불타는 빗이나타낫다

『윤부순군人집 하인이랍니다 그집개새기도 지금은 량반보담무서우니까요』

『녹원원형의하인이로군』

『몃칠전에 시골나려갓섯는데 갓가운시골을 갓다오는 구먼이요』

배가사장에다으며 그차지가 사공을보고

『배를돌리라면 빨리돌릴것이지 기다려라 마려라 잔소리가 무어냐』

하고개사짓듯 부짓고나서 배에올르더니 고물근처에 틈人과기좌은것을 보고여러 사람을 비키고와서 령감량반에게 갓가히서잇섯다 배가강를 한중간을 지나건너온 때에쳣든 차지가다리가압흐든지 령감량반의 엽헤와서안지랴고

『자리좀비키시요』

하고그량반이 몸을움츠어지 안는것을보고는

『귀가먹엇나저리좀비키오』

하고떠다밀랴고하얏다

『이게무슨짓이냐』

『무어요?』

『내엽헤는 너의안질자리가업다』

하고호령人긔잇게말하며차지를 치어다보는데 그량반의 긔상이 심상한사람과 갓지아니 하얏다 차지가 떠다밀지는 못하고

『별사람도다 보겟다』

하고중얼거리며 몰아섯다 배가이편나루人터에다이어 사람과즘생이 모다배에서 나린뒤에 령감량반이 다리고오든 하인을 몰아보며

『저가저사람을 이리좀다려오너라』

하고 그차지를가르쳣다 차지가속으로

『우수운놈을다 보는게다』

하고생각하면서 그량반압해 와서섯다

『[illegible]의집 하인이지오』

『그건물어서 무어할테요』

『이놈남의집하인놈이 량반을몰라 보느냐? 너가튼놈들 버릇을 알려야한다』

하고 곳엽헤섯는 하인을보고

『이놈을 잡아돌려라』

호령하야 누식한시골하인이 차지의뒤통수를치서 땅탕 건망건을 한서번에벗기고 상투를잡고 회심데로시켜다 배人사공과 나루人터에사는 사람들이속으로 시원히 녀이면서도

『별재할이는시골량반아 범의 아가리에 손집어녓네』

『저량반이 뒤人탈을엇당힐리 만무하지』

하고 서로수군거리엇다 령감량반이 그차지를 붓어엽히 노코

『나는경남사는 조판관(趙判官)이다 너의상면에게하인버릇잘가르치라고 내말로말해라』

하고령감은뒤에 나귀를타고 하인에게 견마들리고 문안으로들어갓다 그차지가 부서진갓에씨어진망건을쓰고 진흙무든 옷을 님고 원형의압해와서

『서빙고나루人터에서 시골량반에게 욕을잔상히 보앗소이다 대감대하인이라고 소인을 욕보이는것이 거싑은때人심하오나 량반명색을엇더케 할수 업서와서 욕을당하고 왓소이다』

하고 하소연하니 원형이

『대감차지를 욕보인량반놈이 누구란말이냐』

하고 화를내다가

『경남사는조판관이라고 하옵되다』

하고차지의말하는것을듯고는

『조삭(曹植)이로구나 네가잘못하엿나 아무人소리마라 그자는나도 꺼리는터이다』

하고 하인에게 부탁이해줄수업는것을 말하얏다

조식은 원형을싫어한 선비라나 관에서은일(隱逸)로불러서단성현감(丹城縣監)을제수하얏더니 벼제잇든 원형이 나타날그때에 [illegible]에서 [illegible]치고백성을 번들리는때에 사환(仕宦)에종사할맘이업서조식은 곳상소로 사직하고 부임(赴任)하시아니하얏나 조식의 사직상소에시폐(時弊)까지말하얏는대 그중에

『자뎐은 궁중의한과부요뎐하는선왕의 한아들일뿐이니 천백가지련재(天災)를엇지다감당하며 억만갈래인심을 엇지다수습하시랍니까 나라일이그릇되고백성이 병들게되는것이근원이 어듸잇는것을 밝히살펴서매련(磨鍊)하게고치지아니하면나라가장차엇지될지몰릅니다 힌복색과 [illegible]노래가늘어가는것도 심상한 징조가아닌줄로생각합니다』

하고 위래위래한 말까지베풀어노핫섯다 이때왕은 나이십팔구세라 신하들의말을 들을집작이잇섯다 왕이조식의 상소를보

고조하하지 아니하야 좌우에 잇시하얏든 신하들을 돌아보며

『파무란날이 엄만 말이 아닌가?』

하고물으니 원형이 압흐로 내달어서

『엇안말입니잇가? 려항부녀(閭巷婦女)에게도 조금 대접하야말하라면 파댁이라고 하지 파부라고아니합니다』

하고대답을엿외엿다

『그러면 조식의말이자면에욕이로군?』

『그럿슴지요 조식을치죄하야 맛당합니다』

하고 원형이 말슴을엿줄때에 차지의 하소연하든것을 도리켜 생각하얏다 원형파가티 입시하얏든날은 대신이 임금에고하는 언사에이와가튼 전례가 잇는것을인증(引證)하고

『조식이 국가의고위(顧位)한 것을 극진히 말슴하랴고고인(古人)의 문(文)법을 본바든것이외다』

하고 뜻어밝슴을 알외엿더니 원형이 얼굴에불쾌한빗을 나타내며

『고인의 입에 흉한말이업슨한 법이잇소?』

하고말다툼을시작하랴고하야

『그것도 그러치요』

하고 그대신은 다시말을못하얏다

『조식의말이 파하한이지 치죄하랄것은아니야 적은언사의 잘못을 치죄하라는것은 국가의 선비대접하는법이 아니지?』

하고 왕이원형을 돌아보니 원형은

『하교가지당합니다』

하고 말슴하지안흘수업섯다

조관관이 서울와서 묵는동안에 호반남치근(南致勤)의 족하남언경(南彦經)의집에주인하얏는데 주인과손이 서로대하야 안젓슬때에 화담주인서경덕의 이야기가 만히낫섯다 조관관은 서처사와 친분이잇든터이고 남언경은 서처사에게 수업(受業)한사람인까닭이엇다 이때서처사는 죽은지발서칠년이라 조관관이 한번그부덤에나 단녀온다고 언경과가티 송도를가기로 언약하얏는데 송도길을 떠날때는언경외에 동행두사람이 더잇섯다 한사람은 당대이인(當代異人)리지함이고 달은한사람은 명렴의 아우덩작이엇다 리지함은 조관관과 교분이 두터운터이고 덩작은 조관관의 선청을듯고 흠앙하는터이라 두사람이각각 조관관이 서울온것을 알고서후하야 맛나보러 왓다가 송도간다는 말을듯고 서처사와 상종이잇든리지함은 두말업시 동행한다고 나서고 서처사를생전에맛나 보지못한덩작이는 여러선생의 뒤를딸하서 송도를구경하고온다고 따라나서게 된것이다 네사람 중에서가장년소(年少)한덩작이도공부가숙성하야 경사자집(經史子集)에 능통인으로네사람의 이야기는 대개학문편이야기가 만핫스나 간간히달은이야기도 업지아니하얏다 리지함은숙오리나가든윤결(尹潔)을작별한뒤에단양(丹陽)다에가서 돌아단니엇다고 도담귀담(島潭龜潭) 상중하삼선암(上中下三仙岩)의경치들이야기하고덩작이는그 빼씨가부친 삼상을마치지못하고 돌아갓는데 자긔가 미리죽을것을 알고사세가(辭世歌)까지지엇다고그빼씨가례사사람과달른 것을이야기 하얏다

조관관이 송도단녀온뒤의일이다 윤원형이 사람을시켜서한차저 오면 조흔뜻을 말하얏더니 조관관이

『남가리 산야에서생장한사람은 권문세가(權門勢家)에투족(投足)할수업소』

하고 거절하야 그사람을돌려보내고 남언경을대하야

『체가차저와도 내가볼시람시한데 날더러차저오라니 방자한일일세』

하고 불만하는중에 리지함이 차저와서 조관관은

『형중(衡仲)이오나』

하고반겨 마저드리엇다

『지금문에 나가는사람이 누구인가?』

『권문의심부름人군이라네』

『권문이라니 윤원형이되?』

『그래나불러온모양이야』

『잡피잇네그려』

『서울온때 그만봐일을 알것네 그러나 어번에두번재소를당하네』

『한번은?』

『서비고나두에서 윤씨집하인에게봉변하얏서』

『호당이가튼 하인에게 시골선비가 봉변하기쉽지』

『그런것을 나누어에서 회생해몰 시키어보냇네 봇슨뒤人발이잇슬말엇더니 아주까지아부럽도다』

『뒤人발은 엇잿든지 그하인놈이 회실례를 당할것무러자네에게업고 림가되엇든것일세』

이러한 수작을하는데 리지함이

『오늘 일기도조코하니 무계동(武溪洞)으로 소창이나나가세』

하고 말하야 조관관은남언경과가티 리지함을따라 소창하러나갓섯다

이때무마동계에려성위송인(礪城尉宋寅)이란사람이잇섯는데 그디위가 괴상하야 한만히 사대부(士大夫)와 교유하지못하나 사람이원래유아(儒雅)한까닭에 밤으로는항상선비를조하하야 평소에 경앙(敬仰)하는 조관관을 한번맛나보고십흔맘이 간절하지만 자긔가선듯차저가기도 어렵고 또억지로마저오기도 어려워서 자저하고잇든터에 마츰 무계동소창나간소문을듯고 갑작이언 수(?)를차려가지고 장의문(彰義門)박게나가서 송림(松林) 속에포진(鋪陳)하고 조관관의 봅아오길때를기다리고잇섯다 중간에 기다리는사람이잇는줄을알지못하는소창나간일행은소창한대로 소창하느라고놀우의잇기를쓸고 술도마시며내人물에발을담그고 한담(閑談)도하야여러시각을보내엇다 이동안에 려청위는명통人군으로 길가에 세워노핫든하인을 여러번 송림속으로불러드리어서 번번히

『그저 오시지안느냐?』

하고 뭇고 나종에는달은길로 돌아들어갓는가 의심하야 먼빗으로가보고오라고 하인을 보내기까지하얏는데 그하인이

『내人가에서 발을 씻스십되다』

하오 회보한까닭에 다시한동안을참고 기다리엇다 해가설핏하야진때에 길에세워둔하인이두걸음을한걸음으로뛰어들어와서

『지금들오십니다』

하고 보하엿다 려성위가 버서노코 풀어노핫든 의관을 시정케하며 다리고나온 덩직이들향하야

『네가 한걸음먼저나가서 내가술한잔을 드리랴고 기다리고잇습니다고 말슴해라』

하고분부해서 그덩직이가 몸인을당하고오는 일행앞에나아가서 공손히 문안을드리고

『언니나으리께서 조관관나오리십니까』

하고물은뒤에 조관관을 향하야 다시한번문안을 드리고

『려청위대감께서 술한잔잡수시게하라고 송림속에 자리를잡고 기다리십니다 대감께서 또 뒤에꼿따라오실터이올시다』 하고말하니 조판관이

『려청위대감이?』

하고 다치어못는것가티 말하고 꼿,뒤를니어서

『어?를 길에서 장마지하는 법이업는걸』

하고 말한뒤에 소매를떨치고 가는데 뒤도한번돌아보지아니하얏다 려청위가 송림박게나와 술에 그렁저이가 한말과글은닙을 일일히옴기고나서

『그랑한 청미가 괴상스런운 모양이올시다』

하고말하니 려청위는

『내가 좁달생각햇다』

하고 서운한모양으로 조판관 일행의 뒤ㅅ그림자를바라보고 잇섯다

윤원형이 조판관의 차저오지 안는것을 분하게 생각하든차에 이이야기를듯고

『흉악하게도 고한사람이다』

하고 몹이갓든차지를 보고

『내가 조판관가터도 고한사람에게견려서 회실테만 당한것도나 행이다』

하고우스니 그차지가 나와서 달은차지를보고

『우리대대감의 권세로도 엇재지못하는사람이 잇테그려』

하고뒤ㅅ공론가터말하얏다

사람의 아첨(阿諂)하는 버릇은아무리성세(盛世)에라도아주 업시안켓지마는 말세(末世)일수록더 심한법이라 윤원형이당국(當國)하얏슬때 세상이 말세가되어다고 한탄하는 사람이만흔이만큼 사람의아첨하는 버릇이심하얏나 대개말세란말은 몃백년몃천년을 두고 쓰는것이나 싸그때가꼭말세인것은아니겟지만아첨을가지고말세를징험하야 를렵이업다면그때를꼭말세라고 하야조흘만큼아첨ㅅ군들이만햇든것이다 그때에상진(尙震)이란정승이잇섯는데 관후장자(寬厚長者)로 일홈난사람이라간혹(奸慝)한아첨을 조하하지 아니하건마는어느때여런 이첨ㅅ군들이만당하고잇는 자리에서 밧긔를한번내노핫더니 그중와 약바른자하나가 낫간지러운 웃음도를우고

『대감께서는 례사사람과달르서서 바긔에향취가잇습니다』

하고 첨하는것을 상정승이

『내가 국노두인가방귀에냄내가난게 에이사람 실업슨말 마소』

하고 나무래서 첨하든자를낫븐접게한일이 잇섯다 상정승과가티 심상부력한재상에게도 이와가티 첨ㅅ군들이 잇엇스니 일국의 권세를 손속에쥐엇던말락하든 윤원형이 첨ㅅ군들속에 파뭇치어 지낸것은 두번말할것조차업는일이다 원형의 문하에 출입하는첨ㅅ군들이 원형이 조판관에대하야 패ㅅ심히 생각하는것을알고 조판관을 각가지로 험되더말하얏다

『조식이가 뷔인일음만잇지마는실상은가아닙니다』

『조식이가 사직을잘햇지요단성가튼적은 고을에 가서라도 불치(不治)소리는면치못하얏슬것이나까요』

『조식이는 당나귀멍미헤다는 방울이지 허리ㅅ띄에 방울을달랑달랑차고 단닌답니다』

『조식이를 리황이와가티치지마는 리황이는사람이나 온자히지요』

여러자들이 되숭대숭지거릴때 그중에어기ㅅ뭉한자는 조판관을 추어가면서 원형의비위를 마치엇다

『조식이는 놉흔선비올시다그려치만 대감아니시면 조식의 놉흔것을 용납할수 잇습니까 한광무(漢光武)가아니면 엄자릉(嚴子陵)의 절조(節操)를 이두어주지못하고 엄자릉이 아니면 한광무의도량을 들어내지못한다는 격입니다』

첨ㅅ군들의 령합한말에 원형은패ㅅ심히 녀기든생각이 사라저서 조판관이시꼼도 나려갈때

『역마래워보내는것이 국가의 은전(恩典) 대접하는법이올시다』

하고우에품하기까지 하얏섯다

리괴가죽든해에 원형이대배(大拜)하야 우의정이되며 상진이좌의정이되고 젊은왕비의조부되는심련원(沈連源)이령의정이 되엇섯다

아희왕은 자고로업는 법이라어린왕이 즉위하든해에 심련원의 손녀를 왕비로책봉(冊封)하얏든것이다 원형이 처음에는심련원을쓰리는 맘이업지 안핫섯스니이것은 저의손에잇는 권세를 난호아 갑가의심한 까닭이엇다 그러나 심정승은 조심만흔사람이라서대왕대비의뜻을거슬르시못할뿐아니라 원형의 말도거슬르시못하얏다 그리하야 조심간흔령의정과 심사가 너그러운좌의정이 밧자한우의정에게휘둘려 지내지아니할수업섯다대왕대비가불도(佛道)를조하하야궁중의 불사(佛事)가끈치지아니하매령의정심련원과 좌의정상진이 참고참든쓰레 버신데모로 말한마되아니할수업다고 생각하야 어느날삼정승이 빈령에 모혀안젓슬때심정승이 먼저 입을널어서

『근래궁중의 불사가넘우핑장하지안습되까?』

하고 원형을 돌아 보는데 상정승이

『불사를넘우 핑상히는마십시사고 우리세사람이함께 자던에품해보는것이 조흘듯 합되다』

하고 역시원형을 돌아보든 원형이 심정승과 상정승을반반식갈다서 바라보면서

『대감두분이나함께품해 보시지요 소생은참예안켓소이다』

하고 말한뒤에 한동안잇다가

『어지간하거든 잠자코들계시지요』

하고 말하야 상정승은 『대감이실타시는데 우리들가만은』 하고 슷업는말로 대답하고심정승은 쓴입맛만다시엇다

그러나 두정승이다 원형의말에 눌려서 잠자코잇지 안을수 업섯다

六、보우(普雨)

「고려때불교를 숭상하든 풍습(風習)이 뒤에남아서 국초(國初)ㅅ적에는 사대부(士大夫)명색들도 불도(佛道)를 조하하얏다 초상이나면중을청하야 빈소(殯所)에서 경을읽히엇는데 이것이 일홈이 법석(法席)이니 중과속인이 뒤석기어서 작업시 수선을떠는까닭에 수선떠는것을 법석버린다고 말하게까지되엇고 집에서 법석을버릴뿐아니라 식재(食齋)라고 절에가서재를부치는데 칠일부터 사십구일까지 닐곱번식재에 일칠칠칠재와 사십구일ㅅ재가 가장핑상하야 친척과친구들까지 포목(布木)을지워가지고나가서 중에게 시주(施主)하얏고또긔제(忌祭)ㅅ날은 승재(僧齋)라 고중을마저다가 한밥을먹인뒤에념불(念佛)로 혼령을인도하는데 중의 인도가아니면 혼령이 운감하지 못한다고 생각하야 체주(祭主)부터 승재에정성을드리엇다 이

외에도 시주(施主)와 불공(佛供)이만하서 민간의재물이절로흘너들어가더니 성종대왕시절에 대간(臺諫)이 그폐단을보고제하야 유교(儒敎)숭상하든 대왕이 민간의불사를 일체로금하고 대왕께 어마님되는인수대비(仁粹大妃)가 로산군부인송씨 (단종왕비)의 출가(出家)하얏든정업원(淨業院)에새로불상(佛像)을조성(造成)하얏슬때어느유생(儒生)이집짓그불상을태워버린까닭에대비는화가충텬하게셧스나대왕은그유생을죄주지아니하얏섯다 성종대왕이후로 재상의집이나선비의 집에서는 벌서도못버리고 삭재도못부치고 승재도못올리고 달은불공도들어 내노코못하얏섯는데이때대왕대비가후생人길을닥그랴는의사로부처를위하기시작하야 정업원 러에새로인수궁(仁壽宮)을이룩하고 자주거동하야 친히불공을올리게되니 민간에서 금법을직힌까닭이업서 재딸소리목탁 소리가도처에 랑자하게되며 축치어들어앗첫든중들이다시한세월을맛나게되엇다

대왕대비가인수궁에서부차대회(無遮大會)를건설(建設)하랴고명승(名僧)을팔도에구하니녕변묘향산보현사에는칭허당휴정(淸虛堂休靜)이란 젊은중이 공부가놉다하엿고 안성칠장산 칠장사에는 범해라는젊은중이 도솔이놉다하워서 각각유명 하얏스나 두중은 모다 서울 오지아니하고 춘천청평산문수사 (春川淸平山文殊寺)에잇는 보우(普雨)라는중이강원감사뎡만종(鄭萬鍾)의천거로서울오게되엇는데보우는신수조로 언변조로 무차대회에억숙하야 대회를 한번치르고곳대비의 눈에들엇다 보우는금강산에서병해대사를해치랴든중이니그때곳정산으로 오지못하고 전에있든 안변학룡사로 나와잇다가 계림군(桂林君)이 황룡산토굴에서 잡히어나갈때 석왕사로옴기고 얼마뒤에 또다시춘천문수사로옴기어 몃해동안 놀더잇섯든것이다 대왕대비가 보우의설법(說法)에반하야처음에는인수궁에 거처하게하고 나와서보다가 나종에 정복안으로불러드리어 특별히 거처할처소를뎡하야주엇다 어느날 대왕대비가탄뎡과 몃여러궁인을 다리고보우의처소에와서 설법을듯는데 보우는 비단보료우에 비단방석을겹겹고안저서 압헤 안진대비를바라보고

『대왕대비의 존귀하신몸이라도 부처님께 하치신바에는불가의 신법을 알으서야합니다 불가에서는 사민평등(四民平等)에귀천을가리지안습니다 다가티 설법을 듯는자리에안젓는사람과섯는사람이달러서는설법듯는보람이업습니다』

하고 손을들어서 대비뒤에둘러선 탄뎡과 여러중인들을가르치니 대비가 여러사람들을돌아보며

『거긔들안저라 이자리에서는 나나 너의들이나 다가리대사의데자이니 어려워말고아저라』

하고 말슴하야 여러사람이듣려안진뒤에 보우는 미타경 (彌陀經) 을가지고극락세계 (極樂世界)의장엄(莊嚴)한것을말하야들니엇다 대비가

『우리가 부신공덕을자하야극락을가게될까요? 나는나히만서오십이젼가웟스니속한길을가르쳐주시요』

하고보우를차저다보니보우가

『화엄(華嚴)의 유신정불하는비밀법문(秘密法門)이잇스니이것이 극락가는데 가장속한길이올시다』

하고한번허허웃첫다 이후로대왕대비는보우에게서그법문뎐수(傳授)를밧게되엇는데 그자리에는탄뎡과여러궁인들이감히참예하지못하얏다

보우는 저의말이 득도(得道)하얏다고하나 대왕대비부터 득도가 엇더한것인지를 알지못하야 그때섯균관 대사성으로잇든 윤춘년이 무후하러 들어왓슬때

『득도한사람은 어되가레사사람과달르냐?』

하고하문하얏다 윤춘년은다소공부가 잇는것을밋고 모든것을다아는체하는 사람이라 대비의하문을밧고

『황송하오나 몬저하순(下詢)하시는뜻을 알고저합니다』

하고 대비의말슴으로 보우가자칭득도하얏다 고하는것을알고

『득도란사람이라고 밥안먹고잠안자는것은 아니옵지만 물욕(物慾)업는것이레사사람과달은외다』

하고더답을알외엇다

『너가든공부잇는사람은 알는지몰으나 나는 득도한지아나한지를분간할수가업더라』

『신인물 용이히 안다고야할수잇사오리까만 몃마듸 수작해보면 짐작은할수잇솝듯 하외다』

『내가 알고십흐니 너한번보우서사와 수작해보아라』

하고 대비는 춘년의대답도듯지아니하고 곳궁인을 보내어보우를칭하얏다

보우가들어와서 대비께 향하야합장배례(合掌拜禮)를드리고

『소승을 불르셧습니까?』

하고말하니 대비가 안진건뎐편방석을보우에게권하얏다 보우가안진뒤에대비는

『춘지삽섭하시지?』

하고웃고나서 춘년을 가르치며

『저사람은 나의친족인데유식하다고칭찬밧는사람이니다따고이야기해보시요』

하고말슴하야보우가잠간몸을이르켜 춘년을향하야 합장하고다시안즈니

『대사의 공부놉다우신것은말슴을듯자왓소』

하고춘년이몬저 입을 열엇다

『공부가놉다우는것이 아닌줄을아시겟지요?』

하고보우의말이우人손을치는데춘년이슬그머니화가나서대번에긔세를꺽거보라고

『누가 문자(文字)만을공부라하겟소 황매산(黃梅山)의 절구절도 공부이지요』

하고 말하얏더니 보우가빙그레웃고 대답이업섯다 그러나웃는것이 역시우人손치는 거동으로보이엇다

춘년이보우와 수작하는 동안에 말이 유교와불교의달른데에미치엇더니 보우는 도도한변설로 자저히 차별(差別)하야말하는중에

『공자맹자의 유교가뎡자주자의 유교와 달른것을구별할줄아실터이지요?』

『뎡자주자의유교는 불교와가튼뎜이만흔것을 아실터이지요?』

『공자가 부처님 압세하신것을알고 서방(西方)에서 큰성인(聖人)이나섯다고말슴하셧스나성인이갑시엇습니다』

이와가튼말로 춘년의말문을막아서 나종에 춘년이

『대사의 공부가참말로놉라우시요』

하고 칭찬하야 보우보담대왕대비가 대단니 조하하얏다 보우가 처소로 나간뒤에대비가

『득도한중이지요?』

하고 춘년에게 물으니 춘년은

『[illegible]소마는 유식한것은 [illegible]업섯소이다』

하고 대답을알외엇다

이때 경복궁안에 독갑이 작란이심하얏다 밤저녁에 모래를던지는것과 사람은업는데 나무신신은 걸음소리가들리는것은 예

사엿더고 궁인들이 옷상자에 들이나 든것을 허둥지둥 쓰고보니 흉한자욱이 업서 아무러치 안코 일도잇고 무수리가 빨래가지들 잃허버리고 이리저리 차지라나 바람이 불은일도 업섯는데 다만 나무가지우에 걸치어잇슨 일도잇고 나허어린 궁인이 독갑이를 착하야 욕설하다가 난데업는 몽둥이가 입으로 튀어들어온 일까지 잇섯다 독갑이 작란이 사정뎐(思政殿)뒤가 데일심하야 밤만되면 마루리장단 잇는궁인이라도 사정뎐 뒤에는 갈생각을 먹지못하엿다 대비가 이것을 보우에게 말한즉 보우의 말이 백신(百神)이 수호하는 궁궐안에 리매망냥이 작란하다니 부엉인일이라고하고 몃칠밤을 두고 사정뎐 뒤로부터 독갑이 작란 한다는곳을 쌔지안코 돌아단니며 주문을 하더니 그 작란이 일시에 지식이 되엿따 이일이 잇슨뒤로 보우가 도도한중인것은 대왕대비가 미들뿐아니라 여러궁속들 까지도 신심하는사람이 이엿섯다

대왕대비께 보우의 말을 밋는일이 감나무에 배가 열린다 하야도 의심하지 안코 보우의 말을 좃는 ...이 소곰섬을 물로 ... 하야도 주저하지 안케되엿다 대왕대비가 보우의 말을 좃고 한용안친데 (... ...) 하매 고하야 선종(禪宗) 교종(敎宗)의 두 ...을 세우고 량종선과(兩宗禪科)를 ...시하기로 작뎡하얏다 대왕대비가 왕 ...리고 정뎐에 던져하고 명의청 ... 좌의정 정사룡과 우의정 윤원형을 함께 불러드리어 량종구별 처립과 선과 보일것을 문의하니

『... 조 ...의 구법 ...전에도 잇는일이옵시다』

하고 간단하게 말슴을 엿외고 상

『계행(戒行)잇는중만 선과에 잡을시(...試)하지 아니 ...외다』

하고 말슴하다가 대비가

『선과에 응시하면 계행이 깨어지나? 나는 계행잇는중들만 끼게하랄 작뎡이니 내신의 말이 맛나 나의 말이 맛나 두고봅시다』

하고 미안한 그미가 잇게 말슴하야

『로신의 소견에는 중에게 과거(科擧)가 당치 안흔일이옵기에 한마듸 말슴을 엿외온것이옵시다』

하고 순순하게 말슴을 엿외고 윤원형은 말업시 고개를 숙이고 잇다가

『우상(右相)은 의견이 엇더한고?』

대비의 하문에

『신은 별소견이 업습니다』

하고 한마듸 대답을 엿외울 뿐이엇다 대왕대비가 네 신하의 이론(異論)이 업는 것을보고 곳 다시 보우와 의론하고 양주 봉은사(楊州奉恩寺)를 선종대찰(禪宗大刹)로 뎡하고 양주봉선사(奉先寺)를 교종 대찰(敎宗 大刹)로 또 뎡한 뒤에 량종선과를 설시할터 이니 뎡하야 주는 각도사찰(寺刹)에서 초시(初試)를 를보고 서울와서 회시(會試)를 보게하되 얼마잇는중으로 선과에 빠지는자가 업게하라고 말도 사찰에 령을 나리엇다

량사옥당(兩司玉堂)이 함께 나서서 국가에서 이교(異敎)를 숭봉하는것이 부당한일이라고 다투기시작하얏다 그뒤에 륙조백관(六曹百官)들이 나서서 뎡론(廷論)으로 보우의 죄를 말하고 성균관유생(館學儒生)들이 나서서 상소로 보우를 죽이자고 까지 청하얏스나 대비의 마음은 움직일까닭이 업섯다 이때 대왕대비는 눈안에도 보우한사람이 잇슬뿐이요 맘안에도 보우한사람이 잇슬뿐이라 보우의 말만 한마듸말이 대비에게는 천사람만사람의 천마듸만마듸 말보담 더 힘시든것이더 유생들 보우를 죽이자는 상소를 보고 대왕대비가

『만만 숭리 온지 식들이 로니 공부는 아니하고 상소질은 부어냐? 그까지것들은 공부시켜 보하도 소용이 업습니다 내쫏차버려라』

하고 화가 목두까지 나서 유생들이 칙관을 뷔우고나가게되어도 안위(安慰)지키지 아니하얏고 한동안지나서 화가조금 풀린뒤에야 조관(朝官)중 부형된 사람들에게 명하야 그자데를 타으로 보내게 하얏다 량사옥당이 ... 중에 각처에서 천과초시를 마친중들이 회시를 보라고 서울로 모혀들엇다 선과회시의 과목은 강경(講經)과 제술(製述)이요 시관(試官)은 허야당(虛夜堂)보우대선사이엇다 문과(文科)회시 제도와 방사한제도로 선과회시를 보이어 선과에 급데 몃사람과 교과에 급제 몃사람을 각각 뽑은뒤에 선과급데는 선사(禪師)라 칭하고 교과 급데는 대사(大師)라 칭하게 하얏는데 이때 선과의 장원(壯元) 급데는 청허당휴정선사(淸虛堂休靜禪師)이고 교과의 장원급데는 송운당유정대사(松雲堂惟政大師)이엇스니 송운당은 청허당의데자인데 선생데자가 가티 명승이엇다

이때 선과의 득인(得人)한것은 선종교종의 두장원만 가지고도 넉넉히 짐작할수잇스니 선종의 장원급데 청허당휴정(淸虛堂休靜)은 곳 임진왜란에 일국도대사 팔도도총섭 부종수교보제등계존자(一國都大士八道都總攝扶宗樹教普濟登階尊者)로 승병(僧兵)을 통솔한 서산대사(西山大師)이고 교종의 장원급데 송운당유정(松雲堂惟政)은 곳 임진란후에 사신으로 일본가서 란중에 잡혀간 남녀 인구삼천여명을 차저내온 사명당(四溟堂)이다 청허당과 송운당이 뒤人날에 장한중이 된것은 차치하고 그때 밧서 일음이 놉하서 선과의 두 장원이 모다 비범하다고 칭찬하는 사람이 승속간(僧俗間)처지 아니하얏다 당시 문신중에 가장 총명한체 하든 윤춘년은 선과창방(唱榜) 하든날까지

『인재를 엇는 것은 중人을 보는 것과 달러서 인물을 감별(鑑別)하는 안식(眼識)이 잇서야 할터인데 보우가 그 안식이 잇슬까?』

하고 의심하든 사람이 두 장원을 보고는 맘이 절로 숙기든지 이사람저사람을 대하야 여러번

『보우화상의 인물감식(鑑識)이 제법이 되다 그려』

하고 보우의 시관노릇 잘한것을 칭찬하얏다 윤춘년은 청허당과 계분(契分)을 매저서 리조판서로 조명(釣名)하느라고 문에 잡객(雜客)을 드리지 아니할때 청허당이 오면은 반듯이 마저드리어 경도(傾倒)하는 벗과 가티 대접하얏다

대왕대비는 선과의 득인한것을 문무과(文武科)득인한것보담 일층더 조하하야 장원이하 급데들을 나라에서 대접하되 무과의 선달은 고사하고 문과의 급데로도 바라지 못할만큼 ... 중하게 하얏다 대왕대비가 보우를 보고 급데들의 신래(新來)를 불릴것과 유가(遊家)를 돌릴것을 의론하니 보우가 대번에

『신래는 고만두고 유가나 돌려 보십시다』

하고말하얏다
『신래도불리는것이조치 안소 대사가 궐내에서불리시구려』
『천한중놈을갓나가 우습바양반들것이잇습니까 고만두시시요』
『가까중놈을 눈에왕방울통박아물그리고 이리위 저리위하고 설고단니던구경 시럽겟네』
하고대비가 한번일갈 우슨뒤에다시말슴을하니어
『그래 신래는대사가조하아니하니 고만두기로하고유가나잘올려봅시다 유가는 엇더턴차가조켓소? 문과급데들과가티하리하리와?』
하고의향을물오니보우는
『유가도 문무파와는종날리하는것이 조흡소합니다 세조대왕(世祖大王)때흔히행하시든던경법(殿經法)이란것을잠작해서 새로칠차를명하십시다』
하고말하얏다
대왕대비가보우의말을조차서 새로칠사를 마련하야 유가놀만게하얏는데 던경법을 참작한바만큼 칠자가 서로근사하얏다 압일에는수만흔괴잡이와밀산삽이를쌍상히세우고 그뒤에 부처래우협린 련(輦)을 또게하는데 연의압일에는 조라치들이 삼현륙각(三絃六角)을잡히며가고련와좌우에는 중들이 단에바친향로(香爐)를 밧들고 가게하고맷말에는 조그만상 좌중들로복실온수레에 태워서 말하가게하고 장원이하 급데들은 가진안장을지인사복(司僕)말들을타고좌우편중들의 앞을서게 하얏다 유가몰려나갈때에 대왕대비는 왕대비와 왕과 왕비외에보우와밋여러궁인을 다리고 광화문문루에 나와안저서 떠나보내는데 둥둥북소리가나면서 조라치의 풍류소리가나고 한동안뒤에 또둥둥북소리가 나면서 중들의송주소리가나서 둥둥소리가 나는대로 조라치의 풍류소리와 중들의송주소리가 번갈더 들리엇다 유가몰이가 느진아츰에 륙조압흘 떠나서 거리들을다 가태평관(太平館)에서 뎜심먹고 다시거리를 몰가시작하야 해를지우고 륙조압흐로 몰아와서 대왕대비와 보우가다시 광화문두에나와 안진뒤에 각기흐터젓는데 이날쉬는곳의 장막은던설사(典設司)에서 등배하고 태평관의 뎜심은 례빈시(禮賓寺)에서 공궤(供饋)하고 어둔뒤의 홰人불은 사재감(司宰監)에서 마련하얏다
부우개 대왕대비를세고 한배랑 뒤설례를치는바람에 불교가 왕성하야 딸도사찰이 웜신하게 되엇다 이때 시골잇는천비들은 옥하사담(屋下私談) 이만하는데 리향과가티 간정한 사람은당초에서울소식을 귀막고 듯지아니하랴고힘썻이엇지만 조식은 몸여시끔에 불러와서 잇술지언정 맘으로는 세상을원청 하는사람이라데지들을 다리고 안젓다 가말이나라일에 미치어
『원통하나도 피하거니보우까지는 심치아니하냐 가는창차어지되며 생령(生靈)인경차어지되라』
하고 주먹으로 자리를두드리며 을세우며 눈을 흘길때가잇섯다
어느날 달밝은밤에 조식이혼자 칼을안고 압마루에 안저서읊하노래를부르는데 이때마츰
『남명(南冥)선생이기시요?』
하고 무박게서 큰소리를 실르는 사람이잇섯다 남명은조식의 아호(雅號)이다 남명이칼을노코 닐어서서 옷을가다듬는중에 그사람은발서 마당안에들어섯다 남명이 달빗아래에 오는손을 바라보다
『성운(成運)이 아닌가? 이거 웬일인가?』
하고 뜰아래로 쪼차나려와서 마저올린사람은 곳리지함이다 두사람이 손을잡고 자리로 올라가 안진뒤에
『웬일인가?』
『웬일이라니? 자네가보고십허차저왓네』
『토뎡(土亭)이 집삽하든것일세 그려』
하고 남명이 껄껄우섯다 리지함은 자긔의사는집을 담집으로 치고 그집웅을평평하게하야 떤자들삼고 지내는까닭으로 별호까지 토뎡으로 행세하는터이라
『이봄이 집집한들엇지하나』
하고토뎡은헌호를비자하야집밖음몸으로대답하고나서역시허허우섯다
『자네가내게로바로오는 길인가?』
『아니 보은(報恩)을들럿네』
『보은을들럿서? 건숙(健叔)이잘잇든가?』
하고남명이웃는사람은보은종곡(鍾谷)에사는처사성운(成運)이요
『자경(子敬)이도와서 몃칠동안잘놀다 왓네』
하고토뎡이말하는사람은현감으로잇든성제원(成悌元)이니처처사와 청현감은 모다이름이잡하서남명과도서로친한터이다
『자네말을 들으니 검은고안듣건숙이와 술잔잡은 자경이가 꼿눈압헤보이는것가테』
『그러지안허도 우리들이 자네[illegible]하얏섯네』
『속리산(俗離山)에 들어갓든가?』
『나혼자한번 문장대(文藏臺)에올라갓섯네』
『요전에나와가티갓슬때도 자네혼자올라가더니 또올라갓단말인가? 자네의정위[illegible]잘하는것도 못슴버릇이니』
『슴버릇 못슴버릇갈르는법은나종에 듯기로하고 지금ㅅ가시장하니 밥좀시어내오게』
하고말하는 토뎡의얼굴에는 장한모양이 보이엇다
『내가몸민해서 미처못차렷하얏네』
『몰어무어하나 내가말하는대로』
『그리할까?』
하고남명이 한번웃고 곳하인을불러서 밥을짓어 내오라고 분에통기하얏다
『좀급게』
하고남명이 방에서 목청을돕어다 가권하니
『급도록피곤하지는 아니하니거정말게』
하고토뎡은 눕지아니 하얏다
『서울잇슬때 소위선파참방이[illegible]구경하얏나?』
『점잔한사람이 낙기그저구경한단말인가』
『보우는 문교(文敎)를그릇치니국사는말이아니지』
하고 남명이 한숨을쉬니
『보우가국정까지 그릇친다네 대왕대비의 하시는일이 모다보우의 주장일술을 들으니보우압헤는 원덕이도 엇지하지못하는모양이데』
『신돈(辛旽)이가또 하나낫군』
『신돈이라니 생각나는일이잇네 십여년전에 한번리장곤리판서를 맛난일이잇는데 그때리판서말이 신돈가튼 중놈이장차나온다고 하고 엇지아십니까하고 물으니까 자긔가선생가티 밋는사람이 압일을봉히 집작하야 말하더라고하더니 그말이마첫네그려』
『미리알엇스나 미리몰랏스나 그러한중이 나기는일반이라면 미리아는것이 소용잇나』
『하여튼지 말이맛는것이신통하지』
『저[illegible]에란 리장곤(李長坤) 한사람이 엇던담인가』
하고남명이 개탄함을마지아니하는데토뎡은
『당사옥당파 륙조백관파관하유생이모두가다리존오이차』
하고허허웃고
『우리는 구천성명(苟全性命)이나하지 별수잇나 나도딱하자식들을다리고시골가서숨어

살차던일세』

『언케는 우리가세상에나섯는가?』

하고남명은토뎡을바라보며압헤엿흔우슴을우섯다 토뎡이석반위에서천뭐대뱀어들수록달빗은 더욱밝어 대낫가트나 바람이 조곰선선하얏다

『선선하거든방으로들어가세』

『달이맛갓우니 잘때나들어가지』

『집에셔첫술터인데 끈하지아니한가?』

『자셩이와가티 보름식잠안자고는배기지 못하지만 설마걸에좀셔첫나고끈하겟나』

하고토뎡이 말하는것은 셩현감의말이니 셩현감이 어느중을다리고잠안자기를 내기하얏 그중은밤사흘만에 정신을일코 쓸어젓는데 셩현감는 보름을채우고도정신과 범절이 엽시 괴거 相對한 벗이 잇서서 그정리(精力)의절롱한것을친구들사이에서칭도(稱道)하는터이엇다

『자셩이는별사람이야』

하고남명이 토뎡의말 뒤를 니으니토뎡은 별사람이란 말이 자긔뜻에 맛는듯이

『참그려해 별사람이야내가년전에자셩이와 가티뉘집에 갓다가팡대소리를 듯게 되엇는데팡대가 소리를시작해서 단가(短歌)한곡도다 하기도전에 자셩이와 그팡대를 몰려보내자고주인더러 말하데 그러우리가야까닭을 알수가업겟지 그래서 왜몰려보내라 느냐고뭇자안햇겟나 자셩이말이 이소리가 상고(喪故)잇는사람인것가트니 소리시키지 말고몰려보내는것이 조켓다고 하데그려 나중에알어본즉 그팡대가 미미가 먼곳에 잇섯는데그날밤에 부고가 왓더라네 지금이가 쳥음(聽音)을잘할줄아는것이 확실하지』

하고 한동안 안젓다가

『별사람이라니 생각나는일이잇네』

하고 남명이야기를 쓰내엇다

『내가 둘재ㅅ번케주를갈때에 중봉행을 맛낫섯는데그중이 별사람이야 문식도 유여(裕如)하거니와 의약ㆍ복서와텬문디리를 몰르는 것이 업데그려 그중이시급살앗스면나히근칠십햇슬것일세 그중이 상좌갓기도하고 상좌갓시안키도 한아희놈하나를다리엇섯는데그아희놈역시별사람이자만라산올ㅣ갈때커의 선생을 몸에업고서올라가는데 혼몸으로 가는사람보다더빨리올라가데커의의발을으니싸배두산에도 그놈이 선생을 업고올라갓더라네』

하고 또 무슨말을 하랴다가 남명이

『장사얍세그려』

하고말하야 토뎡은 그말을달하서

『장사이고말고 엇장도레사사람보담크지만 첫재 무쇠팔맨든것가튼 두팔뚝이 천근의힘이몰어보이데』

하고

『그런데 그놈에게는 량반이비각이야 량반이라면 당초에맛나보기를실혀하고말벌벌리레 량반의 말이나기만하면욕함부루욕설을하는데 선생되는중이항상타닐러못하게하든군』

하고말을달리돌리엇다

『불학무식한 상것들의자식이그러키가쉽지』

『백정의자식이래 내가알기가이야기하라다가 마처못햇지만 그놈이 리장곤리관서와 친족이란말을들은뒤해 리관서를맛나면 한번물어 본다는것이 이것을 물어보랴고 별부러차저갈까닭은업고 인해못물어보앗서』

『그러키가쉽지 리관서의부인이 함성도백정의딸이라니까』

『리관서는 작고한지오래지만 그부인은 아즉살아잇겟지』

『아니 리관서의부인이 작년엔가을에죽엇다지 요전에리관서집 이웃에사는 일가사람이 문안을 와서 이야기하는것을 언뜻들은일이잇네』

『백정의딸룸단이로서 일품명부(一品命婦)가되엇든유명한부이이 작고햇네그려이현네 잘낫섯다라는걸』

『안팟이낫기에 천인의딸로명경부인까지 마됏거니와 치가(治家) 범절도 보니 잘햇더라네』

하고 두사람이 번갈며가며리관서부인의 말을가지고 수작하든쇠레 남명이

『곤하지는안터라도 고만밧에들어가굽지』

하고 칼과목침을 거두니

『아무리나하세』

하고 토뎡이몸을 넘으켯다주인과 손이압서거니 뒤서거니방으로 들어간뒤에는 뷔인마루에 달빗만가득하얏다

토뎡이남명에게서묵는동안에 보우가여쥐으로몰녓다는소문이 잇섯다 남명이 이소문들은듯고

『궁중에거처하는놈이 여쥐실을줴라고햇다면 만분뷔태한일이잇섯슬터인데 첫재대면의서무사나하신지?』

하고 왕의몸에변고가 잇지아니할가하고걱정하니 토뎡은

『보우가시역(弑逆)을꾀하얏다면 대왕대비께서 미리몰르섯슬리 업슬것인즉 당은변고면몰으되 그런변고는 당커(當宁)에업슬것 잇세』

하고 왕의몸이무사할것을말하얏다 그러나 진덕한서울소식을몰라서궁굼히 생각하기는 남명이나 토뎡이 일반이엇다 대데 보우의 여모하얏다는소문이 허문이업는소문은아니나 일이 소문과 느갓지아니하얏다 최사별(處士星)과가티 한구석에 숨어잇는조남명과 상서별(瑞星)과가타나타낫다 사라첫다하는 리토뎡의 이야기는고만두고 대원(帝垣)을 침범한 요괴로운별(妖星)과가튼보우의 일을자세히이야기할터이다

묘관과 쳔비들은 만사람이현 만사람이모다 보우를미워할때라 보우를편좌에 몰애너흘라고하는사람이만핫스나보우의 뒤에는대왕대비가들리어 합부부건드리지못 눈판에합경도어사(咸鏡道御史) 왕세걸(王世傑)이장계(狀啓)를올리어 보우가전에지은 죄상을 뎍발(摘發)하얏다 보우가 안변황룡사에잇슬때에 계림군의하인 무응송이란자와부동하야계림군을토굴에 숨겨주고수색하는데 이급한것을알고는 화가커의몸에까지 미칠까겁을내서커혼자슬므머니서왕사로옴기엇는데 석왕사로 옴긴뒤에도 무응송이가 래왕한일이 잇섯고 또보우가 계림군을위하야 산ㅅ굴에서 남몰래 여러번성재(聖齋)를올린일이잇섯다 재올릴때에 쌀섬이어준중이 지금까지 석왕사에잇스니 언케든지 불너물어볼수가잇다 그런즉 보우는역적으로 몰린계림군의 여당이라 곳역률로다 스려야 맛당 하다는것이디 정원(政院)에서 왕어사의 장계를바더바친뒤에 왕세걸의 식계를보면 보우의 죄상이 자못중대하니 우선면옥(典獄)에나리어 가두고 핵실(覈實)하야 보자고 왕께칭하얏스나 대왕대비는 왕을시켜

『이것은 보우를해코자하는자의조작부언(造作浮言)이분명하니고만두어라』

하고뎐교를 나리게하엿다 량사에서이것을 알고나서서 론계하고대신이 이것을가지고 참대하야다가티 보우를치죄하자고 주장하얏더니대왕대비가왕을보고

『근래토뎡에 일이업스니까별일을다 가지고떠드는구나 량

사의젊은것들은 몰으지만 대
신들이 그러케 경거망동할수
야잇느냐? 그가지일에 칭대
한다무어냐? 가만들 내버려
두어라 하다 가하가실줄면 고
만두겟지』
하고화를 내면서하교한 까닭
에왕은 불윤(不允)이라는 간단
한말로방패를삼아 량사와대신
의여러말을 막아버리엇다 왕어
사의징계뒤에 판서송세형(宋世
珩)이 혼자서서 계를올리어서보
우를죄주자고 강청하얏는데 그서
계의대지는
『보우가국가의 권세를잡고교
앙방자하야 무식한 인민들이
군부(君父)와가티 존숭하는
데 이것을말하는 사람이업스
니 개탄할일이외다 보우가불
측한맘을품으면 못된화를 국
가에미치고 말것입니다 지금처
치하여야합니다 [illegible]의위로
이 측하불측한맘을 가질것
은 아니이러한 거동만보아도
알수잇삽내다』
하고 아래에 보우의패악 (悖
惡) 한거동을열거한것이엇다 그
러나 송세형의 서계도불윤이라
는비답밧게는 밧지못하얏다 보
우가 역모를 꾀한일은업섯지
만 왕어사의 장계와송판서의서
계가난뒤로
『보우가 역적질을하랴고하얏
다』
『보우가 역모하다가미리발각
되엇는데 대왕대비가 무서워
섯다』
『보우가 지금도역모에뜻을두

고잇는것은 모다 아는사실이
건만 또신들이 대왕대비를꺼
리어 발설못한다』
하고 선비들의 입에서사실과
틀리는소문이일시에널리퍼지어
섯다
보우가 교앙방자하다는 것은
틀림업는사실이엇스니 여간 사
람은 눈에사람으로 보지아니하
야 처음보는사람에게라도
『소승문안드립니다』
하고 인사하는법이 업는것은
고사하고 남의 정성스러운청인
사를 고개만 꺼덕거리며안저밧
고 재상들에게는 고사하고대왕
대비에게까지라도 처의말투로『보우
가』 또는『내가』하고말하지 신
승(臣僧)이라 소승이라 말하지
아니하고 궁인과 액뎡소속에게
몰컵어서 하게할뿐아니라 대왕
대비가 해라하는사람에게는 거
지반하게나 반말을 쓰는까닭에
란뎡이와가튼 일품부인은 흔히
반말시거리로대답하얏다
보우가 처음에는 산인(山人)
으로 자처하야 대왕대비
가 혹시국사를가지고 의론하면
『그것은 보우의알배가아닙니
다』
하고 [illegible]
『한경하는아무가못합니다』
『아무개는 사람이 변변하다나
와 목사(牧使)가 되하지
가겟습니다』
하고 대왕대비에 말습하면대
왕대비가 원헤이나 춘니에게하
파하야 보우의말대로 수령방백
을내는일까지 업지 아니하얏다

보우의 고향림피(臨陂)에 보
우의사촌형 하나이잇섯는데 그
사촌형수가 사람이 그악하야보
우가 림피절에잇슬때에 사촌의
집에가서 찬밥한술을 잘어더먹
지못하얏섯다 그사촌이 보우의
놈팔게출세한 소식을듯고 안해
를 보고 말하얏더니 그안해가
『사람이 만깃이 알수업는것이
요 중아재가 그러케귀인이될
줄을 누가알엇겟소』
하고 그다음에는곳 남편더러
서울을가보라고 권하얏다
『서울가면맛날수가잇슬가?』
『아무리귀인이기로 사촌이야
아니보겟소』
『그건그러켓지만 서울갈길량
식은어더잇나?』
『괴똥이네집에가서 꾸지도못
한단말이요? 괴똥이아버지
더러말하고 꾸어달래보구려』
『그래볼가』
하고 내외공론한 뒤에 길량식
을꾸러갓섯다 괴똥이아버지는
보우의어릴때동무라 그사촌이
맛나러간단 말을듯고 량식을대
어주고 동행하기로작뎡하야 두
사람이 가티 서울을올라와서 보
우를맛나보라고 하엿스나 궐
내에거처하는 보우를맛나보기
가 하늘에별따기보담도 더어려
웟다 두어달동안 헛수고를모호
든끄테 보우가인수궁에 나가는
것을미리알고 몰래무박에서 길
목을직히고잇섯다 보우의행차
가 폐사에거동이나 [illegible]서서
춘사람들로 뎜비기가 어려웟스
나 두사람은막중을무리듯이 행
차중간으로 뛰어들어가며

『보우』
『보우!』
하고 소리를질럿다 보우를모
시오는 액뎡소속들이
호령하며 보우를에워
하고 나오는금위군사들이 두
사람을 덜미집혀 몰아내쳣다
두사람중의 한사람이
『귀히되면서 촌형도몰라보나』
하고엉엉 우는것을 몰아내치든
군사가보고 액뎡소속에게 말하
고그액뎡소속이 보우에게 말
하엿더니 보우가눈쇼살을 잠간집
흐리며
『사촌형이래?』
하고혼자말 하듯이말하고
『그사람을인수궁으로 다려오
라게내가 잇다좀불러 보겟네』
하고말을닐렀다
림피사람들이 보우를 맛나보게
되어서 인수궁문밖에서 한나절
을넘어기다리엇다 나종에 두사
람이함께 보우의압흐로 불려들
어가며 처어다보니 보우가큰대
청한중간에 부엇을노코 안하안
젓는데 머리에는비단건을 쓰고
몸에는수노흔 장삼을 닙고손에
는보패로 맨든염주를 가젓는데
그위풍이 오리으리하얏다 두사
람은뜰우에도 올라서지 못하고
뜰아래에서 무칩부칩하다가
『뜰우에올라서라고하게』
하고보우의 입에서말이 떨어지
며뜰우에 서서말을밧는 사람이
올라서라고 권한뒤에 괴어올라
가듯이 올라가서촌절을 맛삽고
섯다

(어제하정도 왕세견(王世
傑) 이란것이 왕희견(王希傑)
을잘못쥐인것이기에 명오합니
다)
보우가눈을 씻굿이뜨고 그사촌
을나려다보며
『모발(毛髮)이 발서 반백 (斑
白)이되엇군』
하고말하니 그사촌이 어리둥절
하고대답을 못하는것이 그말을
잘알어듯지 못하는모양이라 보
우가다시
『늙엇단말이야』
하고뜻을풀어 말하니 그사촌이
그제야
『늙고말고밤에 새기눈잘못
보는지가 오래요』
하고대답하는데 이번에는 보우
가무슨말인지를 못알어듯고
『새기눈이라니?』
하고파이하게 녁이니 또그사촌이
『밤눈새기말이요』
하고두손바닥을 맛비비어 새
기떼는 시늉을내엇다 보우가이
것을보고비그레웃고 그다음에괴
똥아버지를가르치며
『저사람은누구야?』
하고물으니 그사촌이 압에나와
은대로괴똥아버지의자랑을늘어서
『원보요』
하고대답하얏다
『원보라니?』
『오 원보때서울을올라구면해(?)
으로되살이요』
『응 어려서마마할때죽엇다가
살어난사람인가?』
『그랫소이다』

하고파똥아버지가대답하는대 보우의사촌에게대답할때앗기지 아니하랴는것가리어듣기대답하얏다

『어엇슴때 내人물에서람박구질을 잘하얏지?』

하고 보우가 벼힘을절하니파똥아버지는

『정신도 조흐십니다』

하고 대답하며 싱글싱글조하하얏다

『어, 반가운사람을 다맛나는군』

『반가워하실줄은아지몰고 보이러왓소이다』

『내가 오늘한궁(遐宮)하기가 급해서 긴이야기를 다못하니 한번 대궐안으로차저오라구』

『대궐안에랄 들어갈수가잇서야합지요』

『경복궁대궐서편에 영추문이란큰문이잇서 래일 아츰때그문밧게와서 기다리고 잇스면 내가사람을내보내지』

『네 그리케하겟소이다』

『그러면 래일 맛나기로하고 오늘은 고만물나가라구』

『네』

하고 파똥아버지가 몸을굽실하고나서보우의 사촌을 돌아보니 그사촌은 보우를치어다보며

『나도래일가리맛나겟소?』

하고물어 보우가 고개를덕이는것을 본뒤에야 안심한듯이

『나가겟소』

하고 인사하고 파똥아버지와 개태 박그로나아가다

그이튿날 시골사람들이 일은식전부터 영추문박게와서 빗볼아단니는데 해가덤신때가 기울어도 불러나오는사람이 업섯다

『배곱흐지안흔가?』

『왜아니곱하 참자에서또르륵 소리가나네』

『아마 가다리라고하고이진모양아지?』

『글세』

『엇더케하면조흔가?』

『인제는 다시못맛나는게지두에달소수 몸을 삭여가지고간신히일출한번어더보고말다니 긔막히는일일세』

하고두사람이구더덜거릴때에 큰문안에서 총긔빗군복을닙은사람하나가나와서

『렵피서온사람들이요?』

하고물어서 두사람이 일시에

『네』

하고대답하얏다

『나를따라들어오시요』

하고돌아서들어가는데두사람이그뒤를짜릿다 어되를엇더케돌아들어가는 지정신업시 몰아서 한곳에를 오니 영창이 열리엇는데 보우의 안젓는것이 보야엇다 그총긔빗군복이 영창압헤갓가히가서

『손님들을다려왓습니다』

하고 말한뒤에 보우가무어라고말하는모양이 보이더니 달으영창문하나이 열리며 죽선머리정숩이에 조그만쇠꼬각을 부친녀인하나가 내다보고 들어오라고 손짓하얏다 두사람이무서워부서워하면서 들어가니 아랫목인지 반방인지몸을만큼 먼곳에안젓는보우가 거긔들 안지라고말하고나서 녀인을돌아보앗다 녀인이 어되로들어갓다 오더니 음식상이나왓다 두사람은 생외에처음보는 음식이라며는지며는지하고아젓는것을보우가바라보고차가지고가라고피ㅅ닥지를몃장식눈하주게하얏다

보우의사촌이 무슨말을 할가말가하는모양으로입살을움짐거릴때에보우가

『살기가엇더한고?』

하고물은즉 그사촌이 예예한말을늘어노흔이

『살기가 점점어려워이오자긔농토로산달밧한또야기도업는사람이잘살기를 바랄수 잇소그중에나ㅅ살을먹고보니일ㅅ새도전만못하고 요즈막은 량식을싸지안코 보리떼를 대어본적이업소 불년은두서넛 되지만은 솔자식이라고는 지금뎔살먹은놈 하나뿐이오 나ㅅ살먹은것이굼으렁거리며남의품아시를단니자면한심한생각이 날때가만소 그래도 자긔농토나잇스면리정이업겟소만안실뱅이처리갈생각이지생각이소 욕잇소 이원보는 팔자가조하서아들삼형데를에발서손자가 다섯이고살님만아니면자긔농토의소출이여러식구의량식은 될만하오』

하고말하는데원보가

『이사람아 량식이될수가잇나? 나의지내는형편이자네보단은좀낫겟지만 남의량식을 안꾸어먹을수가잇나』

하고보우사촌의말을막고보우를바라보며

『근근히 여러식구호구를해가자니밧낫고생이올시다』

하고하소연하듯이말하얏다 보우가잠자코안저서두사람의말을 듯고나서

『시골사람들 사는것이잘살고못살고다 그리치』

하고말하야 그사촌이

『서울안복으로보면 잘산다고해야오죽지안치요』

하고뒤를바뎌니 보우가미간을접흐리며

『련년또잘못한 다놈추처에부슨밥이야』

하고 나무래듯이말한뒤에압뒤동이업시

『그게집은그저다리고살지?』

하고뭇고서 그사촌의 대답업는것은보고

『계집을잘못어드면 집안이안되는법이야』

하고 혼자말하듯이 말하얏다

이베 대왕대비가오신다고 연통이 나왓다

『대비마마께서 납십니다』

하고 한사람이나온뒤에

『소연을 합졋습니다』

하고 또한사람이나오고

『소연이 뎃습니다』

하고 또다시한사람이 나왓다

『대비가나오시면 여긔들잇자못할것이니 고만물나가라구』

하고 보우가두사람에게말몰일르고 엽해잇는 궁인하나를돌아보더니 그녀인이 엽방으로들어가서 보퉁이둘을가지고 나오는데 부피가하나는크고 하나는적엇다 부피가적은 보퉁이를 그사촌에게주며

『그계집이그와만해지 살림을살줄몰으니까 은금보화를 찬가티차하주어도 잘살지못할것이야 내가지금 이것을주는것은 아무개의사촌이니 푸촌아니하는것이 남에게파한참피나 보지말란말이야』

하고 그다음에큰보퉁이를 원보에게주며

『어려서알든사람이라 약간물건을정표로 주는것이니 가지고가게』

하고 각각날른뒤에

『이제 어서들나가라구』

하고 일변재촉하며 일변지집도힘사람을불렀다 두사람이보우에게 하직을하는지 마는지하고 총총히총긔빗군복의 뒤를딸아나오다가 장독교도아니꼬 사인교도아닌것이 보우의잇는곳으로들어가는것을 돌아보고

『저것이 대왕대비타신소연이란이것이군』

하고 솟오로들짐작하얏다

새벽이 주인한곳에나와서 보퉁이들을 떠노코보니 물건이나필육한필이 민간에서 보든것이업섯다 두사람이다가티 눈이휘둥띄고허가나왓스나 보우의사촌은 보퉁이의부피가 적은까닭으로 원보와가티 만히흥뭇하지는 못하얏다

왼다바와랑비도 맘대로 쓰지
못하건나랑고(□綵□)ㅣ봉출보
우가커뇌사사 대궐과가티 쓰고
심히대로 할부도쓰니 누어하가
짜이업는일이 건마는 대왕대비
가봉우의 하는일은 사시이모다
신용히한본는 어말으로 삭지바
[illegible]
[illegible] 한헌에쉬고 훈을
음원원명요로도 감히바라지 못
일이엿다

원원명은 계손에잇는 편세를
시키는하감가하야 참동비심싸
의보[illegible] 다소멸려 하얏스나심
원원이어무도 내지못하는 것을
보고맘을 [illegible]
가엽거나 대궐[illegible] 지내든
중에위의[illegible] 하나가 궐내에 놀
어오면[illegible] 색리로부터 [illegible]
따게[illegible] 미워하
지안[illegible]다 원원명이 보우를내
[illegible]
대비의[illegible] 이개
『보우를[illegible] 저마시요 셧불
비건뜨리다가 대비마마에게미
움만바드시리라』
하고[illegible] 원[illegible]
에도[illegible]하지아니하고 또대
신면대(面對)에도참예하지아니
하얏다 그리나 보[illegible]에서 보우의
말을[illegible]가지고 떠들때마다 대왕대
비는 원원명을[illegible]서
『그것들이 떠드는것을 외가만
하보고잇는가 못떠들게못하
누가』
하고[illegible] 원원명이가
『신의[illegible] 따[illegible]좌우
[illegible]수업습니다』

하고말[illegible]어바뎃더니 대비
가얼굴빛을변하며
『묘정[illegible]나보우의 정배감
밟음만마되에 묘당[illegible]이도
나[illegible]엇더니 잡못[illegible]엇군』
하고 미안한처분을나린일사
치잇섯다

어느때 윤원형이 저의집(□□)
재[illegible]와(□□)하려고와서 (□
□)되기와맞서너울가지오라고
차지[illegible]원이잇섯다 이것이말
차이되느라고 그때와서별네 (□
□□)가 원형의집차지[illegible]고
『대감께서[illegible]와[illegible]버리라 시면
될적이잇는가?』
하고[illegible]엇더니 그차시가
『우리가와서[illegible] 고만이[illegible]
[illegible]이요』
하고 버가리엇다 별네는[illegible]
다[illegible]하느냐고 [illegible]가져 오라
거나 차지[illegible]하느라고 [illegible]
[illegible]가지[illegible] 가서 [illegible]
[illegible]
와서
『별네가 가[illegible]와서기와
는나라기와이쟈 우리 정배기
와가 아니라고 [illegible]
합되다』
하고 별데를 [illegible]하얏더니
원형은 화를내어
『그따위[illegible] 가만히 박고잇
섯더란말이냐? 못생긴것이
다』
하고 차지를 [illegible] 치고
곳 또차지를[illegible]려서
『건장한 하인[illegible]명을[illegible]아서
와서에보내기와들 가져오게
해라 별네가 만일[illegible]
거든 [illegible]고오게』

하고 [illegible]
아와서 에[illegible]와서 한바탕야료
를하고 기와를가저왓다 그럽네
는 덩만종의 친척이나 레방비
장(禮房裨將)이되어 덩만종을
[illegible]갓슬때 보우와 친분을매젓
든터으로와서 별데를 어더한사
람이라 윤원형집하인에게 기와
를 쌔앗기고분하야 진후사연을
보우에게 하소연하얏다 대왕대
비가 보우의말을듯고 곳원형을
불러서
『와서기와가 맘대로갓다쓸것
도아니고 갓다쓰더라도 별네
에게말하고 조용조용히 갓다쓸
것이지 하인놈을 보내서야료를
하다니 남의이목에 해괴한것을
생각지못하는가』
하고 삭중하야 원형은
『황송하오이다』
하고 다시두말못하고 물러나
왓스나 집에와서는 화[illegible]이져
펄펄뛰엇다 이때까지 위[illegible]
유지가소용잇스면장흥고(長興
庫)에서 갓다쓰고 별이 소용이
잇스면 의영고(義盈庫)에서 갓
다쓰고 외침고([illegible])에 잇는
장기름과 사옹원(司饔院)에 잇
는물원사기를 맘대로 갓다쓰고
그외에도 나라[illegible]것을 [illegible]것가
져쓰고지내[illegible]에
와서[illegible]
세[illegible]
며 가상[illegible]것이
엿칠뒤에 탄덩이 대궐하야다
가나와서 조유히원형을보고
『일전에 대비마마께 삭중
[illegible]님이잇나요?』

하고물으니 원형이 삭중을엇
다는것을 참피하게생각하든지
『삭중은무슨삭중』
하고 고개를외로치고한동안잇
다가 불쾌한어성으로
『마마가 무슨 말삼하시든가
요』
하고물은즉 이번에는탄덩이가
『아니요』
하고 고개를 외로첫다
『그러면 삭중인지책망인지를
엇다는것은 어되서난 말이야
?』
『입이 싼죠한오상궁아시지요
그오상궁이말압되다』
『무어라고?』
『대감이 와서기와[illegible]부두갓
다쓴까닭으로 일전에 대비마
마께 삭중을드셧다고 합되
다』
『그말뿐이야?』
『그날 대비마마께서스님에게
단녀오시더니 갑작이 대감을
불러서 삭중하시는것이 스
님이무슨말삼을엿준모양갓다
고말합되다』
『나도 그런줄집작햇소 와서
별데덩가란손이 덩만종의친
족이라니까 보우에게 엽줄이
잇슬것이지 대데기와서너울
갓다쓴것이 말성될것이무어
요 우습지도안치』
『그래 무어라고 삭중하십되
까』
『글세 삭중은무슨삭중이야그
까지일에 삭중들을 리가이
잇나』
『말삼이라도 조치안케하셧기
에 삭중하셧다고말들하지요?』

『조유조유히 갓다쓰지아첫다
고말삼하던군』
『무슨 일은말삼하시든것이면
몰으지만 그만말삼 이라도입
부리[illegible]려서 하셧다면 삭중이
나진배잇습니까』
『그러키에 사람이창피하지납
대려말도할수업고화가나서견
될수잇든가』
하고 원형이 미간을잔뜩 씌푸
리고안젓다가 한두번쓴 입맛을
다시고
『궁중을 어떠케든지 처치하여
야지』
하고중얼거리듯이 말하니 탄덩
이[illegible]
『아이구 큰일날말삼을하십니다 하사
요』
하고 조곰동안을 떼어서
『대감이 궁중숭면을 몰으시
니가 그런말삼을 하시는가요
아예 그런말삼은 입밖게도내
지마시요』
하고 나무래듯이 말하는데원
형이
『중이기는 무얼[illegible]』
하고 천[illegible] 처[illegible]찾다
『대감 심정이 그러케상하실것
무어잇소』
『중덩이나 쌔트리면만이지』
하고 원형이 몽에닷시안는대답
을하야 탄덩이
『그거 무슨말삼이에요?』
하고물으니 원형이 대답이업섯
다
『글세 그게무슨말삼이에요?』
『중덩이가 무엇이에요』

하고다두쳐붇으니원영이한번 싱긋웃고 란녕의귀에 입을다이고무어라고속은속은말하얏다란녕이속은거리는말을듯고나서햇곳우스며

『인정오』

하고물으니원영은

『인정이라니요』

하고다시말말라는듯이오로고개를흔들엇다 원영이 란녕의귀에 속은거린말은 녯날인성대군(仁城大君)의 이야기니 예종대왕(睿宗大王)이엽한두살적에왕비한씨(韓氏)가대군을나엇는데더왕의나히 넘우어린 까닭으로달은말이업지 못하얏다 그런데인성의일홈이생본([illegible])자라이야기를아는사람은 똥덩이라면 인성으로짐작 하든것이다 란녕이한참참자모 잇다가할께 한번해해웃고

『손집질요강에 똥덩이가엿드냐』

『대궐안 놋요강에똥덩이가엿다』

하고 가락을떼어 옴기고나서

『상스러운노래도 까닭이잇구려』

하고 또다시해해우섯다

『노래가하고십거든그키하지

『누가노래하고십답되까』

『뎡정부인의노래는 더듯기좃소』

『비감은덕하십니다』

하고 내외간에실업슨말이 오고간에예시며하나가영창바게서

『마님』

하고 란녕을불르더니

『궐내에서사람이나왓습니다』

하고 고하얏다

오상궁의 무수리가오상궁의편지를가지고 나왓는데그편지사연이 이러하얏다

『퇴번하옵고 와가

퇴궐하오신뒤에 궁중에적지안사온사단이발생하와 자뎐의압서는 전에업시대단화를내시압서 뵈압기하도답답하기로 단지통고하오니시급히 입시하시옵을바라오며 통고밧지안으신양으로 입시하시라면 말슴삭미실거리 미리생각하오실줄멋삽내다 즉시뵈올줄멋삽고 총총두어자쓰치압내다

원영이 란정의편지읽는소리를듯고나서

『대테 최지안은사단이란것이무슨사단일가? 무수리를좀불러 붇어보구려』

하고말하니 란정이

『무수리가무엇이무얼아나요』

하고대답하면서도 무시얼가하고 무수리를생가히 오라고불러서 영창으로내다보며말을붇엇다

『오늘저녁대궐내에 무슨일이잇섯나?』

『잘은 모르겟습니다』

란녕이그것보라는듯이 한번원영을흘긋보고 다시무수리를내다보며

『오상궁마마님도 아모말슴업스시든가?』

하고 채처어 붇으니그무수리는두셋은말이 잇는데 옴겨조흡는지 몰라서 주저주저하는모양으로한동안 주저주저하다가 나중에

『별 도롭은말슴이 업습니다 그런데 저녁내 대궐안에는대비마마께서 상감 마마를따리첫단말이잇서요』

하고대답하얏다 란녕이가 미처부어라고 말하기전에 잠자모안해든원영이

『답어엇재?』

하고말참예하니 무수리가 황망히『아니에요 저의들사이에 종작업시 지거리는 말이니까 아마참말이아니겟습지요』

하고 먼저대답한것을 까묻기라고하는것이 자발업시 말옴건것을 뉘우치는모양이엇다 란녕이우스며 무수리를보고

『자네는먼저들어가게』

하고말한뒤에

『오상궁마마님에 편지는잘보앗습니다고 나는 궐문닷치기전에 예궐하겟습니다고 답장은아니합니다고말슴하게』

하고 뎐갈하는말을 닐러서그무수리를 놀려보냇다

란녕이 고무([illegible])에서올라온수시(水楠)를복판에다어서짊은감찰옷이위가지고궐내에들어왓다

란녕이대비침뎐에들어가기전에 오상궁을찻나서

『사단이 무슨사단이요?』

하고물으니 오상궁이 가만가만히 그사단을 이야기하야들리엇다

『앗가 저녁때마마께서스님에게 갑신동안에 상감마마께서들어옵시지만하겟소문안에도아닌데 엇재들어 옵섯습되다 마마께서 스님에게 갑섯다고 우리가 말슴을 살오니까상감마마께서는 한숨을 지입시면서 령에서 오락가락하옵사더니 나중에 우리들을시고내가들어왓다고가서엿주어따하십되다 그래서 김상궁과바상궁이가서 마마들의어왓지요 저옵에는 모자분이 더펑상시와기더 말슴을 하시더니 상감마마 께서 우리들 물아봅시고 박그로나가라고 말슴하십되다 그뒤에 상감마마께서 무슨말슴을입시는지 말소리가나직나직해서 박게잇는 우리들은 잘분간수가 업섯지만 중이니 뭐이니 렴청조([illegible])에업는일이나 입시는말슴이 스님의말슴갓습되다 나중에 참싹하고 뺨치는소리가나며 마마의 화나신목소리가득립되다 네가 임금노릇차는것이 뉘덕인줄 아느냐에 너와우[illegible] 덕이아니냐? 네가엇재서 내뜻을거슬리느냐?하고 말삼소리가 못나자마자 또다시 참싹소리가들립되다 그뒤에 얼마잇다가 상감마마께서 나압시는데 뺨안([illegible])에 눈물자욱이 가득합되디 마마께서는 상감화가풀리시지안하서 우리들이 엽해서못거치할수업섯소』

란녕이오 상궁의 말상이야기를듯고 한동안아무말도 못하다가나중에

『지금어느상궁이 마마를뫼시고잇소?』

하고물으니 오상궁이생각한연후에천천하게 대답하며

『지금말슴하니까구려시요 우리가압헤 업신만하면 나가라고야단을하시니까뫼시고잇슬수가잇소 혼자구읍섯지』

하고 공연히 고개를살래살래흔들엇다

『저녁수라는엇더케하섯소?』

『진어(進御)하시지안햇지요』

『그것들은 침뎐에들어섯다가사좀이나 돗시마니합까요? 만일사[illegible]등을 들으면 상궁마마들이랏할터이요』

『업마든지 탓하시요그러치만 뎡정부인은 우리들과 달러서 상궁들을의심키업지요』

『잘못하다가는 다시궁중에밤을들여노치못하게될것이니까 조심조심하지요』

하고 란녕이 오상궁과몃마듸수작한뒤에 혼자서 대비침뎐으로들어왓다

대비가 머리를동이고 벼을안고누엇다가 발장지 열리는긔척을듯고서 돌아눕지는 아니하고

『누구냐?』

하고 소리를질럿다 란녕이겯을을 삽분삽분걸어 대비의발치에가서서 나직한 목소리로

『란녕이올시다』

하고고하니 대비가몸아누으며

『엇재 또들어왓느냐?』

하고물엇다

『어되가불편하십니까?』
『엇재서 또들어왓느냐니까』
『말슴살오기 황송합니다만』
하고 란뎡이 잠간말을끈치고
잠[illegible]거리다가
『나의말이 잘못되엿습니다』
하고말하얏다
『왜 말다툼을』
『저녁에수시가 생겨서안으로 드려보냇삽기에 두 서너개맛보안삽더니 마마께 드리기전에먹엇다고 지랄법다고 야단을치와요 그생겨못한것이 불민한일인줄 압지요만 하인들소시에 그만일을가지고 야단치는것이 조금야속도 하려니와 첫재창피하와 가만히잇기어렵삽기에 임금의잡수실 음식을 신하가몬저 맛보라는말이 녯글에도잇지 아니하냐 하엿(?) 중화치말을햇삽더니 며번에 주둥이만엿느냐고 사람을닭와새가가리 말입니다 그케는 창피도어되가고 골이나와전딀수가 잇서야합지요 그래서 한바탕말다툼을 햇습니다 그수시를때엘도리게하라고 말하압는것을 괴어히어가어보라고 오상궁이라도 갓다드리고나온다고 가지고드려왓삽니다』
하고 란뎡이 가진요사과가진간사를다부리며 말하야 대비가 란뎡의말에 넘어서 한번빗그레웃고
『그래 그수시는어대두엇느냐?』
하고 물엇다 란뎡이대비를 부축하야 닐어안게한뒤에
『수시를드리라오리까?』
하고물어서 대비가 고개를끄덕이니 란뎡이 곳바그로 나가서 저의손으로 목판채들고 들어와서 대비압헤 노핫다 대비가한개를 손바닥에노코 옷수리를 제키고 속을 입으로뗄아드린 뒤에 넙적납은것을 목판구석에 노흐며
『이것이어되소산이냐?』
하고물으니 란뎡이
『전라도고부소산이랍니다』
하고대답하얏다
『고부가장흥서머냐갓가우냐』
『장흥서대단히먼가봐와요』
『고향에서는 먹어보지못햇겟구나』
『못먹어보왓습니다』
『탐피서는갓가운가?』
『장흥서보담은퍽 갓가울듯합니다』
하고란뎡이 대답하고나서 대비의눈치를살피어가며
『스님은 화자시어보앗슴는지 몰음지요 스님에게몃개보내랍니까?』
하고물으니 대비가미간을찝흐리며
『주더라도 관계치잇느냐 목판을저리치워라』
하고말하얏다
『안케곳물려나가야 하겟습니다』
『이왕들어왓스면 스덕캐겟나 하나갈것이무엇잇나냐?』
『말슴아뢰기황송합니다만 공연히말나옴하다가 저녁밥을아니먹엇더니 조금시장합니다』
『너도저녁밥을 안먹엇냐? 내가아츰까지 저녁수라를맛지안엇다』
『엇재서이러케 놋도록 진어하시지아니 하셧습니까?』
『공연히그랫다』
『그러면 진어하시고나서 대궁을물려주시면 황감하겟습니다』
『상궁이란것들은 어되가서잣바저잇노 좀불러다오』
하고대비가말하야 란뎡이나와서 상궁들을부르니 오상궁이란뎡을보고
『나는탓을바를 줄압고속으로걱정햇습니다』
하고웃고
『엇재면 그러케수단이용하시요』
하고칭찬하얏다 오상궁이하여러상궁들이 란뎡의뒤를 딸하며 비첩뎐에들어오니 대비가
『너희들은 무슨큰일이나도몰으고잇겟다 각금와서 드려다보지도못하느냐?』
하고무정지책으로나무렌뒤에 저녁수라를드리라고하야 대비가수라스상을바덧슬때에 궁중이갑작이수렁거리어서 무슨일이잇는가 알알어보라고 대비가오상궁을내보냇더니 오상궁이즉시돌우뛰어들어오며
『큰일낫습니다』
하고소리를질러서 대비의손에들엇든수저는저절로자리우에떨어졋다

六、보우(雹雨)

그날밤에 경복궁안에 화재가나서 사정뎐(思政殿)으로부터남편은 불수히탓는데 백관의 됴회를밧는 근정뎐(勤政殿)이라고 근정뎐압헤잇는 근정문이 타고 근정문담편에잇는 홍례문(弘禮門)이라고 근정전좌우에잇는 륭문루(隆文樓)과 륭무루(隆武樓)가 모다 터저 침뎐(寢殿)이 강녕뎐(康寧殿)이 광화문밧게서 드려다보이게되엇다 불이 낫슬때에알기는 곳알엇스나 북악(北岳)에서 나려모는바람이 불의형세를 도다서 것잡을사이도업시 삽시간에 이곳저곳으로옴겨 누럿다 불이갓가운곳에서는 와(瓦)와글하고 불이먼곳에서는 [illegible]하다가 시각내에 갓가운곳먼곳할것업시 온궁중이 물끌듯하얏다 대왕대비는 여러상궁들의 부축으로 침뎐밧게 나서서 불타는것을바라보는데 불길이안으로서리어 연괴만불의 [illegible]에
『거진 잡히는게다』
하고 엽헤사람들을돌아보다가 불머리가 하늘을찌를듯이 소사올으며 불똥이 사방으로[illegible]는
『저걸어떠케하나』
하고 하늘만우러러보앗다 대뎐에서는 내관(內官)이들어오고 왕대비뎐에서는 궁인이오고 왕비뎐에서도 궁인이오고 빈(嬪)이진동한동하며오고 공주와 부마가 창황하게들어오고 그외에도문안오는 사람이 만엇다
『얼마나경동(驚動) 되셧습니까』
『대단히놀랍시지는 안흐셧습니까』
하고 이사람저사람이문안을드리는중에 쉬하는소리가나며 왕이몸소 문안을들어오는데 왕의뒤에 윤원형이딸하섯다 대비가 원형을보고 수어수작한 뒤에
『이침뎐은무사할까?』
하고물으니 원형이
『강녕뎐까지는 념려업슬줄압니다 풍세를보아도 불이북편으로 올리업슬뿐 아니오라 내금위군사(內禁衛軍士)들풀어서 사정뎐뒤에 진을치다십히하고 불을막습니다』
하고 대답을알외고
『야긔가조치안사오니 침뎐에듭시지요』
하고 말끗을맛추어서 대비는 왕을돌려보냇고 여러궁인들은 그대로밧게섯는데 오상궁이 윤원형의두리번거리는것을보고 란뎡이찻는줄을 짐작하고
『령경부인을차지십니까?』
하고물으니원형이

『그럿소』

하고대답하고곳

『어듸잇소?』

하고물엇다

『고대까지 여긔가섯는데어듸를가셧슬가?』

하고 오상궁이 휘휘돌아보다가

『급한볼일이가서가신거로군』

하고 혼자말하니 원영은 뒤보러간줄로 짐작하고 한동안 서청거리다가 박그로나갓다 이때근정뎐앞 한참란능중이라 쿵거와튀는소리가 요란하얏다 오상궁은 란명을 차저보랴고생각하얏스나 그생각은 곳이저버리고

『저것이 징기와튀는소리라지 상기와보담 소리가 더무섭구련』

하고 엽헤잇는궁녀는 궁인과짓가리기를시작하얏다

『여긔까지 대낫가티환하니사정뎐근처는 말할것이업겟지』

『여보궁중은 고사하고 온서울이대낫가틀것이요』

『아우성소리는어듸서나오?』

『볼모누군사들의 아우성소리지요』

『큰란리 가쳐들어온것갓구련』

『란리는겨거보지못햇지만 이보담더소란할라구』

『오늘밤은 잠자기를렷지?』

『서울안에서는 너나할것업시 모다 잠들자지못할거요』

하고 눈으로는불구경을 하면서입으로만짓거리는데 왕어 박그로나가는바람에 오상궁의 생죽한입부터 낙담을게되엇다 왕이나간뒤에 왕대비가 함께와서 대비를뫼시고섯다가 젊은 왕비가 대비압헤 노한 수라ㅅ상을가르치며 말이업시 왕비를돌아보니왕대비가 압흐로나서서

『수라ㅅ상을치우랍시지요』

하고말슴하야대비는

『궁이나갓네그려 대뎐이이때까지아니햇다나갓는데또수랏상치울생각을못햇구나』

하고곳 상궁들을 불러서수랏상을치우마고 말하다가 저녁밥아니먹엇다든 란명을 생각하고

『우의정대명경부인은 어듸가섯느냐?』

하고물어서 상궁들이

『물으겟슴니다』

하고대답하니

『좀차저보아라』

하고말하야오상궁외의몃상궁이이곳저곳으로단니며대강대강차저보앗스나란명은간곳이업다

六、보우(普雨)

대비는 란명이 간곳업단말을 듯고

『어듸를가겟느냐? 너의들이 잘차저보지 안흔것이지』

하고 상궁들을나무랫다 란명이대비에게 긴한것을 평소에속으로 시새워하는김상궁이

『화재피해서 나갓는가보오』

하고 느런히섯는 박상궁에게 말하는것을대비가귀ㅅ결에듯고

『피하기는 무얼피한단말이냐 여긔잇다가 타무엇할가보아서? 쇠견업는소리작작해라』

하고 김상궁을꾸지젓다 타무엇한단말은 타죽는단말을 구긔로피한것이다

『겁만흔사람이면 알수잇삽니까』

『너의와가티 못생긴사람이아니란다』

『나가시지안핫스면 어듸가서야합지요』

『종작업는소리 짓거리지말고 나가서 잘차저보아라』

하고 대비가말하야 김상궁이 란명을차저 나갈때에 오상궁을 돌아보고

『문저 어듸어듸로차저단니셧소?』

하고 물어서 오상궁이

『자미당(紫薇堂)에도 가보고 양심당(養心堂)에도가보고경회루(慶會樓)로불구경나가셧나하고 루압헤가서 소리도질러보앗지만 대답이업삽듸다』

하고말하니 김상궁이 고개를 쇠덕이고 박그로 나갓다

김상궁이두어곳에가서물어본뒤에 보우의거처하는 곳에와서보니 섬돌우에 눈에익은란명의신이노혀잇는데방의아래우ㅅ간영창문은모다 다치어잇섯다 방박근밧아넌세상이나 방안 에는 적은촉불도업고 박박근 소란한 세상이나 방안에는 가는말소리도업섯다 김상궁이괴상이 걸음으로 소리업시 섬돌우에올라가서방안동정을엿보랴다가그림자가영창에비칠것을집내어서다시슬금슬금기어나려오는데김상궁은 몸집잇는사람이라 놉흔섬돌을나려올때는 올라갈때와 달러서하마하더면궁둥방이를찟이굴러떨어질번하얏다 김상궁이 뚱뚱한몸을 흔들며 부지런히걸음을걸어 대비침뎐에돌아와서

『스님방에기십듸다』

하고대비에고하얏다

『그방에서 무엇하더냐?』

『그방에또 누가잇더냐?』

하고 대비가련하야뭇다가 김상궁이 대답어업시 싱글거리기만하는것을보고 미간을 잔뜩찌푸리며 화난목소리로

『내가뭇는다고 말햇느냐?』

하고 말슴물으니 김상궁은

『말슴하기어려워 그대로왓삽니다』

하고 쌀은목을 더옴치려드리면서도 여전히싱글거리엇다

『일부러간사람이 불르지도안코 왓단말이냐?』

하고 대비는 김상궁에게화를내고 달은상궁들을바라보며

『누구하나가서 곳오라고불러라』

하고말하야 오상궁이 간다고 나섯다

란명이오상궁의뒤를쫄아 대비압헤와서

『들어서기십니까?』

하고살금살금대비의눈치를살펴보니

대비는눈섭이 일어서고 코방울이벌렁벌렁하얏다 대비가아무말이업서 한동안지난뒤에

『그방에서무엇햇느냐』

하고물으니 란명이고개를개웃둥하고

『앗가이사람 저사람이 모다 문안을 들어옵는데 스님은천형도아니하옵기에 무얼하옵는가보고오랴고 스님에게를 갓섯삽니다 스님은그때까지 화재난것도 몰랏삽는지 궁중이왜소란하냐고 뭇삽듸다 큰화재가나서 상금잡지못하얏하고말슴하얏삽더니 스님은 그러냐고 한마듸대답하옵고 는녯날어느큰장사의집에불이 낫슬때 그장사가 지각업는 아들들을 꾀이어재박그로 다려내오는 자미잇는 이야기를 들려주옵고 일체중생(一切衆生)이모다불ㅅ집속에서사는격이라고결게 설법하옵듸다 마마께 엿줍고 갑지안흔까닭으로곳넘어서라 하온것이 스님의이야기와 설법이 자미가나서 한동안안젓섯삽니다』

하고언변조케 말하는데 대비는 대말놋기 실타는듯이 눈을감고 안젓다가 눈을치곳이뜨고

『그래자미잇는 설법을너혼자 들엇느냐?』

하고고란명의 얼굴을 바라보니 란명은

『왜혼자 는이요 스님의시중ㅅ군두사람과가티 들엇삽니다』

하고대답하얏다 그러나 사실은 란뎡의대답과 달러서보우의 시중드는궁인들은 화재낫다는 통에박게뛰어 나오고 방에업섯든것이다대비가출제

『내가 머리가압하서 좀조용히누어잇고십흐니 너의들 은 달은방에가잇거라』

하고말하야 왕대비와 왕비와 란뎡과여러상궁들이 모다대비침뎐에서 물러나올때에 대비는 다리를주물르라고 오상궁만사람을 먼저붓럿다

六、보우(普雨)

오상궁이란 뎡을불르러갓슬때 란뎡은 불업는방속에서한동안부스럭거리고나왓섯다 란뎡이 오상궁의 수상히녀길것을념려하야 정답게 오상궁의손을잡고 엽작어리는 눈과살랑가리는 머리로 남에게말말라는뜻을 알리엇더니 오상궁은 알엇다는뜻으로 고개까지 끄덕이엿섯다 그러나 대비가 오상궁만사람을침뎐에 먼불러들일때 란뎡은남몰으게 속을태우지안흘수업섯다 오상궁이 한번 뾰족한입을잘못놀리기만하면 십여년궐내 출입이 일조에 막히게될지 몰으는판이라 란뎡은만사에 경이업시바작바작속을태우고잇섯다 오상궁이 침뎐안에서 늘어지게한동안을잇다가나와서 란뎡을보고 눈짓하며 자긔처소로 들어가니란뎡이오상궁의뒤를딸하들어가서두사람은 종용히 귀ㅅ속이야기를시작하얏다

『마마께서 고지고지캐어물으십듸다』

『고지고지엇더케?』

『방에불이 키엇드냐써첫드냐? 스님이안첫드냐누엇드냐? 미주알고주알다캐어물으시는데 거짓말슴하느라고 아주혼이낫소』

『내뒤를싸주섯소?』

『뒤를싸드리지안흘라면, 애초에 거짓말슴을할까닭이잇나요』

『고맙소 진정으로 고맙소』

『그런말슴은 고만두고 말이나외착나지안케하시요』

『무어라고말슴하섯소?』

『방에 불은키어잇고 스님은좌장(坐杖)을집고 안저잇고우ㅅ간미다지한쪽이열리어잇는데 섬돌에올라설때에 스님이 먼저보고엇재왓느냐고 뭇드라고말슴햇소 그런데 김상궁이 불르러갓든것을아섯소?』

『몰라요』

『김상궁이나보다먼저갓섯소』

『김상궁이알엇스면 탈이낫구려』

『혹시마마께서 물음시거든김상궁이와서아무말도업시드러다보다가갓다고만말슴하시요 그똥똥이가 거짓말을 일수해서마마께흔히꾸중을듯는터이니까 우리두사람의 말만마즈면 대비께서는 김상궁의말을거짓말로 아시게될것이요』

『고마운말슴이루다 할수업소결초보은(結草報恩)이라도하리다』

『별말슴을다하시요』

『우리들이 오래가티안첫다가김상궁에게들키기나하면자미적지안켓소』

『나는 스님이아니니까들키어도관계업지요』

하고 오상궁이 벙어입모양으로 입살을모흐고 호호우스니

『여보』

하고 란뎡이손가락으로 오상궁의입살을 건드리고 곳손바닥으로 저의입을 막앗다

『인제 나는나가겟소』

하고 란뎡이오상궁의 처소에서나와서 박게서 서성거릴때에대비가 침뎐으로 불러들이엇다 란뎡이 오상궁과 쌍쌍이속이잇건만도 침뎐에들어갈때는 오히려섬억섬억한 모양이더니 얼마뒤에 침뎐에서 나올때는희색이만면하얏다 란뎡이 아양스러운거짓말로 대비의 의심을풀엇든것이다 란뎡은 소란한하루밤을궐내에서 새우고 이튼날식전에여러궁인들과가티 다니며 불탄자리들구경하고 저의집으로 나왓는데 옷을갈어입으며 곳퇴침을베고누으니 전날밤의 경겁하고심려하고 피로한일어 모다잠속파가랏다

란뎡은 아침도 아니먹고대낫을밤중삼아 늘어지게 잠을잣나브우가 어듸서왓는지 엽해와서누으라고하는데 원형에게 들킬것을념려하야 날어나라고 말하는 중에

『중놈이 개가튼중놈이』

하고 호령하는 원형의목소리가 들리며 원형이 칼을들고뛰어서서 보우의목을 쎡으라고하얏다 보우가두손으로 목을쥐어안고쩔쩔맬즈음에 난데업는 불이사방에서 날어낫다

『불이야 불이야』

하고 소리를질르다가

『꿈에도불이낫나』

하고웃는소리에 란뎡이 눈을뜨고살펴보니 원형이 저의머리맛에안저잇섯다

『언제들어오섯세요?』

하고 란뎡이날어안저서 시녀를불러 양치물을 가저오라하야 양치물하고난뒤에

『엇더케곤한지』

하고 혼자말하니

『곤한중에또불꿈꾸느라고 애쓴모양이지』

하고원형이우섯다

『어느때 궐내에서나오섯세요?』

『나는나온지얼마아니되엿소』

『화재출처는사실하야 보앗나요?』

『사실해보아야알수가업서 모두들말이독갑이불이라고하드군』

『요전에 궐내에독갑이작란이심햇섯스니까 그럴지도몰으지요

『독갑이불이고보면 보우는탈이지』

『왜요?』

『독갑이 작란을금지하는놈이독갑이불은나게는못하든가 이번에는 어떠케하든지 그놈을궐내에서 떨어내고말란이야』

하고원형이입을악물엇다

六、보우(普雨)

경복궁의 큰화재가 난뒤에왕은대왕대비와 왕대비를 뫼시고창덕궁으로이어(移御)하게되엿다 이어하든이튼날 왕이삼정승을합전(閤前)에불러드려서경복궁중수(重修)할 일을 의론하는대 왕이몬저입을 열어

『내가 나이가젊고덕이업는탓으로조종묘(祖宗廟)백여년간단하야 오늘궁궐을 일조에태반불에 태우고 황송한맘에침식이 실로불안한고로 하루밧비 중수하랴하니 경(卿)들은엇지생각하오?』

하고 정승들의 의견을물으니

윤원형이 압흐로나서서
『지금이라도 곳 중수도감(都監)을안치고역사(役事)준비에 착수하는것이 조흘줄로생각합니다』
하고대답을알외엿다
『령상좌상(領相左相)도 의견이우상과갓소?』
하고 왕이 심련원과상진을차례로돌아보고 다시 윤원형을바라보며
『그리하자면 도감당상은사람을골라야 하지 안켓소? 궁궐중수가 국가의적은일이 아니니 뎍당한사람을 맛기지아니하면 인민의원망을 사기가쉽겟지 안소?』
하고 말한뒤에 눈을감고서심련원을 보라보는것이 령상이마텃스면조켓다하는 눈치라 원형이선듯
『데주(提調)는 달은사람들을택용(擇用)합시더라도도데주는 령상한사람이 족할줄로압니다』
하고알외니 왕은 맘에합당히녁이는 얼굴빗으로 고개를ㄷ덕이엇다 심련원이 죄어압흐로나서며
『인민의곤궁이심한때에 공뎐(功役)이호대(浩大)한국가역사를 감히 갓는다 하옵는것이 못신의 힘에 버거운일인줄을 아오나 신의선조령성백(先祖領城伯)덕부(德符)가 궁궐창건하올때 힘쓴것을 생각하옵더라도 사양하올길이 업사오나 로신이 맛당이심력(心力)을다하오리다』
하고말슴을알외니 왕은 깃거하는빗이얼굴에나타낫섯다
경복궁 중수의론이 씃난뒤에 심련원과 상진은 빈텽으로물러나가고 원형이 홀로합전에남아잇섯다
『무슨할말이잇소?』
하고 왕이물은뒤에 원형이합전에가직이나가서서
『뎐하께서는 보우를엇더케합시랍니까?』
하고 왕을치어다보니
『엇더케하다니?』
하고 왕은미간을 잠히찌푸리엇다
『보우가또창덕궁안에와서 거처하도록 가만둡시랍니까?』
하고 원형이말슴하니 왕은고개를숙이고말이업섯다 이때보우는 아즉경복궁에 떨어저잇고 창덕궁으로 옴겨오지아니하얏섯다
『이번에 절로내보내도록합시지요』
『엇더케?』
『자뎐에품하옵고 내보내십지요』
왕은대답이업시 고개를 흔들엇다
『이번 화재될괴화(鬼火)라고 떠드옵는데 보우가 귀신부리는 술법이잇서 짐짓화재를 내엇다는 말슴은 신부터 외인에업지 안사오나 보우가 요승(妖僧)이 궐내에들어온까닭으로궐에업든재변이 낫다는말슴은 만구일담(萬口一談)으로갓사오니 이말슴을 가지고 알어들으시도록 품하오면자뎐께옵서도별로말슴 말슴이업스실줄압니다』
『내가 말슴을엿주어보앗스니 어되들으서야지』
『신이뎐하를뫼시고자뎐에들어가서한번품하야보는가생각합니다』
『한번그러케해볼가』
하고왕이몬저몸을닐으켯다
왕이압서고 원형이그뒤를쌀하 대비뎐에들어오니 대비는마침 조용히일업시안젓섯다 원형이 몬저입을열어 왕에게말슴한것을 되집허말슴하고 왕이뒤를니어보우를절로보내자고말하야 달은말을씃마치기도전에대비는
『다알엇서고만두어』
하고 화증을내엇다 왕이한동안무류하게안젓다가원형이나또말슴을해보앗스면생각하고넌짓이원형을 돌아보니 원형은고개를푹숙이고잇섯다 왕이 한번한숨을땅이써지게쉬고닐어서랴고할때에대비가곰지안흔목소리로
『래일좌우간결단해서 말할것이니그리들알고나가』
하고말하얏다

六、보우(普雨)

그날저녁때 대비가 보우를불러보랴고 궁인하나를 경복궁에브내게되엇다 원형은 대비가보우불러볼것을 미리 짐작하고대비의 심부름가는 사람을알어보고잇다가 경복궁에가는 궁인을공조뒤에잇는 별채ㅅ집으로 불러서 진주보패를주고 여러가지말을닐러보내엿다 그궁인이 보우의 처소에갓슬때 보우는점은궁녀두서덧을 압해안처고 불도이야기를 들려주는중 이엇는데 대비의보낸 궁인이 방안에들어선뒤에 이야기를중지하얏다
『마마께옵서 합실말슴이갑시다고 석후에 동관대궐로오시라십되다』
하고 궁인이온뜻을 말하니보우는간단히
『가자』
하고 대답하고 한동안잇다가 그궁인을바라보며
『내가가잇슬처소를 명하얏는가?』
하고물엇다 그궁인이 고개를 살래살래흔들다가 보우에게 긴하 보이랴는 사람가티 다정스럽게
『스님』
하고불르고 보우압헤 와서안지며말하얏다
『스님잇다가 마마보입고 말슴을잘하세요 내가 듯조운말슴이잇세요』
『무슨말슴?』
『이번에귀화로 화재난것은스님의탓이라고 스님을 궐내에서 내보냅신답되다』
『엇재 내탓이어?』
『스님이독갑이를시켯다고요』
『미친소리를 다듯겟네』
『엇가 대뎐께서들어옵서서모자분이 그러케 공론하시든데요』
『달은사람은 몰으지만 대왕대비가 나내보냅공론을 한단말이 그나마 허무맹랑한말을 고지듯고 그게무슨소리야』
하고 보우가 이나서 눈ㅅ귀가 샐룩하얏다 그궁인은
『나는 스님께귀뜸하느라고말슴한것이니 마마께 들은체마세요』
하고 당부하니
『궁은햇스면 먼저무슨말이잇겟지 들은체할까닭이잇나』
하고 보우는 당부를밧고
『인정에 그럴수가잇나』
하고혼자말하얏다
그궁인이 창덕궁에돌아와서 대비압헤나가서 경복궁에 갓다온것을 말슴하니 대비는
『무어하느라고이때까지 잇섯느냐』
하고늣게온것을미타하게말하고나서말을물엇다
『석후에곳온다드냐?』

『비』
『무엇하고잇드냐?』
『젊는것들하고가러잇습되다』
『젊은것들이라니? 궁녀들말이냐? 궁녀들과무엇하드냐?
『말슴삽옵기도 황송합니다만 젊은것들을 좌우편팔에 셔고 안젓다가 마마면갈이라고 팔슴한뒤에야 겨우 팔을때고부스면결하고섯습되다아무리스님이시라도 너무과란이 업스십되다』
『너도가더안저 허영수하느라고느젓구나』
『아니옵시다』
『아니란건다무어냐 만수바지하고잇지안햇스면왜이러케느젓느냐?』
하고 대비는화가나서 역랄로 그궁녀을꾸지젓다대개그궁녀의 말전주는 원형의진주보패가 사진것이다

석후에 보우가 봉관대궐에와서 대왕대비께보입는데 대비는 대비대로 화가낫고 보우는보우대로 성이난까닭에 오고가는 말이커음부터거칠엇다
『왜 불르셧습니까?』
『불르지못할사람을부릇소?』
『화재봉님을 씨우라고 불르셧습니까?』
『쓰면쓰는게지누가쌔우겟소』
『내가독갑이의 령수인줄아십니까?』
『자긔입으로 말하지안는것을 가안단말이요』
『내가 내입으로그런소리를햇거렷단말슴입니까?』
『독갑아들 자랍못치게하는사람이령수가아니면괴수인게지』
『괴막힌소리를 다듯겟습니다그려』
하고 보우가 어이업는웃음을우스니 대비는
『웃기는왜웃소』
하고 화난눈추리로 보우의얼굴을노려보앗다
『대왕대비존잔에는 웃는것도 죄입니까 그러나 보우는귀컨을가리지안는 여래의 데자입니다 그것만은 잇지마시고말슴하십시요』
『알뜰한여래의데자이요 여래데자다운 행실이잇서야지 여래데자로 대접을밧지요』
『그게무슨말슴 입니까? 처음에하도간청 하시기에 궐내에 와서잇섯더니 나중에는 별말슴을다듯습니다』
『간청한것이 잘못인줄을인제 알엇소』
『그러시면 소승은절로가겟습니다』
하고보우가 분한긔색으로 넘어서나가다가돌아서서
『한번다시생각해보시지요』
하고나간뒤에 한동안 잇다 가대 비는왕을불러드리엇다

六、보우(普雨)

왕이대왕대비천면에들단려온뒤에 불시로 윤원형을때초(牌招)하야 편뎐에서인견(引見)하고자뎐하교(慈殿下敎)니에보우를궐내에서 내보니라섯다고 말슴하고
『래일이라도 내어보내자면엇더케 내보내리까? 어듸든지 저의맘대로 가게하리까 ? 또는갈곳을 뎡하야주리까?』
하고 원형의 의견을물으니 원형은 보우를 원악도(遠惡島)에라도보내고십허하는터이라선뜻입을열어
『자뎐하교를 밧자오신바에는 아무쪼록 멀리 보내서는것이 조치안사오리까? 멀리보내시라면 갈곳을 뎡하야주시는것이 맛당하올줄로생각합니다』
하고 대답을 알외엇다
『궐내에서 내보내기만하면고만이지 하필 멀리보낼것이야 무어잇소』
『서울근처에서 돌아단니다가 또다시 궐내에 들어오게되면 엇지하시랍니까? 두번ㅅ재내보내기는 이번보담 더어렵지 안사오리까』
『글쎄 그것도그러치만 만일 멀리내쫏치면 자뎐에서 엇더케생각하실른지 몰으겟소』
『내보내라신하교가기시면 고만입지 그러케까지 생각하실것이업습니다』
『글쎄』
『안변황룡산으로 보내시는것이엇더하오리까?』
『글세』
『안변이 험우멀것가트면 춘천청평사 로 몰러보냅시지요』
하고 원형은 조금이라도멀리 보내라고 주장하얏스나 왕이글쎄글세하고 쯧쯧내질뎡하야말하지아니하얏다
그이튼날보우를궐내에서내보내는데보내는곳은안변도아니요 춘천도아니요서울갓가운양주이엇다왕은대왕대비의의향을몰라서멀리보내자고말하지아니하얏거니와원형은엇저하야젼ㅅ날밤주장을굽히게되엇든가원형이궐내에서 저의집에 나와서란뎡을보고보우내쫏칠것을말하얏더니 란뎡이은근히 보우의일을념려하면서
『마마께서 다시업시워하시든 스님을엇지생각하고내쫏게하

시는지 리허는 잘몰으겟스나 섯부리떨리 쫏차고말승하다가는 마마께미움을 바드시리다 대감은 굿구경하고 떡어더잡수시요』

『하고원형을위하는것으로말하야원형이그말을유리하게듯고이튼날은보우를멀리 브내자고 주장하지아니하얏든것이다대비가보우의의향을어보고보낼절을명하라하야 마츰내 보우는선종대찰(禪宗大刹)인 양주 봉은사(楊州奉恩寺)의 주지(住持)가되어 궐내에서 나오게 되엿다 보우가 봉은사에 와서 잇게된뒤에도 비단의복과 비단자리는 궐내에서 지내든때 와다름이업섯고 남자상좌는 꼼살굿기가 녀자만갓지못하다고 어엿분량가처자(良家處子)를뽑아다가 상좌를만드러 주야업시엽헤두엇섯다 보우는 산중대왕(帝王)으로 경복궁을생각하지아니하나 대비는 보우를내보낸뒤로 일심귀의(一心歸依)하든불도를 갑작이 버린것가티 서운하고심심하야 한두달뒤부터는 봉은사에 거동할생각까지 업지아니하얏나 어느때 대번 심심한것을 못이저하는데 대비의 눈치를잘아는 란졍이가 엽헤뫼시고잇다가

『이때즘 스님은무엇을할까요?마마의 후세를위하야 불전(佛前)에축원을드릴는지몰읍지요』

하고 대비의말을 자아내엿다

『그럴정성이잇슬가요』

『그러머니요 마마께은혜넘은것을이지면 자피도성불못할것입니다』

『들으니까 봉은사가둑섬건너라는구나한번가볼가』

『아무리갓가워도 마마께서는 거동합시기가 어렵지안켓습니까 됴뎡에서도 떠들고나서려니와 첫재 대면에서잘좃지아님을듯하외다』

『내가색리치고가면가는게지』

『그리합시는이보담은 스님을인수궁으로 불러올립시고 나가뵙시는것이조흘줄압니다』

『글세』

하고 대비는 맘이솔곳하야다 그리하야 몃칠뒤에 대비는궁녀하나를 봉은사로 불공을보내엿다

六、보우(普雨)

궁녀가 불공갓다온뒤로 보우의서울길이 터지고 보우가서울올라단닌뒤로 대왕대비의 인수궁거동이 자저졋다 보우가올라와서는 인수궁에서만 류련하지아니하고 대내(大內)에 까지들어왓건만은 대왕대비가 보우를 면속에담어가지고단닌까닭에연메군이 조금뉴접게 생각하고눈치로알엇슬뿐이지수문장(守門將)들까지도 보우 드나드는것을 보지못하얏다 경복궁중수가 이시해만에 뭇이나서 대왕대비가 불궐안에 서재를올리느라고 보우를 불러드린뒤로 보우는다시러노코 궐내에 들어와서거처까지하게되엇는데 한달에 절반씀 봉은사에나가서 잇는것이전날과다를뿐이엇다 왕이 한번조용히 원형을보고 보우의일을발숭하며

『궁의말이마젓소 멀리내쫏처버리지못한것이 후회요』

하고탄식하니 원형이

『아즉은두고볼사지 엇지할수업습니다』

하고 대답할알외엇다 원형은 란졍의말을 고지듯고 굿세게주장하지못한것을 속으로 뉘우처나 대비가보우를 친보담도더밋는줄아는까닭에 보우건드릴 생각을념두에도올리지못하얏다

대왕대비가 후세공덕을 위하야 년년히 사월파일에무차대회(無遮大會)를건설(建設)하는데 언제든지 보우가 주장하나처소는해마다 번하얏스니 양주봉선사(楊州奉先寺)와광주봉은사(廣州奉恩寺)와장단화장사(長湍華藏寺)와양주회암사(楊州檜巖寺)가모다 당시의재를올리든처소이다 사월이되면보우는몬저뎡한절에가서안고대비는뒤에서나라국삭과궐내재물을실어보내고지워보내서 재를굉장하게 올리든것이다

경복궁역사가 락성되든이듬해에는 대비가보우와 의론하고 재를례년보담도 더굉장히 올리기로하고 처소는 양주회암사로뎡하얏다 회암사는 서역(西域)지공존자(指空尊者)가 디형(地形)을와서보고 텬축국아란다사(天竺國阿蘭陀寺)와갓다고칭찬한곳이니 동방명승(名僧)인 보제존자(普濟尊者)의도장(道場)이다 보제존자의제자들이 스승의뜻을니어 뒤를마처 거룩한절이 제도가굉걸(宏傑)하얏다 중앙에 보광뎐(普光殿) 다섯간이잇고 그뒤에설법뎐(說法殿) 다섯간이잇고 또그뒤에사리뎐(舍利殿)두간이잇고 또그뒤에삼간대텽한채가잇고 그동서편에 동방장、서방장(東方丈、西方丈)이각각세채가잇고 동방장동편에는 라한뎐(羅漢殿) 삼간이잇고또서방장서편에는 장경각(藏經閣) 삼간이잇고 그외에 불뎐과종루(鐘樓)와 승방과객실이 즐비하게련하야 간수가 도합이백예순두간이엇다 이와가티 큰절이년구세심(年久歲深)하야퇴락한곳이 만핫섯는데 정희대비(貞熹大妃)가수군복국(壽君福國)의 성디(勝地)라고 나라재물을드리어 일신하게중수하엿섯고 그뒤에 이때는 절이퇴락한곳이업시 성하야 시골구석 적은절에잇든중들은 으리으리하야 발을드려노키가 어려웟다 보우가 무차대회들 건설하기전에금년회암사의 대회는 례년보담더굉장 할터이니 만히와서참관하라고 각도대찰에 구별한까닭에 사월초성이 되며각도각사찰중들이 회암사로 모혀들엇다 중들이 얼마나만히 모혀들엇든지회암사 여러주방(廚房)에서한께에삶어내는 쌀이수백두식 되엇다 팔일날재올리는 날에는 중들외에도구경온 속인들이 만하서회암사 일대에사람 바다가생기엇다

재들올린뒤에 보우가 일장설법하게 되엇다 설법할 처소는큰대텽압헤 넓은마당이 잇섯스니대텽북편에 주홍칠한 상이노혓는데상 우에는비단 방석을깔어노핫고상압대텽우에는새기직을깔아노핫고대텽아래마당에는새멍석을깔어노핫다 각도중들이마당에자리를 잡고안기 시작하야멍석이 어지간히찬뒤에 디위잇는중들이 대텽에 자리를잡고안기시작하얏다 대텽기직 자리가별로남지 아니하얏슬때는 마당멍석자리에는 안질곳이 업서서서잇는사람이 만핫다 얼마뒤에보우가 상좌에게 부축을밧고나와서주홍상우 비단방석에 올라안젓다 보우는 대왕대비가 하사한중수노흔 비단가사를 억개에엇메고란뎡이가 바친재주 무회목(無灰木)좌장을손에들엇섯다 보우가 여러중들을 눈아래로나려보면서한번큰기침하고설법을시작하랴고할때에멍석자리뒤편늙은중하나가들어서랴는것을그곳에섯든중이자리업다고막앗더니그늙은중뒤에따라오든상투ㅅ

바람의속인하나가압흐로나서며
『자리업다는게 다무어냐너희들의자리를내어라』
하고막든중퍼그엽헤섯든중을을어린아희가티안아내고그놈은중을무축하야드리엇다이러하자니좌중이조금 소란하얏다 보우가이것을나려다보고헌화를금지하라고 말할때에 그놈은닷디덩우를바라보며
『보우아』
하고소리·질르는데그남소리가찡찡하기쇠人소리와가랏다
(전일양주봉은사란 것은광주봉은사의착오이기訂誤합니다 謹告)

六、보우(普雨)

보우야 소리한마되에 휘둥그래진눈들이 바라다보고 몰아다보고 또치어다보는중에 놈은객승이 보우를향하야 손人가락질하고 나려오라는 군호와가티발왐에를 나려다보면서 고개를쇄떡이더니 보우가 근두박실을치드시 주홍상에서 뛰어나려오며 진동한동마당으로 나려왓다 그놈은객승이 보우의 나려오는것을보고 한번허허웃고 돌아서서박그로나가니 보우는 달음질로 그뒤를또차나갓다 처음에놀랏든 여러중들이 나중에는궁금한생각이나서 또차 나가보랴고한쪽 상투人바람의속인이 두팔을벌리고길을막앗다 압헤섯든중멋사람이 구지 나가랴고하는대 그속안이
『성가신것들 다보겟다』
하고소리질르며작란하드시술쩍쩍뒤로떠다미니그중놈이집으로만든사람가티 허무하게나가자바지는데그뒤에섯든가장괴퀴김뉴당한중들도 적지 아니하얏다 달은시골에서온 객승들은이것을보고 나갈생의를 하지못하얏스나 회암사중들은 썰썰이달은길로 돌아서나갓다
회암사중들이바게나와서보니그괴상한 놈은중은 집행이를집고섯고 허야당머선사 보우화상은 압헤물어업드렷섯다 그놈은중은 머리에굴갓을쓰고 몸에먹장삼을닙엇는데 먹장삼우에 오채(五彩)가 써치고 굴갓뒤에후광(後光)이 둘린것가티 보이엇다 회암중들이 갓가히 가지못하고 멀리서바라볼싸름으로 말소리는 듯지못하나마 모양으로놈은중이 쑤짓고 보우가사죄하는것은 집작들하얏다 나중에그놈은중이 집고섯든 집행이를들어서 보우의등을 두서번따리고나서 상투人바람의 속인을손짓하야가지고 나는것가티 동구걸로나려갓다
보우는벽일홍사람가티우두머니섭드려잇는데 여러중들이술멋와서좌우에 몰다섯다 그중에한중이
『스님 고만들어가시지요』
하고 보우를붓들어 닐으키랴고하니 보우는여러중들을 치어다보면서도
『목침.답샘것이 죄인들을 압엇소이다』
하고 헛소리하며 잘닐어나지아니하얏다
『스님 정신차리십시요』
『그로장은 발서갓습니다』
『스님 여긔가맨땅입니다』
하고 여러중들이 이사람한마듸 저사람한마듸 짓거리는중에 보우가정신을차리고 좌우를돌아보는데 모양이혼자 곤히잠잣다 엇든사람이 갑작이 깨어난것과 가렷다 얼마뒤에보우가 닐어간져서 이마에흘르는땀을씻고 여러중들의 부축으로 법장에들어왓다 보우가탱수를 한그릇가져오라하야 한숨에 드리키인뒤에 좌우에잇는 중들을돌아보며
『나의말은 지금오섯든분이 육신보살(肉身菩薩)이신줄을 몰랏겟지?』
하고물으니 여러중들이
『보살이 림범(臨凡)하신줄은 몰랏습니다』
『내괴 몸에 오채가써치고머리뒤에후광이둘렷습되다』
『그런줄 진작알엇더면우리도 배례나 드릴것을몰랏습니다』
『그러면그런치 승속간사람으론스님보고아무개야부를사람이업슬터입지요』
하고지거길때 그중에젊은중하나가
『목침은 무엇입니까?』
하고물엇다 보우가눈人살을찌푸리고한동안말이업시안졋다가
『목침은? 내가전생에선비로대어나술때남의목침하나를훔친일이잇섯다 그죄가아직도남아잇서서이생에는청불하기어렵다고보살께서말슴하사더라』
하고거짓말을지거리엇는데여러중들은모다고지듯고
『미그럿습니까』
하고다시들놀래엇다 이때방장박쓸아래에서 앗든 여러중들에서한중이압흐로나서며
『스님께말슴한마듸 엿주어볼것이잇습니다』
하고말하얏다 보우가
『무슨말?』
하고고개를박그로돌리엇다가
『앗가오섯든로장스님이 안칭칠장사에 기신 병해스님이아니십니까?』
하고못는말을듯고는 고개를푹숙이엇다 한동안뒤에 보우가 고개를 들고
『그래엇재?』
하고한번큰기침하얏다
『스님이 육신 보살이 라고하시니까 엿주어보입는 말슴이올시다』
『병해스님이 곳육신보살 이신줄을 이즉몰랏는구나』
하고 보우는혼자 어누처하며 허허웃섯다

六、보우(普雨)

놈은중과 상투人바람 속인은달음질하다십히 재게걸어서 회암사동구 박글나선뒤에 놈은중이 먼저걸음을느치며
『인제 천천히 가세』
하고 뒤를돌아보니 그속인은잠간발을멈치고
『아무리나하십시다 그러나 이게무슨심접은일인가요』
하고 두덜거리엇다
『그러키에 자네는올것이업다고햇지』
『나는 보우의목아지를돌려안치고 올줄알엇지요』
『그자가 아주도십년운수가남아잇는것을 억지로 엇더케하나』
『그러면애당초에고만두지요』
『한번 버릇가르치는것도조치아니한가』
『버릇을가르치랴고 팔십로인이일부러 회암사걸음을 한단말슴이요』
『내가 오지아니하면그만큼이라도 버릇을가르칠수잇나』
『선생님도 우수운말슴다하시요 나혼자와서 주먹질한번에실컨 버릇을 가르치고갈수잇지요』
『자네주먹이무섭기는하지만』
『하지만 엇더탄말슴입니까』
『십년운수가 잇서안된단 말슴압니까 내가 지금이라도다시가서 보우의 머가리를바시어노코오리까 주먹알에에 운수가다무엇이예요』
『녯말에하놀거슬리는 자는망한다네 자네는 그말이란이

니』

『말도 무섭지안습니다』

『그러니까 점점더람이지』

『말이고 무어고생각난김에 회암사에 한번다시 갓다오리다 우선 이머로 가기가생각할수록 심겁습니다』

『이사람아 어듸를간다 고그려 나자네가 주먹질을하면 일이조용치못할것아닌가그려고보우의 머가리를 바지니자네가시원할것이무엇인가』

『그야그려치요』

『그러니 그대로가세』

『아무리나하십시다』

하고 상투속인이 젊은중의뒤를밟아오면서

『보우가늙지안헛습되다 그려십여년전보담신수가러쉬웟해진것갓습되다』

하고달리 보우의말을쓰내엇다

『그자가 아주늙을나이못되엇지』

『수남은살되엇슬걸이요』

『그러니까 아주한참때지』

『선생님는용하게 대번알어봅되다』

『처음은 몰라보앗겟지』

『몰라보고야 그러케근두박질해나려올라구요』

『몰라보더라도 내가나려오라면 나려왓시 제가앙탈할수업자그려』

『선생님이 보우야 불르시가만햇지 나려오라고 언제말니나하셧습니까』

『말모아니해도 저는알엇기에 나려온것아닌가』

『그래 보우가선생님을몰라보앗슬까요?』

『아니 나종에는 알엇겟지금강산수미암에서 맛긴목침을몰우내라고 한바탕야단을 칫스니까』

『나는몰라보는갑되다 얼굴이금강산갓슬써줌과 딴판이 되엇스니까 알어보기 어려울러이지요』

하고 상투속인은월변말하며월변 바람에 날리는수염을아래로 거더나리엇다 그사람은수염이조햇다 구레나룻과 웃수염도숫이만커니와 아래人수염이채가길엇다. 검은눈人섭아래에 큰눈이박이고 넓은얼굴 복판에웃독한코가 소사서 어느모로보든지 장부다운중에 식컴은조흔수염이 장부의위풍을 도다보이엇다 이수염임자가 양주텁석정이다 그늙은중을 한동양주딸이로알어볼사람이업고 또동소문안갓바치로 알어볼사람이 드물다하더라도 출가한이후에 맛나본사람들이 병해대사로 알어보기는 쉬웁지마는 석정이는 떡게머리가 상투된것보담도 수염이얼굴을 딴판으로 변하야십여년전쯤맛난사람들은 선듯알어보기가어려웟다 두사람이 서로이야기하며 양주읍내길로 나려오는중에 길에서 나귀탄량반하나를맛나게되엇다 그량반은 읍내편에서 회암사로가는 모양인데견마잡은아희가 길가에앗는 사람에게말을뭇는것이 처음길에길을뭇는것가텃다 중속인 두사람동행이 길을한연으로 피하야나귀탄일행이 지나가라고 할때에 늙은중이 홀제

『량반들은 길에서친한사람을맛나도몰은체하는법인가』

하고 뒤에오는사람을 돌아보며허허우스니 나귀탄량반이 유심히 한번바라보다가

『이것이 누구요』

하고 소리를실르며 나귀등에서뛰어나려왓다

六、보우(普雨)

그량반이 한거름에 대사에게로쪼차오더니 손목을덤석 잡으며또다시

『이게누구요』

하고말한뒤에곳

『선생맛나기는의외요』

하고말하는데 반가워하는 모양이얼골에 들어낫다 대사역사반가워하며

『오래간만에보입소』

하고말하니 그량반이

『오래간만여부가잇나요 거의서로이절지경인데요』

하고말하면서 대사뒤에 잇는얼굴을바라보다 가별안간

『이애비가석정이아니냐?』

하고소리를 질럿다 석정이가한두걸음 압흐로나서서

『오래못뵈엇습니다』

하고인사하니 그량반이 인사며답은아니하고 석정이의 억개를치며

『나를보고몰은체하고 섯단말어냐』

하고정답게 책망하얏다

『왜몰은체는이요 선생님하고 인사 하시니까 인사엿나기를거다리고잇섯지요』

『가다리는것 다무어냐한가운맘이잇다 면잠시인들기다렷단말이냐』

『십년여만에맛나는데 용하게알어보시요』

『내가알어보기를 기다리고잇섯드냐 십년은고사하고 백년을못갓기로설마몰라보랴』

『십여년못맛나다가 맛나는사

람들은흔히몰라봅더다」

『사람도사람나름이지 김덕순이가석정이를 몰라볼리야 잇느냐 그러치만그동안에 엇저면저렇케 흉악한 혈보가되엇느냐」

『혈보요』

하고석정이가수염을씨다듬으며허허우스니덕순이가

『수염은조타마는 네가거만스러워보여못쓰겟다』

하고말하며역시허허웃고

『너는수염까지 특들이고나 네의부조에는저런조흔수염이업진』

하고석정이하고말하는데머사가가로나서서

『그건말을의지고 하는말이요 저수염이 부조에잇는 수염이지요저사람의어른만수염이귀하지저사람의조부도수염이조햇고저사람의진외종조부는이보수염이조햇지요』

그리고고저 사람의륙대조는 수염이 여간조치안햇든 갑되다 최윤덕(崔潤德)최정승이그손에서길림밖에 수염압바 라고 불럿다는 말까지잇습넌다』

하고 석정이의수염래력을 캐어밝하고

『이건수염가진당자도 나만큼 몰을것이요』

하고 빙그레우섯다 덕순이가 머사를향하야

『어듸가좀안저서 이야기합시다』

하고말한뒤에 사방을 몰아보다가

『저긔가서 좀안집시다』

하고길가에서 멀지아니한 잔듸깔린번던을가르쳣다

『머 데지금어듸를 가시는길인가요』

하고 석정이가물으니

『왓다 저긔가안저서 이야기하잣구나』

하고덕순이가말하야 머사와 석정이는 덕순이와가티 번던우로올라오고 덕순의 다리고온아희는 번던아래에서 나귀에풀을 뜻기엇다

세사람이 펑퍼엄 자리를삽고안진뒤에 덕순이가 머사를보고말하얏다

『그동안 정암(靜庵)부인어룰아가셧지요 상제에게는 진즉조장으로 몰엇지요만 동가자데(通家子弟)로권에 보입든커디예 궤면에를 한번단녀가야하겟고 또미원(迷源)구척에오래들어안젓스니까갑갑증이나서겸두겸두나선길이요』

하고 석정이를 가르치며

『저군이 맛나보고집허서 홍언서양주로 즉행(卽行)을치얏소 그런데 저군은보고싶암은체도 아너하는구려』

하고 허허우스니 석정이가

『나를차저보러왓다는 량반이지금어듸로가시는길이요』

하고 물엇다

『오늘 양주읍에들어오는길로 아희를 너의집에 보내보앗섯다 네가집에업다고해서 어듸갓느냐고하니까 몰은다고하고 언제오느냐고하니까 래일이나 올런지몰은다 고하더란다차저갈데도업고우두머니객주에들어안젓기가갑갑하든판에들으니까보우가회암사에서 큰재를올린다기에 재구경절구경은차치하고 유명한보우의낫바대기를한번구경하라고 회암사를가는길이다 여긔서 너를 맛나기는 뜻밧기야선생맛난것은 의외여부가업고』

『우리집에가서기다리시면 조핫지요』

『김덕순이가 의족하석정이는 차저왓슬망정 량반이백정의 집에가서 안젓슬것이냐 내말에속이상하겟지』

『그러케 말슴하는량반은밉지가만흐니까 속이 상하지아니하오』

『량반미워하는 마음이줄엇스면 그동안 좀지각이난것이구나』

하고 덕순이는 입을벌리고크게우섯다

六、보우(普雨)

석정이가 덕순의 조롱하는말을듯고

『사십각사람더러 지각이란말이당하오』

하고우스니

『네가 주저넘게사십각이다무어냐』

『설혼다섯이면 사십각이지무어요』

『벌서 설혼다섯이야?』

하고 덕순이가 손가락을꼽아보더니

『참말 설혼다섯이구나 네가 사십각소리를 하게되니 내가 늙지안을수잇는가』

하고 우섯다

『올에쉰몃치신가요?』

하고머사가 말을물으니 덕순이는 늙엇다고자청하든 먼저말에 우승이남아서 아주빙글빙글하면서

『내나이를 이지섯단 말슴이요』

하고 한번머사를 바라보고

『계해생(癸亥生)쉰셋이요』

하고나이를말하얏다

『[illegible] 금며단년만하셧지요? 근력이강건하신가요?』

『올에 닐흔닐곱이신데 황송한 말슴으로 우리백씨보담 근력이조흐시지요』

『선생감께서생존하셧스면 올에닐흔몃치신가요?』

『자친보담삼년아래시니까 닐흔넷되셧지요』

『가만히기시요 닐흔넷이면임신생(壬寅生)아니요? 그러면 선생감께서 묘청암과 동갑이시든가요?』

하고 못는머사의말에 덕순이는고개를꼬덕이고 얼마동안말이업시안젓다가 갑작이생각이나는듯이

『리판서장내외분이 몰아가셧슬때 선생은창녕을 가셧습되까?』

하고물으니 머사는고개를가로흔들어못갓다는뜻을보이엇다

『리판서장은 칠십여에 하세(下世)하셧지만 그부인은 져우환진갑지내고 돌아갓습되다 그려』

『환진갑다지냇스니 수한이부족하달것업지요』

『엇재 두번초상에다참녕을못가셧든가요?』

『가보면무어하오』

덕순이가 석정이를 바라보며

『그누님초상때 갓섯든가?』

하고물으니 석정이는 고개를외치며

『나는재작년까지 몰아간줄도 몰으고잇섯소』

하고말하얏다

『왜통부가업섯든가?』

『량반댁에서 백정의집에통부할리잇소』

석정의말뒤에 머사가

『저사람에게 뿐아니라내게도 두번다통부가업습되다』

하고말하야 덕순이가

『선생계신데를 몰랏든것어지 알고서야 그럴리가잇겟소』

하고말하얏더니 석정이가

『가른량반이라고 두번하는모양이요 몰으긴왜 몰은단말이요』

하고성내는 괴색을 보이엇다

『앗다 저사람보게 내가통부를 못하게햇나 왜내게다 청을내나』

『내가왜망신에게다 쳥을내겟소리판서의 아들아좀 떼스심합편이지』

『네가쳐형(賊兄)하고 좋렷구나』

『쳐형는다뉘어요 량반놈이빼정하고 쳐분(賊分)을차리겟소』

『아주도량반 노래가남엇구나지각이좀덜낫군』

하고덕순이가우스니쳑정이가

『당신네로 편 내가낭나기전에는 지각이안날 쁨자몰으지요』

하고역시우섯다 잠간동안새사람이다가타 말이업시 안젓든 쇠테쳑정이가덕순을보고

『그동안장가를드셧소?』

하고물으니덕순이는말하기전에먼저우스면서

『참딸지각이업구나 륙십져를은이더러장가들엇느냐고뭇다니』

하고쳑정이를바라보다가

『너는그동안장가들엇느냐?』

하고되물엇다

『나장가든것을물으시요?』

『너까짓수잇느냐』

『내가장가를 들고와서몃번을맛낫소』

『올치 백두산사승에게장가간것딸이구나 그래그동안 사승을다려왓느냐?』

하고덕순이가웃는데사승이란말에대사모 빙그레우스면서

『사승이라고 욕하시는말이당자의귀에들어가면봉변하시라다』

하고말하니덕순이가

『설로드나요발로차나요?』

하고더욱우섯다

세사람이서로웃고이야기하는동안에 해가석양빼가 지나서따울집이거뎌먼고에잠기엇다쳑정이가

『고만들어서십시다』

하고먼저닐어서며

『인케회갑은가실것업지요?』

하고덕순이를 돌아보니 덕순아는

『암만』

하고고개를쓰덕이며닐어섯다

六、보우(普雨)

쳑정이가덕순을보고

『나는먼저갈터이니 선생님하고가티뒤에오시요』

말하고한걸음압서간뒤에대사가압섯서고 덕순이가 중간에서고아희가나귀를고뒤에서서봉양으로 걸어서 양주읍내를들어왓다쳑정이집에다왓슬때아희들이문스간에섯다가 한아희가 먼저안으로뛰어들어가며

『아주머니 아버지가갓슨손님하고가티왓다』

하고소리를치니먼저들어간아희보다키가적어보이는아희가쳘늠쳘늠걸어들어가며

『손님하고가티왓다』

하고 먼저아희의말껏만 따서소리를질럿다 대사가 덕순을돌아보며

『먼저들어간아희는 쳑정이의아들이고 뒤에들어가는 쳘늠바리는쳑정이의아우요』

하고그아희들이누구인것을가르쳐주니 덕순이는

『쳑정이가어느름에그런 큰아들을두엇단말이요』

하고쳑정이큰아들잇는것을놀래엇다

『그아희어머니가 백두산에서나가지고왓다오』

『그래 지금멧살인가요?』

『열서너너덧살 되엇슬터이지요』

『그러면쳑정이의장모되는 사람도더러고와서잇나요?』

『그는백두산에서자처해 죽엇다오』

『엇재자처를햇슬가요?』

『그는죽어서남편과가티 무칠생각으로딸은모자만내보내라고하고딸은 어머니와 동생을두고오기가실혀다 가티나가자고해서모녀가실랭이하며멧해를지냇는데자긔가살어잇스면딸의신세를 그릇칠줄로 생각하고마츰내자처햇는갑되다』

『집심잇는녀편네요구련』

『그녀편네가 홀어머니된뒤로남편의무덤에 하루한번 아니간날이업섯다오 몹쓴 증병에나들어눕게되면 못갓겟지요만』

『그녀편네는 생시의 소원대로그남편과가티 무치엇겟구려』

『그녀편네가 죽기몃칠전에자긔손으로 그남편무덤의 옆을따고 광중을만들더라오 그아들놈은 이것을 보앗지만 당신말(승가티 사승들이니까 저의어머니를 말리기는 고사하고 조력을해주엇더라오 그광중이 다되든날저녁에 먼저그놈에게 어미생각말고 남편차저가서 잘살라고말한뒤에 그아들더러 어미가업더라 누도의와매부를 의탁해서 잘살라고말하고 어든날 아들파딸이산양나간틈에 그광중에 들어가 누어서 칼로목을질너주엇더라오 그래륙칠년전에 련

왕룡이 남매가 어린아희를번갈어업고 여긔를 차저왓더라오』

「저왕룡이가 석정이」

하고 덕순이말할쎄에 석정이가안으로부터나와서

「어서들어오시지요」

하고 재촉하얏다 석정이뒤에 석정어누의 철셥이가 나오는데 석정이아들이 고모의손을 잡고 다시나오고 또그뒤에 덕순이의 낫몰오는 녀인하나가나왓다 덕순이는 속으로

「저것어석정이의안해로구나」

하고 생각하며 유심히그얼굴을 바라보니 얼굴어꼼고눈에생긔가잇서서 나이삼십이넘어 보이지아니하얏다 그녀인이 석정이엽헤또차와부터서서

「저이가작구나를보오」

하고 덕순이를 가르치는것을 석정이가

「왜나왓서 어서들어가」

하고 소리를질르니 그녀인은 아무소리못하고 고개를 숙이고 몰아섯다 격정이가 덕순을바라보며

「저것이나의안해명색이요」

하고말하니 덕순이는 고개를 숙덕이며 빙그레우섯다 석정이가 일ㅅ군을불러서 나귀와견마잡이 아희를 맛기고 며사와 덕순이를 아랫방 으로 마커드리엇다 손과주인이 아래방에들어안진뒤에 석정이가 아들을불러덕순을보이는데아희가절하고난뒤에 덕순이가

「네일홈이무어냐?」

하고물으니

「백손이요」

하고대답하고

「백손이? 일홈이 조타」

하고말하니

「당신이일홈을질줄아오?」

하고묫는것이 조금도아희들의 꿈은꿈은한맛이 업섯다

「그아비의자식이다」

하고덕순이가우섯더니 백손이가

「누구더러아비니자식이니 하오?」

하고눈을똥그랏케뜨고곳덕순에게뎀빌것가티하는것을석정이가꾸지저박그로 내보냇다 덕순이가석정이의아버지들이가눈에보이지안는것을괴상히생각하야 석정이를보고

「너의아버지는어듸를 가섯느냐?」

하고물으니

「아니집에기서요」

하고석정이가대답하야

몰이는 몃해전에 풍병을알코 반신불수가되어서 바달(男闕人)을못하는터이라 박게서 손님이왓다고 떠들석하니까 방안에서

「이애들아 나좀보아라」

「누가왓느냐?」

「백손아 네아비좀불러라」

하고소리소리질르는데석정이가아래ㅅ방에서듯고

「저게우리아버지목소리요」

하고덕순에게말하얏다

「옹청([illegible])이 달은사람가트니웬일이냐?」

「당신에 한번중풍으로몸시알코눈어음이 귄과가터 분명치못해요 그러고한편팔 다리를통쓰지못하는까닭에혼자서는 누엇다 안지도못하고안첫다 눕지도못해요」

「사람이딱 엽헤부터잇서서시중을들어야하겟네 그려」

「그방에누가 잘부터잇나요내가만히시중을들지요」

「귄에사랍하나를어더섯지?」

「그는발서죽고 소생하나만남앗지요」

「철놈거리는아희?」

「비병신이라불상해요」

백손이가불려들어가서손님놈보고나온뒤에 철놈바리는 아래방봉당에와안저서방안에서들리기를기다리고 잇서 다석정이 깃집[illegible]햇느냐고 [illegible] 열엇다가이첫을보고

「너엇재 거긔와안첫느냐이리 드러오너라」

하고말하니철놈바리는말에만쪽하야상글거리며들어왓다 철놈바리가 덕순의머미테와서 꼭그라지듯이절하고난뒤에덕순이가

「네일홈이무엇이냐」

하고말을물으니철놈바리가입귀를실룩거리며

「칠삭동이」

하고말못업는말로대답하얏다

「칠삭동이?」

하고덕순이가빙그레우스니엽헤잇든석정이가 여덟ㅅ달만에낫다고 별명으로불르든것이 그대로일홈이되엇세요」

하고 일홈이 조치못한것을 대신변명하듯이 말하얏다 이째조그만계집아희가문을바시시열고들어와서 며사에게 절하고나서 하고말수되게대답하얏다

「네가 또든나를일음을 한번 섬져보아라」

하고덕순이가 뚤아보는데 계집아희가 고개를숙이고 말ㅅ업서서 며사가 빙그레우스며

「어른이말심하는데 대답을해야지무엇무엇또멋느냐?」

하고다시 물엇다

「냉이」

석정의안전엽헤부터서라 는것을 석정이가

「한번 더해야지」

하고말하니 다시한두걸음 압흐로나서서 덕순에게 절하얏다 그계집아희가 나이는 불과칠팔세밧게 아니되고 미목은분명하얏다 덕순이가누구냐고뭇기전에 석정이가

「선생님의손녀요」

하고말하야 덕순이가한번 [illegible] 사람을아보고나서

「이리온」

하고 계집아희에게 손을내민즉 고개를숙이고 오지아니하며

「이리와서안저라」

하고 자긔의무릅아래를 가르처니 삽분삽분 한걸음으로 와서안젓다 며사가 구구머리를 씨다듬어주며

「어되[illegible]드냐?」

하고물으니

「나를또드려 갓섯세요」

하고똑똑하게대답하고

「네가나를아늬?」

「무슨나물을또뎃느냐?」

하고 며사가친절히물으매

여러가지예요

「또」

「며나물」

「또」

「별금다지」

하고 계집아희가 말하기를어려워하야 간신히 한가지식대하는것을보고 며사는

「예잘또뎃다」

하고 계집아희를 한번칭찬하고더뭇지아니하얏다

「이애어른이 눈에보이지아니하니웬일이야?」

하고 덕순이가 석정이를바라보니

「발서갈데로갓세요」

하고 석정이가 대답하야

「갈데로가다니?」

하고말하며 덕순이가 며사를돌아보니 며사가 다시한번계집아희의 머리를 씨담어주며

「이것이아비업는자식이어요」

하고말하얏다

「언제참척을보섯단말이요?」

「발서한오륙년되엇는가보오」

「십여년동안에 인사의변천이적지안쿠려」

「시시각각으로 변천하는세상에십년이 어듸인가요」

하고말하는중에 몸이가 또소리소리질르는것이들리어서며사가석정이를보고

「자네아버지좀가보고오세」

하고말하니덕순이가

『나도가터가지』
하고 말하야세사람이 다가티 돌음날으켯다

六、보우(普雨)

돌이는 덕순을보고 한껏하야 어옴이 분명치못한말로 여러가지말을 짓거리엇다 병신이되여어서운신(運身)을 맘대로 못한다고신세를 하소연하고 관푸주를남에게넘기어서 여러식구 살기가국난이라고 집행편을풍설(風說)하고 또석정이가와달바달한사람이지만 병든아비에게 끔살굿게한다고 아들을 칭찬하얏다 한몽안지난뒤에석정이가
『아버지고만누으시요』
하고 발만족돌이는 고개를외치고그뒤에대사가
『인제우리는 아랫방으로가겟네』
하고말한족돌이는
『잠간만더안저기시요』
하고붓들엇다
『왜 그러나?』
『백손이를 저생원님께 보일라고』
『발서 보셧네』
돌이가 대사의 말을듯고나서 덕순을바라보며
『손자놈을보셧습니까』
하고 다시물으니 덕순이가고개를끄덕이엇다
『잘 생겻지요?』
『그아비와아들이나 어련하겟나』
『그놈이 참말도며간행낙이가아닙니다』
하고 돌이가 손자를칭찬한끄테
『백두산에서나온뒤에 게집아희하나를나핫다가죽이고아즉까지 그놈이외동입니다』
하고 백손의 동생낫는것을말하고
『그놈의일음은 저의외조모가무슨 동이라고 지엇다는것을백두산에서나하온손자라고백손이라고 고쳐지엇습니다』
하고 백손의일음진것을 말하야덕순이가
『일음이 조하 석정어란일음으로는비지말할수도업네』
하고 석정이를 돌아보며우스니돌이는
『석정이야 그애의외조모가별명짐직하게 지은것이니 어되일음이랄수가잇습니까』
하고 우스며 조하하얏다
덕순이가 석정이와 대사의뒤를딸하서 병인의방으로 부터안마루로나오다가 섭섭이를 보고파부된인사를 말하는중에 석정이는 운총이를 찾느라고둘러보다가
『백손어머니가어듸갓나요?』
하고그누의에게물으니
『나도몰라』
하고 섭섭이가 대답하고나서
『백손어머니 백손어머니』
하고 소리를질러불럿다 운총이는박게 또차나갓다가 석정이에게 꾸지람을맛고들어와서 뒤ㅅ겻굴뚝엽헤 숨어안젓다가 섭섭이의 불르는소리를듯고
『왜 불러』
하고 맛소리를질르는것을 석정이가 마루뒤ㅅ문을열고 내다보며
『왜 거긔가잇늬? 이리로들어오너라』
하고말한족 운총이는 당장에우스면서 그뒤ㅅ문으로 들어왓다 석정이가 덕순을가르치며
『우리아저씨야절한번해보지』
하고우스니 운총이가 소매로입을가리고 허리만굽신하얏다대사가
『요새도 바느질을배우나?』
하고우스며 물은족 운총이는고개를설레설레 흔들고 섭섭이가
『애들석어야지요 홈질가기가튼것도 한뜸씀호다가 실증이나면바늘로 쑤석쑤석 하고안젓거나 그러치안흐면 쇠들빼뜰곳쓰게 해놋는걸이요』
하고 우스며흉흉 본줄운총이는입살을 빗죽빗죽하얏다 석정이가우스며
『흉보지말고가만두시요』
하고두던하듯이 말하니 운총이는석정이 엽흐로 갓가히가서서며
『형님이사람이망햇서』
하고말하야 여러사람들이 다가티웃는데 운총이도우섯다
운총이는 사람이몹시이 총명하야 배워보하는일이 업건마는길들지 아니한 생마와 가타서 에들자일졸들은는 까닭에 바느질만은 베작중에 큰비각이라보선구멍 하나를잘 막아신지못하얏다 덕순이가 아래ㅅ방으로나려오는길에
『너의 안해는레면이나 염량이나몰으는 알잠사람 이구나 네가안해를잘어덧다』
하고석정이를돌아보니석정이가우스며
『전에는 참말로사승이나다름이업더니 지금은좀 사람의꼴이든모양이요』
하고말하얏다
『안해는잘어덧다만 살림이낭패겟구나』
『누님이잇스니까그까지살림은걱정이업지요』
하고석정이가말하는중에젊은사람하나가박그로부터들어오는것을바라보고석정이는곳그사람에게
『너어듸를갓다오느냐?』
하고물엇다

昭和四年十月二十九日

六、보우(普雨)

그젊은사람이
『잠간박게나갓섯소』
하고석정이의뭇는말을대답한뒤에
『선생님또오셧소』
하고대사에게인사하니대사는인사대답으로고개를끄덕인뒤에덕순을돌아보며
『저사람이주안의처남되는 텬왕동인데 발이재기가참말로사승이요』
하고우섯다 세사람이 아랫방으로들어갈때 텬왕동이는곳 안마루로올라가더니얼마아니잇다가역시아랫방으로나려와서펄석주저안지며
『배는곱흔데 밥을주어야지』
하고볼메인소리를하얏다 석정이가
『손님께인사엿주어라』
하고말한족 들은체 아니함으로석정이가
『이애 인사엿주라니까어서닐어나서절해라』
하고꾸지람괴마가잇게말하니텬왕동이는
『손님때문에밥못먹소』
하고두덜거리며 닐어나지아니하얏다대사가
『왜손님때문에못먹어?』
하고우스며물으니텬왕동이가대사에게까지
『배곱하서 말하기도실소』
하고씹부정나듯이말하얏다
『손님이 밥을주지말랫다고하든가?』
『누가아오 아기어머니가날더러 손님이먹거든먹으랍되다』
『아기어미가사람이고약하군』
하고 대사가우섯다 아기어머니는 섭섭이의말이니 아기가그

날의 일음이다 천왕동이가 대사의웃는것을보고

『남이배곱흐다는데 선생님은 왜웃소?』

하고 시비人가락으로 말하는 것을 석정이가

『나이삼십이넘은것이 세살먹은어린아희갓구나』

하고 우스며꾸지졋다

『수염이대자오치라도 먹으야 산답되다』

『그더위말을잘배웟네』

『배우기는무얼배워요 내갸알엇지』

『배곱하서 말하기실타든자식이 말대답은 입짜개하는구나』

『참말로배곱하죽겟소』

『이애 조금만참어라 손님이 저녁을잡수실때 너도가려먹게할터이니』

하고 석정이가 어린아희달래듯이말하니 천왕동이가 맘에조하셔우스며

『아가어머니는 나중에먹으라고사살하더니 매무햇님이 할르시요』

하고말한뒤에덕순을바라보며

『손님 나 절하오』

하고 먼저말하고야 넘어나서 한번거북살 스럽게 절하얏다 덕순과 대사가 겸상하고석정이와 천왕동이가 겸상하야가려 저녁밥을 먹을때 대사가천왕동이의밥사발이맛이보이어가는것을보고

『밥을더맛게 나는한그릇다못먹네』

하고밥을덜어주니천왕동이는

『그러나 못잡수시요』

하고밧고 덕순이가

『나도다못먹어 내밥도바드려나』

하고밥을덜어주니 천왕동이는

『왜들 그러케잡수시요』

하고 또바덧다 석정이가

『참말배가 곱핫든것이구나』

하고말하니 천왕동이는

『내가언제 거짓말합되까오늘 공연히 구경갓다가 정작구경도못하고배만곱핫소』

하고말하얏다

『무슨구경?』

『회암이라든가 회암이라든가 그절에서 무엇을 한다기에구경을갓섯소』

『그래구경을잘햇니?』

『배만곱핫다니까그려오 처음에가니까 사람만만치 무슨구경이잇습되까 머리깍근 중놈들이

하고말하다가 대사를보고 한번웃고 말을고치어

『중들이 나무아미타불하는것뿐입되다 그래서 절뒤人산에를올라가서 실컨놀아 단니다가 나중에절에나려와 들으니까 내가산에올라간동안에 보살이와다 갓다는데 보살이란것은 사람이중처럼 구경못하는것이랍되다』

『그래 보살을누가보앗다드냐』

『밥어더먹으려 절에들어갓더니 중들이서로 짓거립되다 서울서온 유명한중이 보살에게홀이낫다고』

『그래 보살이 엇더케생겻더라고말하드냐?』

『그보살인즉은중의모양이고 보살이다리고온데자는 상투한사람모양인데 그얼굴들에서 붉고푸르고 한빛이새치어나오더랍되다』

하고 천왕동이가 짓거리는데 석정이는 대사를돌아보며 웃고잇섯다

저녁상을 치운뒤에 덕순이가 대사를 돌아보며 보우는천고에 드문요승(妖僧)이라고말하고

『그자의말로(末路)가 엇더케될까요? 선생은짐작이어 업시안으실터이지?』

하고물으니 대사는 빙그레우스며 대답이업섯다 덕순이가얼마동안 그대답을 기다리고잇다가

『그래그자가제명에죽겟소?』

하고 다시뭇으니 대사가말이업시머리를가로흔들엇다

『능지처참(陵遲處斬)을 당하엿겟소』

『[illegible]』

『그여자것은분명이 알어무엇하시요』

하고대사가말을끈치랴고하는데석정이가

『중놈으로 그만큼호강하면이다음제명에못죽어도좃치요』

하고말하니대사는잠간눈人살을찌푸리며

『보우가 다[illegible]한평생에 래에 마저죽을것을 미리안다면지금호강이 맘에조흘것업스리다』

하고말하얏다

보우의이야기끗테성롱중화재이야기와 중수역사 이야기가나서역사때에부역(賦役)갓섯든천왕동이가 새로지은 전각이[illegible]한것을말하고

『그면집응차지하고 한번살어보앗스면 조켓습되다 하로살어보고죽어도 죽어서』

하고말끗을 내지못하고 상긋거리니천왕동이는 아직도 밥사발만하얄지 못하는까닭에 이와가러말하다가 막히는데가 종종잇섯다 석정이가이것을 보고

『죽어서한이 업겟습니다』

하고말끗을 대신채워준즉 천왕동이는

『옳치한이업서』

하고 손人벽을치고 조금잇다가

『한이란말을 아는데생각이잘나지아니하얏소』

하고 머리뒤를 극적극적하얏다 덕순이가 대사를돌아보며

『이번중궤역사에 국재도만히소비되엇스련니와 민력이여간들지아니하얏스리다』

하고말하는데 대사가 미처대답하기전에 천왕동이가

『국재는 무어고 민력은무어요?』

하고물엇다 덕순이가

『이번대궐역사에 나라재물도만히업서지고 백성의힘 노만히들엇스리라말일세』

하고먼저 대사에게한말을 쉽게풀어말하니 천왕동이는 말어를엇다는듯이 고개를 끄덕끄덕하고나서

『알기조흔, 쉬운말을두고 알지못할 어려운말을 쓰는것이 맹자왈 공자왈하고 맹상이노래를잘안다는 자랑일까요』

하고유식한 사람의 문자말을타박주어말하얏다

『내가 자네에게 봉변일세』

『아니요 내말이 손님더러만한말이아니요』

『그것은 말이아니해도잘알엇네 그러나 자네잇는데서 어려운文字를쓰다가는참말큰봉변하겟네』

하고덕순이가우스니

『왕후장상이 녕유종호아이런말말인가요?』

하고천왕동이가 역시 우섯다 석정이가

『나도몰으는 어려운문자를네가어되서배웟느냐?』

하고우슨즉천왕동이가

『뭇풍월할수잇소』

하고또우섯다

『그말야무슨뜻인지나아느냐』

『그걸몰라요 임금노릇대장노릇 대신노릇하는 사람들이 어되씨가따로잇겟느냐? 하는말이라오 선생님 내가바로알엇지요?』

하고천왕동이가석정이를보고 말하다가 끄테와서 대사를옴지바라보니 대사는말업시 고개를끄덕이고석정이는

『어되서 조흔말을주서배웟구나』

하고 허허우섯다 덕순이가그제야 웃기엇든 말人게체를다시차자가지고 대사와문답을 시작하얏다

『선생은 이번길에 중수한경복궁을 구경하셧겟구려』
『복조앞을지나지아니하얏소』
『나는 이번회로에 서울을들려서 구경하고갈생각이요』
『오십년안에 쑥밧될데다가 백성의피를드린것이 구경거리가 될가요』
『쑥밧이되다니? 대궐이쑥밧이되면 나라는 망하는것아니요?』
하고 덕순이는 별래는빗이얼굴에나타나는데 대사는덕순이얼굴을살펴보면서
『궁궐중이쑥밧된다고 나라가망하기야 하겟소만 큰란리는 면치못할터이지요』
하고 심상하게말하얏다 석정이가 귀가쏘이는것가티
『큰란리가나요? 와다란리가나서 세상이한번뒤집어엿히면조켓소』
하고 설경부스니 대사가
『세상이 자네소원대로뒤집엽히지 물론일이야』
하고 곳덕순을 돌아보며
『그사람의 소원하는세상이당신네량반에게는 못쓸세상이될울아시요?』
하고반그례우섯다

六, 보우(普雨)

덕순이가 한동안 잠자코안젓다가 한번한숨을쉬고
『란리는나고말것갓소』
하고 대사를돌아보왓다 대사는 말이업시 고개만 쓰덕이는데석정이가우스며
『지금 선생님의말슴을듯고하시는말슴인가요 혹 너로집작하야서하시는말슴인가요?』
하고물엇다 덕순이가 머리를돌려 석정이를 바라보며말하얏다
『내야비나한가지로 무슨별난집작이 잇슬가만 얼마전에집작잇는사람에게서 큰 란리가나리란말을 들은일이 잇는데지금선생말슴이 또 마찬가지로구나』
『집작잇는사람이라니 술수하는사람인가요?』
『그래』
『술수人군의말은 말어맛는날까지도 미심스러우니까요』
하고 석정이는 한번대사의얼굴을바라보고나서
『우리선생님도 술수를잘작하는것만은 [illegible]할것이업지요』
하고 우섯다 덕순이가대사에게
『남사고(南師古)란 술객을혹맛내보신일이잇나요』
하고물으니 대사가
『그아희가 본래는 [illegible]하는사람이지요』
하고말한뒤에
『년전에 김륜이의연줄로 내게와서 두서너달잇다간 일이잇지요』
하고 덕순의뭇는말을 대답하얏다
『선생이가르친 사람이요그려?』
『내게서 망단법을조금배워갓지요 그아희가사람은총명하지만 심디가돈돈치못해요』
하고 대사의말하는어조가 자긔의아는 재조를다 가르치자 아니하얏다는것가텃다
『그아희가미원을갓습되까?』
『서울서 강릉(江陵)으로가는길에 미원을와습되다』
『그래란리난다고말합되까?』
『그사람의말이 남산잠두(南山蠶頭)에올라서 서울을나려다보니 서울안에살긔(殺氣)가가득한중에 사직골에 왕긔(王氣)가보이더라고하고 북악아래에 조흔긔운이잇는데 이긔운이필경 나라흥망에까지 관계가잇스리라고 합되다』
『그것이 그아희의 아즉미숙한곳이요 그러니까 염병을란리라고 보앗지요』
『염병을란리라는것은 무슨말이요?』
『그아희가 강릉서 편지를햇는데 작년에강릉에 돌아와서보니까 곳란리가 날것가타서 강릉사람들을 만히양양간성(襄陽杆城) 동지로 피란을시켯더니 그해강릉에란리는업고 염병이 심해서사람이만히 상햇다고 햇습되다』
『반은아셈이구려』
『그래 북악아래의 조흔 긔운잇다는것이 무슨까닭일까요』
『건천동(乾川洞)에 큰인물하나가낫습되다』
『그어른이 장래국가의동량주석(棟樑柱石)이 될터인가요?』
『다음날 큰란리에나라를구하는데 그인물의힘이만흐리라다』
『그인물이 난지몃해나되엇나요?』
『지금 열살이넘엇거나말거나한아희라다』
『그아희의 성명을아시겟소?』
『내가이번서울길에한번차저가보고십소』
『건천동동네아희들이 군사작란할때에 대장질하는아희가 첫가진아희를 차지면 대번에알수잇스리다』
하고 대사가말을마치자 석정이가 꼿꼿
『선생님 김륜이는지금어듸잇습니까?』
하고물어서
『김륜이 저의고향에가서아득나로 손자나고잘삽지』
하고 대사가한번웃고다시
『김륜이가자네게서 혼이나고내게로온것을 내가또조만이말햇더니 서울가큰방에서살지아니하면 맘청이업다고 거이듬해에 팡주살림을 거가지고강원도고향으로돌어갓네』
하고말하얏다 덕순이가뒤물어서
『김륜의사주가맛는 사주가별로업습되다』
말하고
그언해가잘엇술에 김륜에게서보아온사주사연중에
『이들이 화미한데 좋은긔人발부상일고』
한귀절외이면서
『이런것은 두고두고생각할수록 귀신가리 안것이야』
하고 칭찬하는데 칭은순 관물이금성금성하얏다 이때마슴참바게서 녀자의목소리가들리니 련왕롱이가 얼른장문을꼬내다보며
『누구야?』
하고 물엇다

六, 보우(普雨)

련왕롱이가
『아기어머니요』
하고 석정이를돌아보니 석정이가
『무업그래?』
하고내다보다가 섬섬이가 손짓을하야 불러든지 곳닐어나서

박그로나갓다 얼마뒤에 꺽정이가박게서
『이애이것좀봐라』
하고말하야 텬왕동이가 상하나를 바더드려노흔뒤에 꺽정이가동이하나를 들고들어왓다 그상에는 느틔닙시루떡과 묵은실파외에 미나리나물 무김치등속이벌려노혓고 그동이에는 막걸리가 가득하얏다 꺽정이가상을들어 덕순의압헤다노흐며
『나는미처말을 못했는데누님이 잡수시게하라고 차려노핫습듸다』
하고 누의를 생색내어말하니 덕순이가 막걸리동이를 가르치며
『저술이 날더러다먹으란것인간』하고우섯다
『술은 또잇소 얼마든지 잡수시요』
『저술을누가다먹는단말이냐』
『그까짓술한동이 얼마되오반가운 손님이오시고 또조흔소식을들엇스니까 오늘밤에는 나혼자도 두어동이먹겟소』
『무슨조흔소식?』
『판리난다는 소식보담 더조흔소식이 어듸잇소』
『에라 조흔소식이고 언잔흔소식이고 술이나먹자』
하고 덕순이가 술사발을손에 들때 텬왕동이가 꺽정이를돌아보며
『형님은 손님과 술잡수시요 나는 선생님하고 떡먹을터이요』
하고 시루떡에손을대엿다 그

이튼날 덕순이가 떠나라고꺽정이를보고
『오늘가겟다』
하고 말한즉 꺽정이는
『그러케급히가실것무어잇소』
하고붓들고 대사는
『이왕갑갑해서나서 신행이니 나하고가티칠장사로갑시다내야이번에작별하면영결이될것아니요』
하고울엇다 덕순이는 대사의말을조차칠장사로가고십흔맘이잇스나자긔어머니에게말한돌아갈긔한이잇서서 주저하는 긔색이잇섯다 대사가 이것을알고
『오늘텬왕동이에게편지를 주어댁에를갓다오게하고래일쯤동행해서떠납시다』
하고말하야 덕순이가 꺽정이를보고의론하니꺽정이가
『그거어렵지안치요편지만써노흐시요』
하고 텬왕동이 미원보낼것을허락하얏다 느진 아츰뒤에텬왕동이가 덕순의 편지를가지고 양주읍을떠나서 양근 미원에가서 덕순의백씨 덕수의답장을마러가지고 해가 놉다케잇슬때양주읍으로 돌아왓다 하로길이넘는길을 반나절에 도단녀온것을덕순이가신통하게생각하야
『벌서갓다왓네 그려』
하고 칭찬한즉 텬왕동이는
『처음길이라 물어서가느라고 속상햇소 그러고 편지답장도 여러번재촉해서 마터 가지고 왓소』

하고 길이지체된것을 말하얏다 덕수가덕순에게 답장한편지에 어머니근력이강건하고 집안에도별고가업스니 더돌아단니고십거든 생각대로하라는 말이잇고 대사와꺽정이에게 안부하라는말까지잇섯다
『인제되엇소 래일나하고가티떠납시다』
하고 대사가덕순을보고 말하는데
『두분이가티이삼일더 묵어서떠나시요』
하고 꺽정이는 덕순과대사를함께 만류하얏다 덕순이와대사가 꺽정의만류를 못이겨서 하로를 더묵엇건만 꺽정이가하로쯤만더 묵어가라고 말하니덕순이가
『그럴것이업시 네가우리와가티서울까지 가잣구나』
하고말하야 꺽정이를 울고나서게되엇다 덕순이와 대사가꺽정이집식구 여러사람을 면면히작별하고 꺽정이와가티 서울로올라오는데 덕순의 나귀는아희가 빈나귀로 끌고뒤에 떨어젓다길에서그아희가 뒤보느라고 뒤스떨어지더니 넘우오래 딸하오지 아니하야 압섯든세사람이 어느산모롱이 잔듸밧에 안저서이야기를하면서 아희오기를기다리는중에 발각이 갑작이 요란하야지며긔구잇는 행차하나가 지나갓다

六、보우(普雨)

견배하인들이『에라』하며지나가고 사인교人군이『쉬』하고 억개를갈어가며 사인교를메고지나가고 후배하인들이 떠들석하고 지나가는데 괴상스럽게요강망태를 걸머진하인이 나귀를타고 건들거리며 맨뒤에지나간다 덕순이가 행차지나가는것을 바라보고 잇다가 하인의한나귀를 가르치며
『저오려백복(烏騾白腹)이 내것아니라구』
하고말하자 꺽정이가
『아희놈이 저뒤에딸하오는구먼이요』
하고 손人가락으로 가르치는데 나귀뒤에조금떨어저서 풀人긔업시 딸하오는아희가 곳덕순의다리고오는아희이다
『아희놈이못생겨서 나귀를빼앗긴모양이군』
『저놈들이 아희라고만만히보고작란친모양이요』
하고 꺽정이가 곳넘어서서나귀탄자에게로 쪼차가더니 오고가는말이 두세마듸를 넘어가지못하야 꺽정이가 눈을부릅뜨며그자를 나귀등에서 끌어나렷다그자가 길바닥에 나둥그라지며등에걸머진 망태속의 놋요강이

울人부리에 부다처 소리가낫다 후배서가든 하인들이 모다뒤로몰켜서서 전후좌우로 꺽정이를둘러쌋다 꺽정이가 두팔을벌리고작란하듯이 휘둘르더니 아이쿠어머니하고 눈통이를 싸쥐고쩔쩔매는 사람도잇고 나자바저서 아이구아이구하는 사람도잇섯다 압서나간사인교가 멈치며견배들이 구원오라고 돌처설때에 사인교엽창에서 마조보이는길가언덕우에 늙은중하나가나타나서 사인교를당하야
『보우야』
하고불으니 사인교안에서 어서가자재촉하는지 사인교人군이 방망이를 억개에다시언지며사인교가 살가티압서나갓다 견배하인들이 이것을보고 어이업서하다가 몃사람은 그대로사인교뒤를 쪼차가고 몃사람은다친사람에게와서 대강만저주어 다리고가는데 요강망태를걸머진하인은 동그라질때 발목을 접질린모양인지 한발을잘못드듸어 절룩거리며 딸하갓다덕순이가 아희를보고 나귀빼앗긴것을나무래니 그아희는
『교군오는데 길을얼른비키지안햇다고 야단들을치고 교군이지나온뒤에 망태기를 걸머진사람이 빈나귀 내나 타자고빼앗어라는것을 엇더케 할수가잇서야지요』
하고발명하엿다 덕순이가
『누가 얼른비키지말라드냐』
하고 발명하는 아희를탈붓서하지안는것을 꺽정이가

『그놈들이괴악하지 이애야무순죄가잇소』
하고 아희를 두던하야주고
『선생님은 왜저긔가따로서섯소?』
하고 먼저안젓든 자리에서여남은간이 착실히되는 대사의섯는곳을 가르치니 덕순이가
『나도몰으지 천하장사의행패하는것을 구경하느라고 정신이빠저서 동행이 내빼인것도몰랏서』
하고우섯다 석정이가 덕순이와가허대사에게로와서
『선생님왜혼자여긔와기시요』
하고물으니 대사가 적이우스면서
『보우를또차버리느라고』
하고대답하야
『보우라니요?』
『웬보우요?』
하고 석정이와덕순이가 다가러괴이적게넉이엇다
『방금간것이보우의일행이요』
『보우란자가 사인교를타고단니나요?』
하고 덕순이뭇는말에
『무어놋타고단녀가요』
하고 석정이가 대사대신대답하고
『회암서 인제서울로가는구경이요』
하고 대사보고말하니 대사는말이업시 고개를 쓰덕이엇다 그뒤로는나귀와아희를압헤세우고세사람이가며 걸어오는데 이야기에경이 디되어서 나귀가길ㅅ가의 풀을뜨들배가만햇다 거의다저녁때가되어 동소문턱을 들어서서 세사람이 지난날자최를 가르치며 한동안 머뭇거리다가 박석고개를넘어 배오개로나려왓다 배오개장근처에 덕순의집녯날덩지이로 포실하게사는 사람이잇서서 잠시주인을 뎡할만한까닭에 덕순이가 일행을끌고 그사람의집을 차저왓다 그사람이 덕순을보고
『서방님 오래간만이올시다』
하고 반갑게인사하는데 덕순이가
『일행이좀만하서폐가되겟네』
하고말하니그사람이우스면서
『서방님념려를다하십니다』
하고 정한방을치우고 마저드리는데 석정이를보고 어희와가티 한방으로가라고 말하는것을 덕순이가
『아닐세 그사람과 저대사는나하고한방을 쓰게하야주게』
하고 주인의말을가로막고 세사람이 한방으로 들어갓다

六、보우(普雨)

덕순이가 서울오든이튼날은 처남파친척들을 차저단니고 다음날에대사의말하든건천동아희를차저보려나서는데 대사는 신긔가조치못하다고 주인ㅅ집에 누어잇고석정이만가티나섯다 배오개에서 큰길로 황토마루께를와서 쪽조앞을지나중수한 경복궁을거트로구경하고동십자각천변으로나와서 북쪽을향하고 올라왓다집도몰으고 사람도 몰으고 건정대고차저오는까닭으로장원서ㅅ다리를건너삼청동을들어선뒤로는 길에나선 아희들의얼굴을유심히살펴보기시작하얏다 건천동은 거의다와서 길ㅅ가에섯는아희하나가 대가리통이 크고얼골이검으무트름한것을보고덕순이가 그아희게로 갓가히가서
『네성이무어냐? 리가아니냐?』
하고물으니 그아희가
『남의성을 어떠케그러케잘아십니까』
하고유난스럽게꿀뻐지하얏다
『그래 네성이리가면네가습진(習陣)작란조하하느냐?』
『남의조하하는작란까지 엇더케그러케잘아십니까』
『네나이열살이냐?』
『열네살입니다』
대사의말이 아희나히열살이넘을가말가하다는데열네살이라면나히가조금 만흔것가텃다
『너의아버지는선비시냐?』
『반찬ㅅ가가보시지요』
대사의말이 아희가량반의집아들이라는데 장사치의 아들이라면문벌이 넘우틀리는것가텃다
덕순이가 의심이나니까 석정이를돌아보니 석정이가
『엇더한아희인지 어되알겟소 다시한번선생님과가티오십시다』
하고말하야덕순이도
『글세』
하고자저하는중에몸이날신한아희하나가 큰한걸음으로 길저편에서나려오며
『동무들아 대장님나오섯다 어서오너라』
하고소리질르니이편에섯든반찬장사의 아들이 한팔옴에뛰어갓다
『동네아희들틈에서 대장질하는아희라면 그아희가 빈틈업시 우리가보라는아희이다』
하고 덕순이가 곳석정이와가티건천동 지경에 들어서서멀리오지아니하야 덕순이가 발을멈치고
『저긔아희들이 습진작란하는게다』
하고 넓은마당터에 여러아희가 모혀섯는것을가르치니 석정이가
『우리이좀서서구경합시다』
하고말하야 덕순이와 석정이는 길가에서잇섯다
여러아희들이 한동안 한데몰키어섯다가 예예이 난호여사방으로 돌려섯다 어느예아희들은 일체히 나무활을메엇고 어느예아희들은 모조리 막대기를들엇다 여러예가 둘러선한중간에 발판가튼것을 노코 놉히올라선대장아희가잇는데 그아희손에 든것만은 적으나마 참법한도가렷다 조이로맨든수긔(手旗)를 각각손에든 아희들이발판장대(將臺)압헤 굽으고섯는것이청령(聽令)하는 모양갓더니 수긔든군들이 각예로 허터지며예가줄로풀리엇다 줄이예로 뭉치엇다하고 장대를향하야 몃줄로겹치엇다 장대를 중간에두고사방으로 갈리엇다하는데 하는것이제대로는 일정한법이 잇는것가텃다 덕순이와 석정이가한동안이것을바라보고잇다가
『저리가서 대장아희에게말을좀물어보자』
하고덕순이가먼저나서니
『그러합시다』
하고석정이도 뒤따라 나섯다
아희들의 습진이 아주못나지아니하얏는데 두사람이 그진(陣)명색을골코들어서랴고하얏더니
『진을범한자는 군법에죽여맛당하니 활로쏘아라』
하고 호령ㅅ소리가나고 뒤미처 아우성ㅅ소리가나며 생나무활대ㅅ가지활에 싸리살을 먹여든아희들이 한예로 몰려나왓다 덕순이가 손을저어 쏘지말라는뜻을보이엇스나 활ㅅ군 아희들이 느런히서서 일제히활을그대엇다 덕순이가 아주전ㅅ날용맹이남아잇서서 얼른 뛰어피하얏게망정이지 그러치 못하얏더면 싸리살ㅅ개를 조이마칠번하얏다
『쏘차가며 쏘아라그놈알을쏘아마처라』
하고 호령하는소리가 들리며 활ㅅ군아희들이 쏘차 나오면서활을쏘앗다 석정이가 어데서막대한개를 집어들고 와서덕순을가리고서서날러오는살을

바다멀어보리는데 그마머물벗개
가리 꿀리엇다 유물이물물더라
왓든 몸이날신한 아희가수긔를
들고 줄ㅅ군아희들사이로 분주
히왓다갓다하다가이것을보고대
장아희에게로 뛰어들어 가더니
조금뒤에 곳돌우나와서 수긔를
둘르며
『진놓범한죄는 비록중하나 용
긔와 재조를 대장께서아시고
특별히 용서하라신다』
하고 큰소리로외치엇다 살이
그치며 줄ㅅ군들이뒤로물러갓다
석정이와 덕송이는 서로돌아보
며우섯다

六、보우(普雨)

아희들의진이풀라어 여러아
희들이 색색이허터질때 반찬장
사의아들이 두사람의 섯는곤처
에와서도는것을 석정이가
『봉돌아』
하고불르니
『왜그러시요』
하고대답하며 즉시갓가히왓
다
『너의가무섭구나』
하고석정이가허허우스니
『멋모르고 혼낫지요』
하고봉돌이도히히우섯다
『우리가 너의대장을맛나보고
십흐니 네가가서 이리좀다리
고오너라』
『보고십흐시거든 커리들가보
시요인케는관계찬소』
『그러면 네가압장을서라』
『그건그리하시요』
석정이와 덕순이가 봉돌이를
압세우고 대장아희에게로 오니
그아희는 습진할때 올라서든발
판우에 걸어안저서 달은아히두
서넛을 다리고 군법쓰라든것을
이야기하다가 중간에 그치고닐
어섯나 그얼굴에,가로쉐어진눈
하나를 져치고는 레사아희보담
두드러저 보이는것이 업섯다
봉돌의 얼굴은 우낙스럽고부
식스러울뿐이요 그 아희와가타
엿빨한긔운이 업지마는 언뜻보
기에는 봉돌이가 더사내다워보
이엇다
『나를왜보자고하섯습니까?』
하고그아희가먼저말을뭇고나
서는대말은 싹싹하나 태도가당
돌하얏다 덕순이가아희를한번공
몽시켜볼생각으로
『네가아희들을몰아가지고 못
쓸작란을하기에 말을닐려주라
고보자고햇니』
하고말한즉그아희는대번에
『그런말은닐러주시지 안어도
잘압니다』
하고 코우숨을첫다
『너가튼조그만아희가 무얼잘
알어』
『조그만아희기로 밥낫채말뭇
는일을·몰읍닛가요』
『그러면 네가역적으로몰릴것
을아느냐?』
『역적이요? 그것은 처음듯는
말슴이요』
『그것보아라 네가습진작란하
다가는 역적으로 몰릴것이니
이후는조심해라』
『엇재서역적으로몰립니까?』
『가만잇거라 병뎡무긔(丙丁
戊己)』
하고덕순이가 다섯손ㅅ가락
을 다꼽앗다 펴고나서말하얏다
『지금부터사십년전일이다 그
때남촌아희들이 남산에 올라
가서 습진작란을 하다가역적
으로몰린일이 잇섯다 습진작
란이란 막우못할작란이니라』
『그것이참말슴이요? 참말슴
이면그때아희들이역적질할생
각으로작란을 햇든것이지요』
『입에 젓내나는 아희들이 이
깨저깨가 어되잇니 그때아희
들도 너의나 마찬가지작란이
지』
『그래도 당초에역적질할생각
이업는사람을 엇더케 역적으
로모나요? 몬나고어되역적이
되나요?』
『네가 아직 나이어려서세상을
몰은다』
그아희는 덕순의말이 고자들
리지아니하는듯이 픽해고개를흔
드는데 석정이가 압흐로나서서
『네데 네성명이무어냐?』
하고 물으니 그아희는 의관
(衣冠) 아니한 사람에게해라를
밧는것이참피한모양으로
『성명은 알어무어할라오? 역
적으로 고변할라오?』
하고 뒤바더대답하얏다
『어른의말붓는데 그런케대답
하는버릇이 어되잇니?』
하고 석정이가 얼굴에불쾌한
귀색을보이며
『네가양반의자식이로구나?』
하고 물은즉 그아희가
『그럿소 량반이요』
하고 천연스럽게 대답하고
『그래너성명을 알고십소? 청
은덕수(德水)리가고 일홈은순
신(舜臣)이 리순신이요』
하고 거추장스럽게 성명을늘
하얏다 석정이가 어이업서하는
모양으로 순신을보며
『잘낫엇다』
하고 혼자말로
『량반의색기 괴상이색기라고
앙칼지다』
하고 돌아섯다 덕순이가
순신을보고
『너 올에몃살이냐?』
하고물어서 순신이가
『열한살입니다』
하고대답하니
『열한살로는 대단히옷자랏다
열너덧살되엇대도 고지듯겟
다』
하고 순신의동무를 쳐치면서
『네가이다음 큰인물이되라거
든작란보담 공부를힘써해라』
하고곳석정이에게로갓가히가서
『우리고만가자』
하고말하니 석정이가
『잠간가만이기시요』
하고다시 돌아서서 순신의말을
잡아단녓다

六、보우(普雨)

순신이 석정의압흐로달려 가
면서
『왜 이러하오?』
하고 그얼굴을 쳐어다보니큰
눈방울이 굴르고 웃만흔웃수염
이 쎗처럼게 날어섯다
『너가튼 어린애는어린애라고
가만둘수가업다』
하고 멀석뒤ㅅ꼭지를 잡아서
번쩍처어드니 순신이 대롱대롱
매어달리게되엇다 엽헤잇는 아
희들이 저의대장의 당하는것을
보고 잠간동안은 우두망찰들하
고잇섯스나 한아희가 눈ㅅ짓하기
시작하자 여러아희들이 몰려가
며눈ㅅ짓하고 일시에 와하고석
정이에게로 달려들어 한편다리
에대여섯식매어달려서 주저안
치라고애를썻다 그러나 갓난아희
가안음드리쇠기둥을흔드는것가
티석정이는 꼼짝도아니하얏다
마소가파리붓는것을 귀찬가시겨녀
가어 다리를드노릇이 석정이

가이편지편다리를번갈러서들엇다노흐니 아희들이 와르르와르르나자바첫다 덕순이가

『이것이무슨짓이야냐』

하고석정이를나무래는데석정이는들은체만체하고손에든순신을보면서

『팔매암을공스럽게한것이 잘못한일인줄알고범면홀을와그려처아나하면너를때기쳐고갈러이다』

하고얼른고꼿

『벌러이냐?』

하고물어야 순선이는 대답이업섯다

『벌겟다든지 못벌겟다든지얼른말해라』

하고석정이가다무쳐나순신이는눈을똑바로뜨고석정의아래러울바라보다가

『수염이쫏소』

하고히하우섯다석정이가곳순산을래가칠것가티올러메다가삽분영에나려노흐며바로덕순을돌아보고

『고만갑시다』

하고 말하엿다

『그래 가자』

하고 덕순이가 석정이와가려돌아설때 석정이는 순선의말을흉내내듯이

『수염이쫏소』

하고 수염을쓰다듬으며

『업지가안커니』

하고 허허더럽게수염을 우섯다

덕순이와 석정이가 사주인에돌아왓슬때 대사는 눕지안코안저잇다가

『신괴가 좋어떠시요?』

덕순이못는말에

『신괴야조치요』

대답하고 빙그레우섯다

『앗가는 신괴가조치못하다시드니?』

『낫살먹은탓으로 몸을움질거리기실흔데가 각금가다잇서요』

『우리와가며 가기실혀서거짓핑계하섯구려』

『좋은것이 몸을재게옹직이지못해서 사리살이나마 마지면낭패아닌가요』

『번히알고기시며 마리넘녀주지도안하신단말이요』

『앗다책망은 고만두시고대관절아희가 보시기에 엇덧습되까?』

『아닌게아니라 영특합되다우리가큰범안으로 보기에도 장래큰그릇 될것갓습되다』

하고덕순이가 석정이를 돌아보며한번웃고

『저 수염수새에든덕지를부릇뜨고뒤ㅅ곡지를 집아 처어둘고서서 래기친다고 얼럿스니어지간한 아희가아니면 초풍을하얏슬것인데 태연하게수염이쫏소 하고말하는 태도라니여간당대 한아희가아닙되다』

하고입에침이업시 어린순신을칭찬하는데석정이가

『선생님』

하고 대사를 불르더니말하기전에 잇입맛부터 다시고

『관리는 싸맛습되다고조그만애가 다자라서 관리를친다면우리는 죽어죽을것 아니요란리가난대도 이세상을 뒤집어노치안호면 신통치 못한데그나마 관리도구경 못할모양이니 선생님말슴이 맛는다면나누락심(落心)이요』

하고 말하니 대사가

『관리를 저러케고대하는사람도도물것이야』

하고 한번빙그레 웃고

『큰관리는 아즉멀지마는적은관리는 눈압헤잇네 조금참으면 볼터이니 염려말고기다리게』

하고 말하야

『큰관리전에 적은관리가잇서요?적은관리나마잇다니업다는것보담은낫습니다』

하고 석정이는 우스며말하고

『관리가 곳난단말슴이요?관리가난다면 어듸서나겟소?』

하고 덕순이는 미간을찌푸리며뭇는데 이때마츰 영창무밧게서한두번 기침소리가 나더니좋은주인이 영창을열고들어왓다

六、보우(雹雨)

주인어자리에안지면서 덕순을보고

『무슨이야기를하시는데 불쑥들어와서 불안스럽습니다』

하고말하니덕순이가

『아닐세 관계찬해』

하고흔연히말하고 다시대사를향하야

『그래 관리가어듸서 날듯하오?』

하고 먼저못든말을 되집허물엇다 대사가 고개를한연흐로기우리며

『글세요』

하고 대답을밝히 아니하야 덕순이가 또재처 물으랴 고할즈음에 주인이

『언제관리가 난답니까?』

하고물으니 덕순이는

『이대사말슴이 관리가수히나리라고해서 관리가나면 어듸서나겟느냐고 뭇는말일세』하고대답하얏다

「관리? 관리나야지요」
『자네도관리될 가다리는사람인가?』
『관리를기다리는 사람이야어디잇겟습니까만 세상되어가는꼴악시니가 판따는 한번나야지요』

『꼴악시니가 어떠탄말인가』
『어떠타니요? 사대문으로날마다쑤역쑤역들어오는것이각고을 봉물짐아니 이런망한세상이 또어데잇겟습니까 선녕감 조대헌녕감 여러분이조정에계실때는 시골봉물짐을 일년열두달가야 하나 구경할수 업섯지요 대체세상은 남곤심뎡이가망해 놋앗스니까요』
하고 천연스럽지 못하도록 길게길게 한숨을쉬고 주인은다시뒤를니어
『지금은어듸남곤심뎡이 뿐만이나합니까 중놈이 대궐안에들어가서 꼭두를 올리는세상이니까요』
하고 말하다가 머사잇는 자리에중놈이란 말이 이면에거리끼는것을 깨닷고 뒤를쑤미라는것가티
『보우가튼중은 말하자면중도아니고 속한도아니지요』
하고머사를 바라보니 머사는조으는 사람가티 눈을감고안젓섯다 주인이 눈을옴기어 덕순을바라보며
『관리가꼭 날줄만알면어느샤골로이사를가야겟습니다』
하고말하니 덕순이가
『그건엇재서?』
하고물엇다
『관리가나면 서울서날것 아닙니까?』
『글세 물으지』
『관리는 아무래도 서울서나기가쉬울지요』
하고주인이 말하는때 억정이가
『서울서 관리가나기로시골도이사할것이 무어잇소 다살은로인네가 관리에죽을가 보아겁나시요』
하고버릇업시 빈중거리니 주인은자미적어하면서
『이놈은사람이야 관리가나건 말건 상관이업지만 자식손자가잇스니까 젊은 분네들과달라서 자연걱정이되지 안된단말이요』
하고 억정의말을 대답한뒤에 덕순을바라보며
『서방님』
하고불르더니
『생원님이라고하자면서도 전에불르든 서방님이 입에익어서』
하고 한번웃고
『래일모레 봉은사예구경이조타고 구경나간다는 사람이만습니다 만일 생원님이 가신다면 나도뫼시고 갈생각인데가티가시렵니까?』
하고 덕순의뜻을 물엇다

『무슨 구경인가?』

『대왕대비께서 봉우물시켜재물을편답니다』

『화암사의 무차대회는발서끗낫다는데 또무슨재가잇나?』

『대왕대비께서는 재니불공이니로 청사물산는 땅반이니까요. 말인즉 화암사무차대회에욕산보살이 강림 하셧더라나요 그래서 불복이또큰재물을편답니다 보우가 대왕대비를속여서 나라재물을 먹으라고 펼정한거짓말을 지어 냇는지도몰으지요』

하고 주인이 말하는데엽헤안젓는석정이는 술곳눈을감고 잇는대사를 바라보며 빙글빙글우섯다

『우리는 래일음떠날터이니까구경갈수가업겟네』

『왜 그러케가서요오래간만에서울오셧스니 한동안 묵어가시지요』

『서울이 자미업네』

『그러면 봉은사재구경은나도파의올시다』

하고 주인은 흉심엽시말하고한몽안글들이야기를하다 가박그로나갓다

七、왜변

김덕순이가병해대사와가티서울서떠나서 죽산칠장사로 말떼에석정이와 갈터는것을 섭섭하게생각하야

『이왕나선길이니 칠장사까지가티가자』

하고말하니석정이가

『집에서나올때 말을아니해서병신아버지가기다리리라구요』

하고울하가라고하지아니하다가

『자네가 갈생각만잇스면지금이라도집에가서 말하고 오게나자네걸음에 반나절이면 넉넉히단녀올것아닌가』

하고대사까지 가티가면 조흘뜻으로권하야

석정이는 마침내양주를갓다와서 덕순이와가티 대사를뫼셔칠장사로 놀러오게 되엇다 이해칠장사에허담(虛潭)이란중이잇섯는데 긔운ㅅ골을 술뿐이아니라말을 잘탈고잘날으는셋닭에아무리 사나운생마라도 허담의손에걸리면 길들지 아니하는것이업섯다 허담이말을 잘아는이만큼 말을조하하야 언제든지말한필을 먹이는데 허담은말을자녀와가티 사랑하얏다 석정이칠장에오든이튿날마구간에말이매인것을보고대사에게들어와서

『마구간에 매인말이절에서먹이는것이니까?』

하고물으즉대사가

『아절에 말을조하하는중이하나잇서서 말을먹인다네』

하고대답하고곳엽헤잇든상좌를돌아보며

『허담을좀불러오너라』

하고분부하더니 얼마아니 잇다가그상좌가 허우대큼직한 중하나를다리고왓다 대사가말을닐러서그중이 덕순에게 문안하고석정이와인사한뒤에대사가석정이를가르치며

『저사람이 말타기를조하하니네가아는대로가르처주어라』

하고말하니허담이란중이

『무어 아는것이잇서얍지요』

하고겸사하고석정이를돌아보며

『말을더러타보셧소?』

하고물엇다

『별로타본일이업소』

『말도잘타자면어렵습니다』

『어려운줄아오』

『어려운줄을 아산다니무던이타시는구려』

『무던이가 다무어요겨우말등에올라안질줄알지요』

『말등에 올라안질줄을아시면잘타는말이요몃해나공부하셧소?』

『공부라니요? 말타기공부를해본일이업소』

『몃해공부가업시는 몸이말어처뭇도록되지못할것이요』

『공부가업서도 올라안지면고만아니요』

『말도 말나름이지요장아지가튼말이면몰으겟소만범가튼길들지아니한말은당초에 등에삽맘을못치지아니하니까한번놓라안기도 여간어렵지 아니합니다』

『그럴까요』

『그럴까요? 지금내가먹이는말로만말하더라도본래가그대지사나운말이아닌데다가 두서너달동안 내손버릇 먹어서섯실이조하진폭이건만 아즉까지 도이절에서 내하나 빼노코는 타는사람이업소 무슨일이든지생각하기가 쉽고 말하기가쉽지 하기는생각과말가티 쉽자안흡니다』

『말좀한번좀타봅시다』

『그러케하시요 치곰나가십시다』

하고허담이코웃음을 치고날스며 석정이도우스며 닐어섯다 허담이마구안에 들어가서 말목을 축축치고곰비를 싯어냇다 허담이 말을 끌고절압 너른마당에나와서

『자 한번 타보시요』

하고곰비를석정이에게주엇다 말은대번에곱비쥐인사람이자긔주인이아닌줄을알고머리를설레설레흔들더니곱비를다거쥐한쪽갈기를세우고머리를번쩍처쉬들에올라타랴고한쪽몸을몰리며뒤들번쩍소치엇다 허담이 아갓을보고옷고쳣는데 석정이는 물땅이가튼화가 속에치밀엇다 곱비를노코 갈기를삽으며 말머리를쌍에쌜어 박으라고하얏다 말이곱은곰는니 당할까닭이 업건마는 석정이눈에서 불이올브며입에서웅소리가 한번나자 말의홍훙거리든코가 쌍에와져 다엇다

석정이가 그제야번째가티 몸을소치어 말등에올라아저서 곱비를잡아채치니 이를악긴말이 식식거리며 빙빙돌니가 질아래산길로 뛰어나려갓다 석정이가말등에부터안자서 말이뛰는 대로뛰어단니다가 말이긔운이 시진(澌盡)하야 온몸에 구슬땀이흘을때에 곰비를재처 절로몰어왓다 허담이말을마구에 들어매며

『이놈이거세체하다가 오날혼이낫구나』

하고언치를 말등에언처주고 나와서석정이를보고

『말을잘타자면 힘과재조두가지가다넉넉하여야 하는데 당신이 힘은너무 넘치는것갓고 재조는좀 부족한것갓소』

하고말타는것을평하얏다

七、왜변

석정이와허담이 대사방에왓슬예 덕순이는대사와가티 불경(佛經)을보다가

『고만두엇다봅시다』

하고 불경책을덥허치우며 석정이를보고

『그래 말을타보앗느냐?』

하고물엇다 석정이가

『아닌게아니라 한번동네올라안기도 어렵습듸다』
하고 대답한즉 덕순이는 석정이가 말을타지 못한줄로알고
『말에게 전모만하고온모양이구나』
하고웃는데 허담이나서서
『말도무던이타지만 긔운이참말장사입듸다』
하고말하니 덕순이가 우스며
『말을탓서? 허담이 견마를잡아준게지?』
하고 석정이를 바라보앗다
『제주서 생외처음 말을탈때도 견마는잡힌일이업섯소』
『처음타는주제에 견마를잡히자안햇스면 락마는 면치못햇게지』
엽헤잇든대사가 빙그레우스면서
『적어도 수십번 말에서 떨어젓스리다』
하고말하야 덕순이가
『골탕은잘먹엇겟다』
하고우스니허담이
『골탕을안먹어보고는 말을잘타지못합니다』
하고 석정이를 대신하야발명하듯이말한뒤에 석정이를 돌아보며
『제주생마로 공부한솜씨라네피 당옵되다 내말은쌀말도그만할라기가 조만한일이 아니지요 그러나 흠잡아말하자면 법업시함부로 배운표가납되다』
하고 말하얏다 석정이가무슨말을하라고할 즈음에 덕순이가 법잇고업는것이 엇더케 달르냐고물으니 허담이 한번에헴하고가침한뒤에 아는것을 자랑하랴는구긔(口氣)로말을끄내엿다
『말하는데는 일신, 이긔, 삼태, 사술(一神, 二氣, 三態, 四術)이라고 보는것이여러가지잇습니다 술(術)은 배울수가잇고태(態)는 지을수가 잇고 긔(氣)는 길를수가 잇고 신(神)은 배우거나 짓거나길러서될수업는만큼 텬생이 잇지마는 만히배우고 오래짓고힘써길르면 나종에 절로생긴답니다 태조대왕께서화장산(華藏山)에서사슴사냥하실때에 사람이 발붓무칠절벽을 말타신채 미끄러저나려 오셧다고합니다 태조대왕가트신 긔가아니면 말이아무리팔준마(八駿馬)라도도저히되지못할일입니다 그러나 이것이신人지경일은아닌것이 그때 대왕타신말이 압흐로 꺽우러젓다고합니다 신人지경에는 사람의맘과말의힘이 빈틈이 업시일치하야나가는까닭에조금이라도실수가업습니다말타는데신지경은말하자면득도(得道)지경과달음이업슬것입니다경뎐(經典)을본다고저마다득도할것은아니지요만경뎐을읽으고도를닥그면 못읽어도 되는것과가티 말타는것도 법업시배우면못씀니다 륙조(六祖)가글모르는무식한나무人군출신으로오조(五祖)에게의발(衣鉢)을바드섯지만 이것은 구방고(九方皐)란사람이피아말상사말도구별할 줄몰으면서 백락(伯樂)의뒤를니은것과가티천만인의한사람도듬읍니다』
허담의도도한말이 쇠칠줄을몰을때에대사가우스면서
『인제고만짓거려라 덥우짓거리면 입아귀가압흔법이다』
하고허담의말을잘르고석정이를도라보며
『허담의말솜씨가 자미잇는가?』
하고물으니석정이가
『자미잇구먼이요』
하고대사에게대답한뒤에꼿허담을돌아보며
『내가지금갓싸기라도 좀배워봅시다』
하고말하얏다

그뒤에석정이는매일허담에게 말타는법을배우느라고자미를드려서날가는줄을몰으고지내는동안에거의달포가되엇는데이때란리낫다는소문이산속에까지굴러들어왓다 석정이가 란리人소문을듯고궁금증이나서덕순을보고 산에서나가자고말하니덕순이는
『나는대사와가티 불경이나 고파하(過夏)하기로작정하얏스니까아즉더잇서볼터이다』
하고말하야석정이가혼자떠나 나가기로작정하얏는데떠나라든 전날저녁석정이는의외에반가운 사람하나를 절장사에서만나게 되엇다

七、왜변

석정이가 허담의말을 타고동구박게나가서 주마노코 돌아단이다가 해가설핏할때 절로돌아와서말을 마구人간에 드려매고 말갈기를 쓰다듬어 주며
『래일은작별이다』

하고말한즉 말이석정아의 말을
알어들엇다는듯이 머리를 건늘
거리엇다 석정이가 마구ㅅ간압
헤서몰아올때 말아구용 넘어로
머리를 내밀어 석정이의머리몽
인수건긋을 물고지근지근 잡아.
달린까닭에 석정이가 손을머리
ㅅ뒤로돌리어 수건긋을 빼앗고
다시말앞으로 돌처서서 우스면
서
『이자식버릇업는 자식가트니
머리수건을 잡어달리는 법이
어듸잇단말이냐』
하고한손을 들러메니 말은얼른
머리를한 옆으로 피하얏다
『마질가보아무서운게구나』
하고석정이가 들떠메든 손으
로말목을 뚝뚝두더해 주면서
『작별이 섭섭하냐?』
하고말을듯는대말나
『섭섭압니다』
하고대답하는 모양가티 머리
를석정이앞으로내밀고서코를치
어들고흥흥거리엇다
『이다음내가너를보러오마』
하고석정이가 두귀사이의 털
어진갈가를만저주니말괴당리한
두눈속에는 정다워녀가는 빛이
보이엇다 말포지나는 동안에석
이가말을 사랑할뿐 아니라말도
석정이에게 정이들엇든 것이다
석정이가 말나작별하고 잇슬때
에상좌하나가석정이에게와서
『관도방압마두에 손님하나가
와안저서양주말서밤이걸에와
잇겟느냐고뭇습되다』
하고말하니석정이가
『엇던손님여?』
하고마구ㅅ간압헤서몰아섯다

마구ㅅ간업는곳에서관도방까지
오는데 동안이잇서서 석정이는
상좌와가티오면서말을물엇다
「손님모양이 어떠하든가?」
『의관한 손님되다 소매달
리지안안 시테옷을닙고 갓
을썻습되다』
『의관한손님?·무엇을하고왓
든가?』
『걸어왓습되다』
『얼골이 어떠케생겻든가?』
『해사한얼골에새압안 수염이
낫습되다』
석정이는 상좌의말을듯고
턴왕동이가온줄로짐작하야
『아버지병환이 더처엇나』
하고 혼자말하며 황망한걸음
으로 관도방압헤와서 마두에걸
러안진사람을바라보고 대번에
『너 이거왼일이냐?』
하고 소리를질럿니 그사람이
『아이구형님이구려』
하고맛소리를 질르며 마당으
로뛰어나려왓다 석정이를 형님
이라고 불으는그사람이 턴왕동
이가아니요 리봉학이엇다 석정
이는턴왕동이 아닌 까닭으로
일변안심하고 봉학인 까닭으로
일변 반가웟다 석정이가봉학이
와 손을낫잡고서서
『엇지해서여기를왓느냐?』
하고 물으니 봉학이가
『여가가 나는못올때요』
하고 상웃웃고
『마두에 올라가안저서이야기
합시다』
하고 말하야 두사람이가티관
도방마두끠테 와서걸터 안젓다

『내가 형님을 만나라고 양주
를가지안핫겟고 형님댁 문ㅅ
간에를가니까 형님 아들놈이
말삭동이와가티 작란 하고안
젓습되나 년전에 백두산에서
갓나왓슬때보앗스니까저는나
를알어볼까닭이업지요내가너
이아첫씨다고말햇더니그놈이
나는 당신가튼 아젓씨가업소
하고드려대듯이말압되다 그려
조금만더크면 형님을 쥐어질
으겟습되다』
하고 하하웃고
『누님이 마침밧글내다 보다가
나를보고 교하리서밤아니냐
하고 소리를질릅되다 나는누
님이 선생님찰에와서잇나는
말을듯고 그날곳 그대로떠나
라고하니까 누님이 어듸떠나
게해야지요 그래 형님댁에서
하두밤을 묵어왓소 형님아버
지병환은 그저한모양이라고
합되다』
하고 봉학이가 석정이를반나
반가운바람에 한바탕수다하게
짓거리고나서
「선생님은 어듸가시요?」
하고 물엇다
『이절에 오숙한뒤人채가잇서
거가기시다』
『그럼 지금그리가십시다』
『너보고 반가워할양반이 또
한분이 거기기시다』
『누구요?』
『김덕순이란이를 너생각하겟
느냐?』
『생각하고말고 동소문안에서
떠난뒤에 그량반만나기는 커

음이요 어서그리가십시다』
하고 봉학이가재촉하야 석
정이는봉학이를나리고 대사의
커소로들어왓다

七, 왜변

대사와 덕순이가 방머리에잇
는난간마두에나안저서석양에경
치가 에럽게 조흔것을이야기들
하는중에 석정이뒤에 의관한사
람이 따라오는것을 덕순이가먼
저바라다보고
『석정이가 갓쓴사람하나를다
리고오는구려』
하고 대사를돌아보니 대사가
한번바라보고곳
『리봉학이구려』
하고말하얏다
『리봉학이라니 동소문안에잇
슬때 황작란질하든 아희말슴
이요 엇더케 그러케유하게엽
어보시요』
『아희ㅅ적에보시고 처음이시
지나는 년전에 처저와서보앗
소』
『석정이하고 동갑인가 자처
-동갑인가 그러하니까 나이발
서설혼네다ㅅ되엇겟소』
『동히동갑이지요』

『옳소 석정이보담생일이아래
인가보오』
하고두사람이서로이야기하다
가 석정이와봉학이가 압마당에
를에서는것을보고다ㅅ터난간나
두에서 압나두노나려왓다 봉학
이가마두에올라와서대사보고절
하고 그다음에 덕순에게향하야
「저를알어보시겟습니까?」
하고말하며절하니덕순이는
『아가한량이인제로장해졋네』
하고우스며 허리를잠간 굽으
슴하얏다
먼저잇든두사람과 나중온두사
람이다 가티마두에자리를잡고
안진뒤에 덕순이가 봉학이를보
고
『자네를만나기는의외일세』
「자네가 그저 교하서 사는가
?」
하고하게로말하니석정이가
『이어에게는엇재하게를 하시
요?』
하고탄하얏다
「네게는해라하고 저사람에게
는하게한다고시비이냐?너는
족하로대고해라하지만저사람
에게야해라할터어닙지안흐냐
?』
『턴은자저무엇하오그대로 해
라하시요』
하고석정이가말하자봉학이가
『정작해라바들사람은 제쳐어
노코형님에해라를하시라따
시라하오』
하고허허웃고곳덕순을향하야
「저형님에게는해라하서고 저
에게는하게하시는것이 친눈을

보시는것아닙니까』
하고 이한쪽 덕순이가
「허허 귀사람도또시비로군이
편지편의시비를들어가며여써
하게할까닭이잇나』
하고말을고치어
「네게도해라할터이다』
하고우스니봉학이도
『옳습니다』
하고우섯다 덕순의 해라말이
파착되자 석정이가
『존대, 하오, 하게, 해라말이
모두몃가지란말이성가시게생
겨먹엇서』
하고말의구별만흔것을타박하
니덕순이가우스면서
『말의구별이 성가시다고하자
그러하니너는엇젓스면조켓단
말이냐?』
하고물엇다
『말을 한가지만쓰게되면조흘
것아니요』
『어른아희구별업시 말을한가
지만쓰는데가 텬하에 어듸잇
단말이냐?』
『두만강건너 오랑캐들의 말은
우리말가티 성가시지 안흔갑
듸다 친왕동이의말을 들으면
아비가 자식보고도해라 자식
이아비보고도 해라랍듸다』
『그러니까 오랑캐라지』
『오랑캐가 엇덧소그것들도조
선량반마찬가지 사람이라오』
하고 석정이가 덕순이와말을
다툴때에 대사가
『우리절에 충하가넘우만흔것
은사실이겟지 그러치만 어른
아희는고사하고 량반어니상
ㅅ사람이니 차별이 잇는바에
야 말이자면 그러케될것아닌
가
하고 말참예하고나섯다
『그런차별이잇는덕에 세상이
이모양아닌가요』
『그런차별은 잇서온지가오랠
세』
『권세를손에쥐인사람이 그런
차별을 업새라고 령을 나리면
오랫다고 업서지지안흘까요』
『발서 령나리는사람과령밧는
사람에 차별이잇지아니한가』
『못슬차별은업새랴면 령을나
릴사람이잇서야지요』
『령을나린다고 그러케쉽게도
업서질것이아니니』
『령을아니좃는놈은 쌍그리죽
여버리면 될것아니요』
대사가 석정이의말을 옯치안
케너기는드시 고개를흔들고
『쓸데업는이야기고만두고 오
래간만에 만난사람과 서회를
이나하세』
하고 곳봉학이를향하야
『자네 그동안자녀간에무엇을
두엇나?』
하고 물으니 봉학이가
『아무것도 아즉업습니다』
하고대답하얏다 덕순이가 봉
학이를보고
『나는 네가외조모를따라교하
로 나려간뒤 소식을통히몰으
든사람이니 그동안 지난이야
기를 좀들어보자』
하고 말하얏다 봉학이가이야
기를시작하라고할때에 판도방
에서 회식(會食)을알리는 북소
리가들리어왓다

七、왜변

대사는 로인이라 큰방까지나
단니지아니하고 자긔방에 안저
서 식사하는까닭에 혹시자긔들
차저오는 손님이잇스면 조석을
자긔방에서 대접하얏다 덕순이
와석정이가 처음에는나가던 대
사방에서 조석을먹엇스나 석정
이가 팔천생허당을 친하게된뒤
로는 석정이만 허당을딸하서여
러중들과 회식하러 단니엿다 석
정이가북소리를듯고
『밥먹으러 가우겟군』
하고 대사를 보고
『봉학이도다리고가리까?』
하고 물으니 대사가
『자네까지도갈것이업네』
하고 곳상좌를 불러서 겸상
두상을 차려오라고닐넛다 저텩
상이들어와서 석정이와 봉학이
가 겸상하야안젓슬때
『공연히 딴이야기하느라고 못
물어보앗다 란리소식이 엇더
하더냐? 란리가 먼시골에서
난까닭에 서울은안연하다니
참말이더냐?』
하고 석정이가말을뭇고
『안연이란 다무어요 서울은
지금와글와글 야단이라오』
하고 봉학이가대답하는데 대
사와마주안젓는 덕순이가 돌엇
든수저를 다시노코
『란리이야기가좀놀은뒤로해라』
하고 우ㅅ간에잇는 봉학이를
바라보니 봉학이가 입에너흔밥
을급히씹어넘기고
『전라도에 왜변이나서해변엽
경이한둘 지경이랍니다 그래
서지금서울서방어사(防禦使)
가나고순찰사(巡察使)가나서
전라도로 출진한답되다』
하고아래ㅅ간을 바라보며 대답
한뒤에 우ㅅ간아래ㅅ간 에서겸
상받은사람꺼리 수작을 각각하게
되어이야기가 두갈래로 갈라엿
다
『우리아희ㅅ적에도 경상도에
왜변이낫섯지요?』
『삼포왜변(三浦倭變) 말슴이
요지금 사십칠년 가량되엿
나보오』

『그때각진첨사(各鎭僉使)들이잡혀죽고 항복하고 망측한일이 만엇답되다 그려』

『우리나라의 지질한무비(武備)로는조그만도적에게도언제든지봉변이지요』

『불과사오십년간에 두번식봉변을당하고야 그대로 둘수가업지안소 대마도가 그것들의소굴이라니 소굴을 한번쳐질러버리면 영히후환이 업슬것아니요』

『왜의소굴이 대마도만도아니지만 대마도만이라도 곳실르려가면 케법이게요 우리가뭇질러가기전에 왜가쏘다저나오기가 쉽지요상말에 방귀가자지면 엇다라는셈으로 지난번왜변이나 이번왜변은 방귀꼴밧게 아니되니까 뒤ㅅ날이걱정입넨다』

아래ㅅ간에서 이런수작들을 할때에웃간에는달은수작이잇섯다

『내가이번에 형님보고의론할일이잇서서 형님을차저왓소』

『무슨일?』

『형님관리 치러나갈생각잇소?』

『관리를치러가?엇더케?』

『서울서지금 군총을뽑는중이니군총에 들어가서 전장에나가봅시다』

『이애시원치 안흔소리하지마라』

『왜시원치안키는? 관리치는것보담더 시원한일이 어듸잇소』

『무명색한 졸개노릇어서시원할것무엇잇느냐』

『우리가이번 전장에나가서공한목을 세우면차차 출신하게될것아니오 우리가 백날이대로가만이 잇서보오 언제누가대장으로다려가나』

『아니다려가면 고만이지 누가다려가라고 빈다드냐』

『그러지말고 한번가려나가봅시다 형님칼과 내활이남에게밋실리는 만무하오』

『나는실타』

『형님잘생각해보시요 만호첨사(萬戶僉使)라도 차례에오면 실흘것무어잇소』

『떡줄놈은 생각도 안는데 김치ㅅ국부터 마시는셈이다 만호첨사?말어쳐라』

『우리가두드러지게 만호첨사는고사하고 병수사(兵水使)인들 하지못하란법이잇소』

『이애선-소리 그만두고 외은밥이나 치워라』

아래ㅅ간에잇는 덕순이가 웃간의수작을듯만듯고

『병수사를 누가하지못한단말이냐?』

하고말하니 봉학이가

『내가지금 형님더러군총에들어서 전장에나가 보자고말햇습니다 우리가전장에서 공만세우면 병수사라도 어떠할수잇자안습니까』

하고말하야 갈리엇든 이야기갈래가 한데합치게되엇다 덕순이는 봉학이의생각이 조타고석정이를 권하다가 석정이의고개외치는것을 보고 정색하고석정이의 고집을책망하는데 며사는 우스면서 급히할것이업스니천천히이야기하자고말하얏다

七、왜변

저녁상을치운뒤에 덕순이가다시 석정이의출전(出戰)을권하랴고

『하늘이너가튼 텬하장사를내실때는 네가할일이잇슬것이다』

하고석정이보고말을내엇다가

『하늘이 사람을날때보고낸다고하면 나낼때는 하느님이 광증(狂症)이낫거나 로망이낫든가보오』

하고빈정거리는 석정이의 대답을듯고

『저사람은패련이야』

하고입맛을 다시는데 며사가 봉학이를가르치며

『저사람더러 지난이야기를 들려달라지안햇소 우리뎃일이나 이야기하고 하루밤웃고지냅시다』

하고말하야 덕순이는 흔연히

『그것좃소』

하고대답하얏다

방안이 친친하야저서 동잔ㅅ불을켜노흘때가 되엇다 우ㅅ간에 잇든두사람이 아래ㅅ간으로올라와서 네사람이 서로갓가이들러안젓슬때 덕순이가봉학이의얼굴을 이윽히 바라보다가

『얼굴을자세히 보니까 아희ㅅ적모습이 만히남아잇구나 그래 교하나려가서엇더케 지냇서? 장작판은 줄곳여전히 햇슬터이지』

하고무슨속 봉학이가

『장작판은 지금도합니다 그런나교하는 동무가업서서 서울잇슬때만큼 자미가업섯습니다』

하고덕순의말을대답하는때석정이가 봉학이를돌아보며

『어려케모히니까 더구나그자식이 생각난다
하고 걸고해너기는빗을 얼굴에나타내니 봉화이어도
『유복이말이요』
하고역시 갑작이 서운하야하얏다
『유복이는 배천가삽지?언제들만낫는가?』
하고덕순이가툼을보고뭇으니
『아희스적에들 서로갈린뒤에인해 한번도만나 보지못햇삽니다』
하고봉화이가대답하얏다
『엇재서 그렛느냐?그동안좀히왕래가업섯드냐?』
『배천을 이형님도 한번가고저도 두어번갓섯삽니다』
『그런데 엇재서못맛낫느냐』
『제가서올서 나려간뒤 삽년인가 사년되든해에 이형님이저계실란녀서 배천까지 갓섯삽니다 그때 저는외조모가못가게해서 가려가지도 못하얏삽니다만 갓든형님도 유복이를보지못하고 왓섯삽니다 유복이가 배천으로나려가든 이듬해에 유복어머니는 장감알라가물아가고 유복이혼자 그친척되는 자뇌집에 부치어잇게되엇드랍니다 그런데 그친척되는자가 동네에서 불미한일이 잇서서 모야부지에도망하듯이 식구를 닐고 난때로갓답니다 유복이 그못생긴것이 양주형님에게나 괴하제게로올생각을 못하고 그랍난친척을 따라가서 이째것종적을찰을숩니다 종적이나 압와 하고 저가두번ㅅ재 배천갓슬때 유복이 고향인강령까지갓다왓삽니다 강령사람들은 유복이를아는사람도업삽되다』
하고 봉화이가 유복이의이야기를 다ㅎ자이째것 말업시안졋든덕정이가
『그자식이 뎡녕죽은게야살어잇스면 우리를 차저오지안흘리잇지』
하고 봉화이를보고 말하는데대서가
『죽기는 왜죽겟나녯동무 새동무가한대모힌날이 잇슬것일세』
하고덕정이를바라보며말하얏다덕순이가 봉화이를보고
『유복이이야기하든데 네이야기가어대로들어갓다 인제고만네이야기를못잣구나』
하고말하니 봉화이가
『무슨 별이야기가잇습니까 외조모의덕을넘고자라나서외상촌의힘을밧고 살어갑니다』
하고간단히말하얏다
『자세히 이야기좀 하렴으나』
『자세이 이야자할것이 잇서야합지요』
『그래 서울서 교하로나려간뒤에 글방에를 단녀느냐?』
『글방에좀단녓습니다』
『글작판에 공부는 정실치못햇겟지?』
이와가티 덕순이는 봉화자변이야기를자어내엿다

七, 왜변

봉화이는 외조모를따라서 교하락하원(洛河院)근처로따랑한뒤에이삼년동안 이웃동리 글방에를단니엇스나 부지런한 활작편에글공부가 뒤ㅅ전가서 책한권을배우자면 례사로 일년이걸리엇다 나종에그 외조모가외손외공부가 늘은아희들만 못한데애쳥이나서 쓸데업시 장마만업새지말고 잠에서상일이나 배우라고글방에를 보내자아니 하야봉화이는 한동안동에 지개도지보고손에 호미도 쥐어보왓다그러나상일은 글공부만콤도 성실치못하얏다 그외조모가 일시애성으로 상일을 시키엇지 원래 식히고십허 한것이 아닌까닭으로 봉화이의 실혀 하는것을 억지로시키지아니하얏다 그외조모는 남의면장이나마 농권을가진까닭에 유력농사로 농사를지어서 량식하고남는 것으로년년이 밧되아기를 작만하게되어 사는것이태평이엇다 봉화의나히 이십이갓가워지며 그외조모가 봉화의혼처를 이리저리구하든중에 마침근처 가난한토반의집에 과년한색씨가 잇는것을알고통혼하야 근본이 이려니저라니처음에는 말썽이잇다가 마침내의론이 마저서 혼인을하게되엇다 봉화이가장가 든뒤에그외조모는 자긔집엽헤 초가오륙간을새로세우고 딴살림을 차리어주엇는데 명색만 딴살림이지일동일정을돌보아주지안는것이업섯다 봉화이의 외조모가 환진갑을다 지내고로병으로죽을때에양자한아들내외와 외손내외를압헤모하노코 유언하는데 특별히봉화이의손을잡고
『을전에 부모를여읜너를길러서 성취까지시키고 죽으니저생에가서 네어미에게 원망바들것은업다마는 네가 선달즐는것이 이생에 남기고가는한(恨)일다 이다음에 벼슬하거든외할미무덤에 소분을할것을닛지마라』
하고 그다음에 그아들을바라보며
『아무리 의로모형다 하더라도외숙이고 생질인데 너의생질이농사에 리역나지 못한사람이니 나죽은뒤에는 네가그뒤를돌보아주어라』
하고 역시 봉화이의일을부탁하얏다 봉화이의 외숙되는사람이사람이진실한까닭에그양모의령총부탁을 저버리지 아니하야봉화이는이째것살림걱정을몰으고지내는터이엇다
봉화이가 그외조모의 유언을이야기할때에눈물까지글성글성하니덕순이가
『이번전장에나가서성공만 하고오면 도라간너의외조모 의한을이 가릴수잇슬것이다』
하고말하얏다
『전장에나갈생각도 그때서낫삽니다』
『그러켓다』
『전장에나가는때저형님과 가티가면 저도든든하거니와 저형님도해롭지 안켓기에 입건와서말하니까십타고머리를굴옵니다 그려』
『그것은 공연한고집이야』
하고 덕순이가 덕정이를바라보며
『봉화이와 가티나가도록 해보지』
하고 권하고 덕정이가 덕순의권하는말을 들은체아니하고봉화이에게
『너는 외조모의원을인지한을인지 하라가지만는 나야 무어하려가겟느냐?』
하고말하는것을덕순이가다시
『천명이로가겟오나』
하고말하고 덕정이는
『신명이 나지안는데 살야가어되겟소』
하고한마디대답하얏다 다시가 덕정이를보고
『왜 너는공연히 누엇이는가?』
하고 동에전지안한말을 하려서 덕정이가대답하기전에 덕순이가
『[illegible] 갑작이 왜못소?』
하고 뭇으니 다시 뉴덕순의옷[illegible]
하고 덕정이 [illegible]말하얏다
『그[illegible] 안[illegible]가?』
『장팡도(長光기) 팔되다』

「자네는 [illegible]이 삼포왜란 중에 [illegible]이라 하는가?」

「[illegible]하나이다」

「자네가 그 [illegible]에 한번 어과로 [illegible]이 잇는가요?」

「[illegible]에 가 어찌 잇겟나요」

「[illegible] 해외로 [illegible]하얏고 그도 역시 [illegible]마라니」

하며 대사가 말하는데 석정이 [illegible]번 [illegible]생각하나서

「누가 잇는」

하고 [illegible]가 엽쳐나 돌라 보는데 [illegible]경에 말 [illegible]하는 것이 보이엇다

석이

일행이 [illegible] 떠나고 안다 난 [illegible] 대사방의 [illegible]차 차차 [illegible] 대사와 [illegible]에게 [illegible] 그다음에 봉 [illegible]하야 [illegible]고 석정이 [illegible]에 찾아가야 안지며

「해원암에서 [illegible]인가요?」

하고 묻으니 석정이가

「[illegible]가 [illegible]지요」

하고 대답하며 봉화이를 돌아보았다

「[illegible] 래일[illegible]이 우 잡되엇소 나하고 [illegible] 떠납시다」

하며 봉화이가 석정이 [illegible]보고 [illegible]하는데 대순이가 봉화에게

「얘 우리 석정이 [illegible]가 기와다가 [illegible]나 오 [illegible]다 래일 가는가 마잇느냐?」

하고 [illegible]하얏다

「[illegible]이 급인니다 그런 [illegible]의 [illegible]과 [illegible]가 [illegible]지 가 [illegible] [illegible] 하얏다

[illegible]다 [illegible]에 [illegible] [illegible]에 [illegible] 어야 [illegible] 부 [illegible]만여지 [illegible]가 [illegible]습니다」

「아무리 [illegible]하더라도 하루 [illegible]은 [illegible] 어찌 [illegible]사 「[illegible] 잇스니까 [illegible] 서울가 잇서야 [illegible]습니다」

하며 봉화이가 [illegible]사정을 말하는데 석정이가 아래 [illegible] [illegible]로

「엇다 해 [illegible]나?」

하고 곳하얏을 가르치며

「여대사와 이사 나해라」

하고 봉화이에게 인사를 부치엇다 허당은 아 [illegible] 봉화이가 [illegible]한 것을 인사로 [illegible]고

「이사는 [illegible]다 마쳣엇는데 또 무슨 인사를 하란 말이야」

하며 말하니 석정여가 머리를 [illegible]하야 보이며

「초면에 이러 인사가 어디 잇소」

하며 허당의 말을 대답하고 나서 곳 봉화이를 돌아보며

「이대사는 말라는 [illegible] 주신 내선생이다」

하고 [illegible]주엇다 봉화이가 공손한 말씨로 허당과 인사를 마친 뒤에 석정이를 보고

「형님은 선생님보다 만소」

하고 웃스니

「선생님이 만허도 못슬 선생님은 하나도 [illegible]다」

하고 석정이 모여 시우섯다 덕순이가

「더 [illegible]선생은 아주 그 귀요 [illegible] 산에 잇다 [illegible]」

하고 묻으니 석정이가

「[illegible] 아가셧소」

하고 대답하며 손시가락을 곱아보더니

「[illegible] 가지가 올에 발서 [illegible]이나 되엇소 소상지나간 뒤에 내가 [illegible] 생산을 갓다 왓지요」

하고 말하얏다

「그[illegible] 한숨이 [illegible]나요?」

「[illegible]사요」

[illegible] 이 [illegible] 나 보고 아나 하는 사람이 잇단 [illegible]나?」

「언제 [illegible]가 [illegible] [illegible]이지요」

[illegible] 선생님 [illegible]사 말이 [illegible] 부다 마 [illegible] 사람이다」

하고 대순이가 [illegible]해 웃고나 [illegible]다시 [illegible]

「[illegible]이 가 나 [illegible] 우니나 만이 [illegible]」

「[illegible]사 [illegible]사랑 [illegible]니 싸 구 [illegible] 시아 홉 것이요」

「[illegible]에 [illegible]」

「[illegible] 평생 사 [illegible] 못 [illegible]이요 나보기에는 신세만 [illegible]」

「[illegible] 소리 [illegible] 해라 그 [illegible]이란것이 [illegible]

「그러면 [illegible] [illegible]이 [illegible]이요」

「너하고는 말을 [illegible] 수가 업다」

하고 덕순이가 말을 [illegible]엇다 얼마뒤에 봉화이가 대사를 보고

「제가 권장에 나가면 성공하겟습니까?」

하고 물으니 대사는

「내가 [illegible] 못한다고 말하면 안 나갈터인가?」

하고 웃고 석정이는

「한번 나가기로 작정햇스면 그대로 나갈것이지 성공여부를 인제 물어 무엇하느냐」

하고 책망하얏다

「형님 말만가터 나간다면 밤이든 든하겟소」

하고 봉화이가 말하는 것을 허당이 듯고

「그 건참 조켓군 한번 권장에 나가서 단하장사의 솜씨를 보혀보지」

하고 역시 석정이를 권하야

「권장에 나가시기로 작정되면 내가 [illegible] 드리지」

하고 사랑하는 말을 주겟다고 [illegible]지 말하얏다

이는날 석정이는 허당의 주는 말을 바다 가지고 봉화이와 가티 칠장사를 떠나서 서울로 올라왓다 석정이나 봉화이가 다 가티 서울에 [illegible]가 친척이 업는 터이라 책주물 잡고 들게되엇는데 책주에 들며 곳 봉화이가 주인 [illegible]을 이를 불러 가지고

「[illegible]는다는 것이 엇더케 되엇소?」

하고 물은즉 주인이

「[illegible]는 [illegible]는 답되다만 권장에 죽으러 나가거늘 자원할 사람이 어대 잇나요 억지로 조발할 터이랍데다」

하고 대답하고

「그래서 아들 잇는 사람은 아들을 피접보내고 [illegible] 잇는 사람은 아우를 피접보내느라고 집집마나 야단들이요 나도 아들놈을 시골 저의 외가로 보내버렷소」

하고 붓지도 안는 말을 수다스럽게 짓거리엇다

「관리는 엇더케 되어 간답되까?」

「요새 거의 날마다 접전(接戰)이 잇는 모양인데 우리 나라 군사가 형편이 업는 갑되다」

「서울서 출진하기가 급햇구려」

「방어사 하나는 일전에 동소문(東所) 군사를 거느리고 선발(先發)로 떠낫소」

「동소가 어듸요?」

「오위도총부(五衛都摠府) 전위(前衛)를 동소라고들 말합니다」

「방어사가 돌아낫다 자요?」

「방어사가 나면 좌우방어사 둘어나는 [illegible]니다 방어사 하나는 일간 마저 [illegible]답되다」

「도순찰사는요?」

「도순찰사도 물론 [illegible]지만 여러가지 미비한 것이 잇는지 아즉 떠난다는 말이 업습되다」

「군기(軍器)가 미비한가요?」

「개물보고 올무엇는 셈이니까 미비한것이 군과문이 아니겟지요만 군기사(軍器寺)에서도 요새는 야로소(冶爐所) 조갑소(造甲所) 할것업시 일을

밤도아하는 모양이랍되다』
「미리마리 준비를못해두고켜가 나랍일도」
「미리준비해둔것을 업새지만 아줘도 무던하지요 이번에도 군자감(軍資監)에저축한군수물품(軍需物品)이물목(物目)과만하 틀리는것을 발각하고 군자감의 정첨정(正僉正)이하 봉사참봉(奉事參奉)까지 잡어가고 몰가가고 야단이낫습되다』
석정이는 말참때아니하고 밧것을내다 보고 안젓다가 남산우에서 경은련과가솟는것을 바라보고
「이애남산에 연괴가난다」
하고말하야 봉학이가 머리를 몰니라힐때 주인이
『봉화人둑에서 올리는연괴구려연괴번수人수를 좀 헤어보시요나섯번 아닌가 요지막은 불다 섯번식이요』
하고말하얏다
『다섯번이면엇더란말이요?』
하고봉학이가 물으니
『봉화드는법이 평시에한번을 고도적이현형(現形)되면두번들고도적이근경에들어오면세번들고 도적이지경에침범(侵犯)하면네번들고다섯번들면 접전하는것입니다』
하고아는체하고 대답하엿다. 이때서울에는 목멱산봉화人둑의 다섯재봉화가 밤낫으로 아니하야밤이면 봉화가 번쩍번쩍낫나고낫이면낭연(狼煙)이뭉신뭉신 올라왓섯다 남산다섯재 봉화는

양천개화산(陽川開花山)으로들어오는것이니 이것이곳 충청전라에서오는해로봉화(海路烽火)이엇다
석정이와 봉학이가 군중으로 쌍히러 갓슬때 군중생긴일을 마러보는 병조무비사(兵曹武備司)관원들이던장에나가기자원하는것을 괴롭이생각하야 두사람을 즉시로돌려보내게 되엇다봉학이가 먼저돌리게 되엇는데관원이 봉학이에게 말댓마디 물어보고는 곳가주정명을 군적(軍籍)에올리고어느날어데로와서군패를 타가라고 말을 일러서 내보내고 다음차례에 석정이가 불려갓다 대상에안젓는 관원들이애하에 와서섯는석정이의 신수(身手)를 나려다보고 서로 몰아보며 고개를 끄덕이더니 한관원이엽헤를이 말을물엇다
『너 어되사느냐?』
『양주읍내삽니다』
『나이 몃살이냐?』
『설흔다섯살입니다』
『부모와 처자가 잇느냐?』
『어머니가잇고 처자도있습니다』
『네집에서는 무엇하느냐?』
『아닙니다 아무것도아니하고 놉니다』
『아무것도아니하고 놀아? 네아비는 무어하는사람이냐?』
『소백정입니다』
『소백정』
하고 그관원이말깃든것을 다치고 엽헤안젓든 관원이 보며되느니 안되느니 하고멋나

뫼人말을 첫거리고나서 말안날이엿시
『고마 돌려나가거라』
하고는 부하얏다

七、왜변

봉학이가 먼저나와 밧게서기다리고잇다가 석정이의 나오는것을보고 그앞을노와서 싱글싱글우스면서
『형님은 나보다며첨계잇섯구려아이구시원하오』
하고석정이의 얼굴을 처어다보니 아래입人살이 웃입人살을 처밀어서 옷수염이 모구명을따고눈동자가 아래로 나려와서검은자위우로흰자위가보여엇다석정이가 심사가틀리거나 골이날때에눈人동자를 아래로 쳐드리는것은 아희人적부터 잇든버릇이라 봉학이가 그것을알아는까닭으로 얼른우숨을 거두고말을 물엇다
『형님 무엇에 화가낫소?』
『괴주로가자』
하고 석정이가 묻는말에 대답업시 압서걸어나가니 봉학이는 뒤를 딸하오며 고개를 개웃둥거리엇다 얼마를오다가 석정이가뒤를

돌아보며
『나는오늘집으로나려가겟다』
하고말하니 봉학이가
『머치 엇지된일이요 사람이 갑갑시안케 말이나좀 자세히 해주시요』
하고석정이의 엽흐로 나섯다
『나는돌렷다』
『돌녀다니 형님이뽑히지못햇단말이요?세상에형님같은놈들이는사람이 멀엇든게구려』
『내가 백정의아들이라고그것들이되느니 안되느니하고 수군거리드니 그대로 나가라든구나』
『백정의 아들은 군사노릇도못한단말이요 별 망한놈의일을 다보겟소』
하고 봉학이가 부아를려서얼골이 새빨개졋다
석정이와 봉학이가 괴주에돌아왓슬때 석정이는 먼저방으로 들어가고 봉학이는 틀을어더며 기가급해서 밧게남아 잇다가 주인늙은이가 떠다주는 맹수한그릇을단숨에 다드리키고 나서 손바닥으로입을씻고
『여보 로인네술어볼말씀이잇소』
하고 말하니 늙은주인이손에 밧그릇을 바더물고서서
『무슨말슴이요?』
하고봉학이의얼굴을치어다 보앗다
『군중에갓는데 보는것이 무엇무엇이요?』
『무과를 보이는것이아니니까 보는것이 무어잇겟소 병신아

아니면 다뽑겟지』
『도편이나지례를보아서 뽑나요?』
『활소리를보다 하지요 마어군사뽑는데 문벌이란 다무어고 지체란다무어요』
『그러면 백정의아들도뽑겟구려?』
『백정의아들이라고 뽑지말란법은업겟지요 그러치만 군사중에 백정이 섞겨잇는것을알면 가른군사들이 조하하겟나이나와 백정은백정대로 따로뽑으면몰을까 섞거뽑지는안을듯지못오지요』
『조하하겟지 무어요?』
『아무리지중에서뽑는 백정가른천인과 가치 때끼를누가 조하하겟소』
『에기 망한놈의세상다 보겟다』
하고 봉학이가 혼자말하며틀아서서 방으로들어갓다 석정이가 무엇을생각하는 모양으로머리를 숙이고안젓는데 봉학이가 그앞에나가안지며
『형님 오늘나하고가튼 떠납시다』
하고 롱人치업시말하니 석정이가
『너는 왜?』
하고 머리를치어다보앗다
『이런놈의세상에 뭐리는 게터나가 무어하겟소 시골구석에가서 농사나지어먹고 업드려잇습시다』
『너의 외조모의한무덤은 엇더케할나느냐?』

『한울풀어준다고주은이가 알려어요 고만두겟소』

『내가 지금생각한일이잇다 너는너대로 전장에를나가거라』

『나실소』

『군중에썩히 는것은 나의본래소원도 아니니까 썩히지못해서낭패될것이업다 내가엇재말이슬렷든지 한번나가기로작뎡한것을 지금와서 아니나간ㄴ기가 실흡니까 나는나대로 전장에를나갈터이다』

『엇더케나간단말이요?』

『혼자나가면 못쓰느냐?』

『그러면 나도형님과가려갑시다』

『너는그러케할것이업다 네가남볼하나가서는 외조모의한울풀어줄도리가 업스니까 너는잔말말고 군중에를 들어가거라』

하고 석정이가 봉화이에게말을넘렷다

七、왜변

석정이는 봉화이의성공을 도아줄스럼 왜진을한번 구경하라고 출전할말을먹게된터이라 전장에서 전공(戰功)을 세우더라도 공이세상에들어나기를 바라지아니함으로 행오(行伍)에끼어서 군률(軍律)에 억매이는이보담 필마단긔로 맘대로진상(陣上)에서출몰하는것이수단을다하기에 도리여 낫다고생각하얏다

『내가 내쫄로따로 가는것이 군사로각례에매이어가는것보담 조금도못할것이업다 내가 너의뒤를 밟버나려가면 중로에서든지 진상에서든지 서로 맛나볼수도잇슬것이다』

하고 석정이가 봉화이에게말하는데 봉화이가

『형님 꼭 뒤에오실테요?』

하고 뒤를다지다가

『내말을밋지안는것이 네가사람이냐』

하고 석정이가꾸지지며 봉화이는 다시두말하지못하얏다

그뒤에 봉화이는 도순찰사휘하(麾下)의아병(牙兵)이되어도순찰사행진(行陣)에딸하가게되엇는데 석정이는 그동안에양주집에 나려가서 병신아버지의시중을잘들라고 집안식구에게 당부하고 너부상업시 작란치지말라고 빽손에게말을닐르고 집을떠나 다시서울로올라와서 몃칠동안 두류하며 행장을차리엇다

도순찰사의 진이떠난뒤에 석정이는 전립(戰笠)한립과 군복한벌을 장팡도와가려 보에싸서안장뒤에무치고 칠장마를 채질하야 행진뒤를 밟하갓다칠장마는 허당의준말이니 석정이가그말을바더가지고 칠장사에서 떠날때에 며순이가 조흔말은일음이잇는법이라고 철일음을 떼어서 일음지어준것인데 석정이는 철장이 철일음보담도 말일음으로터조타고 조하하얏섯다

이때 왜변은 엇더하얏든가

처음에 왜선육십여척이 도적질하러들어올때 장흥부사(長興府使) 한온(韓蘊)이 수하 군병을거느리고 강진가리포(康津加里浦)로왜를막으려나가다가길에서 전라도병사 원적(元績)을맛낫섯다

원적은 친히 왜를막으라고병영군미와 령암군졸을 통솔하고나온길인데장흥군병의정예(精銳)한것을보고 한온을 자긔좌우에붓들어둘맘이나서 가리포로 가지말고 자긔를보하서 령암달량영(靈岩達梁營)으로들어오라고권하얏나 한온은 달량영적은성으로함께 몰려들어가는것이 득책이아닌줄까지 알엇스나 병사의말을 거역할길이업서서 령암군수(靈岩郡守)리덕견(李德堅)과가티병사의뒤를딸하왓섯다

왜가 달량성을 에워쌋(圍)슬때원적은성북문을직히고 한온은 성남문을직히엇는데 원적이 왜의강한것을보고 겁이나서 남문으로도와서

『왜적이북문으로 만히몰려비어내가북문을 지탕할수 업스니엇지하면조흔가?』

하고한온에게 말하니 한온이 청을내며

『주장(主將)의말이한번 흔들리면군심(軍心)이와해(瓦解)될것아닙니까 내가죽기를 다하야북문을 직힐것이니 지금부터남문을 직히십시요』

하고남북문을 박구어 직히게되엇다 원적이남문에 잇서본족왜적이 북문에는 가지아코모다남문으로 모혀드는것 가려서쏫쏫내죽힐 용긔가업서서 자긔머리에썻든 전립을벗고 자긔몸에닙엇든군복을 버서서 성아래로나려트리어 항복비는 뜻을보이엇다 왜는이것을보고 남문을작하는장수가 하잘것이 업는원인인줄을알고 힘을다하야 남문을드리첫다

七、왜변

왜의아우성소리속에 남문이따츰내깨어지니 원적은 머리를싸안고 벌벌떨다가 왜의칼에마저죽고 리덕견은 목숨을빌어보전하야 왜에게 사로잡히엇다 북문을 직히든한온이 남문이깨어진것을알고 손에잡엇든 활을영에동당이치며

『인제는 죽엇다』

하고 소리를질르고 곳장흥사수(射手)들에게

『너의들은 활수잇는대로각기도망해나가거라』

하고 눈물섞거 말을일렀다 그려나젓흔사람들이 거지반다도망하지아니하고 그무사와 가티목숨을 버렷다 달량에서죽은군사중에 장흥사람이 데일만햇섯다

달량성이 함락된뒤에 해남어란포수군영(海南於蘭浦水軍營)과강진마도(康津馬島)수군영장흥음내장녕성(長寧城)과강진병영(康津兵營)과강진가리포(康津加里浦)수군영이모다 왜에게함박되엇는데강진현감(康津縣監)홍언성(洪彦誠)은가뭇업시고을에서 싸저나가고 진도군수(珍島郡守)최린(崔潾)은살그머니몸을피하고 전라우도수사(右道水使)김빈(金贇)은변변히싸와보지도 아니하고 다라나고전라좌도수사(左道水使)됴안국(趙安國)은 구원오는체하고 중로에서 지테하고 광주목사(光州牧使)리희효(李希孝)는광주를떠날수업다고 핑계하고 장흥청병을거절하고 해남현감(海南縣監)변협(邊協)은장흥구원와싸다가 불시사납게 패군하고목숨을도망하야해남으로돌아갓다 어리하야왜는이고을저고을을부인지경가티돌아단니는데지나는곳마다 뺏는이재물이오죽이는이사람이엇다

전라감사(全羅監司)김주(金澍)가약간군병을 거느리고녕암으로내려왓는데 오나만왓지엇지할바를몰라서다만겐실나게장계(狀啓)질만하고안젓섯다 전라감영비장(裨將)하나가김주를보고말하기를왜적이장흥을쳐친뒤에그세가더욱강성하야 북으로령

암을범할길이 눈압헤잇는데 령암이만일위태하면라주(羅州)이상이모다동요되어원수(元帥)의대군이 서울서나려오더라도 주둔(駐屯)할곳이업슬것임으로령암은 반듯이직혀야할터이나 그러나 감사는일도(一道)의주장(主將)이니뒤로 퇴진(退陣)하는것이조코 전주부윤(全州府尹)리윤경(李潤慶)이장략이잇서 며사를 감당할만하니 령암을와서직히게 하는것이조타는 뜻으로말하야 김주는라주로 퇴진하고리윤경을 불러서가수성장(假守城將)으로명하야 령암을직히게하얏다 이때묘뎡에서는홍문관의김경석(金景錫)남치근(南致勤)두사람을좌우방어사로뽑고호조판서리준경(戶曹判書李浚慶)을도순찰사로명하야 선후로출진하게하얏는데 도순찰사 리준경은곳가수성장 리윤경의아우 이엇다리준경이 라주에와서주둔 할때령암은 발서왜에게에워 싸히어잇섯슴으로 공사(公私)에 맘이다가려 급하야곳두방어사 에게령암으로 진군할것을 명하얏다방어사 남치근이 라주에서떠날때에 도순찰사압헤나와서

『왜적과 접전 하는데 는사수(射手)가 데일요긴한온데 소인수하에사수가극히부족하오니 사오십명만 휘하에서뽑아주시기를 바랍니다』

하고 품하야 리준경이 허락하고즉시 중군을 불러명하얏다중군이 바그로나와 별장(別將)을불러세우고

『사수사십명만뽑아서 대령해라』

하고 명령하야 순찰사휘하군병중에서 남치근에게로갈 사수를뽑게되엇다 군중들게들집작하는 사수들은남치근의 위인이혹독하야 군사의목숨을 초개가티 뎌기는줄알고서 각각모피하라고 오장(伍長)에게 청하고또단장(團長)에게청하는데왜와접전하게 되기를 고대하든 봉학이는 도리어 지원하고나섯다 봉학이가뽑히기를 자원할때에 틀게아는사수는

『저자식은, 천둥벌거숭이로군』 하고 손人가락질들을 하며우섯다

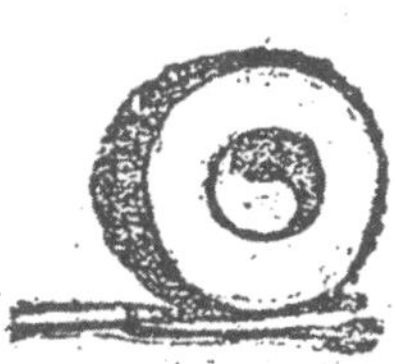

七、왜변

령암군은 소음이아니요 또요해처(要害處)임으로 성이 토성(土城)이아니고 당당한 석축(石築)이다 장흥부의 장녕성은 주(周)가천척안에드는적은성이니 말할것도업거니와 전라도병마절도사(全羅道兵馬節度使)가좌뎡(坐定)하고잇는곳인 병영성이삼천척이나못되고 광라주목사라고 광주와아울러치는 목사치하(治下)의라주성이삼천척에 얼마됨지못하는데 령암성은주가사천삼백육십구척이고 전라도내에서 대성(大城)으로 데일데이를치는 광주성과 전주성이 고(高)가모다 팔一척에지나지못하는데 령암성은 고가십오척이다 령암성은 이와가티상당히 크고 몸또게육을분아니라성안의물도 장녕성과가튼 못이고 라주성과가튼 시내가업슬망정 대한불갈되 샘들이잇서서아무리 박갓통도가 막히더라도조만하야서는 틀려정 할곳이아니다 리윤경이 처음성을직히러왓슬때 왜의선성에 겁겁한백성과군사들이 밤이면 왜가왓다고헛불래서 동요될때가 만핫는데 이런때에리윤경은 늙은며령에 축불밝히고안서서 한가한태도로 책을보고 동요된것이갈어안기를기다려 조용히던군벗사람을보내서 순성(巡城)하는군사들을 신칙하얏다 리윤경은 군사들보다늦게자고 일즉닐어나서 군사들의 먹는음식으로 조석을먹고 아츰부터밤까지군무(軍務)에 분주하얏다 군랑준비와군기수선(軍器修繕)을모다게을리 아니하고 군사들번속하는일변에 그리운도드기를 아올러힘쓰고 자리에 안젓슬사이가적도록친히 성을순시(巡視)하고 군사중에 병나는자가잇스면 몸소의약을보살펴주고 틈틈히 백성들을효유(曉諭)하야 인심진뎡하기에수고를앗기지아니하얏다 비단군무가다 단일뿐아니라군부이외에도여러가지일이날로생기어서리윤경은눈코들사이

하얏건마는 업슬처리업때에 민첩함으로 민첩하고서도 안상엽구석이잇서서 엄외선봉도착 되는것이엇겟다 물파일마동안 지나지아니하야 군사백성 월건업시 모다맘혀야 일변하야 살아도가티살고 죽어도함께 죽기를괴약하니인심이 성이되다 녀청안에새청이 나타나며무타 령압정은구돈들이금청향시(...)로 도견수어 말하기어니원나 처음에는오지도 아니한왜에게 첫놈래든사람들이 청아래에 나타난왜놈 보고도 그다지 놀래자아니하얏다 그러나왜놈이 사람의목을칼끗창끗에 쇠며들고 가로뛰고세로뛰는것을 성우에서 나려다볼때 군사들도 얼골에황황한빗이업지아핫는데 리운경이 져려(...)향을마처아니하야나중에군사는 고사하고 례사백성들까지성바게 왜놈 향하야아히들 작란치듯이 손人가락으로 욕질하얏나 령압청을사밧으로 돌려서서 볼부어색름이 업도록하자면 만명人사람도 부족할것인데 만저보아서 천명이넘을가말가한왜에게 청을에워 쌀현이잇슬까닭이업다 왜가 한때묘를리어성의한편을 쌔커보라 고도하고 여러떼로난우며 성의이문자근을 함께드려처라고도 하얏다리운경은 장졸은신칙하야 왜가절리잇슬때는 가만히 내버려두엇다가 자가히들어 온뒤에활을쏘아서 활살을만히 허비하지아니하고 왜가성에 사다리를노코올라오라고 할때에는 돌으렴

지를내어 던지거나 살녀를놓나려부엇다 왜가할수업스면 성우를바라보고 주버실하며 뒤로물러갓다 왜가하루도 멧번식덤벼가티들어왓다 성을가타 나가는때청안에서는 이것을 소일거리삼아잘직이알게되어서조금도겁내지아니하얏다 왜가어두운 밤을타서성을 치기도 한두번이아니지마는 리운경이 낫번군사보담도 밤번군사를일층더신칙하는까닭에 번번히낭패보고 물러갓다 왜가성을집범난뒤로 리운경은 성문을 일향 구지닷고나가지아니하야 장졸들이 한번나가 접전하기를청하나 리운경이

『가만히들잇거라』

하고들어두엇다가 어느날 저녁때 왜들이많이해이하야 대오(隊伍)가 산란하야진 것을 성우에서바라보고 성문을 열고 군사들을우가티 몰고나가서 왜의목삼십여개를 버혀가지고 들어왓다 몃칠뒤에 왜의머 [illegible]가진날보담도더 산란한것을 성우의장졸들이 바라보고 또한번나가기를청하니 리운경이

『이것은 오리들의이라 는것이다』

하고허락하지 아니 하얏다 저녁때가되어 왜가 물러갈때에 땅편겁업해서 난데업는왜들이무엇 무엇나오는것을보고 성우의장졸들은 리운경을 귀신가티녀이엇다 리운경이 자긔외가진병력이 령압성을 직히기에는 넉넉 하나 멀리 쫓차버리기에는 부족 한까닭 으로 초소하게생각하고 잇슬때에 원수가라주에 류진하고 방어사가령압으로 출진하는 귀뎐듯고날마다 기다리는데 어느날저녁때청박게왓는왜가 창황히 뒤로물러나가며 왜의압헤 멀리진토가날어나는것을바라보앗다

리운경은 왜가쇠이어 내랴고쇠쓰는것이 아닌가의심하야 군관이삼인파가티 성우에서서 진토날어나는곳을멀리 바라보고잇는중에 석양해빗에 긔치(旗幟)가어렴풋이보이엇다 군관중에눈밝은 사람하나가 리운경의엽흐로갓가히와서

『방어사진의 선봉대(先鋒隊)가분명합니다』

하고알외자 당상군관이 곳그뒤를니어

『우리가 지금왜적의뒤를엄습하면 성공할것이 아니오니까 곳출천하도록 지휘합시자요』

하고품하니 리운경이 고개를가로흔들며

『왜적이물러갈때뒤에매복(埋伏)을남겻기가쉬우니 아즉동정을보지』

하고군관의말을좃지아니하얏다

『적병이 창황히물러가는것을보면 그런생각을못햇슬것 갓슴니다』

『교활하기 짝이업는 왜적이우리가뒤에잇는것을알면서그만생각을못할리가 업서 아즉가만히들잇게』

하고 리운경이말하야 군관들은다시 말은말을하지못 하얏다 이때왜는 그압헤나타난진을 향하야 한숨에덤칠것가튼 긔세를보이더니 득리(得利)하지못한모양인지 분분히 뒤로물러낫다 왜가성을칠때 진치든 곳에는길엽헤 적은수림(樹林)이 잇섯다 왜가되처들어와서 수림을의지하고 진을치며 압헤잇든진이왜의뒤를 또차들어와서 긔호와복색이 성우에서 보이는데그진이달은진이 아니라 곳방어사남치근의 진이엇다 선봉대에는사수(射手)들와에 몰놓매 질군한패가잇서서 비人발사터 쏘다지는활살과 몰놓매에 왜가압흐로덤치지못하고 뒤로밀린 것갓텃다 리운경의엽헤잇는 군관들이나가싸우고 십흔맘이 항상하야주먹을 문질르고 손바닥을부비면서 리운경의 눈치를살피는데리운경이 이것은 본체만체하고싱박글 바라보고잇섯다 군관중한사람이참다못하야

『왜적이 먼저목병을햇서더라도지금쯤은 다거두엇슬 것아닙니까?』

하고물으니 리운경은 말이업사 고개를 끄덕일뿐이엇다

『인제 압뒤로치면조치아켓습니까?』

『가만히잇서』

『가만히잇다가 써를노치면엇지합니까?』

『우리의나서는것을 방어사가공나룸하는줄로 알어서는 못쓰니까 형편보아서 우리는방어사가 첫진에 공세우는것을구경이나하세』

군관들이 리운경의 말을듯고 모다얼굴에 락심하는빗이보이니 리운경이 져이우스며 군관들을돌아보고

『오늘싸움에 왜적을항복시키기는 어려울것이라 장작대공을세울날이 압헤잇슬터인즉 공못세울가보아 걱정들말것이업네』

하고말하야 군관들의 얼골빗이곳풀리엇다

이때남치근이 왜진을향하야 진을벌리고 선봉장(先鋒將) 소뫼()을시켜서 싸움을도도게하얏다 소달은 갑옷투구를갓을단단히 단속하고 칼다말을타고진전에나서서큰칼을휘둘르며

『나는 방어사 장하의 소별장(小別將)이다 내칼을대적할놈이잇거든 압흐로 나서거라』

하고큰소리로 외치엇다 왜들이그외치는 소리는알어듯지 못하나싸움도드는 것인줄은 알고 갑옷투구를갖추고 말을탄장수한사람이 친진으로 나서서무어라괴 알어듯지못할 소리를질르더니 곳말을몰아 소달에게대들엇다 소달이마저싸와 수합이못되어서 왜장의투구를 칼로쳐서 쌔치니 왜진에서 달은장수가금히말을채처내달어서 투구쌔어진사람을구하야 진으로몰려보내고 대신소달과 칼을어울르랴고할때 남치근이 소달을잠시쉬개하랴고천총(千總)한사람을보내어 소달과 박구게하얏다 소달이본진에돌아와서 말게도 나리기전에 왜장이그천총의 목을버

허서 칼끗여 외허들고 진뒨에서 횡행하니 소달이이것을보고 불괴를 참지못하야 말을돌아 다시진뒨으로 나가서 왜장과어울어저싸우게되엇다 소달은 남치근수하에 제일로치는군관 이니만큼 원력이 장사이고 칼쓰는법이능란하것만은 왜장을당치못하야 오는칼을막아내가에 죽을힘을 다하얏다 소달이 심겁이나서 급히말머리를 돌리어본진으로 도망하랴고 할즈음에 왜장의날낸칼이 소달의머리ㅅ뒤를범하얏다

七、왜변

소달이 안장우에엎드려서 쟈우왜장의 칼을피하고 황망히본진으로달려오는데 왜장이 큰소리를질르며 뒤를쫏차다 남치근이 이것을보고 급히사수십여명을보내어 사수들이 진뒨에벌려서서왜장을 쏘앗스나 그왜장이머리에투구 목에호항(護項) 몸에갑옷을 가춘외에낫에면갑(面甲)까지써서 활살을 겁내지아니하얏다 왜장이 소달을버리고 사수들에게로 달려오는데 괴세가십여명을 한칼에 뭇질를것가트니사수들이 도리어 겁이나서 제각기뒤ㅅ걸음을쳣다 진문안에서내다보고 잇든사수 한사람이 분연히압흐로나서서곳활을그어다이더니 첫번에 날려가는살이 왜장탄말의 한편눈을 쐬어뚤엇다 그말이갑작이 몸을뛰어서왜장이 엇저하랴고 할즈음에둘잿번살이 말의성한눈을 마저쐬이어 소경말이 발광치며왜장은마츰내말에서떨어젓다남치근이이것을보고왜장을잡으라고호령하야 패진에뭇이난 소달이다시말을타고 진뒨으로 내달엇다 말을버리고 도망하는데 소달이 말을채처또쳐가서큰칼로한번나려치니 왜장의투구에서 불이번쩍나며 왜장이압흐로꾹그라젓다소달이말께서뛰어 나려서 왜장의머리를버히랴고할때에왜진이몰리며여러왜들이합세몰려나왓다 왜들이일변으로 그왜장을구하고일변으로소달을에워쌋다 남치근이이것을 바라보고 급급히장졸을휘동하야 풍우가티 쏘처나가서왜들과싸움이어우러질판에요란한북소리가청안에서울려나왓다 왜의괴수가 뒤에서나는북소리를듯고 청안군사가 나오는줄알고 황황히군사를 거두랴고 하얏다 그러나 압헤잇는남치근이왜의 거동을 보고 더욱이 싸홈을 몽독하야왜는다시진을 몽칠사이가업시 패진하게되엇다 왜가 흣허저도망할때에 갓가운곳에서는 칼과창에찔리고 먼곳에서는 화살과몰푸매에 마저서 엉구려진것이적지아니하얏다

성우에서 바라보든 리윤경이 접뒨이 시작되랴는것을보고 군관에게 발을날려서 군사를시켜 북만울리게하고 여전히 성우에서구경하고 잇섯는데 말탄군관하나가 큰칼을 휘둘르며왜들을 지치고 몰아단니는것을 보고손가락으로 가르치며

『저와저군관이 범가티날뛰는군』

하고 엽헤잇는군관을 돌아보니

『그군관이 앗가덕장에게쫏기든사람입니다』

하고 군관이대답하얏다

『그사람인가? 글세그사람갓군 앗가는 엇재서 쫏겻는지몰으나 범가튼무서운사람일세 왜적이 그칼압헤 얼신못하는것을보게』

『앗가패한분풀이로 슬웟힘을 다내는가보오이다』

『글세』

『왜적이 다시진을몽치랴는것갓습니다』

『저판에 진이뭉처어지나저것보게 도망질치기시작하네』

『저긔 먼저도망하는것이괴수인가봅니다』

『괴수명색이설마 먼저도망하겟나』

리윤경은 왜가다도망질친 뒤에방어사가 군사거두는것을 보고비로소 성우에서나려와서 청문을열고 방어사의 진을마저드리엇다

남치근이이날접뒨에왜의머리례칠십여급(七十餘級)을어덧는 그중에 이십여급은 소달이혼자서 버혀온것이엇다 남치근이소달을불러서

「먼저덕장에게 패한것은죄주어맛당하되 뒤에 력전(力戰)한공이잇서 용서하니 그리알어라」

하고날르고 말눈을쏘아 마친사수를 불러드리라 하야한사람이대령하니 남치근이 친히말을물엇다.

『너의성명이무엇이냐?』

『리봉학이올시다』

『네가전소(前所)에서왓느냐』

『아니올시다 이번에새로군총에뽑히어왓소이다』

『그러면도순찰사휘하에 잇다가왓느냐』

『그럿소이다』

『너가튼사수는희한하다』

하고칭찬한뒤에 곳엽헤 잇[illegible] 중군을돌아보며

『저리봉학이란아히를단장(團長)을시키라고』

하고분부하는데중군이

『먼저오장(伍長)을시키지잔허도좃소이다?』

하고품하니남치근이화를내며

『단장은고사하고대번에 초관(哨官)이라도조코파총(把摠)이라도조하』

하고 호령하야 중군은다시두말못하고 물러갓다 남치근이리봉학의 공을긔록에 올리게한뒤에 곳뒤ㅅ걸음치든 사수십여명은 모다 쇠도리ㅅ개로따려죽이게하얏다

七、왜변

남치근이 입성한뒤에 이삼일지나서 방어사김경석의진이 접천이업시 입성하얏다 좌우방어사가한데모히고보니 군사도 만코장수도만하서령암성은방비가더욱든든하야 아무리 강한도적이라도 감히넘보지 못할만하얏다 그러나이것은 외양뿐이고내평은실상 리윤경이 혼자직힐때만갓지못한것이 남치근과 김경석파리윤경이 주장이 각각달러서군사를 까지도 합심이 잘되지못하얏다 그중에 남치근이 성정이불가러서 군사고백성이고 죄가잇스면 용서업시벌을주되 회십례와매질은 말할것도업고 비살파효수(梟首)도 대사롭시안케 녁이니 리윤경이보다가못하야 남치근과 한자리에모히어안젓슬때

『이번에 군민의죄들이심하게 밝히시면 인심이 도리어동요되기쉽습니다』

하고 종용으로 말하엿더니남치근은

『방어사가 수성장에게절제밧는사람이아니요』

하고 거드럼으로 대답하야자미업게 자리를 파한뒤까지잇섯다 리윤경의말파가티 남치근이 넘우 혹독한탓으로 인심이죄이몽요되든중에 라주에잇는 도순찰사에게서

『방어사가 이미임정한바에가수성장은 본부(本府)로 몰아가라』

하고 던령이 나려와서 소문이 박그로 퍼지며 인심이 그시로발칵뒤집히엇다 청안 백성들은

『수성장이 떠나는날이면 아청은고만이니 우리도 수성장뒤를따라떠나갑세』

『집이고재물이고 처재목숨이살어야하지안나 두말말고 그리합세』

하고ㅅ 천수천 하얏다 그때도 순찰사리준경이 던령외에 형데간의사찰(私札)로

『형님은이미 소임을다 하엿스니인제속히 왜적을피하시란』

하고그형을 권하얏는데 리윤경이역시사찰로

『왜적의진퇴가 무상하야성직히는소임을 아즉다하지 못하엿을뿐아니라 평소에 항상나라를위하야 죽기를 원하든나로서지금 이성을버리고 갈수는업노라』

하고거절하얏다 그뒤에라주에서 또사람이왓섯는데리윤경이문직히는 군사들 신칙하야청안에드리지아니하고온사람이잘늘아서시아니하는것을활로쏘아또차버리게하얏다 라주서온사람을 활로쏘아 또첫단발이 청안에퍼진뒤에야 수천수천하든것이 비로소가러안저서 볼로차흔 청안에 인심으로싸핫든청이 다 행히문허지지안케되엇다

리윤경과 리준경은 당시에난형난제라고 일컷든 형제이라인품이 서로비등하나 형만한아우가업다는말대로 아우가 형만못한것이만하다 그중에도지모방략은 아우가 형을 따를가망이업섯다 어렷슬때이야기로 형제의지략이 현격한것을 볼수잇스니그이야기는 이러하다 그의조부되는리세좌(李世佐)와 그의부친되는리수뎡(李守貞)이 연산조때사화에 죽은까닭에 리윤경리준경이 꼭칠세밧게아니된 어린아희로 멀리귀양가게되엇는데 형제가티 귀양살이하는중에 옷이이주머니가되어서 어느날 준경이 온몸을긁적거리며 울고안젓는것을 윤경이보고

『너 새옷이닙고십호냐?』

하고 우스며물으나 준경이눈물을가로씻고 체로씨스며

『새옷이 어듸서나오?』

하고물엇다

『가만히잇거라 내가새옷을닙게하마』

하고 꾀를내어 덥고밧는천人날저녁에 형데가티 남은옷을버서서 군불아궁에넣어서 태워버리엇다 이튿날 보수인(保授人)이두발가숭이가 안젓는것을보고 관가에알외어서 원이급히새옷들을 지어주게하얏다 그때윤경은 나히조곰만하서 꾀가나섯느냐하면 그런것도아니다 윤경준경의형데가 자치동갑인까닭에 꾀가떠나고 들날것이업섯고 윤경이특히 텬생이지모가만핫든것이다 리준경이 그형이령암을떠나지아니할결을안뒤에는 좌우방어사에게 령을나리어 수성원칙에는 방어사라도 수성장의의견을 조치라하야 남치근과 김경석은

『원수가 공에도사를본다』

하고 불쾌한맘이 업지안핫스나 원수의영을 거역할수이업서서 매사를리윤경과 의론하게되까닭으로 령암성의방비가 다시안천하게되엇다

七、왜변

왜가 다시나타나기전에 좌우방어사의 부하들은 별무일이업섯다 어느날식전에 남치근이군관한놈을다리고 부하군사들의숙소(宿所)를 돌아보는데 한곳에니르니 군사들의 손人벽치고웃는소리가 박게까지 들리엇다 남치근이 미간을씨푸리고 안에들어서즉 군사한떼가 죽둘러서서 무엇을드려다보다가 쉬人소리에들놀라서 일시에좌우로갈려섯다 군사들이 들러섯든곳에 류엽전(柳葉箭)을마진쥐 한마리가잇섯는데 그류엽전이 쥐눈을꾀어뚤코나가서 땅바닥에 들어박히엇섯다 방어사를따라온 군관한사람이 그쥐를와서 드려다보고 갓가히섯는군사에게

『누가이것을쏘앗느냐?』

하고물은즉 그군사가 말이업시손을들어 한사람을 가르치는데그사람이 곳왜장의말눈을 쏘든사람이엇다 그군관은

『몹시도활을쏘고십든가보다』

하고혀를 차고돌아섯다 남치근이미간의 주름을펴고 그사람을바라보며

『네가라봉화이라지』

하고물어서봉화이가

『네』

하고대답한 뒤에쌀마진 쥐를가르치며

『저것이무슨작란이냐? 재주자랑이냐?』

하고가벼웁게꾸지즈니봉화이어가

『아니올시다』

하고허리를 굽신하얏다 군사에게말 듯든 군관이 봉화이 엽헤와서가만히

『쥐고기가먹고십든가요?』

하고조롱하야봉화이가

『내가감질(疳疾)난어린아희요?』

하고발대ㅅ구를 하는데 부지중에목소리가 좀커서 그군관이나직한목소리로

『존전에서 방자스럽게무슨큰소리야』

하고꾸지젓다 남치근이 다시미간을씨푸리고

『왜쥐를쏘앗느냐?』

하고봉화이에게물으니

『쥐가참새와 싸우는것을여닥이구경 하옵다가 쥐인 버러쥐와참새의 눈을쏘아 보라고말들하옵기에 작란삼아서 쏘앗삽니다쥐고기를 먹으랴고 한것이아니올시다』

하고봉화이가하지아니하야조흔발명까지하얏다 남치근이 봉화이의발명을듯고씨푸렷든눈人살을펴며

『그래 쥐만잡앗지참새는노첫구나』

하고말하야 봉화이는 상글상글웃고잇는데 오장하나가 눈께살을바쳐 머가리가 바서진참새를방어사압헤갓다노흐며

『참새는 날다가다가살을맛고떨어젓소이다』

하고발갑살외니 남치근이 벙긋바라보는데 그눈치가 신통이넉이는모양이엇다

남치근이 군사의숙소를 돌아들어간뒤에 봉화이를 대(隊)에서쌔아올려서 자긔신변에 두게되엇는데 봉화이의 위인이령리하야뜻을 잘맛드는까닭 으로봉화멧칠안지난뒤 부터 남치근이봉화이를다시 업시신임 하게되엇다 어느날리윤경이 좌우방어사들동헌으로 청하야 뎜심을대접하는자리에 남치근이 자긔부하들자랑 하느라고 봉화이의활재조를 이야기하얏더니 김경석은잠잠코 안젓는데 리윤경이

『그사람좀보게 불러오라십

사요』

하고공하야 남치근이봉화이를불러오게하얏다 뎜심이 씻난뒤에 수청장이 좌우방어사와가리안저서 봉화이의 활재조를구경하게되엿는데 김경석이 자랑하는 남치근을 무안케 하랴고아무또록 쏘지못할것을 생각하고잇다가 마츰봉화이가 에 잇는느티나무에 까치한마리가 안저잇는것을보고

『네가 참새눈을쏘앗다 니저긔느티나무에안진까치의왼쪽눈을쏘아보아라』

하고 봉화이에게 분부하얏다 봉화이가 고개를비틀고

『왼쪽눈만 마치기는어렵소이다』

하고 대답하니 리경석이다시 말하기전에 남치근이

『참새눈을 쏘는놈이까치눈을 못쏜단말이냐?』

하고 화증을 내엇다 김경석은 남치근의 얼굴을보며 비굴웃고 리윤경은

『왼쪽눈할것업시 그대로까치를쏘아보아라까치만쏘아마처도잘쏘는놈이다』

하고 말한후 봉화이가상긋우스며

『왼눈하나만쏘아마치라면 까치가죽지안코날러갈듯하야쏘기가 어렵다고말슴을 알외엿습니다만왼눈에서 오른눈까지뀌어들도도조타시면한번쏘아보겟습니다』하고 활을알외는데남치근이『잔소리말고 어서쏘아라』

하고호령스리잇는말로분부하얏다 봉화이가 만일실수하야까치눈을쏘아마치지못하면자긔의주장(主將)인남방어사가누색을볼뿐아니라 남방어사솜씨에 차긔의목숨까지위태할른지몰르는까닭으로 까치눈을 쏘기조흔자리로골라가서 일신정력을 다드리어활을삽아다리엇다 봉화이가 역시손을떼고 활을나리기 전에 까지가깍하며펄석날랏다

七、왜변

남치근이 자리에닐어서서뜰아래에섯는 군사들을 다려다보며

『까치가떨어젓지야』

하고 뭇고 곳

『어서나가 집어오너라』

하고 분부하얏다 군사한사람이 쏜살나가서 살마저떨어진까치를 살재집어들고 들어오는데 뜰은군사들을보이느라고걸음이 재지못하니 남치근이 조급하게

『얼띠이라가저오지못하느냐』

하고 호령하얏다 마두우에섯든군관이 군사에게서 까치를바든뒤에 리윤경이

『그래 왼편눈이마젓는가?』

하고 물으니 군관이

『네』

하고 대답하며 화살이두눈에 가로실린까치를 내어들어 보이엇다 남치근이 이것을보고한번 허허웃고 김경석을 돌아보며

『영감자 엇덧소? 내말이거짓말이요?』

하고 오금박듯이 말하니김경석이

『내가 언제 령감말슴을 거짓말슴이라고합되까?』

하고 조금괴롭내어 말하얏다

『령감은 앗가 내말을고지듯지아니하시는것갓습되다 그려』

『나는 령감의하시는 말슴을 그저놋고잇섯슬뿐이요』

하고 남치근과김경석이 서로 자미업시 말할때에 리윤경이우스면서

『저아희의귀신가튼 활재조를 눈으로 보지안코 이야기만듯는다면 누구나닷 서듯고지듯지아니할것입니다』

하고 남치근과 김경석의얼굴을 한번차례로 돌라보고

『세상에서 이사람이 명궁(名弓)이다저사람이명궁이다 하지만들 저아희가튼 명궁이야 희한하지안습니까 한량들만히겨거보신 두분 감은 혹시 달리 보셧는지몰으지만 나는 처음봅니다 백보밧게서 버들닙을 쏘아뚤는것이 저아희가 러서는 지이차이한 일이겟습니다』

하고 입에침이업시 봉화이의 활재조를칭찬하고

『령감께서 잘북도드서서국가의동량(棟樑)재목을만드십시요』

하고 남치근에게 부탁하얏다

『제씨머감휘하에 잇든아희이지요』

『령감께로 잘왓습니다 순찰사 진중에잇섯든들두각(頭角)이 잘들어나지 못햇슬터이지요』

『그럴른지몰으지요 내가아모또록탁발(擢拔)해줄생각이요』

『생각잘하신일입니다』

하고리윤경이 남치근과 수작하기를그치고 잠잠코안젓는 김경석을돌아보며

『인재가원래 쉽시안흔것인데 인재 하잇서도 세상이 알어주어야 인재가되지안습니까 령감이나 내가앗가까지도금세에 양유긔(養由基)가된성안에잇는줄을 몰르지안헛습니까』

하고말을부치엇다 김경석은 남치근아 부처사람으로 코웃음하는것이 비위에 맛당치아니하야 강잉히말하는대로

『금세의 양유긔일른지는모르나하여간 잘쏘는 활아구먼이요』 하고말하다가

『양유긔가 녯사람인까닭에령감이 도치어보시는 말슴이지 실상는 양유긔의 활재조가라 봉화이만 못하겟습니까』

하고 리윤경이호되까 봉화을 편들어말하는바람에

『글쎄요』

하고다시 입을 다믈엇다 김경석이 자긔처소로 돌아왓슬때 긔상이 죄치 못한것을중군이보고 괴이적게 생각하야 슬그머니 물아갓든군관을 불러 가지고

『오늘뎜심에무슨일이잇섯나』

하고물어서 그군관이 리봉화이의 활쏘는것을 이야기하고

『그사람의귀신가튼 활솜씨는 누구든지 칭찬아니할수 업습되다 그러치만 남방어사가우리방어사 령감께다 자긔부하를자랑할때 우리가 무색하기라니』

하고말끗을 내기도전에 그중군이

『잘되엿네 령감께서남방어사의자랑에 비위가상 하섯네그려』

하고곳그 군관을 내보내고 김경석의거처하는 방으로 들어왓다

『남방어사령감부하에 [illegible]한 사수가잇더랍지요』

『그래 엇재?』

『우리투석군(投石隊)에 잇는 배돌석이의활재조도그사수의활재조만못지안흘것입니다』

『배돌석이?』

『네 그배가(裴哥)가소인의 고향아니라 소인이잘압니다』

『고향이어데야?』

『김해(金海)올시다』

『김해아희면 돌배석을 칭하겟지』

『례사로잘치는것이 아니옵시다김허자는[illegible]

無)라고치는유명한 풀매질군 잇나다하번불더드리서서재조를봅시자요」

『어듸하번풀더봅싸』

하고김경석은곳풀매질군배돌석이를불러오게하얏다

七、왜번

배돌석이는 키가 작달마한 가슴은 바라질대로 바라지고얼굴은감으잡잡한데 이북구비가 오송송하게 박이엇섯나 김경석이자긔가 씻은빼채울가가리 셔웃하게 생긴이만큼 돌석이이몸이눈에 들지아니하야 현신을바든뒤에 가칠하는 맘아엽섯다중군이보다 가민망하야

『지금곳 풀매질을시켜보오리까?』

하고 외향을볼으니 김경석이 맘이엽시 고개를 ㅁ너이엇다 중군이 방박그로나와서 풀매질준비를 지휘할때 돌석이를보고

『이애 혹시실수할라정신차려라』

하고 번짓이당부하니 돌석이가

『념녀맙시요』

하고선선히 대답하얏다

큰박아지하나를 어더다가 한편담구석에 엎허매어달고 그박아지우에 먹으로동그람이를 그려노핫다 돌석이가 몃칠간박게가서 박아지달린것을 향하고서서 돌주머니의단을 살펴다돌석이는굴人방아흰돌이팔방을찬듯이돌주머니를 커고리고름에 차고그속에 동그스름한 모납는돌을십며개人식너허가지고단니든것이다 돌석이가 돌을내어들고셧다 가중군이치라는 분부를 나린뒤에 박아지를노려 보면서풀매를첫다 돌석이손에서 나온돌이살가티 건너와서 박아지우에구멍을뚤렷는데 그구멍이 동그람이안에들엇다 들은 사람보담도중군이먼저

『신통하게마쳣다』

하고칭찬하얏다 돌석이가첫번던진것까지도합 들며섯개를련겁허던젓는데 뒤의다섯개가 모다첫번뚤린구멍으로쏙쏙빠저나갓다 김경석이이것을 보고비로소

『용하다』

하고칭찬하얏다 돌석이가몸을거두어 주머니에너흘때에 김경석이압흐로불러서

『거집웅우에 안진참새를돌로잡겟느냐?』

하고물으니 돌석이가

『바』

하고대답하고나서서돌하나를남저손에들고 엽헤잇든 군사들을돌아보며

『참새뻐가리를 바살내어노흘까』

하고 말한뒤에 한도아나드리고슬적 풀매를치서 참새를잡앗는데 그참새는말과가리 대가리가바시어젓섯다 김경석이 그참새를가져오라하야 친히 손에들고보기까지하고

『풀매질이 할가리번人데는엽지만 하여튼지 재조는훌륭하다군복한벌을 상급으로주어라』

하고 좌우를 돌아보는데중군이 싱글벙글하면서

『돌석이가 만일한량의집에태어나서 활을 배웟든들활재조가리몽학인가 그자만 못햇슬리엽습지요 돌석이는 아비가김해남역(南驛)의역졸이엇습니다 그아비가역시 풀매를잘치든손인데 소인도 아희人적에 만히보앗습니다 아비의풀매가 자식에대면 어림이엽습지요만 그래도 석전(石戰)人군으로 일시유명 햇습니다』

하고 말을길게 늘어노타가

『돌석이가른 특별난 재조를엇재 진작 내게다말하지안핫는가』

하고 김경석이 책망하야

『황송합니다』

하고 입을담을게되엇다

몃칠뒤에 김경석이 남치근과가티 리윤경에게 모히어안젓슬때 돌석이의 풀매재조를자랑하니 남치근이 대번에

『풀매가 할만하오』

하고말하얏다

『풀매질도 귀신가트니까엽시녁이지못하겟습되다 배돌석이의풀매가 아마 리봉학이의

함만못지안흐리다』
『리봉학이활을 눈으로보시고도 그런말슴을하시요』
『눈으로보앗기에 말슴이요』
『그래 참활로 봉학이의활만하단말슴이요』
『나면낫지 못하지안흐리다김
『그러면한번 재조겨룸을시켜노코봅시다』
『조치요』
『활살에인정이업스니싸련김와자랑人거리가 활살아래 석구려지면 낭패가아니겟소』
『몰에인정이 업스니싸련감의자랑人거리가 몰아래에 석구러질른지누가아오』
『어듸봅시다』
『그리합시다』
하고김경석과 남치근이 서로말다툼하는것을보고 리윤경이 허허우스면서
『래일반번각에 군사를한데모하훈련하고 그뒤에 두아희의재조겨룸을 시켜봅시다』
하고말하야
『좃소』
『조치요』
하고남치근과 김경석이 각각대답한뒤에 리윤경이 다시
『두아희의재조 겨룸은두분령감이다나에게 맛기십시요』하고말하얏다

七、왜변

방어사가 온다는말이들니며에 리윤경은 발서장졸호위(擁衛)할것을 생각하고 그준비로소를여러필 구해두게하고 술을여러독비저너케하얏섯다 그술이 고이가시작하야 리윤경이호군(犒軍)할것을 일간일간 하든차이라갑작이 서울로는일파 달려서 모든준비가 서선하게되엇다 잇는소를잡고 고인술을걸러서 음식을준비하고 성봉편에는 반터컨에 한곳에부재(浮材)매고 여러곳에 차일처서 자리를준비하고 호군뫼테놀리라고 재인광대까지 불러서 등대 시키엇다 재인광대는 리윤경이 군중에서라고 천주서령암으로 불러에수배명복색을 갓추어다리고 왓든것이다 리윤경은 미와가면 호군을주장삼엇스나 남치근과 김경석은 리윤경의뜻을 몰으고다만리봉학이와 배돌석이 재조겨룸시가는것을주장일로생각하얏다
이튿날 아츰밥때가 지난뒤에 긔치(旗幟)가번듯이고 고각(鼓角)이울리는중에 각진장졸이한데모히엇다 리윤경이 남치근김경석과함께 각진장졸을 한번둘아보고 부제우으로 올라왓다

부제에는 송판우에 멍석을깔고 멍석우에 기직자리 돗자리를깔어노앗는데 리윤경이 남치근김경석을 우人자리에 느런히안치라고 하니 김경석은
『오늘령감이일을 주장하시는터이니 령감이 우人자리에안지시요』
하고 자리를사양하고 남치근은
『매사간 주인(每事看主人)이라니 우리는 주인이안즈라는대로 안집시다』
하고 먼저자리에 안젓다
각기좌정한뒤에 리윤경이남치근김경석을 반반식 갈려보며
『재조겨룸 시키는것은 이미내게맛기섯스니까 설혹 맘에맛당치못하신뎀이잇더라도 두분령감이 다참견하지못하십닌다』
하고 뒤를다지니 남치근은대번에
『한번 맛긴다고햇스면고만이지 일구이언(一口二言)이 어듸잇겟소』
하고 대답하고 김경석은뒤쫄하서
『그러치요 우리가 령감께 일임하기로한일을 중간에 참견할리가잇소』
하고 대답하엿다
『자 두분령감은 구경들하십시요』
하고 리윤경이 자리를옴거어부제앗으로나안첫다 뒤에는군관들이둘러서고 아래에는 던령군사가늘어섯다 리윤경이령

을나리어 각진장졸들을 편히자리잡고 쉬게한뒤에먼저 배돌석이하나를 불러 대령하게하얏다 돌석이는 봉학이처럼 해사하게생기지못한대신에 봉학이보담 다긔지보이엇다 리윤경은 돌석이의 수단을 한번친히본뒤에 봉학이와 겨룸을시키라고생각하고
『돌석이 말못거라나가지금배보박게 군사하나를 내어세울터이니 네가거긔서 풀매를쳐서그군사의벙거지꼭지를마쳐보아라』
하고분부하얏다 돌석이가
『네』
하고대답하고 군사가 나서기를기다려 한번풀매에 쉽사리벙거지꼭지를마치엇다 리윤경은 그제야 돌석이의 풀매수단이봉학이활과겨룰반한줄을짐작하고 봉학이를나가불러서돌석이와가티세우고 처음에
『너의들 벙거지를버서서이리올려라』
하고분부하니 두사람이 영문은몰으나마분부대로벙거지를올버서올리엇다 리윤경이소매속에서 가옥으로만들금직한 오만돌을하나내어서 한사람을주어한벙거지에 하나식 쏙지알에부처게하얏다 봉학이와 돌석이가 각각 우판부친 벙거지를쓰고나선뒤에 리윤경이 약속을뎡하야 [illegible]에게 날러주엇다 [illegible] 것이매 각각자리에가서 서로향하고서서벙거지안쳐부친

관을 마치새처모록하여던 몰을피하면 파만자가 지는것이고 활로맛을마치면 파친자가 지는것이라 만일에 몸에상처를내이면 꽝부에 질뿐이아니라 벌을당할것이다 벌는상처를보아 당하되 중하게벌할것이매 미리알어두어라』
봉학이와 돌석이가 대답들도하기전에 남치근이 자리에서넘어서나오며
『여보 령감 그래서는너무심갑소 병신들을만들지 목숨을빼앗든지 저의들 재조겻하래야보는자미가잇지안소』
하고 불쾌하게말하는데 리윤경이 쓰게이 옷아보며
『령감 일구이언아니하신다말슴을 니지셧구려』
하고 우스니 남치근이쓴입맛을다시고 다시 말을못하얏다

七、왜변

리윤경이 군관하나를 명하야 봉학이와 돌석이에게 각각자리를뎡하야 주엇는데 두자리의상거가갓가워서 오륙십보에 지날것이업섯다 김경석이
『거리가 너무갓갑군』

하고말하더니 리운경의 엄벌
리라는것을보고 얼른
『그저그런다는말이지 참견이
아니요』
하고 발명하얏다 리운경이한
번웃고 곳군관을시켜 큰북을깃
다 울리게하얏다 첫재북소리에
몰석이가 한번풀매를치고 둘재
북소리에 봉학이가 한번팔을쏘
고 셋재북소리에 몰석이와봉학
이다가티 부계아래에 모히도록
약속을 뎡한것이다 한번북소리
가나며 몰석이가 풀매를치더니
김경석의부하가 아우성을질르
고 두번북소리가나며 봉학이가
활을쏘더니 남치근의부하가 역
시아우성을질럿다 세번ㅅ재나
는북소리에 몰석이와 봉학이가
부계아래에와서 대령하얏다 리
운경이 벙거지들을버서 올리라
하야 두벙거지의옥관이 모다ㅅ깨
어진것을보고
『너의들의 재조가 막상막하
(莫上莫下)이다』
하고칭찬하니 몰석이는
『황송합니다』
하고대답하고 봉학이는 말이
업시 허리만굽신하얏다 리운경
이 조흔활한개와 극택(極擇)한
살한벌을 봉학이 에게 상급하
고 환도 한자루를 몰석 이에게
상급하며
『풀매돌은 구하기가쉽고도어
려워서환도를 내신주니 그리
알어라』
하고말을니럿다
리운경이 뎐령군사를 지휘하
야 좌우방어사의 부하에서 이단
(二隊)군사 오십명식불러다가봉

학이와 몰석이를 각각옹위하고
물러가게 한뒤에안칩으로 들어
와서자리를 잡고안지며
『오늘재조겨름이 잘되엇지요
?』
하고말하니 김경석은
『글세요』
하고고개를 비틀고 남치근은색
루퉁하고말이업섯다
『둘이다유용(有用)한 인물인
데서로 해치지안흔것이 첫재
잘된일이고 승부가 업서서이
편저편 낫이깍기지 안흔것이
둘재잘된 일입니다 두분령감
이잘되지 안혓다고 하시면내
가시비를 하겟습니다』
하고리운경이 허허우스니 김경
석은대번에 고개를 ㅅ덕이고남
치근은한참 생각하다가
『령감의말슴이올소』
하고대답하얏다
『술과고기를 준비한것이잇스
니장졸을호궤합시다』
『좃소』
『조치요』
『오늘하루를 즐겁게보내랴고
재인광대들을 지휘해 두엇는
데두분령감의 의향이 엇더하
실른지요?』
남치근은 맘에실흔것이 업서서
고개를 ㅅ덕일뿐이 엇지만광
대소리를 들을줄아는 김경석
은 반색하다십히 조하하며
『조타뿐이요 지금이라도곳소
리판을차리시구려』
하고 재촉하듯이 말하얏다
리운경이 수하군관 두서너사
람을불러서 한두마듸 말을분부

하더니 십부름ㅅ군남녀들이 술
동의와 고기안주목판을 지개로
질머날르고 머리로 이어날러서
부계우와 여러차일속은 말할것
업고 풀밧우에까지 여긔저긔술
ㅅ자리가벌어젓다 술ㅅ긔운들
이몸반한때에 재인광대들이 떼
로몰리어와서 부계아래에서 문
안을드리고 군관의지휘를 응하
서 이리저리흐터젓다 얼마아니
지나서 이곳에단가 저곳에삽가
노래ㅅ소리가 곳곳이 넘어 나고
여긔줄타기 저기땅ㅅ재조 구경
ㅅ판이 군데군데벌어젓다 각진
장졸이 서로왕래하기 시작하야
차일압과풀밧우에 사람의 그림
자가 어지럽게 왓다갓다하얏다
『한사발바드시요』
『안주집으시요』
하고 술고기를 권하는사람들
『재주를잘넘는데! 참말보는눈갑
짝하면 못보겟군』
『토기화상을 잘그리는구려』
하고 재인광대를 칭하는사람
들서로서로 웃고짓거리는 중에
『수성장은당대인물이요』
『가튼령대간이라도 수성장은
속이차돌가튼분이지만 도순
찰사는 것위풍뿐 이신갑되
다』
『수성장은 지모(智謀)가비상
한량반이요』
『수성장는 부하사랑이거륵하
신갑되다 명색업는 군사라도
부상(負傷)한것을 보면 손목
을잡고 눈물까지 흘리신답되
다』
하고수성장 리운경을 칭찬하
는소리가 가장만햇다 이때부

계우에서는 소리ㅅ판이 버러
저서광대가 어려운목을 쓸때마
다김경석이 고수(鼓手)보담도
먼저
『좃치 잘한다』
하고 얼러주는중이엇는데 엇더
한군관한사람이 말을타고 달려
와서 말께서뛰어나리며 한달음
에부계우으로올라왓다

七、왜변

그군관이 리운경의 압헤와서
갓분숨을참아가며
『지금남문박게 왜적이새까마
케몰려들어옵니다』
하고말하얏다 리운경이 별로
놀라는빗이업시그군관을보고고
개를ㅅ덕이고곳고개를돌리어남
치근과 김경석을 바라보며
『자리를 마치지못하게되엇습
니다』
하고말하니남치근은
『자리가다무어요얼른취군(聚
軍)시키십시다』
하고벌ㅅ덕닐어서고김경석은
『령감이 취군령을노흐시오』
하고리운경을바라본뒤에
『파흥이다』

하고한엽해물러섯는광대들을
돌아보앗다
리운경이남문에서온군관을ㅅ떠
저보내고부산히취군을시키는중
에동문에서 군관이와서 왜가성
박게나타낫다 고고하고ㅅ또서문과
북문에서 군관들이 와서 역시
왜의나타난것을 고하얏다 리
운경이 남치근과 김경석을보
고 성문 갈너 지힐것을 상의
하니 김경석이 먼저
『령감이 갈러보시요』
하고 리운경에게 열압하는
뜻을말하야 리운경이
『내가 갈너보오리까?』
하고 남치근의얼굴을바라본
즉 남치근이
『남문은 내가 마튼터이니까
남문만ㅅ떼어노코 갈너보시요』
하고 말하얏다
『남문도조치요만 데일어려운
곳을 령감이마터주섯스면조
켓습니다』
『데일어려운곳이 어데요?』
『북문입니다』
『북문이 엇재서 데일어렵소
?』
『북문은 문이약하고 성이큼
즉지못할뿐아니라 디형이바
게서 공격하기 편한이만큼
안에서 직히기가어렵습니다
왜가이것을 잘아는까닭에다
른문은버리고 북문만을진때
가 한두번이아닙니다 우선
령감이 오시든때도 북문박게
서 첩전한바람이잇지만핫습
니까?』

『그러면 남문을닫고만두고 북문을 나가마트리다』

하고 남치근이 북문을따른뒤에갑장속은서문하나를닷고리운경안동남두문을열어갓게되엇다 남치근이 대얼어려운곳마큰것을 조하하야 즉서부하장졸을거느리고 북문으로 달려와서 군사들을 자리잡아벌려세우고 군관몇사람과자리 문루에올라서 성박글 나려다보니 성박게잇는왜가볼파몌여명인데그나마두패에갈리어서한패는 성에서 멀직이 잇는 나무숲아래에떠터버리고안젓고한패는 성예서 갓가운동편우에 몰려잇서잇섯다 동편우의 왜들이문루우에고쳐가 날리고 군관이왓다갓다하는것을바라보더니 별안간하늘을벼내며 문루우를 가르치고 청아래를가르치고하는것이문루우의사람더러성박그로나오라는뜻이엇다 남치근이 문루근처잇잇는사수들에게 활을 쏘라고명하야활살이비人발가티날러나가니왜들이 일시동편아래로 몰려나려갓다가활살이뜸하야진뒤에다시 동편우으로몰려와서 문루를향하야 욕질하는데 졀은놈들은 볼기짝을 문루편으로치어들고 두손바닥으로두드렷다 남치근이 욕질하는것을보고 분이나서 곳무하장졸에게 출전할준비를명하얏다 고각이소리나고 깃치가움직이며 성문이열리니 문면우의왜들이 숩아래로 몰려파합세하야 접전할준비를 차리는데 남치근이 왜의수적은것을업시녀이어 대번에도 쥭내리라고군차를 풍우가티 몰고내달엇다 처음형세로는 왜들이 아무리죽을힘을다하야도 볼과 얼마동안에 하나남지안코 다도륙을 당하고 말것갓더니 닫은문의 왜들이 차차로모혀와서 나중에는 북문밖근왜의천지가되며 형세가 처음파달려졋다 남치근이 급히군사를거두어 진을치다가 선봉장소달이간곳이 업는것을보고 군사를 노하찻든차에 왜장이 소달의머리를 칼끗에 꾀어들고 진전에서 횡행하니 닫은장졸은 고사하고 남치근부터 이것을보고놀라지 안흘수업섯다 소달은 자과의 용맹을 잇고 갑히던진에 들어가서 필마단검(匹馬單劍)으로좌충우돌하고단니다가말이 압다리에 칼을마저꿉그라지며사람도 역시칼머리의 죽엄됨을 면치못한것이다 진중장졸이소달의 머리를보고 모다긔운이죽어서 군심이 황황할때에 리봉학이 남치근압해 와서

『소인이나가서 소위장의원수를갑겟습니다』

하고품하야 남치근이 고개를끄덕 이니봉학이곳활과살을고진으로나아갓다

七, 왜변

리봉학이가 진전에 나설때에 왜장은 소달의머리를들고 왜진으로 몰아가는중이엇다 봉학이가 급히없호로또차나가며 한번활을 잡아다리니 날아나가는살어 왜장의뒤人통수를 꾀어들며서 그자리에 꼭그라지게하얏다 봉학이가 소달의 머리를빼앗서오라고 꼭그라진 왜장에게로또차갈때에 여러왜들이 일시에쏘다저나오니, 남치근이 이것을보고 급히진을풀어가지고 또차나가서 접전이나게되엇다 화살이날르고 창, 칼이번뜩거리고북소리, 아우성소리가 요란하얏다남치근이 뒤人걸음치는 군사두서넛을 목을베히고 자긔의말을몰아서 군사들보담 앞서나가며

『나를따라라』

하고 큰소리를질럿다 그라나 싸움이 달게어울리기전에 왜들이 일케히아우성치고 압동으로달려들며 군사들이 와하고도망질하는데 형세가 막은볼리지는것가터서 장령으로 것잡을수가업섯다 남치근의신변에는 리봉학어외오륙십명장졸이 남아잇슬뿐인데 왜가 남치근이대장인줄을알고 겹겹이둘러쌋다 장졸오륙십명에 사수가반이넘어서 사수들이 남치근을중간에두고 전후좌우로 몰라선까닭에 왜가활살을두리어 바로는 덤치지못하얏다 그러나 살은점점수가줄어들고왜는 차차욱여들어왓다 남치근이 도저히벗서날가망이 업는줄을알고 말에서 뛰어나려영우에주저안저서 장졸들을 도라보며

『내가죽거든 너의중에누구든지 내목을베혀가지고 도망해라 죽은뒤에나마 도적의손에너치마라』

하고 환도로 목을지르라고하얏다 그엽헤갓가히섯든 군관하나가 남치근의 환도든손을붓잡고

『조금참어보십시요 설마성안에서 구원이나오겟습지요』

하고 우는소리로말하얏다 이때 리윤성이 북문소식을듯고왓

다가 남치근의 패진해논것을보고 놀래어 급히 김경석과 개편군마를 거느리고 나오기는나왓스나 왜에게압히 막히어 떠나가지못하고 북문밧게서 둔덕울어고 진을쳣다 구원올기다리는 사람들이 거의다 락심이되엿슬때 왜들의에워싼것이 한구석이 갑자기헐리기 시작하얏다 오륙십명사람이 왓시에 헐리는구석을바라보니 그곳에 리수성장김방어사와 군마는 나타나지아니하고 몸에 갑주를갓추지아니한 말탄 군관한사람이 왜진을 지쳐들어오는데 그군관수중에 밋는칼이 번께가티 놀아서 왜들머고압헤 수가업시 혁구례젓다 그군관이 따을새 에워싸인사람들에게 갓가히왓슬때 피상하여는 오륙십명중에 오륙한사람이 반갑게 며들으며

『[illegible]이요』

하고 소리를질르는때 그소리질르는사람은 곳유별한 사수리 봉학이엇다 그군관이 말우에서 나려지도안코

『오냐 뉘다』

하고대답하고

『어서들 뒤를따라나오게해라』

하고말하며 못말머리를 도리켯다 '남'은이하 오륙십명이 그군관의 뒤를따라서 왜진을헤코 나오는때 그군관의칼압헤 따는사람이 업섯다 그군관이 김해압장서서 북문밧 둔덕근처까지왓슬는때 리윤경과 김경석이 마주나와서 남치근이 부득이수어수작하고 다시쳐다보니 그군관이 발써눈에보이지아니하얏다

『봉학아 너의형이란사람이어되로갓느냐?』

하고남치근이뭇는데

『소인도 어듸가는것을보지못하엿습니다』

하고 봉학이가 대답한후 남치근이 웅하고혀를차며 뒤푸렴머간을더욱어찌푸렷다 리윤경이

『누가어듸갓단말슴이요?』

하고 물으니 남치근은패진한분과 붓그럼에 속에가뜩차서입이무거워진까닭에

『네 누구말슴이요?』

하고 리윤경이다시 물은뒤에야 겨우입을열어

『우리압서오든군관말이요』

하고 대답하얏다

『그것이 소위장이아니든가요?』

남치근은 말이업시 고개를가로흔들엇다

『우리는 소위장인줄만알고유심히보지안핫구려』

하고 김경석이 말한뒤에

『그러면 소위장은 어듸갓서요?』

하고 리윤경이 물으니

『진망(陣亡)햇소』

하고 남치근은 더말하기싫혀하는괴색을보이엇다